Mar de papoulas

Amitav Ghosh

Mar de papoulas

Tradução
Cássio de Arantes Leite

ALFAGUARA

Copyright © 2008 by Amitav Ghosh
Todos os direitos reservados

Todos os direitos desta edição reservados à
Editora Objetiva Ltda.
Rua Cosme Velho, 103
Rio de Janeiro — RJ — Cep: 22241-090
Tel.: (21) 2199-7824 — Fax: (21) 2199-7825
www.objetiva.com.br

Título original
Sea of Poppies

Capa
Lian Wu

Imagens de capa
© CSA ImagesArchive/Getty Images
© SuperStock/Getty Images
© Evelin Elmest/Istockphoto

Revisão
Raquel Correa
Michele Paiva
Regiane Winarski

Editoração eletrônica
Abreu's System Ltda.

CIP-BRASIL. CATALOGAÇÃO-NA-FONTE
SINDICATO NACIONAL DOS EDITORES DE LIVROS, RJ

G348m

    Ghosh, Amitav
        Mar de papoulas / Amitav Ghosh; tradução Cássio de Arantes Leite. - Rio de Janeiro: Objetiva, 2011.

        530p.   ISBN 978-85-7962-060-7
        Tradução de: *Sea of poppies*

        1. Romance indiano (Inglês). I. Leite, Cássio de Arantes. II. Título.

10-6490.   CDD: 828.99353
                                        CDU: 821.111(540)-3

Para Nayan
Por seu décimo quinto aniversário

A Jornada do Íbis

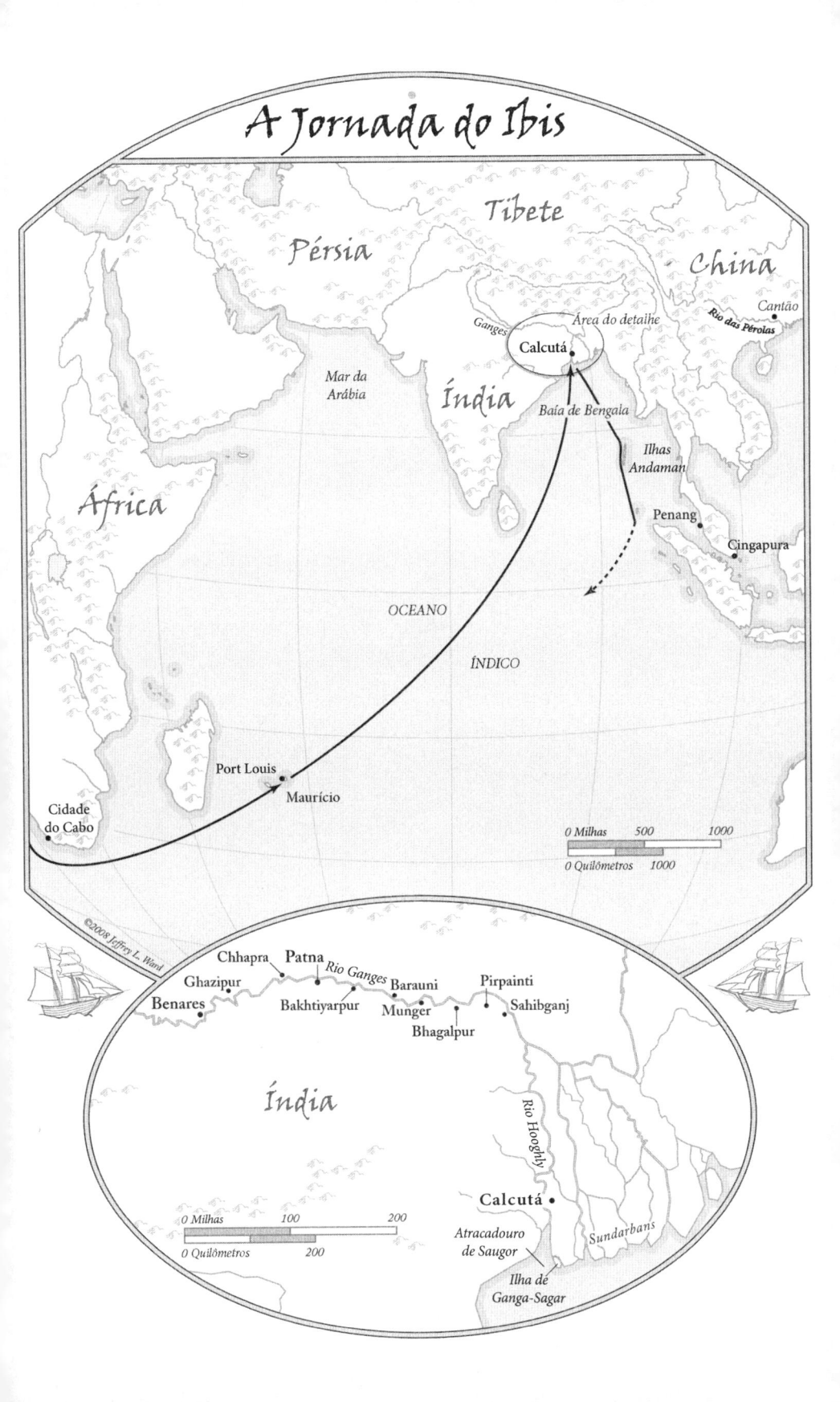

Parte I
Terra

Um

A visão de um navio de mastros elevados singrando o oceano surgiu para Deeti num dia em tudo mais comum, mas ela percebeu na mesma hora que a aparição era um sinal do destino, pois nunca vira uma embarcação como aquela antes, nem mesmo em sonho: e como poderia, vivendo como vivia no norte de Bihar, a mais de seiscentos quilômetros da costa? Seu vilarejo ficava de tal modo no interior do continente que o oceano parecia tão distante quanto o mundo inferior: era o abismo de trevas onde o sagrado Ganga desaparecia mergulhando no Kala-Pani, "a Água Negra".

Isso aconteceu no fim do inverno, em um ano em que as papoulas estavam estranhamente lentas em perder as pétalas: quilômetro após quilômetro, de Benares em diante, o Ganga parecia correr entre duas geleiras, ambas as margens cobertas por uma espessa camada de flores brancas. Era como se a neve do elevado Himalaia houvesse descido para as planícies a fim de aguardar a chegada do Holi e sua profusão de cores primaveris.

O vilarejo onde morava Deeti ficava nos arredores da cidade de Ghazipur, cerca de oitenta quilômetros a leste de Benares. Como todos os vizinhos, Deeti estava preocupada com o atraso em sua colheita de papoula; nesse dia, ela levantou cedo e se entregou às tarefas de sua rotina diária: estender o dhoti e a kameez recém-lavados para Hukam Singh, seu marido, e preparar rotis e achar para sua refeição do meio-dia. Depois de embrulhar e empacotar o almoço, parou para uma rápida visita ao quarto do santuário: mais tarde, após ter se lavado e trocado de roupa, Deeti faria um puja apropriado, com flores e oferendas; agora, vestida ainda com seu sari da noite, ela meramente parou à porta, a fim de unir as mãos numa breve genuflexão.

O guincho de uma roda logo anunciaria a chegada do carro de bois que levaria Hukam Singh para a fábrica onde trabalhava, em Ghazipur, a cinco quilômetros dali. Embora não muito longe, era uma distância grande demais para Hukam Singh cobrir a pé, pois ele fora ferido na perna quando servia como sipaio em um regimento britânico. A deficiência não era severa a ponto de exigir muletas, contudo, e Hukam Singh era capaz de ir até o carro sem ajuda. Deeti o seguia a um passo de distância, carregando sua refeição e sua água, entregando-lhe o pacote embrulhado em pano após ele ter subido.

Kalua, o condutor do carro de bois, era um homem gigante, mas não fez menção de ajudar seu passageiro e tomou o maior cuidado em ocultar o rosto: ele era da casta dos trabalhadores de couro e Hukam Singh, de uma elevada casta Rajput, acreditava que a visão de seu rosto seria um mau agouro pelo resto daquele dia. Então, subindo na traseira do carro, o antigo sipaio sentou olhando para trás, com o embrulho equilibrado sobre o colo, a fim de impedir que entrasse em contato direto com qualquer um dos pertences do condutor. Assim iam sentados, condutor e passageiro, conforme o carro gemia pela estrada para Ghazipur — conversando bastante amistosamente, mas sem nunca trocar olhares.

Deeti também tomava o cuidado de manter seu rosto coberto na presença do condutor: apenas quando tornou a entrar, para acordar Kabutri, a filha de seis anos, permitiu que a ghungta de seu sari lhe escorregasse da cabeça. Kabutri jazia enrodilhada em sua esteira, e Deeti sabia, devido à rápida sucessão de biquinhos amuados e sorrisos, que sonhava profundamente: estava prestes a acordá-la quando deteve sua mão e recuou. No rosto adormecido da filha, pôde enxergar as próprias feições — os mesmos lábios cheios, nariz arredondado e queixo elevado —, exceto que, na criança, os contornos continuavam lisos e nitidamente delineados, ao passo que nela haviam se tornado borrados e indistintos. Após sete anos de casamento, a própria Deeti não era muito mais que uma criança, mas uns poucos cachos grisalhos já apareciam em seu espesso cabelo negro. A pele de seu rosto, curtida e escurecida pelo sol, começara a descascar e rachar nos cantos da boca e dos olhos. Entretanto, a despeito da trivialidade exaurida de sua aparência, havia um detalhe que a destacava do ordinário: seus luminosos olhos cinzentos, um traço pouco usual nessa parte do país. Tal era a cor — ou talvez falta de cor — de seus olhos que isso fazia com que parecesse ao mesmo tempo cega e onividente. O fato perturbava os mais jovens e reforçava seus preconceitos e superstições a ponto de às vezes gritarem provocações — *chudaliya, dainiya* — como se fosse uma bruxa: mas tudo que Deeti tinha a fazer era virar esses mesmos olhos em sua direção para que debandassem e corressem. Embora não acima de extrair um pequeno prazer de seu dom para a inquietação, Deeti ficava feliz, pelo bem da filha, que esse fosse um aspecto de sua aparência que não havia passado adiante — ela se rejubilava com os olhos escuros de Kabutri, tão negros quanto seu cabelo reluzente. Agora, fitando o rosto adormecido da filha, Deeti sorriu e decidiu não acordá-la, afinal: dali a três ou quatro anos a menina teria se casado e saído de casa; haveria tempo de sobra para trabalhar quando fosse recebida no lar de seu marido; nos poucos anos que lhe restavam em casa, podia muito bem descansar.

Mal fazendo uma pausa para mastigar um pedaço de roti, Deeti saiu para o limiar de terra batida que separava a habitação de barro da plantação de papoula mais adiante. Sob a luz do sol que acabava de surgir, ela viu, para seu grande alívio, que algumas flores haviam finalmente começado a perder as pétalas. No campo adjacente, o irmão mais jovem de seu marido, Chandan Singh, já andava com a nukha de oito lâminas na mão. Ele usava os minúsculos dentes da ferramenta para fazer talhos em alguns dos frutos expostos — se a seiva escorresse livremente durante a noite, ele traria a família no dia seguinte para sangrar a plantação. O momento tinha de ser calculado precisamente, pois a preciosa seiva corria apenas por um breve período na vida da planta: um dia ou dois, para mais ou para menos, e os frutos valeriam tanto quanto as flores de um mato qualquer.

Chandan Singh também a vira e não fazia seu gênero deixar quem quer que fosse passar em silêncio. Um jovem rústico com sua própria prole de cinco filhos, nunca perdia a oportunidade de lembrar Deeti da exiguidade de sua progênie. *Ka bhail?*, gritou, lambendo uma gota de seiva fresca na ponta de sua ferramenta. Qual o problema? Trabalhando sozinha outra vez? Quanto tempo vai continuar desse jeito? Você precisa de um filho, alguém para ajudar. Afinal, você não é estéril...

Acostumada aos modos do cunhado, Deeti não tinha dificuldade em ignorar essas provocações: dando-lhe as costas, rumava para seu próprio campo, carregando uma larga cesta de vime junto à cintura. Entre as fileiras de flores, o chão era puro tapete de pétalas semelhantes a papel, e ela juntava punhados com a mão em concha, despejando-as dentro da cesta. Uma ou duas semanas antes, teria tomado todo o cuidado para se mover de lado, de modo a não agitar as flores, mas agora se precipitava com todo ímpeto, sem a menor preocupação com o sari que roçava e derrubava amontoados de pétalas dos frutos maduros. Quando a cesta se enchia, ela a carregava de volta e a esvaziava perto da chula ao ar livre, onde quase sempre cozinhava. Essa parte do limiar ficava à sombra de duas enormes mangueiras, em cujos galhos haviam acabado de começar a brotar as covinhas que germinariam nos primeiros botões da primavera. Aliviada por se ver ao abrigo do sol, Deeti agachava ao lado de seu forno e jogava uma braçada de lenha sobre o borralho da noite anterior, onde ainda poderia haver brasas profundamente ocultas sob as cinzas.

Kabutri acordara, a essa altura, e quando pôs o rosto para fora da porta, sua mãe perdera a disposição para a complacência. Isso são horas?, ralhou. Onde você estava? *Kám-o-káj na hoi?* Não sabe que tem trabalho a ser feito?

Deeti incumbiu a filha de varrer as pétalas de papoula, formando uma pilha, enquanto ela se ocupava de atiçar o fogo e aquecer a pesada tawa de ferro. Assim que a chapa esquentou, ela espalhou um punhado de pétalas sobre a superfície e as pressionou com um pedaço de trapo enrolado. Escurecendo ao tostar, as pétalas começaram a grudar numa massa, de modo que em um ou dois minutos ficaram parecendo exatamente com os rotis redondos de farinha de trigo que Deeti embrulhara para a refeição diária de seu marido. E "roti" de fato era o nome pelo qual essas folhas feitas de pétala de papoula eram conhecidas, embora seu propósito fosse inteiramente diferente do de seus homônimos: elas eram vendidas para a Sudder Opium Factory, em Ghazipur, onde seriam usadas para forrar os recipientes de cerâmica em que o ópio era embalado.

Kabutri, enquanto isso, sovara um pouco de atta e enrolara alguns rotis de verdade. Deeti os cozinhou rapidamente, antes de desmanchar o fogo: os rotis foram deixados de lado, para serem comidos mais tarde, com as sobras do dia anterior — um prato de alu-posth amanhecido, batatas cozidas em pasta de semente de papoula. Agora sua mente se voltava para o quarto do santuário outra vez: com a proximidade do puja do meio-dia, era hora de descer até o rio para se banhar. Após massagear seus próprios cabelos e os de Kabutri com óleo de semente de papoula, Deeti jogou o outro sari sobre o ombro e conduziu a filha através da plantação na direção da água.

As papoulas terminavam em uma pequena duna que descia suavemente para o Ganga; aquecida pelo sol, a areia estava quente o suficiente para queimar a sola de seus pés descalços. O fardo do decoro maternal deixou subitamente os ombros arqueados de Deeti, e ela começou a correr atrás de sua filha, que disparou à frente. A um ou dois passos da margem, gritaram uma invocação para o rio — *Jai Ganga Mayya ki...* — e puxaram o ar antes de se atirar dentro dele.

Riam ambas quando voltaram a emergir: era a época do ano em que, após o choque do contato inicial, a água se revelava subitamente de um frescor revigorante. Embora o auge do verão ainda fosse demorar algumas semanas, o nível do Ganga já começara a baixar. Virando na direção de Benares, a oeste, Deeti ergueu sua filha no alto, para despejar um pouco de água em tributo à cidade sagrada. Junto com a oferenda, uma folha escorregou das mãos em concha da menina. Viraram para observá-la descendo o rio na direção dos ghats de Ghazipur.

Os muros da fábrica de ópio de Ghazipur estavam parcialmente encobertos pelas mangueiras e jaqueiras, mas a bandeira britânica que tremulava no topo era visível logo acima da folhagem, assim como o campanário da igreja onde oravam os capatazes da fábrica. No ghat da fábrica, às margens do Ganga, uma barcaça *pateli* de um mastro podia ser vista, ostentando a flâmula da Companhia Inglesa das Índias Orientais. A embarcação trouxera uma carga de ópio *chalán*, de uma das remotas subagências da Companhia, e estava sendo descarregada por uma longa fileira de cules.

Ma, disse Kabutri, erguendo os olhos para sua mãe, pra onde vai aquele barco?

Foi a pergunta de Kabutri que despertou a visão de Deeti: seus olhos subitamente evocaram a imagem de um imenso navio com dois mastros elevados. Suspensas nos mastros havia enormes velas de um ofuscante tom de branco. A frente do navio convergia para uma figura de proa dotada de um longo bico, como uma cegonha ou garça. Um homem podia ser visto ao fundo, de pé junto à popa, e embora ela não o pudesse ver claramente, teve a sensação de uma presença característica e pouco familiar.

Deeti sabia que a visão não estava materialmente presente diante dela — como, por exemplo, a barcaça atracada perto da fábrica. Ela nunca tinha visto o mar, nunca deixara seu distrito, nunca conversara em nenhuma outra língua que não seu bhojpuri nativo, ainda que nem por um segundo duvidasse que o navio existia em algum outro lugar e rumava em sua direção. Saber disso a deixava aterrorizada, pois ela jamais deitara os olhos em nada que fosse remotamente parecido com aquilo e não fazia ideia do que tal visão poderia pressagiar.

Kabutri sabia que alguma coisa incomum ocorrera, pois aguardou um minuto ou dois antes de perguntar. Ma? O que você está olhando? O que você viu?

O rosto de Deeti era uma máscara de medo e agouro quando disse, com a voz trêmula: Beti — eu vi um jahaj — um navio.

Quer dizer aquele barco ali?

Não, beti: um navio como eu nunca vi antes. Como um grande pássaro, com velas como asas e um bico comprido.

Lançando um olhar rio abaixo, Kabutri disse: Você desenha pra mim o que você viu?

Deeti respondeu com um aceno de cabeça e vadearam as águas até a margem. Trocaram de roupa rapidamente e encheram uma jarra com água do Ganga, para levar ao quarto de puja. Quando chegaram em casa, Deeti acendeu uma lamparina antes de acompanhar Kabutri ao santuário. O quarto era escuro, com paredes pretas de fuligem, e cheirava fortemente a óleo e incenso. Havia um pequeno altar ali dentro, com estátuas de Shivji e Bhagwan Ganesh, e gravuras emolduradas de Ma Durga e Shri Krishna. Mas o quarto era um santuário não só para os deuses, como também para o panteão pessoal de Deeti, e continha inúmeras lembranças de sua família e de seus ancestrais — entre elas, relíquias como os tamancos de madeira de seu pai, um colar de contas de rudraksha que lhe fora deixado por sua mãe e impressões esmaecidas dos pés de seus avós, tiradas em suas piras funerárias. As paredes em torno do altar eram devotadas a desenhos feitos pela própria Deeti, esboços em discos de pétalas de papoula com a consistência do papel: tais eram os retratos a carvão de dois irmãos e uma irmã, todos eles mortos na infância. Uns poucos parentes vivos também estavam representados, mas somente com imagens esquemáticas delineadas em folhas de mangueira — Deeti acreditava que atraía má sorte tentar realizar retratos abertamente realistas daqueles que ainda não haviam deixado este mundo. Desse modo, seu adorado irmão mais velho, Kesri Singh, estava representado por uns poucos traços indicando seu rifle de sipaio e seu bigode de pontas recurvadas.

Agora, entrando em seu quarto de puja, Deeti apanhava uma folha verde de mangueira, mergulhava a ponta do dedo em um recipiente de sindoor vermelho brilhante e esboçava, com uns poucos traços, dois triângulos parecidos com asas pendendo suspensos acima de uma forma curva longilínea que terminava em um bico em gancho. Podia ser um pássaro em pleno voo, mas Kabutri soube na mesma hora do que se tratava — a imagem de uma nau de dois mastros com as velas enfunadas. Ela ficou admirada por sua mãe ter desenhado a imagem como se estivesse representando um ser vivo.

Você vai pôr no quarto de puja?, perguntou.

Vou, disse Deeti.

A criança não conseguia entender como um navio podia ter um lugar no panteão da família. Mas por quê?, questionou.

Não sei, disse Deeti, pois também ela ficou perplexa com a certeza de sua intuição: só sei que é aqui que deve ficar; e não é só o navio, mas também muitos dos que vão nele; eles também precisam ficar nas paredes do nosso quarto de puja.

Mas quem são eles?, perguntou a criança perplexa.

Não sei ainda, disse Deeti. Mas vou saber quando os vir.

A cabeça de pássaro esculpida que sustentava o gurupés do *Ibis* era incomum o bastante para servir como prova, àqueles que de alguma necessitassem, de que se tratava de fato da embarcação vista por Deeti quando imergia parcialmente nas águas do Ganga. Mais tarde, até mesmo marinheiros experimentados admitiriam que o desenho era uma interpretação misteriosamente evocativa de seu tema, sobretudo considerando que havia sido feito por alguém que jamais deitara os olhos em uma escuna de dois mastros — nem, aliás, em qualquer outra nau de alto-mar.

Com o passar do tempo, as inúmeras pessoas que vieram a encarar o *Ibis* como um ancestral concluíram que havia sido o próprio rio que agraciara Deeti com aquela visão: que a imagem do *Ibis* fora transportada rio acima, como uma corrente elétrica, no momento em que a embarcação entrou em contato com as águas santas. Isso significaria que o fato aconteceu na segunda semana de março de 1838, pois foi nesses dias que o *Ibis* lançou âncora ao largo da ilha de Ganga-Sagar, onde o rio sagrado desemboca na baía de Bengala. Foi ali, enquanto o *Ibis* aguardava o piloto que o conduziria a Calcutá, que Zachary Reid avistou a Índia pela primeira vez: o que ele viu foi um denso manguezal e uma margem enlameada que pareceu desabitada até começar a expelir seus botes — uma pequena flotilha de dinghies e canoas, todos tencionando comerciar frutas, peixes e legumes com os marinheiros recém-chegados.

Zachary Reid era de estatura mediana e constituição robusta, com a pele da cor do marfim envelhecido e uma massa cacheada de cabelos negros laqueados que caíam sobre sua testa e seus olhos. Suas pupilas eram negras como seu cabelo, exceto pelo mosqueado de chispas cor de avelã: quando criança, estranhos costumavam dizer que um par de olhos cintilantes como os dele podiam ser vendidos como diamantes para uma duquesa (mais tarde, quando foi chegado seu momento de integrar o santuário de Deeti, grande atenção seria dada ao brilho de seu olhar). Como era dono de riso fácil e se portava com leveza despreocupada, as pessoas às vezes o tomavam por homem mais novo, mas Zachary sempre era rápido em corrigir: filho de uma liberta de Maryland, não era pequeno seu orgulho quanto ao fato de saber sua idade precisa e a data exata de seu nascimento. Para os que incorriam em equívoco, observava que estava com vinte anos, nem um dia a menos, e não muitos mais.

Zachary tinha por hábito pensar, todos os dias, em pelo menos cinco coisas a serem exaltadas, prática que lhe fora instilada pela mãe como um corretivo necessário para uma língua que às vezes exibia uma ponta por demais afiada. Desde sua partida da América, era o próprio *Ibis* que havia figurado com mais frequência na talha diária onde Zachary assinalava coisas dignas de louvor. Não que a embarcação fosse particularmente bem-acabada e aerodinâmica: pelo contrário, o *Ibis* era uma escuna de aparência antiquada, não esbelta nem dotada de um convés reluzente como os clíperes pelos quais Baltimore era famosa. Seu tombadilho era curto, o castelo de proa, saliente, com um alojamento entre as curvas do beque e uma guarita no castelo central que servia de cozinha e cabine para os contramestres e intendentes. Com seu atravancado convés principal e boca ampla, o *Ibis* era às vezes tomado por uma barca aparelhada como escuna, serviço de velhos marujos: se alguma verdade havia nisso, Zachary não o sabia, mas ele nunca pensou naquela nau de outra maneira a não ser como a escuna *topsail** que era quando ingressou em sua tripulação. A seus olhos, havia qualquer coisa extraordinariamente graciosa no modo como era aparelhada à feição de um iate, com o velame alinhado no sentido do comprimento, e não de través com a linha do casco. Ele conseguia entender por que, com a vela mestra e a bujarrona esticadas, a pessoa podia formar na mente a imagem de um pássaro de asas brancas em pleno voo: outros navios de mastros elevados, aparelhados com sua profusão de lonas quadradas, pareciam quase desairosos em comparação.

---

* Escuna que porta duas ou mais velas quadradas no mastro de proa. (N. do T.)

Mas uma coisa que Zachary sabia sobre o *Ibis* era que o barco fora construído para servir de "blackbirder", no transporte de escravos. Esse, na verdade, foi o motivo pelo qual ele mudou de mãos: nos anos que se seguiram à abolição formal do comércio negreiro, as marinhas britânica e americana haviam começado a patrulhar a costa da África Ocidental em número crescente, e o *Ibis* muito provavelmente não era rápido o bastante para suplantar suas belonaves numa fuga. Assim como se dera com inúmeros navios de escravos, o novo dono da escuna a adquirira com vistas a equipá-la para um comércio de outra natureza: a exportação do ópio. Nesse caso, os compradores eram uma firma chamada Burnham Bros., uma companhia de navegação e casa mercantil com amplos interesses na Índia e na China.

Os representantes dos novos donos não perderam tempo em solicitar que a escuna fosse despachada para Calcutá, que era onde o presidente da firma, Benjamin Brightwell Burnham, tinha sua principal residência: o *Ibis* teria de ser reequipado conforme se dirigia a seu destino, e foi com esse propósito que Zachary havia sido admitido a bordo. Zachary passara oito anos trabalhando no estaleiro de Gardiner, no Fell's Point, em Baltimore, e estava excelentemente qualificado para supervisionar a aparelhagem do velho navio de escravos: mas, no que dizia respeito à navegação, não tinha mais conhecimento de barcos do que qualquer outro carpinteiro de terra firme, sendo aquela sua primeira vez no mar. Mas Zachary entrara para a tripulação tencionando aprender o ofício de marinheiro, e foi com grande entusiasmo que pisou a bordo, carregando consigo uma bolsa de lona em que havia pouco mais que uma muda de roupas e uma flauta irlandesa com que seu pai o presenteara na infância. O *Ibis* constituiu para ele um aprendizado rápido, quando não severo, seu diário de bordo composto de uma litania de problemas quase que desde o início. Mister Burnham estava de tal modo impaciente em fazer sua nova escuna chegar à Índia que a obrigou a vir com braços de menos desde Baltimore, contratando uma tripulação de dezenove homens, dos quais nove relacionados como "Negro", incluindo Zachary. A despeito do pessoal escasso, suas provisões eram deficientes, tanto em qualidade como em quantidade, e isso levou a confrontos, entre intendentes e marujos, imediatos e proeiros. Então a escuna enfrentou águas turbulentas e descobriu-se que suas vigas estavam fazendo água: coube a Zachary detectar que a entrecoberta, onde a carga humana do navio fora acomodada, estava cheia de orifícios de observação e passagens de ar, abertos por gerações de africanos cativos. O *Ibis* levava uma carga de algodão para custear as despesas da viagem; após o alagamento, os fardos ficaram encharcados e tiveram de ser alijados.

Ao largo da costa da Patagônia, o tempo ruim os obrigou a uma mudança de curso, que fora traçado para conduzir o *Ibis* através do Pacífico e contornar o promontório de Java. Em lugar disso, suas velas foram viradas para o cabo da Boa Esperança — desse modo, a escuna voltou a sofrer com o mau tempo, e ficou presa por duas semanas numa região de calmaria do oceano. Com a tripulação em regime de meia ração, alimentando-se de biscoitos de mar bichados e carne estragada, houve um surto de disenteria: antes que o vento voltasse a soprar, três homens estavam mortos e dois negros haviam sido postos a ferros por se recusar a comer o que era servido diante deles. Com cada vez menos pessoal, Zachary deixara de lado suas ferramentas de carpinteiro e se tornara um gajeiro de primeira viagem em plena lida, galgando os enfrechates para amarrar a vela de joanete.

Então aconteceu de o segundo-imediato, que era um casca-grossa odiado por cada negro da tripulação, cair no mar e morrer afogado: todo mundo sabia que a queda não fora acidental, mas as tensões na embarcação haviam chegado a tal ponto que o capitão, um irlandês bostoniano de língua afiada, deixou o episódio por isso mesmo. Zachary foi o único membro da tripulação a oferecer um lance quando as posses do morto foram a leilão, tornando-se assim proprietário de um sextante e de um baú cheio de roupas.

Logo, não pertencendo nem ao tombadilho nem ao castelo de proa, Zachary virou o elo entre as duas partes do navio, e passou a arcar com os deveres do segundo-imediato. Não era mais o perfeito grumete que parecia no início da viagem, mas tampouco estava à altura de suas novas responsabilidades. Seus vacilantes esforços pouco puderam fazer para aumentar o moral coletivo, e quando a escuna atracou na Cidade do Cabo, a tripulação evaporou da noite para o dia, espalhando a notícia de um inferno flutuante de barrigas roncantes. A reputação do *Ibis* foi tão prejudicada que nem um único americano ou europeu, nem mesmo os piores rufiões e rum-gaggers,* puderam ser induzidos a se empregar: os únicos homens do mar dispostos a se aventurar naqueles deques eram lascares.

Essa foi a primeira experiência de Zachary com esse tipo de marinheiro. Ele costumava pensar que os lascares eram uma tribo ou

---

* Marujo contador de lorotas fantásticas. (N. do T.)

nação, como cherokees ou sioux: mas descobria agora que vinham de lugares muito distantes e que nada tinham em comum, exceto o oceano Índico; entre eles havia chineses e africanos orientais, árabes e malaios, bengalis e goenses, tâmeis e arakaneses. Vinham em grupos de dez ou quinze homens, cada um com um líder que falava em nome dos seus. Desmanchar esses grupos era impossível; tinham de ser contratados todos juntos ou então não havia acerto, e embora seu preço fosse uma pechincha, tinham as próprias ideias sobre quanto trabalho fariam e quantos homens dividiriam cada função — o que parecia significar que três ou quatro lascares tinham de ser contratados para trabalhos que podiam ser realizados por um único marujo gabaritado. O capitão declarou que aquele era o bando de negroides mais preguiçoso sobre o qual já tivera a desgraça de deitar os olhos, mas para Zachary eles pareciam antes ridículos do que qualquer outra coisa. Seus trajes, para começar: tinham os pés descalços como no dia em que nasceram, e muitos pareciam não se cobrir com nenhum outro pano além da cambraia que lhes ia em torno das partes. Alguns desfilavam por ali em calções de amarrar, enquanto outros ainda usavam sarongues que pendiam em volta de suas pernas esqueléticas como anáguas, de modo que às vezes o convés parecia o salão de uma honeyhouse.* Como um homem era capaz de trepar no mastro de pés descalços, embrulhado em um pedaço de pano, como um recém-nascido? Apesar de serem os marujos mais ágeis que já vira, ainda assim incomodava Zachary vê-los nos cordames, pendurados como macacos nos enfrechates: quando seus sarongues eram soprados pelo vento, ele desviava o olhar, receando o que poderia ver se erguesse o rosto.

Após mudar de ideia inúmeras vezes, o comandante decidiu contratar uma companhia de lascares chefiada por um certo Serang Ali. Esse era um personagem de aparência formidável, com um semblante que teria feito inveja a Gengis Khan: magro, comprido e estreito, de olhos negros faiscantes que dançavam incessantemente entre os malares dissolutamente angulosos. Duas faixas plumosas de bigode desciam por seu queixo, emoldurando uma boca em constante movimento, seus cantos manchados por um vermelho lívido, brilhante: era como se estivesse permanentemente estalando os lábios após sorver das veias abertas de uma égua, como algum sanguinário tártaro das estepes. A descoberta de que a substância em sua boca tinha origem vegetal

---

* Litetalmente, "casa de doçura", ou seja, um prostíbulo. (N. do T.)

não servira de grande alívio para Zachary: certa vez, quando o serang expeliu uma cusparada de sumo escarlate por sobre a amurada, ele notou que a água ali embaixo ganhou vida com a agitação de barbatanas de tubarões. Quão inofensivo podia ser aquele bétele se um tubarão era capaz de tomá-lo por sangue?

A perspectiva de empreender a jornada até a Índia com aquela tripulação era de tal modo desalentadora que o primeiro-imediato também desapareceu, abandonando o barco com tamanha pressa que deixou para trás uma bolsa cheia de roupas. Quando lhe contaram que o imediato desertara, o capitão resmungou: "Então cortou as amarras, foi? Eu é que não o culpo. Eu também zarpava na surdina se já tivesse recebido minha paga."

A próxima parada do *Ibis* era a ilha Maurício, onde deveriam trocar uma carga de grãos por um carregamento de ébano e madeira de lei. Como não puderam encontrar outro oficial antes de partir, a escuna zarpou com Zachary na função de primeiro-imediato: assim se deu que no curso de uma única viagem, em virtude de deserções e postos não preenchidos, ele saltou de mero marujo iniciante para marinheiro sênior, de carpinteiro a segundo em comando, com sua própria cabine. Seu único pesar nessa mudança do castelo de proa para a cabine foi que sua adorada flauta irlandesa desaparecera em algum lugar e tivera de ser dada como perdida.

Antes disso, o capitão instruíra Zachary a fazer suas refeições embaixo — "não quero cor nenhuma derramando em minha mesa, mesmo que seja só um amarelozinho pálido". Mas agora, em vez de jantar sozinho, ele insistia em partilhar a mesa com Zachary na cuddy,* onde eram servidos por um contingente considerável de grumetes lascares — um bando azafamado de launders e chuckeroos.

Assim que as velas foram desfraldadas, Zachary se viu forçado a passar por mais um outro aprendizado, não tanto na arte da navegação, dessa vez, mas nos costumes da nova tripulação. Em vez dos tradicionais able-whackets e outros jogos de baralho dos marujos, ouvia-se o matraquear dos dados, com partidas de parcheesi sendo disputadas sobre tabuleiros feitos de corda; o alegre som das cantigas de bordo era entoado de forma inteiramente nova, selvagem e discordante, e o próprio cheiro da embarcação começou a mudar, com o odor de especiarias infiltrando-se pelo madeirame. Tendo sido encarregado do estoque

---

* Pequena cabine usada como refeitório dos oficiais. (N. do T.)

do navio, Zachary teve de se familiarizar com toda uma nova série de provisões que não guardavam a menor semelhança com o biscoito de mar e o charque a que estava acostumado; teve de aprender a dizer "resum" em vez de "rações", e dava um nó na língua para pronunciar palavras como "dal", "masala" e "achar". Teve de se acostumar a ouvir "malum" em lugar de *mate*, imediato, e "serang" para *bosun*, contramestre, "tindal" para *bosun's mate*, o suboficial de convés, e "seacunny" para o *helmsman*, timoneiro; teve de memorizar todo um novo vocabulário náutico, que soava levemente como inglês, mas ao mesmo tempo não: a aparelhagem, ou *rigging*, passou a ser "ringeen"; o comando de parar, *avast!*, era "bas!"; e o quarto da metade da manhã passou de *all's well* para "alzbel". O convés agora era o "tootuk", enquanto os mastros eram "dols"; uma ordem agora se tornava um "hookum" e em vez de boreste e bombordo, proa e popa, tinha de dizer "jamna" e "dawa", "agil" e "peechil".

Uma coisa que continuou igual foi a divisão da tripulação em dois quartos, cada um conduzido por um tindal. A maior parte dos afazeres do navio coube aos dois tindals, e pouco se viu Serang Ali nos dois primeiros dias. Mas no terceiro Zachary apareceu no convés ao alvorecer para ser saudado com um jovial "Chin-chin Malum Zikri! Malum pegar nham-nham? O-que-coisa tev ladentro?"*

Embora sobressaltado no começo, Zachary logo se viu conversando com o serang numa naturalidade inabitual: era como se aquele falar de esquisito feitio houvesse destravado sua própria língua. "Serang Ali, de onde você é?", perguntou.

"Serang Ali blongi Rohingya — de bandas-Arakan."

"E onde aprendeu a falar desse modo?"

"Navio de afeem", foi a resposta. "Bandas-China, cav'lieru ianque fez falar assim-maneira. Também ele ca-d'tch, como Malum Zikri."

"Não sou nenhum cadete", corrigiu-o Zachary. "Fui contratado como carpinteiro do navio."

---

* Pedimos ao leitor que não se deixe intimidar pela estranheza do pídgin lascar, que beira o incompreensível também no original inglês. No transcorrer do livro, ele se torna menos frequente, assim como a leitura ocasionará maior familiaridade. Algumas expressões (como *chin-chin*, no caso) podem ser elucidadas na Crestomatia, ao final do livro, que no entanto não deve ser tomada por um mero glossário. (N. do T.)

"Não preocupa", disse o serang, de um modo indulgente e paternal. "Não preocupa: dá mesma coisa. Malum Zikry logu-logu vira cav'lieru pukka. Então diz não: pegou-já esposa?"

"Não." Zachary riu. "E quanto a você? Serang Ali tem esposa?"

"Serang Ali esposa passar-morrer", foi a resposta. "Fazer água, para do-ssel. Dentrubrev Serang Ali pegar outra esposa-zinha..."

Uma semana mais tarde, Serang Ali voltou a abordar Zachary: "Malum Zikri! Sujeito-captin blongi poo-shoo-foo. Ele possui muita doença! Precisa um-algum dokto. Não consegue nham-nham tiffin. Bastante fazer xii-xiii, pee-pee. Cheirando bocado, cabine Captin."

Zachary se dirigiu ao camarote do capitão e foi informado de que não havia nada errado: apenas um ligeiro vazamento nos fundilhos — nada de cãibras, pois não havia sangramento, nenhum sinal de molho no barro. "Sei cuidar de mim mesmo: não é a primeira vez que tenho toda essa caganeira e graveolência."

Mas em pouco tempo o capitão ficou fraco demais para deixar sua cabine, e Zachary foi encarregado do diário de bordo e das cartas de navegação. Tendo frequentado a escola até a idade de doze anos, Zachary era capaz de escrever numa caligrafia lenta mas caprichada: o preenchimento do diário de bordo não constituía problema. Navegação era outra história: embora houvesse aprendido um pouco de aritmética no estaleiro, não se sentia à vontade com números. Mas no curso da viagem ele fizera um tremendo esforço para observar o capitão e o primeiro-imediato quando faziam suas leituras do meio-dia; às vezes, chegara até a fazer perguntas, que eram respondidas, dependendo do humor dos oficiais, com explicações lacônicas ou murros na orelha. Agora, usando o relógio do capitão e o sextante herdado do imediato morto, passava boa parte do tempo tentando calcular a posição do navio. Suas primeiras tentativas terminaram em pânico, com seus cálculos levando a embarcação centenas de milhas para fora do curso. Mas ao dar um hookum para a mudança de curso, ele descobriu que a pilotagem do navio nunca estivera de fato em suas mãos, afinal.

"Malum Zikri pensa sujeito-lascar não consegue fazer navio ir?", disse Serang Ali, indignado. "Sujeito-lascar savvi muito navegar navio, você olhe-veja."

Zachary protestou que estavam trezentas milhas fora do curso para Port Louis, e recebeu como resposta uma réplica impaciente: "Pra que Malum Zikri faz tanto bobbery com todo esse buk-buk e big-big hookum? Malum Zikri ainda aprendiz-pijjin. No sabbi pijjin-navio.

Não pode ver Serang Ali sujeito muito esperto ali dentro? Leva navio pra bandas-Por'Lwee três dias, olhe-veja."

Três dias depois, exatamente como prometido, as montanhas irregulares de Maurício despontaram na jamna, com Port Louis aninhado na baía abaixo delas.

"Quero ser um dickswiggered!", disse Zachary, admirado meio a contragosto. "Isso não é mesmo incrível? Tem certeza de que é o lugar certo?"

"O que eu dizer não? Serang Ali Número Um sabbi pijjin-navio."

Zachary iria descobrir posteriormente que Serang Ali estivera determinando o curso o tempo todo, usando um método que combinava a navegação estimada — ou "tup ka shoomar", como ele chamava esse tipo de cálculo — com leituras frequentes das estrelas.

O capitão agora estava enfermo demais para deixar o *Ibis*, então coube a Zachary cuidar dos negócios dos donos na ilha, o que incluía a entrega de uma carta para o senhor de uma *plantation*, a cerca de dez quilômetros de Port Louis. Zachary se aprontava para descer em terra firme com a carta quando foi interceptado por Serang Ali, que o fitou de alto a baixo com preocupação.

"Malum Zikri pega bocado encrenca vai em Por'Lwee assim jeito."

"Por quê? Não vejo nada de errado."

"Malum olhe-veja." Serang Ali deu um passo para trás e correu um olho crítico sobre Zachary. "O que raio de roupas usando?"

Zachary estava trajado com suas roupas habituais de trabalho, calça de lona e o usual *banyan* de marinheiro — uma túnica folgada, feita nesse caso de uma lona de Osnaburg grosseira e muito gasta. Após semanas no mar, tinha a barba por fazer e o cabelo cacheado sebento de gordura, alcatrão e sal. Mas nada disso lhe parecia impróprio — afinal de contas, só ia entregar uma carta. Deu de ombros: "E daí?"

"Malum Zikri vai assim jeito em Por'Lwee, não volta", disse Serang Ali. "Recrutador demais em Por'Lwee. Bocado blackbirder querendo pegar um-algum escravo. Malum vai e fica xangaiado,* feito escravo; leva chicote, toma surra. Nada bom."

Isso fez Zachary pensar duas vezes: ele voltou para sua cabine e deu uma olhada mais cuidadosa nas posses que havia acumulado como

---

* Do verbo *shangai*: sequestrar um homem para servir compulsoriamente a bordo de navio, por vezes depois de drogá-lo. (N. do T.)

resultado das respectivas morte e deserção dos dois imediatos do navio. Um deles era uma espécie de dândi e havia tanta roupa em seu baú que isso chegava a ponto de deixar Zachary intimidado: o que ia com quê? O que era certo para qual hora do dia? Uma coisa era observar os refinados atavios em alguém quando em terra firme, outra bem diferente trajar-se com eles.

Mais uma vez, Serang Ali acorreu em socorro de Zachary: como se descobriu, entre os lascares havia muitos que se vangloriavam de dominar outras artes que não as do mar — um deles era um kussab que trabalhara outrora como "auxiliar de vestimenta" para um armador; havia um intendente que era também um darzee e ganhava um dinheiro extra costurando e remendando roupas; e um topas que aprendera a barbear e servia de balwar para a tripulação. Sob a orientação de Serang Ali, a equipe se pôs a trabalhar, vasculhando as bolsas e os baús de Zachary, escolhendo peças, medindo, dobrando, ajustando, cortando. Enquanto o intendente-alfaiate e seus chuckeroos se ocupavam de costuras internas e bainhas, o barbeiro-topas conduziu Zachary aos embornais a sotavento e, com a ajuda de algumas calhas, submeteu-o à esfregação mais completa pela qual jamais passara. Zachary não ofereceu resistência até o momento em que o topas apareceu com um líquido escuro e perfumado e fez menção de passá-lo em seu cabelo: "Ei! Que negócio é esse?"

"Champi", disse o barbeiro, fazendo um gesto de esfregar com as mãos. "Champoo-ing bom demais..."

"Shampoo?" Zachary nunca ouvira falar da substância: mas por mais relutante que estivesse em permitir aquilo em sua pessoa, acabou cedendo, e, para sua surpresa, não se arrependeu depois, pois sua cabeça nunca estivera tão leve, nem cheirara tão bem.

Em poucas horas, Zachary olhava para uma imagem quase irreconhecível de si mesmo no espelho, trajado em uma camisa de linho branco, de culotes e um paletot de verão traspassado, com um plastrom amarrado cuidadosamente em torno do pescoço. Em seu cabelo, enfeitado, escovado e preso na nuca por uma fita azul, ia um lustroso chapéu preto. Não faltava mais nada, até onde Zachary era capaz de dizer, mas Serang Ali ainda não se dera por satisfeito: "Sing-song não possui?"

"O quê?"

"Clock." O serang levou a mão ao colete, como que sugerindo que procurava uma correntinha de algibeira.

A ideia de que pudesse se dar ao luxo de possuir um relógio de bolso fez Zachary dar risada. "Não", ele disse. "Não tenho relógio nenhum."

"Não preocupa. Malum Zikri espera um minuto."

Enxotando os demais lascares para fora da cabine, o serang desapareceu por uns bons dez minutos. Quando voltou, havia alguma coisa oculta nas dobras de seu sarongue. Fechando a porta atrás de si, ele desfez o nó na cintura e estendeu a Zachary um reluzente relógio de prata.

"Geekus crow!"* Zachary ficou de queixo caído ao ver o relógio, segurando-o na palma da mão como uma ostra cintilante: os dois lados estavam cobertos de intrincadas filigranas, e a corrente era feita de três cordões de prata ricamente trabalhados. Abrindo a tampa, ele observou admirado os ponteiros que se moviam e as engrenagens tiquetaqueantes.

"Que lindo." No lado interno da tampa, observou Zachary, havia um nome, gravado em pequenas letras. Ele leu em voz alta: "'Adam T. Danby'. Quem foi ele? Você o conheceu, Serang Ali?"

O serang hesitou por um momento, depois abanou a cabeça: "Não. Não, sabbi. Comprou relógio em casa de penhor, em Cidade do Cabo. Agora blongi de Zikri Malum."

"Não posso aceitar isso de você, Serang Ali."

"Tudo certo, Zikri Malum", disse o serang dando um de seus raros sorrisos. "Está tudo certo."

Zachary ficou comovido. "Obrigado, Serang Ali. Ninguém nunca me deu nada assim antes." Ficou diante do espelho, o relógio na mão, chapéu na cabeça, e explodiu numa gargalhada. "Ei! Vão me pegar para prefeito, pode apostar."

Serang Ali balançou a cabeça: "Malum Zikri grande um-algum pukka sahib agora. Vai apropriado. Se sujeito-fazendeiro vem pegar, precisa fazer dumbcow."

"Dumbcow?", disse Zachary. "Do que você está falando?"

"Precisa fazer muito gritação: sujeito-fazendeiro, ir embora, seu irmã-barnshoot.** Eu um-algum pukka sahib, ninguém não pega. Malum tira pistola no bolso; se sujeito tenta xangai, atira ele na cara."

---

* Eufemismo para "Jesus Christ!". (N. do T.)
** Ao longo do livro ocorrerão diversas variantes dessa expressão chula (barnshoot, banchoot, bahenchod, b'henchod). Literalmente, traduz-se como *sisterfucker*, ou "fodedor da irmã", calão de uso correspondente ao *motherfucker* inglês. (N. do T.)

Zachary enfiou uma pistola no bolso e desembarcou nervosamente em terra — mas quase que no instante em que pisou no cais, viu-se tratado com uma deferência a que não estava acostumado. Foi até o estábulo para alugar um cavalo, e o dono francês, dobrando-se em uma mesura, dirigiu-se a ele como "milorde", fazendo o possível e o impossível para agradá-lo. Partiu com um cavalariço a reboque, a fim de indicar o caminho.

A vila era pequena, uns poucos aglomerados de casas que desapareciam em uma confusão de barracos, choupanas e outras construções miseráveis; mais além, o caminho sinuoso penetrava por densos trechos de florestas e touças muito altas e espessas de cana-de-açúcar. As colinas e os rochedos circundantes eram de formatos estranhos e retorcidos; esparramavam-se sobre as planícies como um bestiário de animais gargantuescos paralisados no ato de tentar escapar das garras da terra. De tempos em tempos, passando entre os canaviais, cruzava com bandos de homens que baixavam a gadanha para encará-lo: os capatazes faziam-lhe reverência, levando o chicote respeitosamente à ponta do chapéu, enquanto os cortadores fitavam-no em um silêncio inexpressivo, deixando-o feliz por ter a arma em seu bolso. A casa-grande surgiu em seu campo de visão de muito longe, por entre uma aleia cujas árvores soltavam uma casca cor de mel. Havia esperado uma mansão, como as que havia nas *plantations* de Delaware e Maryland, mas essa construção não compreendia grandes colunas ou janelas com empenas: era um bangalô térreo de madeira circundado por uma profunda varanda. O senhor, Monsieur d'Epinay, sentava-se na varanda de ceroulas e suspensórios — Zachary não fez qualquer juízo a respeito, e foi tomado de surpresa quando seu anfitrião se desculpou pelo estado de desmazelo, explicando, num inglês estropiado, que não esperava receber a visita de um cavalheiro àquela hora do dia. Entregando o hóspede aos cuidados de uma criada africana, Monsieur d'Epinay entrou e reapareceu meia hora depois, inteiramente vestido, regalando Zachary com uma refeição de diversos pratos, acompanhada de vinhos finos.

Foi com alguma relutância que Zachary olhou o relógio e anunciou que era hora de partir. Quando saíam da casa, Monsieur d'Epinay estendeu-lhe uma carta para ser entregue a Mister Benjamin Burnham, em Calcutá.

"Minhas canas estão apodrecendo no canavial, Mister Reid", disse o fazendeiro. "Diga a Mister Burnham que preciso de mão de obra. Agora que não se pode mais ter escravos em Maurício, tenho de arranjar cules, ou estou perdido. Leve a ele essa mensagem, fará esse favor?"

Ao apertar sua mão se despedindo, Monsieur d'Epinay ofereceu uma palavra de advertência. "Tenha cuidado, Mister Reid; fique de olhos abertos. As montanhas por aqui estão cheias de maroons, bandidos e escravos fugidos. Um cavalheiro como o senhor deve ser cuidadoso. Tenha uma arma sempre à mão."

Zachary se afastou da fazenda com um sorriso no rosto e a palavra "cavalheiro" tilintando em seus ouvidos: havia sem dúvida muitas vantagens em ser rotulado com essa etiqueta — e mais algumas se tornaram óbvias quando ele chegou às docas de Port Louis. Com o cair da noite, as estreitas vielas nas cercanias do Lascar Bazar se encheram de mulheres, e a visão de Zachary, em seu paletó e chapéu, teve um efeito galvânico sobre elas: roupas se tornaram o mais recente item da sua lista de coisas dignas de louvor. Graças à mágica delas, ele, Zachary Reid, tantas vezes ignorado pelas prostitutas de Fell's Point, agora tinha mulheres penduradas em seus braços e cotovelos: os dedos delas se enroscavam em seu cabelo, os quadris eram pressionados contra o seu, as mãos delas brincavam com os botões de chifre de sua calça de broadcloth. Uma delas, dizendo se chamar Madagascar Rose, era a garota mais linda que ele já vira, com flores atrás das orelhas e lábios pintados de vermelho: como teria adorado, após dez meses em um navio, ver-se arrastado para além de sua porta, enfiando o nariz entre seus peitos perfumados de jasmim e passando a língua em seus lábios de baunilha — mas de repente lá estava Serang Ali, em seu sarongue, bloqueando o caminho, o fino rosto aquilino contraído num esgar de desaprovação. Ao vê-lo, a Rosa de Madagascar murchou e sumiu.

"Malum Zikri não possui miolo aí dentro?", perguntou o serang, mãos na cintura. "Possui cabeça fazendo água? Pra que quer garota-flor? Ele não grande pukka sahib agora?"

Zachary não estava com disposição para sermões. "Não enche, Serang Ali! Quem nasceu pra snatchwarren nunca chega a marinheiro."

"Pra que Malum Zikri quer pagar pijjin-saracoteio? Oc-to-puss já não viu? Muito feliz peixe."

Isso deixou Zachary desconcertado. "Polvo?", disse. "O que isso tem a ver com alguma coisa?"

"Nunca viu?", disse Serang Ali. "Mistah Oc-toh-puss mão oito possui. Faz pra ele mesmo muita felicidade dentro. Sorrindo tempo todo. Pra que malum não faz mesma maneira? Dez dedos não possui?"

Não demorou para que Zachary lançasse as mãos ao ar de resignação e permitisse ser levado dali. Por todo o trajeto até o barco, Serang Ali não parou de esfregar a poeira de suas roupas, arrumar seu plastrom, ajeitar seu cabelo. Parecia ter adquirido um direito sobre sua pessoa ao tê-lo ajudado a se transformar em um sahib; por mais que Zachary praguejasse e estapeasse suas mãos, o outro não parava: era como se ele houvesse se tornado a imagem do requinte, equipado com tudo que fosse exigido para triunfar no mundo. Deu-se conta então de que era por isso que Serang Ali se mostrara tão determinado a impedi-lo de ir para a cama com as garotas do bazar — as uniões dele, também, deveriam ser arranjadas e supervisionadas. Ou foi o que pensou.

O capitão, ainda indisposto, estava desesperado agora para chegar em Calcutá e queria içar âncora tão logo fosse possível. Mas ao ouvir a respeito, Serang Ali discordou: "Sujeito-Cap'tin bocado doente", disse. "Se não traz dokto, ele ir morrer. Fazer água muito rápido demais."

Zachary se dispôs prontamente a ir atrás de um médico, mas o capitão não o autorizou. "Não quero nenhum shagbag de um doutor sanguessuga me cutucando ali na popa. Não tem nada errado comigo. É só uma corredeira. Vou melhorar assim que desferirmos velas."

No dia seguinte, a brisa ganhou novo vigor e o *Ibis* se fez ao mar, como o previsto. O comandante conseguiu a custo cambalear até o tombadilho e declarou estar rijo como uma quilha, mas Serang Ali era de outra opinião: "Captin pegar Cop'ral-Forbes.* Olhe-veja — ele língua vai preta. Melhor Malum Zikri ficar distância de Captin." Mais tarde, ele estendeu a Zachary uma beberagem fedorenta de raízes e ervas. "Malum ele bebe: não pega doença. Cop'ral-Forbes — um-algum de sujeito ruim." Aconselhado pelo serang, Zachary também fez uma mudança de dieta, trocando o habitual cardápio dos marinheiros de lobscouse, dandyfunk e chokedog por um repasto lascar de karibat e kedgeree — skillygales de arroz picantes, lentilhas e picles, misturados ocasionalmente com iscas de peixe, fresco ou seco. A queimação na língua causada pelas novas iguarias foi algo difícil de se acostumar no começo, mas Zachary pôde perceber que os condimentos estavam lhe fazendo bem, purgando suas entranhas, e logo passou a apreciar cada vez mais aqueles sabores tão pouco familiares.

---

* Corporal Forbes, "cabo Forbes": *cholera morbus*. (N. do T.)

Doze dias depois, exatamente como Serang Ali havia predito, o capitão estava morto. Dessa vez, não houve lance algum pelas posses do defunto: despejaram tudo por sobre a amurada, e a cabine foi lavada e deixada aberta, para ser cauterizada pelo ar salgado.

Quando o corpo foi jogado no mar, coube a Zachary a leitura da Bíblia. Ele o fez com uma voz sonora o bastante para merecer um cumprimento de Serang Ali: "Malum Zikri número-um sujeito pijin-joss. Canção-igreja por que não canta?"

"Isso não dá", disse Zachary. "Nunca aprendi a cantar."

"Não preocupa", disse Serang Ali. "Um-algum sujeito-cantor eu possui." Fez um sinal para um grumete espigado e aracnoide chamado Rajoo. "Esse launder foi um-tempo menino-Missão. Homem-joss teve ensinado ele algum saam."

"Salmo?", disse Zachary, surpreso. "Qual deles?"

Como que em resposta, o jovem lascar começou a cantar: "Why *do* the heathen so furious-*ly* rage together...?"*

Caso o significado disso escapasse a Zachary, o serang prestativamente forneceu uma tradução. "Quer dizer", sussurrou no ouvido de Zachary, "pra que sujeito-pagão faz tanto bobbery? Coisa melhor pra fazer não possui?"

Zachary suspirou: "Acho que isso simplesmente resume tudo."

Quando o *Ibis* lançou ferro na foz do rio Hooghly, onze meses haviam se passado desde sua partida de Baltimore, e os únicos membros remanescentes da tripulação original da escuna eram Zachary e Crabbie, o gato fulvo da embarcação.

Com Calcutá a apenas dois ou três dias de distância, Zachary teria ficado muito satisfeito de se pôr a caminho imediatamente. Vários dias se passaram enquanto a tripulação irritável aguardava a chegada de um piloto. Zachary estava dormindo em sua cabine, vestido apenas com um sarongue, quando Serang Ali entrou para lhe dizer que um bunder-boat acostara junto ao navio.

"Mistah Dumbcow chegou."

"Quem é esse?"

"Piloto. Ele dumbcow tempo todo", disse o serang. "Escuta."

---

* "Por que se insurgem com tamanha fúria os pagãos [isto é, as nações pagãs]." *Messias* de Handel; Salmos 2, 1-2; Atos 4, 25-6. (N. do T.)

Esticando o pescoço, Zachary captou o eco de uma voz reverberando pela prancha: "O diabo leve meus olhos se alguma vez já vi uma súcia igual de badmashes barnshootando desse jeito! Uma chowderada nos choots é o que seus budzats precisam. O que pensam que estão fazendo, brincando com seus trapos e soprando seus louros enquanto eu fico aqui cozinhando embaixo do sol?"

Enfiando-se em calças e uma camiseta, Zachary saiu para dar com um inglês corpulento colérico martelando o convés com sua bengala de cana. Vestia-se de um modo extravagantemente antiquado, em uma camisa de colarinho muito alto, um casaco de barra curta e um Belcher fogle em torno da cintura. Tinha-se a impressão de que seu rosto — tez de toicinho, enormes costeletas, maçãs carnudas e lábios de maus fígados — havia sido montado possivelmente em um balcão de açougueiro. Atrás dele postava-se um pequeno grupo de carregadores e lascares, portando um sortimento de bowlas, maletas e outras bagagens.

"Nenhum de vocês, seus halalcores, tem qualquer miolo na cachola?" As veias saltavam na têmpora do piloto conforme berrava para a tripulação imóvel: "Onde está o imediato? Terá recebido o kubber de que meu bunder-boat prendeu as amarras? Não fiquem aí parados: desembuchem! Movam-se, antes que eu dê aos seus ganders um gosto de meu lattee. Ponho todos para dizer seus bysmellas antes que percebam o que está acontecendo."

"Peço desculpas, senhor", disse Zachary, adiantando-se. "Lamento tê-lo feito esperar."

Os olhos do piloto se estreitaram de desaprovação quando pousaram sobre as roupas desmazeladas e os pés descalços de Zachary. "Diabos me carreguem, homem!", disse. "O senhor sem dúvida se deixou misturar, não foi? Isso não pode, quando se é o único sahib a bordo — não se não quiser ser borak-poke pelos seus pretinhos."

"Mil perdões, senhor... apenas um pouco atrapalhado." Zachary esticou a mão. "Sou o segundo-imediato, Zachary Reid."

"E eu sou James Doughty", disse o recém-chegado, apertando a mão de Zachary com contrariedade. "Ex-funcionário do Bengal River Pilot Service; atual designado arkati e turnee para Burnham Bros. O Burra Sahib — Ben Burnham, quero dizer — pediu-me que me encarregasse do navio." Fez um gesto jovial na direção do lascar atrás da roda do leme. "Lá está meu seacunny; sabe exatamente o que fazer — pode levá-los até Burrempooter de olhos fechados. O que me diz de deixar o timão a esse badmash e nos reunirmos para um trago de loll-shrub?"

"Loll-shrub?" Zachary coçou o queixo. "Lamento, Mister Doughty, mas não sei dizer o que é isso."

"Clarete, meu rapaz", disse o piloto, com jovialidade. "Acaso não teria um trago a bordo, teria? Ou, se não, um brandy-pawnee cairá igualmente bem."

Dois

Dois dias depois, Deeti e sua filha faziam a refeição do meio-dia quando Chandan Singh parou o carro de bois diante de sua porta. *Kabutri-ki-má!*, ele gritou. Escutem: Hukam Singh desfaleceu lá na fábrica. Disseram que vocês devem buscá-lo e trazê-lo para casa.

Dizendo isso, estalou as rédeas e partiu apressado, impaciente por fazer sua refeição e dormir seu sono da tarde: era típico dele não oferecer qualquer ajuda.

Um calafrio subiu pela nuca de Deeti enquanto assimilava aquilo: não que a notícia em si fosse inteiramente inesperada — seu marido andava doente havia algum tempo, e o desmaio não foi uma surpresa completa. Na verdade, seu pressentimento derivava da certeza de que esse rumo dos acontecimentos estava de algum modo ligado ao barco que vira; era como se o próprio vento que o carregasse em sua direção houvesse soprado uma corrente de ar em sua espinha.

Ma?, disse Kabutri. O que vamos fazer? Como vamos trazê-lo para casa?

Temos de encontrar Kalua e seu carro de bois, disse Deeti. *Chal;* vamos andando.

A aldeia dos chamars, onde vivia Kalua, era a uma curta caminhada de distância, e ele com certeza estaria em casa àquela hora da tarde. O problema era que provavelmente esperaria ser pago e ela não conseguia pensar em nada para lhe oferecer: não tinha grãos ou frutas de sobra, e quanto a dinheiro, as conchas de cauri em sua casa não chegavam a um dam. Tendo pesado as alternativas, ela se deu conta de que não lhe restava outra opção senão vasculhar a caixa de madeira entalhada na qual o marido guardava seu suprimento de ópio: o estojo, teoricamente, ficava trancado, mas Deeti sabia onde procurar a chave. Ao abrir a tampa, ela ficou aliviada de encontrar ali dentro vários grumos do duro ópio akbari, além de um pedaço considerável do macio ópio chandu, ainda embrulhado em pétalas de papoula. Decidindo-se pelo ópio duro, cortou uma pelota do tamanho de seu polegar e embrulhou-a numa das folhas que preparara pela manhã. Com o pequeno pacote enfiado na cintura de seu sari, partiu na direção de Ghazipur, com Kabutri correndo mais à frente, saltando ao longo das barragens que dividiam os campos de papoula.

O sol passara de seu zênite a essa altura, e uma névoa dançava acima das flores, no calor da tarde. Deeti puxou a ghungta de seu sari sobre o rosto, mas o velho algodão, já desde sempre ordinário e muito fino, estava agora tão puído que dava para enxergar através deles: o tecido gasto borrava os contornos de tudo que via, tingindo as bordas dos roliços frutos de papoula com um tênue halo escarlate. À medida que prosseguia em sua caminhada, viu que em campos adjacentes a colheita ia bem mais avançada que a sua: alguns vizinhos já haviam talhado seus frutos, e o gotejamento branco do látex podia ser visto coagulando em torno das incisões paralelas da nukha. O odor adocicado, inebriante dos frutos sangrando atraíra enxames de insetos, e o ar zumbia com as abelhas, os gafanhotos e as vespas; muitos deles ficariam grudados na seiva pegajosa, e, no dia seguinte, quando a resina escurecesse, seus corpos se fundiriam com a goma negra, tornando-se um bem-vindo acréscimo ao peso da safra. A seiva parecia exercer um efeito apaziguador até sobre as borboletas, que batiam as asas em padrões estranhamente erráticos, como que incapazes de lembrar como voar. Uma delas pousou no dorso da mão de Kabutri e só voltou a alçar voo quando arremessada de volta no ar.

Viu como ela está perdida em sonhos?, disse Deeti. Isso significa que a colheita será boa este ano. Talvez dê até para consertar o telhado.

Ela parou para lançar um olhar na direção de sua choupana, fracamente visível na distância: era como uma minúscula balsa flutuando em um rio de papoulas. O telhado da cabana precisava urgentemente de reparos, mas, nessa época de flores, colmo não era artigo dos mais fáceis: nos velhos tempos, os campos ficavam cobertos de trigo no inverno e, após a colheita da primavera, a palha era usada para consertar o estrago do ano anterior. Mas agora, com os sahibs forçando todo mundo a cultivar papoula, ninguém dispunha de colmo extra — a palha tinha de ser comprada no mercado, de pessoas que viviam em vilarejos distantes, e o gasto era tal que todos postergavam seus reparos o máximo que conseguiam.

Quando Deeti estava com a idade de sua filha, as coisas eram diferentes: papoulas eram o artigo de luxo, então, crescendo em pequenos aglomerados entre os campos que abrigavam as principais plantações de inverno — trigo, masoor dal e verduras. Sua mãe mandava parte das sementes de papoula para a prensa extratora de óleo, e o restante guardava para usar em casa, sendo um pouco para replantar, outro tanto para cozinhar com carne e legumes. Quanto à seiva, era peneirada para remoção de impurezas e deixada para secar, até que o sol a transformasse em um duro akbari afeem; na época, ninguém pensava em produzir o ópio chandu úmido e substancioso que era feito e embalado na fábrica inglesa, para ser mandado por barco através do oceano.

Nos velhos tempos, os lavradores guardavam um pouco do ópio caseiro para suas famílias, a fim de utilizá-lo contra enfermidades, ou nas colheitas e nos casamentos; o restante era vendido para a nobreza local, ou para mercadores pykari oriundos de Patna. Nessa época, uns poucos punhados de papoula eram suficientes para preencher as necessidades de uma casa, deixando-se um pequeno excedente para ser vendido: ninguém se predispunha a plantar mais, devido ao enorme trabalho envolvido em seu cultivo — lavrar a terra quinze vezes e quebrar os torrões remanescentes à mão, com um dantoli; construir cercas e acéquias; arcar com a compra de adubo e irrigar constantemente; e, depois de tudo isso, o frenesi da colheita, cada bulbo tendo de ser individualmente sangrado, drenado e raspado. Tal provação era suportável quando se tinha um ou dois terreninhos de papoulas — mas quem em sã consciência poderia querer multiplicar todo esse labor quando havia plantas melhores e mais úteis para cultivar, como trigo, dal, hortaliças? Mas os acres dessas saborosas plantações de inverno vinham encolhendo brutalmente: o apetite da fábrica por ópio, agora, parecia insaciável. Quando chegava o tempo frio, os sahibs ingleses não permitiam que muita coisa mais fosse plantada; seus agentes iam de casa em casa, empurrando adiantamentos em dinheiro para os lavradores, fazendo-os assinar contratos *asámi*. Era impossível dizer não a eles: se você se recusasse, eles deixavam a prata* escondida em algum lugar da casa, ou jogavam-na por uma janela. De nada adiantava dizer ao magistrado branco que você não aceitara o dinheiro e que a digital de seu polegar na assinatura era uma fraude: ele recebia comissões pelo ópio e jamais permitiria que ficasse por isso mesmo. E, ao final de tudo, seus ganhos não somavam mais do que três sicca rupees, praticamente o bastante apenas para saldar seu adiantamento.

---

* Isto é, dinheiro (de *rupia*, "moeda de prata"). (N. do T.)

Baixando o braço, Deeti arrancou um fruto de papoula e o segurou junto ao nariz: o cheiro da seiva seca era como de palha molhada, lembrando vagamente o perfume rico e terroso de um telhado recém-colmado após um aguaceiro. Esse ano, se a safra fosse boa, ela iria investir tudo que ganhasse no conserto do telhado — caso contrário, as chuvas destruiriam o que ainda restava dele.

Sabia, disse para Kabutri, que já faz sete anos desde que pusemos colmo no telhado pela última vez?

A garota voltou os suaves olhos negros para sua mãe. Sete anos?, disse. Mas não faz esse tempo que vocês casaram?

Deeti balançou a cabeça e apertou suavemente a mão de sua filha. É. Era isso...

O colmo novo fora pago pelo pai dela, como parte de seu dote — embora mal pudesse arcar com aquilo, abrira o bolso sem relutância, pois Deeti era a última filha sua a se casar. Suas possibilidades haviam sempre sido arruinadas por suas estrelas, pois que seu destino era regido por Saturno — Shani —, um planeta que exercia grande poder nos nascidos sob sua influência, muitas vezes trazendo discórdia, infelicidade e desarmonia. Com essa sombra obscurecendo seu futuro, as expectativas de Deeti nunca foram muito elevadas: ela sabia que se um dia fosse casar, provavelmente seria com um homem muito mais velho, possivelmente um viúvo encarquilhado precisando de uma nova esposa para criar sua prole. Hukam Singh, comparado a isso, parecera um bom pretendente, quanto mais não fosse porque o próprio irmão de Deeti, Kesri Singh, propusera o acerto. Os dois homens haviam pertencido ao mesmo batalhão e haviam servido juntos em campanhas no além-mar; Deeti tinha a palavra de seu irmão de que a deficiência do possível marido era um mal menor. Além disso, contavam a seu favor as ligações familiares, a mais notável das quais consistindo em um tio que ascendera à patente de subedar no exército da Companhia das Índias Orientais: após se retirar do serviço ativo, esse tio encontrara um trabalho lucrativo numa casa mercantil em Calcutá, e havia sido fundamental para conseguir bons empregos para seus parentes — fora ele, por exemplo, que obtivera uma cobiçadíssima vaga na fábrica de ópio para Hukam Singh, o futuro noivo.

Quando o arranjo do casamento passou ao estágio seguinte, ficou claro que era esse tio a força motriz por trás da proposta. Ele não apenas encabeçou o grupo que apareceu para acertar os detalhes, como também cuidou de todas as negociações em prol do noivo: de fato, quando as conversações chegaram ao momento de conduzir Deeti para dentro, a fim de deixar cair sua ghungta, foi perante o tio, mais do que o noivo, que ela desnudou o rosto.

Não havia como negar que o tio fazia uma figura impressionante: seu nome era Subedar Bhyro Singh e estava com cinquenta e poucos anos, ostentando espessos bigodes brancos que se arqueavam em direção aos lóbulos de suas orelhas. Sua tez era brilhante e rosada, marcada apenas por uma cicatriz sobre a face esquerda, e seu turbante, tão imaculadamente branco quanto seu dhoti, ele o usava com uma arrogância negligente que o fazia parecer com o dobro do tamanho de outros homens de sua altura. Sua força e seu vigor evidenciavam-se tanto no diâmetro taurino de seu pescoço como nos contornos avolumados de seu abdômen, pois era um desses homens em quem a barriga surge não necessariamente como excesso de peso, mas antes como repositório de energia e vitalidade.

Tal era a presença do subedar que o noivo e sua família imediata pareciam agradavelmente reservados, em comparação, e isso não desempenhou pequeno papel em conquistar a aquiescência de Deeti com o casamento. Durante as negociações, ela examinou os visitantes cuidadosamente, por uma abertura na parede: não gostou muito da mãe, mas tampouco sentiu qualquer medo dela. Quanto ao irmão mais novo, a antipatia foi imediata, mas ele não passava de um jovem magrelo sem a menor importância, e presumira que seria, na pior das hipóteses, uma fonte menor de irritação. Quanto a Hukam Singh, ficara favoravelmente impressionada com sua postura soldadesca, cuja coxeadura, se alguma importância tinha, só fazia enfatizar. O que apreciara ainda mais era seu comportamento letárgico e o vagar de sua fala; ele lhe parecera inofensivo, o tipo de homem que cuidaria de seus afazeres sem causar problemas, qualidade não das menos apreciáveis em um marido.

Ao longo das cerimônias e depois disso, durante a longa jornada rio acima até seu novo lar, Deeti não sentiu qualquer apreensão. Sentada na proa do barco, com o sari matrimonial puxado sobre o rosto, tivera uma palpitação de prazer quando as mulheres cantaram:

Sakhiyã-ho, sayiã moré písé masála
Sakhiyã-ho, bará mítha lagé masála
Oh, amigas, meu amor é um moedor de especiarias
Oh, amigas, como é doce esse tempero!

A música a acompanhara enquanto era carregada, em um nalki, da margem do rio ao limiar de sua nova casa; velada em seu sari, ela não vira nada da habitação conforme se dirigiu ao agrinaldado leito nupcial, mas suas narinas haviam se enchido do odor de colmo fresco. As canções foram ficando cada vez mais sugestivas enquanto ela permanecia sentada à espera do marido e seu pescoço e ombros haviam se enrijecido com a expectativa do toque que a levaria a se curvar sobre a cama. Suas irmãs haviam dito: Faça com que seja difícil para ele da primeira vez, ou ele nunca mais vai deixá-la em paz; lute e arranhe e não deixe que toque seus seios.

Ág mor lágal ba
   Aré sagaro badaniyá...
Tas-mas choli karái
   Barhalá jobanawá

Estou em fogo
   Meu corpo arde...
Meu choli se comprime
   Contra meus seios despertos...

Quando a porta abriu para admitir Hukam Singh, ela jazia enrodilhada na cama, inteiramente preparada para um ataque. Mas ele a surpreendeu: em vez de abrir seu véu, disse, em uma voz baixa, indistinta: *Arré sunn!* Escute: você não precisa ficar enrolada desse jeito, como uma cobra: vire para mim, olhe.

Espiando cautelosamente por entre as dobras de seu sari, ela viu que estava a seu lado com uma caixa de madeira trabalhada nas mãos. Ele pôs o estojo em cima da cama e empurrou a tampa para trás, liberando um poderoso odor medicinal — um cheiro que era ao mesmo tempo oleoso e terroso, doce e nauseante. Ela sabia que era o cheiro do ópio, embora nunca houvesse encontrado aquilo em uma forma tão potente e concentrada.

Olhe! Ele apontou para o interior da caixa, que era dividido em diversos compartimentos: Está vendo; sabe o que tem dentro?

Afeem naikhé?, ela disse. Não é ópio?

É, mas de tipos diferentes. Olhe. Seu indicador apontou primeiro para uma pelota de akbari comum, de cor negra e textura dura; depois ele indicou uma bola de madak, uma mistura pegajosa de ópio e tabaco: Está vendo; isto é o negócio mais barato que as pessoas fumam nos chillums. Em seguida, usando as duas mãos, tirou um pequeno volume, ainda embrulhado na folha de pétalas de papoula, e o depositou na palma da mão dela, para mostrar como era macio. Este é o que a gente faz na fábrica: chandu. Não vai vê-lo por aqui, os sahibs mandam para o outro lado do mar, para Maha-chin. Não dá para comer como o akbari e não dá para fumar como o madak.

O que faziam com eles, então?, ela perguntou.

Dekheheba ka hoi? Quer ver?

Ela fez que sim e ele ficou de pé e foi até uma prateleira na parede. Esticando-se, apanhou um cachimbo do comprimento de seu braço. Segurou-o diante dela, e ela viu que era feito de bambu, enegrecido e oleoso pelo uso. Havia um bocal numa extremidade, e no meio do tubo havia um pequeno bulbo, feito de argila, com um furo minúsculo em cima. Segurando o cachimbo nas mãos com modos reverentes, Hukam Singh explicou que viera de um lugar distante — Rakhine-desh, no sul de Burma. Cachimbos como esse não eram encontrados em Ghazipur, ou Benares, nem mesmo em Bengala: tinham de ser trazidos pela Água Negra, e eram valiosos demais para cair em mãos inábeis.

Do estojo entalhado, ele tirou uma comprida agulha, enfiou a ponta no macio chandu preto e aqueceu a gota na chama de uma vela. Quando o ópio começou a chiar e ferver, ele o pôs no furinho de seu cachimbo e deu uma profunda tragada na fumaça, puxando pelo bocal. Permaneceu sentado com os olhos cerrados, enquanto a fumaça branca saía vagarosamente por suas narinas. Quando terminou, correu as mãos afetuosamente pela extensão do tubo de bambu.

Você precisa saber, disse enfim, que esta é minha primeira esposa. Ela me mantém vivo desde que fui ferido: se não fosse por ela, eu não estaria aqui hoje. Eu teria morrido de dor há muito tempo.

Foi ao dizer essas palavras que Deeti compreendeu o que o futuro lhe reservava: ela se lembrou de como, quando criança, ela e suas amigas costumavam rir dos afeemkhors em sua aldeia — os comedores de ópio, que viviam como que perdidos em um sonho, fitando o céu com olhar entorpecido, inanimado. De todas as possibilidades que concebera, essa era a única que não lhe passara pela cabeça: que pudesse se casar com um afeemkhor — um viciado. Mas como poderia ter sabido? Afinal, seu próprio irmão não lhe havia assegurado que o ferimento de Hukam Singh não era sério?

Meu irmão sabe?, ela perguntou, em voz baixa.

Sobre meu hábito? Ele riu. Não; como ia saber? Só aprendi a fumar depois que me feri e fui levado ao hospital do quartel. Os enfermeiros de lá eram do país onde estávamos, Arakan, e quando a dor nos mantinha acordados à noite, eles traziam cachimbos e nos mostravam como usar.

Era inútil, ela sabia, se deixar invadir pelo remorso agora, na própria noite em que seu destino fora unido ao dele: era como se a sombra de Saturno houvesse passado diante de seu rosto, para lembrá-la de seu destino. Calmamente, de modo a não despertá-lo de seu transe, ela passou a mão por sob o véu e limpou os olhos. Mas seus braceletes tilintaram e o acordaram; ele apanhou a agulha outra vez e a segurou sobre a chama. Quando o cachimbo estava pronto para ser fumado, virou-se para ela, sorrindo, e ergueu a sobrancelha, como a perguntar se não desejaria experimentar também. Ela fez que sim, pensando que, se aquilo era capaz de sanar a dor de um osso estilhaçado, então certamente ajudaria a apaziguar a inquietude em seu coração. Mas quando levou a mão ao cachimbo, ele o tirou rapidamente de seu alcance, segurando-o junto ao peito: Não, você não vai saber como fazer! Encheu a boca de fumaça, colocou-a sobre a dela e soprou ele mesmo dentro de seu corpo. Sua cabeça começou a girar, mas se da fumaça, ou se do contato com seus lábios, ela não sabia dizer. As fibras de seus músculos começaram a amolecer e ficaram frouxas; seu corpo pareceu se esvaziar de toda tensão e uma sensação do mais prazeroso langor veio em seguida. Transbordando de bem-estar, reclinou-se em seu travesseiro e então a boca dele voltou a colar na sua, enchendo seus pulmões com fumaça, e ela sentiu que deslizava desse mundo para outro mais brilhante, melhor, mais pleno.

Quando abriu os olhos na manhã seguinte, sentiu um vago desconforto no baixo-ventre e uma sensibilidade dolorosa entre as pernas. Suas roupas estavam desarrumadas e levou a mão às coxas para dar com uma crosta de sangue. Seu marido jazia deitado a seu lado, com a caixa em seus braços, as roupas em perfeita ordem. Ela o sacudiu e perguntou: O que aconteceu? Correu tudo bem na noite passada?

Ele balançou a cabeça e lhe devolveu um sorriso letárgico. Sim, tudo foi como deveria ter sido, disse. Você deu prova de sua pureza para minha família. Com a bênção dos céus, seu colo em breve se ocupará.

Ela havia desejado acreditar nisso, mas vendo seus membros debilitados e lânguidos, achou difícil imaginar que fora capaz de algum grande esforço na noite anterior. Permaneceu com a cabeça pousada no travesseiro, tentando se lembrar do que acontecera, mas foi incapaz de recuperar qualquer lembrança da última parte da noite.

Pouco depois, sua sogra apareceu junto ao leito; sorrindo de orelha a orelha, espargiu suas bênçãos de um recipiente com água sagrada e murmurou, em um tom de terna solicitude: Tudo correu exatamente como deveria, beti. Que começo mais auspicioso para sua nova vida!

O tio de seu marido, Subedar Bhyro Singh, fez coro a essas bênçãos e depositou uma moeda de ouro na palma de sua mão: Beti, seu colo em breve se ocupará; você vai ter mil filhos.

Apesar dessas palavras de conforto, Deeti foi incapaz de afastar a convicção de que alguma coisa acontecera em sua noite de casamento. Mas o que poderia ter sido?

Suas suspeitas se agravaram nas semanas seguintes, quando Hukam Singh não mostrou mais nenhum interesse por ela, permanecendo normalmente em um estado de sonolência entorpecida induzida pelo ópio quando se deitava na cama. Deeti tentou alguns estratagemas para libertá-lo do feitiço de seu cachimbo, mas de nada adiantou: era inútil negar ópio a um homem que trabalhava na própria fábrica onde a substância era processada; e quando tentou esconder seu cachimbo, ele imediatamente confeccionou outro. E os efeitos da privação temporária tampouco fizeram com que a desejasse ainda mais: pelo contrário, pareceram apenas torná-lo raivoso e retraído. Finalmente, Deeti foi forçada a concluir que ele nunca seria um marido para ela, no pleno sentido, fosse porque seu ferimento o deixara incapacitado, fosse porque o ópio eliminara a inclinação. Mas então sua barriga começou a inchar com o peso de uma criança e sua desconfiança adquiriu um novo viés: quem poderia tê-la engravidado senão seu marido? O que exatamente acontecera naquela noite? Quando tentava interrogar o esposo, ele falava com orgulho da consumação de seu casamento — mas a expressão em seu olhar revelava que não se recordava de fato do evento; que em sua lembrança daquela noite estava provavelmente um sonho induzido pelo ópio, implantado por algum outro. Seria possível então que o próprio estupor dela também tivesse sido arranjado por alguém com conhecimento da condição de seu marido e que concebera um plano para ocultar sua impotência, a fim de preservar a honra da família?

Deeti sabia que sua sogra não teria nenhum escrúpulo no que se referia a seus filhos: tudo que ela teria feito seria pedir a Hukam Singh que dividisse parte de seu ópio com sua nova esposa; um cúmplice teria feito todo o resto. Deeti imaginava até que a velha senhora poderia ter estado presente no quarto, ajudando a erguer seu sari e segurando suas pernas enquanto o ato era consumado. Quanto a saber quem era o cúmplice, Deeti não iria se entregar a suas primeiras suspeitas: a identidade do pai de sua criança era um assunto importante demais para ser determinado sem maiores confirmações.

Confrontar sua sogra, Deeti sabia, de nada serviria: ela não lhe diria nada e começaria a despejar um monte de mentiras e palavras de conforto em seus ouvidos. Porém, cada novo dia oferecia uma prova a mais da cumplicidade da velha — mais do que tudo, no olhar de satisfação e propriedade com que assistia ao progresso da gravidez; era como se a criança fosse sua, crescendo no receptáculo do corpo de Deeti.

No fim, foi a própria velha que forneceu a Deeti o ímpeto de tomar uma atitude quanto a suas desconfianças. Certo dia, massageando a barriga da nora, ela disse: E depois de termos parido este aqui, temos de providenciar outros mais — muitos, muitos mais.

Foi esse comentário casual que revelou a Deeti que sua sogra estava inteiramente determinada a que fosse lá o que houvesse ocorrido na noite de seu casamento se repetisse; que ela seria drogada e mantida deitada, para novamente ser estuprada pelo cúmplice desconhecido.

O que fazer? Choveu forte nessa noite, e a casa toda se encheu com o cheiro do colmo úmido. A fragrância do capim clareou a mente de Deeti: pense, ela tinha de pensar, não adiantava nada choramingar e lamentar a influência dos planetas. Pensou no marido e em seu olhar entorpecido, lânguido: como podia acontecer de seus olhos serem tão diferentes dos de sua mãe? Por que seu olhar era tão vazio e o dela, tão penetrante e astuto? A resposta veio para Deeti de repente — claro que a diferença estava no estojo de madeira.

Seu marido dormia pesadamente, a baba escorrendo pelo queixo e um braço jogado sobre a caixa. Puxando delicadamente, ela liberou o estojo e tirou a chave de seus dedos. Um odor pungente de terra e decomposição subiu numa lufada quando abriu a tampa. Desviando o rosto, ela raspou algumas lascas de uma barra do duro ópio akbari. Escondendo os pedaços nas dobras de seu sari, trancou a caixa e restituiu a chave às mãos do marido: embora em sono profundo, seus dedos se fecharam avidamente em torno da companheira de suas noites.

Na manhã seguinte, Deeti misturou um punhado de ópio no leite adoçado da sogra. A velha bebeu com sofreguidão e passou o resto da manhã dormindo à sombra de uma mangueira. Seu contentamento foi suficiente para desconsiderar quaisquer possíveis pressentimentos do que Deeti estava fazendo: a partir desse dia, ela começou a misturar pequenas quantidades da droga em tudo que servia à sogra; punha gotas em seus achars, misturava nos dalpuris, fritava dentro das pakoras e dissolvia em seu dal. Em muito pouco tempo, a velha se tornou cada vez mais silenciosa e tranquila, sua voz perdeu a aspereza e seus olhos se tornaram mais suaves; nunca mais mostrou grande interesse pela gravidez de Deeti e passava cada vez mais tempo deitada na cama. Quando os parentes vinham visitá-la, sempre comentavam como parecia calma — e ela, de sua parte, nunca economizava elogios para Deeti, a querida nora.

Deeti, por sua vez, quanto mais ministrava a droga, mais respeito tinha por sua potência: que criatura frágil era o ser humano, se deixando domesticar por doses tão minúsculas da substância! Ela entendia agora por que a fábrica em Ghazipur era tão diligentemente patrulhada pelos sahibs e seus sipaios — pois se uma pequena porção daquela goma conferia-lhe tamanho poder sobre a vida, a personalidade, a própria alma daquela anciã, então, com maior quantidade daquilo a sua disposição, por que não seria capaz de dominar reinos e controlar multidões? E decerto aquela não podia ser a única substância de tal natureza a existir na terra?

Começou a prestar mais atenção a dais e ojhas, às parteiras e aos exorcistas itinerantes que ocasionalmente passavam pelo povoado; aprendeu a reconhecer plantas como cânhamo e estramônio e às vezes ensaiava pequenos experimentos, ministrando extratos para sua sogra e observando os efeitos.

Foi uma decocção de estramônio que arrancou a verdade da velha, fazendo-a mergulhar em um transe do qual nunca mais se recobrou. Em seus últimos dias, quando sua mente divagava, ela muitas vezes se referia a Deeti como "Draupadi"; quando perguntada sobre o motivo, murmurava languidamente: Porque a terra nunca viu mulher mais virtuosa do que Draupadi, do Mahabharata, esposa de cinco irmãos. É uma mulher afortunada, uma *saubhágyawati*, que carrega os filhos dos irmãos, uns dos outros...

Foi essa alusão que confirmou a crença de Deeti de que a criança em seu ventre fora concebida não pelo marido, mas por Chandan Singh, seu cunhado rústico e malicioso.

* * *

Dois vagarosos dias no rio estorvado pelos sedimentos trouxeram o *Ibis* ao braço de mar em Hooghly Point, a poucos quilômetros de Calcutá. Ali, assolado por rajadas de vento e súbitas tempestades, o barco fundeou para aguardar a subida da maré que o carregaria a seu destino bem cedo na manhã seguinte. A cidade ficando apenas a uma curta distância, despachou-se um mensageiro a cavalo para alertar Mister Benjamin Burnham sobre a chegada iminente da escuna.

O *Ibis* não foi a única embarcação a buscar abrigo no estreito essa tarde: ancorado nessas águas, havia também uma imponente barcaça que pertencia a Raskhali, uma imensa propriedade à distância de meio dia de jornada. Assim aconteceu que a chegada do *Ibis* foi testemunhada por Raja Neel Rattan Halder, zemindar* de Raskhali, que se encontrava a bordo da chata palaciana com seu filho de oito anos e um séquito considerável de servos. Também com ele ia sua concubina, uma dançarina outrora famosa, conhecida publicamente pelo nome artístico, Elokeshi: o rajá regressava a Calcutá, onde morava, após fazer uma visita a sua propriedade de Raskhali.

Os Halder de Raskhali eram uma das mais antigas e eminentes famílias proprietárias de terras de Bengala, e seu barco estava entre os mais luxuosos jamais vistos no rio: a nau era uma pinaça-budgerow aparelhada como bergantim — uma versão anglicizada do mais modesto bajra bengali. Uma barcaça de dois mastros e dimensões espaçosas, o casco do budgerow era pintado de azul e cinza, para combinar com o uniforme dos criados de Raskhali, e o emblema da família — uma cabeça de tigre estilizada — brasonava sua proa e sua vela. O convés principal tinha seis grandes cabines de luxo, com janelas de venezianas; o barco ostentava também uma enorme e cintilante sala de recepções, uma sheeshmahal, revestida de espelhos e fragmentos de cristais: usado apenas em ocasiões formais, esse ambiente era grande o bastante para nele se realizarem danças e outros divertimentos. Embora refeições suntuosas fossem comumente servidas no budgerow, o preparo da comida não era permitido em nenhuma parte a bordo. Apesar de não serem brâmanes, os Halder eram hindus ortodoxos, zelosos na observância de tabus das castas elevadas e em seguir os costumes de sua classe: para eles, as impurezas associadas com o preparo de alimento eram um anátema. Quando em movimento, o budgerow Halder sem-

---

* Espécie de senhor feudal da Índia colonial britânica incumbido de coletar impostos dos camponeses e pagar tributo à Coroa. (N. do T.)

pre rebocava outra embarcação menor em sua esteira, um pulwar; esse segundo barco servia não só como escaler-cozinha, mas também como caserna flutuante para o pequeno exército de piyadas, paiks e outros criados permanentemente a serviço do zemindar.

O convés superior do budgerow era uma plataforma aberta, circundado por uma amurada na altura da cintura: era uma tradição entre os zemindars de Raskhali usar esse espaço para empinar papagaios. O esporte estava entre os mais queridos dos homens de Halder e, assim como haviam feito com outros passatempos muito apreciados — por exemplo, música e o cultivo de rosas —, haviam-lhe acrescentado nuanças e sutilezas que elevaram o manuseio dos papagaios de mero entretenimento a uma forma de arte refinada. Embora pessoas comuns se preocupassem apenas em conseguir fazer seus papagaios atingirem a altura mais elevada, e com os "duelos" entre eles, o que mais importava para os Halder era o padrão de voo de um papagaio e se ele se combinava precisamente com as nuanças e a disposição do vento. Gerações de lazer senhorial haviam-lhes permitido desenvolver uma terminologia própria quanto a esse aspecto dos elementos: em seu vocabulário, uma brisa forte e invariável era "neel", azul; um violento vendaval nordeste era roxo, e uma lufada modorrenta era amarelo.

As rajadas que trouxeram o *Ibis* a Hooghly Point não eram de nenhuma dessas cores: eram ventos de um tipo a que os Halder estavam acostumados a se referir como "suqlat" — um matiz de escarlate que associavam a súbitas mudanças no destino. Os rajás de Raskhali constituíam uma linhagem notória pela grande fé que depositavam nos augúrios, e nisso, como na maioria dos outros assuntos, Neel Rattan Halder era um protetor devoto de tradições herdadas: por mais de um ano agora as más novas o perseguiam, e a súbita chegada do *Ibis*, acompanhado pela cor instável do vento, pareceu a ele o indício seguro de uma virada em sua sorte.

O atual zemindar propriamente dito fora batizado em homenagem ao mais nobre dos ventos, a firme brisa azul (anos mais tarde, ao chegar seu momento de ingressar no santuário de Deeti, foi com algumas pinceladas dessa cor que ela representou sua imagem). Neel apenas recentemente fora agraciado com o título, tendo-o herdado após a morte de seu pai, dois anos antes: ele tinha quase trinta anos e, embora já muito longe da primeira juventude, conservava a constituição frágil e debilitada da criança enfermiça que fora outrora. Seu rosto comprido e de ossos finos tinha a palidez que advém de se estar sempre protegido da plena luz do sol; também em seus membros se notava um feitio longo e esguio que sugeria a sinuosidade de uma planta que procura sombra. De tal modo era branca sua tez que os lábios pareciam um pequeno sol avermelhado em seu rosto, a cor deles realçada pelo fino bigode que encimava sua boca.

Assim como outros de sua classe, Neel havia sido prometido ao nascer à filha de outra eminente família de proprietários de terras; o casamento fora solenizado quando ele estava com doze anos, mas resultara em apenas uma criança com vida — o presumível herdeiro de oito anos de Neel, Raj Rattan. Mais ainda que outros de sua linhagem, esse menino exultava no esporte de empinar papagaio: foi por insistência dele que Neel se aventurara no convés mais elevado do budgerow naquela tarde em que o *Ibis* ancorou no estreito.

Foi a bandeira do armador, no mastro principal do *Ibis*, que chamou a atenção do zemindar: ele conhecia a flâmula xadrez quase tão bem quanto o emblema de sua propriedade, a fortuna de sua família tendo dependido por tanto tempo da firma fundada por Benjamin Burnham. Neel soube, ao primeiro olhar, que o *Ibis* era uma nova aquisição: os terraços de sua residência principal em Calcutá, o Raskhali Rajbari, gozavam de uma excelente vista do rio Hooghly e ele estava familiarizado com a maioria das embarcações que chegavam regularmente à cidade. Tinha plena ciência de que a flotilha de Burnham consistia sobretudo em "barcos rústicos" construídos localmente; nos últimos tempos, ele notara alguns elegantes clíperes de construção americana no rio, mas sabia que nenhum deles pertencia aos Burnham — as bandeiras em seus mastros eram de Jardine & Matheson, uma firma rival. Mas o *Ibis* não era nenhum barco rústico: embora não aparelhado com o que havia de mais moderno, evidentemente era de construção excelente — um barco como aquele não se comprava a preço de banana. A curiosidade de Neel foi espicaçada, pois parecia possível que a chegada da escuna talvez pressagiasse uma reviravolta em seu próprio destino.

Sem soltar a linha de seu papagaio, Neel chamou seu criado pessoal, um benarasi alto de turbante chamado Parimal. Pegue um dinghy e reme até aquele navio, disse. Pergunte aos serangs de quem é o navio e quantos oficiais há a bordo.

Huzoor.

Com um gesto de aquiescência, Parimal baixou a escada e logo em seguida um esguio paunchway se afastava do budgerow de Raskhali para acostar junto ao *Ibis*. Apenas meia hora mais tarde, Parimal voltava para relatar que o navio pertencia a Burnham-sahib, de Calcutá.

Quantos oficiais a bordo?, perguntou Neel.

De topi-walas na cabeça só dois, disse Parimal.

E quem são — os dois sahibs?

Um deles é Mister Reid, de Número-Dois-Inglaterra, disse Parimal. O outro é um piloto de Calcutá, Doughty-sahib. Huzoor talvez se lembre dele: nos velhos tempos costumava frequentar o Raskhali Rajbari. Ele manda seus salaams.

Neel balançou a cabeça, embora não tivesse lembrança do piloto. Estendendo a linha de seu papagaio para um criado, fez um gesto a Parimal de que o acompanhasse até a cabine, no convés inferior. Ali, após afiar uma pena, apanhou uma folha de papel, escreveu algumas linhas e despejou um punhado de areia sobre a folha. Quando o nanquim secou, estendeu a carta a Parimal. Aqui, disse, leve isso para o navio e entregue pessoalmente a Doughty-sahib. Diga-lhe que o rajá tem grande satisfação em convidar Mister Reid e sua pessoa para um jantar no budgerow de Raskhali. Volte rápido e me informe a resposta.

Huzoor.

Parimal curvou-se novamente e sumiu na direção dos fundos pela passagem junto ao convés superior, deixando Neel ainda sentado à escrivaninha. Foi assim que Elokeshi o encontrou, pouco tempo depois, quando entrou na cabine numa vertigem de attars e pulseiras de tornozelo: sentado em sua cadeira, os dedos em campanário, perdido em pensamentos. Com um murmúrio jocoso, ela cobriu seus olhos com as mãos e gemeu: Aí está você: sempre sozinho! Seu malvado! Dushtu! Nunca tem tempo para sua Elokeshi.

Tirando as mãos que cobriam seus olhos, Neel virou e sorriu. Entre os conhecedores de Calcutá, Elokeshi não era considerada uma grande beldade: seu rosto era arredondado demais, a ponte de seu nariz, muito achatada, e seus lábios, demasiado túrgidos para agradar o olhar convencional. Seu cabelo, longo, preto e liso, era considerado sua maior qualidade, e ela gostava de usá-lo sobre os ombros, sem nada a prendê-lo exceto umas poucas borlas de ouro. Mas não fora tanto sua aparência, e sim seu temperamento, que atraiu Neel, a disposição de espírito dela sendo tão efusiva quanto a sua era sombria: embora muitos anos mais velha, e extremamente versada nas coisas do mundo, seus modos eram tão risonhos e coquetes quanto antes, quando chamara sua atenção pela primeira vez, uma dançarina de tukras e tihais e sublime leveza de pés.

Agora, atirando-se na enorme cama de dossel no centro da luxuosa cabine, ela abria seus lenços e suas dupattas de modo a exibir um biquinho de amuo nos lábios, enquanto o restante de seu rosto permanecia encoberto. Dez dias nesse barco sonolento, gemeu, sozinha, sem nada para fazer, e sem você nem uma vez olhando para mim.

Sozinha, e elas? Neel riu e inclinou a cabeça na direção da porta, onde três garotas estavam agachadas, observando sua senhora.

Ah, elas... mas são só minhas pequenas kanchanis!

Elokeshi riu, cobrindo a boca: era uma criatura da cidade, dependente dos apinhados bazares de Calcutá, e insistira em trazer consigo um entourage para lhe fazer companhia nessa inabitual excursão pelo interior; as três meninas eram ao mesmo tempo servas, discípulas e aprendizes, indispensáveis ao refinamento de sua arte. Agora, a um gesto de indicador de sua senhora, as garotas saíram, fechando a porta atrás de si. Mas mesmo ao fazê-lo não ficavam longe da preceptora: a fim de evitar interrupções, sentaram-se bem junto na passagem do lado de fora, erguendo-se de tempos em tempos para espiar pelas frestas de um painel de ventilação na porta de teca.

Assim que a porta se fechou, Elokeshi desvestiu uma de suas longas dupattas e parou acima da cabeça de Neel, agarrando sua roupa e puxando-o para a cama. Vem ficar comigo, agora, ela disse, fazendo biquinho, já está há muito tempo aí nessa mesa. Quando Neel foi deitar ao seu lado, ela o empurrou contra uma montanha de almofadas. Agora me conte, disse, naquela entonação modulada que era sua voz queixosa: Por que me trouxe até aqui com você, tão longe da cidade? Você ainda não me explicou direito.

Achando graça em sua afetada ingenuidade, Neel sorriu: Em sete anos comigo, você nem uma única vez esteve em Raskhali. Não acha natural eu querer que veja meu zemindary?

Só para ver aquilo? Ela jogou a cabeça, em um gesto desafiador, imitando a pose da dançarina no papel de amante ferida. Só isso?

O que mais? Ele esfregou um cacho dos cabelos dela entre seus dedos. Não foi suficiente ver o lugar? Não gostou do que viu?

Claro que gostei, disse Elokeshi; foi muito além de tudo que eu poderia imaginar. Seu olhar vagou para longe, como que buscando a mansão de colunatas às margens do rio, com seus jardins e pomares. Ela sussurrou: Tanta gente, tanta terra! Me fez pensar: sou uma parte tão pequena de sua vida.

Ele pôs a mão sob seu queixo e virou o rosto dela em sua direção. Qual o problema, Elokeshi? Diga-me. O que se passa por sua cabeça?

Não sei como lhe dizer...

Agora os dedos dela começavam a abrir os botões de marfim que corriam transversalmente pelo peitilho de sua kurta. Ela murmurou: Sabe o que disseram minhas kanchanis quando viram o tamanho imenso de seu zemindary? Disseram: Elokeshi-di, você deveria pedir ao rajá um pouco de terra. Não precisa de um lugar onde seus parentes possam viver? Afinal, você precisa de alguma segurança na velhice.

Neel resmungou, contrariado: Essas garotas suas vivem arrumando encrenca. Preferia que você as pusesse para fora de sua casa.

Elas só cuidam de mim, mais nada. Os dedos dela percorreram os pelos de seu peito, ocupando-se de fazer minúsculas tranças, conforme sussurrava: Não tem nada errado em um rajá dar terras para as moças de quem cuida. Seu pai fazia isso sempre. As pessoas dizem que as mulheres dele só precisavam pedir para conseguir o que quisessem: xales, joias, empregos para os parentes...

Sim, disse Neel, com um sorriso oblíquo: E esses parentes continuavam a receber salários, mesmo quando eram pegos desfalcando seu patrimônio.

Viu, ela disse, correndo as pontas dos dedos por seus lábios. Ele era um homem que sabia o valor do amor.

Ao contrário de mim — sei disso, ele falou. Era verdade que o estilo de vida do próprio Neel era, para um descendente da família Halder, quase frugal: ele dava um jeito de se virar com uma única carruagem de dois cavalos e vivendo em uma ala modesta da mansão familiar. Muito menos voluptuoso que seu pai, não tinha outra concubina além de Elokeshi, mas sobre ela prodigalizava seus afetos sem restrição, seu relacionamento com a esposa nunca tendo progredido além do desempenho convencional dos deveres maritais.

Não vê, Elokeshi?, disse Neel, com uma ponta de tristeza, viver como meu pai custava muito dinheiro, mais dinheiro do que nossa posição era capaz de prover.

Elokeshi ficou subitamente alerta, os olhos ávidos de interesse. Como assim? Todo mundo sempre disse que seu pai era um dos homens mais ricos da cidade.

Neel ficou rígido. Elokeshi, uma lagoa não precisa ser profunda para abrigar um lótus.

Elokeshi recolheu a mão e sentou. O que quer dizer?, exigiu. Explique.

Neel sabia que já havia falado demais, então sorriu e deslizou a mão por sob seu choli: Nada, Elokeshi.

Havia momentos em que desejava lhe contar sobre os problemas que seu pai deixara, mas ele a conhecia bem o bastante para ter consciência de que provavelmente começaria a fazer outros arranjos se descobrisse a completa extensão de suas dificuldades. Não que fosse gananciosa: pelo contrário, a despeito de todos os seus fingimentos, ele sabia que era dotada de um forte senso de responsabilidade para com os que dela dependiam, assim como Neel também o era. Arrependeu-se de ter deixado escapar aquelas palavras sobre seu pai, pois era prematuro dar a ela motivo para alarme.

Deixe pra lá, Elokeshi. Que diferença faz?

Não, fale-me sobre isso, disse Elokeshi, empurrando-o de volta para as almofadas. Um admirador seu em Calcutá a advertira sobre problemas financeiros no zemindary Raskhali: na época, ela não deu ouvidos, mas tinha a sensação agora de que havia alguma coisa muito errada e de que talvez tivesse de reexaminar suas opções.

Conte-me, falou Elokeshi outra vez. Você anda tão apreensivo nesses últimos meses. O que está passando por sua cabeça?

Nada com que deva se preocupar, disse Neel, e certamente era verdade, pois, independente do que acontecesse, ele tomaria as providências para que nada lhe faltasse: Você, suas garotas e sua casa estão todas garantidas...

Foi interrompido pela voz de seu criado, Parimal, que subitamente se fez ouvir vinda da passagem ali fora, numa discussão furiosa com as três garotas: exigia entrar, e elas terminantemente o impediam.

Cobrindo Elokeshi rapidamente com um lençol, Neel gritou para as garotas: Deixem-no passar.

Parimal entrou, evitando com todo cuidado olhar para a forma coberta de Elokeshi. Dirigindo-se a Neel, disse: Huzoor, os sahibs no navio afirmaram que virão com o maior prazer. Estarão aqui logo após o pôr do sol.

Ótimo, disse Neel. Mas o bandobast ficará a seu encargo, Parimal: quero que os sahibs se divirtam como se fosse na época de meu pai.

Isso sobressaltou Parimal, que nunca vira seu mestre fazer um pedido desses. Mas huzoor, como?, ele disse. Num tempo tão curto? E com o quê?

Temos simkin e *lál-sharáb*, não temos?, disse Neel. Você sabe o que precisa ser feito.

Elokeshi esperou que a porta fosse fechada para remover os panos que a cobriam. O que é tudo isso?, perguntou. Quem vem aqui essa noite? Que arranjo foi feito?

Neel riu e abraçou a cabeça dela junto a seu ombro. Você faz perguntas demais — *báp-ré-báp!* Agora chega...

O inesperado convite para jantar vindo do budgerow fez Mister Doughty embarcar numa jornada de loquacidade rememorativa. "Ah, rapaz!", disse o piloto a Zachary, ambos recostados na amurada. "O velho rajá de Raskhali: posso lhe contar um bom par de anedotas sobre ele — Rascally-Roger, como eu costumava chamá-lo!" Riu, batendo no convés com sua bengala. "Puxa, se havia um pretinho mais altivo que aquele, 'tou pra ver! Um nativo da melhor espécie — sempre se ocupando de seu shrub, suas nautch-girls e seus tumashers. Não tinha um sujeito na cidade capaz de servir uma burra-khana como ele. Sheeshmull brilhando com shammers e velas. Paltans de carregadores e khidmutgars. Garrafões de loll-shrub francês e bilhas de simkin gelado. E o karibat! Nos velhos tempos, o bobachee-connah do Rascally era o melhor da cidade. Nada a temer com o pishpash e o cobbily-mash à mesa do Rascally. Os dumbpokes e pillaus não eram nada maus, mas nós, macacos velhos, a gente esperava pelo curry de cockup e o chitchky de pollock-saug. Ah, ele servia uma mesa de primeira classe, estou dizendo — e olha que a ceia era só o começo: o verdadeiro tumasher vinha mais tarde, no nautch-connah. Pois tinha uma outra visão chuckmuck só esperando você! Fileiras de cursies para os sahibs e as mems sentarem. Sittringies e tuckiers para os nativos. Os babus cachimbando seus hubble-bubbles e os sahibs acendendo seus buncuses da Sumatra. As cunchunees rodopiando e os ticky-taw boys batucando seus tobblers. Ah, aquele velho loocher sabia como dar uma nautch, puxa, como sabia! E era um danado de um shaytan esperto, também, aquele Rascally-Roger: se percebia que você estava de olho numa das pootlies, mandava vir um khidmutgar, todo cortesia e mesuras, a imagem da inocência. As pessoas iam pensar que você tinha comido geleia real demais e precisava fazer uma visita ao cacatorium. Mas em vez do tottee-connah, lá ia você para uma pequena cumra escondida, para puckrow seu dashy. Nenhuma memsahib presente o superava em esperteza — e lá estava você, com seu peru nas suíças baixas de uma cunchunee, servindo-se de um bocadinho do arbusto de framboesa." Deu um suspiro nostálgico. "Ai, aquelas foram grandes goll-mauls, as burra-khanas Rascally! Não havia lugar melhor para ter suas tatters espicaçadas."

Zachary balançou a cabeça, como se nem uma única palavra daquilo houvesse lhe escapado. "Pelo que percebo, o senhor o conheceu bem, Mister Doughty — nosso anfitrião desta noite?"

"Ele nem tanto, mais seu pai. Esse jovem se parece tanto com o pai quanto stinkwood se parece com mogno." O piloto grunhiu sua desaprovação. "Sabe, se tem uma coisa que não suporto é um nativo pedante: o pai dele era um homem que sabia como manter o jibb em seu lugar apropriado — ninguém o veria morto com um livro na mão. Mas esse pequeno chuckeroo vive se dando ares — um perfeito strut-noddy, como nunca vi. Mas não porque seja mesmo da nobreza, veja bem: os Rascally chamam a si mesmos de Rogers, mas não passam de Ryes com um título honorário — bucksheesh por lealdade à Coroa."

Mister Doughty bufou com desprezo. "Hoje em dia, basta um ou dois acres para um Babu bancar um More-Roger. E do jeito que se gaba disso, você pensaria que é o Padshaw da Pérsia. Espera só para ouvir o barnshoot tagarelando em inglês — é como um bandar lendo o *Times* em voz alta." Riu com gosto, girando o punho de sua bengala. "Ora, eis aí mais um negócio que vale a pena esperar pra ver esta noite, além do chitchky — um tantinho de bandar-bait."

Fez uma pausa para dar uma ampla piscadela para Zachary. "Pelo que ouvi, o Rascal vai aparecer para uma samjao logo, logo. O kubber é que seu cuzzanah está acabando."

Zachary não podia mais continuar a fingir que estava entendendo aquilo. Juntando as sobrancelhas, disse: "Cu... cuzzanah? Ora, aí está o senhor outra vez, Mister Doughty: essa é mais uma palavra cujo significado me escapa."

O aparte ingênuo, por mais bem-intencionado que fosse, valeu a Zachary uma firme descompostura: já estava na hora, disse o piloto, de ele, Zachary, parar de se comportar como um perfeito gudda — "um burro, caso você esteja imaginando o que é". Ali era a Índia, onde de nada adiantava um sahib ser tomado por um clodpoll de um griffin: ou ele atinava com o que estava acontecendo, ou ia passar por asno, poderoso jildee. Ali não era Baltimore; era a jângal, com biscobras pela relva e wanderoos pelas árvores. Se ele, Zachary, não queria ser tapeado e passar por simplório, tinha de aprender a gubbrow os nativos com uma ou duas palavras do zubben.

Uma vez que a advertência foi feita no tom austero mas indulgente de um mentor, Zachary reuniu coragem para perguntar o que "zubben" queria dizer, e com isso o piloto emitiu um paciente suspiro: "O zubben, caro rapaz, é o jargão fluente do Oriente. Bem fácil de jin, se você se dispõe a tanto. Só umas pitadinhas de fala negroide misturadas a umas poucas girleys. Mas tenha cuidado para que seu urdu e seu hindi não soem bem demais: não vai querer que todo mundo pense que virou nativo. Mas não mastigue as palavras, tampouco. Não vai gostar de ser tomado por um chee-chee."

Zachary abanou a cabeça outra vez, em desamparo. "Chee-chee? E o que isso poderia significar, Mister Doughty?"

Mister Doughty ergueu uma sobrancelha admonitória. "Chee-chee? Lip-lap? Mustee? Sinjo? Touch o'tar... está entendendo o que quero dizer? Não ia challo de modo algum, meu caro: nenhum sahib admitiria um a sua mesa. Somos bastante escrupulosos quanto a esse tipo de coisa aqui no Oriente. Temos nossos BeeBees a proteger, bem sabe. Uma coisa é o homem mergulhar sua pena no pote de nanquim de vez em quando. Mas não podemos deixar luckerbaugs correndo soltos no galinheiro. *Just won't ho-ga*: esse tipo de coisa pode levar um homem a ser chawbuckado com um látego!"

Havia alguma coisa nisso, uma insinuação ou sugestão, que deixou Zachary subitamente desconfortável. Ao longo dos últimos dois dias, passara a gostar de Mister Doughty, reconhecendo, ao abrigo de sua voz intimidante e seu rosto carnudo, um espírito bondoso, generoso, até. Agora, era como se o piloto estivesse tentando transmitir-lhe uma mensagem de advertência, precavendo-o de um modo meio tortuoso.

Zachary batucou no parapeito do convés e se virou. "Com sua licença, Mister Doughty, melhor eu verificar se disponho de roupas apropriadas."

O piloto balançou a cabeça concordando. "Ah, claro: precisamos comparecer todos devidamente na estica. Fico feliz de ter me lembrado de trazer comigo um par de sidrars novas."

Zachary mandou um recado para a cabine de convés, e, pouco depois, Serang Ali veio até seu camarote e escolheu um jogo de roupas, esticando-as sobre o beliche para que Zachary as inspecionasse. O prazer de se paramentar com os adornos de outro começara a murchar agora, e Zachary foi tomado pela consternação ao ver o arranjo de peças em seu beliche: um colete azul de sarja fina, calças pretas de nainsook, uma camisa feita de algodão de Dosootie e um plastrom de seda branca. "Isso basta, Serang Ali", disse, com ar cansado. "Chega de bancar o importante."

O comportamento de Serang Ali de repente se tornou insistente. Apanhando as calças, estendeu-as para Zachary. "Def vestir", disse, numa voz que era suave mas dura. "Malum Zikri um-algum grande pukka sahib agora. Def vestir roupas propas."

Zachary ficou perplexo com a profundidade de sentimento com que isso foi dito. "Por quê?", perguntou. "Por que, com todos os demônios, isso é tão importante pra você?"

"Malum deve ser propa pukka sahib", falou o serang. "Todo lascar quer Malum ser sujeito-captin dentru'm'brev."

"Ãh?"

Agora, num súbito lampejo brilhante de compreensão, Zachary entendeu por que sua transformação significava tanto para o serang: estava em vias de se tornar o que nenhum lascar poderia ser — um "Free Mariner", o tipo de sahib oficial que eles chamavam de malum. Para Serang Ali e seus homens, Zachary era quase um dos seus, ao mesmo tempo sendo dotado do poder de personificar um personagem que era impensável para qualquer um deles; era tanto em seu próprio proveito, como no deles, que queriam vê-lo saindo-se bem.

Quando o peso da responsabilidade caiu sobre seus ombros, Zachary sentou no beliche e cobriu o rosto. "Você não faz a menor ideia do que está me pedindo", disse. "Seis meses atrás eu não passava de carpinteiro do navio. Já foi sorte bastante chegar a segundo-imediato. Capitão, pode esquecer: isso está muito além da minha alçada. Não vai dar; nem dentrubreve, nem nunca."

"Pode sim", disse Serang Ali, estendendo-lhe a camisa de Dosootie. "Dentru'm'brev pode sim. Malum Zikri bocado sujeito esperto ali dentro. Pode sim virar genl'man."

"Mas o que o leva a pensar que posso fazer isso, afinal?"

"Zikri Malum sabbi falar conversa-pukka não?", disse Serang Ali. "Escutei-ouvi Zikri Malum falar Mistah Doughty maneira-sahib."

"O quê?" Zachary lançou-lhe um olhar surpreso: que Serang Ali houvesse notado seu talento para mudar de voz o fez reagir com alarme. Era verdade que, quando exigida, sua língua podia ser tão ágil quanto a de qualquer advogado instruído: não era à toa que sua mãe o fazia esperar à mesa quando o senhor da casa, seu pai natural, recebia visitas. Mas tampouco perdia ela oportunidade de descer-lhe a mão quando ele ameaçava ficar todo inchado e se dar uns ares de branco; ver seu filho bancando o crioulinho malandro iria fazê-la se revirar no túmulo.

"Michman quer, ele pod virar pukka genl'man dentru'm'brev."

"Não." Tendo permanecido submisso durante toda essa conversa, Zachary agora era puro desafio. "Não", disse, empurrando o serang para fora de sua cabine. "Esse Flumadiddle precisa de um ponto final: basta, não vou mais aturar isso." Atirando-se no beliche, Zachary fechou os olhos, e pela primeira vez em muitos meses sua visão se voltou para dentro, viajando de regresso através dos oceanos para seu último dia no estaleiro de Gardiner, em Baltimore. Viu outra vez um rosto com um olho arrebentado, o couro cabeludo aberto onde uma escora o havia atingido, a pele escura reluzindo com o sangue. Ele se lembrou, como se estivesse acontecendo outra vez, do cerco feito contra Freddy Douglass, armado por quatro carpinteiros brancos; recordou os urros, "Acabem com ele, matem o tição maldito, vamos rachar a cabeça dele"; lembrou o modo como ele e os outros homens de cor, todos livres, ao contrário de Freddy, ficaram para trás, os braços paralisados de medo. E se lembrou, também, da voz de Freddy depois disso, não os censurando por deixar de acorrer em sua defesa, mas insistindo em que fossem embora, debandassem: "É por causa do emprego; os brancos não querem a gente trabalhando junto, liberto ou escravo: deixar a gente de fora é o jeito deles de garantir o pão." Foi então que Zachary decidiu largar o estaleiro e procurar um posto na tripulação de algum navio.

Zachary desceu de seu beliche e abriu a porta, para dar com o serang ainda do lado de fora, esperando. "Okay", disse, cansado. "Vou deixar você entrar outra vez. Mas melhor fazer rápido o que veio fazer, antes que eu mude de ideia."

Assim que Zachary terminou de se vestir, uma série de gritos começou a ecoar, indo e vindo entre navio e terra. Minutos mais tarde, Mister Doughty bateu na porta de sua cabine. "Ah, escute, meu rapaz!", bradou. "Não vai acreditar, mas o Burra Sahib em pessoa está aqui: ninguém menos que o próprio Mister Burnham! Trazido chawbuckswar de Calcutá: não aguentou esperar para ver seu navio. Mandei o escaler buscá-lo: está a caminho agora mesmo, para subir a bordo."

Os olhos do piloto se estreitaram ao notar as novas roupas de Zachary. Houve um momento de silêncio conforme o media de alto a baixo, submetendo seu trajar a um cuidadoso exame. Então, com uma batida ressonante da bengala, anunciou: "Tip-top, meu jovem chuckeroo! Você causaria vergonha a um kizzilbash nesses togs aí seus."

"Feliz de estar a contento, senhor", disse Zachary, com seriedade.

Em algum ponto ali perto, Zachary escutou Serang Ali, sussurrando: "O que eu dizer? Malum Zikri não pukka rai-sahib agora?"

Três

Kalua morava no Chamar-basti, um aglomerado de cabanas ocupadas apenas por gente de sua casta. Entrar na aldeia teria sido difícil para Deeti e Kabutri, mas, felizmente para elas, a moradia de Kalua ficava na periferia, não muito longe da estrada principal para Ghazipur. Deeti passara por aquele caminho em inúmeras ocasiões antes e muitas vezes vira Kalua por perto, movendo-se vagarosamente com seu carro. A seus olhos, a habitação dele não se parecia nem um pouco com uma cabana, estava mais para um curral; quando se aproximou a uma distância em que sua saudação seria ouvida, ela parou e gritou: *Ey Kalua? Ka horahelba?* Ei, Kalua? O que está fazendo?

Após chamar três ou quatro vezes, continuou sem resposta, então apanhou uma pedra e mirou na entrada sem porta da moradia. O seixo desapareceu na escuridão absoluta da choupana, e o tinido oco que se seguiu a fez saber que atingira uma jarra ou qualquer objeto de cerâmica. *Ey Kalua-ré!*, gritou outra vez. Agora alguma coisa se mexeu dentro da cabana e o escuro no vão da porta se intensificou até que finalmente Kalua apareceu, curvando-se acentuadamente para sair. Seguindo-o de perto, como que para confirmar a impressão de Deeti de que vivia em um curral, vieram os dois pequenos bois brancos que puxavam seu carro.

Kalua era um homem de altura incomum e constituição poderosa: em qualquer feira, festival ou mela, sempre podia ser visto vários palmos acima da multidão — às vezes, nem mesmo os equilibristas em suas pernas de pau eram tão altos quanto ele. Mas era sua cor, mais do que seu tamanho, que lhe valia o apelido de Kalua — "Escurinho" —, pois sua pele tinha o matiz reluzente, lustroso, de uma pedra de amolar lubrificada. Dizia-se a respeito de Kalua que, na infância, exibira uma gula insaciável por carne, que sua família procurara atender alimentando-o com carniça; por serem coureiros, era parte de seu ofício recolher os restos de vacas e bois mortos — fora com a carne dessas carcaças resgatadas que a constituição gigantesca de Kalua se nutrira, assim diziam. Mas contava-se também que o corpo de Kalua crescera em detrimento de sua mente, que permanecera lenta, simples e crédula, de modo que até criancinhas pequenas tiravam vantagem dele. Tão facilmente era tapeado, que, quando seus pais morreram, os irmãos e outros parentes não tiveram a menor dificuldade em passar-lhe a perna quanto ao pouco que lhe seria de direito: ele não fizera objeção nem mesmo quando fora despejado da casa da família e entregue à própria sorte em um curral.

Nessa época, a ajuda para Kalua veio de uma direção inesperada: uma das mais eminentes famílias de proprietários de terras de Ghazipur tinha três jovens herdeiros, thakur-sahibs, excessivamente chegados a um jogo. Seu passatempo favorito era apostar em lutas livres e competições de força, de modo que, ao ouvir falar das habilidades físicas de Kalua, enviaram um carro de bois para apanhá-lo e levá-lo ao kothi onde moravam, nos arrabaldes da cidade. *Abé Kalua*, disseram--lhe, se você pudesse escolher um prêmio, do que gostaria?

Depois de muito coçar a cabeça e pensar cuidadosamente, Kalua apontara o carro de bois e dissera: Malik, eu ficaria feliz de ter um bayl-gari como aquele. Eu poderia viver disso.

Os três thakurs balançaram a cabeça e disseram que lhe dariam um carro de bois se pudesse vencer uma luta e fazer algumas demonstrações de sua força. Várias provas se seguiram e Kalua triunfou em todas elas, derrotando os pehlwans e campeões locais com facilidade. Os jovens senhores ganharam um bom dinheiro, e Kalua logo se viu de posse de seu prêmio. Mas assim que ganhou seu carro de bois, Kalua não mostrou mais nenhuma inclinação por lutar — o que dificilmente era de surpreender, pois ele era, como todos sabiam, de disposição tímida, reservada e pacífica e não tinha maiores ambições do que ganhar a vida transportando bens e pessoas em seu carro. Mas Kalua não pôde fugir de sua fama: a notícia de seus feitos em pouco tempo chegou aos ouvidos de Sua Alteza, o Maharaja de Benares, que expressou desejo de ver o gigante de Ghazipur numa disputa contra o campeão da corte.

Kalua no início rejeitou a ideia, mas os senhores o bajularam com palavras melífluas e persuasivas e finalmente ameaçaram confiscar seu carro e seus bois, de modo que lá foram para Benares, e ali, na grande praça diante do palácio Ramgarh, Kalua conheceu sua primeira derrota, sofrendo um nocaute poucos minutos após o início da contenda. O marajá, assistindo com satisfação, observou que o desfecho era uma prova de que a luta livre era um teste não só de força, mas também de inteligência — e nesse último domínio Ghazipur dificilmente poderia sonhar em desafiar Benares. Toda Ghazipur saiu humilhada, e Kalua voltou para casa em desgraça.

Mas não muito tempo depois, começaram a circular rumores ventilando uma diferente explicação para a derrota de Kalua. Dizia-se que, ao levar Kalua para Benares, os três jovens senhores, deixando-se arrebatar pela atmosfera licenciosa da cidade, decidiram que seria um excelente divertimento fazer Kalua ter relações com uma mulher. Haviam convidado alguns amigos e feito apostas: haveria alguma mulher capaz de se deitar com aquele monstro, aquela fera de duas pernas? Uma baiji muito conhecida, Hirabai, foi contratada e trazida ao khota onde os senhores estavam hospedados. Ali, com um seleto público assistindo protegido por um biombo de mármore, Kalua foi conduzido à presença da mulher com nada além de um langot de algodão branco em torno da cintura. O que Hirabai esperava? Ninguém sabia — mas quando viu Kalua, dizem que gritou: Esse animal devia ser acasalado com uma égua, não uma mulher...

Foi essa humilhação, disseram as pessoas, que custou a Kalua a luta no palácio de Ramgarh. Tal era a história que se contava nos galis e ghats de Ghazipur.

Acontece que de todas as pessoas em condições de atestar a veracidade desses fatos, Deeti era uma delas. Foi assim que tudo aconteceu: certa noite, após servir a refeição a seu marido, Deeti descobrira que estava sem água; deixar a louça suja de um dia para outro era convidar uma invasão de fantasmas, ghouls e pishaches famintos. Sem problemas: fazia uma clara noite de lua cheia, e o Ganga ficava a uma curta caminhada de distância. Apoiando uma bilha em seu quadril, ela atravessou a plantação de papoulas batendo na cintura na direção da cintilação prateada do rio. Bem no momento em que estava prestes a deixar o limite do campo, na duna arenosa sem vegetação que margeava as águas, ela escutou o som de cascos, não muito distante: olhando à esquerda, para os lados de Ghazipur, avistou, sob a luz do luar, quatro cavaleiros trotando em sua direção.

Um homem a cavalo nunca significou outra coisa além de encrenca para uma mulher solitária, e onde havia quatro deles, trotando juntos, os sinais do perigo eram conspícuos: Deeti não perdeu tempo em se esconder entre os pés de papoula. Quando os cavaleiros se aproximaram um pouco, ela viu que se equivocara em pensar que eram em número de quatro: havia apenas três homens montados; o quarto seguia a pé. Tomou aquele último por um cavalariço, mas quando o grupo se aproximou ainda mais, viu que o quarto homem tinha um cabresto em torno do pescoço e estava sendo conduzido como um cavalo. Foi seu tamanho que a levou a confundi-lo com um cavaleiro: viu que não era outro senão Kalua. E agora reconhecia os homens também, pois seus rostos eram bem conhecidos de todo mundo em Ghazipur: eram os três senhores amantes de diversões. Ouviu um deles gritar para os outros — *Iddhar*, aqui, esse é um bom lugar; não tem ninguém por perto — e soube pela voz que estava bêbado. Quando estavam quase diante dela, desmontaram; de seus três cavalos, amarraram dois juntos, levando-os para pastar nos campos de papoula. O terceiro animal era uma enorme égua negra, que foi conduzida na direção de Kalua, mantido ele próprio como que por uma peia. Então ela escutou o som de lamúrias e soluços quando Kalua caiu de repente de joelhos, agarrando os pés dos thakurs: *Mái-báp, hamke máf karelu...* perdão, mestres... a culpa não foi minha...

Isso lhe rendeu uma saraivada de pontapés e pragas:

... Você perdeu de propósito, não foi, *dogla* filho de uma cadela?

... Sabe quanto nos custou...?

... Agora vamos ver se faz o que Hirabai disse...

Puxando-o pelo cabresto, os homens forçaram Kalua a ficar de pé e puxaram-no cambaleante na direção do rabo abanando da égua. Um deles enfiou o chicote na dobra do langot de algodão de Kalua e o arrancou com uma torção de pulso. Então, enquanto um deles segurava a égua firmemente, os outros açoitavam as costas nuas de Kalua até sua virilha ficar pressionada contra a traseira do animal. Kalua deixou escapar um gemido com um tom quase indistinguível do relincho do cavalo. Os senhores acharam graça:

... Estão vendo, o b'henchod até faz som de cavalo...

... *Tetua dabá dé*... esprime as bolas dele...

De repente, com um meneio de cauda, a égua defecou, despejando uma massa de esterco na barriga e nas coxas de Kalua. Isso provocou ainda mais risadas dos três homens. Um deles enfiou o chicote entre as nádegas de Kalua: Arre, Kalua! Por que não faz o mesmo?

Desde a noite de núpcias, Deeti era assombrada por imagens de sua própria violação: agora, assistindo sob a proteção da plantação de papoulas, ela mordia a mão, para evitar que a escutassem chorando. Então isso podia acontecer com homens, também? Até mesmo um gigante poderoso podia ser humilhado e destruído, de um modo que excedia em muito a capacidade de seu corpo para a dor?

Ao desviar os olhos, sua atenção recaiu sobre os dois cavalos pastando, que vagaram pelo campo de papoulas e estavam agora bem próximos dela: mais um passo e ficaria ao alcance de seus flancos. Foi obra de segundos achar um fruto de papoula que já houvesse perdido suas pétalas; ao cair, elas deixavam atrás de si uma coroa de espinhos secos e afiados. Rastejando na direção de um dos cavalos, ela sibilou conforme espicaçava sua cernelha com o fruto espinhento. O animal recuou, como que mordido por uma cobra, e saiu galopando, puxando na fuga o companheiro amarrado a ele. O pânico do cavalo foi instantaneamente comunicado à égua negra; ao se libertar, ela escoiceou com as patas traseiras e acertou o peito de Kalua. Os três senhores, paralisados pela confusão por um momento, dispararam ao encalço de suas montarias, deixando Kalua inconsciente na areia, nu e lambuzado de excremento.

Levou algum tempo para que Deeti reunisse coragem de olhar mais de perto. Quando não havia mais dúvida de que os senhores de fato haviam sumido de vista, ela se esgueirou para fora de seu esconderijo e acocorou ao lado do corpo inconsciente de Kalua. Ele jazia deitado nas sombras, de modo que era impossível dizer se respirava ou não. Ela fez menção de tocar seu peito, mas no mesmo instante recolheu a mão: pensar em tocar um homem nu já era ruim o bastante — e quando esse homem era da posição de Kalua, não seria isso quase pedir para ser castigada? Lançou um olhar furtivo em volta e então, desafiando a presença invisível do mundo, esticou um dedo e deixou que pousasse sobre o peito de Kalua. O tamborilar de seu coração a tranquilizou e rapidamente tirou a mão, preparada para voltar como um raio à proteção das papoulas se seus olhos captassem qualquer sinal de aproximação. Mas não viu nada abrindo caminho entre a plantação, e o corpo dele jazia tão pacificamente inerte que não sentiu medo algum de fazer um exame mais detalhado. Percebia agora que seu tamanho era enganador, que era muito jovem, com pouco mais do que uma penugem de pelos acima do lábio superior; deitado dobrado na areia, não era mais o gigante escuro que aparecia em sua casa duas vezes por dia, sem dizer palavra, ou se permitindo ser visto: era apenas um rapaz caído. A língua dela estalou involuntariamente ao ver o esterco no meio de seu corpo; foi até a beira do rio, arrancou um punhado de juncos e usou-os para limpar a sujeira. Seu langot estava jogado ali perto, brilhando branco sob o luar, e ela foi até lá, apanhou-o e o abriu cuidadosamente.

Foi quando baixava o langot sobre ele que seus olhos foram levados, independente de sua vontade, a focar sua nudez — de algum modo, mesmo quando o estava limpando, ela dera um jeito de não tomar conhecimento daquilo. Nunca antes, em estado desperto, estivera tão próxima dessa parte do corpo masculino e agora se pegava fitando-a fixamente, movida tanto pelo medo como pela curiosidade, vendo outra vez aquela imagem de si mesma em sua noite de núpcias. Como que dotada de vida própria, sua mão serpenteou e desceu nessa direção, e ela sentiu, para seu espanto, a maciez da mera carne: mas então, à medida que se acostumava à respiração dele, foi tomando consciência de um débil estremecimento e intumescência, e de repente foi como se acordasse para uma realidade em que sua família e sua aldeia estivessem olhando por sobre seu ombro, observando-a ali com a mão pousada intimamente sobre a parte mais intocável daquele homem. Encolhendo-se, ela voltou rápido para o campo, onde se escondeu entre as papoulas e aguardou como fizera antes.

Após o que pareceu um longo tempo, Kalua se pôs vagarosamente de pé e olhou em torno de si, como que surpreso. Então, dando um nó em seu langot em torno dos quadris, afastou-se cambaleando, com uma expressão de tal confusão que Deeti teve certeza — ou quase — de que não fizera a menor ideia de sua presença.

Dois anos haviam se passado desde então, mas, longe de desvanecer, os eventos daquela noite haviam atingido uma culpada vividez em sua lembrança. Muitas vezes, deitada ao lado do marido no estupor do ópio, sua mente revisitava a cena, acentuando os detalhes e reavivando certas particularidades — tudo isso sem seu consentimento e a despeito de todo seu esforço em desviar o pensamento para outras direções. Seu desconforto teria sido ainda maior se acreditasse que Kalua tinha acesso às mesmas imagens e recordações — mas, até o momento, não notara qualquer sinal de que se lembrasse do que quer que fosse daquela noite. Mesmo assim, uma dúvida incômoda persistia, e desde então ela sempre tomara todo o cuidado de evitar seus olhos, enrolando o rosto no sari sempre que ele estivesse em sua proximidade.

De modo que era com certa apreensão que Deeti observava Kalua agora, da proteção de seu desbotado sari: as dobras do tecido não traíam nada da concentração com que ela o vigiava procurando alguma reação a sua presença. Ela sabia que, se os olhos ou o rosto dele traíssem qualquer conhecimento, qualquer recordação, do papel dela nos eventos daquela noite, então não lhe restaria outra opção a não ser dar meia-volta e ir embora: o constrangimento seria grande demais para ignorar, pois não só havia a questão do que os senhores haviam tentado fazer com ele — ato cuja vergonha poderia perfeitamente destruir um homem, caso ele soubesse que havia sido testemunhado —, como também havia o desavergonhamento de sua própria curiosidade, se é de fato que se tratava apenas disso.

Para alívio de Deeti, a visão de sua presença não pareceu despertar nenhum tipo de centelha nos olhos baços de Kalua. Seu peito maciço estava coberto com uma túnica desbotada, sem mangas, e em torno da cintura ele vestia o usual langot de algodão muito sujo, de cujas dobras seus bois agora puxavam talos de palha, capim e forragem, enquanto ele permanecia diante da choça, trocando o peso de uma perna para outra, que eram como duas colunas.

Ka bhailé? O que está acontecendo?, disse finalmente a seu modo rouco e desatento, e ela teve certeza agora de que, se alguma lembrança ele guardara daquela noite, sua mente simples e lenta havia muito perdera qualquer vestígio dela.

Ey-ré Kalua, ela disse, aquele meu marido está doente na fábrica; precisa ser trazido para casa.

Ele ruminou um pouco sobre isso, endireitando a cabeça, e então fez que sim: Tudo bem; eu vou buscá-lo.

Ganhando confiança, ela apanhou o embrulho que preparara e o segurou na mão estendida: Mas isso é tudo que posso lhe dar como pagamento, Kalua, não espere nada além.

Ele ficou olhando para aquilo: O que é isso?

Afeem, Kalua, ela disse, com aspereza. Nessa época do ano, o que mais as pessoas têm em suas casas?

Ele veio desajeitadamente em sua direção, de modo que ela depositou o pacote no solo e deu um passo rápido para trás, agarrando a filha a seu lado: sob a plena luz do dia, era impensável que qualquer tipo de contato pudesse ocorrer entre ela e Kalua, mesmo um que resultasse da entrega de um objeto inerte. Mas ela se manteve zelosamente observando, enquanto ele apanhava o embrulho de folhas e cheirava o conteúdo; o pensamento ocorreu a ela, fugaz, de que ele, também, pudesse ser um comedor de ópio, mas descartou a ideia na mesma hora. Que importância tinham seus hábitos? Ele era um estranho, não um marido. Contudo, ficou estranhamente feliz quando, em vez de guardar o ópio para seu próprio uso, ele quebrou o torrão em dois e deu metade para cada um de seus bois. Os animais mastigaram com satisfação enquanto ele os amarrava à canga, e, quando o carro foi puxado adiante, ela subiu na traseira com sua filha e sentou de costas para o condutor, seus pés balançando pela beirada. E assim partiram rumo a Ghazipur, cada um em uma extremidade da plataforma de bambu do carro, tão apartados que nem a língua mais solta poderia encontrar uma única palavra para dizer a título de escândalo ou reprovação.

Nessa mesma tarde, oitocentos quilômetros a leste de Ghazipur, Azad Naskar — conhecido universalmente por seu apelido, Jodu — também se preparava para embarcar na jornada que o levaria de encontro ao casco do *Ibis* e para o santuário de Deeti. Antes, nesse mesmo dia, Jodu enterrara sua mãe no povoado de Naskarpara, usando uma de suas últimas moedas para pagar um molla-shaheb a fim de que lesse o Alcorão junto a sua cova recém-escavada. O vilarejo ficava a cerca de vinte e cinco quilômetros de Calcutá, em uma faixa informe de lama e mangue, na beira do Sundarbans. Era pouco mais que um amontoado de cabanas, erguidas em torno do túmulo do faquir sufi que convertera os habitantes ao islamismo uma ou duas gerações antes. Não fosse o dargah do faquir, o vilarejo poderia muito bem ter se dissolvido de volta na lama, não sendo seus moradores o tipo de gente a permanecer muito tempo em um só lugar: a maioria deles tirava seu sustento de vagar pelas águas, trabalhando como barqueiros, balseiros e pescadores. Mas eram pessoas humildes, e poucos dentre eles possuíam a ambição ou impetuosidade de aspirar a trabalhos em navios mercantes — e, dentre esse pequeno número, ninguém jamais aspirara mais ardentemente a viver como um lascar do que Jodu. Ele teria partido do vilarejo havia muito, não fosse a saúde de sua mãe, as circunstâncias da família sendo tais que, em sua ausência, ela sem dúvida teria sofrido a mais completa negligência. Enquanto durou sua enfermidade, ele cuidara da mãe de uma maneira ao mesmo tempo impaciente e carinhosa, fazendo o pouco que podia para prover algum conforto em seus últimos dias: agora, restava-lhe uma incumbência final a realizar em seu nome, após o que estaria livre para procurar os ghat-serangs que recrutavam lascares para navios de águas profundas.

Jodu, também, era filho de barqueiro, e não era, pelos seus próprios cálculos, mais um menino, tendo o brotamento de pelos em seu queixo se tornado subitamente tão fecundo a ponto de exigir uma visita semanal ao barbeiro. Mas as mudanças em seu físico eram tão recentes e tão vulcânicas que ainda não se acostumara de todo a elas: era como se o seu corpo fosse uma cratera fumegante recém-emergida no oceano, ainda esperando por ser explorada. Através da sobrancelha esquerda, legado de um percalço de infância, via-se um profundo corte onde a pele estava exposta, com o resultado de que, visto de longe, ele parecia dotado de três sobrancelhas, em vez de duas. Essa desfiguração, se tal podemos chamá-la, emprestava um esquisito destaque a sua aparência, e anos mais tarde, quando foi chegada a hora de ingressar no santuário de Deeti, foi esse traço que determinou o esboço que dele seria feito: três talhos ligeiramente inclinados em um formato oval.

O barco de Jodu, herdado havia muitos anos de seu pai, era um artefato grosseiro, um dinghy construído de troncos concavados unidos por cordas de cânhamo: poucas horas após o enterro de sua mãe, Jodu o carregara com os poucos pertences remanescentes e estava pronto para partir rumo a Calcutá. Tendo a correnteza atrás de si, não demorou muito para que cobrisse a distância até a foz do canal que levava às docas da cidade: a estreita via fluvial, recém-aberta por um engenheiro inglês empreendedor, era conhecida como Mister Tolly's Nullah, e pelo direito de usá-la, Jodu teve de entregar suas últimas moedas restantes ao zelador no pedágio. O canal estreito estava azafamado, como sempre, e Jodu levou cerca de duas horas para conseguir chegar à cidade, passando o templo Kalighat e os muros sombrios da Cadeia de Alipore. Emergindo no agitado canal do Hooghly, ele se viu de repente em meio a uma grande variedade de embarcações — sampanas abarrotadas de gente e ágeis almadias, altíssimos bergantins e minúsculas baulias, rápidas carracas e balouçantes woolocks; buggalows adeni com arrojadas velas latinas e bulkats andhra de conveses em múltiplas camadas. Manejando seu barco entre esse pesado tráfego, era impossível deixar de raspar ou se chocar e cada vez que isso ocorria era alvo de severas imprecações de serangs e tindals, coksens e bosmans; um bhandari irascível atirou um balde de sujeira nele e um lúbrico seacunny o provocou com gestos sugestivos de seu punho. Jodu respondia imitando os gritos familiares de oficiais do mar — "What cheer ho? Avast!" — e deixava os lascares boquiabertos com a fluência de seu arremedo.

Após um ano passado no isolamento rural, seu espírito flutuava de escutar outra vez essas vozes portuárias, seus jorros de obscenidades e insultos, provocações e chamados — e observar os lascares balançando pelo ringeen deixava suas próprias mãos ansiosas em se agarrar a um cordame. E na margem próxima, seu olhar vagava pelos godowns e bankshalls de Kidderpore, pelas ruelas tortuosas de Watgunge, onde as mulheres sentavam nos degraus de seus kothis, pintando o rosto como preparativo para a noite. O que lhe diriam essas mulheres agora, as mesmas que riram e o rejeitaram por causa de sua juventude?

Além do estaleiro de Mister Kyd, o tráfego fluvial escasseava um pouco, e Jodu não teve dificuldades para acostar no aterro em Bhutghat. Essa parte da cidade ficava diametralmente oposta aos Royal Botanical Gardens, do outro lado do Hooghly, e o ghat era muito utilizado pelos funcionários do jardim botânico. Jodu sabia que um de seus barcos atracaria ali mais cedo ou mais tarde, e de fato, um deles apareceu depois de uma hora, carregando o assistente do conservador, um jovem inglês. O coksen trajado em lungi que ia ao leme era um velho conhecido de Jodu, e assim que o sahib pisou em terra, ele se aproximou com seu próprio barco.

O coksen o reconheceu na mesma hora: *Arré Jodu na?* É você mesmo — Jodu Naskar?

Jodu fez seus salaams: Salam, khalaji. Isso, eu mesmo.

Mas por onde tem andado?, perguntou o coksen. Onde está sua mãe? Faz mais de um ano desde que foram embora do jardim botânico. Todo mundo ficou pensando...

Voltamos para a aldeia, khalaji, disse Jodu. Minha mãe não queria continuar lá, depois que nosso sahib morreu.

Ouvi falar, disse o coksen. E soube também que ela estava doente?

Jodu fez que sim, baixando a cabeça: Ela morreu ontem à noite, khalaji.

Allah'r rahem! O coksen fechou os olhos e murmurou: A misericórdia divina sobre ela.

Bismillah... Jodu murmurou a oração acompanhando-o e então acrescentou: Escute, khalaji, — é por minha mãe que estou aqui: antes de morrer, ela me fez prometer que encontraria a filha de Lambert-sahib — Miss Paulette.

Claro, disse o coksen. Aquela garota era como uma filha para sua mãe: nenhuma ayah jamais deu tanto amor a uma criança como ela o fez.

... Mas você sabe onde Paulette-missy está? Faz mais de um ano que a vi pela última vez.

O coksen balançou a cabeça e ergueu a mão para apontar o rio a jusante: Ela não mora longe daqui. Depois que o pai morreu, foi levada por uma rica família inglesa. Para encontrá-la, você precisa ir a Garden Reach. Pergunte pela mansão de Burnham-sahib: no jardim há uma chabutra com telhado verde. Vai saber no momento em que a vir.

Jodu ficou extasiado de ter atingido seu objetivo com tão pouco esforço. *Khoda-hafej khálaji!* Acenando um obrigado, firmou seu remo na lama e deu um vigoroso empurrão. Conforme se afastava, escutou o coksen conversando animadamente com os homens em torno dele: Está vendo o dinghy daquele rapaz? Miss Paulette — a filha de Lambert-sahib, o francês — nasceu nele: bem nesse barco...

Jodu ouvira a história tantas vezes, contada por tantas pessoas, que era quase como se houvesse testemunhado os eventos pessoalmente. Era seu kismat, sua mãe sempre dizia, que ocasionara o estranho rumo no destino da família — se ela não tivesse voltado a seu próprio vilarejo para o nascimento de Jodu, sem dúvida jamais teriam acolhido Paulette em suas vidas.

Isso acontecera pouco depois do nascimento de Jodu: seu pai barqueiro viera em seu dinghy para apanhar a esposa e o filho na casa dos pais dela, onde ela havia ido para o parto. Estavam no rio Hooghly quando um vento súbito e tempestuoso começou a soprar. Com o dia se aproximando do fim, o pai de Jodu decidira que não iria se arriscar a cruzar o rio naquele momento: seria mais seguro passar a noite em terra e fazer outra tentativa na manhã seguinte. Atendo-se à margem, o barco acabou chegando ao paredão de tijolos do aterro onde ficavam os Royal Botanical Gardens: que lugar melhor poderia haver para descansar do que aquele agradável ghat? Ali, com o barco ancorado em segurança, fizeram sua refeição do fim do dia e se prepararam para esperar a noite.

Nem bem haviam adormecido quando foram despertados por um clamor de vozes. Uma lanterna aparecera, trazendo consigo o rosto de um homem branco: o sahib enfiara o rosto sob o toldo colmado do barco e dissera um monte de palavras numa algaravia frenética. Sem dúvida estava muito preocupado com alguma coisa, então eles não se surpreenderam quando um de seus criados interveio para explicar a terrível emergência; a esposa grávida do sahib sofria dores muito grandes e necessitava desesperadamente de um médico branco; não havia nenhum disponível naquele lado do rio, então ela tinha de ser levada para Calcutá, na outra margem.

O pai de Jodu protestara que o barco era pequeno demais para tentar a travessia, sem lua no céu, e as águas se agitando com o vento em todas as direções. Seria muito melhor para o sahib conseguir um grande bora ou um budgerow — algum barco com grande tripulação e muitos remos; decerto haveria algo assim nos Botanical Gardens?

E assim era, foi a resposta; o jardim botânico de fato tinha uma pequena frota à disposição. Mas quisera o destino que nenhuma dessas embarcações estivesse disponível naquela noite: o conservador chefe requisitara todas elas a fim de levar um grupo de amigos ao baile anual da Bolsa de Valores de Calcutá. O dinghy era o único barco presente atracado junto ao ghat: se eles se recusassem a ir, duas vidas estariam perdidas — a da mãe e a da criança.

Tendo ela própria sofrido recentemente as dores do parto, a mãe de Jodu se comoveu com a evidente aflição do sahib e sua mem: sua voz fez coro às deles, suplicando ao marido que aceitasse a incumbência. Mas ele continuava a sacudir a cabeça, cedendo apenas depois que lhe estenderam uma moeda, um tical de prata que valia mais do que o próprio dinghy. Com esse incentivo irrecusável selou-se o acordo e a francesa foi trazida a bordo em sua maca.

Um olhar para o rosto da mulher grávida bastou para saber que sofria grandes dores: desatracaram na mesma hora, fixando o curso para o Babughat de Calcutá. Ainda que estivesse ventando e escuro, não havia dificuldade em fazê-lo, pois a Bolsa de Valores de Calcutá havia recebido uma iluminação especial para o baile anual e o prédio era claramente visível através do rio. Mas os ventos ficaram mais fortes, e a água mais agitada conforme se afastavam da margem; logo o barco era golpeado com tal violência que ficava difícil manter a maca no lugar. À medida que o barco balançava e jogava mais e mais, as condições da memsahib foram piorando, até que de repente, bem no meio do rio, a bolsa se rompeu e ela entrou prematuramente em trabalho de parto.

Fizeram meia-volta na mesma hora, mas a margem estava muito longe. A atenção do sahib agora se concentrava em confortar a esposa, e ele não seria de nenhuma ajuda em tirar o bebê: foi a mãe de Jodu quem partiu o cordão com os dentes e limpou o sangue do minúsculo corpo da menina. Deixando o próprio filho, Jodu, nu em meio à água no fundo da embarcação, ela retirou seu cobertor, embrulhou a garota e colocou-a perto da mãe moribunda. O rosto da criança foi a última coisa que os olhos da memsahib viram: a hemorragia a matou antes que pudessem regressar aos Botanical Gardens.

O sahib, descontrolado e aflito, não estava em posição de lidar com um recém-nascido aos berros: ficou imensamente aliviado quando a mãe de Jodu aquietou o bebê levando-o ao peito. Ao voltarem, ele fez mais um pedido: poderiam o barqueiro e sua família permanecer até uma ayah ou ama de leite ser empregada?

Que outra coisa poderiam dizer além de sim? A verdade era que a mãe de Jodu teria achado difícil se separar da menina após essa primeira noite: ela abrira seu coração para o bebê no momento em que o segurara junto ao peito. Desse dia em diante, era como se não tivesse um rebento, mas dois: Jodu, seu filho, e sua filha Putli — "boneca" —, que era o modo como naturalizara o nome da menina. Quanto a Paulette, na confusão de línguas que caracterizaria sua criação, a ama se tornou Tantima: "tia-mãe".

Foi assim que a mãe de Jodu empregou-se a serviço de Pierre Lambert, que apenas recentemente chegara à Índia para ser o assistente do conservador nos Royal Botanical Gardens de Calcutá. O combinado era que permaneceria apenas até que uma substituta fosse encontrada, mas de algum modo isso nunca aconteceu. Sem que nada fosse formalmente arranjado, a mãe de Jodu se tornou a ama de leite de Paulette, e as duas crianças passaram a infância lado a lado em seus braços. Quaisquer objeções por parte do pai de Jodu possivelmente desapareceram quando o conservador assistente comprou para ele um barco novo e muito melhor, uma bauliya: em breve ele partiria para viver em Naskarpara, deixando a esposa e o filho para trás, mas levando sua nova embarcação consigo. A partir dessa época, Jodu e sua mãe o viram apenas raramente, em geral no começo do mês, próximo ao pagamento dela; com o dinheiro que tirou da mulher, ele voltou a se casar e concebeu grande número de filhos. Jodu via esses meios-irmãos duas vezes por ano, durante os festivais de 'Id, quando era obrigado a fazer relutantes visitas a Naskarpara. Mas o povoado nunca foi seu lar como o foi o bangalô, onde reinou como o parceiro de brincadeiras e consorte de mentirinha favorito de Miss Paulette.

Quanto a Paulette, a primeira língua que aprendeu foi o bengali, e a primeira comida sólida que ingeriu foi o khichri de arroz e dal preparado pela mãe de Jodu. Na questão das roupas, preferia mil vezes saris a jardineiras. Com sapatos não mostrava paciência alguma, correndo descalça pelos gramados do jardim botânico, como Jodu. Durante os anos iniciais de sua infância, foram praticamente inseparáveis, pois ela não dormia nem comia a menos que Jodu estivesse presente em seu quarto. Havia várias outras crianças alojadas no bangalô, mas apenas Jodu tinha livre acesso à casa principal e seus dormitórios. Já em tenra idade, Jodu compreendeu que tal se dava devido ao relacionamento especial de sua mãe com seu empregador, de um modo que exigia que permanecesse com ele até tarde da noite. Mas nem ele nem Putli jamais fizeram menção ao assunto, aceitando o fato como uma das inúmeras circunstâncias inusuais de sua família peculiar — pois Jodu e sua mãe não eram os únicos a se verem isolados de sua própria gente; Paulette e seu pai talvez o estivessem ainda mais. Raramente, se é que alguma vez aconteceu, homens ou mulheres brancos visitaram o bangalô, e os Lambert não participavam minimamente da agitada roda da sociedade inglesa de Calcutá. Quando o francês se aventurava a cruzar o rio, era apenas para o que gostava de chamar de "bizi-ness": no mais, ocupava-se inteiramente de suas plantas e seus livros.

Jodu era mais vivido que sua parceira de brincadeiras, e não lhe escapou que Paulette e seu pai não se davam com os outros sahibs brancos: ele ouvira dizer que os Lambert eram de um país que vivia em guerra com a Inglaterra, e no começo foi a isso que atribuiu esse distanciamento. Mas, mais tarde, quando seus segredos compartilhados com Putli ganharam em significação, ele veio a compreender que essa não era a única diferença entre os Lambert e os ingleses. Ele descobriu que o motivo pelo qual Pierre Lambert deixara seu país era que estivera envolvido, na juventude, em uma revolta contra o rei; que era evitado pela respeitável sociedade inglesa porque negara publicamente a existência de Deus e a santidade do casamento. Nada disso tinha a mínima importância para o rapaz — se tais opiniões serviam para isolar a casa deles dos demais sahibs, então ele só podia ficar satisfeito com elas.

Porém, não foi nem a idade, nem o status de sahib, mas uma intrusão muito mais sutil que afrouxou os laços entre as crianças: em dado momento, Putli começou a ler, e então não havia mais tempo suficiente no dia para qualquer outra coisa. Jodu, por outro lado, perdeu o interesse nas letras assim que aprendeu a decifrá-las; suas próprias inclinações sempre o haviam atraído para a água. Reclamando para si o velho barco do pai — lugar de nascimento de Putli —, com dez anos já estava bastante exímio em seu uso, não só para servir de barqueiro para os Lambert, como também para acompanhá-los quando viajavam em busca de espécimes.

Por mais estranho que fosse esse arranjo familiar, seus alicerces pareciam tão seguros, permanentes e satisfatórios que nenhum deles estava preparado para os desastres que se seguiram à morte inesperada de Pierre Lambert. Ele pereceu de uma febre antes que pudesse deixar seus negócios em ordem; pouco após seu falecimento, descobriu-se que acumulara dívidas substanciais na promoção de suas pesquisas — suas misteriosas viagens de "bizi-ness" para Calcutá se revelaram consistir em furtivas visitas a prestamistas em Kidderpore. Foi aí também que Jodu e sua mãe pagaram o preço por sua associação privilegiada com o conservador assistente. Os ressentimentos e ciúmes dos outros servos e empregados tornaram-se rapidamente manifestos em acusações raivosas de roubo no leito de morte. A hostilidade ficou tão aguda que Jodu e sua mãe foram forçados a fugir escondidos em seu barco. Não lhes restando outra opção, regressaram a Naskarpara, onde foram acolhidos a contragosto pela nova família do marido. Mas os anos de confortável privilégio no bangalô haviam tornado a mãe de Jodu inepta para as privações da vida rústica. O declínio irreversível de sua saúde começou poucas semanas após sua chegada e não se encerrou senão com sua morte.

Ao todo, Jodu passara catorze meses em Naskarpara: nesse período, não viu nem teve qualquer notícia de Paulette. Em seu leito de morte, sua mãe pensara inúmeras vezes na antiga afilhada e suplicara a Jodu que se encontrasse com Putli uma última vez, de modo que soubesse, ao menos, quanto sua antiga ayah sentira sua falta nos derradeiros dias de vida. Jodu, de sua parte, havia muito tinha consciência de que ele e a velha companheira de brinquedos um dia seriam reclamados por seus mundos separados e, por ele, de bom grado a coisa teria ficado por isso mesmo: não fosse por sua mãe, não teria saído à procura de Paulette. Mas agora que sabia estar perto do lugar onde ela morava, pegou-se ficando cada vez mais ansioso e apreensivo: Será que Putli concordaria em encontrá-lo, ou mandaria que os criados o barrassem? Se ao menos pudesse vê-la frente a frente, havia tanto sobre o que conversar, tanto a dizer. Olhando adiante, rio abaixo, avistou um pequeno pavilhão com telhado verde e acelerou o ritmo.

Quatro

Rumando para Ghazipur, no carro de bois de Kalua, Deeti sentiu uma estranha leveza de espírito, a despeito da natureza austera de sua missão: era como se soubesse, em seu íntimo, que seria a última vez que viajaria por aquela estrada com sua filha, e estava determinada a extrair o melhor dessa jornada.

O carro abria caminho vagarosamente pelo formigueiro de vielas e bazares no coração da cidade, mas assim que a estrada fez uma curva na direção do rio, o congestionamento aliviou um pouco e os arredores ficaram mais agradáveis. Deeti e Kabutri raramente tinham oportunidade de visitar a cidade e olhavam com fascínio para os muros do Chehel Satoon, um palácio de quarenta colunas construído por um nobre de ancestralidade persa, imitando um monumento que havia em Isfahan. Pouco depois, passaram por uma maravilha ainda maior, uma estrutura de inspiração grega, com colunas estriadas e um domo elevado; aquele era o mausoléu de lord Cornwallis, célebre cidadão de Yorktown, que morrera em Ghazipur trinta e três anos antes: quando o carro de bois passou, Deeti mostrou para Kabutri a estátua do Laat-Sahib inglês. Então, de repente, quando o carro fazia uma curva na estrada, Kalua estalou a língua, detendo os bois. Com o sacolejo da abrupta mudança de ritmo, Deeti e Kabutri giraram o tronco para olhar à frente — e os sorrisos morreram em seus lábios.

A estrada estava cheia de gente, cem pessoas ou mais; circundada por uma roda de guardas armados com paus, a multidão se deslocava desanimadamente na direção do rio. Fardos com pertences pessoais equilibravam-se em suas cabeças e ombros, e panelas de latão iam penduradas na dobra de seus braços. Sem dúvida já haviam marchado uma grande distância, pois seus dhotis, langots e vestimentas estavam sujos com o pó da estrada. A visão dos peregrinos evocava tanto pena como medo nos moradores locais; alguns espectadores emitiam um estalo de língua em solidariedade, mas moleques e velhas jogavam pedras no grupo, como que afastando uma influência desagradável. Durante tudo isso, a despeito da exaustão, os peregrinos pareciam estranhamente eretos, até desafiadores, e alguns atiravam as pedras de volta na mesma hora: sua ousadia não era menos perturbadora para o público do que sua evidente penúria.

Quem são eles, Ma?, perguntou Kabutri, sussurrando baixinho.

Não sei; prisioneiros, talvez?

Não, disse Kalua na mesma hora, apontando a presença de mulheres e crianças entre o grupo. Ainda estavam especulando quando um dos guardas deteve o carro e disse a Kalua que seu líder e duffadar, Ramsaran-ji, machucara o pé, e precisaria ser levado ao ghat do rio nas proximidades. O duffadar apareceu enquanto o guarda falava, e Deeti e Kabutri rapidamente abriram espaço: era um homem alto e imponente, de cintura avantajada, trajado em branco imaculado, com calçados de couro. Carregava um pesado bastão e usava um imenso turbante que era como um domo em sua cabeça.

Inicialmente, ficaram assustadas demais para abrir a boca, e foi Ramsaran-ji que rompeu o silêncio: De onde vêm?, disse para Kalua. *Kahwãa se áwela?*

De um vilarejo aqui perto, malik; *parosé ka gaõ se áwat baní.*

Deeti e Kabutri haviam esticado as orelhas, e quando ouviram o duffadar falando sua própria língua bhojpuri, inclinaram-se em sua direção, de modo a conseguir escutar tudo que fosse dito.

Finalmente, Kalua reuniu coragem de perguntar: Malik, quem são essas pessoas andando?

São girmitiyas, disse Ramsaran-ji, e ao ouvir a palavra, Deeti deixou escapar uma audível exclamação — pois de repente compreendeu. Havia poucos anos desde que os rumores começaram a circular nos povoados em torno de Ghazipur: embora nunca tivesse visto um girmitiya antes, ouvira falar deles. Eram assim chamados porque, em troca de dinheiro, seus nomes eram inscritos em "girmits" — contratos escritos em pedaços de papel. A prata que recebiam como paga ia para suas famílias, e eles eram levados embora para nunca mais serem vistos: desapareciam, como que para o mundo inferior.

Para onde estão indo, malik?, disse Kalua, numa voz sussurrada, como se estivesse falando dos mortos-vivos.

Um barco vai levá-los para Patna e depois Calcutá, disse o guarda. E de lá irão para um lugar chamado Mareech.

Incapaz de se conter mais, Deeti entrou na conversa, perguntando, protegida pela ghungta de seu sari: Onde fica essa tal de Mareech? É perto de Dilli?

Ramsaran-ji riu. Não, disse, achando graça. É uma ilha no mar — como Lanka, só que bem mais longe.

A menção de Lanka, com sua evocação de Ravana e suas legiões demoníacas, fez Deeti se encolher. Como os peregrinos eram capazes de continuar de pé, sabendo o que os aguardava adiante? Ela imaginava como seria estar no lugar deles, saber que você era um pária para o resto da vida; saber que nunca mais entraria na casa de seu pai; que nunca mais cingiria sua mãe em um abraço; nunca mais faria uma refeição com suas irmãs e seus irmãos; nunca mais sentiria o balsâmico Ganga envolvendo seu corpo. E saber também que pelo resto de seus dias extrairia uma subsistência miserável numa ilha erma infestada por demônios?

Deeti estremeceu. E como vão chegar nesse lugar?, perguntou a Ramsaran-ji.

Um barco estará à espera deles em Calcutá, disse o duffadar, um *jaház*, muito maior do que qualquer um que possam ter visto: com muitos mastros e velas; um barco grande o bastante para abrigar centenas de pessoas...

Hái Rám! Então era isso? Deeti levou a mão à boca quando recordou a embarcação que vira quando estava no Ganga. Mas por que a aparição visitara logo ela, Deeti, que nada tinha a ver com aquelas pessoas? Que possível significado poderia ter aquilo?

Kabutri rapidamente adivinhou o que se passava na cabeça de sua mãe. Disse: Não foi esse tipo de barco que você viu? O que era como um pássaro? Estranho ele aparecer para você.

Não diga isso!, gemeu Deeti, envolvendo a menina com seus braços. Um estremecimento de pavor a percorreu, e ela estreitou a filha junto ao peito.

Momentos depois de Mister Doughty ter anunciado sua chegada, as botas de Benjamin Burnham pisaram no convés do *Ibis* com um baque surdo: a calça fulva e o paletó escuro do armador estavam empoeirados com a jornada desde Calcutá, e suas botas de cavalgar na altura do joelho, salpicadas de lama — mas o trajeto claramente o deixara revigorado, pois não se via sinal de fadiga em seu rosto afogueado.

Benjamin Burnham era um homem de estatura imponente e circunferência majestosa, com uma barba cacheada e cheia que revestia a metade superior de seu peito como uma lustrosa cota de malha. A poucos anos de se tornar um quinquagenário, seu passo não perdera o molejo da juventude e seus olhos ainda exibiam a centelha brilhante e compenetrada que advém de nunca olhar em outra direção que não seja adiante. A pele de seu rosto era curtida e fortemente bronzeada, legado de vários anos de enérgica atividade sob o sol. Agora, parado ereto sobre o convés, ele enganchava o polegar na lapela de seu paletó e percorria com olhar zombeteiro a tripulação da escuna antes de se afastar com Mister Doughty. Os dois cavalheiros conferenciaram por algum tempo e então Mister Burnham foi até Zachary e lhe estendeu a mão. "Mister Reid?"

"Pois não, senhor." Zachary deu um passo à frente para apertar sua mão.

O armador o mediu de alto a baixo, aprovadoramente, "Doughty diz que para um griffin graduado, o senhor é um danado de um sujeito pucka."

"Espero que ele tenha razão, senhor", disse Zachary, meio hesitante.

O armador sorriu, exibindo uma fileira de dentes grandes e cintilantes. "Bom, tudo pronto para me apresentar ao meu novo navio?"

Na aparência de Benjamin Burnham havia um tipo especial de autoridade que sugere uma criação de riquezas e privilégios — mas isso era enganador, Zachary sabia, pois o proprietário de navios era filho de um comerciante e se orgulhava de ter subido na vida por conta própria. Nos últimos dois dias, cortesia de Mister Doughty, Zachary aprendera um bocado sobre o "Burra Sahib": ele sabia, por exemplo, que apesar de toda familiaridade com a Ásia, Benjamin Burnham não era "nascido na terra" — "quer dizer, não é como o restante de nós sahibs, que puxou seu primeiro alento no Oriente". Ele era filho de um mercador de madeira de Liverpool, mas não passara mais que parcos dez anos "em casa" — "e isso significa Blatty, meu rapaz, não qualquer lugar execrável onde calhe de você viver".

Na infância, disse o piloto, o jovem Ben foi um "perfeito shaytan": brigão, encrenqueiro e hurremzad em tudo mais, claramente destinado a passar a vida entrando e saindo de penitenciárias e casas de correção: foi para salvá-lo de seu kismet que sua família o embarcara como um "porquinho-da-guiné" — "era assim que você chamava um grumete indiano nos velhos tempos — porque todo mundo pisava em cima e fazia com eles o que bem queria".

Mas nem mesmo a disciplina de empurrar o carrinho das refeições para a Companhia das Índias Orientais se mostrara suficiente para amansar o jovem: "Um intendente atraíra o rapaz à despensa do navio planejando tentar um pouquinho de udlee-budlee. Mas chota como era, o jovem Benjamin não deixava a desejar em bawhawdery — partiu pra cima do velho launderbuzz com uma malagueta em punho e o castigou com tal vontade que o cabo que o prendia a esse mundo por pouco não se lhe escapou."

Para sua própria segurança, Benjamin Burnham foi retirado do navio no porto seguinte, que por acaso era a colônia penal britânica de Port Blair, nas ilhas Andaman. "A melhor coisa que podia ter acontecido a um jovem chuckeroo: nada como uma connah na cadeia para domesticar um junglee." Em Port Blair, Ben Burnham foi empregado aos serviços do capelão da prisão: ali, sob um regime que era ao mesmo tempo punitivo e clemente, ele adquiriu tanto fé como educação. "Ah, aqueles padres têm mão de ferro, meu rapaz; eles põem a Palavra do Senhor em sua boca nem que tenham de quebrar seus dentes a murro para fazê-lo." Quando suficientemente reformado, o rapaz partiu na direção do Atlântico e passou algum tempo em um blackbirder, viajando pela América, África e Inglaterra. Então, com a idade de dezenove anos, viu-se em um navio com destino à China que transportava um conhecido missionário protestante. O encontro acidental entre Ben Burnham e o reverendo inglês iria se fortalecer e aprofundar numa amizade duradoura. "Assim são as coisas por essas paragens", disse o piloto. "Cantão é um lugar onde você acaba conhecendo seus amigos. Os chinas mantêm os fanqui-devils encerrados dentro das fábricas de estrangeiros, fora dos muros da cidade. Nenhum fanqui pode deixar sua pequena faixa de litoral; nem ultrapassar os portões da cidade. Nenhum lugar para ir; nenhum lugar para andar, nenhum campo para cavalgar. Até para pegar um pequeno hong-boat e ir para o rio, é preciso a chancela das autoridades. Nenhuma mem é permitida; nada a fazer além de ouvir seus shroffs contando seus taels. Um homem pode ficar tão solitário quanto um açougueiro em um banyan-day. Alguns simplesmente não aguentam e precisam ser mandados de volta para casa. Outros vão para a travessa Hog, para puckrow uma buy-em-dear ou encher a cara de vinho shamshoo. Mas não Ben Burnham: quando não estava vendendo ópio, estava com os missionários. Não era raro encontrá-lo na fábrica americana — os ianques eram mais a seu gosto do que os colegas da Companhia, por serem mais dados à igreja."

Graças à influência do reverendo, Benjamin Burnham foi empregado como funcionário da firma mercantil Magniac & Co., predecessores de Jardine & Matheson, e a partir daí, como com qualquer outro estrangeiro envolvido no comércio da China, seu tempo ficou dividido entre os dois polos do Delta do rio das Pérolas — Cantão e Macau, a cento e trinta quilômetros um do outro. Só a temporada comercial de inverno era passada em Cantão: o resto do ano os comerciantes moravam em Macau, onde a Companhia mantinha uma extensa rede de godowns, bankshalls e fábricas.

"Ben Burnham cumpriu sua função, descarregando ópio dos navios recém-chegados, mas não era o tipo de homem que ficaria feliz na folha de pagamento de outro, tirando um tuncaw mensal: queria ser um nababo pelo próprio direito, com seu próprio assento no leilão de ópio de Calcutá." Como tantos outros mercadores fanquis em Cantão, as ligações de Burnham na igreja foram de grande ajuda, uma vez que diversos missionários tinham ligações estreitas com os mercadores de ópio. Em 1817, o ano em que a Companhia das Índias Orientais lhe deu seu contrato de mercador livre, uma oportunidade se apresentou na forma de um grupo de convertidos chineses que tinham de ser escoltados ao Baptist Mission College em Serampore, em Bengala. "E que homem melhor para levá-los do que Ben Burnham? Antes que você se dê conta, ele está em Calcutá, procurando um dufter — e, por incrível que pareça, ele encontra um. O bom e velho Roger de Rascally dá a ele um molho de chabees de uma casa no Strand!"

A intenção de Burnham ao se mudar para Calcutá era ficar em posição de cobrir os lances nos leilões de ópio da Companhia das Índias Orientais: contudo, não foi o comércio chinês que lhe proporcionou o primeiro golpe de mestre financeiro; isso aconteceu, antes, graças a seu aprendizado de infância em outro ramo comercial do Império Britânico. "Nos bons e velhos dias, as pessoas costumavam dizer que havia apenas duas coisas a exportar de Calcutá: thugs e drugs — bandidos e drogas, ou cules e ópio, como diriam alguns."

O primeiro lance bem-sucedido de Benjamin Burnham foi para o transporte de condenados. Calcutá na época era o principal canal por onde os prisioneiros indianos eram embarcados para a rede de ilhas-prisões do Império Britânico — Penang, Bencoolen, Port Blair e Maurício. Como um grande rio cheio de sedimentos, milhares de pindaris, tugues, dacoits, rebeldes, caçadores de cabeças e hooligans eram levados pelas águas lamacentas do Hooghly e dispersados por todo o oceano Índico, nas várias cadeias insulares onde os britânicos encarceravam seus inimigos.

Achar kippage para um navio de condenados não era tarefa das mais fáceis, pois inúmeros marinheiros repudiavam fortemente a ideia de integrar a tripulação de um barco com uma carga de assassinos. "Nessa hora de necessidade, Burnham alargou seus negócios recorrendo a um amigo de sua época de chocolataria, um certo Charles Chillingworth, capitão de quem se viria a dizer que não havia melhor manganizer* a serviço de uma nação em todo o oceano — nem um único escravo, condenado ou cule jamais fugiu de sua custódia e viveu para gup a respeito." Com a ajuda de Chillingworth, Benjamin Burnham amealhou uma fortuna com a maré de transportados que fluía para fora de Calcutá, e esse influxo de capital permitiu-lhe entrar no comércio chinês numa escala ainda maior do que a que ele imaginara: em pouco tempo ele estava administrando uma frota considerável de seus próprios barcos. Aos trinta e poucos anos, compusera uma sociedade com dois de seus irmãos, e a firma se tornara uma importante casa mercantil, com agentes e dufters em cidades como Bombaim, Cingapura, Aden, Cantão, Macau, Londres e Boston.

"Então aí está: eis o jadoo das colônias. Um menino que se arrastou através dos escovéns pode se tornar um grande sahib como qualquer figurão de boa casta da Companhia. Todas as portas em Calcutá se abriram. Burra-khanas na Casa do Governador. Choti hazri em Fort William. Nenhuma BeeBee importante demais para ser durwauza-bund quando ele aparece. Seu shoke pessoal talvez penda para o evangelismo Low-Church,** mas pode ter certeza de que o bispo sempre tem um banco a sua espera. E para coroar tudo, Miss Catherine Bradshaw como esposa — a mais pucka de uma memsahib que já se viu, uma filha de brigadeiro."

As qualidades que haviam tornado Ben Burnham um nababo mercantil ficaram amplamente evidentes durante sua inspeção do *Ibis*: ele examinou a embarcação de proa a popa, descendo até a sobrequilha e subindo no pau da bujarrona, notando tudo que merecia atenção, fosse por ser digno de louvor, fosse de censura.

"E como se porta no mar, Mister Reid?"

---

* Possivelmente a contração de *man* e *organizer*, um organizador de homens. (N. do T.)
** Forma pejorativa de se referir à Igreja Anglicana. (N. do T.)

"Ah, como um belo e velho barkey, senhor", disse Zachary. "Desliza como um cisne e manobra como um tubarão."

Mister Burnham sorriu, apreciando o entusiasmo de Zachary. "Ótimo."

Foi só quando terminou a inspeção que o armador parou para escutar a narrativa de Zachary sobre a viagem desde Baltimore, perguntando cuidadosamente os detalhes enquanto folheava o diário de bordo. No fim da inquirição, declarou-se satisfeito e bateu nas costas de Zachary: "Shahbash! Você se saiu muito bem, dadas as circunstâncias."

Tais reservas como as mantidas por Mister Burnham concerniam principalmente à tripulação lascar e ao seu líder: "Aquele velho mug de um serang: o que o faz pensar que é de confiança?"

"Mug, senhor?", disse Zachary, juntando as sobrancelhas.

"É como chamam os arakaneses por estas bandas", disse Burnham. "Só a palavra já enche de terror os nativos da costa. Um bando assustador, esses mugs — piratas, os sujeitos, é o que dizem."

"Serang Ali? Um pirata?" Zachary sorriu em pensar sobre sua própria reação inicial ao serang e como isso parecia absurdo, em retrospecto. "Ele talvez se pareça um pouco com um tártaro, senhor, mas é tão pirata quanto eu: se fosse, teria fugido com o *Ibis* muito antes de lançarmos ferro. Certamente eu teria sido incapaz de detê-lo."

Burnham lançou um olhar penetrante para Zachary. "Você põe a mão no fogo por ele, então?"

"Sim, senhor."

"Muito bem. Mas mesmo assim eu ficava de olho vivo, se fosse você." Fechando o diário de bordo, Mister Burnham voltou sua atenção para a correspondência acumulada com o transcorrer da viagem. A carta de Monsieur d'Epinay, de Maurício, pareceu lhe despertar particular interesse, sobretudo depois que Zachary relatou o que ele dissera quando partira, sobre os pés de cana-de-açúcar apodrecendo nos canaviais e a necessidade desesperada de cules.

Coçando o queixo, Mister Burnham disse: "O que pensa a respeito, Reid? Estaria inclinado a voltar para as ilhas Maurício em breve?"

"Eu, senhor?" Zachary pensara que passaria vários meses em terra, reequipando o *Ibis*, e foi com grande dificuldade que respondeu a essa súbita mudança de planos. Vendo que hesitava, o armador acrescentou uma explicação: "O *Ibis* não vai carregar ópio em sua primeira viagem, Reid. Os chineses vêm fazendo algum alarde quanto a isso, e enquanto não chega essa hora em que serão capazes de compreender os benefícios do livre-comércio, não vou enviar mais nenhum carregamento para Cantão. Até lá, esse barco vai fazer exatamente o tipo de trabalho para o qual foi projetado."

A sugestão deixou Zachary sobressaltado: "Quer dizer, ser usado como navio de escravos, senhor? Mas suas leis inglesas não baniram o tráfico?"

"Isso é verdade", balançou a cabeça Mister Burnham. "De fato baniram, Reid. É triste mas verdadeiro que existem muitas pessoas que jamais descansarão enquanto não detiverem a marcha da liberdade humana."

"Liberdade, senhor?", disse Zachary, imaginando se escutara direito.

Sua dúvida logo foi sanada. "Liberdade, isso, exatamente", disse Mister Burnham. "Não é isso que a dominação do homem branco significa para as raças inferiores? Do modo como enxergo, Reid, o comércio na África foi o maior exercício de liberdade desde que Deus permitiu aos filhos de Israel deixar o Egito. Considere, Reid, a situação de um assim chamado escravo nas Carolinas — ele não goza de mais liberdade que seus irmãos na África, gemendo sob o jugo de algum tirano escuro?"

Zachary puxou o lóbulo da orelha direita. "Bom, senhor, se escravidão é liberdade, fico feliz de que eu não tenha de provar um bocadinho dessa dieta. Chicotes e correntes não são muito do meu gosto."

"Ah, vamos lá, Reid!", disse Mister Burnham. "A marcha para a cidade cintilante nunca é indolor, não é mesmo? Acaso também os israelitas não sofreram no deserto?"

Relutante em se ver numa discussão com seu novo empregador, Zachary murmurou: "Bem, senhor, acho que sim..."

Isso não foi bom o bastante para Mister Burnham, que o provocou com um sorriso. "Achei que fosse o tipo de camarada pucka, Reid", disse. "E aí está você falando como um desses reformadores."

"Estou, senhor?", disse Zachary, rapidamente. "Não tive intenção."

"Acho que não", disse Mister Burnham. "É uma sorte que essa doença em especial ainda não tenha se espalhado por essas plagas. O último bastião da liberdade, é o que sempre digo — a escravidão estará a salvo na América por algum tempo, ainda. Onde mais poderia eu ter encontrado uma embarcação como essa, tão perfeitamente adequada para sua carga?"

"Quer dizer escravos, senhor?"

Mister Burnham estremeceu, irritado. "Ora, não, Reid. Escravos não — cules. Nunca ouviu dizer que quando Deus fecha uma porta ele abre outra? Quando as portas da liberdade foram fechadas para os africanos, o Senhor as abriu para uma raça que era ainda mais necessitada dela — a asiatick."

Zachary mordeu o lábio: não cabia a ele, decidiu, interrogar seu empregador acerca do negócio; melhor se concentrar em questões práticas. "Pretende reformar a entrecoberta, então, senhor?"

"Exatamente", disse Mister Burnham. "Um porão projetado para carregar escravos servirá igualmente bem para carregar cules e condenados. Não lhe parece? Instalamos algumas retretes e piss-dales, assim os escurinhos não deverão se cobrir de imundícies o tempo todo. Isso manterá os inspetores satisfeitos."

"Certo, senhor."

Mister Burnham passou um dedo pela barba. "Certo, acho que Mister Chillingworth aprovará inteiramente."

"Mister Chillingworth, senhor?", disse Zachary. "Será ele o mestre do navio?"

"Percebo que já ouviu falar dele." O rosto de Mister Burnham tornou-se sombrio. "Sim — essa será sua última viagem, Reid, e gostaria que fosse agradável. Ele andou sofrendo alguns reveses ultimamente, e sua saúde já não é mais de ferro. Trará Mister Crowle como seu primeiro-imediato — excelente marujo, mas homem em alguma medida de temperamento inconstante, é forçoso que se diga. Me agradará muito ter um sujeito de tipo sólido a bordo na posição de segundo-imediato. O que me diz, Reid? Estaria disposto a tomar parte na tripulação novamente?"

Isso correspondia de tal forma às expectativas alimentadas por Zachary que seu coração pulou dentro do peito: "Disse segundo-imediato, senhor?"

"Mas é claro", disse Mister Burnham, e então, como que para pôr uma pedra sobre o assunto, acrescentou: "Deverá ser uma jornada tranquila: levantar ferro após as moções e de volta em seis semanas. Meu subedar estará a bordo com um pelotão de guardas e capatazes. Ele tem muita experiência nessa classe de trabalho: não ouvirá um ai desses tugues — ele sabe como mantê-los na linha. E se tudo correr bem, estarão de volta bem a tempo de se juntar a nós em nossa aventura chinesa."

"Como foi que disse, senhor?"

Mister Burnham enlaçou um braço em torno dos ombros de Zachary. "Estou lhe contando isso na mais absoluta confiança, Reid, então guarde no fundo do cofre. Lá em Londres correm rumores de que está a se organizar uma expedição para dominar os celestiais. Gostaria que o *Ibis* dela tomasse parte — assim como você, aliás. O que me diz, Reid? Está à altura da empreitada?"

"Pode contar comigo, senhor", disse Zachary, cheio de fervor. "Em mim não achará alguém que lhe falte, não quando a questão exige empenho."

"Meu bom homem!", disse Mister Burnham, batendo em suas costas. "E o *Ibis*? Acredita que será útil numa refrega? Quantos canhões ele tem?"

"Seis de nove libras, senhor", disse Zachary. "Mas podemos acrescentar um canhão maior em um suporte giratório."

"Excelente!", disse Mister Burnham. "Gosto do seu espírito, Reid. Não me importo de lhe dizer: eu faria bom uso de um jovem camarada pucka como você em minha firma. Se se sair bem nessa, terá seu próprio comando dentro em breve."

Neel deitava de costas, observando a luz que ondulava sobre a madeira envernizada do teto da cabine: as venezianas na janela filtravam o reflexo do sol de tal forma que ele podia quase se imaginar sob a superfície do rio, com Elokeshi a seu lado. Quando virou e olhou para ela, a ilusão pareceu ainda mais real, pois seu corpo seminu estava banhado em um brilho que turbilhonava e bruxuleava exatamente como água corrente.

Neel adorava esses intervalos de quietude em seus atos amorosos, quando ela jazia adormecida a seu lado. Mesmo imóvel, parecia paralisada em uma dança: seu domínio de movimentos não parecia restringido por nenhum limite, sendo igualmente evidente tanto na imobilidade como na ação, sobre um palco ou sobre a cama. Enquanto artista, era famosa por sua capacidade de superar em destreza os mais rápidos tablaristas: na cama, suas improvisações criavam prazeres e surpresas similares. Tal era a flexibilidade de seu corpo que quando ele se deitava sobre ela, a boca colada na sua, ela era capaz de enroscar as pernas em torno dele, de modo a segurar sua cabeça firmemente entre as solas de seus pés; ou então, quando tomada de disposição, podia arquear as costas de forma a erguê-lo no ar, prendendo-o na curva musculosa de sua barriga. E era com o senso de ritmo experimentado de uma dançarina que ela ditava o compasso do ato, de modo que ele apenas vagamente tinha consciência dos ciclos de batimentos que governavam suas mudanças de andamento: e o instante do relaxamento, também, era inteiramente imprevisível, ainda que totalmente predeterminado, como se um *tál* crescente, acelerado, buscasse a imobilidade do clímax de seu batimento final.

Mas ainda mais do que fazer amor, ele gostava desses momentos subsequentes, quando ela jazia esparramada na cama, como uma dançarina após um tihai vertiginoso, com seu sari e suas dupattas jogados em torno dela, seus nós e suas laçadas passando por cima e em volta de seu torso e de seus membros. Nunca havia tempo, nas preliminares urgentes da primeira entrega ao amor, de se desvestir apropriadamente: o próprio dhoti de seis metros de comprimento dele se enrolava no sari de nove metros dela, formando padrões que eram ainda mais intrincados que o entretecer de seus braços e suas pernas; apenas depois havia ociosidade para saborear os prazeres de uma nudez lentamente materializada. Como muitas dançarinas, Elokeshi tinha uma linda voz e podia entoar belíssimos thumris: quando ela cantarolava, Neel ia desenrolando os tecidos de seus membros, detendo o olhar sobre cada parte de seu corpo conforme seus dedos os desnudavam para seus olhos e seus lábios: os tornozelos arqueados, poderosos, com tilintantes braceletes de prata, as coxas sinuosas, com seus músculos firmes, a penugem macia de seu monte, a curva suave de seu ventre e a elevação ondulada de seus seios. E então, quando a última fibra de tecido fora removida de seus corpos, começariam outra vez, em sua segunda rodada de amor, longa, lenta, langorosa.

Hoje Neel mal começara a desenredar as pernas de Elokeshi do casulo intrincado de suas roupas quando ocorreu uma inoportuna interrupção, na forma de uma segunda altercação na passagem além da porta: mais uma vez, as três garotas impediam Parimal de voltar com as notícias para seu mestre.

Deixem-no entrar, repreendeu Neel com irritação. Puxou uma dupatta sobre Elokeshi quando a porta foi aberta, mas não fez nenhum movimento para recompor suas próprias vestes em desarranjo. Parimal era seu criado particular e assistente de guarda-roupa desde que aprendera a andar; ele o banhara e o vestira ao longo dos anos desde a infância; no dia do casamento de Neel, foi ele quem preparou o garoto de doze anos para a primeira noite com sua noiva, instruindo-o no que deveria ser feito: não havia nenhum aspecto na pessoa de Neel que não fosse familiar a Parimal.

 Perdoe-me, huzoor, disse Parimal ao entrar. Mas achei que deveria saber: Burra-Burnham-sahib chegou. Está a bordo nesse exato instante. Se os outros sahibs vêm para jantar, e quanto a ele?

 A notícia pegou Neel de surpresa, mas, após pensar um momento, ele balançou a cabeça: Tem razão — sim, ele também deve ser convidado. Neel apontou para uma veste talar parecida com um roupão pendurada em um cabide: Traga-me minha choga.

 Parimal foi buscar a choga e a segurou aberta enquanto Neel desceu da cama e deslizou os braços para dentro das mangas. Espere lá fora, disse Neel: vou escrever outro bilhete para que entregue no navio.

 Quando Parimal deixou a cabine, Elokeshi se descobriu. O que aconteceu?, disse, piscando os olhos de sonolência.

 Nada, disse Neel. Só preciso escrever um bilhete. Fique aí mesmo. Não vou demorar.

 Neel mergulhou a pena em um vidro de nanquim e rabiscou algumas palavras, mas só para mudar de ideia e começar outra vez. Suas mãos ficaram um pouco vacilantes quando escreveu uma linha expressando seu prazer com a perspectiva de dar as boas-vindas a Mister Benjamin Burnham no budgerow de Raskhali. Parou, inalou profundamente e acrescentou: "Sua chegada é de fato uma feliz coincidência, e teria agradado a meu pai, o falecido rajá, que tinha, como sabe, grande fé em sinais e profecias..."

Cerca de vinte e cinco anos antes, quando sua casa mercantil ainda se encontrava na infância, Benjamin Burnham visitara o velho rajá com vistas a arrendar uma de suas propriedades para usar como escritório: ele precisava de um dufter, mas o capital estava curto, disse, e teria de protelar o pagamento do aluguel. Sem ser notado por Mister Burnham, enquanto expunha seu problema, um rato branco aparecera sob sua cadeira. Escondido do comerciante, mas perfeitamente visível para o zemindar, permaneceu ali até o inglês terminar de falar. O rato sendo um familiar de Ganesh-thakur, deus das oportunidades e removedor de obstáculos, o velho zemindar tomara a aparição por um indício de vontade divina: ele não só permitiu a Mister Burnham adiar o pagamento do aluguel para dali a um ano, como também impôs a condição de que a propriedade de Raskhali obtivesse permissão de investir na incipiente representação comercial — o rajá era um astuto avaliador de pessoas e em Benjamin Burnham ele reconhecera um homem promissor. Quanto a saber no que consistiria o negócio, o rajá não se deu ao trabalho: era um zemindar, afinal de contas, não um bania em um bazar, sentado de pernas cruzadas no tampo do balcão.

Era em decisões como essas que os Halder haviam construído suas fortunas ao longo do último século e meio. No período mogol, eles haviam caído nas boas graças dos representantes da dinastia; na época da chegada da Companhia das Índias Orientais, acenaram cautelosas boas-vindas aos recém-chegados; quando os britânicos entraram em guerra contra os soberanos muçulmanos de Bengala, emprestaram dinheiro para um lado e sipaios para o outro, à espera de ver qual dos dois prevaleceria. Depois que os britânicos saíram vitoriosos, mostraram-se tão afeitos ao aprendizado do inglês quanto o haviam sido previamente com o persa e o urdu. Quando isso lhes trazia vantagem, prestavam-se com satisfação a moldar suas vidas segundo os costumes ingleses; contudo, mantinham-se vigilantes o tempo todo para prevenir uma intersecção muito profunda entre os dois círculos. As resoluções internas da comunidade mercantil branca, e seus princípios contábeis particulares de lucro e oportunidade, eles os continuavam a encarar com aristocrático menosprezo — e, mais do que nunca, quando diziam respeito a homens como Benjamin Burnham, que sabiam ser natural das classes comerciantes. As transações envolvendo o investimento do dinheiro e o acolhimento dos dividendos não representavam qualquer desafio à sua condição; mas mostrar algum interesse na origem dos lucros e no modo como haviam sido acumulados estava muito abaixo da posição deles. O velho rajá nada sabia a respeito de Mister Burnham, à parte o fato de que era um armador, e com esse pormenor se dava por satisfeito. Todo ano, da primeira reunião que tiveram em diante, o zemindar dava uma soma em dinheiro a Mister Burnham a fim de aumentar as consignações de sua representação: todo ano recebia de volta uma soma muito maior. Rindo, referia-se a esses pagamentos como seu tributo do "Faghfoor de Maha-chin" — o imperador da Grande China.

Que seu dinheiro fosse aceito pelo inglês constituiu a sorte singular do rajá — pois, no leste da Índia, o ópio era monopólio exclusivo dos britânicos, produzido e embalado inteiramente sob a supervisão da Companhia das Índias Orientais; a não ser por um pequeno grupo de parsis, poucos indianos nativos tinham acesso ao comércio ou seus lucros. Como resultado, quando correu a notícia de que os Halder de

Raskhali haviam entrado em uma parceria com um comerciante inglês, um grande número de amigos, parentes e credores correra a solicitar permissão de partilhar da boa sorte da família. À força de muita súplica e bajulação, convenceram o velho zemindar a adicionar o dinheiro deles às somas que ele anualmente confiava a Mister Burnham: por esse privilégio, eles de bom grado pagavam à classe dos Halder um dasturi de dez por cento sobre os lucros; de tal monta eram os dividendos que essa comissão parecia perfeitamente razoável. Pouco sabiam eles dos perigos envolvidos no comércio de consignação e de como os riscos recaíam sobre aqueles que cediam o capital. Ano após ano, com os mercadores britânicos e americanos tornando-se cada vez mais hábeis em evadir-se às leis chinesas, o mercado do ópio entrou em expansão, e o rajá e seus sócios obtiveram belíssimos lucros para seus investimentos.

Mas o dinheiro, se não for bem administrado, pode trazer tanto a ruína quanto a riqueza, e para os Halder o novo fluxo de prosperidade se provaria mais uma maldição que uma bênção. Relativamente à família, sua experiência residia no domínio de reis e cortes, camponeses e vassalos: embora ricos em terras e propriedades, nunca haviam possuído muita coisa, em termos de moeda; o dinheiro que havia, desdenhavam em cuidar eles próprios, preferindo confiá-lo a uma legião de agentes, gomustas e parentes pobres. Quando os cofres do velho zemindar começaram a inchar, ele tentou converter sua prata em riqueza durável, do tipo que compreendia melhor — terras, casas, elefantes, cavalos, carruagens e, é claro, um budgerow mais esplêndido do que qualquer outra embarcação singrando as águas do rio. Mas com as recentes aquisições veio um grande número de subordinados que precisavam todos ser alimentados e mantidos; grande parte da nova terra se revelou incultivável, e as novas casas rapidamente se tornaram uma sangria adicional, uma vez que o rajá não se sujeitaria a alugá-las. Sabendo da nova fonte de riqueza do zemindar, suas concubinas — das quais tinha exatamente tantas quanto eram os dias da semana, de modo a ser capaz de passar cada noite em uma cama diferente — foram ficando cada vez mais exigentes, competindo entre si nos pedidos por presentes, bugigangas, casa e empregos para os parentes. Sempre amante dedicado, o velho zemindar aquiescia à maioria de seus pedidos, com o resultado de que suas dívidas aumentaram até que toda a prata que Mister Burnham ganhara para ele fosse canalizada diretamente para seus credores. Não tendo mais capital próprio para fornecer a Mister Burnham, o rajá se tornou cada vez mais dependente das comissões pagas por aqueles que o incumbiram de ser seu intermediário: sendo esse o caso, ele teve também de expandir o círculo de investidores, firmando uma infinidade de notas promissórias — ou hundees, como eram chamadas no bazar.

Como era o costume na família, o herdeiro do título ficava excluído dos negócios financeiros da casa; sendo zeloso por inclinação e respeitoso por natureza, Neel jamais questionou seu pai sobre a administração do zemindary. Foi somente nos últimos dias de sua vida que o velho zemindar informou ao filho que a sobrevivência financeira da família dependia das relações com Mister Benjamin Burnham; quanto mais investissem nele, melhor, pois a prata voltava em dobro. Ele explicou que para obter o melhor desse arranjo, havia dito a Mister Burnham que nesse ano gostaria de aplicar o equivalente a um lakh sicca rupees. Sabendo que levaria tempo até conseguir juntar uma quantia tão grande, Mister Burnham gentilmente oferecera adiantar uma parte da soma de seus próprios fundos: o ajuste era de que o dinheiro seria compensado pelos Halder caso não fosse coberto pelos lucros das vendas de ópio daquele verão. Mas não havia com o que se preocupar, dissera o velho zemindar: nas duas últimas décadas não se passara um ano sequer em que o retorno financeiro não houvesse sido substancialmente maior. Aquilo não era uma dívida, dissera, era uma dádiva.

Poucos dias depois o velho zemindar faleceu, e com sua morte tudo pareceu mudar. Esse ano de 1837 foi o primeiro em que a Burnham Bros. deixou de gerar lucros para seus clientes. No passado, quando os navios de ópio regressavam da China, ao final da temporada de comércio, Mister Burnham sempre comparecera em pessoa ao Raskhali Rajbari — principal residência dos Halder em Calcutá. Era costume que o inglês trouxesse presentes auspiciosos, como noz-de-areca e açafrão, além de alabardas e lingotes preciosos. Mas no primeiro ano de encargo de Neel, não houve nem visita, nem promessa de dinheiro: em vez disso, o novo rajá recebeu uma carta informando-o que o comércio na China fora severamente afetado pelo súbito declínio no valor das letras de câmbio americanas; à parte suas perdas, a Burnham Bros. estava agora enfrentando graves dificuldades em remeter fundos da Inglaterra para a Índia. No fim da carta havia uma nota educada solicitando à casa de Raskhali o resgate de suas dívidas.

Entrementes, Neel assinara inúmeros hundees para mercadores no bazaar: os funcionários de seu pai haviam preparado os documentos e lhe mostrado onde apor sua marca. Quando a missiva de Mister Burnham chegou, a mansão dos Halder já se encontrava sitiada por um exército de credores menores: alguns desses eram ricos comerciantes, que podiam, sem remorso, ser rechaçados por algum tempo; mas havia também muitos parentes e serviçais que haviam confiado o pouco que tinham ao zemindar — esses dependentes pobres e fiéis não podiam ser rejeitados. Foi ao tentar devolver seu dinheiro que Neel descobriu que sua família não dispunha do suficiente para cobrir as despesas por mais do que apenas uma ou duas semanas. A situação era tal que ele se aviltou a ponto de enviar uma carta suplicante a Mister Burnham, pedindo não só mais tempo, como também um empréstimo para conseguir se manter até a temporada seguinte.

Como resposta recebeu um bilhete que era chocante em seu tom peremptório. Ao lê-lo, Neel ficara imaginando se Mister Burnham teria se expressado em termos similares com seu pai. Ele duvidava: o velho rajá sempre se dera bem com ingleses, ainda que falasse a língua deles de maneira imperfeita e não exibisse o menor interesse em seus livros. Talvez para compensar as próprias limitações, o rajá contratara um tutor britânico para o filho, a fim de assegurar que fosse plenamente instruído no inglês. Esse tutor, Mister Beasley, tinha muita coisa em comum com Neel, e havia encorajado seus interesses na literatura e na filosofia. Mas longe de deixá-lo à vontade na companhia de ingleses de Calcutá, a educação de Neel se prestara ao fim exatamente oposto. Pois a sensibilidade de Mister Beasley era incomum entre os colonos britânicos da cidade, que tendiam a encarar qualquer refinamento de gosto com desconfiança, e até menosprezo — e mais ainda quando evidenciado por um cavalheiro nativo. Em resumo, tanto no temperamento como na educação, Neel era pouco indicado para partilhar da companhia de homens como Mister Burnham, e eles por sua vez tendiam a encará-lo com uma antipatia que beirava o desdém.

Disso tudo Neel tinha plena consciência, mas ainda assim achava o bilhete de Mister Burnham alarmante. A firma de Burnham não estava em posição de prolongar um empréstimo, dizia, tendo ela própria sofrido demasiado com a presente insegurança do comércio com a China. A nota prosseguia lembrando a Neel que suas dívidas junto à Burnham Bros. já excediam em muito o valor de todo o zemindary: a obrigação tinha de ser saldada sem mais tardar, dizia, e pedia que considerasse a transferência de suas propriedades para a firma de Burnham, em troca da liquidação de parte dessas mesmas dívidas.

Para ganhar tempo, Neel decidira visitar a propriedade junto com seu filho: não era seu dever, decerto, proporcionar ao menino um vislumbre da herdade ameaçada? Sua esposa, Rani Malati, também quisera vir, mas ele se recusara a trazê-la, devido a sua saúde sempre precária: decidira-se em vez disso por Elokeshi, achando que ela constituiria uma bem-vinda distração. Era verdade que ela ajudava a afastar sua mente dos problemas de tempos em tempos — mas agora, com a perspectiva de encontrar Benjamin Burnham frente a frente, suas preocupações afloravam novamente como a preamar.

Selando o convite reescrito, Neel foi até a porta e o estendeu a Parimal. Leve isso para o navio agora mesmo, disse. Certifique-se de que Burnham-sahib o receba em mãos.

Na cama, Elokeshi se mexeu e sentou, segurando as cobertas junto ao queixo. Não vai se deitar outra vez?, ela disse. Ainda é cedo.

Ashchhi... Já vou.

Mas em vez de conduzi-lo de volta à cama, os pés de Neel o afastaram dali, vestido como estava, em sua choga vermelha esvoaçante. Segurando o roupão em torno do peito, ele desceu correndo a passagem próxima à cabine e subiu a escada para o convés mais alto do budgerow, onde seu filho ainda empinava papagaio.

Baba?, gritou o menino. Onde você foi? Estou esperando faz um tempão.

Neel foi até onde estava seu filho e o ergueu do convés, segurando-o em seus braços e estreitando-o junto ao peito. Desabituado a exibições públicas de afeto, o menino se contorceu: Qual o problema com você, Baba? O que está fazendo? Libertando-se, ele fitou o rosto de seu pai com olhos semicerrados. Então virou para os criados com quem estivera brincando e soltou um grito deliciado: Olhem! Olhem o Baba! O rajá de Raskhali está chorando!

Cinco

Era o fim da tarde quando enfim o carro de Kalua avistou seu destino: a Sudder Opium Factory — à qual os trabalhadores da Companhia carinhosamente se referiam como "Ghazeepore Carcanna". A fábrica era imensa: suas instalações cobriam quarenta e cinco acres e esparramavam-se por dois complexos adjacentes, cada um com numerosos pátios, caixas-d'água e barracões com telhado de ferro. Como os sobranceiros fortes medievais que davam para o Ganga, a fábrica era situada de modo a facilitar o acesso ao rio ao mesmo tempo em que ficava elevada o bastante para escapar das cheias sazonais. Mas ao contrário desses fortes, como Chunar e Buxar, tomados pelo mato e praticamente abandonados, a Carcanna podia ser tudo, menos uma ruína pitoresca: suas torres abrigavam equipes de sentinelas e seus parapeitos eram percorridos por grande número de peons* e burkundazes armados.

O gerenciamento diário da fábrica ficava ao encargo de um superintendente, um oficial sênior da Companhia das Índias Orientais que supervisionava um quadro de centenas de trabalhadores indianos: o restante do contingente britânico consistia em capatazes, contadores, chefes de estoque, químicos e dois escalões de assistentes. O superintendente morava no local, e seu espaçoso bangalô era cercado por um jardim colorido, cultivado com muitas variedades de papoula ornamental. A igreja inglesa ficava nas proximidades, e a passagem do dia era marcada pelo toque do sino. Aos domingos, os fiéis eram chamados para a missa com o disparo de um canhão. O time de artilheiros era pago não pela Carcanna, mas com a contribuição da congregação: por ser a fábrica de ópio uma instituição mergulhada em devoção anglicana, nenhum residente reclamava da despesa.

Embora a Sudder Opium Factory fosse sem sombra de dúvida grande e bem guardada, nada em seu exterior sugeria ao espectador

---

* *Peon*: um mensageiro, criado ou soldado de infantaria na Índia colonial. (N. do T.)

ocasional que estava entre as joias mais preciosas da coroa da rainha Vitória. Pelo contrário, um miasma de letargia parecia pairar eternamente pelos arredores da fábrica. Os macacos que viviam em torno, por exemplo: Deeti apontou alguns deles para Kabutri quando o ruidoso carro de bois se aproximava dos muros. Ao contrário de outros de sua espécie, eles nunca tagarelavam, brigavam ou roubavam coisas de quem passava; quando desciam das árvores, era para lamber os esgotos abertos que escoavam os efluentes fabris; após saciar seus desejos, voltavam a escalar os galhos para retomar o estupor contemplativo do Ganga e suas correntes.

O carro de Kalua estrondeou vagarosamente através do anexo externo da fábrica: esse era um complexo de cerca de dezesseis enormes godowns utilizados para a armazenagem do ópio processado. As fortificações ali eram formidáveis, e os guardas exibiam olhares particularmente aguçados — no que faziam muito bem, pois o conteúdo daqueles poucos barracões, ou assim se dizia, valia muitos milhões de libras esterlinas e daria para comprar uma boa parte da City londrina.

À medida que o carro de Kalua rodava em direção ao complexo principal da fábrica, Deeti e Kabutri começaram a espirrar; logo Kalua e os bois também fungavam, pois agora passavam diante dos godowns onde os lavradores vinham despejar o "refugo" das papoulas — folhas, caules e raízes, tudo isso utilizado na embalagem da droga. Amontoados para estocagem, esses restos produziam uma poeira fina que pairava no ar como uma névoa de rapé. Raro era aquele capaz de desbravar essa bruma sem explodir num paroxismo de espirros e fungadas — e contudo era um milagre, à vista de quem quisesse olhar, que os cules compactando as pilhas fossem tão pouco afetados pelo pó quanto seus jovens capatazes ingleses.

Focinhos escorrendo, os bois seguiram em sua marcha penosa, passando pelos maciços portões de latão rebitado da fábrica, o Sudder Gateway, rumo a uma entrada mais modesta e mais utilizada no canto sudoeste das muralhas, a alguns passos do Ganga. Esse trecho de margem era diferente de qualquer outro, pois os ghats em volta da Carcanna dominavam uma praia de milhares de cacos cerâmicos de gharas — os recipientes de fundo arredondado em que o ópio cru era transportado até a fábrica. Havia uma crença disseminada de que os peixes eram mais facilmente capturados conforme beliscavam os vasos quebrados e consequentemente a margem do rio vivia apinhada de pescadores.

Deixando Kabutri no carro de Kalua, Deeti encaminhou-se sozinha à entrada da fábrica, ali perto. Nesse ponto ficava o armazém de pesagem aonde os lavradores do distrito levavam seus papéis de folha de papoula toda primavera, para serem pesados e separados em pilhas de fino e grosso, "chandee" e "ganta". Ali era onde Deeti teria enviado seus próprios rotis, caso houvesse se dado ao trabalho de acumular o suficiente para que valesse a pena. Próximo à época da colheita havia sempre uma grande confusão de pessoas por lá, mas como a safra estava atrasada nesse ano, a aglomeração era relativamente pequena.

Uma reduzida tropa de burkundazes uniformizados encontrava-se de serviço ao portão, e Deeti ficou aliviada em ver que o sirdar deles, um altivo senhor de bigodes brancos, era parente distante de seu marido. Quando se aproximou e murmurou o nome de Hukam Singh, ele sabia exatamente o motivo de sua presença. As condições de seu marido não são muito boas, disse, fazendo um gesto para que entrasse na fábrica. Leve-o para casa rápido.

Deeti já ia entrando quando, por sobre o ombro do sirdar, relanceou o armazém de pesagem: a visão fez com que recuasse, num súbito sobressalto de apreensão. A extensão do depósito era tal que a porta do extremo oposto parecia um furinho de alfinete iluminado; e entre as duas entradas, distribuídas pelo piso, havia inúmeras balanças gigantescas, apequenando os homens em volta delas; ao lado de cada par de pratos ficava um inglês de cartola, supervisionando equipes de pesadores e contadores. Movendo-se atarefadamente em torno dos sahibs havia muharirs de turbante com os braços carregados de papéis e serishtas vestidos em dhotis segurando grossos registros; enxameando por toda parte viam-se bandos de meninos seminus carregando pilhas impossivelmente altas de folhas de papoula.

Mas ir para onde?, disse Deeti ao sirdar, alarmada. Como vou encontrar o caminho?

Vá direto pelo depósito, foi a resposta: e siga sempre em frente, atravessando o armazém de pesagem, até a sala de mistura. Quando chegar lá, vai encontrar um dos nossos parentes esperando. Ele também trabalha aqui: vai mostrar onde encontrar seu marido.

Com o sari pregueado sobre o rosto, Deeti entrou e seguiu adiante, passando por colunas de rotis empilhados, ignorando os olhares de serishtas, muharirs e outros carcoons inferiores: não se via nenhuma outra mulher, mas não tinha importância — estavam todos ocupados demais para perguntar aonde ia. Mesmo assim, levou uma eternidade para chegar à entrada distante e ali ela permaneceu ofuscada por um momento, sob a brilhante luz do sol. A sua frente estava uma porta, que conduzia a mais uma imensa estrutura com telhado de ferro, só que essa ainda maior e mais alta que o armazém de pesagem — era o maior prédio que ela já vira. Murmurando uma oração, entrou, e deteve seu avanço outra vez ao ver o que a aguardava: o espaço adiante era tão vasto que sua cabeça começou a girar e teve de firmar o corpo recostando contra uma parede. Fachos de luz filtravam por janelas parecidas com fendas que se estendiam do piso até o teto; colunas retangulares imensas percorriam toda a extensão do depósito e o teto se elevava tão acima do chão de terra batida que o ar ali dentro era frio, quase invernal. O cheiro terroso, nauseante da seiva crua de ópio pairava rente ao solo, como o vapor de madeira em um dia gelado. Nesse armazém, também, balanças gigantescas ficavam encostadas nas paredes, nesse caso utilizadas para a pesagem do ópio cru. Amontoadas em torno de cada uma dessas balanças empilhavam-se dezenas de gharas de cerâmica, exatamente do tipo que ela própria usava para guardar sua colheita. Como ela conhecia bem aqueles vasos: cada um deles continha um maund de goma de ópio cru, de consistência tal que, se você virasse o recipiente de borco, uma bola da substância grudaria brevemente na palma de sua mão. Quem adivinharia, olhando para eles, quanto tempo e trabalho dera para enchê-los? Então era para lá que ia, aquele fruto de suas colheitas? Deeti não pôde deixar de olhar em torno com curiosidade, maravilhando-se com a velocidade e destreza com que aqueles recipientes eram colocados e tirados dos pratos das balanças. Depois, com battas de papel presas a eles, eram carregados até onde sentava um sahib, que enfiava o dedo, cutucava e cheirava o conteúdo antes de marcá-los com um selo, admitindo que alguns prosseguissem para o processamento, e condenando outros para algum uso inferior. Nas proximidades, controlados por uma fileira de peons portando lathis, ficavam os lavradores cujos vasos eram pesados; ora tensos, ora furiosos, servis e resignados, estavam à espera de descobrir se suas colheitas anuais haviam cumprido a cota de seus contratos — caso contrário, teriam de começar no ano seguinte com uma dívida ainda maior. Deeti observou quando um peon entregou um pedaço de papel para um lavrador e foi repelido com um rosnado de protesto: por todo o depósito, notou ela, irrompiam disputas e altercações, com lavradores gritando para serishtas, e senhorios repreendendo asperamente seus arrendatários.

Deeti percebeu agora que começava a chamar a atenção, então encolheu os ombros e seguiu em frente, apertando o passo através daquele saguão cavernoso interminável, sem ousar parar enquanto não se viu outra vez do lado de fora, sob o sol. Nesse momento, teria preferido descansar um pouco e recuperar o fôlego, mas da proteção de seu sari ela avistou um burkundaz armado andando a passos largos em sua direção. Só havia um caminho a seguir: um barracão a sua direita. Ela não hesitou; arrepanhando o sari, passou rapidamente pela porta.

Agora, mais uma vez, Deeti foi pega de surpresa pelo espaço em que se viu, mas dessa feita não devido à vastidão das dimensões, mas antes o contrário — o lugar era como um túnel escuro, iluminado apenas por alguns pequenos buracos na parede. O ar no interior estava quente e fétido, como o de uma cozinha abafada, a não ser pelo fato de que o aroma não era de condimentos e óleo, mas do ópio líquido, misturado ao fedor pesado do suor — uma pestilência tão poderosa que teve de apertar o nariz para segurar a ânsia de vômito. Nem bem havia se recomposto, seus olhos depararam com uma visão alarmante: uma hoste de torsos escuros e sem perna circundava em torno, como uma raça escravizada de demônios. Essa visão — junto com os miasmas acabrunhantes — deixaram-na grogue, e para não desmaiar começou a se mover vagarosamente para a frente. Quando seus olhos ficaram mais acostumados com a penumbra, ela descobriu o segredo por trás dos torsos circulantes: eram homens com o tronco nu, afundados na altura da cintura em tanques de ópio, andando infinitamente em círculos para amaciar a papa. Seus olhares eram vazios, vítreos, e contudo de algum modo conseguiam continuar em movimento, tão vagarosos quanto formigas no mel, pisando, marchando. Quando não conseguiam mais se mover, sentavam nas beiradas dos tanques, remexendo a gosma escura apenas com os pés. Esses homens sentados tinham mais aspecto de mortos-vivos do que qualquer outra criatura que ela jamais vira: seus olhos brilhavam vermelhos na escuridão e pareciam nus por completo, os panos em suas virilhas — se de fato alguns tinham — tão imersos na droga que chegavam a ponto de tornar-se indistinguíveis de suas peles. Quase igualmente assustadores eram os capatazes brancos que patrulhavam as passagens — pois além de não usarem casacos nem chapéus, e terem as mangas enroladas, também estavam armados com instrumentos terríveis: colherões de metal, conchas de vidro e longos rastelos. Quando um desses capatazes se aproximou, ela quase gritou; ouviu que dizia alguma coisa — do que se tratava, preferiu não saber, mas o mero choque de um homem daqueles dirigindo-lhe a palavra fez com que se apressasse através do túnel até atingir a saída do outro lado.

  Só depois de passar pela porta ela se permitiu respirar livremente outra vez: agora, enquanto tentava purificar os pulmões do odor do ópio cru esmagado, escutou alguém dizer: Bhauji? Você está bem? A voz se revelou ser do tal parente e fez tudo que pôde para não desmaiar em cima dele. Felizmente, o homem pareceu compreender, sem explicações, o efeito que o túnel tivera sobre ela: conduzindo-a através de um pátio, parou junto a um poço e entornou água de um balde, de modo que ela pudesse beber e lavar o rosto.

  Todo mundo precisa de água depois que passa pela sala de mistura, disse. Melhor descansar aqui um pouco, Bhauji.

  Agradecida, Deeti agachou à sombra da mangueira enquanto ele apontava para as construções em torno: havia o depósito de umedecimento, onde as folhas de papoula eram molhadas antes de serem levadas à sala de montagem; e ali, um pouco afastada dos demais prédios, ficava a casa onde as drogas eram preparadas — todo tipo de xaropes escuros e estranhos pós brancos, tão estimados pelos sahibs.

  Deeti deixou que as palavras passassem em torno e se afastassem dela, até que mais uma vez ficou impaciente para lidar com a missão que tinha diante de si. Vamos, disse, vamos andando. Ficaram de pé, e ele a conduziu diagonalmente através do pátio, para mais um depósito gigante, tão colossal quanto o armazém de pesagem — com a diferença de que, enquanto naquele o ar era preenchido pelo clamor das altercações, esse outro estava quieto como um sepulcro, como um cavernoso santuário no alto Himalaia, gelado, úmido e fracamente iluminado. Esparramando-se ao longe, de ambos os lados, preenchendo toda a superfície até o teto muito elevado, havia prateleiras imensas, arrumadas ordenadamente com dezenas de milhares de bolas de ópio idênticas, cada uma com mais ou menos o tamanho e a forma de um coco não descascado, mas de cor negra, com uma superfície reluzente. O acompanhante de Deeti sussurrou em seu ouvido: É aqui que o afeem é trazido para secar, depois que foi montado. Ela observava agora que as prateleiras estavam cheias de escoras e escadas; relanceando em torno, viu bandos de meninos pendurados nos andaimes de madeira, escalando-os tão habilmente quanto acrobatas em uma feira, pulando de prateleira em prateleira para examinar as bolas de ópio. De tempos em tempos, um capataz inglês gritava uma ordem e os meninos começavam a jogar esferas de ópio uns para os outros, passando de mão em mão até que chegassem incólumes ao chão. Como conseguiam jogar tão precisamente com uma mão ao mesmo tempo em que se seguravam com a outra — e isso ainda por cima de uma altura em que o menor escorregão significaria a morte certa? A firmeza com que se seguravam parecia espantosa para Deeti, até que de repente um deles acabou deixando uma bola cair, e ela se espatifou no solo, abrindo e esparramando seu conteúdo pastoso por toda parte. Na mesma hora o responsável pela falha foi mandado para os capatazes com suas chibatas, e uivos e guinchos ecoaram por todo ambiente vasto e frio. A gritaria fez com que se apressasse atrás de seu parente, e ela o alcançou na entrada de mais um depósito da fábrica. Ali ele baixou a voz de modo reverente, à feição de um peregrino prestes a adentrar o santuário mais interior de um templo. Aqui é a sala de montagem, sussurrou. Não é qualquer um que trabalha aqui — mas seu marido, Hukam Singh, é um deles.

E de fato podia ser um templo onde Deeti entrava agora, pois a passagem longa e arejada a sua frente era ladeada por duas fileiras de homens trajados em dhotis, sentados de pernas cruzadas no chão, como brâmanes em uma festividade, cada um com seu próprio assento trançado, e uma série de taças de latão e outros equipamentos dispostos em torno. Deeti sabia, pelas histórias do marido, que não havia menos que duzentos e cinquenta homens trabalhando naquele espaço, e o dobro desse número de meninos entregadores — contudo, tal era a concentração dos montadores, que o ruído era mínimo, à parte o tamborilar de pés apressados e os gritos periódicos anunciando que mais uma bola de ópio fora terminada. As mãos dos montadores moviam-se em uma velocidade estonteante à medida que forravam os moldes hemisféricos com os rotis de pétalas de papoula, umedecendo as folhas com lewah, uma solução leve de ópio líquido. Hukam Singh dissera a Deeti que a medida de cada ingrediente era estabelecida com precisão pelos diretores da Companhia na distante Londres: cada pacote de ópio devia consistir exatamente em um seer e sete chittacks e meio da droga, a bola sendo embrulhada em cinco chittacks de rotis de folha de papoula, metade a variedade fina, metade a grossa, a composição final umidificada com cinco chittacks de lewah, nem mais, nem menos. Tão bem organizado era o sistema, com equipes de meninos transportando medidas precisas de cada ingrediente para cada assento, que as mãos dos montadores nunca tinham ensejo de vacilar: eles forravam os moldes de modo que metade dos rotis úmidos ficava pendendo de um lado. Então, inserindo as bolas de ópio, cobriam-nas com as abas pendentes das folhas, e acrescentavam uma cobertura de refugo de papoula antes de voltar a tampar. Cabia aos meninos entregadores chegar com o envoltório externo de cada bola — duas metades de uma esfera de cerâmica. A bola sendo acomodada ali dentro, as metades eram cuidadosamente ajustadas no formato de uma pequena bala de canhão, conservando em segurança aquele que era o mais lucrativo dos produtos do Império Britânico: desse modo a droga viajaria através dos oceanos, até que o invólucro fosse aberto com um golpe de cutelo na distante Maha-chin.

Dezenas dos recipientes pretos passavam pelas mãos dos montadores a cada hora e eram diligentemente anotados em um quadro-negro: Hukam Singh, que não era o mais habilidoso dentre eles, se vangloriara certa vez para Deeti de ter montado uma centena em um só dia. Mas nesse dia as mãos de Hukam Singh não se ocupavam mais do trabalho, e ele tampouco se encontrava em seu assento usual: Deeti o viu ao entrar no depósito de montagem — estava deitado no chão com os olhos fechados e ao que parecia acometido de alguma doença, pois uma fina linha de saliva borbulhante escorria pelo canto de sua boca.

De repente, Deeti foi abordada pelos sirdars que supervisionavam o depósito de acondicionamento. Por que demorou tanto?... Não sabe que seu marido é um afeemkhor?... Por que o mandou vir trabalhar?... Quer que ele morra?

A despeito dos choques do dia, Deeti não estava com disposição para ignorar esses ataques. Do esconderijo de seu sari, retrucou: E quem é você para falar comigo desse jeito? Como ia viver se não fosse pelos afeemkhors?

A altercação chamou a atenção de um funcionário inglês, que com um gesto despachou os sirdars. Olhando do corpo deitado de bruços de Hukam Singh para Deeti, disse, calmamente: *Tumhara mard hai?* Ele é seu marido?

Embora o hindi do inglês fosse empolado, havia uma nota de bondade em sua voz. Deeti balançou a cabeça, fitando o chão, e seus olhos encheram-se de lágrimas enquanto ouvia o sahib ralhando com os sirdars: Hukam Singh foi um sipaio em nosso exército; ele foi um balamteer em Burma e foi ferido combatendo pela Companhia Bahadur. Acham que algum de vocês é melhor do que ele? Calem a boca e voltem ao trabalho ou vou açoitá-los com meu próprio chabuck.

Os covardes sirdars fizeram silêncio, abrindo passagem quando quatro carregadores se curvaram para erguer do chão o corpo inerte de Hukam Singh. Deeti fez menção de acompanhá-los rumo à saída quando o inglês se virou e disse: Diga-lhe que terá seu trabalho de volta quando quiser.

Deeti juntou as mãos para expressar gratidão — mas no fundo sabia que os dias de seu marido no Carcanna haviam chegado ao fim.

A caminho de casa, no carro de Kalua, com a cabeça do marido em seu colo e os dedos da filha em sua mão, não tinha olhos nem para o palácio de quarenta pilares de Ghazipur nem para seu monumento em memória do falecido Laat-Sahib. Seus pensamentos se voltavam agora inteiramente para seu futuro e como iriam se virar sem o salário mensal do marido. Ao pensar nisso, a luz arrefeceu em seus olhos; ainda que o cair da noite fosse demorar mais algumas horas, ela sentiu como se estivesse envolta em trevas. Como que por hábito, começou a entoar a cantiga-oração do final do dia:

Sājh bhailé
Sājha ghar ghar ghumé
Ke mora sājh
manayo ji

Sussurros crepusculares
em todas as portas:
é hora
de indicar minha chegada.

Pouco além dos limites de Calcutá, a oeste da zona portuária de Kidderpore e Metia Bruz, havia um trecho de margem suavemente inclinado que dominava uma ampla extensão do rio Hooghly: ali era o subúrbio verdejante de Garden Reach, onde os principais comerciantes brancos de Calcutá tinham suas propriedades rurais. Nesse ponto, como que para ficar de olho nos navios que levavam seus nomes e posses, ficavam as terras adjacentes dos Ballard, Ferguson, McKenzie, MacKay, Smoult e Swinhoe. Os casarões que enfeitavam essas propriedades eram tão variados quanto o gosto de seus donos permitia, alguns sendo projetados segundo grandes mansões inglesas e francesas, enquanto outros evocando templos da Grécia e da Roma clássicas. Os terrenos das propriedades eram extensos o bastante para prover cada casa com um parque circundante, e neles, se é que isso era possível, havia ainda mais variedade de estilo do que nas casas que cercavam —

pois os malis que cuidavam dos jardins, não menos do que os próprios donos, competiam para superar uns aos outros nas fantasias de seus cultivos, criando um pequeno trecho de topiaria aqui, uma aleia de árvores acolá, podando *à la* francesa; e entre um e outro trecho verdejante, havia extensões de água engenhosamente dispostas, alguma longas e estreitas, como qanats persas, e outras irregulares, como tanques ingleses; uns poucos jardins ostentavam até mesmo terraços mogóis geométricos, com cursos d'água, fontes e bowries de azulejos delicados. Mas não era por causa dessas extravagâncias que as propriedades eram tão valorizadas; e sim pela vista que cada um daqueles solares proporcionava — pois um pedaço de jardim, por mais lindo que fosse, não tinha como afetar em termos materiais as perspectivas do proprietário, ao passo que ser capaz de ficar de olho nas chegadas e partidas pelo rio exercia uma implicação óbvia e direta nos destinos de todos que dependiam desse tráfego. Por esse critério, era o consenso geral que a propriedade de Benjamin Brightwell Burnham não ficava nada a dever para as demais, apesar de ter sido adquirida em data relativamente recente. Em alguns aspectos, a falta de pedigree da propriedade podia contar até como vantagem, pois permitira a Mister Burnham dar-lhe o nome de sua escolha, Bethel. E mais ainda, sendo ele próprio responsável pela fundação de sua propriedade, Mister Burnham não sentira qualquer reserva em modelar o terreno segundo suas necessidades e desejos, ordenando, sem titubear, a eliminação de qualquer planta ou arbusto inconveniente que obscurecesse sua visão do rio — entre eles, várias mangueiras antigas e um espesso bambuzal de quinze metros de altura. Em torno de Bethel, nada interrompia o campo de visão entre a casa e a água a não ser a construção que se aboletava na beira do rio, dominando o ghat e o píer de desembarque da propriedade. Esse gracioso pequeno gazebo diferia dos das propriedades vizinhas por seu telhado de inspiração chinesa, com beirais virados para cima e telhas curvas verdes e vitrificadas.

Reconhecendo o pavilhão a partir da descrição do coksen, Jodu enterrou seu remo na lama e jogou o peso na outra ponta, para manter o dinghy imóvel contra a correnteza do rio. Ao passar pelas demais propriedades de Garden Reach, ele se dera conta de que o problema de encontrar Putli não seria resolvido localizando a casa onde ela morava: cada uma dessas mansões era uma pequena fortaleza, protegida por empregados que sem dúvida viam qualquer intruso como um possível competidor contra quem defender seus trabalhos. Aos olhos de Jodu, parecia que o jardim com o pavilhão de telhado verde era o maior, e mais inexpugnável, dentre todas as propriedades dos arredores: espalhado sobre o gramado havia um exército de malis e ghaskatas, alguns envolvidos em cavar novos canteiros, enquanto outros arrancando as ervas daninhas e podando a grama com foices. Vestido como estava em um lungi surrado e um banyan, com uma gamchha desbotada presa em torno da cabeça, Jodu sabia que suas chances de penetrar essas defesas eram reduzidíssimas; muito provavelmente, assim que pusesse o pé na propriedade seria capturado e entregue aos chowkidars, para receber a surra reservada a ladrões.

O dinghy imobilizado já atraíra a atenção de um dos barqueiros da casa — sem dúvida um calputtee, pois se ocupava de calafetar o fundo de um bem cuidado caiaque, aplicando alcatrão líquido com uma escova de folha de palmeira. Agora, largando a escova no balde, o calafeteiro virou e franziu o cenho para Jodu. Qual o problema?, berrou. O que quer aqui?

Jodu o desarmou com um sorriso. Salaam mistry-ji, disse, lisonjeando o calputtee ao alçá-lo uma ou duas posições na graduação de seu ofício: estava só admirando a casa. Deve ser a maior que há por aqui.

O calputtee balançou a cabeça: E que outra seria? Zaroor. Claro que é.

Jodu decidiu tentar a sorte: A família que vive aí dentro deve ser grande.

Os lábios do calputtee se torceram em um sorriso irônico: Acha que uma casa dessas ia pertencer ao tipo de gente que vive no meio da multidão? Não; são só o Burra Sahib, a Burra BeeBee e a Burra Baby.

Só isso? Mais ninguém?

Tem uma jovem missy-mem, disse o calafetador, dando de ombros. Mas não faz parte da família. É só alguém que acolheram por caridade, da bondade em seus corações.

Jodu gostaria de ter feito mais perguntas, mas percebeu que seria imprudente continuar pressionando o homem — Putli podia se ver com problemas se corresse a notícia de que um barqueiro a procurara em um dinghy. Mas como fazer com que uma mensagem chegasse até ela? Estava ruminando sobre isso quando notou uma arvorezinha que crescia à sombra do pavilhão de telhado verde: ele reconheceu a árvore chalta, que produzia flores brancas fragrantes e um fruto de sabor amargo, incomum, lembrando vagamente maçãs verdes.

Imitou a voz de seus meios-irmãos rústicos, que pareciam incapazes de passar por um campo sem fazer perguntas a respeito das plantações; em um tom de pergunta inocente, disse ao calputtee: Aquela chalta foi plantada recentemente?

O calafetador olhou para cima e franziu o rosto. Aquela ali? Fez uma careta e deu de ombros, como que para se distanciar daquele rebento ilegítimo. Foi, é o último trabalho manual da missy-mem. Ela vive interferindo no serviço dos malis no jardim, tirando as coisas de lugar.

Jodu fez seus salaams e deu meia-volta no barco, tomando o rumo de onde viera. Havia adivinhado na mesma hora que a árvore fora plantada por Putli: ela sempre fora louca pelo amargo na boca que aquela fruta deixava. Em seu lar, os Botanical Gardens, havia uma chalta na janela de seu quarto e todo ano, na breve temporada, ela costumava colher braçadas da fruta para fazer chutneys e picles. Gostava tanto que até as comia ao natural, para a descrença de todos. Por estar inteiramente familiarizado com os hábitos de Putli na jardinagem, Jodu sabia que ela viria regar a planta bem cedo de manhã: se ele passasse a noite em algum lugar nas proximidades, então talvez conseguisse ir ao seu encontro antes que houvesse empregados por toda parte.

Agora Jodu começava a remar rio acima, observando a margem à procura de um ponto que fosse ao mesmo tempo ocultado da visão e perto o bastante de habitações para servir de desencorajamento a leopardos e chacais. Quando encontrou um, ergueu seu lungi e vadeou o baixio lamacento para prender o barco nas raízes de uma banyan gigantesca. Depois, voltando a subir, lavou o barro dos pés e pôs-se a comer avidamente um pote de arroz envelhecido.

No fundo do dinghy havia um pequeno abrigo de colmo e ali ele abriu sua esteira após encerrar a parca refeição. O crepúsculo chegara, agora; o sol se punha na margem distante do Hooghly, e as silhuetas ensombrecidas das árvores nos Botanical Gardens ainda eram visíveis através da água. Embora Jodu estivesse muito cansado, não podia se permitir fechar os olhos enquanto o céu estivesse ainda claro o bastante para iluminar a agitada atividade do rio.

A maré começara a subir, e o Hooghly se enchera de velas, conforme os navios e barcos menores se apressavam para seus ancoradouros ou se afastavam das margens para se manter em águas navegáveis. De onde estava, sobre as ripas de seu dinghy suavemente oscilante, Jodu podia imaginar que o mundo ficara de cabeça para baixo, de modo que o rio se tornara o céu, habitado pelas massas de nuvens; se você estreitasse os olhos, podia pensar até que os mastros e botalós das embarcações eram descargas de raios, bifurcando-se em meio ao tumulto de velas. E quanto a trovões, também havia, estrondeando das peças de lona conforme tremulavam, murchavam e voltavam a se enfunar. O ruído nunca deixou de assombrá-lo: as vergastadas estalantes das lonas, o uivo agudo do vento entre o cordame, o gemido das vigas e o falso marulhar das ondas provocadas pelas proas: era como se cada barco fosse uma tempestade ambulante e ele uma águia, circulando próximo para caçar nos destroços deixados em sua esteira.

Olhando para o outro lado do rio, Jodu podia contar as cores de uma dúzia de reinos e países: Gênova, as Duas Sicílias, França, Prússia, Holanda, América, Veneza. Aprendera a reconhecer suas bandeiras com Putli, que costumava apontá-las para ele ao passarem diante do jardim botânico; embora ela mesma nunca houvesse saído de Bengala, conhecia histórias dos países de onde eram provenientes. Esses relatos haviam desempenhado papel preponderante em atiçar seu desejo de conhecer as rosas de Basra e o porto de Chin-kanlan, onde o grande Faghfoor de Maha-chin tinha seus domínios.

No convés de um três-mastros próximo, a voz de um imediato podia ser ouvida, chamando em inglês: *"All hands to quarters, ahoy!"* — Todos a seus postos! Um instante depois, a ordem tornou-se um hookum, emitido por um serang: *Sab admi apni jagah!*

"Estufar joanetes grandes." *Bhar bara gávi!* Com um estalo sonoro, as lonas tremularam contra o vento, e o imediato gritou: "Liberar o leme!"

Gos daman ja!, ecoou o serang, e vagarosamente a proa do navio começou a virar. "Grivar o velacho!" — e quase antes que o serang houvesse terminado de repetir o hookum — *Bajao tirkat gavi!* —, o elevado retângulo de lona começou a estalar, açoitado pelo vento.

Com os silmagoors que ficavam sentados nos ghats, costurando velas, Jodu aprendera os nomes de cada peça de lona, em inglês e em lascar — essa língua híbrida, que não era falada em nenhum outro lugar a não ser no mar, cujas palavras eram tão variadas quanto o tráfego portuário, uma mescla anárquica de calaluzes portugueses e pattimars de Kerala, booms árabes e paunchways bengalis, proas malaios e catamarás tâmeis, pulwars hindustanis e snows ingleses; e contudo, sob a superfície dessa miscelânea de sons, o significado fluía tão livremente quanto as correntezas sob o aglomerado estreito de cascos.

Prestando atenção nas vozes que ecoavam dos conveses dos navios rumando para o oceano, Jodu aprendera a reconhecer os hookums dos oficiais a um ponto em que era capaz de repeti-los em voz alta, mesmo que apenas para si mesmo — "*Starboard watch ahoy!*", Atenção a boreste! *Jamna pori upar ao!* —, compreendendo perfeitamente bem o sentido geral, embora sendo incapaz de dizer o significado das diversas partes. Gritar as ordens energicamente, sobre um navio adernado pelos vendavais... esse dia ainda iria chegar, ele tinha certeza.

De repente, outro chamado veio flutuando através da água — *Hayyá ilá assaláh...* — e se difundiu entre as embarcações no rio como em um revezamento, passando de navio em navio conforme os muçulmanos entre as tripulações começavam a entoar o azan do anoitecer. Jodu afastou o torpor do estômago cheio e fez seus preparativos para a oração: cobrindo a cabeça com um pano dobrado, manobrou o barco para ficar de frente para o oeste antes de se ajoelhar para a primeira raka'a. Nunca fora particularmente devoto e era apenas porque o enterro de sua mãe estava tão vivo em sua memória que se sentia compelido a orar, agora. Mas logo em seguida, após ter murmurado as últimas sílabas, ficou feliz por ter se lembrado: sua mãe teria desejado aquilo, ele sabia, e a consciência de ter cumprido com suas obrigações lhe permitiria se entregar, sem culpa, à fadiga que seu corpo acumulara ao longo das últimas semanas.

Quinze quilômetros rio abaixo, no budgerow de Raskhali, os preparativos para o jantar haviam topado com alguns empecilhos inesperados. A luxuosa sheeshmahal do barco era um deles: fora pouco utilizada desde a época do velho rajá e encontraram-na em um estado de certo descuido quando a abriram. Os candelabros haviam perdido vários de seus bocais para velas, e eles tiveram de ser substituídos por arranjos improvisados construídos com pedaços de fios, madeira e até alguns pedaços de fibra de coco. Embora o resultado não fosse insatisfatório, isso roubava parte da cintilação dos lustres e os deixava com um estranho aspecto, como que soprados pelo vento.

A sheeshmahal era dividida em duas metades por uma cortina de veludo: a seção dos fundos era usada como sala de jantar, e enfeitada com uma mesa de excelente madeira de calamander. Agora, com as cortinas abertas, descobriram que a superfície envernizada da mesa pretejara com a negligência, e uma família de escorpiões se estabelecera sob ela. Um batalhão de paiks com pedaços de pau teve de ser chamado para espantar as criaturas, e depois tiveram de pegar e matar um pato, para que a mesa pudesse ser encerada com sua gordura.

No canto oposto da sheeshmahal, atrás da mesa de jantar, havia uma alcova com um biombo, destinada a acomodar mulheres em purdah: desse vantajoso ponto isolado, as concubinas do velho rajá haviam se acostumado a observar os convidados. Mas a negligência cobrara seu tributo do biombo de observação delicadamente entalhado, que havia apodrecido. Uma cortina, com furos feitos de última hora, foi instalada no lugar, por insistência de Elokeshi, pois ela julgava ser seu direito poder avaliar os convidados. Isso por sua vez inspirou um desejo de participar mais plenamente da noite, então ela decidiu que suas três acompanhantes propiciariam um pouco de entretenimento após o jantar realizando algumas danças. Mas ao ser feita uma inspeção descobriram que o assoalho empenara: dançar de pés descalços sobre as tábuas curvas era se arriscar a uma profusa colheita de farpas. Um carpinteiro teve de ser chamado para aplainar a madeira.

Nem bem esse problema ficou resolvido, outro surgiu: a sheeshmahal estava aparelhada com um jogo completo de prataria de cabo de marfim, além de um serviço de jantar completo, importado a grande custo do fabricante de louças Swinton, na Inglaterra. Reservados ao uso dos impuros estrangeiros comedores de carne, esses utensílios eram mantidos trancados em armários, a fim de evitar a contaminação das demais louças da casa. Agora, ao abrir o armário, Parimal descobria, chocado, que havia inúmeros pratos faltando, bem como grande parte da prataria. O que restara era suficiente apenas para um jantar de quatro pessoas — mas a descoberta do furto criou um desagradável clima de desconfiança que acabou resultando na deflagração de violentas brigas internas no barco-cozinha. Após dois paiks terem terminado com o nariz quebrado, Neel foi forçado a intervir: embora a paz fosse restaurada, os preparativos para a noite ficaram muito atrasados e Neel não pôde ser atendido com uma refeição apropriada, a ser feita antes do jantar que seria servido aos convidados. Esse foi um golpe doloroso, pois significava que Neel teria de jejuar enquanto as visitas se banqueteavam: as regras da família de Raskhali eram estritas em relação a com quem o rajá podia comer, e impuros comedores de carne não faziam parte desse pequeno círculo — nem mesmo Elokeshi estava incluída nele, e sempre comera sozinha em segredo quando Neel ia passar a noite em sua casa. Tão estritos eram os hábitos da família Halder nesse aspecto que, ao receber gente, tinham o costume de sentar educadamente à mesa com os convidados, mas sem tocar absolutamente em nada do que era servido diante de todos: assim, para evitar a tentação, sempre faziam seu jantar mais cedo, e isso era o que Neel gostaria de ter feito — mas com o barco-cozinha naquele caos, teve de se contentar com alguns punhados de arroz tostado embebido em leite.

No momento em que o azan do crepúsculo flutuava através da água, Neel descobriu que não tinha mais os finos dhotis shanbaff e as kurtas abrawan-muslin que normalmente usava em ocasiões públicas: havia sido tudo mandado para a lavanderia. Ele tinha de se contentar com um dhoti dosooti, relativamente áspero, e uma kurta alliballie. Em alguma parte de sua bagagem, Elokeshi encontrou jootis de Lahori com bordados de ouro para calçar os pés: foi ela que o conduziu a seu lugar na sheeshmahal e envolveu seus ombros em um xale de fino nayansukh de Warangal, bordejado de brocado zerbaft. Então, com o escaler do *Ibis* se aproximando, ela sumiu imediatamente de vista e foi conduzir os ensaios de suas acompanhantes.

Quando os convidados surgiram diante dele, Neel ficou cerimoniosamente de pé: Mister Burnham, conforme notou, viera vestido em suas roupas de montar, mas os outros dois evidentemente haviam enfrentado poucas e boas a fim de se vestir para a ocasião. Ambos usavam casacos de frente traspassada, com duas fileiras de botões, e um alfinete de rubi podia ser visto nas pregas do plastrom de Mister Doughty. Enfeitando as lapelas de Mister Reid havia a corrente de um relógio elegante. Os atavios dos visitantes deixaram Neel constrangido, e ele enrolou seu xale de brocados num gesto protetor sobre o peito conforme entrelaçava as mãos para dar-lhes as boas-vindas: "Mister Burnham, Mister Doughty — fico extremamente honrado de que me concedam esse privilégio."

Os dois ingleses meramente curvaram a cabeça em resposta, mas Zachary provocou um estremecimento em Neel ao avançar fazendo menção de apertar as mãos. Ele foi salvo por Mister Doughty, que conseguiu interceptar o americano. "Guarde suas mãos para você, seu gudda de um griffin", sussurrou o piloto. "Encoste um dedo nele e o homem vai ter que sair para se lavar, e a gente não come antes da meia-noite."

Nenhum dos convidados estivera no budgerow de Raskhali antes, de modo que aceitaram na mesma hora quando Neel se ofereceu para lhes mostrar as áreas públicas da chata. No convés superior encontraram Raj Rattan, que empinava pipas à luz da lua. Mister Doughty limpou a garganta quando o menino foi apresentado: "Esse pequeno Rascal é seu Upper-Roger, Raja Nil-Rotten?"

"O upa-raja, isso mesmo", assentiu Neel. "Meu único descendente e herdeiro. O amado fruto de minha carne, como seus poetas diriam."

"Ah! Sua mangueirinha verde!" Mister Doughty lançou uma piscadela na direção de Zachary. "E se me permite a ousadia de perguntar — como descreveria essa carne: o tronco ou o galho da árvore?"

Neel o encarou com um olhar duro. "Ora, senhor", disse, friamente, "é a própria árvore".

Mister Burnham pediu para empinar um pouco e se revelou um adepto do esporte, fazendo o papagaio subir e mergulhar, a linha coberta de cortante cintilando sob o luar. Quando Neel comentou sobre a destreza de sua mão, sua resposta foi: "Oh, aprendi em Cantão: não existe melhor lugar para aprender sobre papagaios!"

De volta à sheeshmahal, uma garrafa de champanhe estava à espera deles em um balty da lamacenta água do rio. Mister Doughty caiu sobre o vinho com uma expressão de júbilo: "Simkin! Shahbash — isso é perfeito." Servindo-se de uma taça, lançou uma exagerada piscada de olho para Neel: "Meu pai costumava dizer: 'Segure a garrafa pelo gargalo e a mulher pela cintura. Nunca o contrário.' Aposto que tocava um ganta ou dois com seu velho pai, hein, Roger Nil-Rotten — ora, ele era o perfeito rascal, não era, seu pai?"*

Neel sorriu friamente: enojado como estava com os modos do piloto, não pôde deixar de refletir na bênção que era o fato de seus ancestrais terem excluído vinho e destilado da lista de coisas proibidas de compartilhar com os impolutos estrangeiros — seria impossível, sem dúvida, lidar com eles de outro modo que não por intermédio da bebida. Outra taça de simkin lhe teria parecido bem-vinda, mas notou, com o canto do olho, que Parimal sinalizava, indicando que o jantar estava pronto. Ele segurou as dobras de seu dhoti com as mãos. "Cavalheiros, sou levado a crer que nosso repasto será servido." Quando ficou de pé, a cortina de veludo do sheeshmahal foi empurrada para revelar uma mesa grande e encerada, preparada à maneira inglesa, com facas, garfos, pratos e taças de vinho. Dois imensos candelabros foram

---

* Como acima, Mister Doughty faz um ofensivo trocadilho entre Rascally e *rascal*: "biltre", "patife", "tratante". (N. do T.)

colocados um em cada ponta, iluminando o ambiente; no centro fora montado um arranjo de nenúfares secos, empilhados em tal profusão que dificilmente se poderia ver alguma parte do vaso que os abrigava. Não havia comida na mesa, pois as refeições na casa Raskhali eram servidas à moda bengali, em pratos sucessivos.

Neel distribuíra os lugares de tal modo que ficasse com Mister Burnham do outro lado da mesa diante dele, estando Zachary e Mister Doughty a sua esquerda e a sua direita, respectivamente. Um criado postava-se atrás de cada cadeira, como era o costume, e embora estivessem todos trajados com a farda de Raskhali, Neel observou que seus uniformes — pijamas, turbantes e casacos chapkan até os joelhos, com cintas — estavam estranhamente desajustados. Foi então que se lembrou que de criados não tinham nada, eram jovens barqueiros, convocados às pressas como serviçais por Parimal: seu desconforto com o papel ficava evidente com os tiques nervosos e olhos inquietos.

Agora, ao chegarem junto à mesa, houve uma prolongada pausa durante a qual Neel e seus convidados permaneceram de pé, aguardando que as cadeiras fossem empurradas. Cruzando o olhar com Parimal, Neel se deu conta de que os barqueiros não haviam sido instruídos quanto a essa parte do cerimonial: eles, por sua vez, estavam aguardando que os convidados se aproximassem; claramente tinham a impressão de que os convivas deveriam sentar-se a uma boa distância da mesa — e, de fato, como podiam saber, ocorreu a Neel, que cadeiras e mesas destinavam-se a ficar bem mais perto do que aquilo?

Nesse ínterim, um dos jovens barqueiros tomou a iniciativa e deu um prestimoso tapinha no cotovelo de Mister Doughty, indicando que sua cadeira estava vazia e à espera de ser ocupada, cerca de um metro mais atrás. Neel percebeu que o piloto ficava vermelho e interveio rapidamente em bengali, ordenando aos barqueiros que aproximassem mais as cadeiras. A ordem foi proferida tão asperamente que o barqueiro mais novo de todos, o rapaz que coubera a Zachary, empurrou sua cadeira com um sobressalto afobado, como se estivesse desencalhando um dinghy em uma margem lamacenta. A ponta da cadeira pegou Zachary por trás, colhendo-o do chão e o levando até a mesa — sem fôlego, mas, de resto, incólume.

Embora se desculpasse profusamente, Neel ficou satisfeito em ver que Zachary antes achara graça do que se ofendera com o incidente: no curto espaço de tempo que haviam passado em presença um do outro, o jovem americano lhe causara considerável impressão, tanto pela elegância inata de sua pessoa como pela reserva de sua conduta. A proveniência e as origens de estrangeiros sempre atiçaram a curiosidade de Neel: em Bengala era muito fácil saber quem era quem; na maioria das vezes, só ouvir o nome de alguém já bastava para revelar sua religião, casta, povoado. Estrangeiros eram, por comparação, tão mais nebulosos: era impossível deixar de especular a seu respeito. O comportamento de Mister Reid, por exemplo, sugeria a Neel que talvez descendesse de uma família antiga e aristocrática — ele se lembrava de ter lido em algum lugar que não era incomum que a nobreza europeia enviasse seus filhos mais jovens à América. Esse pensamento suscitou nele o aparte: "Sua cidade, Mister Reid, não estou certo em pensar que foi assim batizada em homenagem a um certo lorde Baltimore?"

A resposta foi estranhamente hesitante — "P... pode ser... Não tenho certeza..." —, mas Neel insistiu: "Quiçá lorde Baltimore não terá sido seu ancestral?" Isso suscitou um alarmado abano de cabeça e uma envergonhada negativa — o que serviu apenas para persuadir Neel ainda mais firmemente das origens nobres de seu reticente convidado. "Pretende zarpar em breve de volta a Baltimore...?", perguntou Neel. Já ia acrescentando um "milorde", mas se deteve bem a tempo.

"Bem, não, senhor", respondeu Zachary. "O *Ibis* rumará primeiro para Maurício. Se fizer bom tempo, pode ser que mais para o final do ano nosso destino seja a China."

"Entendo." Isso lembrou a Neel seu propósito original em dar aquele banquete, que era descobrir se havia alguma perspectiva de mudança imediata na sorte de seu principal credor. Virou-se para Mister Burnham: "Houve progressos, então, na situação chinesa?"

Mister Burnham respondeu com um abanar de cabeça: "Não, Raja Neel Rattan. Não. Verdade seja dita, a situação piorou consideravelmente — a ponto de se falar seriamente em guerra. Na verdade, pode muito bem ser esse o motivo da viagem do *Ibis* para a China."

"Guerra?", disse Neel, perplexo. "Mas não ouvi nada sobre uma guerra com a China."

"Estou certo que não", disse Mister Burnham, com um sorriso irônico. "E de fato por que um homem como o senhor se incomodaria com tais assuntos? Já tem bem mais do que se ocupar, tenho certeza, com todos seus palácios, zenanas e budgerows."

Neel sabia que o outro fazia pouco caso de sua pessoa, e os pelos em sua nuca ficaram eriçados, mas ele foi salvo de dar uma resposta destemperada pela chegada oportuna do primeiro prato — uma sopa fumegante. A terrina de prata tendo sido roubada, a sopa foi trazida no único utensílio remanescente que era feito do mesmo metal: uma tigela de poncho na forma de concha marinha.

Mister Doughty se permitiu um sorriso indulgente. "Este cheiro que estou sentindo é de pato?", disse, farejando o ar.

Neel não fazia a menor ideia do que ia ser servido, pois os cozinheiros no barco-cozinha haviam saído à cata de provisões quase que até o último minuto. Tendo atingido o trecho final de sua jornada, os estoques de comida do budgerow haviam começado a escassear: a notícia de que ocorreria um grande jantar instaurara o pânico entre os cozinheiros; um exército de piyadas, paiks e barqueiros fora despachado para pescar e obter mantimentos — com que resultado, Neel não o sabia. De modo que foi Parimal quem confirmou, num sussurro, que a sopa tinha sido feita com a carne do mesmo animal cuja gordura fora usada para encerar a mesa — mas a última parte desse relato Neel guardou para si, comunicando que de fato a sopa havia sido preparada com os restos de um pato.

"Excelente!", disse Mister Doughty, entornando sua taça. "E um ótimo sherry-shrub, também."

Embora feliz com a interrupção, Neel não esquecera os comentários zombeteiros de Mister Burnham sobre suas preocupações. Ele estava convencido agora de que o armador exagerava para convencê-lo da extensão das perdas de sua firma. Tomando cuidado de manter a voz equilibrada, disse: "Ficará sem dúvida surpreso em saber, Mister Burnham, que andei empreendendo alguns esforços no sentido de me manter informado — embora nada saiba a respeito dessa guerra da qual falou."

"Então, desse modo cabe a mim informá-lo, senhor", disse Mister Burnham, "que, nos últimos tempos, os oficiais em Cantão têm tentado energicamente dar um fim ao fluxo de ópio para o interior da China. É a unanimidade de opinião entre todos nós que realizamos negócios nesse país que os mandarins não podem ter a liberdade de ditar as regras do jogo. O fim do comércio seria desastroso — para firmas como a minha, mas também para sua pessoa, e na verdade para toda a China."

"Desastroso?", disse Neel, brandamente. "Mas decerto podemos oferecer à China coisa mais útil que ópio?"

"Assim seria", disse Mister Burnham. "Mas não é. Para pôr em termos simples: não há nada que queiram de nós — enfiaram na cabeça que não têm qualquer uso para nossos artigos e produtos. Mas nós, por outro lado, não passamos sem seus chás e suas sedas. Não fosse pelo ópio, o escoamento de prata da Grã-Bretanha e suas colônias seria grande demais para sustentar."

Nesse ponto, Mister Doughty subitamente entrou na conversa: "O problema, sabe, é que o nosso Johnny Chinaman acha que pode voltar aos velhos e bons tempos, antes de que pegasse o gosto pelo ópio. Mas não tem como voltar atrás — *just won't hoga.*"

"Voltar?", disse Neel, surpreso. "Mas o apetite chinês pelo ópio data desde a antiguidade, não é?"

"Antiguidade?", escarneceu Mister Doughty. "Ora, mesmo quando fui para Cantão da primeira vez, ainda rapaz, havia pouquíssimo ópio entrando no país. Um maldito de um gudda cabeça-dura é que é o Johnny Long-tail.* Vou dizer uma coisa, não foi fácil fazer com que pegassem gosto pelo ópio. Não senhor — que o devido crédito seja dado, temos de admitir que o desejo pelo ópio ainda estaria limitado aos de boa casta lá deles, não fosse a perseverança dos mercadores ingleses e americanos. Isso aconteceu quase que no tempo de uma vida — motivo pelo qual devemos nossos sinceros votos de agradecimentos a pessoas como Mister Burnham." Ergueu sua taça ao armador. "Ao senhor."

Neel ia se juntando ao brinde quando o prato seguinte chegou: consistia de franguinhos preparados inteiros. "Diabos me carreguem se isso não é um assado de Morte-Súbita!", exclamou Mister Doughty, deliciado. Espetando a minúscula cabeça de um deles com seu garfo, começou a mastigar em sonhador contentamento.

Neel olhou para a ave em seu prato com taciturna resignação: de repente sentia muita fome e não estivesse sob os olhares de seus atendentes, certamente teria se atirado sobre o frango — mas em vez disso procurou se distrair erguendo tardiamente a taça a Mister Burnham. "Ao senhor", disse, "e a seus triunfos na China".

Mister Burnham sorriu. "Não foi fácil, vou lhe dizer", falou. "Sobretudo nos primeiros dias, quando os mandarins não estavam lá muito dispostos a abaixar a cabeça."

"De fato?" Por não refletir muito sobre o comércio, Neel imaginara que o tráfico de ópio gozava de aprovação oficial na China — parecia a coisa mais natural, uma vez que em Bengala o comércio não

---

* Algo como "Joãozinho Cauda-Longa", isto é, o rabo de cavalo. (N. do T.)

era meramente sancionado, mas também monopolizado pelas autoridades britânicas, sob a chancela da Companhia das Índias Orientais. "O senhor me causa espécie, Mister Burnham", disse. "Então a venda do ópio é vista com maus olhos pelas autoridades chinesas?"

"Receio que sim", disse Mister Burnham. "Traficar ópio tornou-se ilegal no país faz algum tempo. Mas eles nunca criaram um tumasher a respeito disso no passado: seus mandarins e chuntocks* sempre receberam seus dez por cento de desturees e de bom grado fecharam os olhos para isso. O único motivo de estarem fazendo espalhafato agora é que querem uma parte maior dos lucros."

"É simples", anunciou Mister Doughty, mastigando uma asinha. "Os caudas-longas estão querendo sentir um gostinho do lathi."

"Receio que tenha de concordar, Doughty", disse Mister Burnham, balançando a cabeça. "Uma dose oportuna de castigo é sempre para o bem."

"Então estão convencidos", disse Neel, "de que seu governo irá à guerra"?

"Pode muito bem ser que sim, ai de nós", disse Mister Burnham. "A Grã-Bretanha tem sido infinitamente paciente, mas para tudo há um limite. Veja o que os celestiais fizeram com lorde Amherst. Lá estava ele, bem às portas de Pequim, com uma carga de presentes — e o imperador nem sequer o recebeu."

"Ah, nem me fale, senhor, é intolerável!", disse Mister Doughty com indignação. "Querer que o lorde faça o kowtow** em público! Ora essa, depois vão acabar querendo que deixemos crescer caudas-longas!"

"E lorde Napier não se saiu melhor, tampouco", Mister Burnham o lembrou. "Os mandarins não deram mais atenção a ele do que dariam a esse frango."

A menção da ave trouxe a atenção de Mister Doughty de volta à comida. "Falando em frango, senhor", murmurou. "O assado sem dúvida está excelente."

Os olhos de Neel vagaram de volta para o animal intocado em seu prato: mesmo sem provar, dava para perceber que era uma iguaria das mais saborosas, mas claro que não lhe cabia dizer tal coisa. "O senhor é pródigo demais em seus elogios, Mister Doughty", ele disse,

---

* Corruptela inglesa para T'Sunto, vice-rei. (N. do T.)
** Palavra incorporada ao inglês: o gesto chinês de ajoelhar e tocar a testa no chão em sinal de respeito, submissão ou adoração. (N. do T.)

em um floreado de autodepreciação hospitaleira, "não passa de uma criatura infecta, indigna de convidados como vossas senhorias".

"Infecta?", disse Zachary, subitamente alarmado. Foi só agora que percebeu que Neel não tocara em nenhuma comida que fora colocada diante dele. Baixando o garfo, disse: "Mas não tocou em seu frango, senhor. Não é... não é aconselhável, neste clima?"

"Não", disse Neel, e rapidamente se corrigiu. "Quero dizer, é — é perfeitamente aconselhável para o senhor..." Interrompeu-se, tentando pensar em um modo polido de explicar ao americano por que o frango era proibido para o rajá de Raskhali, mas perfeitamente comestível para um estrangeiro impuro. Nenhuma palavra lhe veio à mente, e num apelo mudo por socorro, olhou de relance para os dois ingleses, ambos perfeitamente cientes das regras dietéticas dos Halder. Nenhum deles dirigiu-lhe o olhar, mas após algum tempo Mister Doughty emitiu um som borbulhante, como uma chaleira em ponto de fervura. "Coma logo esse bish, seu gudda", sibilou para Zachary. "Ele só estava foozlowando."

A questão se resolveu com a chegada de uma travessa de peixe: um filé de bhetki empanado, com um acompanhamento de crocantes pakoras de legumes. Mister Doughty submeteu o prato a um cuidadoso escrutínio. "Cockup, se não estou enganado — e com fuleeta-pups, também! Ora, senhor, seus bobachees nos trazem orgulho."

Neel já ia murmurando uma polida objeção quando fez uma descoberta que o escandalizou até o fundo da alma. Seus olhos tendo vagado para os nenúfares secos no centro da mesa, percebeu para seu completo horror que as flores não estavam arranjadas em um vaso, como pensara, mas em um antigo urinol de porcelana. Evidentemente, a presente geração de barqueiros do budgerow esquecera a função e a história desse recipiente, mas Neel se recordava muito bem que ele fora adquirido expressamente para o uso de um velho magistrado do distrito cujos intestinos haviam sido dolorosamente afligidos por vermes.

Sufocando um gemido de desgosto, Neel desviou os olhos e procurou um assunto que mantivesse os convidados distraídos. Quando algo assim lhe ocorreu, deixou escapar uma exclamação em que um vestígio remanescente de asco ainda podia ser ouvido. "Mas Mister Burnham! Está dizendo que o império britânico irá à guerra para forçar o ópio sobre a China?"

Isso suscitou uma reação instantânea por parte de Mister Burnham, que pousou a taça de vinho com força na mesa. "Evidentemente, não compreendeu o que eu quis dizer, Raja Neel Rattan", falou. "A guerra, quando vier, não será por causa do ópio. Será por questão de princípio: pela liberdade — pela liberdade de comércio e pela liberdade do povo chinês. O livre-comércio é um direito concedido ao Homem por Deus, e seus princípios se aplicam tanto ao ópio como a qualquer outro artigo de comércio. Talvez ainda mais a isto, já que em sua ausência muitos milhões de nativos ficariam privados das duradouras vantagens da influência britânica."

Nisso Zachary se interpôs. "Como assim, Mister Burnham?"

"Pelo simples motivo, Reid", disse Mister Burnham, paciente, "de que o domínio britânico na Índia não se poderia sustentar sem o ópio — toda a questão se resume a isso, e não vamos fingir que seja de outro modo. Você deve saber que daqui a alguns anos os ganhos anuais com ópio da Companhia atingirão quase que o mesmo patamar de toda a receita de seu país, os Estados Unidos? Imagina você que o domínio britânico seria possível nessa terra empobrecida não fosse por essa fonte de riqueza? E se refletirmos nos benefícios que o domínio britânico trouxe à Índia, não se infere disso que o ópio é a maior bênção dessa terra? Não se infere daí que é nosso dever divino levar esse benefício a outros"?

Neel estivera escutando Mister Burnham com menos da metade de sua atenção, pois sua mente divagara inteiramente: ele acabara de se dar conta de que o episódio do urinol poderia ter se revelado muito pior do que fora. O que, por exemplo, teria ele feito se o utensílio houvesse sido trazido à mesa como uma terrina, cheia até a borda de sopa fumegante? Considerando tudo que poderia ter ocorrido, tinha todos os motivos do mundo para ficar agradecido por escapar daquele desastre social: de fato, o episódio cheirava de tal modo a uma intervenção divina que não pôde deixar de dizer, em um tom de censura piedosa: "Não o incomoda, Mister Burnham, invocar Deus a serviço do ópio?"

"Nem um pouco", disse Mister Burnham, esfregando a barba. "Um de meus conterrâneos expressou a questão de modo bem simples: 'Jesus Cristo é o Livre-Comércio e o Livre-Comércio é Jesus Cristo.' Palavras mais verdadeiras que essas nunca foram ditas. Se é a vontade divina que o ópio seja usado como um instrumento para abrir a China a seus ensinamentos, então que seja. Quanto a mim, confesso que não vejo motivo pelo qual um inglês deveria incitar o tirano manchu a privar o povo chinês dessa substância miraculosa."

"Está se referindo ao ópio?"

"Sem dúvida estou", disse Mister Burnham asperamente. "Ora, deixe-me lhe perguntar, senhor: gostaria de voltar a uma época em que os homens tinham de passar por dentes arrancados e membros serrados sem o benefício de qualquer paliativo para aliviar a dor?"

"Mas claro que não", disse Neel, com um estremecimento. "Certamente não."

"Achei mesmo que não", disse Mister Burnham. "Então não lhe será difícil ter em mente que seria quase impossível praticar a moderna medicina ou a cirurgia sem produtos químicos como morfina, codeína e narcotina — e essas são apenas algumas das bênçãos derivadas do ópio. Não fosse a gripe-water, nossas crianças nem poderiam dormir. E o que nossas estimadas senhoras — ora, nossa adorada rainha em pessoa — fariam sem o láudano? Ora, pode-se dizer até que foi o ópio que tornou essa era de progresso e industriosidade possível: sem ele, as ruas de Londres estariam povoadas incontinente de multidões insones a tossir. E se considerarmos tudo isso, não será apropriado se perguntar se o tirano manchu tem algum direito de privar seus desamparados súditos das vantagens do progresso? Acha que apraz a Deus ver-nos conspirando com esse tirano para privar um número imenso de pessoas dessa dádiva estupenda?"

"Mas Mister Burnham", persistiu Neel, "não é verdade que há uma grande incidência de vício e intoxicação na China? Decerto tais aflições em nada agradam ao nosso Criador".

Isso irritou Mister Burnham. "Esses males que menciona, senhor", retrucou, "são meramente aspectos da natureza decaída do Homem. Acaso venha em alguma circunstância a andar pelos apinhados cortiços londrinos, Raja Neel Rattan, verá por si mesmo que há tanto vício e intoxicação nos bares onde se serve o gim na capital do império quanto nos antros de Cantão. Cabe-nos assim arrasar com cada taverna da cidade? Banir o vinho de nossas mesas e o uísque de nossas salas de visitas? Privar marinheiros e soldados de sua dose diária de grogue? E tendo sido essas medidas sancionadas, irão o vício, a intoxicação, a embriaguez desaparecer? E acaso caberá aos membros do Parlamento carregar a culpa por toda fatalidade, caso sejam baldados seus esforços? A resposta é não. Não. Porque o antídoto para o vício não está em proibições decretadas por parlamentos e imperadores, mas na consciência individual — na atenção de cada homem para com sua responsabilidade pessoal e seu temor perante Deus. Como nação cristã, essa é a lição mais importante que podemos oferecer à China — e não tenho dúvida de que a mensagem seria bem acolhida pelo povo desse desafortunado país, não fossem eles impedidos de escutá-la pelo cruel déspota que os mantém sob seu jugo. Só a tirania pode ser inculpada pela degenerescência da China, senhor. Mercadores como eu não são senão os servos do Livre-Comércio, que é tão imutável quanto os mandamentos divinos". Mister Burnham fez uma pausa para enfiar uma fuleeta-pup crocante na boca. "E posso acrescentar, a esse respeito, que não creio ser de bom-tom um rajá de Raskhali tecer moralizações sobre a questão do ópio."

"E por que não?", disse Neel, preparando-se para a afronta que sem dúvida se seguiria. "Tenha a gentileza de me explicar, Mister Burnham."

"Por que não?", as sobrancelhas de Mister Burnham se ergueram. "Bem, pela ótima razão de que tudo que o senhor possui é pago pelo ópio — este budgerow, suas casas, esta comida. Acredita que poderia se dar ao luxo de qualquer uma dessas coisas com os rendimentos advindos de sua propriedade e de seus lavradores cules famélicos? Não, senhor: é o ópio que lhe dá tudo isso."

"Mas eu não iria à guerra por isso, senhor", disse Neel, em um tom que se equiparava em aspereza ao de Mister Burnham. "E tampouco quero crer que o império irá. Não deve imaginar que não faço ideia do papel que o Parlamento desempenha em seu país."

"Parlamento?", Mister Burnham riu. "O Parlamento só vai ficar sabendo quando a guerra tiver terminado. Pode estar certo, senhor, que se tais assuntos fossem deixados ao Parlamento, *não haveria* império."

"Um brinde a isso!", disse Mister Doughty, erguendo sua taça. "Palavras mais verdadeiras nunca foram ditas..."

Ele foi interrompido pela chegada do prato seguinte, cuja apresentação exigira a mobilização da maior parte da tripulação do budgerow. Foram chegando um a um, carregando tigelas de latão com arroz, carneiro, camarões e um sortimento de picles e chutneys.

"Ah, finalmente — o karibat", disse Mister Doughty. "Bem na hora, também!" Quando as tampas foram removidas dos pratos, ele lançou um olhar ansioso por sobre a mesa. Quando descobriu para o que estava olhando, apontou um dedo deliciado na direção de uma tigela cheia de espinafre e iscas de peixe. "Esse não é o famoso chitchky de pollock-saug do Rascally? Ora, mas creio que sim!"

Os cheiros não tiveram qualquer efeito em Neel, que ficara tão profundamente aflito com as observações de Mister Burnham que qualquer pensamento de comida, bem como de vermes e urinois, fora purgado de sua mente. "Não deve imaginar, senhor", disse para Mister Burnham, "que sou um nativo ignorante, que pode ser tratado como uma criança. Se me permite dizer, sua jovial rainha não conta com mais súditos leais do que eu, e ninguém está mais intensamente ciente dos direitos gozados pelo povo da Grã-Bretanha. Na verdade, estou perfeitamente familiarizado, devo acrescentar, com os escritos do senhor Hume, do senhor Locke e do senhor Hobbes".

"Por favor, senhor, não venha me falar", disse Mister Burnham, no tom frio de um homem que deseja esnobar alguém que gosta de se arrogar conhecidos importantes, "do senhor Hume e do senhor Locke. Pois devo informá-lo que os conheço desde que serviram no Board of Revenue de Bengala. Também tive oportunidade de ler cada palavra que escreveram, até mesmo seus relatórios sobre saneamento. E quanto ao senhor Hobbes, se não me falha a memória, jantei em sua companhia em meu clube um dia desses".

"Ótimo sujeito, o Hobbes", interrompeu Mister Doughty de repente. "Ele agora detém uma cadeira no Conselho Municipal, se não me engano. Fomos a uma caçada de javalis juntos, certa vez. Os shikarees surpreenderam uma velha porca e uma ninhada de porquinhos. Fizeram carga contra nós! Deram um susto dos diabos nos cavalos. O velho Hobbes foi jogado bem em cima de um leitãozinho. Morreu na hora. O porquinho, quero dizer. Hobbes escapou ileso. A pior trapalhada que já vi. Deu um bom assado, também. O porquinho, quero dizer."

Mister Doughty nem bem terminara sua anedota quando outra distração se fez presente: um som tilintante, como de braceletes, agora era ouvido na alcova de purdah atrás de Neel. Evidentemente, Elokeshi e as garotas haviam se reunido para dar uma olhada nos convidados do jantar: seguiram-se alguns sussurros e o deslizar de pés conforme se revezavam nos buracos para espiar, e então Neel escutou a voz de Elokeshi, aumentando de excitação. *Eki-ré* — olhem, olhem!

Shh!, disse Neel por sobre o ombro, mas sua reprimenda passou em brancas nuvens.

Estão vendo aquele gordo?, continuou Elokeshi, sussurrando em um bengali alto e insistente. Ele foi comigo há vinte anos; eu não podia ter mais do que quinze anos; ah, as coisas que ele fez, *báp-ré!* Se eu contasse, vocês iam morrer de rir.

Neel observou agora que um silêncio se abatera sobre a mesa: os experimentados homens mais velhos fitavam detidamente o teto ou a mesa — mas Zachary olhava em volta, em atônita interrogação. Menos ainda do que antes, Neel era capaz de pensar em um jeito de explicar a situação para o recém-chegado: como lhe contar que estava sendo observado, pelas frestas de uma cortina, por quatro dançarinas? Perdido sobre o que dizer, Neel murmurou umas desculpas: "São apenas as damas de companhia. Fofocando um pouco."

Agora Elokeshi baixava a voz e, contra a própria vontade, Neel se esforçava por escutar: Não, sério... me fez sentar na cara dele... *chhi, chhi!*... e depois lambeu ali com a língua... não, sua boba, bem ali, isso... *shejeki chatachati!*... Ai, que lambida! Parecia que estava provando um chutney...

"Hot cock e shittleteedee!" Houve um estrondo quando Mister Doughty ficou de pé subitamente, derrubando a cadeira. "Pootlies badzat do inferno. Acham que eu não samjo essa taramelagem maldita? Não tem uma palavra desse seu pídgin negroide que eu não entendo. Me chamando de mama-xotas, é? Eu preferia montar no bispo do que pagar por sua choot. Lambendo, você disse? Aqui está meu lattee para você dar uma lambida..."

Começou a avançar em direção à alcova, com a bengala erguida, mas Mister Burnham pulou agilmente de sua cadeira e o impediu. Zachary foi rapidamente em seu auxílio e, combinando forças, conseguiram tirar o piloto do sheeshmahal e carregá-lo à coberta de proa, onde o entregaram a Serang Ali e seu grupo de lascares.

"Pegou shamshoo demais", disse Serang Ali sem fazer grande caso, segurando os tornozelos do piloto. "Mais melhor ir dormir chop-chop."

Isso não acalmou em nada Mister Doughty. Conforme lutavam para enfiá-lo no escaler, podiam escutá-lo vociferando: "Tirem as patas do meu gander!... Avast com esse seu launderbuzz!... ou enfio seus louros entre os dentes... acabo com suas jaunties... uma chowderada nos seus choots... malditos luckerbaugs e wanderoos!... onde estão meu dumbpoke e meu pollock-saug...?"

"Como-maneira nham-nham dessa-vez?", ralhou Serang Ali. "Muito demais shamshoo possui dentro. Tudo fazer água, não?"

Deixando o piloto entregue aos cuidados de Zachary, Mister Burnham voltou para o sheeshmahal, onde Neel continuava sentado à cabeceira da mesa, contemplando as ruínas do jantar: teria a noite enveredado para uma tal direção caso seu pai estivesse em seu lugar? Ele não conseguia imaginar que sim.

"Lamento muitíssimo tudo isso", disse Mister Burnham. "Apenas se excedeu um tantinho no shrob, nosso bom Mister Doughty: nem um pouco condigno de sua posição."

"Mas sou eu quem lhe deve desculpas", disse Neel. "E decerto não estão de partida ainda? As damas planejaram uma *nách*."

"De fato?", disse Mister Burnham. "Então transmita-lhes nossas desculpas. Receio não estar preparado para esse tipo de coisa."

"Lamento ouvir isso", disse Neel. "Acaso sente-se indisposto? A comida não lhe caiu bem?"

"A comida estava esplêndida", disse Mister Burnham com gravidade. "Mas quanto a uma nautch, deve estar a par de que tenho certas responsabilidades com relação a minha igreja. Não é de praxe que eu tome parte em espetáculos que sejam ofensivos ao sexo frágil."

Neel curvou a cabeça se desculpando. "Compreendo, Mister Burnham."

Mister Burnham tirou um cheroot do colete e o bateu em seu polegar. "Mas se não se importa, Raja Neel Rattan, gostaria de ter uma palavrinha com sua pessoa em particular."

Neel não conseguiu pensar em algum modo de recusar o pedido. "Certamente, Mister Burnham. Vamos até o convés superior? Lá sem dúvida teremos um pouco de privacidade."

Assim que se viram no convés superior, Mister Burnham acendeu seu charuto e soprou uma coluna de fumaça no ar noturno. "Estou muito feliz em ter essa oportunidade de conversar com o senhor", começou. "É um prazer inesperado."

"Obrigado", disse Neel, cauteloso, todos seus instintos de defesa em alerta.

"Deve se lembrar que lhe escrevi recentemente", disse Mister Burnham. "Permite que lhe pergunte se foi capaz de dedicar alguma reflexão a minha proposta?"

"Mister Burnham", disse Neel categoricamente, "lamento dizer que, no presente momento, não posso restaurar ao senhor a soma que lhe é devida. Deve compreender que me é impossível levar sua proposta em consideração".

"E por quê?"

Neel pensou em sua última visita a Raskhali e nas reuniões públicas onde seus arrendatários e administradores imploraram que não vendesse o zemindary e os privasse das terras que haviam cultivado por gerações. Pensou em sua última visita ao templo da família, onde o sacerdote se atirara aos seus pés, suplicando que não se desfizesse do templo onde seus antepassados haviam orado.

"Mister Burnham", disse Neel, "o zemindary Raskhali tem estado em minha família há duzentos anos; nove gerações de Halder sentaram em seu guddee. Como eu poderia passá-lo adiante para saldar minhas dívidas?"

"Os tempos mudam, Raja Neel Rattan", disse Mister Burnham. "E aqueles que não mudam junto, são varridos para longe."

"Mas eu tenho certas obrigações para com meu povo", disse Neel. "Deve tentar compreender: os templos de minha família estão nessa terra. Nenhum deles é meu para que eu os venda ou passe adiante: pertencem também ao meu filho e aos filhos dele que ainda estão por nascer. Não me é possível entregá-los ao senhor."

Mister Burnham soprou uma baforada de fumaça. "Deixe-me ser honesto com o senhor", disse, calmamente. "A verdade é que não tem opção. Suas dívidas com minha companhia não seriam cobertas nem com a venda da propriedade. Receio que eu não possa esperar muito mais tempo."

"Mister Burnham", disse Neel com firmeza, "deve esquecer a respeito dessa proposta. Vou vender minhas casas, vender o budgerow, vender tudo que posso — mas não posso me separar das terras de Raskhali. Preferiria me declarar falido a entregar o zemindary ao senhor".

"Entendo", disse Mister Burnham, sem mostrar aborrecimento. "Devo tomar isso como sua palavra final?"

Neel balançou a cabeça. "Sim."

"Muito bem", disse Mister Burnham, fitando a ponta brilhante de seu charuto. "Que fique bem entendido, então, que seja lá o que acontecer, a culpa recairá exclusivamente sobre sua pessoa."

Seis

A vela acesa na janela de Paulette foi a primeira a romper a escuridão pré-aurora que envolvia Bethel: dentre todos os residentes da casa, mestres e empregados igualmente, ela sempre era a primeira a ficar de pé, e seu dia em geral começava escondendo o sari com que dormira à noite. Apenas no isolamento de seu quarto, protegida dos olhares intrometidos da criadagem, ela ousava vestir um sari: Paulette descobrira que em Bethel os empregados, não menos do que os senhores, tinham fortes opiniões sobre o que era apropriado a europeus, especialmente memsahibs. Os criados e khidmutgars olhavam com desprezo quando suas roupas não eram totalmente pucka, e normalmente a ignoravam se conversasse com eles em bengali, ou em qualquer outro idioma que não o hindustani-cozinha que era a língua franca da casa. Agora, levantando da cama, ela se apressou em trancar seu sari no baú de uso pessoal: era o único lugar onde ele ficaria a salvo de ser descoberto pela procissão de empregados que entraria ali para limpar o quarto mais tarde, nesse dia — os bichawnadars, fazedores de cama, os farrashes, varredores de chão, e as matranees, limpadoras de privadas, e harry-maids.

O aposento reservado a Paulette ficava no andar mais elevado da mansão, consistindo em um dormitório de dimensões razoáveis e um toucador; de modo mais notável, incluía também um banheiro anexo. A senhora Burnham fizera questão de que sua residência estivesse entre as primeiras da cidade a dar um basta às casinhas. "É muito cansativo a pessoa ter de sair correndo", ela gostava de dizer, "toda vez que precisa pôr um chitty no dawk".

Assim como o restante da mansão, o water-closet de Paulette usufruía de muitos dos mais recentes aparelhos ingleses, entre eles uma confortável privada com tampa de madeira, uma pia de porcelana pintada e uma pequena bacia de lavar os pés feita de lata. Mas, do ponto de vista de Paulette, seu banheiro carecia do conforto mais importante de todos — não havia instalações para banho. O hábito de anos havia acostumado Paulette a banhos diários e mergulhos frequentes no Hooghly: era difícil para ela passar um dia inteiro sem se refrescar ao menos uma vez, tendo contato com a água fria e revigorante. Em Bethel, o banho diário era permitido apenas ao Burra Sahib, quando voltava, acalorado e sujo, de um dia no Dufter. Paulette ouvira rumores de que Mister Burnham criara um dispositivo especial para os propósitos dessa ablução diária: mandara abrir buracos no fundo de um balty de lata comum, que ficava pendurado de tal modo que pudesse ser constantemente enchido por um criado, enquanto o sahib ficava embaixo, deleitando-se sob o jorro d'água. Paulette teria adorado de todo coração usar o tal dispositivo, mas sua única tentativa de tocar no assunto escandalizara a senhora Burnham, que, com a usual dissimulação, fizera uma enigmática referência às inúmeras razões pelas quais banhos frios frequentes eram necessários para um homem, mas impróprios, até mesmo indecorosos, para o sexo frágil, menos excitável; ela deixara claro que, até onde lhe dizia respeito, uma banheira era o conforto pucka para uma memsahib, a ser usada a intervalos decentes de dois ou três dias.

Em Bethel, havia enormes goozle-connahs — salas de banho equipadas com banheiras de ferro fundido, importadas diretamente de Sheffield. Mas, para que as banheiras ficassem cheias, era necessário avisar os ab-dars com pelo menos meio dia de antecedência, e Paulette sabia que se tentasse dar a ordem duas vezes por semana, a notícia chegaria rapidamente à senhora Burnham. Em todo caso, aquelas banheiras não eram muito do gosto de Paulette: ela não sentia prazer algum em mergulhar numa piscina tépida com sua própria espuma; tampouco lhe aprazia a assistência das três atendentes — as "cushy-girls", como a madame gostava de chamá-las — que ficavam de um lado para o outro enquanto ela estava na banheira, ensaboando suas costas e esfregando suas coxas, pinçando pelos onde julgassem conveniente, e o tempo todo murmurando "khushi-khushi?", como se fosse uma grande alegria ser beliscado, cutucado e esfregado por todo o corpo. Quando alcançavam seus recessos mais íntimos, ela brigava e pedia que fossem embora, o que sempre as deixava com ar surpreso e magoado, como se tivessem sido impedidas de cumprir apropriadamente seus deveres: isso era uma provação para Paulette, pois ela não conseguia imaginar o que pretendiam fazer e não estava inclinada a descobrir.

O desespero levara Paulette a conceber um método de ablução próprio, dentro de seu water-closet: ficando de pé na bacia de lata, ela cuidadosamente levava a mão a um balty, com uma caneca, e então deixava que a água caísse suavemente sobre seu corpo. No passado, ela sempre se banhara em um sari, e ficar inteiramente nua a deixara um pouco constrangida, no início, mas depois de uma semana ou duas ela foi ficando cada vez mais acostumada. Inevitavelmente, um pouco da água espirrava fora e ela sempre passava um bocado de tempo depois enxugando o piso, para remover qualquer vestígio do ritual: os criados eram eternamente curiosos acerca do que faziam os ocupantes de Bethel e a senhora Burnham, com toda sua vagueza, parecia ter um jeito eficiente de extrair as fofocas deles. A despeito das precauções, Paulette tinha motivos para pensar que informações sobre seu banho sub-reptício chegaram de algum modo aos ouvidos da senhora: ultimamente, a senhora Burnham vivia fazendo comentários derrisórios sobre a incessante necessidade de banho dos Gentoos e como estavam sempre mergulhando a cabeça no Ganges e murmurando bobberies e baba-res.

Lembrando-se dessas censuras, Paulette empreendia considerável esforço para ter certeza de que nenhuma gota d'água ficasse no chão do w.c. Mas imediatamente após essa luta, seguiam-se muitas mais: primeiro, engalfinhava-se com os cadarços dos calções que lhe desciam até os joelhos; em seguida, tinha de se enredar em meio a nós para encontrar as presilhas de seu corpete, sua camisa e sua combinação; só então podia se contorcer para dentro de um dos inúmeros vestidos que sua benfeitora lhe deixara por ocasião de sua chegada a Bethel.

Embora as roupas da senhora Burnham fossem de feitio austero, eram de tecidos muito mais finos do que qualquer coisa que Paulette já tivesse usado antes: não por seus prosaicos calicos Chinsurah, nem tampouco pelas finas musselinas shabnam e cetins zaituni com que diversas memsahibs as mandavam fazer; a Burra BeeBee de Bethel não passava com menos do que a mais refinada kerseymere, as melhores sedas chinesas, crespos linhos da Irlanda e macios nainsooks do Surat. O problema com esses tecidos finos, como Paulette havia descoberto, era que uma vez cortados e costurados, era difícil adaptá-los para o uso de outra pessoa, sobretudo se fosse uma pessoa desajeitada como ela.

Aos dezessete anos, Paulette era extraordinariamente alta, dona de uma estatura que lhe permitia enxergar acima das cabeças de quase qualquer um em torno, fossem homens ou mulheres. Seus membros superiores, também, eram de tal comprimento que tendiam a balançar como galhos ao vento (anos mais tarde, essa seria sua principal queixa sobre o modo como estava representada no santuário de Deeti — que seus braços pareciam a copa de um coqueiro). No passado, a consciência que tinha de sua altura inusual levara a uma indiferença tímida quanto a sua aparência: mas de certo modo essa inadequação significara também uma espécie de alforria, na medida em que a libertou do fardo de ter de se preocupar com sua aparência. Mas desde sua chegada a Bethel, seu acanhamento quanto ao próprio aspecto fora transformado em uma aguda consciência de si mesma: em repouso, suas unhas e pontas dos dedos perscrutavam pequenas imperfeições e as cutucavam até se tornarem feias marcas em sua pele pálida; quando caminhava, ela se inclinava para a frente como se enfrentasse um poderoso vento; parada de pé, ficava curvada, as mãos cruzadas às costas, balançando para a frente e para trás, como que prestes a começar uma oração. No passado, usara o cabelo longo e escuro em maria-chiquinha, mas ultimamente dera para prendê-lo atrás, com um apertado nozinho, como se fosse um espartilho em seu crânio.

Ao chegar a Bethel, Paulette encontrara quatro vestidos estendidos sobre sua cama, com todas as camisas, blusas e combinações íntimas necessárias: a senhora Burnham lhe assegurara que haviam sido todas ajustadas do modo apropriado a seu talhe e estavam prontas para serem usadas no jantar. Paulette aceitara a palavra da madame sem questionar: vestira-se apressadamente, ignorando os muxoxos da criada que fora enviada para ajudá-la. Ansiosa em agradar sua benfeitora, descera correndo entusiasmada a escada para a sala de jantar. "Mas apenas fite, senhora Burnham!", exclamou. "Olhe! Seu robe é perfectement de meu talhe."

Nenhuma resposta se seguiu: apenas um som como o de uma grande multidão prendendo coletivamente a respiração. Passando pelas portas, Paulette notara que a sala de jantar parecia estranhamente cheia, especialmente se se considerasse que aquilo era para ser uma ceia de família, apenas com os Burnham e sua filha de oito anos, Annabel, à mesa. Estranha aos costumes da casa, não levara em consideração os demais que se encontravam presentes em qualquer refeição: os servos de turbante que ficavam atrás de cada cadeira; o masalchie com a molheira; o chobdar cuja função era servir sopa da terrina no aparador; os três ou quatro pequenos chuckeroos que sempre seguiam junto aos pés dos serviçais mais velhos. E esses tampouco eram os únicos empregados presentes nessa noite: a curiosidade sobre a recém-chegada missy-mem se espalhara para o bobachee-connah e inúmeros membros da equipe de cozinha espiavam do vestíbulo anterior, onde sentavam os punkah-wallahs, puxando os leques acima de suas cabeças por meio de cordas amarradas a seus dedos do pé: entre eles ficava o curry consumah, o caleefa que assava os kabobs e os bobachees que eram responsáveis pelos guisados e juntas de carne bovina. Os criados internos da casa haviam até mesmo dado um jeito de trazer furtivamente alguns cujo lugar era estritamente do lado de fora — malis do jardim, syces e julibdars dos estábulos, durwauns da guarita de entrada e até alguns brutos do bando responsável pelo suprimento de água doméstico. Os empregados prenderam a respiração enquanto aguardavam a reação de seu senhor: a molheira balançou na bandeja do masalchi, o chobdar deixou cair sua concha e as cordas nos dedos dos punkah-wallahs se afrouxaram conforme observavam os olhos do Burra Sahib e da Burra BeeBee descendo do corpete desajustado de Paulette — cujos cadarços haviam ficado por amarrar — à barra de seu vestido, tão curto que expunha seus tornozelos em toda a nudez. A única voz que se ouviu foi da pequena Annabel, que explodiu numa alegre gargalhada: "Mama!, ela esqueceu de bundo a jumma! E, oh, dekko mama, dekko: o tornozelo dela! Tá vendo? Olha só o que a puggly fez!"*

O nome pegou, e desse dia em diante Paulette virou Puggly para a senhora Burnham e Annabel.

No dia seguinte, uma equipe de alfaiates, consistindo em cerca de meia dúzia de darzees e rafoogars, fora convocada para adaptar as roupas da senhora Burnham às medidas da missy-mem recém-chegada. Contudo, apesar de toda a diligência, seus esforços não conheceram senão sucesso limitado: a constituição de Paulette era tal que mesmo com as barras aumentadas ao máximo os vestidos da madame não chegavam ao ponto em que deveriam — em torno da cintura e do braço, por outro lado, pareciam sempre muito mais largos do que o necessário. Como resultado, quando cobriam Paulette, aqueles vestidos de fina costura tendiam a escorregar e farfalhar; o vestuário de memsahib desse tipo sendo, em todo caso, pouco familiar para ela, a falta de ajuste contribuía imensamente para seu desconforto: muitas vezes, quando o tecido frouxo raspava em sua pele, ela beliscava, puxava e coçava — levando às vezes a senhora Burnham a perguntar se havia pequenos chinties em suas roupas.

Desde aquela horrível noite, Paulette dera muito duro para se comportar e falar exatamente como deveria, mas nem sempre com su-

---

* Em vez de Putli, a menina a chama de *puggly*, possivelmente do bengali *pugli*, "maluquinha". (N. do T.)

cesso. Ainda outro dia, ao se referir à tripulação de um barco, ela orgulhosamente utilizara uma palavra recém-aprendida do inglês: "cock-swain". Mas em vez de merecer elogios, a palavra lhe rendera uma carranca de censura. Quando se viram fora de alcance dos ouvidos de Annabel, a senhora Burnham explicou que a palavra usada por Paulette sabia demasiadamente a "crescimento e aumento" e que não deveria ser dita na presença de outras pessoas: "Se deseja progredir nesse tipo de coisa, Puggly, minha querida, não esqueça que a palavra que usamos hoje em dia é 'roosterswain'."*

Mas então, inesperadamente, a BeeBee explodira em risadinhas e batera de leve no dorso da mão de Paulette com seu leque. "Quanto àquela outra coisa, querida", disse, "nenhuma mem jamais permitiria que saísse de seus lábios".

Um dos motivos pelos quais Paulette levantara cedo era que pretendia arranjar tempo para trabalhar no manuscrito não finalizado da *Materia Medica* de seu pai, sobre as plantas de Bengala. O alvorecer era o único momento do dia em que se sentia inteiramente ela mesma; no transcorrer daquela hora, não havia necessidade de sentir qualquer culpa, mesmo que escolhesse fazer alguma coisa que sabia ser desagradável para seus benfeitores. Mas raros eram os dias em que se encontrava de fato apta a devotar algum tempo ao manuscrito: com mais frequência, sua atenção vagava para o outro lado do rio, para os Botanical Gardens, e ela se pegava mergulhando num encantamento de recordações melancólicas. Teria sido crueldade ou bondade os Burnham terem lhe dado um quarto cuja janela proporcionava uma vista tão bela do rio e da praia mais adiante? Ela não conseguia decidir: o fato era que mesmo sentada em sua mesa, tudo que tinha a fazer era esticar um pouco a cabeça para captar um relance do bangalô que deixara catorze meses antes — sua presença, para lá das águas, parecia um lembrete irônico de tudo que perdera com a morte de seu pai. Contudo, até mesmo revisitar essas lembranças equivalia a ser assaltada por uma onda de cul-

---

* A confusão de significados começa por *cockswain* (ou *coxswain*), simplesmente, "timoneiro" ou "patrão" (de barco), que o ouvido vitoriano censura pela associação pejorativa que faz entre *cock* ("galo", mas também "pica" — gíria para pênis) e *swain*, "rapaz", de onde o ridículo eufemismo *roosterswain* (*rooster*: "galo", igualmente). (N. do T.)

pa — desejar aquela vida antiga parecia não só uma ingratidão, como também uma deslealdade para com seus benfeitores. Sempre que seus pensamentos a carregavam para o outro lado do rio, ela escrupulosamente lembrava a si mesma de como tinha sorte por estar onde estava, e por ganhar tudo que os Burnham haviam lhe dado — suas roupas, seu quarto, dinheiro para pequenas despesas e, acima de tudo, instrução em coisas sobre as quais costumava ser tristemente ignorante, como a devoção religiosa, a penitência e as escrituras. Tampouco a gratidão era difícil de invocar, porque, para ter em mente sua sorte, tudo que ela tinha a fazer era pensar no destino que de outro modo ter-lhe-ia sido reservado: em vez de sentada naquele cômodo espaçoso, ela se veria em um galpão em Alipore, mais uma ocupante do recém-criado asilo para eurasianos desamparados e minorias brancas. Tal de fato era o grupo ao qual se conformava quando foi convocada perante Mister Kendalbushe, o juiz de expressão severa da Sudder Court. Instruindo-a a dar graças aos céus misericordiosos, Mister Kendalbushe lhe comunicara que seu caso chegara à atenção de ninguém menos que Benjamin Brightwell Burnham, importante comerciante e filantropo com notável reputação de receber jovenzinhas brancas desamparadas em sua casa. Ele escrevera ao presidente do tribunal, oferecendo-se para proporcionar à órfã Paulette Lambert um novo lar.

 O juiz mostrara a carta a Paulette, prefaciada com a seguinte sentença: "Acima de tudo, tende ardorosa caridade em vosso seio: pois a caridade cobre uma multidão de pecados." Para sua vergonha, Paulette fora incapaz de identificar a proveniência da frase: foi o juiz que lhe disse que era do "Livro do Senhor: I Pedro, capítulo 4, versículo 8". Mister Kendalbushe então prosseguira e lhe fizera algumas perguntas acerca das escrituras; suas respostas, ou, antes, a falta delas, deixaram-no chocado e suscitaram um cáustico juízo: "Miss Lambert, sua irreligiosidade é uma desgraça para a raça dominante: há inúmeros Gentoo e Mom'den nesta cidade mais bem-informados do que a senhorita. A senhorita está a um passo de cantar como um Sammy e guinchar como um Sheer. Na opinião desta corte, estará muito mais bem orientada sob a tutela de Mister Burnham do que jamais esteve sob a de seu pai. Cabe exclusivamente à senhorita agora se mostrar digna dessa boa sorte."

 Nos meses que passara em Bethel, o conhecimento de Paulette sobre as escrituras crescera em ritmo acelerado, pois Mister Burnham assumira a tarefa de instruí-la pessoalmente. Assim como acontecera com suas predecessoras, havia sido deixado claro para ela que nada lhe seria exigido além de frequentar a igreja regularmente, mostrar boa conduta e manifestar um espírito aberto à instrução religiosa. Antes de sua chegada, Paulette imaginara que os Burnham esperavam que se mostrasse útil, à maneira de um parente pobre: a descoberta de que tinha pouco a lhes oferecer, a título de serviços compensatórios, veio-lhe como uma espécie de choque. Seus oferecimentos de ajuda nos cuidados com Annabel haviam sido polidamente recusados, por motivos que logo se tornaram óbvios para Paulette: não apenas seu domínio do inglês estava longe de perfeito, como também sua educação seguira um caminho exatamente contrário ao que a senhora Burnham julgava apropriado para uma moça.

A experiência de ensino de Paulette, na maior parte, consistira em auxiliar o pai quando realizava seu trabalho. Isso lhe fornecera um leque de instrução mais amplo do que se poderia supor, pois Pierre Lambert tinha por prática etiquetar suas plantas, quando possível, em bengali e sânscrito, bem como segundo o sistema recentemente inventado por Lineu. Isso significava que Paulette aprendera um bocado de latim com seu pai, ao mesmo tempo em que absorvia línguas indianas dos munshis instruídos que haviam sido recrutados para auxiliar o conservador com suas coleções. O francês ela estudara por vontade própria, lendo e relendo os livros do pai até sabê-los quase de cor. Desse modo, pelo esforço e observação, Paulette se tornara, embora ainda muito jovem, uma consumada botanista e leitora devota de Voltaire, Rousseau e, mais particularmente, Monsieur Bernardin de Saint-Pierre, outrora professor e mentor de seu pai. Mas não passara pela cabeça de Paulette mencionar nada disso em Bethel, sabendo que os Burnham não teriam desejado ver Annabel instruída em botânica, filosofia ou latim, sua antipatia pelos papistas romanos quase se equiparando ao desprezo que o casal nutria por hindus e muçulmanos — ou "gentoos e musselmen", como gostavam de dizer.

Na falta de coisa melhor, uma vez que o ócio era avesso a sua natureza, Paulette destinara a si própria a tarefa de supervisionar os jardins dos Burnham. Mas isso também não se mostrou um negócio simples, pois o Head Malley, ou chefe dos mali, deixara claro sem titubear que não receberia de bom grado instruções de uma garota da sua idade. Foi contra suas objeções que ela havia plantado uma chalta junto à chabutra, e somente com a maior dificuldade levara a melhor sobre ele para plantar um par de latanias em um canteiro no passeio principal:

essas palmeiras, uma das plantas de que seu pai mais gostava, eram outro elo tênue com seu passado.

Um dos motivos pelos quais Paulette se pegava tantas vezes mergulhando em um estado de melancolia era o de que ainda não fora capaz de encontrar uma maneira de ser devidamente útil para seus benfeitores. Agora, justo quando uma onda de desespero começava a tomar conta, Paulette era arrancada de seu desalento pelo som urgente de cascos e rodas esmagando de forma estrepitosa os conkers do passeio de cascalho que conduzia à entrada principal de Bethel. Olhou para o céu e viu que a escuridão da noite começara a ceder terreno para os primeiros veios róseos da aurora: mas, mesmo assim, era cedo demais para visitas. Abrindo a porta, atravessou o vestíbulo diante de seu quarto e destrancou uma janela no outro lado da casa. Chegou bem a tempo de ver o veículo parando no pórtico da mansão Burnham: era um caranchie, um arremedo de coche construído com partes usadas de uma antiga carruagem. Esses coches modestos eram comuns nas áreas bengalis da cidade, mas Paulette não conseguia se lembrar de algum dia ter visto um em Bethel; certamente, seria o primeiro a estacionar diante da entrada principal da casa. Enquanto ela olhava lá de cima, um homem vestido em kurta e dhoti desceu e se curvou para dar uma cusparada de paan num canteiro de darlingtônias: Paulette viu de relance o cabelo preso em trança pendendo de uma enorme cabeça e soube que o visitante era Baboo Nobokrishna Panda, o gomusta de Mister Burnham — o agente responsável pelas remessas de trabalhadores migrantes. Paulette o vira pela casa algumas vezes, em geral carregando pilhas de papéis para o exame de Mister Burnham, mas nunca antes ele aparecera tão cedo, nem tampouco tivera a coragem de entrar com seu caranchie pelo passeio principal, chegando até a porta da frente.

Paulette adivinhou que não haveria ninguém para receber Baboo àquela hora: era o único momento do dia em que os durwauns externos sem dúvida estariam dormindo, enquanto os khidmutgars internos ainda não teriam se levantado de suas charpoys. Sempre ansiosa por se mostrar útil, ela desceu correndo a escada e, após uma breve luta com os fechos de latão, empurrou a durwauza para dar com o gomusta à espera do lado de fora.

O gomusta era um homem de meia-idade, de bochechas caídas como que sob o peso da melancolia; era dotado de uma cintura robusta, com orelhas escuras e informes que despontavam de sua imensa cabeça como uma colônia de fungos crescida em uma rocha musguenta. Embora ainda tivesse cabelos por toda a cabeça, sua fronte era inteiramente raspada, enquanto as madeixas na parte posterior eram trançadas em um longo e sacerdotal tikki. O Baboo ficou claramente surpreso de vê-la e, ainda que sorrisse e baixasse a cabeça, em um gesto ao mesmo tempo de saudação e submissão, ela captou um quê hesitante em seus modos e adivinhou que tinha alguma coisa a ver com a incerteza sobre a condição da moça: deveria ela ser tratada como uma extensão da família Burnham ou como uma empregada ou dependente, não diferente dele próprio? A fim de deixá-lo à vontade, ela uniu as mãos à maneira indiana, e já ia dizendo em bengali — Nomoshkar Nobokrishno-babu — quando se lembrou, bem a tempo, que o gomusta preferia o inglês, e gostava que se dirigissem a ele pelo *anglice* de seu nome, que era Nob Kissin Pander.

"Por favor, entre, Baboo Nob Kissin", disse, afastando-se com uma larga passada da porta para permitir sua passagem. Notando as três linhas de pasta de sândalo em sua testa, rapidamente baixou a mão que quase oferecera em saudação: o gomusta era um seguidor fervoroso de Sri Krishna, lembrou, e como um devoto celibatário, muito provavelmente olharia torto para o contato com uma mulher.

"Miss Lambert, senhorita está bem hoje?", disse, quando entrou, com uma mesura e balançando a cabeça, ao mesmo tempo em que recuava para manter uma distância segura de possíveis impurezas da pessoa de Paulette. "Gestos não foram soltos, espero?"

"Oh, não, Baboo Nob Kissin. Eu vou muito boa. E o senhor?"

"Vim correndo como o quê", disse. "Mestre disse apenas para alcançar mensagem — seu caique-boat é necessário urgentemente."

Paulette balançou a cabeça. "Vou dar notícia para os barqueiros."

"Isso será muito apreciado."

Olhando por sobre o ombro, Paulette notou que um khidmutgar entrara na casa. Ela o mandou alertar os barqueiros e conduzir Baboo Nob Kissin para a pequena sala de espera onde visitantes e pedintes em geral sentavam à espera de serem admitidos na presença de Mister Burnham.

"Talvez prefira esperar aqui até o barco estar aprontado?", ela disse. Estava fechando a porta quando notou, de certo modo para seu alarme, que a expressão do gomusta mudara: expondo os dentes em um sorriso, ele abanou a cabeça de tal modo que seu tikki ficou balançando.

"Oh, Miss Lambert", disse, numa voz estranhamente intensa, "tantas vezes eu venho para Bethel e sempre eu estou querendo encontrar e levantar um assunto. Mas senhorita nunca fica sozinha comigo um minuto — como começar discussões?"

Ela recuou, alarmada. "Mas Baboo Nob Kissin", disse. "Se tem alguma coisa que o senhor tem desejo de dizer, certamente isso pode ser dito tudo em aberto?"

"Isso só senhorita pode ser julgadora, Miss Lambert", disse, e seu tikki dançou de maneira tão cômica que Paulette teve de morder o lábio para reprimir uma risada.

Paulette não era a única a ver qualquer coisa de absurda no gomusta: muitos anos e milhares de quilômetros mais tarde, quando Baboo Nob Kissin Pander acabou indo parar no santuário de Deeti, sua imagem foi a única a ser representada como uma caricatura, uma grande cabeça de batata de onde se projetavam duas orelhas como samambaias. Contudo, Nob Kissin Pander era sempre cheio de surpresas, como Paulette estava em vias de descobrir. Agora, do bolso de seu paletó preto, ele puxou um pequeno objeto embrulhado em tecido. "Só um minuto, Miss: então senhorita dekho."

Com o pacote na palma da mão, ele começou a abrir as dobras, muito meticulosamente, usando apenas as pontas dos dedos, sem em nenhum momento tocar o próprio objeto. Quando o embrulho foi desfeito e o objeto ficou aninhado em seu leito de tecido, ele estendeu a mão na direção de Paulette, movendo o braço vagarosamente, como a lembrá-la de que não deveria se aproximar demais: "Gentileza não pegar." A despeito da distância, Paulette reconheceu instantaneamente o rosto minúsculo que lhe sorria do medalhão emoldurado em ouro na palma da mão do gomusta; era a miniatura esmaltada de uma mulher com cabelo escuro e olhos cinzas — sua mãe, que ela perdera no preciso instante de seu nascimento e de quem não possuía qualquer outra lembrança ou imagem.

Paulette olhou para o gomusta em confusão: "Mas Baboo Nob Kissin!" Após a morte de seu pai, ela havia procurado a joia por toda a parte, sem sucesso, e chegara à conclusão de que fora roubada, em meio ao caos que se abateu sobre a casa após o súbito falecimento. "Mas como você que encontrou isso? Onde?"

"Lambert-sahib somente deu", disse o gomusta. "Apenas uma semana antes de mudar para morada celestial. Suas condições eram extremamente periclitantes; mãos tremiam como qualquer coisa e língua branca também. Constipação rigorosa devia estar tendo ali, mas assim mesmo ele alcançando meu daftar, em Kidderpore. Imagine só!"

Ela se lembrou do dia com uma clareza de detalhes que levou lágrimas aos seus olhos: seu pai lhe pedira para chamar Jodu com seu barco e quando ela perguntou por que, a resposta foi que tinha negócios a tratar na cidade e que precisava atravessar o rio. Ela quisera saber que negócios podia eventualmente ter que não pudesse ficar sabendo, mas ele não respondeu, insistindo em que chamasse Jodu. Ela ficara olhando enquanto o barco de Jodu cruzava lentamente o rio: quando estavam quase do outro lado, ficou surpresa em descobrir que não se dirigiam para o centro da cidade, mas para as docas em Kidderpore. Que negócios podia ele ter ali? Ela não conseguia imaginar, e ele nunca respondeu suas perguntas a esse respeito; Jodu tampouco pôde fazer o que quer que fosse para esclarecê-la, após seu regresso. Tudo que foi capaz de dizer era que seu pai o mandara esperar no barco, para desaparecer dentro do bazar.

"Essa vez não foi primeira em meu aposento", disse o gomusta. "Como tal, muitos sahibs e mems aparecem quando alguns fundos são precisados. Eles dão um pouco de joias e peças baratas para vender. Lambert-sahib concedeu graça de sua presença só duas-três vezes, mas ele não como outros — loocher, jogador ou shrubber, nada disso. Para ele, dificuldade era ser bom coração demais, o tempo todo cedendo caridades e fundos. Natural que muitos patifes tiram vantagem..."

Essa descrição não era injusta nem imprecisa, sabia Paulette, mas não era assim que queria se lembrar do pai: pois é claro que a grande maioria dos que extraíram benefício de sua bondade eram pessoas desesperadamente necessitadas — desamparados e menores abandonados, carregadores inválidos por causa do trabalho e barqueiros que haviam perdido seus barcos. E mesmo agora, depois de ter ido parar aos cuidados de pessoas que eram, afinal de contas, estranhos, por mais bondosas que fossem, era incapaz de censurar o pai pela maior de suas virtudes, aquela que mais estimara nele. Mas sim, isso também era verdade, e não havia como negar, que os seus teriam se saído de outra forma caso ele houvesse — como a maioria dos europeus na cidade — se inclinado pelo próprio enriquecimento.

"Lambert-sahib sempre discutir comigo em bangla", continuou o gomusta. "Mas eu sempre responder em inglês castiço."

Mas então, como que contradizendo sua própria afirmação, ele surpreendeu Paulette mudando para o bengali. Ao trocar de língua, ela observou, o peso da preocupação pareceu abandonar seu rosto imenso, caído: *Shunun*. Escute: quando seu pai vinha atrás de mim por causa de dinheiro, eu sabia, mesmo sem que dissesse, que pretendia dá-lo a algum mendigo ou aleijado. Eu costumava dizer: "Arre Lambert-sahib, já vi muito cristão tentando comprar seu caminho para o céu, mas nunca vi um que tentasse com tanto afinco quanto o senhor." Ele ria como uma criança — gostava de rir, seu pai —, mas não riu dessa vez. Dessa vez não houve risadas, e mal disse palavra antes de esticar a mão e pedir: Quanto você me daria por isso, Nob Kissin Baboo? Soube na hora que o objeto era de grande valor para ele; dava para perceber pelo modo como segurava — mas, claro, tal é a desgraça desses tempos, que as coisas que têm valor para nós não necessariamente tenham para o mundo em geral. Sem desejar desapontá-lo, eu disse: "Lambert-sahib, diga-me, para que é o dinheiro? De quanto precisa?" "Não muito", foi sua resposta, "só o suficiente para uma passagem de volta para a França". Eu disse, surpreso: "Para o senhor, Lambert-sahib?" Ele abanou a cabeça. "Não", disse, "para minha filha, Putli. Caso aconteça alguma coisa comigo. Quero ter certeza de que poderá dispor dos meios necessários para voltar. Sem mim, esta cidade não será lugar para ela".

O punho do gomusta se fechou sobre o medalhão quando ele parou de falar para olhar o relógio outra vez. Seu pai, Miss Lambert — como conhecia bem nossa língua. Eu costumava ficar maravilhado ouvindo-o falar...

Mas agora, ainda com o gomusta continuando nos mesmos tons melodiosos, Paulette escutava suas palavras como se estivessem sendo ditas por seu pai, em francês: ... uma criança da Natureza, isso é que ela é, minha filha Paulette. Como sabe, eduquei-a eu mesmo, na inocente tranquilidade dos Botanical Gardens. Não teve outro professor além de mim, e não prestou reverência em outro altar que não o da Natureza; as árvores foram sua Escritura e a Terra, sua Revelação. Nada conheceu além de Amor, Igualdade e Liberdade: eu a criei para que se rejubilasse naquele estado de liberdade que é a própria Natureza. Se permanecer ali, nas colônias, mais particularmente em uma cidade como essa, onde a Europa esconde sua vergonha e sua ganância, tudo que a espera é a degradação: os brancos desta cidade vão fazê-la em pedaços, como abutres e raposas batendo-se por um cadáver. Ela será uma inocente jogada aos cambistas que se fazem passar por homens de Deus...

"Chega!" Paulette levou as mãos aos ouvidos, como que para silenciar a voz do pai. Como ele estava enganado! Como sempre se equivocara na opinião que fazia dela, tornando-a algo que ele próprio queria ser, em vez de enxergá-la como a criatura comum que era. Contudo, mesmo irritando-se com seu juízo, os olhos de Paulette se umedeceram ao pensamento daqueles anos de infância, quando ela e seu pai tinham vivido com Jodu e Tantima, como se seu bangalô fosse uma ilha de inocência em um mar de corrupção.

Ela abanou a cabeça, como que para se livrar de um sonho: Então, o que disse a ele, Nob Kissin Baboo — sobre o valor do medalhão?

O gomusta sorriu, puxando seu tikki. "Após cuidadosas considerações esclareci que passagem para França, mesmo em pior acomodação, ia definitivamente custar maior que este medalhão. Talvez dois-três itens parecidos seriam requisitados. Pelo valor deste aqui ele podia enviar só para *Mareech-díp*."

Mareech-díp? Ela franziu as sobrancelhas, perguntando-se que lugar poderia ter em mente: a expressão significava "ilha-pimenta", mas ela nunca a ouvira sendo usada antes. Onde é isso?

"As Mauritius Islands, eles chamam em inglês."

Oh, les îles Maurice?, exclamou Paulette. "Mas foi onde minha mãe nasceu."

"Isso o que ele contou", disse o gomusta, com um leve sorriso. "Ele disse: Deixe Paulette ir para Maurício — é como seu lugar-nativo. Lá ela conseguir lidar com alegrias e agonias da vida."

E depois? Você deu o dinheiro a ele?

"Disse para voltar depois de alguns dias e fundos estariam lá. Mas como ele vai aparecer? Expirou, não, depois de uma semana?" O gomusta deu um suspiro. "Mesmo antes eu podia já dizer que suas condições eram periclitantes. Olhos estavam vermelhos e língua estava cor esbranquiçada, indicando bloqueio de movimentos nos intestinos. Aconselhei ele: Lambert-sahib, apenas por uns dias, gentileza abster de ingerir carne — fezes vegetarianas mais fácil de passar. Mas sem dúvida ele ignorou, levando no fim a falecimento. Depois disso eu tive dificuldades demais em obter item de volta. O prestamista já entregara em casa de penhor; e assim por diante. Mas como vê, agora é outra vez em minha posse."

Só agora ocorria a Paulette que ele não tinha necessidade de ter lhe contado nada disso: podia ter guardado o dinheiro para si e ela nunca teria ficado sabendo. "Sou realmente grata por trazer de volta o medalhão, Nob Kissin Babbo", disse. Impensadamente, estendeu a mão na direção de seu braço, apenas para vê-lo recuar como diante de uma serpente sibilante. "Eu não sei mesmo como remercier."

A cabeça do gomusta se aprumou de indignação e ele passou de novo ao bengali: O que acha, Miss Lambert? Acha que eu ficaria com algo que não me pertence? Posso ser um homem de comércio a seus olhos, senhorita — e nesses tempos desgraçados, quem não é? —, mas está ciente de que onze gerações de meus ancestrais foram pandas em um dos mais famosos templos de Nabadwip? Um de meus ancestrais foi iniciado no amor de Krishna pelo Shri Chaitanya em pessoa. Eu fui o único incapaz de cumprir meu destino: esse é meu infortúnio...

"Mesmo hoje procuro lorde Krishna à esquerda e à direita", continuou o gomusta. "Mas que fazer? Ele não me concede atenção..."

Mas mesmo quando ele estendia sua mão na direção da palma da mão aberta de Paulette, o gomusta hesitou e recolheu o braço. "E a vantagem? Sou parco de meios, Miss Lambert, e estou guardando para propósito mais elevado — construir templo."

"Terá o seu dinheiro, jamais tema", disse Paulette. Viu uma expressão de dúvida surgir nos olhos do gomusta, como se ele já estivesse começando a repensar sua generosidade. "Mas precisa permitir que eu tenha medalhão: é o único retrato de minha mãe."

Agora, distante, ela escutou passos, que sabia ser o som do khidmutgar voltando da garagem de barcos. Isso a pôs subitamente desesperada, pois era muito importante para ela que ninguém em Bethel soubesse dessas relações entre ela e o gomusta de Mister Burnham — não porque extraísse qualquer prazer de enganar seu benfeitor, mas somente porque não desejava provê-los de qualquer argumento adicional para suas recorrentes acusações contra seu pai e seus modos ímpios, levianos. Ela baixou a voz e sussurrou urgentemente em inglês: "Por favor, Baboo Nob Kissin; por favor, eu suplico..."

Nisso, como que para lembrar a si mesmo de seus melhores instintos, o gomusta levou a mão ao seu tikki e deu um puxão. Então, abrindo os dedos, deixou que o medalhão embrulhado em tecido caísse nas mãos expectantes de Paulette. Ele deu um passo para trás bem no momento em que a porta se abriu para admitir o khidmutgar, que regressara para informá-los de que o barco estava a postos.

"Vamos, Baboo Nob Kissin", disse Paulete, fazendo um esforço para parecer alegre. "Vou acompanhar o senhor até a garagem de barcos. Vamos: para lá é dever ir!"

Enquanto caminhavam através da casa, na direção do jardim, Baboo Nob Kissin parou de repente junto a uma janela com vista para o rio: ergueu a mão para apontar e Paulette viu que um barco entrara na moldura retangular — a bandeira xadrez da firma Burnham era claramente visível no mastro principal.

"*Ibis* está aí!", exclamou Baboo Nob Kissin. "Finalmente, por Júpiter! Mestre esperando, esperando, o tempo todo quebrando minha cabeça e segurando pelo colarinho — por que meu navio não está vindo? Agora ele irá rejubilar-se."

Paulette empurrou uma porta e atravessou apressadamente o jardim até a margem do rio. Mister Burnham estava de pé no tombadilho da escuna, acenando triunfante com um chapéu na direção de Bethel. Ele foi respondido pela tripulação do caique, que acenou de volta na garagem de barcos.

Enquanto os homens acenavam, nos barcos e em terra, o olhar de Paulette vagou na direção do rio e recaiu sobre um dinghy que parecia ter se soltado das amarras: ele flutuava à deriva, sem ninguém ao leme. Colhido pela correnteza do rio, o barco fora puxado para o meio das águas e estava em rota de colisão com a escuna recém-chegada.

Paulette sentiu a respiração sufocar quando lançou um olhar mais detido: mesmo daquela distância, o barco parecia demais com o de Jodu. Claro que havia centenas de dinghys similares no Hooghly — contudo, havia apenas um que ela mesma conhecera intimamente: era o barco onde nascera e onde sua mãe havia morrido; era o barco no qual brincara na infância e no qual viajava com seu pai para coletar espécimes nos manguezais. Ela reconheceu o telhado de colmo, a curvatura da proa e a atarracada saliência da popa: não, não restava dúvida de que era o barco de Jodu, e estava a poucos metros do *Ibis*, em iminente perigo de ser abalroado por seu afiado cutwater.

Numa tentativa desesperada de evitar uma colisão, começou a mexer os braços no ar, gritando o mais alto que pôde. "Cuidado! Dekho! Dekho! *Attention!*"

Após semanas de angustiada vigília junto ao leito da mãe, Jodu pegara num sono tão profundo que não se deu conta de que o barco se desprendera de suas amarras e vagava pelo rio, na direção dos navios oceânicos que aproveitavam a maré e subiam para seguir caminho até Calcutá. O *Ibis* estava quase em cima dele quando os estalos do velacho o despertaram; a visão que se descortinou diante de seus olhos foi tão inesperada que não conseguiu reagir de imediato: continuou imobilizado no barco, os olhos fixos no bico protuberante da figura de proa esculpida da embarcação, que parecia agora rumar direto contra ele, como que para atacá-lo na água, tal qual uma presa.

    Deitado como estava, de costas sobre as ripas de bambu de seu dinghy, Jodu poderia perfeitamente ter passado por uma oferenda ao rio, flutuando numa jangada de folhas lançada por algum peregrino piedoso — entretanto, não deixou de reconhecer que aquela que se projetava contra ele não era uma embarcação ordinária, mas uma iskuner do novo tipo, uma "gosi ka jahaz", com um ringeen agil-peechil, em lugar das velas quadradas. Apenas o trikat-gavi estava aberto ao vento e fora esse distante retalho de lona que o despertara conforme se enfunava e esvaziava com a primeira brisa da manhã. Cerca de meia dúzia de lascares se aboletavam como pássaros no purwan transversal do trikat-dol, enquanto no tootuk abaixo o serang e os tindals acenavam como que tentando chamar a atenção de Jodu. Ele conseguia perceber, porque suas bocas estavam abertas, que eles também gritavam, embora nada do que dissessem fosse audível, graças ao ruído da onda gerada pelo taliyamar afiado do navio conforme cortava as águas.

    A iskuner também estava tão perto agora que ele podia ver a cintilação verde do cobre que revestia o talha-mar; conseguia ver até as conchas dos bichos-siyala que se agarravam à superfície úmida e coberta de limo da madeira. Se seu barco recebesse o impacto do taliyamar direto no flanco, iria se espatifar, ele sabia, como um feixe de gravetos atingido por um golpe de machado; ele mesmo seria tragado pela sucção da esteira. Esse tempo todo, o remo longo que servia de leme para o dinghy estava apenas a um passo e a uma esticada de braço de distância — mas no momento em que pulou para jogar o peso do corpo sobre o cabo, era tarde demais para alterar significativamente o curso do barco; ele conseguiu desviá-lo apenas o suficiente para que, em vez de ser atingido em cheio, o barco se chocasse repetidamente contra o casco do *Ibis*. O impacto fez o dinghy adernar, no exato momento em que a onda provocada pela proa do navio o atingia, como numa praia de rebentação; os cabos de cânhamo se partiram com a força da água e os toros se desmantelaram. Conforme o barco se desintegrava sob ele, Jodu conseguiu agarrar um dos toros; ele o abraçou com toda força enquanto submergia e depois voltava à tona. Quando a água escorreu de sua cabeça, pôde ver que flutuara quase até a popa do navio, junto com o restante dos destroços; agora podia sentir a poderosa sucção do awari começando a puxar o toro em que se segurava.

"Aqui! Aqui!", ouviu uma voz gritando em inglês e ergueu o rosto para ver um homem de cabelos cacheados, girando um cabo com um peso acima da cabeça. O cabo desceu serpenteando, e Jodu conseguiu se agarrar a ele bem no momento em que a popa passava, sugando os restos de seu barco sob a quilha. A turbulência o levou a rodopiar inúmeras vezes, mas fazendo com que o cabo se enrolasse firmemente em torno de seu corpo, de modo que quando o marinheiro começou a puxar, na outra ponta, seu corpo se libertou rapidamente da água e ele conseguiu usar os pés para subir derrapando pela lateral da iskuner até ultrapassar a amurada e desabar atabalhoadamente no tootuk de ré.

Deitado em cima das tábuas impecavelmente limpas, tossindo e engasgando, Jodu ficou consciente de uma voz, falando com ele em inglês, e ergueu os olhos para dar com o rosto de olhar brilhante do homem que lhe atirara o cabo. Estava ajoelhado a seu lado, dizendo qualquer coisa incompreensível; perfilados atrás dele assomavam as silhuetas de dois sahibs, um, alto e barbado, o outro, de larga cintura e longas suíças: este último munido de uma bengala, que batia nervosamente no tootuk. Paralisado como estava sob o escrutínio dos sahibs, Jodu se deu conta de repente de que estava nu, a não ser pela fina gamchha de algodão enrolada em torno da cintura. Encostando o peito nos joelhos, abraçou o próprio corpo numa postura protetora e tentou bloquear aquelas vozes que invadiam sua cabeça. Mas não tardou para que os escutasse chamando o nome de Serang Ali; então uma mão pousou em seu pescoço, forçando-o a erguer os olhos para um rosto austero e venerando com um esguio bigode.

Tera nám kyá? Qual é o seu nome? disse o serang.

Jodu, disse ele, e acrescentou rapidamente, para o caso de ter soado muito infantil: É como as pessoas me chamam, mas meu nome certo é Azad — Azad Naskar.

Zikri Malum sair e buscar roupas para você, continuou o serang em um hindustani estropiado. Você descendo para baixo convés e esperar. Não precisamos você para pisar em cima enquanto atracamos.

Mantendo a cabeça baixa, Jodu seguiu Serang Ali, deixando o convés de ré e passando diante da tripulação que o fitava fixamente, até chegarem ao alçapão que dava na entrecoberta. Aqui a dabusa, disse o serang. Ficar aí embaixo até mandar chamar.

Parado no limiar da dabusa, com os pés na escada, Jodu se deu conta do odor fétido, nauseabundo, que subia da escuridão abaixo: um cheiro ao mesmo tempo repulsivo e perturbador, familiar e irreconhecível, e que ficava cada vez mais forte conforme descia. Quando chegou ao último degrau, olhou em volta e viu que estava em um espaço pouco profundo e vazio, iluminado apenas pelo facho de luz que filtrava através do alçapão aberto. Embora da largura do navio, a dabusa transmitia uma sensação de aperto e sufocamento — em parte porque o teto mal ultrapassava a altura de um homem, mas também porque era dividida, por meio de balizas de madeira, em compartimentos abertos, como baias em um curral. Quando seus olhos se acostumaram à luz fraca, Jodu penetrou cauteloso em um desses recessos e na mesma hora deu uma topada de dedão contra uma pesada corrente de ferro. Caindo de joelhos, descobriu que havia diversas correntes como aquela no recesso, pregadas na viga do fundo: elas terminavam em fechos parecidos com braceletes, cada um dotado de um orifício, para cadeados. O peso e a massa das correntes fizeram Jodu ficar imaginando que tipo de carga poderiam controlar: ocorreu-lhe que talvez fossem destinadas a gado — e contudo o fedor que permeava aquele porão não era de vacas, cavalos ou cabras; estava mais para odor humano, composto de suor, urina, excremento e vômito; o cheiro impregnara tão profundamente as vigas que se tornara inerradicável. Ele apanhou uma das correntes e, examinando mais de perto o fecho parecido com bracelete, ficou convencido de que de fato fora planejado para um pulso ou tornozelo humano. Agora, passando as mãos pelo piso, observou que havia suaves depressões na madeira, de uma forma e tamanho que só poderiam ter sido feitas por seres humanos durante prolongados períodos de tempo. As depressões eram tão próximas umas das outras que sugeriam uma grande aglomeração de pessoas, espremidas muito junto, como mercadorias no balcão de um vendedor. Que tipo de embarcação estaria equipada e aparelhada para transportar seres humanos daquele jeito? E por que o serang mandara que ele, Jodu, descesse ali para esperar, longe das vistas de outras pessoas? De repente, ele se recordou de histórias, contadas no rio, de navios-demônios que desciam a costa para raptar povoados inteiros — as vítimas eram comidas vivas, ou assim diziam os rumores. Como uma invasão de fantasmas, apreensões inomináveis percorreram sua mente; ele se espremeu em um canto e ficou ali tremendo, caindo gradualmente em um estado de choque semelhante a um transe.

O encanto foi quebrado pelo som de alguém descendo pelo alçapão: Jodu focou seus olhos na escada, esperando ver Serang Ali — ou talvez o homem de cabelos cacheados que lhe atirara o cabo. Mas viu, em vez disso, a silhueta de uma mulher, trajando um vestido longo e escuro e um bonnet apertado que mantinha seu rosto oculto. O pensamento de ser descoberto, quase nu, por essa memsahib desconhecida o induziu a se esgueirar rapidamente para outro recesso. Ele tentou se esconder espremendo o corpo rente ao costado, mas seu pé bateu em uma corrente, provocando um estrépito de ferro que reverberou pelo porão cavernoso. Jodu ficou paralisado quando o *tap-tap* dos sapatos da memsahib vieram em sua direção. De repente, ouviu seu nome ser chamado: Jodu? O sussurro ecoou no porão conforme o rosto protegido contornou uma viga e se aproximou: Jodu? A mulher parou para remover o bonnet, e ele se pegou fitando um rosto familiar.

Sou só eu, Putli. Paulette sorriu para o rosto de olhos arregalados e descrentes: Não diz nada?

Em sua cabine, no tombadilho, Zachary despejava a bolsa de marujo sobre o beliche, procurando roupas para dar a Jodu, quando, junto com o amontoado de banyans, camisas e calças, algo que havia muito tempo dera por perdido apareceu — sua pequena flauta irlandesa. Zachary sorriu ao pegá-la: aquilo excedia qualquer louvor, era como um sinal, um presságio de boas coisas por vir. Esquecendo tudo relacionado à missão que o levara à cabine, ele enfiou a flauta nos lábios e começou a tocar *Heave Away Cheerily*, uma de suas cantigas de bordo favoritas.

Foi essa canção, assim como o som do instrumento, que deteve a mão de Baboo Nob Kissin bem no momento em que ia bater na porta da cabine. Ele ficou paralisado, escutando atentamente, e logo cada palmo de pele em seu braço erguido se arrepiava todo.

Havia mais de um ano, desde a morte precoce da mulher que fora sua preceptora espiritual e Guru-ma, que o coração de Baboo Nob Kissin se enchera de sentimentos premonitórios: Ma Taramony, como era conhecida entre seus discípulos, prometera-lhe que seu despertar estava próximo e dissera-lhe que procurasse cuidadosamente por sinais, que iriam seguramente se manifestar nos lugares mais improváveis e nas formas mais inesperadas. Ele lhe prometera que faria tudo ao seu alcance para manter a mente aberta e os sentidos alertas, de modo que os sinais não lhe escapassem quando fossem revelados — contudo, agora, a despeito de todo seu empenho, ele não podia crer nas evidências de seus ouvidos. Era realmente uma flauta, o próprio instrumento do senhor Krishna, que começara a ser tocado, justo quando ele, Nob Kissin Pander, subiu à porta daquela cabine e ergueu sua mão? Parecia impossível, mas não havia como negar — assim como não havia como negar que a canção, embora em si não familiar, se adequasse ao gurjari, um dos ragas prediletos para entoar as canções do Senhor Escuro. Por tanto tempo, e tão ansiosamente, Baboo Nob Kissin esperou o sinal que agora, conforme a melodia soprada chegava ao fim e uma mão se fazia ouvir na maçaneta do lado de dentro, ele caía de joelhos e cobria os olhos, tremendo de medo do que estava na iminência de ser revelado.

E foi assim que Zachary por pouco não tropeçou no corpo ajoelhado do gomusta quando ia deixando sua cabine com um banyan e um par de calças enfiado sob o braço. "Ei!", ele disse, boquiaberto de surpresa com o homem robusto trajado em dhoti que se agachava na passagem com as mãos sobre os olhos. "O que diabos você está fazendo aí?"

Como as folhas de uma dessas plantas que encolhem, avessas ao toque, os dedos do gomusta entreabriram-se lentamente para permitir a plena visão da figura que aparecia diante dele. Sua primeira reação foi de decepção intensa: ele prestara muita atenção à advertência de sua preceptora de que a mensagem de despertar poderia ser entregue pelo menos provável dos mensageiros, mas ainda assim não conseguia acreditar que Krishna — cujo nome significa "negro" e cuja negrura tem sido celebrada em milhares de canções, poemas e nomes — escolheria como emissário alguém cujo semblante era de aspecto tão pálido, alguém que não exibia traço algum do matiz monçonal de Ghanshyam, o Senhor Escuro-Nuvem. E contudo, ainda que estivesse cedendo à decepção, Baboo Nob Kissin não pôde deixar de notar que o rosto era agradável, de modo algum inadequado a um emissário do Matador de Corações de Ordenhadeiras, e os olhos eram escuros e rápidos, de modo que não era forçar demais imaginá-los como pássaros noturnos bebendo na poça enluarada dos lábios sedentos de amor de uma donzela. E acaso não era, se não um sinal, então pelo menos um indício menor, que sua camiseta fosse amarelada, da mesma cor das roupas em que o Senhor Jubiloso, segundo era sabido, se entretinha com as jovens enamoradas de Brindavan? E era verdade também que sua camisa estava manchada de suor, como se dizia que o Krishna Descuidado ficava após a fadiga de um impetuoso intercurso amoroso. Podia ser então que aquele Rupa matizado de marfim era exatamente o que Ma Taramony advertira a ele: um Aspecto, embrulhado nos véus da ilusão pelo Divino Trocista, de modo a testar a qualidade da fé de seu devoto? Mas mesmo assim, decerto haveria algum sinal adicional, alguma outra marca...?

Os olhos protuberantes do gomusta saltaram ainda mais em seu crânio quando uma mão pálida desceu em sua direção para ajudá-lo a ficar de pé. Poderia isso ser um membro abençoado pelo Senhor Furta-Manteiga em pessoa? Apanhando a mão que lhe era oferecida, Baboo Nob Kissin a virou, examinando a palma, as linhas, os nós — mas em nenhuma parte havia traço visível de escuridão, exceto sob as unhas.

A intensidade desse exame, e os rolares de olhos que se fizeram acompanhar, deixaram Zachary um pouco alarmado. "Ei, pare com isso!", disse. "O que está olhando?"

Engolindo o próprio desapontamento, o gomusta soltou a mão. Não importava: se o Aspecto era quem ele pensava, então um sinal sem dúvida estaria oculto em alguma parte de sua pessoa — era apenas questão de adivinhar onde. Um pensamento lhe ocorreu: seria possível que, para compor a ilusão, o Mestre da Travessura escolhera dar a seu emissário um atributo que pertencia particularmente ao Senhor de Garganta Azul — Shiva Neel-Kunth?

Na urgência do momento, isso pareceu evidenciar-se por si mesmo para Nob Kissin Baboo: pondo-se de pé, trêmulo, o gomusta, num gesto abrupto, tentou agarrar o colarinho fechado da camisa de Zachary.

Assustado como ficou com o bote do gomusta, até que Zachary foi bem rápido em afastar sua mão com um tapa. "O que está tentando fazer?", exclamou com expressão enojada. "Você é maluco ou o quê?"

Castigado, o gomusta baixou as mãos. "Nada, senhor", ele disse, "só apenas procurando para ver se kunth é azul."

"Se o que é *como*?" Erguendo os punhos, Zachary aprumou os ombros. "Agora me dirige imprecações?"

O gomusta se encolheu de pavor, embasbacado com a destreza com que o Aspecto assumira a postura do Guerreiro. "Por favor, senhor — sem ofensa. Eu apenas contador de Burnham-sahib. Nome correto é Baboo Nob Kissin Pander."

"E o que está fazendo aqui no tombadilho?"

"Burra sahib mandou para pegar papéis do navio de sua bondosa pessoa. Diários de bordo, manifestos de tripulação, todo-tipo papéis exigidos para propósitos de segurança."

"Espere aqui", disse Zachary asperamente, entrando de volta em sua cabine. Ele já havia deixado os papéis preparados, de modo que não levou mais que alguns segundos para apanhá-los. "Aqui estão."

"Obrigado, senhor."

Zachary ficou desconcertado de notar que o gomusta continuava a examinar sua garganta com a intensidade de um estrangulador profissional. "Melhor tomar seu rumo, Pander", disse, curto e grosso. "Tenho outros assuntos com que me ocupar agora."

Na penumbra da dabusa, Jodu e Paulette se abraçavam com força, como haviam feito tantas vezes na infância, exceto pelo fato de que nunca haviam precisado fazê-lo contornando a barreira rígida e farfalhante de um vestido como o que ela usava nesse momento.

Ele raspou a aba de seu bonnet com a ponta da unha: Você está tão diferente...

Ele não esperava muito que o compreendesse, achando que devia ter perdido seu bengali desde a última vez em que a vira. Mas quando ela respondeu, foi na mesma língua: Acha que pareço diferente?, disse. Mas foi você que mudou. Onde esteve esse tempo todo?

Eu estava no vilarejo, disse. Com Ma. Ela estava muito doente.

Ela estremeceu de surpresa: Oh? E como está Tantima agora?

Ele enterrou o rosto em seu ombro, e ela sentiu um estremecimento percorrendo os tendões em suas costas. Subitamente alarmada, ela puxou seu corpo seminu ainda mais perto, tentando aquecê-lo com os braços. O pano de sua cintura continuava molhado, e ela sentiu a umidade penetrando nas dobras de seu vestido. Jodu!, disse. O que aconteceu? Tantima está bem? Me conte.

Ela morreu, disse Jodu, baixinho. Faz duas noites...

Morreu! Agora Paulette baixava a cabeça também, de modo que um tinha o nariz enterrado no pescoço do outro. Não acredito, sussurrou, enxugando os olhos contra a pele dele.

Ela pensou em você até o fim, disse Jodu, fungando. Você sempre...

Foi interrompido por uma tossida e um pigarro.

Paulette sentiu Jodu enrijecer mesmo antes que o som da intrusão chegasse a seus ouvidos. Libertando-se de seus braços, deu meia-volta e se viu frente a frente com um jovem de olhar penetrante e cabelos cacheados vestindo uma desbotada camisa amarela.

Zachary também foi pego completamente de surpresa, mas foi o primeiro a se recompor. "Como vai, Miss", disse, esticando a mão. "Sou Zachary Reid, segundo-imediato."

"Sou Paulette Lambert", ela conseguiu dizer, enquanto apertava sua mão. Depois, num arroubo confuso, acrescentou: "Testemunhei o infortúnio da terre e vim verificar o que aconteceu com a vítima infeliz. Eu estava muito concernida com seu destino..."

"Percebo", disse Zachary secamente.

Agora, olhando dentro dos olhos de Zachary, a cabeça de Paulette foi inundada de pensamentos descontrolados sobre o que devia estar pensando a seu respeito e o que Mister Burnham faria quando soubesse que sua aprendiz de memsahib fora surpreendida abraçada a um barqueiro nativo. Um atropelo de falsas justificativas invadiu sua mente: que desmaiara por causa do fedor da entrecoberta, que tropeçara na escuridão, mas nada disso seria tão convincente, ela sabia, quanto dizer que Jodu a atacara e a pegara desprevenida — algo que seria incapaz de fazer.

Mas, estranhamente, Zachary não pareceu inclinado a dar grande importância ao que vira: longe de dar vazão a uma explosão de afronta sahibista, passou calmamente à tarefa que o trouxera à entrecoberta, que foi entregar a Jodu um conjunto de roupas — uma camisa e um par de calças de lona.

Depois que Jodu se afastou para se trocar, foi Zachary quem interrompeu o silêncio constrangido: "Pelo que vejo é conhecida deste gawpus de um barqueiro?"

Diante disso, Paulette não foi capaz de verbalizar nenhuma das histórias que fervilhavam em sua cabeça. "Mister Reid", disse, "o senhor ficou sem dúvida chocado em me encontrar em um abraçamento de tal intimidade com um nativo. Mas asseguro que nada existe de comprometedor. Sou capaz de explanar tudo".

"Não é necessário", disse Zachary.

"Mas é de fato, devo explicação", disse. "Se não por outro motivo, então apenas para mostrar a profundidade de minha gratidão por salvá-lo. Sabe, Jodu, que foi resgatado, é o filho da mulher que me criou. Nosso crescimento foi juntos; é como meu irmão. Era como sua irmã que eu o apertava, pois sofreu uma grande perda. Ele é a única família que tenho neste mundo. Tudo isso parece estranho ao senhor, sem dúvida..."

"De modo algum", disse ele, abanando a cabeça. "Miss Lambert, sei perfeitamente como pode nascer uma ligação desse tipo."

Ela notou que havia um tremor em sua voz, como que indicando que sua história fizera vibrar um acorde nele. Ela pousou a mão em seu braço. "Mas por favor", disse, culpada, "não deve falar disso com outros. Há alguns, como sabe, que podem olhar torto para as chouteries de uma memsahib e um barqueiro".

"Sou bom em guardar segredo, Miss Lambert", ele disse. "Não vou sair fofocando por aí. Pode ter certeza disso."

Paulette escutou passos atrás de si e virou para dar com Jodu ali, vestido com um banyan azul de marinheiro e um par de velhas calças de lona. Era a primeira vez na vida que Paulette o vira com alguma outra coisa além de lungis e gamchhas, coletes e chadars — e, por estar olhando para ele com olhos renovados, ela viu quanto havia mudado desde a última vez: estava mais magro, mais alto, mais forte, e pôde notar em seu rosto uma sugestão do que quase se tornara, um homem, e assim necessariamente um estranho: isso foi profundamente perturbador, pois ela não podia imaginar que algum dia fosse conhecer alguém como conhecera Jodu. Em outras circunstâncias, teria começado na mesma hora a provocá-lo, com a peculiar brutalidade que sempre haviam reservado um ao outro, quando um dos dois dava sinais de dar um passo longe demais dos limites de seu universo íntimo: que cena teriam tido, uma feroz disputa de palavras cruéis e zombeteiras que teria terminado em tapas e arranhões — mas ali, constrangida pela presença de Zachary, tudo que pôde fazer foi sorrir e acenar com a cabeça.

Quanto a Jodu, seus olhos passaram do rosto de Paulette ao de Zachary, e ele percebeu na mesma hora, pela rigidez de suas atitudes, que alguma coisa significativa ocorrera entre eles. Tendo perdido tudo que possuía, ele não teve escrúpulos em usar a amizade recém-conquistada dos dois em proveito próprio. *O ké bol to ré*, disse em bengali para Paulete: Diga-lhe para encontrar um lugar para mim entre o lashkar deste navio. Diga-lhe que não tenho aonde ir, nenhum lugar onde viver — e que é culpa deles, por afundar meu barco...

Nisso Zachary interrompeu. "O que ele está dizendo?"

"Ele falou que gostaria de ganhar um lugar neste navio", disse Paulette. "Agora que seu barco foi destruído, não tem lugar para onde ir..."

Enquanto falava, suas mãos subiram para bulir com as fitas de seu bonnet: em seu embaraço, fazia uma figura tão cativante aos olhos ávidos de Zachary que não havia nada que não faria por ela naquele momento. Era, ele sabia, a dádiva prometida pela redescoberta de sua flauta, e se ela houvesse lhe pedido para se atirar a seus pés ou para correr e pular no rio, ele teria hesitado apenas para dizer: "Fique só olhando." Um rubor ansioso invadiu seu rosto quando disse: "Considere feito, senhorita: pode contar comigo. Vou conversar com nosso serang. Um lugar na tripulação não será difícil de arranjar."

Nesse momento, como que invocado à menção de seu posto, Serang Ali desceu a escada. Zachary não perdeu tempo em puxá-lo de lado: "Este sujeito aí está sem trabalho. Como nós o deixamos sem barco e lhe demos um caldo, acho que é nosso dever admiti-lo como grumete." Nisso, os olhos de Zachary voltaram a se fixar em Paulette, que exibiu para ele um sorriso agradecido. Nem isso, nem o sorrisinho envergonhado com que foi retribuído escaparam à atenção de Serang Ali; seus olhos se estreitaram, desconfiados.

"Malum tem coisa quebrada ali dentro?", disse. "Pra que querer este-algum rapaz? Ele blongi sujeito-bote — não consegue aprender pijjin-navio. Melhor bora chop-chop."

A voz de Zachary se endureceu. "Serang Ali", disse, asperamente; "não preciso ficar me explicando: prefiro que faça o que eu disse, por favor".

Os olhos de Serang Ali dardejaram ressentidos de Paulette para Jodu antes de acatar a ordem com relutância. "Sabbi. Fixee alla propa."

"Obrigado", disse Zachary com um aceno de cabeça, e seu queixo ficou erguido de orgulho quando Paulette deu um passo adiante para sussurrar em seu ouvido. "O senhor é muito gentil, Mister Reid. Sinto que devo dar uma explicação mais completa — por causa do que viu, eu e Jodu."

Ele sorriu de um modo que a deixou com as pernas bambas. "A senhorita não me deve explicação alguma", disse, calmamente.

"Mas talvez possamos conversar — como amigos, quem sabe?"

"Eu ficaria..."

Então subitamente a voz de Mister Doughty reverberou no porão: "Esse foi o gooby que você pescou na água hoje, Reid?" Seus olhos saltaram quando deparou com a forma recém-vestida de Jodu. "Ora, diabos me carreguem se o salafrário não espremeu seu aparelho de casório num par de calças? Olhem só pra ele, um pequeno cockup pelado nem a meio puhur atrás, e agora todo paramentado como um wordy-wallah!"

"Ah! Vejo que já se conheceram", disse Mister Burnham quando Zachary e Paulette emergiram da escotilha para o calor do convés banhado pelo sol.

"Já, senhor", disse Zachary, fazendo força para manter o olhar afastado de Paulette, que segurava o bonnet sobre o lugar onde seu vestido ficara úmido devido à tanga molhada de Jodu.

"Ótimo", disse Mister Burnham, esticando o braço para a escada que levava a seu caique. "E agora precisamos sair. Vamos indo — Doughty, Paulette. Você também, Baboo Nob Kissin."

À menção desse nome, Zachary olhou por sobre o ombro e ficou preocupado em ver que o gomusta cercara Serang Ali e conferenciava com ele de uma maneira tão furtiva, e com tantos olhares em sua direção, que não podia haver dúvida sobre o que conversavam. Mas a irritação com isso não foi suficiente para eclipsar seu prazer de apertar a mão de Paulette novamente. "Espero voltar a vê-la em breve, Miss Lambert", disse gentilmente conforme soltava seus dedos.

"Também eu, Mister Reid", ela disse, baixando os olhos. "Isso me deixaria com maior prazer."

Zachary permaneceu no convés até o caique sumir completamente de vista, tentando fixar na mente os contornos do rosto de Paulette, o som de sua voz, o aroma de folhas de seus cabelos. Não foi senão bem mais tarde que se lembrou de perguntar a Serang Ali sobre o teor de sua conversa com o gomusta: "Sobre o que aquele homem estava falando — como é o nome dele? Pander?"

Serang Ali lançou uma cusparada de desprezo por cima da amurada. "Aquele sujeito blongi muito-demais maluku", disse. "Quer sabbi coisa-bobagi."

"Como o quê?"

"Ele pergunta: Malum Zikri gosta leite? Gosta ghee? Uma vez já tem-roubado manteiga?"

"Manteiga?" Zachary começou a se perguntar se o gomusta não era algum tipo de investigador, checando algum relatório de provisões desviadas ou surrupiadas. Mas por que se preocupar justo com manteiga, e não com alguma outra coisa qualquer? "Por que diabos ele perguntou sobre isso?"

Serang Ali batucou na própria cabeça com os nós dos dedos. "Ele blongi muito-demais sujeito-atrevido."

"O que você falou pra ele?"

"Disse: como-maneira Malum Zikri bebi leite em navio? Como pega vaca no mar?"

"Foi só isso?"

Serang Ali abanou a cabeça. "Também pergunta — tem Malum já mudado cor uma-vez?"

"Mudar de cor?" As mãos de Zachary de repente apertaram com força a amurada. "O que diabos ele quis dizer?"

"Ele diz: Às vezes Malum Zikri vira azul, não?"

"E o que você disse?"

"Eu digo: maski, como-maneira Malum azul pode ser? Ele sahib não? Rosa, vermelho, tudo pode ser — mas azul não pode."

"Por que ele está fazendo todas essas perguntas?", disse Zachary. "O que está tramando?"

"Não precisa preocupação", disse Serang Ali. "Ele muito-demais maluku."

Zachary abanou a cabeça. "Não sei não", disse. "Pode ser que não seja tão tolo quanto você diz."

A intuição de Deeti de que seu marido não conseguiria voltar ao trabalho logo foi confirmada. A condição de Hukam Singh, após o ataque na fábrica, ficou tão enfraquecida que ele não teve forças para protestar nem quando ela sumiu com seu cachimbo e sua caixa. Mas em vez de ser o começo de uma melhora, a privação provocou uma mudança dramática para pior: ele não conseguia comer nem dormir e se sujava com tanta frequência que sua cama teve de ser deixada ao ar livre. Com a mente vagando, a consciência indo e vindo, fazia carrancas e resmungava numa fúria incoerente: Deeti sabia que, se tivesse forças, não pensaria duas vezes para matá-la.

Uma semana depois, o Holi chegou, mas não trouxe cores nem risos à casa de Deeti: com Hukam Singh murmurando deliriantemente em sua cama, ela não teve coragem de pôr o pé do lado de fora. Na casa de Chandan Singh, do outro lado do campo, as pessoas bebiam bhang e gritavam *"Holi hai!"*. Os gritos de alegria levaram Deeti a mandar a filha para lá, a fim de se juntar às comemorações — mas nem mesmo Kabutri tinha disposição para festejos e uma hora depois estava de volta.

Além de se manter com o ânimo elevado de modo a aliviar o sofrimento do marido, Deeti se esforçava por encontrar uma cura. Primeiro, mandou chamar uma ojha para exorcizar a casa e, quando isso não surtiu qualquer efeito, consultou um hakim, que ministrou remédios Yunani, e um vaid praticante da Ayurveda. Os médicos passaram longas horas sentados junto ao leito de Hukam Singh e consumiram grandes quantidades de satua e dalpuris; enterravam as pontas dos dedos nos pulsos finos como graveto do paciente e comentavam sua palidez; prescreviam remédios caros, feitos de folha de ouro e aparas de marfim, e para consegui-los Deeti viu-se obrigada a vender vários de seus braceletes e brincos de nariz. Quando os tratamentos fracassaram, confidenciaram secretamente que Hukam Singh não permaneceria muito mais tempo neste mundo, de um jeito ou de outro — por que não aliviar sua travessia proporcionando-lhe um pouco da droga pela qual seu corpo tanto ansiava? Deeti decidira nunca mais devolver o cachimbo de seu marido e permaneceu firme em sua resolução; mas cedeu um pouco na medida em que permitiu a ele mascar um bocado do ópio akbari diariamente. Essas doses não foram suficientes para deixá-lo de pé, mas de fato mitigaram seu sofrimento, e para Deeti foi um alívio olhar em seus olhos e saber que estava livre das dores terrenas desse mundo e que escapava para aquela outra realidade mais vívida, onde o Holi nunca cessava e a primavera chegava renovada todos os dias. Se isso era o que se exigia para adiar a perspectiva da viuvez, então não seria ela o tipo de mulher a fugir daquilo.

Nesse meio-tempo havia a colheita para cuidar: em um curto espaço de tempo cada papoula teria de ser individualmente cortada e ter sua seiva sangrada; a seiva coagulada depois deveria ser raspada e coletada em gharas cerâmicos, para o transporte até a fábrica. Era um trabalho lento, doloroso, impossível de ser realizado apenas por uma mulher e sua filha. Pouco disposta a requisitar a ajuda do cunhado, Deeti viu-se obrigada a contratar meia dúzia de trabalhadores, combinando de pagar em espécie quando a colheita houvesse terminado. Enquanto eles trabalhavam, ela geralmente tinha de ficar longe, cuidando do marido, e desse modo não podia supervisioná-los com todo o cuidado que gostaria: o resultado, como seria de se esperar, foi que sua contagem de potes cheios de látex ficou um terço abaixo de suas expectativas. Depois de pagar a mão de obra, ela decidiu que seria sensato confiar a entrega dos recipientes a alguma outra pessoa: mandou chamar Kalua e seu carro de bois.

A essa altura, Deeti abandonara a ideia de pagar por um novo telhado com o que recebesse pelas papoulas: teria se dado por satisfeita de ganhar o suficiente para obter mantimentos para a estação, com talvez um ou dois punhados de cauris para outras despesas. O melhor que podia esperar, ela sabia, era deixar a fábrica com algumas rupias de prata; com um pouco de sorte, dependendo dos preços no bazar, talvez ainda lhe restassem dois ou três dumrees de cobre — quem sabe até uma adhela, para gastar em um sari novo para Kabutri.

Mas uma dura surpresa a aguardava no Carcanna: depois de seus gharas de ópio terem sido pesados, contados e experimentados, mostraram a Deeti o livro contábil do lote de Hukam Singh. Revelou-se que no início da estação seu marido obtivera um adiantamento muito maior do que ela havia pensado: agora, os parcos ganhos mal bastavam para cobrir sua dívida. Ela ficou olhando descrente para as moedas baças que foram depositadas diante de si: *Aho se ka karwat?*, gemeu. Só seis dams pela safra toda? Não é suficiente para alimentar uma criança, quanto mais uma família.

O muharir atrás do balcão era um bengali, com pesados malares e carranca franzida como uma catarata. Não respondeu em seu bhojpuri nativo, mas em um hindi afetado e citadino: Faça o que os outros estão fazendo, disse rispidamente. Vá a um prestamista. Venda seus filhos. Mande-os para Mareech. Não é como se não tivesse escolha.

Não tenho filhos para vender, disse Deeti.

Então venda sua terra, disse o funcionário, ficando irritado. Sua gente vive aparecendo aqui e falando que está faminta, mas me diga, quem já viu um camponês morrer de fome? Vocês apenas gostam de se queixar, o tempo todo khichir-michir...

A caminho de casa, Deeti decidiu parar no bazar, de todo modo: tendo pago pelo carro de Kalua, não fazia sentido voltar sem qualquer provisão. Como descobriu, não foi capaz de comprar nada além de uma saca de dois maunds de arroz curto, trinta seers do dal arhar mais barato, uns poucos tolas de óleo de mostarda e alguns chittacks de sal. Sua frugalidade não passou despercebida do merceeiro, que por acaso era também um proeminente seth e prestamista. O que aconteceu-ji, oh minha cunhadinha?, disse, mostrando alguma preocupação. Precisa de algumas belas e brilhantes rupias benarsi para aguentar até a colheita de shravan?

Deeti resistiu à oferta até pensar em Kabutri: afinal, a menina tinha apenas mais alguns anos em casa — de que adiantaria obrigá-la a enfrentá-los passando fome? Acabou cedendo e concordou em gravar a impressão de seu polegar no livro-razão do seth em troca de seis meses de trigo, óleo e gurh. Somente quando ia saindo ocorreu-lhe perguntar quanto devia e quais eram os juros. As respostas do seth a deixaram sem ar: suas taxas eram tão altas que a dívida dobraria a cada seis meses;

em alguns anos, toda sua terra seria confiscada. Melhor se alimentar de mato que tomar um empréstimo daquele: tentou devolver os produtos, mas era tarde demais. Tenho sua impressão digital agora, disse o seth, triunfante. Não há mais nada a ser feito.

A caminho de casa, Deeti permaneceu curvada de preocupação e esqueceu do pagamento de Kalua. Quando se lembrou, ele já se fora havia muito tempo. Mas por que não a lembrara? As coisas teriam chegado a um ponto em que constituía objeto de pena de um proprietário de bois comedor de carniça?

Inevitavelmente, a notícia dos apuros de Deeti atravessou os campos e chegou aos ouvidos de Chandan Singh, que surgiu em sua porta com uma saca de nutritiva satua. Por consideração a sua filha, se não por sua própria, Deeti não pôde recusar, mas, uma vez tendo aceito, tampouco pôde fechar a porta para o cunhado com a mesma determinação de antes. Depois disso, sob o pretexto de visitar o irmão, Chandan Singh começou a invadir sua casa com cada vez mais frequência. Embora nunca antes houvesse mostrado o menor interesse pela condição de Hukam Singh, ele agora começava a insistir em seu direito de entrar na casa para sentar junto ao leito do irmão. Porém, assim que passava pela porta, não prestava atenção alguma ao irmão e tinha olhos apenas para Deeti: mesmo quando entrava esfregava sua mão contra a coxa dela. Sentado no leito do irmão, ficava olhando para ela e se acariciava por entre as pregas de seu dhoti; quando Deeti se ajoelhava para dar de comer a Hukam Singh, ele se curvava bem próximo a fim de roçar seus seios com os joelhos e os cotovelos. Essas investidas ficaram tão agressivas que Deeti começou a esconder uma pequena faca nas dobras de seu sari, temendo que quisesse avançar sobre ela, ali mesmo junto ao leito do marido.

O ataque, quando veio, não foi físico, mas antes uma confissão e uma argumentação. Ele a acuou no próprio quarto onde seu marido jazia deitado na cama. Escute-me: Kabutri-ki-ma, disse. Sabe muito bem como sua filha foi concebida — por que fingir? Sabe que não teria filhos hoje se não fosse por mim.

Fique quieto, ela exclamou. Não vou ouvir nem mais uma palavra.

É apenas a verdade. Fez um gesto de cabeça com desprezo na direção do irmão em seu leito. Ele era capaz de fazer isso naquela época tanto quanto seria hoje. Fui eu; ninguém mais. E é por isso que estou lhe dizendo: não seria o melhor para você fazer de livre vontade agora o que já fez antes sem ter conhecimento? Seu marido e eu somos irmãos, afinal, da mesma carne e do mesmo sangue. Que vergonha há nisso? Por que desperdiçar sua beleza e juventude com um homem incapaz de apreciá-las? Além do mais, resta pouco tempo de vida para seu marido — se conceber um filho enquanto ainda está vivo, ele será o herdeiro legítimo do pai. A terra de Hukam Singh passará para ele e ninguém terá o direito de disputá-la. Mas você sabe muito bem que no pé em que as coisas estão hoje, a terra de meu irmão e sua casa passarão para mim quando ele morrer. *Jekar khet, tekar dhán* — aquele que possui a terra, possui o arroz. Quando eu me tornar senhor desta casa, como vai se virar, a não ser pelo que bem me aprouver?

Com o dorso da mão, ele limpou os cantos da boca: Eis o que estou lhe dizendo, Kabutri-ki-ma: por que não fazer de bom grado agora o que será obrigada a fazer dentro de pouco tempo? Não percebe que o que lhe ofereço é a melhor esperança para o futuro? Se me fizer feliz, será bem amparada depois.

Havia uma parte da mente de Deeti que admitia a racionalidade da proposta — mas, a essa altura, seu ódio do cunhado chegara a tal nível que ela sabia que seria incapaz de fazer o próprio corpo obedecer os termos da barganha, mesmo que decidisse aquiescer a ela. Seguindo seus instintos, cravou o cotovelo no peito ossudo do rapaz e o empurrou para o lado; desnudando o rosto apenas o suficiente para expor os olhos, mordeu a ponta do sari, segurando-o obliquamente no rosto. Que tipo de demônio, disse, pode falar desse modo diante do próprio irmão moribundo? Escute minhas palavras: prefiro queimar na pira de meu marido a me entregar a você.

Ele recuou um passo, e sua boca pendente curvou-se em um sorriso de escárnio. Palavras são fáceis, disse. Acha que é simples para uma mulher indigna como você morrer como uma sati? Já esqueceu que seu corpo deixou de ser puro no dia do seu casamento?

Mais um motivo então, disse, para arder no fogo. E será mais fácil do que viver do modo como diz.

Lindas palavras, ele disse. Mas não conte comigo para impedi-la, se tentar fazer de si mesma uma sati. Por que deveria? Ter uma sati na família vai nos tornar famosos. Vamos construir um templo em sua homenagem e ficar ricos com as oferendas. Mas mulheres como você nada são além de palavras: quando chegar a hora, você vai fugir para sua família.

Dikhatwa! Vamos ver, ela disse, batendo a porta em sua cara.

Assim que a ideia foi plantada em sua mente, Deeti não pôde pensar em muita coisa mais: era mil vezes preferível morrer uma morte célebre do que depender de Chandan Singh, ou mesmo voltar a sua própria vila, vivendo seus dias como um vergonhoso fardo para seu irmão e seus parentes. Quanto mais pensava a respeito, mais se convencia de que era o caso — mesmo no que dizia respeito a Kabutri. Afinal, ela não estaria prometendo para sua filha uma vida melhor se permanecesse viva como concubina e "pertence" de um homem que não valia nada, como Chandan Singh. Precisamente por ele ser o pai natural de sua filha, jamais permitiria que a menina fosse igual a seus demais filhos — e a esposa dele faria tudo ao seu alcance para punir a criança por seu parentesco. Se permanecesse ali, Kabutri seria pouco mais que uma criada e empregada dos primos; mil vezes melhor mandá-la de volta para o vilarejo do irmão, para que fosse criada com os filhos dele — uma única criança não seria um fardo. Deeti sempre se dera bem com a cunhada e sabia que ela trataria bem sua filha. Quando encarado desse modo, parecia a Deeti que continuar vivendo nada mais seria que egoísmo — ela só podia ser um estorvo para a felicidade da filha.

Alguns dias mais tarde, com as condições de Hukam Singh ficando cada vez piores, ela soube que parentes distantes seus estavam viajando para o povoado onde nascera: eles concordaram prontamente quando lhes pediu para entregar sua filha na casa do irmão, Havildar Kesri Singh, o sipaio. O barco partiria dentro de algumas horas, e a pressão do tempo tornou possível para Deeti permanecer de olhos secos e composta quando amarrava para Kabutri umas poucas peças de roupa em uma trouxa. Entre as poucas joias remanescentes, havia um bracelete de tornozelo e uma pulseira: ela os pôs na filha, instruindo-a a entregá-los para a tia: Ela vai cuidar deles para você.

Kabutri estava radiante com a perspectiva de visitar os primos e em morar numa casa cheia de crianças. Quanto tempo vou ficar lá?, perguntou.

Até seu pai melhorar. Eu vou buscar você.

Quando o navio se afastou, com Kabutri a bordo, foi como se a derradeira ligação de Deeti com a vida houvesse sido cortada. A partir desse momento, ela não conheceu mais hesitação: com o zelo habitual, começou a fazer planos para seu próprio fim. De todas suas preocupações, talvez a menos premente fosse a de ser consumida pelo fogo da cremação: uns bocados de ópio, ela sabia, iriam deixá-la insensível à dor.

Sete

Bem antes de ter olhado os papéis que Zachary lhe dera, Baboo Nob Kissin sabia que forneceriam o sinal que ele precisava para confirmar o que já tinha claro em seu íntimo. Tamanha era sua confiança nisso que, ao voltar para Bethel em seu caranchie, ele já estava sonhando com o templo que prometera construir para Ma Taramony: ficaria à beira de um curso d'água e seria dotado de um pináculo altaneiro, cor de açafrão. Haveria um limiar amplo e pavimentado na frente, onde grande número de devotos poderia se reunir, dançar, cantar e prestar adoração.

Fora exatamente em um santuário assim que Nob Kissin Baboo passara grande parte de sua infância, cerca de cem quilômetros ao norte de Calcutá. O templo de sua família ficava na pequena cidade de Nabadwip, um centro de devoção e aprendizado consagrado à memória de Chaitanya Mahaprabhu — santo, místico e devoto de Sri Krishna. Dizia-se que um dos ancestrais do gomusta, onze gerações afastado, estivera entre os primeiros discípulos do santo: ele havia fundado o templo, que desde então permanecera entregue aos cuidados de seus descendentes. O próprio Nob Kissin outrora integrara a linha sucessória de seu tio na guarda do templo, e em sua infância fora cuidadosamente preparado para sua herança, recebendo uma completa educação em sânscrito e lógica, bem como na realização de ritos e rituais.

Quando Nob Kissin estava com catorze anos seu tio ficou doente. Chamando o rapaz ao seu leito, o velho lhe confiara um último dever — seus dias se aproximavam do fim, disse, e era seu desejo que sua jovem esposa, Taramony, fosse mandada para um ashram na cidade sagrada de Brindavan, a fim de passar sua viuvez: sendo a jornada difícil e perigosa, ele queria que Nob Kissin a escoltasse pessoalmente antes de assumir as obrigações no templo da família.

Será feito, disse Nob Kissin, tocando o pé de seu tio, não precisa dizer mais nada.

Alguns dias mais tarde, o velho morreu, e pouco depois Nob Kissin partiu para Brindavan com a tia viúva e um pequeno séquito de criados. Embora Nob Kissin já houvesse passado em muito a idade normal de se casar, continuava um brahmachari — um virginal celibatário —, como convinha a um aluno submetido aos rigores de uma educação à antiga. Acontecia que a viúva não era muito mais velha do que Nob Kissin, pois seu falecido marido a desposara apenas seis anos antes, em um derradeiro esforço de gerar um herdeiro. Ao longo desses anos, Nob Kissin raramente tivera ocasião de se encontrar ou conversar com sua tia, pois estava geralmente fora, vivendo com seus gurus, em seus tols, pathshalas e ashrams. Mas agora, com o grupo viajando lentamente na direção oeste, para Brindavan, o menino e sua tia viram-se inevitavelmente na companhia um do outro. Que sua tia era uma mulher de encanto e beleza incomuns, Nob Kissin sempre soubera, mas ele descobria agora, para seu espanto, que era também uma pessoa de extraordinária elevação espiritual, uma devota de um tipo que jamais conhecera antes: alguém que falava do Senhor Olho-de-Lótus como se houvesse vivenciado pessoalmente a graça de sua presença.

Como estudante e brahmachari, Nob Kissin fora treinado para manter a mente afastada de pensamentos sensuais; em sua educação, tamanha ênfase fora depositada na retenção de sêmen que raramente, se é que alguma vez acontecera, a imagem de uma mulher conseguira penetrar suas defesas mentais. Mas agora, rodando ruidosamente rumo a Brindavan, em uma sucessão de barcos e carroças, as defesas do rapaz desmoronaram. Nem uma única vez Taramony lhe permitiu tocá-la de modo não casto — contudo, na presença dela, todo seu corpo tremia; às vezes, sofria como que uma convulsão, deixando-o mergulhado em vergonha. No início, ele ficava meramente confuso, e não conseguia pensar em nenhuma palavra para descrever o que lhe sucedia. Então ele compreendeu que o que sentia pela tia não era senão uma versão profana do que ela própria sentia pelo divino amante de suas visões; compreendeu também que somente ficando sob sua tutela ele poderia se curar desses desejos mundanos.

Jamais poderei sair de seu lado, disse-lhe. Não posso abandoná-la em Brindavan. Prefiro morrer.

Ela riu e lhe disse que era um sujeito tolo e presunçoso; Krishna era seu único homem, disse, o único amor que jamais teria.

Não importa, ele disse. *Você* será meu Krishna e eu serei seu Radha.

Ela disse, incrédula: E você vai viver comigo sem me tocar, sem conhecer meu corpo, sem conhecer outra mulher?

Sim, ele disse. Não é assim que se passa entre você e Krishna? Não fora assim com Mahaprabhu?

E quanto a crianças?

Acaso Radha tem crianças? E algum dos santos Vaishnav?

E seus deveres para com a sua família? Com o templo? E quanto a tudo isso?

Não me importo nem um pouco com tais coisas, disse. *Você vai ser meu templo e eu serei seu sacerdote, seu adorador, seu devoto.*

Quando chegaram à cidade de Gaya, ela deu seu consentimento: escapando dos empregados, fizeram meia-volta e seguiram caminho para Calcutá.

Embora nenhum dos dois tivesse estado na cidade antes, não se encontravam destituídos de recursos. Nob Kissin ainda tinha os fundos da viagem em sua posse, bem como a prata destinada a servir de dote para o encarceramento de Taramony em Brindavan. Juntando tudo, a soma era bastante substancial, e lhes permitiu alugar uma pequena casa em Ahiritola, um barato bairro à beira d'água em Calcutá: ali eles fixaram sua residência, sem fingir ser nada que não fossem de fato, uma viúva vivendo com seu sobrinho. Nenhum escândalo jamais recaiu sobre eles, pois a santidade de Taramony era tão patentemente evidente que logo ela atraiu um pequeno círculo de devotos e seguidores. Não havia nada que Nob Kissin teria gostado mais do que se juntar ao seu círculo: chamá-la de "Ma", ser aceito como um discípulo, passar seus dias recebendo instrução espiritual dela — isso era tudo que queria, mas ela não iria permitir. Você é diferente dos outros, ela lhe disse, a sua missão é diferente; você deve correr mundo e ganhar dinheiro — não apenas para nos manter, mas como um dote para o templo que você e eu vamos construir um dia.

A um pedido seu, Nob Kissin partiu para a cidade onde sua perspicácia e inteligência não passaram muito tempo sem se fazer notar. Enquanto trabalhava no balcão de um prestamista, em Rajabazar, ele descobriu que contabilidade não era nenhum grande desafio para alguém com a sua educação; após tê-la dominado, decidiu que sua melhor esperança de progresso residia em encontrar um lugar numa das inúmeras firmas inglesas da cidade. Com esse intento, passou a frequentar reuniões de instrução na casa de um dubash tâmil — um tradutor que trabalhava para a Gillanders & Company, uma grande representação mercantil. Rapidamente, destacou-se como um dos melhores alunos do grupo, encadeando sequências com uma fluência que espantou não só seu mestre como também seus colegas.

Uma recomendação levou à outra e um trabalho ao seguinte: começando como serishta na Gillanders, Nob Kissin subiu na carreira para se tornar, sucessivamente, um carcoon na fábrica Swinhoe, um cranny na Jardine & Matheson, um munshi na Ferguson Bros., e um mootsuddy na Smoult & Sons. Foi dali que ele acabou chegando aos escritórios da Burnham Bros., onde subiu rapidamente ao posto de gomusta e ficou encarregado do envio de trabalhadores migrantes.

Não era apenas por seu discernimento e fluência em inglês que os patrões de Baboo Nob Kissin valorizavam seus serviços: eles apreciavam também sua vontade de agradar e sua tolerância aparentemente ilimitada aos maus-tratos. Ao contrário de muitos outros, ele nunca se ofendia se um sahib o chamava de gubberhead com merda na cabeça, ou se comparava seu rosto a um cu de bandar; se arremessavam sapatos ou pesos de papel em sua direção, ele simplesmente dava um passo para o lado, mostrando surpreendente agilidade para um homem de seu peso e circunferência. Insultos ele os suportava com um sorriso distanciado, quase compassivo: a única coisa que o tirava do sério era ser tocado pelos sapatos ou pés de seu empregador — o que dificilmente constituía motivo de espanto, uma vez que tais gestos exigiam a inconveniência de um banho e uma troca de roupa. Na verdade, por duas vezes ele mudou de emprego para se livrar de patrões demasiadamente afeitos a distribuir pontapés entre seus subalternos. Essa também era uma das razões pelas quais ele achava sua presente situação particularmente conveniente: Mister Burnham podia ser um homem de difícil trato e um capataz muito duro, mas nunca chutava nem batia nos empregados e raramente praguejava. Era verdade que costumava caçoar de seu gomusta chamando-o de "meu Nut-Kissing Baboon"* e coisas assim, mas em geral tomava o cuidado de evitar tais familiaridades na presença de outros — e ser chamado de "babuíno", em todo caso, não era algo a que Baboo Nob Kissin podia de fato fazer objeção, uma vez que essa criatura nada mais era que um avatar do senhor Hanuman.

Embora promovendo os interesses de seu empregador, Baboo Nob Kissin não se furtava a perseguir algumas oportunidades em proveito próprio. Uma vez que grande parte de seu trabalho consistia em agir como intermediário e facilitador, ele conquistara, com o tempo, um amplo círculo de amigos e conhecidos, muitos dos quais depo-

---

* Algo como "Babuíno Beija-Cachola". (N. do T.)

sitavam sua confiança nele em questões financeiras e pessoais. Com o tempo, seu papel de conselheiro transformou-se em uma próspera operação de empréstimos, geralmente utilizada por gente bem-nascida necessitando de uma fonte de financiamento discreta e confiável. Havia alguns também que o procuravam para pedir ajuda em questões de foro ainda mais íntimo: abstêmio em todas as coisas exceto comida, Baboo Nob Kissin encarava o apetite carnal de outros com a curiosidade distanciada com que um astrólogo observa os movimentos das estrelas. Era de uma atenção a toda prova com as mulheres que recorriam a sua assistência — e elas por sua vez o achavam de fácil confiança, sabendo que sua devoção a Taramony o impediria de extorquir favores para si mesmo. Foi desse modo que Elokeshi passara a enxergá-lo como um tio indulgente e bondoso.

Contudo, apesar de todo seu sucesso, havia uma grande tristeza na vida do gomusta: a experiência de amor divino que tivera esperança de atingir com Taramony fora-lhe negada pelas exigências prementes de sua carreira. A casa que dividia com ela era grande e confortável, mas, quando voltava para lá, ao final do dia, era normalmente para vê-la cercada por um grupo de discípulos e devotos. Esses parasitas ficavam até tarde da noite e pela manhã, quando o gomusta saía para o daftar, sua tia estava quase sempre dormindo.

Trabalhei muito duro, ele lhe dizia; consegui muito dinheiro. Quando vai me liberar dessa vida mundana? Quando será o momento de construir nosso templo?

Logo, logo, ela respondia. Mas ainda não. Quando o momento chegar, você saberá.

Assim prometia, e Baboo Nob Kissin aceitava sem questionar que ambos seriam redimidos em um tempo de sua escolha. Mas de repente, um dia, com o templo ainda por construir, ela foi acometida de uma febre devastadora. Pela primeira vez em duas décadas, Baboo Nob Kissin parou de sair para o trabalho; ele baniu os discípulos e puxa-sacos de Ma Taramony de sua casa e passou a cuidar pessoalmente dela. Quando viu que sua devoção era sem efeito contra a doença, implorou: Leve-me com você; não me abandone para viver sozinho neste mundo. Além de você não há mais nada de valor para mim em minha vida; é um vazio, um vácuo, uma eternidade de tempo vão. O que farei neste mundo sem você?

Você não vai ficar sozinho, ela lhe prometeu. E seu trabalho neste mundo ainda não foi feito. Você deve se preparar — pois seu corpo será o veículo de meu regresso. Chegará o dia em que meu espírito se manifestará em você, e então nós dois, unidos pelo amor de Krishna, atingiremos a mais perfeita união — você se tornará Taramony.

Suas palavras provocaram uma irrefreável onda de esperança em seu coração. Quando esse dia chegará?, gemeu. Como vou saber?

Haverá sinais, ela disse. Precisa manter atenta vigilância, pois os indícios podem ser obscuros e inesperados. Mas quando se mostrarem, não deve hesitar ou dar para trás: deve segui-los aonde quer que os levem, mesmo que seja através do oceano.

Você me dá sua palavra?, ele disse, tombando de joelhos. Promete que não será tempo demais?

Tem minha palavra, ela respondeu. Chegará o dia que verterei meu ser dentro de você: mas, até lá, tem de ser paciente.

Quanto tempo se passou desde então! Nove anos e cinquenta semanas o separavam do dia de sua morte e ele continuara a viver sua vida costumeira, trajado com a roupagem de um ocupado gomusta, trabalhando cada vez mais duro, mesmo que estivesse cada vez mais farto do mundo e sua faina. Quando o décimo aniversário de sua morte se aproximava, ele havia começado a temer por sua razão e tomara a decisão de que, se o dia transcorresse sem a manifestação de qualquer sinal, então renunciaria ao mundo e iria para Brindavan viver como um mendigo. E ao fazer esse juramento, ficou convencido de que o momento estava próximo, que a manifestação estava a caminho. Sua certeza disso cresceu a tal ponto que doravante não sentiu mais qualquer ansiedade ou inquietação: foi num ritmo calmo e tranquilo que desceu de seu caranchie e carregou os livros do navio para sua casa vazia e silenciosa. Esparramando os papéis sobre a cama, folheou-os um a um até encontrar o manifesto da tripulação original da escuna. Quando finalmente viu a anotação ao lado do nome de Zachary — "Negro" —, não emitiu nenhum grito descontrolado de alegria — foi antes com um silencioso suspiro de regozijo que deteve seus olhos na palavra rabiscada que revelava a mão do Senhor Escuro. Era a confirmação de que necessitava, tinha certeza — assim como tinha certeza, também, de que o próprio mensageiro nada sabia de sua missão. Acaso sabe o envelope o que está contido na carta que vai dobrada dentro dele? Uma folha de papel tem consciência do que está escrito sobre si? Não, os sinais estavam contidos na transformação que fora operada durante a viagem: era o próprio fato da mutabilidade do mundo que provava a presença da ilusão divina, da leela de Sri Krishna.

Separando o manifesto dos demais papéis, Baboo Nob Kissin o levou para um almirah e o guardou ali dentro. No dia seguinte ele o enrolaria bem apertado e o levaria para um artífice de cobre, para encerrá-lo em um amuleto, de modo que pudesse ser usado como um colar. Se Mister Burnham perguntasse pelo manifesto, ele lhe diria que se perdera — coisas assim viviam acontecendo em viagens longas.

Quando fechava o almirah, os olhos de Baboo Nob Kissin pousaram em um alkhalla cor de açafrão — um dos vestidos longos e folgados que Taramony gostava de usar. Num impulso, ele enfiou aquilo por cima de seu dhoti e sua kurta e se pôs diante de um espelho. Ficou espantado em ver como lhe caía bem. Levando as mãos à cabeça, desfez seu tikki, sacudindo o cabelo de modo que caísse sobre seus ombros. Dali em diante, decidiu, nunca mais o prenderia ou cortaria; deixaria solto, para crescer, para chegar até a cintura, como as melenas longas e negras de Taramony. Conforme observava sua imagem, tomou consciência de um brilho que se espalhava vagarosamente por seu corpo, como se estivesse sendo preenchido por outra presença. De repente, seus ouvidos foram tomados pela voz de Taramony: escutou-a dizendo, mais uma vez, as palavras que ela pronunciara naquele mesmo quarto — ela lhe dizia que devia ficar preparado para seguir os sinais aonde quer que o levassem, mesmo através do oceano. Subitamente, tudo ficou claro e ele soube por que as coisas haviam acontecido do modo como aconteceram: era porque o *Ibis* o levaria ao lugar onde seu templo seria construído.

Neel e Raj Rattan empinavam papagaios na cobertura da mansão Raskhali em Calcutá quando o comissário de polícia chegou com um destacamento de silahdars e darogas. Era o início da noite de um quente dia de abril, com os últimos raios do sol tremeluzindo sobre o rio Hooghly. Os ghats nos arredores estavam repletos de banhistas esfregando a poeira do dia, e os telhados e terraços escurecidos de musgo em torno do Raskhali Rajbari estavam cheios de gente, que saíra para apreciar a brisa ao pôr do sol. Por toda parte na vizinhança, conchas de estrombos eram sopradas, anunciando que se acendiam as primeiras lamparinas, e o chamado do muezim podia ser ouvido de longe, flutuando sobre a cidade.

Quando Parimal apareceu bruscamente, a atenção de Neel estava voltada para seu papagaio, que pairava muito alto com a brisa espiralada e amena do mês de Phalgun: estava sem ouvidos para o que lhe diziam. Huzoor, Parimal se repetia. Precisa descer. Ele quer o senhor.

Quem?, disse Neel.

O afsar inglês do jel-khana — está aqui com um paltan policial.

A notícia não deixou Neel muito impressionado: era comum que oficiais da polícia viessem procurá-lo para tratar de assuntos relacionados ao zemindary. Ainda concentrado no papagaio, Neel disse: O que aconteceu? Algum ladrão ou dacoity por perto? Se querem ajuda, diga-lhes para falar com os gomusta-babus.

Não, huzoor: é o senhor que eles querem.

Então que voltem pela manhã, disse Neel com aspereza. Isso não é hora do dia para aparecer na casa de um cavalheiro.

Huzoor: não querem escutar. Eles insistem...

Então, com o carretel em formato de tambor da linha do papagaio ainda girando em suas mãos, Neel relanceou Parimal e ficou surpreso em ver que estava de joelhos, e que seus olhos marejavam. Parimal?, disse, perplexo. *Yeh kya bát hai?* Por que faz tamanha tamasha? O que está acontecendo?

Huzoor, Parimal disse outra vez, engasgado. Eles querem o senhor. Estão no daftar. Iam subir até aqui. Tive de implorar que aguardassem lá embaixo.

Estavam subindo aqui? Neel ficou sem fala por um momento: essa parte do telhado localizava-se no setor mais isolado da casa, acima da zenana; desafiava a fé que um estranho pudesse pensar em pisar ali.

Eles enlouqueceram?, disse a Parimal. Como podem até mesmo pensar numa coisa dessas?

Huzoor, implorou Parimal, disseram para não perder tempo. Estão esperando.

Tudo bem. Neel ficou mais intrigado que alarmado pela súbita intimação, mas, quando ia saindo da cobertura, parou para fazer festa no cabelo de Raj Rattan.

Onde você tá indo, Baba?, disse o menino, impaciente com a interrupção. Não disse que a gente ia empinar papagaio até o sol se pôr?

E vamos, disse Neel. Volto daqui a dez minutos. O menino balançou a cabeça, e sua atenção desviou de volta ao papagaio conforme Neel descia a escada.

No fim dos degraus ficava o pátio interno da zenana, e, ao cruzar aquele espaço, Neel notou que um silêncio se abatera sobre a casa — algo inexplicável, pois aquela era a hora do dia em que as velhas tias, as primas enviuvadas e outros parentes do sexo feminino estavam sempre no máximo da atividade. Havia pelo menos uma centena delas na casa, e àquela hora em geral andavam apressadas de cômodo em cômodo, com lamparinas e incensos recém-acesos, regando as tulsi, tocando os sinos do templo, soprando conchas de estrombo e fazendo os preparativos para a refeição da noite. Mas hoje os quartos em torno do pátio estavam às escuras, sem lâmpada alguma visível, e atrás das balaustradas das varandas viam-se as silhuetas em vestes brancas das viúvas.

Deixando o silêncio do pátio interno, Neel penetrou na parte do complexo de frente para a rua, onde ficava a ala oficial da casa, e a caserna que acomodava uma centena ou mais de guardas a serviço do zemindary Raskhali. Também ali o espetáculo com que se depararam os olhos de Neel foi espantoso em sua novidade: ao pisar no espaço aberto, ele viu que os piyadas, paiks e lathiyals que compunham sua força haviam sido encurralados em um canto do terreno por um destacamento de polícia armada. Os guardas se aglomeravam em confusão, privados de seus bastões, cacetes e espadas, mas assim que viram o zemindar, começaram a entoar seu brado: *Joi Má Kali! Joi Raskhali!* Neel ergueu a mão para silenciá-los, mas suas vozes foram ficando cada vez mais altas, erguendo-se em um rugido que reverberou pelas ruas e aleias vizinhas. Ao olhar para cima, Neel viu que os terraços e balcões das casas com vista para o pátio estavam abarrotados de gente, todos assistindo com curiosidade. Ele apressou o passo e subiu rapidamente a escada que conduzia a seu escritório, no segundo andar.

O daftar do zemindar era uma sala grande e desarrumada, cheia de mobília e arquivos. Quando Neel entrou, um oficial inglês de uniforme vermelho ficou de pé, o chapéu de copa alta enfiado sob o braço. Neel o reconheceu na mesma hora: seu nome era Hall e era um antigo major da infantaria agora encarregado da polícia da cidade; ele visitara o Raskhali Rajbari diversas vezes — às vezes, para discutir questões de segurança pública, mas também frequentemente como convidado.

Neel juntou as mãos em um gesto de saudação, e tentou sorrir. "Ah, Major Hall! O que posso fazer pelo senhor? Permita-me lhe servir..."

A expressão sombria no rosto do major permaneceu igual conforme ele dizia, em uma voz rígida e oficial: "Raja Neel Rattan, lamento informar que é um dever inauspicioso que me traz aqui hoje."

"Oh?", disse Neel: ele observou, distraidamente, que o comissário de polícia estava usando sua espada; embora tivesse visto o major Hall no Rajbari inúmeras vezes, não conseguiu se lembrar de tê-lo visto armado alguma vez. "E qual a natureza de sua incumbência, major Hall?"

"É meu doloroso dever informá-lo", disse o major, formalmente, "que trago um mandado de prisão contra sua pessoa".

"Prisão?" A palavra era bizarra demais para fazer sentido imediatamente. "Está aqui para me prender?"

"Sim."

"Posso saber por quê?"

"Pelo crime de contrafação, senhor."

Neel arregalou os olhos de incompreensão. "Contrafação? Por Júpiter, senhor, devo confessar que não estou achando essa pilhéria das mais engraçadas. Que contrafação dizem que cometi?"

Levando a mão ao bolso, o major depositou um pedaço de papel sobre a mesa de mármore marchetado. Neel não precisou olhar muito de perto para saber o que era: uma das dezenas e dezenas de hundees que ele assinara ao longo do ano anterior. Ele sorriu: "Isso não é nenhuma contrafação, major. Eu mesmo posso garantir que isso não é uma falsificação."

O dedo do major desceu para indicar uma linha onde o nome "Benjamin Burnham" fora inscrito com um floreado. "O senhor nega", disse o major, "que foi o senhor quem apôs essa marca?"

"Nem por um segundo, major", disse Neel calmamente. "Mas a questão pode ser facilmente explicada: existe um acordo entre a firma de Mister Burnham e o zemindary Raskhali. É um fato universalmente conhecido..."

Até onde Neel sabia, os hundees de Raskhali sempre haviam levado o nome de Mister Burnham: seus gomustas haviam lhe assegurado que isso era uma prática consagrada desde o antigo rajá, que combinara com seu parceiro muito tempo antes que não havia necessidade de enviar cada nota através da cidade para obter um endosso — era mais rápido e mais eficiente que o indispensável fosse resolvido na residência dos Halder. Como sucedia, o velho rajá nunca tivera uma letra muito boa em inglês, e a tarefa era realizada para ele por um subalterno; Neel, sendo uma espécie de perfeccionista em matéria de caligrafia, não gostara da escrita pouco sofisticada dos secretários e insistira em fazer o trabalho ele mesmo. Tudo isso era bem-sabido de Benjamin Burnham.

"Receio", disse Neel, "que tenha se metido em demasiado incômodo por motivo nenhum. Mister Burnham resolverá esse mal-entendido em questão de minutos".

O major tossiu dentro do punho fechado, de constrangimento. "Receio que ainda tenha de cumprir com meu dever, senhor."

"Mas decerto", protestou Neel, "não haverá necessidade, se Mister Burnham explicar o que aconteceu"?

Após uma breve pausa, o comissário disse: "Foi o próprio Mister Burnham, senhor, quem nos alertou sobre o crime."

"O quê?" Neel teve um sobressalto de descrença. "Mas não existe nenhum crime..."

"Esta é uma assinatura forjada, senhor. E há uma grande soma de dinheiro em jogo."

"Escrever o nome de um homem não é a mesma coisa, decerto, que forjar sua assinatura?"

"Isso depende da intenção, senhor, o que caberá ao tribunal decidir", disse o major. "Pode estar certo de que terá ampla oportunidade de fazer sua defesa."

"E enquanto isso?"

"Deve me permitir que o acompanhe a Lalbazar."

"A cadeia?", disse Neel. "Como um criminoso comum?"

"Dificilmente isso", disse o major. "Seu conforto estará assegurado; em consideração a seu status na sociedade nativa, permitiremos até que receba comida de casa."

Agora, finalmente, ele começava a cair em si de que o inconcebível estava prestes a acontecer: o rajá de Raskhali ia ser levado pela polícia e trancafiado em uma prisão. Por mais certo que estivesse de vir a ser inocentado, Neel sabia que a reputação de sua família jamais voltaria a ser como antes, não após uma multidão de vizinhos ter testemunhado sua prisão e transferência forçosa — todos seus parentes, seus dependentes, seu filho, até Elokeshi ficariam atolados na ignomínia.

"Temos de ir agora mesmo?", protestou Neel. "Hoje? Na frente de toda minha gente?"

"Sim", disse o major Hall, "receio que não possa lhe dar mais que alguns minutos — para apanhar algumas roupas e pertences pessoais".

"Muito bem."

Neel virava para sair quando o major disse, abruptamente: "Percebo que seus homens encontram-se em um estado de alguma excitação. Deve estar ciente de que, na eventualidade de qualquer tumulto, a responsabilidade recairá sobre sua pessoa, com repercussões para seu processo no tribunal."

"Compreendo", disse Neel. "Não há o que temer."

A varanda adjacente ao escritório do zemindar dava para um pátio e, conforme ia saindo em direção à escada, Neel percebeu que aquele espaço se tornara subitamente branco: suas parentes e dependentes mulheres haviam começado a sair aos montes, com suas vestes de viúvas; ao vê-lo, agora, começaram a entoar um lamento suave que rapidamente ficou mais alto e mais agitado; algumas se atiravam ao chão, enquanto outras batiam no próprio peito. Estava fora de cogitação agora voltar para a casa principal: Neel sabia que não seria capaz de conseguir forçar passagem no meio daquela multidão. Aguardou o suficiente apenas para ter certeza de que sua esposa, Malati, não estava presente entre as mulheres: mesmo na confusão do momento, foi um grande alívio saber que não pusera o pé para fora da zenana — ele foi poupado, pelo menos, da humilhação de presenciar o véu de sua reclusão sendo rasgado.

Huzoor: Parimal surgiu a sua frente, com uma bolsa na mão. Arrumei algumas coisas para levar — tudo que o senhor vai necessitar.

Neel estendeu o braço agradecido e apertou as mãos de seu empregado: por toda a vida, Parimal soubera exatamente do que precisava, em geral antes que ele próprio soubesse o que era, mas ele nunca se sentira tão profundamente em dívida como agora. Fez menção de apanhar a bolsa, mas Parimal se recusou a entregá-la.

Como pode ser que carregue a própria bagagem, huzoor? Perante os olhos do mundo?

O absurdo disso trouxe um sorriso aos lábios de Neel; ele disse: Sabe aonde estão me levando, Parimal?

Huzoor... Parimal baixou a voz a um sussurro: Basta dar a ordem e nossos homens lutarão. O senhor poderia fugir... poderia se esconder...

Por um louco instante, a ideia da fuga se alojou na mente de Neel — para se desvanecer num segundo quando lembrou do mapa pendurado em seu daftar e da mancha vermelha do império que se espalhava tão rapidamente através dele. Onde eu me esconderia?, disse. Os piyadas de Raskhali não são capazes de combater os batalhões da Companhia das Índias Orientais. Não, nada resta a ser feito.

Neel se afastou de Parimal para voltar ao seu daftar, onde o major estava a sua espera, a mão no punho da espada. "Estou pronto", disse Neel. "Vamos terminar logo com isso."

Cercado por meia dúzia de policiais uniformizados, Neel desceu a escada. Quando pisou no pátio, as vozes das mulheres vestidas de branco se ergueram outra vez aos gritos e elas se atiraram sobre os policiais, tentando alcançá-lo por entre os bastões. Neel manteve a cabeça elevada, mas não teve coragem de fitá-las nos olhos; foi somente quando chegou na altura dos portões que se permitiu olhar outra vez para trás. Nem bem se virou seus olhos cruzaram com os de sua esposa, Malati, e foi como se nunca a tivesse visto antes. Tudo que cobria seu rosto eternamente velado fora removido, e ela arrancara as presilhas que prendiam suas tranças, de modo que seu cabelo caía sobre os ombros como uma negra mortalha de pesar. Neel tropeçou e baixou os olhos, não podia suportar seu olhar; era como se, ao descobrir o próprio rosto, ela houvesse desnudado o véu da masculinidade dele, deixando-o nu e exposto à piedade tripudiante do mundo, a uma ignomínia que nunca seria superada.

Uma carruagem coberta estava à espera do lado de fora na pequena rua e, quando Neel se acomodou no banco, o major tomou o assento a sua frente. Estava claramente aliviado de ter atingido seu objetivo sem violência, e quando os cavalos se puseram em marcha, disse, num tom mais cortês do que usara anteriormente: "Tenho certeza de que tudo será acertado muito em breve."

A carruagem chegou ao fim da rua, e, quando dobrava a esquina, Neel girou em seu lugar para dar uma última olhada na casa. Tudo que pôde ver foi o telhado do Raskhali Rajbari e, no topo, delineada contra o céu que escurecia, a cabeça de seu filho, curvada sobre um parapeito, como que à espera: ele lembrou de ter dito que voltaria em dez minutos e essa lhe parecia agora a mais imperdoável de todas as mentiras em sua vida.

Desde aquela noite às margens do rio, quando Deeti acorrera em seu auxílio, Kalua contara o número de dias em que fora agraciado com um vislumbre dela, e os dias vazios entre estes. A contagem não era feita com nenhuma intenção específica, tampouco como expressão de esperança — pois Kalua sabia perfeitamente que, entre os dois, nada a não ser a mais tênue ligação podia existir —, e contudo, a paciente enumeração era efetuada em sua mente, quer ele quisesse, quer não: era impotente para fazê-la cessar, pois sua mente, lenta e arrastada em alguns aspectos, tinha por hábito buscar a segurança dos números. Era assim que, ao ouvir falar sobre a morte do marido de Deeti, ele sabia que exatamente vinte dias haviam se passado desde aquela tarde em que pediu sua ajuda para buscar Hukam Singh na fábrica de ópio.

A notícia lhe chegou por acaso: anoitecia, e estava a caminho de casa, em seu carro, ao final do dia, quando foi parado por dois homens viajando a pé. Kalua sabia que vinham de longe, pois seus dhotis estavam escuros de poeira e apoiavam-se pesadamente em suas bengalas. Esticaram a mão quando passou e, conforme o carro parava com um estrondo das rodas, perguntaram se sabia onde era a morada de Hukam Singh, o antigo sipaio. Sei onde é, disse Kalua, e apontou a estrada e disse que para chegarem lá teriam de caminhar direto por dois kos, e virar à esquerda após chegar a um grande tamarindo. Então, depois de seguir uma trilha através dos campos por cento e vinte passos, teriam de virar à esquerda outra vez, e caminhar mais duzentos e sessenta. Os homens ficaram consternados: Já está quase escuro, como vamos encontrar essas trilhas? É só procurar, disse Kalua. E quanto tempo vai levar? Uma hora, disse Kalua, mas pode ser menos.

Os homens começaram a implorar para que os levasse em seu carro: ou iriam se atrasar, disseram, e perderiam tudo. Atrasar para o quê?, perguntou Kalua, e o mais velho dos dois homens disse: Para a cremação de Hukam Singh e...

Estava prestes a dizer mais alguma coisa quando seu companheiro deu-lhe um forte cutucão com a bengala.

Hukam Singh faleceu?, perguntou Kalua.

Sim, ontem à noite. Partimos assim que recebemos a notícia.

Tudo bem, então, disse Kalua. Vamos. Levo vocês.

Os dois treparam na traseira do carro e Kalua agitou as rédeas para pôr os bois em movimento. Depois de passar um bom tempo, Kalua perguntou cautelosamente: E quanto à esposa de Hukam Singh?

Vamos ver o que acontece, disse o homem mais velho. Talvez saibamos hoje à noite...

Mas nesse ponto outra vez foi interrompido pelo companheiro e não terminou a frase.

O estranho comportamento furtivo dos dois sujeitos fez Kalua ficar imaginando se havia alguma coisa desfavorável acontecendo. Ele tinha o costume de ponderar gravemente sobre tudo que via em torno: enquanto o carro rodava pela estrada, perguntou-se por que aqueles homens, que não conheciam Hukam Singh bem o bastante para saber da localização de sua moradia, viajariam de tão longe para estar presentes em sua cremação. E por que a cremação seria perto da casa do falecido, e não no ghat de cremação? Não: havia alguma coisa ali que fugia da normalidade. Kalua foi ficando cada vez mais convencido disso à medida que se aproximaram de seu destino — pois via agora que havia um grande número de pessoas indo na mesma direção, mais do que pareceria cabível comparecer ao funeral de um homem como Hukam Singh, que todo mundo sabia ser um afeemkhor incorrigível. Quando chegaram na casa, suas desconfianças aumentaram, pois ele viu que a pira era uma grande pilha de madeira às margens do Ganga. Não só era muito maior do que o necessário para a cremação de um único homem, como também estava cercada por uma profusão de oferendas e objetos, como que sendo preparada para um propósito mais amplo.

    Escurecera, agora, e depois que os dois viajantes desceram, Kalua deixou o carro de bois preso pela peia em um campo, a alguma distância, e voltou a pé até a pira. Havia cerca de uma centena de pessoas por ali e, escutando o que diziam, ele logo captou o sussurro sibilado de uma palavra — "sati". Agora compreendia tudo claramente. Encontrando o caminho de volta até o carro de bois em meio à escuridão, deitou ali dentro por algum tempo, pensando no que fazer a seguir. Pensou com calma e cuidado, pesando os prós e contras de diversos cursos de ação. Somente um plano sobreviveu a seu exame e, quando voltou a se levantar, sabia exatamente o que fazer. Primeiro, tirou a canga dos bois e os libertou, e eles saíram vagando pela beira do rio: essa foi a parte mais difícil, pois amava aqueles dois animais como se fossem sua família. Depois, tirando um prego de cada vez, soltou a plataforma de bambu do eixo do carro, e amarrou uma corda com firmeza e segurança no meio. A plataforma era um objeto grande e desajeitado, mas para Kalua o peso era desprezível e não lhe foi difícil pendurá-la às costas. Ocultando-se nas sombras, avançou beirando o rio até chegar a uma elevação arenosa com vista para a pira. Ele pôs a plataforma de bambu na areia e se deitou sobre ela, tomando cuidado para não ser visto.

    A clareira em torno da pira estava iluminada por várias fogueiras pequenas, de modo que quando o corpo de Hukam Singh foi carregado de sua casa, em procissão, e depositado sobre a pilha, Kalua teve uma visão clara. Seguindo de perto mais atrás havia uma segunda procissão e, quando entrou na clareira, Kalua viu que era encabeçada por Deeti, em um resplandecente sari branco — exceto que ia prostrada, mal conseguindo ficar ereta: ela não teria sido capaz de se sustentar nos próprios pés, muito menos caminhar, não fosse o apoio de seu cunhado, Chandan Singh, e vários outros. Meio arrastada, meio carregada, foi levada até a pira e colocada de pernas cruzadas junto ao cadáver do marido. Agora os cantos tinham início conforme pilhas de gravetos eram ajeitadas em torno dela e embebidas em ghee e óleo para ficarem prontas para o fogo.

Sobre o monte de areia, Kalua aguardava, contando o tempo em silêncio para se acalmar: sua principal vantagem, ele sabia, não eram nem seus músculos nem sua agilidade, mas antes o elemento surpresa — pois nem mesmo ele, com toda sua força, podia sonhar em lutar com cinquenta homens ou mais. Assim, esperou e esperou, até a pira se acender e todo mundo ter a atenção fixa no progresso das chamas. Então, ainda atendo-se às sombras, desceu furtivamente para perto da multidão e ficou de pé. Soltando um urro, começou a girar a plataforma de bambu acima da cabeça, segurando-a pela ponta da corda. O objeto pesado e afiado tornou-se um borrão, rachou cabeças e partiu ossos, abrindo caminho entre a multidão — as pessoas fugiam do violento projétil como gado se dispersando de um demônio rodopiante. Correndo até a pilha, Kalua encostou a plataforma contra a fogueira, escalou até o alto e arrancou Deeti do meio das chamas. Com o corpo inerte jogado sobre o ombro, ele pulou de volta ao chão e correu na direção do rio, arrastando o retângulo de bambu fumegante atrás de si, pela corda. Ao chegar na água, atirou a plataforma no rio e deitou Deeti sobre ela. Então, afastando-se da margem com um empurrão, deitou-se de costas na jangada improvisada e começou a bater os calcanhares na água, rumando para o meio da correnteza. Tudo isso não levou mais que um ou dois minutos, e no momento em que Chandan Singh e seu bando partiram em seu encalço, o rio carregara Kalua e Deeti para longe da pira flamejante e pela noite adentro.

A jangada sacudia e girava conforme as correntezas a arrastavam rio abaixo, e de vez em quando um jorro de água subia varrendo sua superfície. Sob o impacto desses caldos, a bruma que obnubilara a mente de Deeti começou vagarosamente a dispersar, e ela se deu conta de que estava em um rio e que havia um homem a seu lado, segurando-a com o braço para que não caísse. Nada disso a surpreendeu, pois era exatamente desse jeito que havia esperado acordar das chamas — flutuando no mundo inferior, no rio Baitarini, entregue à guarda de Charak, o barqueiro dos mortos. Tal era seu medo do que iria ver que não abriu os olhos: cada onda, imaginou, a carregava para mais perto da margem oposta, onde ficavam os domínios do deus da morte, Jamaraj.

Com o passar do tempo, como a jornada não dava sinais de chegar ao fim, reuniu coragem de perguntar de que tamanho era o rio e quanto tempo levaria para chegar a seu destino. Como não houve resposta, chamou o nome do barqueiro dos mortos. Então, sob o sussurro de uma voz rouca e profunda foi informada de que estava viva, na companhia de Kalua, no Ganga — e não havia destino ou objetivo em sua jornada a não ser escapar. Nem mesmo então ela achou que vivia com a mesma percepção de antes: uma sensação curiosa, de alegria misturada a resignação, penetrou em seu íntimo, pois foi como se realmente houvesse morrido e sido entregue muito cedo ao renascimento, para sua vida seguinte: ela havia desprendido o corpo da antiga Deeti, com o fardo de seu carma; pagara o preço que suas estrelas exigiram dela e estava livre agora para criar um novo destino como bem entendesse, com a pessoa de sua escolha — e ela sabia que era com Kalua que essa vida seria vivida, até que outra morte reclamasse o corpo que havia sido arrancado das chamas.

Agora chegava-lhe aos ouvidos o suave som da água batendo e da areia raspando contra o bambu, conforme Kalua empurrava a jangada para a margem, e quando se viram em terra firme, ele a ergueu nos braços e a depositou sobre a praia. Então, levantando a jangada, desapareceu num aglomerado de elevados caniços e, quando voltou para pegá-la, ela viu que ajeitara a plataforma de modo a deixá-la como um palete, uma pequena ilha nivelada oculta no verdor da margem do rio. Após depositá-la nesse piso de bambu, ele recuou, como que se retirando para outro lugar, e ela compreendeu que estava com medo, inseguro quanto ao modo como reagiria a sua presença, agora que se encontrava a salvo na terra. Ela o chamou, Kalua, venha, não me deixe sozinha nesse lugar desconhecido, venha aqui. Mas quando ele se abaixou, ela também teve medo: de repente se deu conta de como seu corpo estava frio, após a longa imersão, e de como seu sari branco estava encharcado. Começou a tremer, e sua mão, vacilante, pousou sobre a dele e percebeu que também ele tremia, e lentamente seus corpos foram ficando mais próximos: conforme buscavam o calor um do outro, suas roupas empapadas se desenrolaram, o langot dele e o sari dela. Agora era como se estivesse na água outra vez: ela lembrou de seu toque e de como a segurara junto ao peito com o braço. No lado de seu rosto que estava pressionado contra o dele, pôde sentir a suave abrasão da face não barbeada. Do outro lado, espremido contra aquele deque, podia escutar o sussurro da terra e do rio, e ambos diziam que estava viva,

viva, e de repente foi como se seu corpo acordasse para o mundo de um modo que nunca vira antes, flutuando como as ondas do rio, e tão livre e fecundo quanto a margem forrada de juncos.

Mais tarde, quando jazia envolta em seus braços, ele disse, com sua voz áspera e rouca: *Ká sochawá?* O que está pensando?

... Pensando em como me salvou hoje; *sochat ki tu bacháwelá*...

Foi a mim mesmo que salvei hoje, disse ele num sussurro. Porque se você tivesse morrido, eu não poderia viver; *jinda na rah sakelá*...

Shh! Não diga mais nada. Sempre supersticiosa, ela estremeceu à menção da morte.

Mas para onde iremos agora?, ele perguntou. O que vamos fazer? Vão nos caçar por toda parte, nas cidades e povoados.

Embora assim como ele não tivesse plano algum, ela disse: Vamos para longe, muito longe, vamos encontrar um lugar onde ninguém saberá nada sobre nós, exceto que somos casados.

Casados?, ele perguntou.

Isso.

Libertando-se de seu abraço, ela se embrulhou frouxamente no sari e foi na direção do rio. Onde está indo?, ele a chamou. Vai ver, ela exclamou por sobre o ombro. E quando voltou, com o sari cobrindo seu corpo como um véu de gaze, trazia os braços carregados de flores silvestres que cresciam na margem. Arrancando alguns longos fios de cabelo em sua cabeça, ela prendeu as flores para fazer duas grinaldas: uma deu para ele, e a outra manteve consigo, erguendo-a acima da cabeça dele e enfiando-a em torno de seu pescoço. Agora ele também sabia o que fazer, e quando a troca de grinaldas firmou aquele laço entre os dois, permaneceram sentados por algum tempo, admirados da enormidade do que haviam feito. Então ela se aninhou novamente em seus braços e foi envolvida pelo calor amplo de seu corpo, tão abrangente e protetor quanto a terra escura.

Parte II
Rio

Oito

Assim que o *Ibis* atracou, Zachary e Serang Ali abriram os livros contábeis e pagaram à tripulação seus addlings acumulados. Inúmeros lascares desapareceram imediatamente pelas sarjetas de Kidderpore, com suas moedas de cobre e prata escondidas cuidadosamente entre as dobras das roupas. Alguns jamais veriam o *Ibis* novamente, mas outros estavam de volta em questão de dias, após terem sido vítimas de roubos ou trapaças, ou depois de beber todo seu dinheiro em toddyshacks e knockingdens — ou descobrir, simplesmente, que a vida em terra firme era muito mais atraente quando se estava no mar do que quando seus pés pisavam no inconfiável torrão relvado dos marujos de água doce.

Ainda demoraria algum tempo antes que o *Ibis* pudesse ser acomodado nas docas secas Lustignac, em Kidderpore, onde a embarcação passaria por reparos e reaparelhamento. Durante o tempo em que permaneceu atracada no rio, apenas uma tripulação reduzida continuou a bordo, junto com Zachary e Serang Ali. Embora de tamanho mais enxuto, a tripulação continuava a funcionar muito como no mar, sendo dividida em dois pors, ou quartos, cada um conduzido por um tindal; como no mar, cada por permanecia no convés durante quatro horas seguidas, exceto durante os chhota-pors, ou dogwatches, os meio-quartos de duas horas do alvorecer e do fim do dia. A segurança do porto vinha à custa de um risco cada vez maior de furto e roubo, de modo que em nenhum momento se afrouxava a exigência de vigilância do por; tampouco ocorria qualquer relaxamento no ritmo dos trabalhos a bordo, pois havia inventários a serem discriminados, inspeções a serem efetuadas e, acima de tudo, um bocado de limpeza a fazer. Serang Ali não escondia sua opinião de que um marinheiro que enviasse seu navio sem cuidados para a doca seca era pior do que a mais reles escumalha de terra firme, pior do que um cáften ma-chowderador.

Gali era um domínio na língua laskari em que ninguém podia superar o serang: em não pouca medida se devia à fluência de suas imprecações que Jodu o tivesse em desmedido respeito. Era motivo de grande desapontamento para ele que sua consideração não fosse absolutamente correspondida.

Jodu sabia muito bem que marinheiros de primeira viagem como ele eram vistos com desprezo por lobos do mar lascares: muitas vezes, ao passar remando por um imponente três-mastros, erguera os olhos para avistar um sorridente seacunny ou kussab gritando provocações, chamando-o de homem-vara — um *dandiwálá* — e desfiando insultos sobre os possíveis usos de varas. Para provocações e piadas, Jodu estava bem preparado e teria ficado até feliz de ouvi-las, mas o serang não permitia familiaridades entre ele e os demais lascares: de fato, não perdia uma oportunidade de deixar claro que admitira Jodu na tripulação contra sua vontade e que preferiria vê-lo longe dali. Se tinha de aturá-lo, por insistência de Zachary, então seria como um topas, o mais baixo dos lascares — um faxineiro, para esfregar piss-dales, limpar retretes, lavar a louça, esfregar os conveses e outras coisas. A fim de tornar as coisas tão desagradáveis quanto possível, chegou até a fazer Jodu serrar sua jharu na metade: quanto mais curta a vassoura, disse, mais limpo o trabalho — desse modo você fica tão perto dos excrementos que vai saber do que era feita a tatti quando entrou na boca. No pé direito do serang, ele cultivava cuidadosamente uma única unha do dedão, com um centímetro de comprimento e muito pontuda. Quando Jodu estava de quatro, esfregando o convés, o serang às vezes se aproximava furtivamente para chutá-lo: *Chal sálá!* Acha que dói levar uma lançada na popa? Dê-se por feliz de não ser uma bala de canhão em seu convés de artilharia.

Durante as primeiras semanas no *Ibis*, o serang não permitia a Jodu descer por nenhum outro motivo que não fosse limpar as retretes: mesmo à noite, tinha de dormir no convés. Isso só era problema quando chovia, coisa que não acontecia com muita frequência — em outras ocasiões, Jodu não era de modo algum o único à procura da "tábua mais aconchegante do convés". Foi assim que ele travou amizade com Roger Cecil David, conhecido como Rajoo-launder entre os colegas de bordo. Alto e magro, Rajoo tinha o aspecto espigado de um pau de barraca, e uma tez que quase se igualava ao matiz alcatroado dos mastros da escuna. Tendo sido criado numa sucessão de missões cristãs, gostava de se vestir em camisas e calças, e muitas vezes era visto usando um boné de pano; não eram de seu agrado os lungis e bandhnas dos outros lascares. Tais gostos soavam pretensiosos para um ship-launder, e isso não lhe rendia pouca chacota — sobretudo porque seus trajes eram costurados com retalhos de lonas de velas. A piada corrente a seu respeito, em resumo, era sobre ele ser o terceiro dol da escuna — um mastro da mezena humano — e suas incursões pelo ringeen se faziam acompanhar frequentemente de tremenda hilariedade, com os gajeiros disputando entre si para gracejar as suas custas. As possibilidades sugestivas nesse caso eram muito ricas, pois, ao contrário de marinheiros em outras línguas, os lascares normalmente se referiam a suas embarcações no masculino, associando os mastros do navio a sua virilidade — a palavra para isso era muito semelhante à que se usava comumente para "ship's-boy", grumete, retirando-se apenas uma sílaba.

... lund to yahã, par launda kahã...?
... aqui está a pica, mas onde está o picador...?
... baixando seus panos...
... à espera de uma rajada...

Rajoo, de sua parte, teria exultado em ceder seu lugar entre os gajeiros — não só por causa das piadas, mas também porque não tinha cabeça para as alturas e sempre ficava nauseado no topo dos mastros. Era sua acalentada ambição deixar as vergas e passar a um posto como o de copeiro, despenseiro* ou cozinheiro, onde seus pés permaneceriam firmemente plantados no convés. Uma vez que Jodu, por outro lado, não queria outra coisa além de ficar no alto do mastro do traquete com o trikat-wale, eles decidiram rapidamente pôr suas mentes para trabalhar em conjunto, de modo a conseguir concretizar a troca.

Foi Rajoo quem conduziu Jodu pela apertada meia-laranja que levava ao castelo de proa, onde as macas dos lascares ficavam penduradas. A palavra que os lascares usavam para esse espaço era *fanã*, ou capelo, como na coroa expandida de uma naja, a cobra-capelo, pois se um navio fosse encarado como uma criatura viva e sinuosa, então a proa seria exatamente a parte à qual o fana corresponderia, enfiada entre as curvas do beque, sob o convés principal e acima do talha-mar, bem na raiz do gurupés. Embora nunca tivesse posto os pés no sublime ambiente de uma embarcação oceânica, Jodu estava familiarizado com a palavra fana, e muitas vezes se perguntara se estar ali não seria como viver e dormir dentro do crânio dessa enorme criatura vivente que era

---

* *Steward*, em inglês. Oficial encarregado das provisões e dos arranjos das refeições. (N. do T.)

um navio. Ser um fana-wala — um proeiro do capelo — e viver acima do taliyamar, rasgando os oceanos, era a matéria de seus sonhos; mas a visão que ia de encontro a seus olhos agora, conforme entrava no fana, não era nem um pouco admirável, e certamente não guardava qualquer semelhança com as fabulosas joias da coroa de uma naja. O fana era abafado, quente e escuro, sem outra fonte de luz além de uma solitária lâmpada a óleo pendendo de um gancho; sob o brilho da chama crepitante, parecia a Jodu que topara com uma bafienta caverna densamente engrinaldada com teias de aranha — pois onde quer que olhasse havia a estrutura de redes de dormir, penduradas em fileiras duplas, suspensas entre as vigas de madeira. O espaço apertado e pouco fundo tinha a forma de um triângulo elíptico, com laterais se curvando para dentro e indo de encontro ao beque. Em pé-direito não atingia a altura de um homem crescido, e contudo as macas estavam penduradas uma acima da outra, a não mais do que os quarenta centímetros regulamentares de distância, de modo que o nariz de cada homem ficava a um palmo de uma barreira sólida: ou o teto, ou um traseiro. Estranho pensar que esses leitos suspensos eram chamados de "jhulis", como se fossem balanços, do tipo que se presenteia a noivas ou crianças; escutar a palavra sendo dita era se imaginar sendo embalado suavemente para dormir ao movimento do navio — mas vê-los pendurados na sua frente, como redes em uma lagoa, era saber que suas horas de sonho seriam passadas espremendo-se como um peixe capturado, lutando por espaço para respirar.

 Jodu não pôde resistir a trepar num dos jhulis — mas apenas para voltar a descer imediatamente, ao penetrar em suas narinas uma lufada do odor, que consistia não apenas no fedor de corpos, como também no cheiro acumulado do próprio sono, composto da fetidez do tecido não lavado, do óleo de cabelo, da fuligem e de incontáveis meses absorvendo baba, suor, urina, esperma e peidos. Quis o destino que o trabalho seguinte para o qual havia sido designado fosse o de lavar e esfregar as macas: tão completamente estavam os jhulis macerados em fuligem e cardina que a Jodu parecia que nem toda a água do Ganga seria capaz de purgá-los do suor e pecado dos antigos ocupantes. E quando finalmente o trabalho pareceu terminado, o serang beliscou sua orelha, e o fez começar tudo outra vez: Chama isso limpo, seu launder cu-preso de rabo esfarrapado? Muita fenda-traseira mais limpa que isso.

 Com o nariz mergulhado na imundície, Jodu sonhava em pular pelo ringeen, em estar junto do trikat-wale, conversando nos vaus dos joanetes — não era por nada que os lascares chamavam esses elevados assentos na gávea de "kursi", pois era para lá que iam quando queriam passar momentos ociosos ao frescor da brisa. Que desperdício era esse privilégio para Rajoo-launder, que dele nunca se valeu — e contudo para ele, Jodu, um mero relance para o alto implicava o risco de levar um doloroso pontapé do serang. E pensar em todos aqueles anos aprendendo a diferenciar um mastro do outro, uma vela da outra — a *kalmí* da *dráwal*, a *dastúr* da *sawái* —, todo aquele esforço e conhecimento sendo desperdiçado ali de quatro no embornal, esfregando um fana-ful de jhulis.

Por mais desagradável que fosse, a tarefa teve uma consequência venturosa: com o fana esvaziado de seus jhulis, todos os ocupantes passaram a dormir no convés principal. Isso não era nenhuma provação, pois o tempo estava cada vez mais quente, um prenúncio das monções iminentes, e era melhor dormir ao relento, ainda que isso significasse deitar direto sobre a madeira. Além do mais, o ar fresco parecia ter o efeito de soltar a língua de todos, e os lascares muitas vezes conversavam até tarde da noite quando se viam sob as estrelas.

Serang Ali nunca se juntava a essas sessões: junto com o despenseiro, o silmagoor, os seacunnies e alguns outros, seu alojamento não era no fana, mas na cabine de convés. Mas o serang se mantinha a distância até mesmo dos demais ocupantes da cabine de convés. Isso apenas em parte se devia ao fato de ser, por natureza, um disciplinador ríspido e inclemente (nenhum demérito aos olhos dos lascares, pois que nenhum deles gostava de servir sob serangs mostrando familiaridade excessiva ou tratando favoritos com intimidade): o serang permanecia à parte devido a suas origens, que eram obscuras até para os que o serviam há mais tempo. Mas também isso não era incomum, pois inúmeros lascares eram itinerantes e errantes, não muito afeitos a falar sobre o próprio passado; alguns nem sequer sabiam localizar suas origens, tendo sido vendidos ainda crianças para os ghat-serangs que supriam lascares para as embarcações oceânicas. Esses embaucadores de marujos ribeirinhos não davam a mínima para saber quem eram seus recrutados e de onde vinham; qualquer braço era braço para eles, e suas gangues sequestravam pivetes nus pelas ruas e sadhus barbados nos ashrams; pagavam donos de bordéis para drogar seus clientes e bandidos para tocaiar peregrinos inadvertidos.

Entretanto, por mais variados que fossem, a maioria dos lascares no *Ibis* sabia ser originária de alguma parte do subcontinente.

O serang era uma das poucas exceções: quando perguntavam, sempre dizia que era um muçulmano de Arakan, um rohingya, mas havia alguns que alegavam que em sua launderidade servira em uma tripulação chinesa. Que era fluente em chinês se tornou logo de conhecimento geral, e foi visto como uma bênção, pois significava que muitas vezes, ao fim do dia, o serang rumava para a área chinesa das docas de Calcutá, deixando os lascares livres para se divertir a bordo.

Nas ocasiões em que tanto Serang Ali como Zachary saíam, o *Ibis* era um navio transformado: alguém era mandado para o topo dos mastros a fim de vigiar seu regresso, e algum outro enviado para buscar uma ou duas jarras de áraque ou doasta; então, o lashkar inteiro se reunia, no convés ou no fana, para cantar, beber e passar em torno alguns chillums. Se não havia ganja alguma à mão, queimavam raspas de pano das velas, que, afinal de contas, eram feitas da mesma planta que emprestava à canvas seu nome e propiciava algo como um gosto de cannabis.

Os dois tindals — Babloo-tindal e Mamdoo-tindal — vinham servindo juntos desde sua launderidade: eram tão devotados um ao outro quanto uma ninhada de dois grous, embora fossem de plagas muito distantes uma da outra, sendo um deles um hindu cooringhee e o outro um muçulmano xiita de Lucknow. Babloo-tindal, cujo rosto era pontilhado das cicatrizes de uma luta contra a bexiga na infância, era dono de um ágil par de mãos e uma queda por batucar ritmos no fundo de panelas de metal e khwanchas; Mamdoo-tindal era alto e flexível e, quando tomado pelo estado de espírito, se despia de seu lungi e banyan e vestia sari, choli e dupatta; com kohl em seus olhos e argolas de latão nas orelhas, assumia sua outra identidade, que era a de uma dançarina de pés ágeis que atendia pelo nome de Ghaseeti-begum. Essa personagem tinha uma complicada vida toda própria, repleta de flertes apaixonados, espirituosas trocas de gracejos e inúmeras aflições inquietantes — mas sua dança é que tornava Ghaseeti-begum mais conhecida, e suas apresentações no fana eram tais que poucos dentre a tripulação alguma vez sentiram necessidade de visitar uma nautcheria na costa: por que pagar em terra firme o que se tinha de graça a bordo?

Às vezes, os lascares se reuniam entre as curvas do beque para escutar histórias contadas pelos barbaças. Havia o despenseiro, Cornelius Pinto: um católico grisalho de Goa, alegava ter dado a volta ao mundo duas vezes, navegando em todos os tipos de navio, com todo tipo de marinheiro — incluindo finlandeses, renomados bruxos e magos dos oceanos, capazes de conjurar ventos com um assobio. Havia Cassem-meah, que, na juventude, fora para Londres como dress-boy de um armador, e passara seis meses morando na pensão de Cheapside onde os lascares se hospedavam: suas histórias das tavernas punham todos excitados por conhecer aquelas praias. Havia Sunker, um sujeito enrugado de semblante juvenil e idade indeterminada, com pernas arqueadas e o rosto triste de um macaco acorrentado: ele nascera numa família de senhores de terras de elevada casta, alegava, mas um servo vingativo o sequestrara e vendera para um ghat-serang. E ainda havia Simba Cader, de Zanzibar, surdo de um ouvido: era o mais velho deles todos, e alegava ter perdido o tímpano servindo numa belonave inglesa; regado a alguns tragos de doasta, ele contava da terrível batalha em que seus tímpanos haviam sido perfurados por um estouro de canhão. Falava como se realmente houvesse ocorrido, com centenas de navios disparando canhonadas uns contra os outros — mas os lascares eram espertos demais para dar qualquer crédito a essas lorotas divertidas: pois quem seria tolo a ponto de acreditar que uma grande batalha de fato fora travada em um lugar chamado "Três-frutas-casa" — Tri-phal-ghar?*

Jodu teria amado de todo coração fazer parte integrante desse contingente, ser destacado para um quarto e encontrar um lugar entre os lais das vergas — mas Serang Ali não permitiria nada disso, e na única ocasião em que Jodu mencionou sua ambição, a resposta foi um chute em seu traseiro: Essa é a única parte sua que vai subir naquele mastro, com o laddu em seus embornais.

Foi Steward Pinto, que já vira de tudo que havia para ser visto em um navio, que forneceu a Jodu uma dica sobre o motivo para a animosidado do serang. É por causa da jovem memsahib, disse o despenseiro. O Serang-ji tem planos para o malum e seu medo é que ela o desvie de seu curso.

Que planos?

Quem sabe? Mas pode ter certeza disso, ele não quer nada no caminho do malum, muito menos uma garota.

Alguns dias depois, quase que numa confirmação da insinuação do despenseiro, Jodu foi chamado ao cabrestante para ter uma conversa com Zikri Malum. O malum parecia de certo modo pouco à von-

---

* Trafalgar, onde o almirante Nelson derrotou as armadas francesa e espanhola, em 1805. (N. do T.)

tade, e foi num tom de voz mais para brusco que perguntou: "Conhece bem a senhorita Lambert, rapaz?"

Pescando de seu suprimento limitado de hookums, Jodu respondeu: "Da proa à popa, senhor!"

Isso pareceu ofender o malum, que respondeu asperamente: "Ei, calma aí! Isso lá é jeito de falar sobre uma dama?"

"Desculpe, senhor. Rijo como craca!"

Como aquilo não chegava a lugar algum, o malum decidiu, para horror de Jodu, chamar Serang Ali para traduzir. Contorcendo-se sob o olhar fuzilante do serang, Jodu dava guinadas abruptas na conversa, fornecendo respostas lacônicas para as perguntas do malum, fazendo todo o possível para sugerir que mal conhecia Miss Lambert, tendo meramente sido um empregado na casa de seu pai.

Ele emitiu um suspiro de alívio quando Serang Ali deixou de encará-lo para relatar ao imediato: "Launder diz pai-blongi-ela ir para-ssel. O sujeito faz muito-demais árvore-pijjin. Tempo-tudo pegando planta. Dentro-bolso dinheiro não possui. Depois ele ir para-ssel, cow-chilo consegue pai-número-dois, mistah Burnham. Agora ela muito-demais feliz para dentro. Come arroz big-big. Melhor Malum Zikri esquecendo ela. Como aprende marinheiro-pijjin, tempo-tudo pensando ladies-ladies? Mais melhor ficar ocupado com laund'ragem até tempo de casamento."

O malum tomou isso inesperadamente como um agravo. "Pelos demônios da Babilônia, Serang Ali!", exclamou, pondo-se de pé bruscamente. "Será que não pensa em outra coisa além de knob-knockin e gamahoochie?"

O malum se afastou a largas passadas, exasperado, e assim que se viu longe de seu olhar, o serang aplicou na orelha de Jodu um beliscão malévolo: Tentando amarrar ele com noiva, é? Eu ver você morto primeiro, seu holemonger de uma figa...

Quando soube do episódio, o despenseiro abanou a cabeça de perplexidade. Do jeito que o serang está levando isso, disse, a gente pensa que está guardando o malum para alguma filha sua.

Tanto Deeti quanto Kalua sabiam que sua melhor chance de fuga residia em viajar rio abaixo, beirando o Ganga, na esperança de chegar a algum vilarejo ou cidade onde pudessem desaparecer no meio da multidão: um lugar como Patna, talvez, ou até Calcutá. Embora Patna fosse sem sombra de dúvida a mais próxima das duas cidades, ficava ainda a bons dez dias de viagem, e cobrir a distância por estrada seria arriscar-se a serem reconhecidos: notícias da fuga certamente teriam se espalhado a essa altura, e, na eventualidade de sua captura, sabiam que não podiam esperar misericórdia, nem mesmo de seus próprios parentes. O cuidado exigia que se mantivessem junto da água, continuando sua jornada na jangada improvisada de Kalua enquanto ela fosse capaz de suportar o peso de ambos. Felizmente, havia madeira flutuante suficiente na margem para fortalecer os bambus, e uma profusão de juncos com os quais fazer pedaços de corda; depois de passar um dia consertando e reforçando a frágil construção, partiram outra vez, flutuando rumo leste pelo rio.

Dois dias mais tarde avistavam a habitação onde Kabutri agora morava com a família do irmão ausente de Deeti. Uma vez tendo chegado à casa, foi impossível para Deeti seguir adiante sem fazer uma tentativa de ver a filha. Ela sabia que um contato com Kabutri seria, na melhor das hipóteses, um breve encontro furtivo, exigindo muita espreita e paciência, mas estando familiarizada com o terreno, tinha confiança de conseguir ficar escondida até pegá-la a sós.

O lar da infância de Deeti — hoje ocupado pela família de seu irmão — era uma habitação com telhado de palha com vista para uma confluência onde o Ganga recebia um rio menor, o Karamnasa. Como testemunhava seu nome — "destruidor de carma" —, esse tributário do rio sagrado gozava de infeliz reputação: dizia-se que o mero contato com suas águas podia apagar toda uma vida de mérito duramente conquistado. Os dois rios — o sagrado Ganga e seu anticármico tributário — eram equidistantes da velha casa de Deeti, e ela sabia que as mulheres da família preferiam ir para o mais auspicioso dos dois quando precisavam se lavar ou pegar água. Foi às margens do Ganga que ela decidiu aguardar, deixando Kalua uns quinhentos metros rio acima com a jangada.

Havia inúmeros afloramentos rochosos ao longo da margem, e Deeti não teve problemas em encontrar um lugar onde se esconder. Seu ponto de observação lhe dava uma boa perspectiva dos dois rios, e sua longa vigília lhe proporcionou tempo de sobra para refletir sobre as histórias que ouvira a respeito do Karamnasa e da nódoa que poderia lançar sobre as almas dos mortos. A paisagem das margens ribeirinhas havia mudado bastante desde a infância de Deeti e olhando em torno agora lhe parecia que a influência do Karamnasa se disseminara por suas margens, espalhando seu veneno muito além das terras que viviam de suas águas: a colheita de ópio tendo sido recentemente encerrada, as flores haviam sido deixadas para murchar nas plantações, de modo que os campos estavam cobertos por um manto de restos ressecados. A não ser pela folhagem de umas poucas mangueiras e jaqueiras, em parte alguma se via algo verde onde buscar alívio para o olhar. Esse, ela sabia, era o aspecto de sua própria plantação, e, estivesse em casa hoje, estaria se perguntando o que iria comer nos próximos meses: para onde haviam ido os legumes, os grãos? Tudo que tinha a fazer era olhar em volta para saber que ali, como na aldeia de onde partira, toda terra estava empenhada para os agentes da fábrica de ópio: cada fazendeiro recebera um contrato, que para ser cumprido não lhes deixava outra opção a não ser cobrir suas terras com papoulas. E agora, com a colheita terminada e poucos grãos em casa, eles teriam de se afundar ainda mais em dívidas para alimentar suas famílias. Era como se a papoula houvesse se tornado a portadora da nódoa maligna do Karamnasa.

No primeiro dia Deeti pôde avistar Kabutri duas vezes, mas em ambas as ocasiões foi forçada a permanecer no esconderijo porque a garota estava acompanhada pelos primos. Mas só o fato de tê-la visto já era amplamente gratificante: parecia um milagre para Deeti que sua filha houvesse mudado tão pouco em um período de tempo em que ela mesma se vira entre a vida e a morte e voltara.

Com o cair da noite, Deeti repisou suas pegadas até a jangada, onde encontrou Kalua acendendo uma fogueira para a refeição da noite. No momento de sua gura, Deeti estava usando um único ornamento, uma argola de prata no nariz: o restante de suas joias Chandan Singh removera cuidadosamente antes de levá-la à pira funerária. Mas esse adorno remanescente se mostrara inestimável, pois Deeti fora capaz de barganhá-lo, num povoado ribeirinho, por um pouco de satua — uma farinha feita de grão-de-bico torrado, gênero alimentício confiável e nutritivo de todo viajante e peregrino. Toda noite, Kalua acendia uma fogueira e Deeti socava e cozinhava número suficiente de rotis para abastecê-los ao longo do dia. Com o Ganga bem à mão, não lhes havia até então faltado nem comida, nem água.

Pela manhã, Deeti repisou suas pegadas até seu esconderijo, e o dia passou sem que voltasse a avistar Kabutri outra vez. Não foi senão ao pôr do sol, no dia seguinte, que Deeti viu a filha, andando sozinha até o Ganga, com um jarro de cerâmica equilibrado na cintura. Deeti continuou nas sombras quando a garota vadeou as águas e somente depois de ter certeza que sua filha não estava acompanhada foi atrás dela. Para não assustá-la, sussurrou uma oração familiar: *Jai Ganga Mayya ki...*

Isso não foi muito inteligente, pois Kabutri reconheceu sua voz na mesma hora: ela se virou e, ao ver sua mãe atrás dela, deixou cair o jarro e soltou um terrível grito. Então perdeu a consciência e tombou de lado na água. O jarro foi carregado pela corrente, assim como Kabutri também teria sido se Deeti não se atirasse dentro d'água e agarrasse a ponta de seu sari. A água batia apenas na altura da cintura, de modo que Deeti pôde passar as mãos por sob o braço da garota para arrastá--la até a margem. Uma vez na areia, ela a ergueu, pendurou-a em seu ombro e a carregou até um espaço protegido entre dois montes de areia.

Ei Kabutri... ei beti... meri ján! Embalando a filha em seu colo, Deeti beijou seu rosto até que suas pestanas começaram a piscar. Mas quando os olhos da garota se abriram, Deeti viu que estavam dilatados de medo.

Quem é você?, gritou Kabutri. É um fantasma? O que quer comigo?

Kabutri!, disse Deeti bruscamente. *Dekh mori suratiya* — olhe para meu rosto. Sou eu — sua mãe: não está me vendo?

Mas como pode ser? Disseram que você tinha morrido. Kabutri esticou o braço para tocar o rosto de sua mãe, correndo as pontas dos dedos por seus olhos e lábios: É você mesma? Como pode ser?

Deeti estreitou a filha ainda mais em seus braços. É, sou eu, sou eu, Kabutri; não estou morta; estou aqui: olhe. O que mais disseram sobre mim?

Que você morreu antes que a pira de cremação pudesse ser acesa; disseram que uma mulher como você não podia se tornar uma sati; que os céus não permitiriam — disseram que seu cadáver foi levado pela água.

Deeti começou a balançar a cabeça, como que concordando: melhor que essa fosse a versão em que todos acreditassem; enquanto achassem que estava morta, ninguém sairia a sua procura; ela, Kabutri, nunca deveria dizer qualquer coisa em contrário, jamais deveria deixar escapar uma palavra sobre esse encontro...

Mas o que aconteceu de verdade?, disse a garota. Como você escapou?

Deeti havia preparado uma explicação cuidadosamente pensada para a filha: não diria nada, decidira, sobre o comportamento de

Chandan Singh e a verdadeira paternidade de Kabutri; tampouco falaria sobre o homem que a garota conhecera como seu pai: tudo que diria era que ela, Deeti, fora drogada, numa tentativa de imolação, e salva quando ainda estava inconsciente.

Mas como? Por quem?

As evasivas que Deeti inventara para poupar Kabutri fugiram de sua mente; com a cabeça da filha no colo, era incapaz de enganá-la voluntariamente. De modo abrupto, disse: Minha fuga foi obra de Kalua. *Woh hi bacháwela* — Foi ele que me salvou.

Kalua bacháwela? Kalua salvou você?

Seria um tom ofendido ou descrente que ela captava na voz de Kabutri? Presa já de muitos tipos de culpa, Deeti começou a tremer, antecipando o veredicto de sua filha sobre a fuga com Kalua. Mas quando a garota prosseguiu, não foi com uma nota de raiva, mas de ávida curiosidade: Ele está com você? Onde vocês vão?

Para longe daqui; para uma cidade.

Uma cidade! Kabutri enrolou um braço suplicante na cintura de Deeti. Quero ir também; me leva com você; para uma cidade.

Jamais fora intenção de Deeti antes abrir mão de sua filha, tanto quanto não era agora. Mas seus instintos maternais ditavam o contrário: Como posso levar você comigo, beti? *Saré jindagi aisé bhatkátela?* Para vagar sem rumo a vida toda? Como eu?

É; como você.

Não, Deeti sacudiu a cabeça; por mais ardentemente que desejasse a filha perto de si, sabia que tinha de resistir: não fazia ideia sobre como arranjaria a refeição seguinte, muito menos onde poderia estar na semana seguinte ou no mês seguinte. Pelo menos com sua tia e seus primos a garota teria quem cuidasse dela; era o melhor que permanecesse ali até...

... Até o momento apropriado, Kabutri — e quando ele chegar, voltarei para buscá-la. Acha que não a quero comigo? Acha mesmo isso? Sabe o que vai significar para mim deixá-la aqui? Faz ideia, Kabutri? Faz ideia?

Kabutri ficou em silêncio e quando voltou a falar foi para dizer algo que Deeti jamais esqueceria.

E quando voltar, vai me trazer braceletes? *Hamré khátir churi lelaiya?*

* * *

Por mais farto do mundo que estivesse, Baboo Nob Kissin percebeu que teria de suportá-lo ainda por mais algum tempo. Sua maior esperança de conseguir um lugar a bordo do *Ibis* era ser contratado como comissário do navio, e a função dificilmente ser-lhe-ia atribuída, ele sabia, se desse a entender que perdera o interesse no trabalho. E disso ele também sabia: que se Mister Burnham suspeitasse minimamente de qualquer intenção pagã por trás de sua ambição em ocupar o posto de comissário, isso poria um ponto final abrupto na questão. De modo que, por ora, Baboo Nob Kissin decidiu ser imperativo mostrar dedicação aos seus afazeres e ocultar o máximo possível quaisquer sinais das momentosas transformações que se operavam dentro dele. Isso não era tarefa fácil, pois quanto mais próximo tentava estar de suas funções rotineiras, mas consciente ficava de que tudo mudara e de que estava enxergando o mundo de modos novos e inesperados.

Havia momentos em que uma compreensão súbita espocava diante de seus olhos com ofuscante clareza. Certo dia, viajando em um barco, subindo o Tolly's Nullah, seu olhar pousou sobre um barraco de madeira em um manguezal; o lugar era apenas uma plataforma de bambu primitiva, com um telhado de colmo, mas estava à sombra de uma exuberante árvore kewra, e a própria simplicidade da construção trouxe à mente do gomusta aqueles retiros silvestres onde se dizia que os grandes sábios e rishis do passado se fixavam para meditar.

Acontecera de justo naquela manhã Baboo Nob Kissin Pander ter recebido uma mensagem de Ramsaran-ji, o recrutador: continuava embrenhado no interior, escrevia o duffadar, mas esperava chegar em Calcutá dentro de um mês com um vasto grupo de trabalhadores, homens e mulheres. A notícia acrescentara um toque de urgência às já inúmeras preocupações do gomusta: onde acomodar esses migrantes quando chegassem? Um mês era tão pouco tempo para cuidar de tanta gente.

No passado, duffadars como Ramsaran-ji costumavam manter a mão de obra em sua própria residência até que ela fosse embarcada. Mas essa prática se mostrara insatisfatória por diversos motivos: um deles era imergir os candidatos a imigrantes na vida da cidade, expondo-os a todo tipo de rumores e tentações. Em um lugar como Calcutá, o que não faltava era gente ávida por explorar esses camponeses rústicos e ingênuos, e no passado muitos trabalhadores haviam fugido por causa das histórias contadas por tais encrenqueiros; alguns haviam conseguido outro emprego na cidade e outros haviam regressado direto para seus povoados. Certos duffadars tentavam mantê-los presos a portas fechadas — mas tudo que conseguiram em troca foram tumultos, incêndios e fugas. O clima insalubre da cidade era mais um problema, pois todo ano um bom número de migrantes morria de doenças contagiosas. Do ponto de vista de um investidor, cada trabalhador morto, fugido e incapacitado representava uma perda séria, e estava cada vez mais claro que se alguma coisa não fosse feita a respeito do problema, o negócio deixaria de ser lucrativo.

Foi a resposta a essa pergunta que surgiu diante de seus olhos nesse dia: um acampamento deveria ser construído, bem ali, às margens do Tolly's Nullah. Como em um sonho, Baboo Nob Kissin viu um aglomerado de cabanas, erguidas como os dormitórios de um ashram; as instalações teriam um poço de água potável, um ghat para banho, algumas árvores para fornecer abrigo e uma área pavimentada onde a comida dos ocupantes seria preparada e consumida. No coração do complexo haveria um templo, um modesto santuário, para marcar o início da jornada a Mareech: ele já podia ver seu pináculo, projetando-se através da fumaça espiralada do ghat crematório; podia imaginar os migrantes, aglomerados junto de seu limiar, reunindo-se para dizer suas últimas orações em solo nativo; seria para eles a lembrança compartilhada da sagrada Jambudwipa, antes de serem lançados na Água Negra. Contariam sobre isso para seus filhos e para os filhos de seus filhos, que voltariam para lá ao longo de gerações, para lembrar e invocar seus ancestrais.

A cadeia de Lalbazar situava-se no populoso centro de Calcutá como uma mão gargantuesca segurando o coração da cidade em seu punho cerrado. A severidade do exterior da cadeia, contudo, era enganosa, pois atrás de sua maciça fachada de tijolos vermelhos ficava um caos labiríntico de pátios, corredores, escritórios, casernas e tope-khanas para a armazenagem de armamentos. As celas de prisão eram apenas uma pequena parte desse enorme complexo, pois, a despeito de seu nome, Lalbazar não era de fato um centro de encarceramento, mas antes uma detenção temporária onde os prisioneiros eram mantidos enquanto aguardavam julgamento. Sendo também o quartel-general administrativo da polícia da cidade, era um lugar azafamado, febril de atividade, animado constantemente pelas idas e vindas de oficiais e peons, prisioneiros e darogas, vendedores e hurkarus.

O alojamento de Neel ficava na ala administrativa da cadeia, bem afastado das áreas onde outros prisioneiros menos afortunados permaneciam detidos. Dois conjuntos de escritórios térreos haviam sido esvaziados para ele, compondo um confortável apartamento com um dormitório, uma sala de recepções e uma pequena despensa. A Neel também fora concedido o privilégio de ter um servo com ele durante o dia, para limpar seus aposentos e servir suas refeições; quanto a alimentos e água, tudo que comia e bebia vinha de suas próprias cozinhas — pois seus carcereiros dificilmente poderiam ter permitido a propagação da notícia de que haviam obrigado o rajá de Raskhali a se rebaixar de casta antes mesmo que seu caso fosse levado a julgamento. À noite, as portas do apartamento de Neel eram negligentemente guardadas por policiais que o tratavam com a maior deferência; se o sono lhe faltava, essas sentinelas o mantinham entretido com jogos de dado, cartas e pachcheesi. Durante o dia, Neel tinha permissão de receber quantas visitas quisesse, e os gomustas e mootsuddies do zemindary vinham com tanta frequência que ele encontrava pouca dificuldade em dar prosseguimento aos negócios de estado do confinamento da cadeia.

Embora agradecido por todas essas concessões, o privilégio que mais importava para Neel era um que não podia ser publicamente mencionado: o direito de usar a casinha limpa e bem-iluminada reservada aos oficiais. Neel fora criado para encarar o corpo e suas funções com uma meticulosidade que beirava quase o oculto: isso era em grande parte obra de sua mãe, para quem a poluição corporal era uma preocupação que não admitia paz nem trégua. Embora uma mulher tranquila, bondosa e afetuosa em alguns aspectos, os costumes de sua casta e classe eram, para ela, não apenas uma série de regras e observâncias, mas a própria essência de seu ser. Negligenciada pelo marido e vivendo isolada numa escura ala do palácio, ela devotara sua inteligência considerável à criação de rituais de limpeza e purificação fantasticamente elaborados: não lhe bastava lavar as mãos durante meia hora, antes e depois de cada refeição — ela também precisava ter certeza de que o recipiente de onde a água era vertida estivesse apropriadamente limpo, bem como o balde com qual fora tirada do poço; e assim por diante. Seus medos mais poderosos residiam nos homens e mulheres que esvaziavam as latrinas do palácio e despejavam seu esgoto: esses varredores e faxineiros da imundície noturna, ela os encarava com tal aversão que ficar longe de seu caminho tornou-se uma de suas constantes preocupações. Quanto às ferramentas dos varredores — jharus feitas de cerdas de folha de palmeira —, não havia espada ou serpente capaz de lhe inspirar apreensão mais profunda do que esses objetos, cuja visão podia assombrá-la por dias a fio. Esses medos e ansiedades criavam um estilo de vida que era inatural demais para ser mantido por longo tempo, e ela morreu quando Neel tinha apenas doze anos de idade, deixando-lhe como legado uma extrema meticulosidade em relação a sua própria pessoa. De modo que, para Neel, nenhum aspecto de sua detenção lhe inspirava maior terror do que o pensamento de dividir um buraco de cloaca no chão com dezenas de prisioneiros comuns.

Para chegar à casinha dos oficiais, Neel tinha de passar por diversos corredores e pátios, alguns dos quais proporcionavam vislumbres dos demais internos da prisão — em geral eles pareciam lutar por luz e ar, com o nariz pressionado contra as barras, como ratos numa armadilha. Essa visão das agruras enfrentadas pelos outros prisioneiros significou para Neel uma aguda percepção da deferência que lhe fora concedida: estava claro que as autoridades britânicas tinham intenção de assegurar ao público que o rajá de Raskhali estava sendo tratado com a máxima justiça. Tão poucas eram as inconveniências do encarceramento de Neel em Lalbazar, de fato, que ele quase podia se imaginar como estando de férias, não fosse a proibição de receber a visita de mulheres e crianças. Contudo, nem mesmo isso era uma grande perda, uma vez que Neel não teria permitido, em todo caso, que sua esposa ou seu filho se aviltassem a ponto de entrar na cadeia. Elokeshi, por outro lado, teria sido muito bem recebida, mas não havia notícias dela desde o momento em que Neel foi preso: achavam que fugira da cidade, para evitar um interrogatório da polícia. Neel não tinha motivos para se queixar de uma ausência tão ajuizada.

A comodidade de seu encarceramento era tal que Neel achava difícil levar suas dificuldades legais muito a sério. Seus parentes entre a nobreza de Calcutá haviam-lhe dito que aquele julgamento seria uma farsa, destinada a persuadir o público da imparcialidade da justiça britânica: ele tinha certeza da absolvição, ou de se ver livre com uma pena leve, simbólica. Insistiram veementemente que não havia motivo para se afligir: grandes esforços vinham sendo empreendidos em seu favor por inúmeros cidadãos proeminentes, disseram; todos em seu círculo de conhecidos estavam exercendo sua influência o mais longe que podiam: considerando todos, alguns certamente seriam capazes de mexer importantes pauzinhos, talvez até mesmo no Conselho do Governador-

-Geral. Em todo caso, era impensável que um membro de sua própria classe fosse tratado como um criminoso comum.

O advogado de Neel, também, estava cautelosamente otimista: um sujeitinho agitado, Mister Rowbotham ostentava a combatividade belicosa desses terriers de pelo duro que ocasionalmente se viam no Maidan, tensos na ponta da guia de uma memsahib. Com sobrancelhas fartas e suíças luxuriantes, quase nada era visível de seu rosto, exceto o par de olhos negros brilhantes e um nariz com o formato e a cor de uma lechia madura.

Após examinar o caso de Neel, Mister Rowbotham ofereceu sua opinião. "Deixe-me lhe dizer algo, caro rajá", disse ele com franqueza desconcertante. "Nenhum júri neste mundo iria lhe conceder a absolvição — muito menos um consistindo em comerciantes e colonizadores ingleses."

Isso foi um choque para Neel. "Mas Mister Rowbotham", disse. "Está sugerindo que podem me declarar culpado?"

"Não vou iludi-lo, caro rajá", disse Mister Rowbotham. "Acho que é bem possível que um veredicto desses seja o resultado. Mas não há motivo para desespero. Do modo como vejo, é a sentença que nos preocupa, não o veredicto. Até onde se sabe, o senhor pode sair com uma multa e mais alguma penalidade financeira. Se não me engano, houve um caso similar recente em que a pena consistiu em nada mais que uma multa e uma sentença de ridículo público: o réu foi conduzido por Kidderpore sentado no dorso de um jumento!"

Neel ficou de queixo caído e murmurou apavorado: "Mister Rowbotham, como pode um destino desses se abater sobre o rajá de Raskhali?"

Os olhos do advogado pestanejaram: "E se acontecer, caro rajá? Não é o pior que pode lhe suceder, é? Não seria muito pior se todas suas propriedades fossem confiscadas?"

"De modo algum", respondeu Neel prontamente. "Nada seria pior do que passar uma vergonha dessas. Por comparação, seria melhor até me ver livre de todas as minhas posses. Pelo menos eu estaria livre para viver em uma água-furtada escrevendo minha poesia — como seu admirável senhor Chatterton."*

---

* Thomas Chatterton, poeta inglês da segunda metade do século XVIII. (N. do T.)

Nisso, as amplas sobrancelhas do advogado se juntaram num emaranhado de perplexidade. "O senhor Chatterjee, está dizendo?", perguntou, surpreso. "Está se referindo ao tabelião? Mas posso lhe assegurar, caro rajá, que ele não mora em uma água-furtada — e, no tocante a sua poesia, é a primeira vez que ouço falar..."

Nove

Foi no povoado ribeirinho de Chhapra, a um dia de viagem de Patna, que Deeti e Kalua voltaram a cruzar com o duffadar que conheceram em Ghazipur.

Muitas semanas haviam se passado desde o início da jornada de Deeti e Kalua, e suas esperanças de chegar a uma cidade haviam soçobrado, junto com sua jangada, no traiçoeiro labirinto de bancos de areia que marcam a confluência do Ganga com seu turbulento tributário, o Ghagara. A satua deles chegou ao fim e viram-se reduzidos à mendicância nas portas dos templos de Chhapra, onde chegaram após deixar para trás os destroços do naufrágio.

Tanto Deeti como Kalua haviam tentado achar o que fazer, mas obter trabalho em Chhapra não era tarefa das mais fáceis. O lugar estava apinhado de centenas de outros viajantes empobrecidos, muitos deles dispostos a suar quase até a morte em troca de alguns punhados de arroz. Inúmeras dessas pessoas haviam sido levadas a deixar seus vilarejos por causa do dilúvio de flores que inundara o campo: terras que outrora haviam provido sustento encontravam-se agora submersas pela maré crescente de papoulas; a comida era tão difícil de arranjar que as pessoas ficavam felizes de lamber as folhas em que as oferendas eram feitas nos templos ou beber a água glutinosa de uma panela onde arroz fora cozido. Muitas vezes, era de sobras assim que Deeti e Kalua viviam: às vezes, quando tinham sorte, Kalua conseguia obter alguns trocados trabalhando de carregador na beira do rio.

Como cidade mercantil e portuária, Chhapra era visitada por inúmeras embarcações, e os ghats da cidade eram o único lugar onde se podia ganhar alguns cobres carregando e descarregando barcos e chatas. Quando não estavam mendigando no templo, era ali que Deeti e Kalua passavam a maior parte do tempo. À noite, a beira do rio era bem mais fresca que o congestionado interior do povoado, e normalmente era ali que dormiam: quando as chuvas viessem, eles teriam de encontrar algum outro lugar, mas até lá aquele era um lugar tão bom quanto qualquer outro. Toda noite, a caminho do lugar, Deeti dizia: *Suraj dikhat áwé to rástá mit jáwé* — quando o sol se ergue o caminho se mostra — e tão fortemente acreditava nisso que nem nas piores circunstâncias permitia que suas esperanças diminuíssem.

Aconteceu certo dia, quando o céu a leste começava a brilhar com a primeira luz do sol, de Deeti e Kalua acordarem para dar com um homem alto, um babu bem-vestido e de bigode branco, marchando pelo ghat e reclamando furiosamente de como seu barqueiro estava atrasado. Deeti reconheceu o homem quase na mesma hora. Era aquele duffadar, Ramsaran-ji, sussurrou para Kalu. Ele andou no carro com a gente naquele dia, em Ghazipur. Por que não vai até lá e veja se pode ser de alguma ajuda?

Kalua bateu o pó de sua roupa, juntou as mãos em sinal de respeito e foi até o duffadar. Minutos mais tarde ele voltou para relatar que o duffadar queria alguém que o levasse para a outra margem do rio, a fim de apanhar um grupo de homens. Precisava sair imediatamente, pois recebera a notícia de que a frota de ópio estava chegando e o rio seria fechado para outros tipos de tráfego, mais tarde, nesse dia.

Ele oferecia dois dams e uma adhela para ser transportado, disse Kalua.

Dois dams e uma adhela! E você fica aí parado como uma árvore?, disse Deeti. *Kai sochawa?* Por que parou para pensar? Vai logo, *na, jaldi*.

Horas mais tarde, Deeti sentava na entrada do famoso templo Ambaji de Chhapra quando viu Kalua vindo pela estrada. Antes que pudesse fazer qualquer pergunta, ele disse: Vou contar tudo que aconteceu, mas primeiro vamos comer: *chal, jaldi-jaldi khanwa khá lei.*

Khanwa? Comida? Deram comida para você?

Chal! Ele afastou com os cotovelos a turba faminta que os rodeara e somente quando se viram fora de alcance lhe mostrou o que trouxera: um pacote embrulhado em folhas de uma suculenta parathas recheada de satua, picles de manga, batatas amassadas com masalas para fazer aloo-ka-bharta e até alguns legumes açucarados e outros doces — parwal-ka-mithai e um suculento khubi-ka-lai de Barh.

Depois de devorarem a comida, sentaram por algum tempo à sombra de uma árvore e Kalua fez um relato detalhado de tudo que acontecera. Haviam chegado à margem oposta do rio e encontrado oito homens à espera, junto com um dos subagentes do duffadar. Bem ali, na areia, os homens haviam escrito seus nomes em girmits de papel; depois que esses contratos foram selados, cada um ganhou um cobertor, diversas peças de roupa e um lota metálico de fundo redondo. Então, para celebrar seu status recém-adquirido de girmitiyas, foi-lhes servida uma refeição — eram as sobras desse banquete que foram entregues a Kalua pelo duffadar. O regalo não foi feito sem protestos: nenhum dos recrutados desconhecia o que era fome e, por mais empanturrados que pudessem estar, haviam ficado chocados em ver tanta comida sendo dada para alguém. Mas o duffadar lhes dissera que não tinham com que se preocupar; poderiam comer até ficar cheios em qualquer refeição; dali em diante, até chegarem a Mareech, era tudo que tinham a fazer — comer e ficar fortes.

Essa declaração suscitara grande descrença. Um dos homens disse: Por quê? Estamos sendo engordados para um abate, como cabras antes do 'Id?

O duffadar deu uma gargalhada e lhe disse que era ele quem ia se banquetear em cabras engordadas.

No caminho de volta, de repente, o duffadar dissera a Kalua que se tivesse desejo de se juntar a eles, ficaria feliz em admiti-lo: sempre podia fazer uso de homens grandes e fortes.

Isso fez a cabeça de Kalua girar. Eu?, disse. Mas malik, sou casado.

Não importa, disse o duffadar. Muitos girmitiyas vão com suas esposas. Recebo cartas de Mareech pedindo mais mulheres. Levo você e sua esposa também, se ela quiser ir.

Depois de pensar um pouco, Kalua perguntou: E *ját* — e a casta?

Casta não interessa, disse o duffadar. Todo tipo de homem está ansioso por assinar — brahmins, ahirs, chamars, telis. O que interessa é ser jovem, fisicamente apto e disposto a trabalhar.

Sem saber o que dizer, Kalua aplicara toda sua força aos remos. Quando o barco se aproximava da margem, o duffadar repetira a oferta. Mas dessa vez acrescentara uma advertência: Lembre-se — você tem apenas uma noite para decidir. Partimos amanhã — se quiser vir, tem de ser ao raiar do dia... *sawéré hí áwat áni*.

Tendo contado essa história, Kalua virou para olhar Deeti e viu que seus olhos negros imensos estavam iluminados por perguntas que ele não fora levado a fazer. A sensação de estômago cheio deixara Deeti grogue o bastante para escutar Kalua em silêncio, mas agora sua cabeça fervilhava com o calor de muitos medos inadmissíveis, e ela se pôs de pé num pulo, agitada. Como tinha coragem de pensar que ela concordaria em abandonar sua filha para sempre? Como podia ele se convencer que iria para um lugar que era, até onde ela sabia, habitado por demônios e pishaches, sem falar de todo tipo de fera inominável? Como podia ele, Kalua, ou quem quer que fosse, saber que não era verdade que os recrutados estavam sendo engordados para um abate? Por que outro motivo estariam aqueles homens sendo alimentados com tal munificência? Era normal, nesses tempos, ser tão pródigo sem um motivo oculto?

  Diga-me, Kalua, ela disse, as lágrimas enchendo-lhe os olhos. Foi para isso que me salvou? Para me dar de comer aos demônios? Ora, teria sido melhor se tivesse me deixado para morrer naquela fogueira...

Um dos modestos modos pelos quais Paulette tentava se mostrar útil a seus benfeitores era escrevendo os cartões dos lugares para seus jantares, ceias, almoços paroquiais e outros eventos. Sendo de disposição relaxada, plácida, a senhora Burnham raramente demonstrava grande empenho nessas refeições, preferindo fazer seus arranjos deitada na cama. O bobachee-chefe e o consumah principal geralmente se apresentavam primeiro, para discutir a refeição: por motivos de decoro, a senhora Burnham mantinha o barrete na cabeça e a rede de mosquitos abaixada, enquanto a consulta tinha prosseguimento. Mas quando chegava a vez de Paulette entrar, os véus eram puxados e normalmente Paulette era convidada a sentar na cama da Burra BeeBee, olhando por sobre o ombro enquanto quebrava a cabeça com os lugares para a refeição, rabiscando nomes e diagramas em uma tabuleta de ardósia. E assim Paulette foi chamada ao aposento da senhora Burnham certa tarde para ajudar com os arranjos para uma burra-khana.

  Para Paulette, o exame dos lugares da senhora Burnham constituía em geral um exercício de sofrimento: situando-se tão abaixo na ordem de precedência social, quase sempre lhe cabia sentar a meia-nau — ou beech-o-beech, como a BeeBee gostava de dizer —, o que equivale a dizer que normalmente era colocada entre os convidados menos desejáveis: coronéis surdos com os disparos de canhões; fiscais que não tinham outro assunto além dos futuros impostos de seus distritos; pregadores leigos arengando sobre a obstinação dos pagãos; fazendeiros com as mãos encardidas de índigo; e outros papa-moscas desse naipe. Tal sendo sua experiência com os burra-khanas dos Burnham, foi com alguma agitação que Paulette perguntou: "É uma ocasião especial, madame?"

"Ora, de fato, Puggly", disse a senhora Burnham, espreguiçando-se languidamente. "Mister Burnham quer dar um tumasher. É para o capitão Chillingworth, que acaba de chegar de Cantão."

Paulette relanceou a ardósia e viu que o capitão já fora colocado perto da BeeBee, na ponta da mesa. Feliz pela oportunidade de exibir seu conhecimento de etiqueta memsahib, ela disse: "Já que o capitão está perto da senhora, madame, não deve a esposa dele ser colocada ao lado de Mister Burnham?"

"Esposa?" A ponta do giz separou-se da ardósia, com a surpresa. "Ora, querida, a senhora Chillingworth partiu há mais de um ano."

"Oh?", disse Paulette. "Então ele é — como se diz — um *veuf*?"

"Um viúvo, você quer dizer, Puggly? Não, querida, nada disso. É uma história um tanto triste..."

"Sim, madame?"

Isso foi toda a deixa que a senhora Burnham precisava para se recostar confortavelmente nos travesseiros. "Ele é de Devonshire, o capitão Chillingworth, e criado para o mar, como dizem. Esses velhos marujos gostam de regressar aos seus portos de origem para se casar, você sabe, e foi isso que ele fez: encontrou para si uma moçoila de maças rosadas do West Country, recém-saída do jardim de infância, e a trouxe para o Oriente. Nossas larkins nascidas nesta terra não eram mem bastante para ele. Como seria de se esperar, nada de bom resultou disso."

"Por que, madame? O que aconteceu?"

"O capitão partiu para Cantão, certo ano", disse a BeeBee. "Como sempre, os meses se passaram e lá ficou ela, sozinha, em um lugar estranho. Até que finalmente chegaram notícias do navio de seu marido — mas, em vez do capitão, quem apareceu em sua porta foi o primeiro-imediato. O capitão fora acometido de febre héctica, contou ele, e tiveram de deixá-lo em Penang para se restabelecer. O capitão decidira arranjar uma passagem para a senhora Chillingworth e designara o imediato para cuidar do assunto. Bem, querida, e assim foi: hogya para o pobre e velho capitão."

"Como assim, madame?"

"Esse imediato — seu nome era Teixeira, eu me lembro — era de Macau, um português, e o patife mais chuckmuck que já se viu: olhos brilhantes como muggerbees, o sorriso de um xeraphim. Ele afirmou para todos que escoltaria a senhora Chillingworth para Penang. Subiram a bordo de um barco e foi a última vez que foram vistos. Estão no Brasil, agora, ouvi dizer."

"Ai, madame!", gemeu Paulette. "Que pena do capitão! Então ele nunca arranjou uma nova épouse?"

"Não, Puggly, querida. Ele nunca se recuperou de verdade. Se pela perda do imediato ou da esposa, ninguém sabe, mas seus dotes de navegador ficaram destruídos — não se dava mais com seus oficiais; espantava os cabobs de suas tripulações; chegou até a virar oolter-poolter um barco nas Spratlys, coisa que é considerada sinônimo de grande estultice entre homens do mar. Seja como for, está tudo terminado, agora. O *Ibis* será seu último comando."

"O *Ibis*, madame?" Paulette endireitou o corpo de repente. "Ele vai ser o capitão do *Ibis*?"

"Ora, vai — não contei a você, Puggly?" Aqui a BeeBee parou abruptamente com um sobressalto culpado. "Olhe só para mim, tagarelando como uma gudda quando deveria estar cuidando do tumasher." Ela apanhou a ardósia e roçou o lábio pensativamente com a ponta do giz. "Agora, diga-me, Puggly querida, o que cargas-d'água farei com Mister Kendalbushe? Ele é um magistrado importante, agora, você sabe, e deve ser tratado com a maior distinção."

Os olhos da BeeBee ergueram-se lentamente da tabuleta e pousaram avaliadores sobre Paulette. "O juiz aprecia tanto sua companhia, Puggly!", disse. "Ainda na semana passada escutei-o dizer que você merece um shahbash por seu progresso nos estudos da Bíblia."

Paulette ficou apavorada ao ouvir isso: uma noite passada ao lado do juiz Kendalbushe não era uma perspectiva agradável, pois ele invariavelmente a sujeitava a longas e exprobrantes catequizações em assuntos das escrituras. "O juiz é muito amável", disse Paulette, recordando vividamente o cenho franzido com que Mister Kendalbushe a encarara ao ver que bebericava uma segunda vez de sua taça de vinho: "Lembre-se de que os dias de trevas", murmurara ele, "serão muitos...". E é claro que ela não fora capaz de identificar nem o capítulo, nem o versículo.

O momento pedia que pensasse rápido e a presença de espírito de Paulette não lhe faltou. "Mas madame", disse, "não será uma offense para as demais Burra Mems se alguém como eu for colocada ao lado de um homem de tamanha magistralidade como o juiz Kendalbushe"?

"Tem razão, querida", disse a senhora Burnham após considerar por um momento. "Isso provavelmente provocaria na senhora Doughty um acesso de doolally-tap."

"Ela é para estar presente?"

"É inevitável, receio", disse a BeeBee. "Mister Burnham está determinado a contar com os Doughty. Mas o que cargas-d'água farei com ela? É completamente dottissima."*

De repente os olhos da senhora Burnham se iluminaram e a ponta de seu giz pousou na ardósia novamente. "Pronto!", disse, triunfante, inscrevendo o nome da senhora Doughty na cadeira vazia à esquerda do capitão Chillingworth. "Isso deve mantê-la de boca fechada. E quanto àquele marido dela, melhor que seja mandado beech-o-beech para um lugar onde eu não precise escutá-lo. Vou deixar para você o velho poggle tagarela..." O giz pousou no centro vazio da tabuleta e designou Mister Doughty e Paulette lado a lado.

Paulette mal tivera tempo de se conformar com a perspectiva de entabular conversa com o piloto — de cujo inglês ela compreendia essencialmente o hindustani — quando a ponta do giz da BeeBee começou rapidamente a se mover de maneira indecisa, outra vez.

"Mas com isso ainda resta um problema, Puggly", queixou-se a BeeBee. "Quem cargas-d'água devo lagow a sua esquerda?"

Um raio de inspiração levou Paulette a perguntar: "Os imediatos do navio serão convidados, madame?"

A senhora Burnham trocou o próprio peso de lado na cama, desconfortável. "Mister Crowle? Ai, minha querida Puggly! Eu jamais o aceitaria em minha casa."

"Mister Crowle? Ele é o primeiro-imediato?", disse Paulette.

"Sim, é", disse a BeeBee. "Um bom marinheiro, é o que dizem — Mister Burnham jura que o capitão Chillingworth teria ficado completamente à deriva sem ele nesses últimos anos. Mas é um lobo do mar da pior espécie: expulso da Marinha devido a um pavoroso goll--maul com um gajeiro. Sorte dele que o capitão não é homem cheio de dedos — mas minha querida, nenhuma mem poderia recebê-lo em sua mesa. Ora, seria o mesmo que jantar com o moochy!"** A BeeBee fez uma pausa para lamber o giz. "É uma pena, porém, pois ouvi dizer que

---

* Um emprego peculiar do superlativo italiano *dottissimo* ("erudito"), aqui associado ao inglês *dotty*, no sentido de "caduca". (N. do T.)
** O coureiro. (N. do T.)

o segundo-imediato é deveras bem-apessoado. Como é mesmo o nome? Zachary Reid?"

Um estremecimento percorreu Paulette e quando cessou foi como se as próprias partículas de pó houvessem cessado de dançar e aguardassem em suspenso. Não ousava falar nada, nem mesmo erguer o olhar, e tudo que pôde oferecer a título de resposta para a pergunta da BeeBee foi um aceno de cabeça.

"Você já o conheceu, não foi — esse Mister Reid?", quis saber a BeeBee. "Ele não estava na escuna quando você foi dar uma dekko, na semana passada?"

Não tendo feito nenhuma menção a sua visita ao *Ibis*, Paulette ficou mais do que um pouco indignada em descobrir que a senhora Burnham já sabia a respeito. "Ora, claro, madame", disse, cautelosa. "Tive de fato um breve encontro com Mister Reid. Ele me pareceu bastante aimable."

"Aimable, é mesmo?" A senhora Burnham dirigiu-lhe um olhar astuto. "O kubber é que há mais de uma jovem missy-mem planejando bundo o rapaz. Os Doughty o têm arrastado por toda a cidade."

"Oh?", disse Paulette, animando-se. "Então quem sabe não poderiam trazer Mister Reid com eles, como seu convidado? Decerto Mister Crowle não precisa saber?"

"Ora, sua shaytan malandrinha!" A BeeBee deu uma risada deliciosa. "Que plano mais esperto! E já que o concebeu, vou colocá-lo ao seu lado. Aí está. Chull."

E, com isso, seu giz mergulhou na direção da ardósia, como o dedo do destino, e escreveu o nome de Zachary na cadeira à esquerda de Paulette: "Pronto."

Paulette agarrou a tabuleta da BeeBee e subiu correndo a escada, mas para dar com seu quarto invadido por um batalhão de limpeza. Ao menos dessa vez, tocou-os todos de lá sumariamente, farrashes, bichawnadars e harry-maids — "Hoje não, agora não..." —, e sentou diante da escrivaninha com uma pilha de cartões.

A senhora Burnham gostava que os cartões fossem preenchidos com uma escrita ornamental, enfiando-se neles o máximo de arabescos e floreios possíveis: mesmo em dias comuns, normalmente Paulette levava uma ou duas horas para preenchê-los de modo a satisfazer a BeeBee. Nesse dia, a tarefa pareceu se estender infinitamente, com sua pena correndo e hesitando: de todas as letras, foi a "Z" que lhe deu mais trabalho, não só porque nunca antes tivera ocasião de escrevê-

-la em capitular, como também porque jamais se dera conta de que proporcionava tantas curvas, volteios e possibilidades: explorando seu formato e tamanho, a pena circulava e circulava, moldando-a em laços e caracóis que pareciam, de algum modo, querer enredar-se com o humilde "P" de sua própria inicial. E quando começou a se cansar disso, sentiu-se compelida, inexplicavelmente, a se olhar no espelho, ficando alarmada com a desordenada bagunça de seu cabelo, e com as marcas avermelhadas onde suas unhas haviam se enterrado na pele. Então seus pés a levaram para o guarda-roupa e a retiveram cativa diante dele, examinando os vestidos que a senhora Burnham lhe presenteara: agora, mais do que nunca, desejava que não fossem todos tão austeros na cor, nem de formas tão volumosas. Num impulso, abriu o baú trancado e tirou seu único sari bom, uma seda benarasi escarlate, e passou as mãos sobre o tecido, lembrando como até mesmo Jodu, que sempre ria de suas roupas, engasgara ao vê-la usando-o pela primeira vez — e o que diria Zachary se a visse dentro dele? A ideia fez seus olhos vagarem para a janela, na direção do bangalô do jardim botânico, e ela se jogou sobre a cama, derrotada pela impossibilidade de tudo.

Dez

Quando cruzava as altas portas de mogno do Dufter de Mister Burnham, Baboo Nob Kissin ficou com a impressão de que deixara o calor de Calcutá para trás e estava em outro país. As dimensões do ambiente, com sua extensão aparentemente infinita de piso e paredes elevadas, eram tais que criavam um clima peculiar ao próprio espaço, temperado e livre de pó. Das maciças vigas do teto pendia um enorme punkah borlado, balançando em suave vaivém, produzindo uma brisa forte o bastante para grudar a leve kurta de algodão do gomusta contra a pele de seus membros. A varanda anexa ao Dufter era muito ampla, de modo a manter o sol a distância, criando um largo limiar ensombrecido; agora, ao meio-dia, as telas de khus do balcão estavam abaixadas, e os tatties eram constantemente umedecidos por uma equipe de punkah-wallahs, a fim de criar um efeito refrescante.

Mister Burnham sentava-se em uma mesa maciça, banhando-se sob a suave luz de uma claraboia, muito acima. Seus olhos se abriram com mais ênfase quando observou Baboo Nob Kissin atravessando a sala. "Meu querido Babuíno!", exclamou, dando com a visão dos cabelos untados na altura dos ombros do gomusta e do colar pendurado em torno de seu pescoço. "O que cargas-d'água aconteceu com você? Parece tão..."

"Como, senhor?"

"Tão estranhamente efeminado."

O gomusta sorriu fracamente. "Ah, não, senhor", disse. "É só uma aparência exterior — ilusões, somente. Debaixo disso tudo mesma coisa."

"Ilusão?", disse Mister Burnham com ar zombeteiro. "Homem e mulher? Deus fez os dois como eles são, Baboon, e não tem nada de ilusório nem em um, nem no outro, tampouco em qualquer coisa entre os dois."

"Exatamente, senhor", disse Baboo Nob Kissin, balançando a cabeça entusiasmado. "É isso que também eu estou dizendo: nesse ponto nenhuma concessão pode ser feita. Exigências irracionais devem ser vigorosamente rechaçadas."

"Então permita-me perguntar, Baboon", disse Mister Burnham, franzindo o cenho, "por que optou por se enfeitar com isso" — ergueu um dedo para apontar para o peito do gomusta, que parecia de algum modo ter adquirido uma saliência mais acentuada nos contornos de seu corpo —, "permita-me perguntar por que está usando essa enorme peça de joalheria? É algo que trouxe de sua sammy-house?"

A mão de Baboo Nob Kissin foi até o amuleto e o enfiou dentro de sua kurta. "Sim, senhor; de templo que apenas eu tenho." Improvisando livremente, correu a acrescentar: "Como tal, é mais para fins medicinais. Feito de cobre, que melhora digestão. Pode tentar também, senhor. Movimentos dos intestinos irão ficar mais suaves e copiosos. Cor também ficará boa, como cúrcuma."

"Deus me poupe!", disse Mister Burnham com um gesto de nojo. "Chega disso. Agora me diga, Baboon, qual é esse assunto urgente que o traz aqui?"

"Só queria levantar alguns problemas, senhor."

"Certo, prossiga. Não tenho o dia todo."

"Uma coisa é sobre acampamento para cules, senhor."

"Acampamento?", disse Mister Burnham. "Como assim, acampamento? Não sei nada de acampamento para cules."

"Certo, senhor, essa é a discussão que quero levantar. O que estou propondo é, por que não construir um acampamento? Aqui, só ver e vai ficar convencido." Tirando uma folha de papel de uma pasta, Baboo Nob Kissin abriu-a diante do empregador.

O gomusta tinha plena consciência de que Mister Burnham considerava o transporte de migrantes uma parte sem importância e em certa medida aborrecida de seu empreendimento mercantil, uma vez que a margem de lucro era desprezível em comparação com os enormes ganhos oferecidos pelo ópio. Era verdade que aquele ano constituía uma exceção, devido à interrupção do fluxo de ópio para a China — mas ele sabia que seus argumentos tinham de ser fortes se queria persuadir o Burra Sahib a ter uma significativa despesa com esse ramo de seus negócios.

"Olhe aqui, senhor, vou mostrar..." Com os números por escrito, Baboo Nob Kissin foi capaz de provar, com rapidez e objetividade, que o custo de pagar por um acampamento, erguendo cabanas e assim por diante, seria recuperado em algumas temporadas. "Uma grande vantagem, senhor, pode vender acampamento para governo em um, dois anos. Lucro pode ser considerável."

Isso conquistou a atenção de Mister Burnham. "Como assim?"

"Simples, senhor. Pode dizer a Conselho Municipal que depósito de imigrante adequado é necessitado. De outro modo asseio sofre e progresso fica atrasado. Então para eles apenas podemos vender, não? O senhor Hobbes está lá — ele assegura pagamento."

"Esplêndida ideia." Mister Burnham recostou em sua cadeira e esfregou a barba. "Não posso negar, Baboon, de vez em quando você me aparece com umas sugestões excelentes. Tem minha permissão para fazer o que for necessário. Vá em frente. Não perca mais tempo."

"Mas, senhor, um outro problema também surge no horizonte."

"É? E qual é?"

"Senhor, comissário para *Ibis* ainda não foi designado, não senhor?"

"Não", disse Mister Burnham. "Ainda não. Tem alguém em mente?"

"Sim, senhor. Moção que eu gostaria de propor, senhor, é que eu mesmo devo ir."

"Você?" Mister Burnham olhou para o gomusta, surpreso. "Mas Baboo Nob Kissin! Com que finalidade?"

O gomusta tinha a resposta pronta: "Apenas, senhor, a razão é observar a situação de perto. Vai facilitar trabalho meu com cules, senhor, então posso fornecer abundantes serviços. Será como arrancar nova folha para minha carreira."

Mister Burnham lançou um olhar desconfiado para a forma matronal do gomusta. "Estou impressionado com seu entusiasmo, Baboo Nob Kissin. Mas tem certeza de que será capaz de lidar com as condições a bordo de um navio?"

"Definitivamente, senhor. Antes já estive em navio — para templo Jagannath, em Puri. Nenhum problema por lá."

"Mas Baboon", disse Mister Burnham, franzindo o lábio com ar de deboche. "Não tem medo de se rebaixar de casta? Seus camaradas gentoo não irão bani-lo de seu meio por cruzar a Água Negra?"

"Ah, não, senhor", disse o gomusta. "Hoje em dia, todos saem para peregrinação por barco. Peregrinos não podem perder casta — isto também pode ser desse jeito. Por que não?"

"Bem, não sei", disse Mister Burnham, com um suspiro. "Francamente, não tenho tempo para pensar nisso agora, com esse caso de Raskhali acontecendo."

Esse era o momento, Baboo Nob Kissin sabia, de jogar sua melhor carta. "Concernente a caso, senhor, posso eu gentilmente ser permitido apresentar uma sugestão?"

"Ora, sem dúvida", disse Mister Burnham. "Ao que me recordo, a ideia toda foi sua desde o início, não foi?"

"Sim, senhor", disse o gomusta, com um gesto de cabeça, "foi apenas eu mesmo quem sugeriu esse plano".

Não era pequeno o orgulho de Baboo Nob Kissin em ter sido o primeiro a alertar seu empregador sobre as vantagens de adquirir a propriedade Raskhali: por alguns anos, correra o boato de que a Companhia das Índias Orientais abriria mão de controlar a produção de ópio no leste da Índia. Se isso acontecesse, as papoulas podiam muito bem se constituir em fazendas de plantation, como o índigo ou a cana-de-açúcar: com a demanda crescendo anualmente na China, comerciantes que controlavam sua própria produção, em vez de depender de pequenos agricultores, iam lutar para multiplicar seus lucros, que já eram astronômicos. Embora até o momento não houvesse sinal claro de que a Companhia estivesse pronta para fazer as concessões necessárias, alguns comerciantes de maior visão já haviam dado início a uma corrida por extensões de terra de tamanho considerável. Quando Mister Burnham começou a fazer perguntas, foi Baboo Nob Kissin que chamou sua atenção para o fato de que bastava olhar para a imensamente endividada propriedade Raskhali, já a seu alcance. Ele estava bem familiarizado com diversos crannies e mootsudies no daftar Raskhali, e estes haviam-no mantido cuidadosamente informado sobre todos os passos em falso do jovem zemindar: assim como esses homens, ele encarava o rajá como um diletante de nariz empinado e cabeça nas nuvens, e compartilhava plenamente da opinião deles de que qualquer um tolo o bastante para assinar tudo que se lhe punham na frente merecia perder sua fortuna. Além do mais, os rajás de Raskhali eram hinduístas notoriamente fanáticos e atidos a rituais, desprezando vaishnavitas heterodoxos como ele: pessoas assim precisavam de alguém para lhes ensinar uma lição, de tempos em tempos.

O gomusta baixou a voz: "Boatos estão chegando, senhor, que a 'dama-reserva' de rajá-sahib está escondida em Calcutá. É ela dançarina, senhor, e o nome é Elokeshi. Talvez ela pode fornecer depoimentos para selar destino dele."

O brilho astuto no olho de Baboo Nob Kissin não passou despercebido de seu empregador. Mister Burnham curvou-se para a frente em sua cadeira. "Acha que ela poderia testemunhar?"

"Não consigo dizer com certeza, senhor", disse o gomusta. "Mas não tem mal em iniciar esforços."

"Me agradaria muito se fizesse isso."

"Mas então, senhor", o gomusta deixou que sua voz morresse suavemente para terminar com uma nota de interrogação: "o que fazer com indicação de comissário?"

Mister Burnham franziu os lábios, como que dando a entender que compreendia precisamente a barganha que estava sendo proposta. "Se você conseguir o depoimento juramentado, Baboon", ele disse, "o cargo é seu".

"Obrigado, senhor", disse Baboo Nob Kissin, refletindo, mais uma vez, sobre o grande prazer que era trabalhar para um homem razoável. "Pode depositar toda confiança, senhor. Eu irei fazer máximo melhor."

Na véspera do primeiro comparecimento de Neel perante o tribunal, as monções desabaram com toda força, o que foi tido como um bom sinal por todos seus simpatizantes. Contribuindo para o clima de otimismo generalizado, o astrólogo palaciano da propriedade Raskhali determinara que a data da audiência era extremamente auspiciosa, com todas as estrelas alinhadas a favor do rajá. Descobrira-se também que uma petição de clemência fora assinada pelos zemindars mais ricos de Bengala: até mesmo os Tagore de Jorasanko e os Deb de Rajabazar, que não concordavam em nada mais, deixaram as diferenças de lado nessa questão, uma vez que dizia respeito a um membro de sua própria classe. A chegada dessas notícias proporcionou tamanha alegria para a família Halder que a esposa de Neel, Rani Malati, empreendeu uma visita especial ao templo Bhukailash, onde providenciou um festim para uma centena de brâmanes, servindo cada um deles com as próprias mãos.

As notícias não foram suficientes, contudo, para liquidar completamente as apreensões de Neel, e ele não pôde dormir durante toda a noite precedente ao seu primeiro comparecimento em corte. Ficara arranjado que seria transportado para o tribunal antes do raiar do dia, com uma leve escolta, e sua família recebera permissão de enviar uma equipe de servos para ajudar nos preparativos. A aurora ainda se encontrava a algumas horas quando um matraquear de rodas anunciou a aproximação do faetonte-gari oficial; pouco depois, o séquito de Raskhali chegou diante da porta de Neel e, a partir desse ponto, misericordiosamente, ele não teve mais tempo algum para se preocupar.

Parimal trouxera dois sacerdotes da família consigo, além de um cozinheiro e um barbeiro. Os purohits brâmanes haviam chegado carregando a mais "desperta" das imagens do templo de Raskhali, uma estátua incrustada de ouro de Ma Durga. Enquanto a sala externa de suas acomodações era preparada para o puja, Neel foi retirado para o quarto de dormir, onde o barbearam, banharam e ungiram com óleos fragrantes e attars aromatizados de flores. Como guarda-roupa, Parimal trouxera consigo os trajes de Raskhali mais refinados, incluindo um paletó chapkan ornamentado com pequenas pérolas irregulares Aljofar e um turbante enfeitado com o famoso sarpech Raskhali — pulverizado de ouro, incrustado com rubis das terras altas dos Shan. Fora o próprio Neel quem solicitara tais atavios, mas assim que os dispuseram em sua cama, ele começou a reconsiderar. Poderia causar a impressão errada se se apresentasse perante a corte em um arranjo de adornos tão refinados? Mas, por outro lado, não seria possível também que um traje mais simples pudesse ser visto como admissão de culpa? Era difícil decidir qual a vestimenta apropriada para um julgamento forjado. No fim, decidindo que o mais apropriado seria não chamar a atenção para suas roupas, Neel pediu a Parimal uma kurta de mushru' mulmul comum e um dhoti não debruado de algodão Chinsura. Parimal se ajoelhava para dobrar seu dhoti quando Neel perguntou: E como vai meu filho?

Ele se ocupava de seus papagaios até tarde, ontem à noite, huzoor. Acha que o senhor está em alguma parte de Raskhali. Tomamos cuidado para que não ficasse sabendo de nada disso.

E a Rani?

Huzoor, disse Parimal, desde o momento em que o senhor foi levado, está sem dormir ou descansar. Passa os dias em oração e não há um templo ou homem santo que tenha deixado de visitar. Hoje outra vez vai passar o dia em nosso templo.

E Elokeshi?, disse Neel. Nenhuma notícia dela, ainda?

Não, huzoor, nenhuma.

Neel balançou a cabeça — era melhor que permanecesse escondida até o julgamento estar encerrado.

Completamente trajado, Neel ficou impaciente em se pôr a caminho, mas ainda havia muito por ser feito: o puja tomou a maior parte de uma hora e então, depois que os sacerdotes untaram sua testa com pasta de sândalo e o aspergiram com água benta e grama durba sagrada, teve de comer uma refeição composta de vários tipos de alimentos auspiciosos — legumes e puris, fritos num ghee puríssimo, e doces feitos de xarope de patali, das próprias palmeiras de açúcar de sua propriedade. Quando finalmente chegou a hora de sair, os brâmanes foram na frente, afastando do caminho de Neel objetos impuros como jharus e baldes de banheiro, e espantando qualquer portador de mau agouro — varredores, carregadores de excrementos noturnos e outros. Parimal já se adiantara para ter certeza de que os policiais que acompanhavam Neel até o tribunal eram hindus de casta respeitável e de confiança para levar sua comida e sua água. Agora, quando Neel entrava na carruagem inteiramente fechada, seus serviçais iam junto para lembrá-lo, mais uma vez, de tomar cuidado em não abrir as janelas, para que seu olhar não cruzasse com visões de mau agouro — aquele dia, mais do que nunca, era melhor tomar todas as precauções possíveis.

A carruagem era lenta e levou quase uma hora inteira para cobrir a distância de Lalbazar até o Novo Tribunal, na Esplanada, onde se daria o julgamento de Neel. Ao chegar lá, Neel foi conduzido rapidamente através do prédio úmido e escuro, passando pelo saguão abobadado onde a maioria dos prisioneiros aguardava sua vez de comparecer perante a corte. Os corredores se encheram de chiados e sussurros quando os outros réus começaram a especular sobre quem seria Neel e o que teria feito.

Os costumes dos zemindars não eram estranhos a esses homens:

... Se foi esse aí que deixou meu filho aleijado, nem essas barras vão me segurar...

... Deixa eu pôr as mãos nele — vai sentir algo que nunca vai esquecer...

... Enfiar no seu choot o arado que minha terra está precisando...

Para chegar à sala do tribunal, tinham de subir várias escadas e passar por inúmeros corredores. Ficou claro, pelo barulho que reverberava no Novo Tribunal, que o julgamento atraíra uma enorme multidão. Contudo, ainda que Neel tivesse plena consciência do interesse público que seu caso despertava, não estava absolutamente preparado para a visão que o aguardava quando pisou no palco de seu julgamento.

A sala do tribunal tinha a forma de uma tigela cortada, com o banco da testemunha no fundo e os espectadores dispostos em fileiras ao longo das laterais curvas e íngremes. Quando Neel entrou, o burburinho cessou de imediato, uns poucos resquícios de som flutuando suavemente para o chão, como as pontas esfiapadas de uma fita; no meio disso, um sussurro claramente audível: "Ah, o Rascally-Roger! Aí está ele, finalmente."

As primeiras fileiras eram ocupadas por brancos e era aí que se encontrava Mister Doughty. Mais atrás, estendendo-se por todo o recinto até as claraboias no teto, viam-se os rostos dos amigos, conhecidos e familiares de Neel: num relance ele percebeu, perfilados diante de si, todos os colegas membros da Associação de Senhores de Terras de Bengala, além dos inúmeros parentes que o haviam acompanhado em sua procissão de boda. Era como se cada homem de sua classe, todos eles da acreocracia bengali, houvesse se reunido para assistir ao progresso de seu julgamento.

Olhando para outro lado, Neel notou a presença de Mister Rowbotham, seu defensor. Ele havia ficado de pé quando Neel entrou e agora se adiantava para fazer uma exibição confiante de boas-vindas para Neel ao tribunal, acompanhando-o até seu lugar com grande cerimônia. Neel acabara de se acomodar na cadeira quando os meirinhos começaram a bater com seus bastões no chão, anunciando a entrada do juiz. Neel permaneceu por um momento com a cabeça abaixada, como todos os demais, e ao erguer os olhos viu que o homem destacado para presidir o julgamento não era outro senão o juiz Kendalbushe. Tendo pleno conhecimento da amizade do magistrado com Mister Burnham, Neel virou para Mister Rowbotham alarmado: "É mesmo o juiz Kendalbushe? Ele não é muito ligado a Mister Burnham?"

Mister Rowbotham franziu os lábios e balançou a cabeça. "Pode ser que sim, mas tenho confiança de que é um homem de equidade impecável."

Os olhos de Neel vagaram para a bancada do júri, e quando se deu conta estava trocando acenos de cabeça com vários jurados. Dos doze ingleses dentro do cercado, pelo menos oito haviam conhecido seu pai, o velho rajá, e vários deles haviam estado presentes à comemoração do Primeiro Arroz de seu filho. Eles haviam trazido presentes de ouro e prata, colheres trabalhadas e taças com filigranas; um deles presenteara o pequeno Raj Rattan com um ábaco trazido da China, feito de ébano e jade.

Nesse meio-tempo, Mister Rowbotham estivera observando Neel detidamente, e agora se curvava para sussurrar em seu ouvido. "Receio que haja outras notícias não muito bem-vindas..."

"Ãh?", disse Neel. "O que foi?"

"Recebi apenas hoje de manhã um chitty oficial do procurador do governo. Vão apresentar uma nova evidência: um depoimento juramentado."

"De quem?", disse Neel.

"Uma dama — uma mulher, melhor dizendo — que alega ter tido uma ligação com o senhor. Pelo que entendi, uma dançarina..." Mister Rowbotham examinou mais de perto uma folha de papel. "O nome, creio, é Elokeshi."

Os olhos descrentes de Neel se desviaram, para fitar outra vez a multidão reunida. Ele viu que o irmão mais velho de sua esposa havia aparecido no tribunal e tomado um lugar ao fundo. Por um breve instante de pesadelo, perguntou-se se Malati também viera, e grande foi seu alívio quando notou que o cunhado estava só. No passado, ocasionalmente lamentara o rigor de Malati na observação das regras da castidade e do purdah — mas hoje não sentia outra coisa além de gratidão por sua ortodoxia, pois se havia algo capaz de possivelmente deixar a situação ainda pior do que já estava, era o pensamento de ela estar presente para testemunhar sua traição pela própria concubina.

Foi com isso em mente que pôde suportar a provação do depoimento de Elokeshi, que se revelou um relato fantasioso não apenas da conversa incriminadora em que Neel falara dos negócios com Mister Burnham envolvendo a propriedade Raskhali, como também das circunstâncias em que tivera lugar. O budgerow de Raskhali, seus aposentos, até mesmo as cobertas da cama foram descritos em detalhes tão minuciosos, até indecentes, que cada nova revelação era saudada por suspiros de surpresa, exclamações de choque e explosões de risadas.

Quando enfim a leitura terminou, Neel se virou exausto para Mister Rowbotham: "Quanto tempo mais vai durar esse julgamento? Quando saberemos o resultado?"

Mister Rowbotham sorriu fracamente: "Não muito, caro rajá. Talvez não mais que uma quinzena."

Quando Deeti e Kalua desceram para o ghat, viram por que o duffadar estivera tão apressado naquela manhã: agora, o rio mais à frente estava entupido por uma imensa frota que se aproximava vagarosamente a jusante dos ghats de Chhapra. À testa ia uma flotilha de pulwars — barcos de um único mastro, equipados tanto com remos como com velas. Essas embarcações de manobra rápida abriam caminho para o corpo principal da flotilha, limpando as águas de qualquer outro tráfego, fazendo o reconhecimento dos canais navegáveis e assinalando os inúmeros baixios e bancos de areia que espreitavam logo abaixo da superfície. Atrás deles, avançando a todo pano, iam cerca de vinte patelis. Com mastros duplos e velas redondas, eram as maiores embarcações do rio, não muito menores que naus oceânicas, e portavam um suplemento completo de panos em cada mastro, ambos os dols ostentando três velas — a bara, a gavi e a sabar.

Deeti e Kalua perceberam a um primeiro olhar de onde os barcos vinham e para onde iam: aquela era a frota da Ghazipur Opium Factory, carregando a produção da estação para Calcutá, para leilão. Acompanhando a frota ia um contingente considerável de guardas, burkundazes e peons armados, a maior parte dos quais distribuídos pelos barcos pulwar menores. As embarcações grandes estavam ainda a uma boa hora de distância quando cerca de meia dúzia de pulwars acostou. Pelotões de guardas pularam para a terra, brandindo lathis e lanças, e começaram a esvaziar os ghats, preparando-os para que os majestosos patelis pudessem atracar em segurança.

A frota de ópio era comandada por dois ingleses, ambos assistentes juniores do Ghazipur Carcanna. Por tradição, o mais velho dos dois ocupava o pateli que liderava a frota enquanto o outro seguia no barco que ia à retaguarda. Esses dois navios eram os maiores da frota e assumiam lugar de honra no desembarque. Os ghats de Chhapra não tinham tamanho para acomodar muitos barcos grandes de uma vez e os outros patelis tinham de lançar âncora no meio do rio.

Apesar da barreira de guardas em torno do ghat, uma multidão boquiaberta logo se juntou para observar a frota, sua atenção atraída particularmente para os dois maiores patelis. Mesmo à luz do dia, aqueles navios constituíam uma bela visão — mas, após o cair da noite, quando suas lâmpadas estavam acesas, tinham uma aparência tão espetacular que poucos cidadãos eram capazes de resistir a dar uma dekho. De tempos em tempos, cutucada por lathis e lanças, a multidão era forçada a se separar, abrindo caminho para os zemindars e notáveis locais que desejavam oferecer seus salaams aos dois jovens assistentes. Alguns eram despachados de volta sem nem ser recebidos, mas uns poucos eram acolhidos para uma breve audiência a bordo: um dos dois ingleses aparecia no convés por alguns minutos, a fim de recepcionar essas expressões de respeito. A cada novo visitante que aparecia, a multidão empurrava um pouco mais, para dar uma olhada mais próxima nos homens brancos, em seus paletós e calças, seus chapéus pretos altos e plastrons brancos.

À medida que a noite avançava, a multidão diminuía e os transeuntes remanescentes puderam chegar um pouco mais perto dos majestosos patelis — entre o público, Deeti e Kalua. A noite estava quente e as vigias das cabines dos patelis haviam sido deixadas abertas para entrar a brisa. A abertura fornecia vislumbres ocasionais dos dois jovens assistentes, enquanto faziam sua refeição — não sentados no piso, como se observou, mas em uma mesa brilhantemente iluminada por velas. Paralisados de curiosidade, o público à beira d'água se manteve de olho conforme os dois homens tinham sua comida servida por uma equipe de mais de uma dúzia de khidmutgars e khalasis.

Enquanto se acotovelavam para tentar ver melhor, os curiosos especulavam sobre a comida que era servida diante dos homens brancos.

... É jaca que estão comendo agora, olhem, ele está cortando o *katthal*... ... Jaca é o seu cérebro, imbecil — estão comendo pernil de cabra...

Então, de repente, a multidão foi dispersada às pressas por um destacamento de guardas e chowkidars, vindos do kotwali que era responsável pelo policiamento daquela parte da cidade. Deeti e Kalua foram para as sombras quando o kotwal em pessoa desceu gingando os degraus que levavam aos ghats. Um homem avantajado, de aparência oficial, não parecia nem um pouco feliz de ser convocado à margem do rio àquela hora da noite. Erguia a voz de irritação conforme abria caminho: Sim? Quem é? Quem me chamou a uma hora dessas?

A resposta veio em bhojpuri, dada por um dos homens que acompanhava a frota: Kotwal-ji, fui eu, sirdar dos burkundazes, quem quis me encontrar com o senhor: incomoda-se em descer até meu pulwar?

A voz era familiar, e os instintos de Deeti ficaram instantaneamente alerta. Kalua, sussurrou, suma já daqui, corra para os montes de areia. Acho que conheço esse homem. Vamos ter problemas se ele o reconhecer. Vá, esconda-se.

E você?

Não se preocupe, disse Deeti, tenho meu sari para me ocultar. Vou ficar bem. Volto assim que descobrir o que está acontecendo. Vá agora, *chal*.

O kotwal era flanqueado por dois peons que carregavam galhos em chamas, para mostrar o caminho. Quando chegou na beira do rio, a luz das tochas iluminou o homem que estava no barco, e Deeti viu que não era ninguém menos que o sirdar que a admitira na fábrica de ópio no dia em que seu marido passara mal. A visão desse homem acendeu sua curiosidade sempre tão inflamável: que assuntos poderia ter o sirdar com o kotwal do ghat do rio, em Chhapra? Determinada a descobrir mais, Deeti aproximou-se furtivamente, em meio às sombras, até os dois estarem ao alcance de seus ouvidos. A voz do sirdar flutuou na escuridão, entrecortada:

... Roubou-a do fogo crematório... foram vistos juntos recentemente, perto do templo Ambaji... o senhor é da nossa casta, compreende...

Kya áfat — que calamidade! Era o kotwal quem falava, agora: O que quer que eu faça? Farei tudo que puder... *tauba, tauba...*

... Bhyro Singh pagará generosamente por toda ajuda que puder lhe oferecer... como sei que compreenderá, a honra da família não será restaurada enquanto não forem mortos...

Vou espalhar a notícia, prometeu o kotwal. Se estiverem aqui, pode ter certeza de que serão capturados.

Não havia necessidade de esperar mais: Deeti correu para os montes de areia, onde Kalua estava a sua espera. Quando se viram a uma distância segura, encontraram um lugar para ficar, e ela lhe disse o que descobrira — que a família de seu falecido marido estava determinada a caçá-los, e que de algum modo descobrira sobre a presença deles em Chhapra. Não era seguro ficar por lá nem mais um dia.

Kalua escutou atentamente, mas pouco disse. Deitaram-se lado a lado na areia, sob a lua crescente, e nenhum dos dois falou. Permaneceram acordados até cessarem os pios das corujas e o canto da poupa sinalizar a aproximação do dia. Então Kalua disse, calmamente: Os girmitiyas vão partir pela manhã...

Sabe onde o barco deles está atracado?

Nos arredores da cidade, a leste.

Vamos. Vamos indo.

Mantendo distância da água, circularam no centro da cidade, provocando uivos das matilhas de cães que perambulavam pelas ruas à noite. Ao chegar no limite leste do povoado, foram interceptados por um chowkidar, que tomou Deeti por uma prostituta e mostrou desejo de levá-la para seu chokey. Em vez de discutir, ela disse que trabalhara a noite toda e estava muito suja para ir com ele sem primeiro tomar um banho no rio. Ele deixou que partissem com a promessa de regressar, mas na altura em que haviam se livrado dele, o sol já se erguera. Chegaram ao rio bem a tempo de ver o barco dos migrantes desprendendo-se de suas amarras: o duffadar estava no convés, supervisionando os barqueiros enquanto içavam as velas.

Ramsaran-ji! Desceram correndo um barranco arenoso e gritando seu nome. Ramsaran-ji! Espere...

O duffadar olhou por sobre o ombro e reconheceu Kalua. Era tarde demais para mandar o pulwar voltar à margem, então fez um gesto com as mãos: Venham! Cruzem a água, não é muito funda...

Quando estavam prestes a pisar no rio, Kalua disse para Deeti: Não existe volta depois desse ponto. Tem certeza de que quer ir?

E isso é coisa que se pergunte?, retrucou com impaciência. Isso é hora de ficar aí parado como uma árvore? Vamos! Vamos indo — *chal, na*...

Kalua não tinha mais perguntas, pois suas próprias dúvidas haviam sido resolvidas um pouco antes, em seu coração. Era sem nenhuma hesitação agora que pegava Deeti em seus braços e vadeava a água com largas passadas na direção do pulwar.

Jodu estava no convés quando o capitão Chillingworth e Mister Crowle foram inspecionar o *Ibis*, de modo que foi um dos poucos a acompanhar toda a tamasha desde o início. O momento não podia ter sido pior: eles apareceram um dia antes de o *Ibis* ser rebocado para as docas secas, quando o clima de todo modo já era de razoável negligência. Pior ainda, chegaram pouco depois da refeição do meio-dia, quando a cabeça de cada tripulante funcionava mais devagar por causa do calor e seus corpos estavam morosos e cheios. Abrindo uma exceção, Serang Ali permitira ao vigia descer para a sesta. Ele permanecera pessoalmente no convés, para ficar de olho em Jodu, em sua vez de lavar os utensílios — mas o calor era tamanho que amolecia qualquer vigilância, e logo ele também deitava em uma faixa de sombra sob a bitácula.

Com a passagem do sol, as sombras dos mastros encolheram em pequenos círculos escuros, e Jodu sentava-se num desses, vestido com nada mais que um langot xadrez, esfregando khwanchas de metal e chatties de cerâmica. O único outro homem no convés era Steward Pinto, a caminho de voltar para a cozinha, bandeja na mão, após ter levado o almoço de Zachary em sua cabine. O despenseiro foi o primeiro a avistar Mister Crowle e sua expressão alarmada — *Burra Malum áyá!*

— alertou Jodu: empurrando os potes e panelas de lado, ele se refugiou nas sombras da amurada e se julgou com sorte quando o olhar do Burra Malum passou por ele sem se deter.

O Burra Malum tinha a aparência de um homem que não esperava outra coisa além de problemas do mundo; embora alto e de peito amplo, andava com os ombros curvados e o pescoço tenso, como que pronto para arremeter de cabeça sobre todos os impedimentos e obstruções. Vestia-se com esmero, zelosamente até, com um paletó escuro de broadcloth, pantalonas justas e um chapéu de aba larga, mas nos lados de seu rosto estreito uma barba por fazer áspera e avermelhada emprestava-lhe um aspecto de indefinível desleixo. Jodu observou-o cuidadosamente quando passou, e notou que sua boca era esquisitamente retorcida, expondo as pontas de alguns dentes rachados e lupinos. Em qualquer outra parte, poderia perfeitamente ter passado por um tipo desinteressante, comum, mas ali, como sahib num barco carregado de lascares, sabia constituir figura de comando, e ficou claro, desde o início, que procurava estabelecer sua autoridade: seus olhos azuis dardejavam de um lado a outro, como que buscando coisas contra as quais implicar. E não demorou muito até que pousassem em uma: pois ali, esticado sob a bitácula, estava Serang Ali em banyan e lungi esfarrapados, entorpecido pelo calor, sua bandhna xadrez cobrindo o rosto conforme roncava.

A visão do lascar adormecido pareceu acender uma espécie de pavio na cabeça do malum e ele começou a praguejar: "... bêbado como a cadela de um rabequista... e em pleno meio-dia". O Burra Malum jogou um pé para trás e já ia desferindo o pontapé quando ocorreu um ardil a Steward Pinto e ele deixou cair a bandeja: o alarido do metal surtiu o efeito desejado, e o serang ficou de pé num pulo.

Privado de seu chute, o Burra Malum xingou ainda mais alto, chamando o serang de cata-piolho encarraspanado, e o que pensava que estava fazendo deitado incógnito no convés àquela hora do dia? Serang Ali demorava para responder, pois, como era seu costume, enfiara um enorme chumaço de paan na bochecha após a refeição do meio-dia: sua boca desse modo estava tão cheia que a língua não conseguia se mover. Ele virou a cabeça para cuspir por sobre a amurada, mas nesse momento falhou em seu intento e pôs para fora os macerados resíduos vermelhos pelo costado e o convés.

Nisso, o Burra Malum agarrou uma boça de abita na amurada e ordenou ao serang que ficasse de joelhos e limpasse a sujeira. Ele praguejara ao longo de todo esse tempo, é claro, mas agora se valia de uma imprecação que todos compreenderam: Soor-ka-batcha.

Filho de uma porca? Serang Ali? A essa altura, vários outros membros da tripulação emergiram do fana para ver o que estava acontecendo e, muçulmanos ou não, não havia um dentre eles que não ficasse com os pelos da nuca eriçados ao ouvir a ofensa. Com todas suas manias, Serang Ali era uma figura de respeito e autoridade inquestionáveis, ocasionalmente duro, mas no geral um homem justo, e sempre supremamente competente na arte da navegação: insultá-lo daquela forma equivalia a mijar em cima de todo o fana. Alguns homens cerraram os punhos e deram um ou dois passos na direção do Burra Malum, mas foi o próprio serang que sinalizou para que recuassem. Com vistas a acalmar a situação, ele se pôs de joelhos e começou a esfregar o convés com sua bandhna.

Tudo isso aconteceu tão rápido que Zikri Malum mal emergira da cabine. Agora, correndo pelo convés, dava com o serang de quatro: "Ei, o que está acontecendo aqui? Do que se trata todo esse bellerin?" Então avistou o primeiro-imediato e não disse mais nada.

Por um ou dois minutos, os dois oficiais encararam um ao outro de certa distância, e então uma acalorada altercação teve início. A julgar pela expressão do Burra Malum, dir-se-ia que um cabo de estai partido voara direto em seu nariz: que um sahib acorresse em defesa de um lascar, e isso ainda por cima na frente de tantos outros, era mais do que podia aturar. Brandindo a boça de abita, ele deu um passo na direção de Zikri Malum de um modo nitidamente ameaçador: era de longe um homem muito maior, e muito mais velho também, mas Zikri Malum não recuou nem um palmo, permanecendo firme a sua frente, e mantendo o controle de um modo que lhe granjeou enorme respeito entre o fana-wale. Muitos lascares pensaram que poderia até levar a melhor em uma briga, e não teriam ficado nem um pouco penalizados de ver os malums trocando sopapos — fossem quais fossem as consequências, teria sido um raro espetáculo assistir aos dois oficiais se esmurrando mutuamente, e teriam uma história para contar por anos a fio.

Jodu não estava entre os que ansiavam por uma briga de luta livre, e ficou francamente feliz quando outra voz ressoou através do convés para pôr um fim ao confronto: "Avast aí... Bas!"

Com os dois malums em curso de colisão, ninguém notara o Kaptan aparecendo no convés: girando nos calcanhares, Jodu via agora um sahib grande e calvo segurando nas cordas de labran, tentando recuperar o fôlego. Era bem mais velho do que Jodu teria esperado, e claramente não estava no melhor da forma, pois o esforço de galgar a escada do costado roubara todo seu ar, fazendo descer rios de transpiração por seu rosto.

Mas, bem ou não, foi com voz de firme autoridade que o Kaptan pôs um ponto final na disputa dos malums: "Chega disso, vocês dois! Basta desse mallemarking."

O hookum do Kaptan apazigou os dois imediatos e fizeram um esforço para encerrar o incidente sem caras feias, chegando até a trocar mesuras e apertar as mãos. Quando o Kaptan rumou para o tombadilho, eles seguiram seus passos.

Mas depois de os oficiais terem desaparecido, mais uma surpresa os aguardava. Steward Pinto, cujo rosto escuro adquirira uma estranha cor acinzentada, disse: Eu conheço esse Burra Malum — Mister Crowle. Servi em um navio com ele certa vez...

A notícia correu de boca em boca, e de comum acordo os lascares se retiraram para a penumbra do fana, onde se juntaram num círculo em volta do despenseiro.

Isso foi há alguns anos, disse Steward Pinto, talvez sete ou oito. Ele não ia se lembrar de mim — eu não era despenseiro, na época; era cozinheiro, na galley.* Meu primo Miguel, de Aldona, também estava nesse navio: ele era um pouco mais novo do que eu, ainda um copeiro. Certo dia, quando servia o jantar e o tempo estava ruim, Miguel deixou respingar um pouco de sopa no tal do Crowle. O homem levantou furioso e disse que Miguel não servia para copeiro: puxou-o pela orelha, saiu com ele no convés e lhe disse que passaria a trabalhar no mastro do traquete dali em diante. Bom, Miguel era um trabalhador esforçado, mas não subia muito bem. A ideia de galgar o alto do tabar o deixava morto de medo. Ele suplicou e implorou — mas Crowle não deu ouvidos. Até o serang veio e explicou o problema: chicoteie o rapaz, disse, ou mande-o esfregar as latrinas, mas não o obrigue a trepar lá em cima; ele não consegue subir, vai cair e morrer. Mas os esforços do serang apenas tornaram as coisas piores — pois sabem vocês o que o filho da puta do Crowle fez? Quando ficou sabendo dos medos de Miguel, tornou a subida ainda mais difícil, tirando a iskat: sem isso para se apoiar, o trikat-wale só podia chegar lá no alto trepando pelo labran,

---

* Cozinha de bordo. (N. do T.)

que era feito de fibra de coco e podia lacerar as mãos e os dedos dos pés. Era difícil até para os homens experientes, pois você muitas vezes subia com o corpo pendurado, como um jhula lastreado. Para alguém como Miguel, a tarefa era quase impossível, e Crowle já devia ter imaginado o resultado daquilo...

O que aconteceu?, disse Cassem-meah. Ele caiu no convés?

O despenseiro parou e esfregou a mão nos olhos. Não; o vento o levou — carregou como um papagaio.

Os lascares trocaram olhares, e Simba Cader abanou a cabeça em desalento: Nada de bom advirá de permanecer neste navio: posso sentir, em meu cotovelo.

A gente podia sumir, disse Rajoo, esperançoso. O navio vai entrar na doca seca amanhã. Quando voltar, todo mundo já pode ter caído fora.

Agora, subitamente, Serang Ali assumiu o comando, em uma voz baixa mas cheia de autoridade. Não, disse. Se desertarmos, vão culpar Zikri Malum. Ele já passou por muita coisa com a gente — olhem para ele: qualquer um pode ver que irá fazer coisas boas. Nenhum malum nunca compartilhou de nosso pão e sal. Só temos a ganhar mantendo a fé nele: pode ser difícil por algum tempo, mas no fim será para nosso bem.

Nisso, percebendo que discordava dos demais, o serang relanceou em torno do círculo, como que à procura de alguém para se juntar a ele num juramento de lealdade ao malum.

Jodu foi o primeiro a responder. Zikri Malum me ajudou, disse, e estou em dívida com ele; vou ficar mesmo que ninguém mais o faça.

Assim que Jodu se comprometeu, muitos outros afirmaram que seguiriam esse mesmo curso — mas Jodu sabia que fora ele quem fixara a alavanca do leme, e Serang Ali consentiu com isso devolvendo-lhe um aceno de cabeça.

Foi então que Jodu soube que não era mais um dandi-wala; era um verdadeiro lascar, agora, com um lugar assegurado entre a tripulação.

Onze

Os migrantes estavam no Ganga havia apenas alguns dias quando as monções se abateram sobre o rio e os submergiram em um aguaceiro trovejante. Eles saudaram as chuvas com hurras de gratidão, pois os dias precedentes haviam sido de um calor causticante, principalmente na superlotação do porão. Agora, com ventos poderosos enfunando sua única vela puída, o deselegante pulwar começava a ganhar velocidade, a despeito de precisar manobrar continuamente de um lado para outro entre as margens. Quando o vento cessou e a chuva amainou, o barco faria uso de seu complemento de vinte remos longos, a força de braços suprida pelos próprios migrantes. Os remadores se revezavam a cada uma hora, mais ou menos, e os capatazes vigiavam para que cada homem cumprisse seu turno apropriado. Quando em movimento, apenas os remadores, a tripulação e os capatazes tinham permissão de ficar no convés — todos os demais deveriam permanecer no porão, onde os migrantes estavam alojados.

O porão era do comprimento do navio e não tinha compartimentos ou divisões internas: era como um barracão de armazenagem flutuante, com um teto tão baixo que um homem crescido não podia ficar de pé ali por medo de bater a cabeça. As vigias do porão, das quais havia muitas, eram em geral mantidas fechadas por medo de ladrões, tugues e dacoits do rio; após o início das chuvas ficavam quase que permanentemente fechadas, de modo que pouca luz penetrava no interior, mesmo quando as nuvens clareavam.

Da primeira vez que Deeti viu o porão, sentiu como se estivesse caindo em um poço: tudo que pôde enxergar, através do véu de sua ghungta, eram os brancos de incontáveis olhos brilhando na escuridão quando se ergueram e piscaram para a luz. Ela desceu a escada com grande determinação, tendo o cuidado de manter o rosto ocultado. Quando seus olhos se acostumaram à penumbra, percebeu que entrara no meio de um grupo espremido: dezenas de homens se reuniam em torno dela, alguns acocorados sobre os calcanhares, outros enrodilhados em esteiras, e alguns sentados com as costas contra o casco. Uma ghungta parecia proteção insignificante contra o assédio de tantos olhares curiosos, e ela rapidamente buscou abrigo atrás de Kalua.

A seção feminina do porão ficava bem mais adiante, numa alcova cortinada entre as curvas do beque: Kalua a conduziu para lá, abrindo caminho entre a multidão de corpos. Quando chegaram à alcova, Deeti parou abruptamente e sua mão tremia quando se dirigiu à cortina. Não vá muito longe, sussurrou nervosa no ouvido de Kalua. Não se afaste — vai saber como são essas mulheres?

Theekba — não se preocupe, vou ficar por perto, disse, fazendo um gesto para que entrasse.

Deeti esperava que a área das mulheres no porão fosse tão lotada quanto a dos homens, mas ao passar pela cortina, encontrou apenas uma meia dúzia de figuras ali dentro, ocultas em suas ghungtas. Algumas mulheres esparramavam-se deitadas nas pranchas do piso, mas quando Deeti entrou, abriram espaço; ela se agachou lentamente, tomando o cuidado de manter o rosto coberto. Com todas as demais de cócoras e todos os rostos ocultados, seguiu-se uma série de olhares de alto a baixo tão constrangedor e inconclusivo quanto o exame de uma noiva pelos vizinhos de seu marido. No início, ninguém disse nada, mas então um súbito golpe de vento fez o pulwar jogar bruscamente, e as mulheres rolaram e caíram umas sobre as outras. Entre gemidos e risadas, a ghungta de Deeti saiu de seu rosto, e quando voltou a se aprumar, pegou-se fitando uma mulher com uma enorme boca onde um dente solitário projetava-se como uma lápide torta. Seu nome, Deeti descobriria mais tarde, era Heeru, e ela era dada a acessos de esquecimento durante os quais ficava sentada encarando as próprias unhas com o olhar vazio. Não demoraria para Deeti descobrir que Heeru era a mais inofensiva das mulheres, mas, nesse primeiro encontro, ela ficou um tanto desconcertada com a franqueza de sua curiosidade.

Quem é você?, quis saber Heeru. *Tohar nám patá batáv tani?* Se não se identificar, como vamos saber quem é?

Como recém-chegada, Deeti sabia que cabia a ela contar quem era antes que pudesse esperar o mesmo das outras. Seus lábios já iam dizendo Kabutri-ki-ma — o nome pelo qual era conhecida desde o nascimento de sua filha —, quando lhe ocorreu que, se pretendia impedir que os parentes de seu marido descobrissem por onde andava, tanto ela como Kalua teriam de usar outros nomes, não aqueles pelos quais todo mundo os conhecia. Qual então deveria ser seu nome? Seu primeiro nome foi o primeiro a lhe ocorrer e, como nunca fora usado por ninguém, era tão bom quanto qualquer outro. Aditi, disse ela, suavemente, eu sou Aditi.

Nem bem o disse e ele se tornou real: essa era ela — Aditi, mulher que conquistara, por capricho dos deuses, a dádiva de viver sua vida outra vez. Sim, ela disse, erguendo um pouco a voz, de modo que Kalua pudesse escutá-la. Eu sou Aditi, esposa de Madhu.

O significado de uma mulher casada usando o próprio nome não passou despercebido pelas demais. Os olhos de Heeru se enevoaram de piedade: ela também fora mãe outrora e seu nome era, falando apropriadamente, Heeru-ki-ma. Embora sua filha houvesse morrido havia algum tempo, por uma cruel ironia da abreviação, seu nome sobrevivera em sua mãe. Heeru estalou tristemente a língua, ponderando sobre a situação de Deeti: Então seu colo está vazio? Nenhum filho?

Não, disse Deeti.

Perdeu bebês? A pergunta fora feita por uma mulher magra, de aparência perspicaz, com mechas de cabelo grisalho: essa era Sarju, descobriria Deeti depois, a mais velha das mulheres. Quando vivia em seu vilarejo, perto de Ara, ela fora uma *dái*, uma parteira, mas um erro no parto do filho de um thakur levou-a a ser expulsa de casa. Em seu colo havia um grande embrulho de pano, sobre o qual suas mãos se fechavam de um modo protetor, como que guardando um tesouro.

Nesse dia, no pulwar, Deeti não teve a presença de espírito de pensar em uma resposta adequada quando a parteira repetiu a pergunta: Abortos? Natimortos? Como perdeu os pequenos?

Deeti nada disse, mas seu silêncio foi sugestivo o bastante para suscitar uma onda de solidariedade: Deixe pra lá... você é jovem e forte... seu colo em breve se ocupará...

No meio disso tudo, uma das outras se aproximou, uma adolescente de olhos confiantes e longos cílios: a ponta de seu queixo, notou Deeti, era enfeitada com algo que complementava perfeitamente o formato oval de seu rosto — uma tatuagem de três minúsculos pontos, em padrão de flecha.

É tohran ját kaun ha?, perguntou a garota, ansiosamente. E sua casta?

Sou...

Mais uma vez, bem quando ia fornecendo a resposta habitual, a língua de Deeti hesitou na palavra que primeiro lhe veio aos lábios: o nome de sua casta era uma parte tão íntima de si própria como a lembrança do rosto de sua filha — mas agora parecia como se ela também fosse parte de uma vida passada, quando fora outra pessoa. Começou novamente, hesitante: Nós, meu *jora* e eu...

Confrontada com a perspectiva de se soltar das amarras que a prendiam ao mundo, o ar de Deeti lhe faltou. Ela parou e inspirou profundamente antes de começar outra vez: ... Nós, meu marido e eu, somos chamars...

Nisso, a garota soltou um gritinho e enlaçou a cintura de Deeti com o braço, deliciada.

Você também?, disse Deeti.

Não, disse a garota. Eu sou dos mussahars, mas isso faz de nós quase irmãs, não é?

É, disse Deeti, sorrindo, podíamos ser irmãs — tirando que você é tão nova que devia ser minha sobrinha.

Isso deixou a garota radiante: Isso mesmo, exclamou, você pode ser *bhauji hamár* — minha cunhada.

O diálogo irritou um pouco as demais, que começaram a ralhar com a garota: Qual o problema com você, Munia? E no que isso tudo ainda faz alguma diferença? Somos todas irmãs, agora, não somos?

É, está certo, disse Munia, balançando a cabeça — mas acobertada pelo sari, ela apertou suavemente a mão de Deeti, como que ratificando solenemente uma ligação secreta e especial.

"Neel Rattan Halder, é chegado o momento de..."

Nem bem o juiz Kendalbushe começara seu pronunciamento final, foi obrigado a bater o martelinho, pois um tumulto tomou conta da sala do tribunal quando se notou que o juiz omitira o título do acusado. Após a ordem ter sido restaurada, o magistrado começou outra vez, fixando os olhos diretamente em Neel, que aguardava abaixo do tablado, no banco dos réus.

"Neel Rattan Halder", disse o juiz, "é chegado o momento de encerrar este processo. Tendo considerado devidamente todas as evidências apresentadas perante esta corte, o júri considerou-o culpado, de modo que agora é meu doloroso dever determinar a sentença com base na lei de contrafação. A fim de que o senhor não ignore a seriedade de seu delito, deixe-me lhe explicar que sob a lei inglesa esse é um crime da maior gravidade e até muito recentemente considerado crime capital".

Aqui o juiz fez silêncio e falou diretamente a Neel: "Entende o que isso significa? Significa que a contrafação era um delito passível de forca — punição que não desempenhou pequeno papel em assegurar à Grã-Bretanha sua presente prosperidade e em conferir à nação a liderança do comércio mundial. E se esse crime se provou difícil de conter em um país como a Inglaterra, então é de se esperar que o será muito mais em uma terra como esta, que apenas recentemente se abriu aos benefícios da civilização."

Nesse exato momento, em meio ao surdo tamborilar de um aguaceiro de monção, os ouvidos de Neel captaram o débil eco de uma voz de vendedor apregoando seus doces em algum lugar distante: *Joynagorer moa...* Ao som desse chamado remoto, sua boca se encheu com o sabor de uma doçura crocante, defumada, conforme o juiz dava prosseguimento a sua arenga para observar que, assim como se dizia, com propriedade, que o pai que deixava de castigar seu filho era desse modo culpado de fugir às responsabilidades de sua tutela, então não se deveria dizer também, segundo o mesmo espírito, que nos assuntos dos homens havia uma obrigação similar, imposta pelo próprio Todo-Poderoso, sobre aqueles por ele escolhidos para carregar o fardo do bem-estar dessas raças que ainda se encontravam na infância da civilização? Não poderia igualmente ser dito que as nações designadas para essa missão divina seriam culpadas de negligenciar seu dever sagrado, caso se mostrassem insuficientemente rigorosas na punição dessas pessoas incapazes de se conduzir com integridade em seus próprios negócios?

"A tentação que aflige os que carregam o fardo de governar", disse o juiz, "é sempre a de mostrar indulgência, de tal modo é poderoso o sentimento paterno que leva todo pai a partilhar do sofrimento de seus protegidos e sua prole. Contudo, por doloroso que seja, o dever requer de nós às vezes pôr de lado nossas afeições naturais no exercício apropriado da justiça...".

De seu lugar no banco dos réus, tudo que Neel podia ver do juiz Kendalbushe era a metade superior de seu rosto, que estava, é claro, emoldurada por uma pesada peruca branca. Ele observou que toda vez que o juiz balançava a cabeça, por questão de ênfase, uma pequena nuvem de pó parecia subir dos cachos empoados, para pairar suspensa mais acima como um halo. Neel sabia alguma coisa da significação dos halos, tendo visto algumas reproduções de pinturas italianas, e lhe ocorreu se perguntar, momentaneamente, se o efeito era intencional ou não. Mas essas especulações foram interrompidas pelo som de seu próprio nome.

"Neel Rattan Halder", bradou a áspera voz do juiz. "Ficou estabelecido além de qualquer dúvida que o senhor repetidamente forjou a assinatura de um dos comerciantes mais respeitáveis da cidade, Mister Benjamin Brightwell Burnham, com a intenção de deliberadamente lesar grande número de seus próprios dependentes, amigos e parceiros, pessoas que o honraram com sua confiança pela consideração em que tinham sua família e devido à reputação irreprochável de seu pai, o falecido Raja Ram Rattan Halder de Raskhali, de quem se poderia perfeitamente dizer que a única mancha jamais ligada a seu nome foi ter gerado um criminoso infame como o senhor. Eu lhe peço, Neel Rattan Halder, para refletir que, se um delito como o seu merece punição em um homem ordinário, então quão mais estrondosamente ele clama por censura quando a pessoa que o comete é alguém oriundo de circunstâncias afluentes, um homem no primeiro patamar da sociedade nativa, cuja única intenção é ampliar sua riqueza às expensas de seus semelhantes? Como pode a sociedade julgar um falsificador que é também um homem de educação, usufruindo de todos os confortos que a riqueza pode proporcionar, cujas posses são tão extensas a ponto de exaltá-lo enormemente acima de seus compatriotas, que é considerado um ser superior, quase uma deidade, entre os de seu próprio grupo? Quão negro aspecto assume a conduta de tal homem quando, em nome de uma mesquinha engorda de seus cofres, ele comete um crime capaz de trazer a ruína a seus próprios semelhantes, dependentes e inferiores? Não será o dever desta corte tratar um homem desses de uma maneira exemplar, não apenas na estrita observância da lei, como também para se desobrigar daquela sagrada confiança que nos obriga a instruir os nativos desta terra nas leis e usos que regem a conduta das nações civilizadas?"

Conforme a voz seguia monocórdia, pareceu a Neel que as palavras do juiz também se transformavam em pó, de modo a se juntar à nuvem branca que circundava sua peruca. O aprendizado do inglês para Neel fora tão completa e pesadamente calcado no estudo de textos que ele achava fácil, mesmo agora, acompanhar a língua falada convertendo-a em escrita dentro de sua cabeça. Um dos efeitos dessa operação era que isso também despojava a língua de seu caráter imediato, tornando as palavras confortavelmente abstratas, tão distantes de suas próprias circunstâncias quanto as ondas de Windermere e as pedras do pavimento de Canterbury. Assim, parecia-lhe agora, com as palavras jorrando da boca do juiz, que escutava o som de calhaus chocalhando em algum poço distante.

"Neel Rattan Halder", disse o juiz, brandindo um punhado de papéis, "parece que a despeito do caráter contraveniente e depravado de sua natureza, o senhor não carece de adeptos e defensores, pois este tribunal recebeu inúmeras petições em seu favor, algumas delas assinadas pelos mais respeitáveis nativos e até mesmo alguns ingleses. Essa corte também está de posse da opinião, fornecida por pandits e munshis instruídos nas leis de sua religião: eles argumentam da ilegalidade de se punir um homem de sua casta e posição como outros seriam punidos. Além do mais, o júri tomou a atitude extraordinária e inusual de recomendá-lo para a misericordiosa consideração da corte".

Com um gesto de pouco caso o juiz deixou os papéis escorregarem de sua mão. "Que fique registrado não haver nada que essa corte valorize mais do que a recomendação de um júri, pois que seus componentes compreendem os hábitos do povo e devem ter em mente circunstâncias atenuantes que porventura tenham escapado à atenção do juiz. Esteja certo de que submeti cada requerimento apresentado perante mim ao mais grave escrutínio, na esperança de aí descobrir alguma base razoável para me desviar do caminho estrito da justiça. Confesso ao senhor que meus esforços foram em vão: em nenhuma dessas petições, recomendações e pareceres fui capaz de identificar quaisquer bases que fossem para a constituição de atenuantes. Considere, Neel Rattan Halder, a opinião, oferecida pelos eruditos pandits de sua religião, de que um homem em sua posição deve ser isentado de determinadas formas de punição porque essas penalidades podem ser também infligidas a seu filho e esposa inocentes, levando-os a ser rebaixados de casta. Admito de bom grado a necessidade de acomodar a lei aos usos religiosos dos nativos, na medida em que isso pode ser feito de maneira consistente com a justiça. Mas não vejo absolutamente o menor mérito na alegação de que homens de casta elevada devam sofrer punição menos severa do que qualquer outra pessoa; um tal princípio nunca foi nem será reconhecido como válido segundo a lei inglesa, cuja base está alicerçada na crença de que todos são iguais quando se apresentam perante ela..."

Havia alguma coisa nisso tudo parecendo tão absurda para Neel que ele teve de baixar a cabeça por medo de trair um sorriso: porque se sua presença no banco das testemunhas provava alguma coisa, acaso não era o oposto do princípio de igualdade tão enfaticamente propalado pelo juiz? No decorrer daquele julgamento tornara-se quase risivelmente óbvio para Neel que segundo aquele sistema de justiça eram os próprios ingleses — Mister Burnham e sua laia — que se eximiam da lei conforme era aplicada aos outros: eles haviam se constituído nos novos brâmanes do mundo.

Mas agora houve um súbito aprofundamento no silêncio do tribunal e Neel ergueu os olhos para dar com o juiz fitando-o fixamente outra vez: "Neel Rattan Halder, a petição submetida em seu favor suplica a essa corte para minimizar sua sentença com base em sua posição como um homem de posses, em que sua jovem e inocente família será rebaixada de casta e alijada do convívio de seus semelhantes, caindo no ostracismo. No que se refere a eles, tenho em alta conta o caráter nativo para acreditar que sua gente possa se deixar guiar por um princípio tão errôneo, mas, em todo caso, essa consideração não pode ter influência na determinação do cumprimento da lei. Quanto a sua riqueza e posição na sociedade, é de nosso entendimento que servem apenas para agravar seu delito aos nossos olhos. Ao pronunciar sua sentença, cabe-me uma árdua escolha: posso permitir que a lei siga seu curso sem parcialidade, ou posso decidir estabelecer, como princípio legal, que existe de fato na Índia uma série de pessoas autorizadas a cometer crimes sem punição."

E de fato existe, pensou Neel, e o senhor é uma delas, não eu.

"Relutando em contribuir ainda mais para seu agravo", disse o juiz, "basta-nos dizer que nenhuma das petições feitas em sua defesa sugeriu uma única fundamentação apropriada para alterar o curso da lei. O precedente recente, tanto na Inglaterra como neste país, determinou a contrafação como um delito para o qual o confisco de posses constitui penalidade insuficiente: ela implica a sanção adicional de remoção para além-mar por um período a ser determinado pela corte. É tendo em mente tais precedentes que este tribunal pronuncia sua sentença, qual seja, a de que todas as suas posses e propriedades sejam confiscadas e vendidas, a fim de saldar suas dívidas, e de que o senhor seja conduzido à colônia penal das ilhas Maurício por um período de não menos que sete anos. Assim, que conste dos autos que neste dia vinte de julho, no ano de Nosso Senhor de 1838..."

Em pouco tempo, em virtude de sua força prodigiosa, Kalua se tornou o remador mais valioso do pulwar, sendo permitido apenas a ele, dentre todos os migrantes, assumir o posto sempre que o tempo permitia. O privilégio o agradava enormemente, o esforço de remar mais do que amplamente compensado pela gratificação de estar no convés, onde podia observar o campo recém-lavado pela chuva passando ao largo. Os nomes dos povoados nas margens causavam-lhe grande impressão — Patna, Bakhtiyarpur, Teghra — e se tornou um jogo para ele calcular o número de remadas que separava o seguinte do anterior. Ocasionalmente, quando alguma cidade célebre era avistada, Kalua descia para informar Deeti: Baraunil! Munger! A recâmara das mulheres ostentava mais do que sua cota satisfatória de vigias, sendo dotada de duas, uma em cada curva do beque. A cada informe de Kalua, Deeti e as outras entreabriam brevemente a tampa de madeira para olhar os povoados quando se aproximavam.

Todo dia, ao pôr do sol, o pulwar parava para a noite. Onde as margens eram perigosamente despovoadas, ele lançava âncora no meio do rio, mas se acontecesse de estar nas vizinhanças de alguma cidade populosa, como Patna, Munger ou Bhagalpur, então os barqueiros prendiam as amarras diretamente na praia. A maior delícia de todas era quando o pulwar atracava junto aos ghats de alguma pequena cidade ou porto fluvial agitados: nos intervalos entre um e outro pé-d'água, as mulheres sentavam no convés, observando os moradores e rindo dos sempre bizarros sotaques em que conversavam.

Quando o pulwar estava em movimento, as mulheres tinham permissão de ficar no convés apenas para que fosse servida a refeição do meio-dia: em qualquer outro momento, eram mantidas reclusas, em seu recesso cortinado entre as curvas do beque. Era de se esperar que passar três semanas naquele espaço pequeno, escuro e abafado fosse, necessariamente, uma experiência de tédio quase insuportável. Entretanto, estranhamente, era tudo menos isso: não se passavam duas horas iguais, nem dois dias semelhantes. A estreita proximidade, o lusco-fusco do ambiente e o ritmo martelado da chuva do lado de fora criavam uma atmosfera de intimidade imediata entre as mulheres; como eram todas estranhas umas para as outras, tudo que diziam soava novo e surpreendente; até a mais mundana das discussões podia tomar rumos e desvios inesperados. Era espantoso, por exemplo, descobrir que ao fazer mango-achar, algumas estavam acostumadas a usar a fruta caída, enquanto outras não usavam outra coisa senão a fruta recém-apanhada; não era menos surpreendente descobrir que Heeru incluía heeng nos temperos de conservas e que Sarju omitia um ingrediente tão essencial quanto kalonji. Cada mulher sempre praticara seu próprio método, na crença de que nenhum outro poderia possivelmente existir: era desconcertante no início, depois engraçado, depois emocionante descobrir que as receitas variavam em cada casa, família e vilarejo, e que cada uma era considerada inquestionável por suas apreciadoras. De tal modo era absorvente o tema que ele as manteve ocupadas de Ghoga a Pirpainti: e se uma coisa tão trivial podia gerar tanta conversa, então o que não seria de assuntos prementes como dinheiro e o leito conjugal?

Quanto a histórias, não havia fim: duas das mulheres, Ratna e Champa, eram irmãs, casadas com uma dupla de irmãos cujas terras estavam sob contrato com a fábrica de ópio e que não puderam mais sustentá-las; para não morrer de fome, haviam decidido migrar juntos — acontecesse o que acontecesse no futuro, ao menos teriam o consolo de um destino comum. Dookhanee era outra mulher casada que viajava com o marido: tendo por muito tempo suportado os maus-tratos de uma sogra opressiva, considerava uma felicidade contar com a companhia do marido em sua fuga.

Deeti, também, não se constrangia em falar sobre o passado, pois já havia imaginado, nos mínimos detalhes, uma história em que era a esposa de Kalua desde a idade de doze anos, vivendo com ele e seus bois em seu bier à beira da estrada. E se queriam saber sobre sua decisão de cruzar a Água Negra, ela punha toda a culpa na inveja dos pehlwans e homens fortes de Benares, que, incapazes de vencer seu marido em combate, haviam dado um jeito de expulsá-lo do distrito.

A algumas histórias, elas voltavam inúmeras vezes: o relato da separação de Heeru e seu marido, por exemplo, foi repetido em tantas ocasiões que elas sentiam como se o houvessem vivido pessoalmente. Ocorrera no ano anterior, no início da estação do frio, durante a grande mela de gado de Sonepur. Heeru perdera sua filha primogênita e única no mês anterior, e seu marido a persuadira de que, caso quisesse um dia vir a ter outra criança, teria de fazer um puja ao templo de Hariharnath, durante a feira.

Heeru sabia, claro, que uma grande quantidade de pessoas ia ao mela, mas não estava preparada para a infinidade de gente aglomerada nas planícies arenosas de Sonepur: a poeira erguida por seus pés era tão espessa a ponto de tornar o sol do meio-dia em uma lua, e quanto a gado e outros animais, havia tantos que parecia que as margens do rio iriam desmoronar sob seu peso. Levou um dia inteiro para se aproximarem dos portões do templo e enquanto aguardavam sua vez de entrar, um elefante, ali trazido por um zemindar, começou a correr descontrolado, dispersando a multidão. Heeru e seu marido fugiram em direções opostas, e depois disso, quando viu que havia se perdido, foi acometida por um de seus acessos de esquecimento abstraído. Ficou sentada na areia por horas, olhando para as próprias unhas, e quando enfim lembrou-se de ir atrás de seu esposo, não pôde achá-lo em parte alguma: era como procurar um grão de arroz numa avalanche de areia. Após dois dias de busca infrutífera, Heeru decidiu voltar para sua aldeia — mas essa não era tarefa das mais fáceis, pois havia uma distância de sessenta kos a cobrir, e isso, também, atravessando um território assolado por dacoits cruéis e tugues assassinos: para uma mulher, empreender tal jornada sozinha era um convite a ser morta, ou coisa pior. Chegou até Revelganj e decidiu esperar até encontrar parentes ou conhecidos que concordassem em levá-la consigo. Vários meses se passaram, durante os quais ela obteve sustento para si mendigando, lavando roupas e empurrando um carrinho de terra numa mina de salitre. Então, um dia, avistou um conhecido, um vizinho seu no povoado; ela correu em sua direção, em júbilo, mas quando ele a reconheceu, saiu correndo, como que fugindo de um fantasma. Ela foi atrás dele e, quando finalmente o alcançou, o homem contou que seu marido a dera por morta e se casara outra vez; sua nova esposa já estava grávida.

No início, Heeru ficou determinada a regressar e reclamar seu lugar no novo lar — mas então começou a refletir. Por que o marido a levara a Sonepur, para começo de conversa? Será que não pretendera abandoná-la o tempo todo, aproveitando quando a oportunidade se apresentasse? De fato, ele a ofendera e a maltratara com frequência no passado: o que faria se voltasse agora?

E quis o destino que, no momento em que ruminava sobre essas questões, um pulwar, cheio de migrantes, atracasse junto ao ghat...

A história de Munia aparentemente era a mais simples de todas: quando lhe perguntavam sobre sua presença no pulwar, ela dizia estar a caminho de se juntar com seus dois irmãos, já que ambos haviam partido para Mareech anos antes. Se lhe perguntavam por que não se casara, dizia que não havia ninguém em casa que pudesse encontrar um marido para ela, seus pais tendo morrido recentemente. Deeti percebeu que havia mais coisas por serem ditas, mas tomava o cuidado de não se intrometer: ela sabia que, quando a hora chegasse, Munia contaria de livre e espontânea vontade — afinal, não era ela, Deeti, a bhauji substituta da garota, a cunhada com que qualquer uma sonhava, amiga, protetora e confidente? Não era sempre a ela que Munia recorria quando algum sujeito mais atirado flertava com ela, provocava-a ou tentava seduzi-la? Ela sabia que Deeti poria esses homens em seu lugar, contando o que haviam dito para Kalua: Veja só aquele luchha nojento ali, lançando olhares para Munia. Ele acha que pode mexer com ela, provocá-la e fazer todo tipo de *chherkáni* só porque ela é jovem e bonita. Vá até lá e dê um jeito nele; diga-lhe que *aisan mat kará* — que não ouse fazer isso outra vez, ou vai ver seu fígado parar do outro lado da barriga.

Kalua se dirigia com seu andar arrastado até o homem e perguntava, com seu jeito educado: *Khul ke batáibo* — diga-me honestamente, está incomodando aquela garota? Pode me explicar por quê?

Isso normalmente era o suficiente para dar um basta ao problema, pois alguém do tamanho de Kalua perguntando essas coisas não era coisa das mais apetecíveis para a maioria.

Foi após um episódio desses que Munia confiou sua história aos ouvidos de Deeti: era sobre um homem de Ghazipur, um agente pykari da fábrica de ópio. Quando visitava a aldeia deles, ele a vira trabalhando na colheita e dava um jeito de passar sempre pelo mesmo caminho. Ele a presenteava com bugigangas e bijuterias e lhe dizia que estava apaixonado — e ela, crédula e de coração aberto como era, acreditava em tudo que lhe dizia. Começaram a se encontrar em segredo nos campos de papoula, durante os festivais e em casamentos, quando toda a aldeia estava distraída. Ela gostara do sigilo, do romance e mesmo das carícias, até uma noite em que ele a forçou a se entregar: depois disso, por medo da exposição pública, ela continuara a fazer sua vontade. Quando ficou grávida, imaginou que sua família iria expulsá-la ou puni-la com a morte, mas, milagrosamente, seus pais ficaram a seu lado, a despeito do ostracismo na comunidade. Mas essas eram pessoas que viviam em circunstâncias desesperadamente difíceis — tanto que tiveram de vender dois de seus filhos para a migração de trabalhadores, apenas para conseguir sustento. Quando o filho de Munia fez dezoito meses de idade, decidiram levar o bebê para a casa do agente — não a fim de ameaçá-lo ou chantageá-lo, apenas para mostrar que havia outra boca de sua responsabilidade para alimentar. Ele os escutou com paciência e então os despachou de volta, dizendo que forneceria toda a ajuda que fosse necessária. Dias depois, uns homens entraram furtivamente em sua morada e atearam fogo em tudo na calada da noite. Acontece que Munia estava naqueles dias, de modo que fora dormir longe dos demais, no campo: ela ficou observando a cabana pegar fogo e desabar, matando sua mãe, seu pai e seu filho. Depois disso, permanecer no distrito teria sido flertar com a morte: partiu à procura do pulwar do duffadar, assim como seus irmãos haviam feito, antes dela.

Oh, sua garota tola com esterco na cabeça!, disse Deeti. Como pôde deixar que ele a tocasse...?

Você não conseguiria entender, suspirou Munia. Eu era louca por ele; quando você se sente desse jeito, não tem nada que não faça. Mesmo se acontecesse de novo, eu ficaria indefesa, sei disso.

O que está dizendo, menina boba?, gemeu Deeti. Como pode falar desse jeito? Depois de tudo que passou, precisa tomar cuidado para não acontecer nunca mais.

Nunca mais? O humor de Munia mudou de repente, de um modo que fez Deeti perder toda a esperança. Ela dava risadinhas e cobria a boca com a mão. Você pararia de comer arroz, disse, só porque uma vez quebrou um dente em um kanker? Mas como ia viver...?

Shh! Completamente escandalizada, Deeti começou a ralhar: Fique quieta, Munia! Pense em si mesma. Como pode tagarelar descuidadamente, feito uma criança? Não sabe o que vai acontecer se as outras descobrirem?

E por que eu diria para elas?, disse Munia, fazendo uma careta. Só contei para você porque é minha bhauji. Para as outras não vou dizer nada: elas falam demais, aliás...

De fato a conversa raramente arrefecia entre as mulheres, e quando era o caso, tudo que tinham a fazer era esticar os ouvidos para escutar as histórias sendo contadas do outro lado da cortina, entre os homens. Assim, elas ficaram sabendo da história do encrenqueiro Jhugroo, cujos inimigos haviam se livrado dele embarcando-o a bordo do pulwar quando estava bêbado; de Cullookhan, o sipaio, que regressara a seu vilarejo após completar o serviço militar, mas apenas para descobrir que não suportava mais viver em casa; de Rugoo, o dhobi que se cansara de lavar roupas, e Gobin, o ceramista, que perdera o uso do polegar.

Às vezes, quando o pulwar parava à noite, novos trabalhadores subiam a bordo, geralmente sozinhos ou em duplas, mas ocasionalmente em pequenos grupos de uma dúzia ou mais. Em Sahibganj, onde o rio desviava para o sul, havia quarenta homens esperando — montanheses dos planaltos de Jharkhand. Tinham nomes como Ecka, Turkuk, Nukhoo Nack, e traziam consigo histórias de uma terra em revolta contra seus novos soberanos, de povoados incendiados pelas tropas dos homens brancos.

Pouco depois disso, o pulwar cruzou uma fronteira invisível, conduzindo-os por uma terra encharcada e submersa em chuvas onde as pessoas falavam uma língua incompreensível: agora, com o barco parando para passar a noite, não conseguiam mais compreender o que diziam os curiosos, pois suas zombarias e provocações eram em bengali. Para agravar a inquietude crescente dos migrantes, a paisagem mudou: as terras planas, férteis e populosas deram lugar a pântanos e brejos; o rio se tornou salobro, de modo que sua água deixou de ser potável; todos os dias, a água subia e descia, cobrindo e descobrindo vastas áreas lodosas; as margens eram cobertas por uma vegetação densa e emaranhada, de um tipo que não era nem arbusto, nem árvore, mas parecia crescer direto do leito do rio, com raízes que eram como estacas: à noite, escutavam tigres rugindo na selva e sentiam o pulwar tremer quando os crocodilos o chicoteavam com suas caudas.

Até esse ponto, os migrantes haviam evitado o assunto da Água Negra — não fazia sentido, afinal de contas, deter-se nos perigos que se apresentavam adiante. Mas agora, enquanto suavam sob o calor vaporoso da selva, seus medos e apreensões vinham borbulhando à tona. O pulwar se tornou um caldeirão de boatos: dizia-se à boca miúda que suas rações no navio da Água Negra consistiriam em carne de boi e de porco; os que se recusassem a comer seriam açoitados sem piedade e teriam a comida enfiada em suas gargantas. Ao chegar a Mareech, seriam forçados a se converter ao cristianismo; seriam obrigados a consumir todo tipo de alimento proibido, do mar e da selva; se acontecesse de morrerem, seus corpos seriam enfiados na terra, como esterco, pois não havia meios para a cremação naquela ilha. Os rumores mais assustadores de todos giravam em torno de saber por que os homens brancos eram tão insistentes em obter os jovens e adolescentes, em vez de procurar os sábios, instruídos e ricos em experiência: era porque estavam atrás de um óleo encontrado apenas no cérebro humano — o cobiçado *mimiái-ka-tel*, que, segundo se sabia, era abundante nas pessoas que haviam atingido recentemente a maturidade. O método empregado em extrair essa substância era pendurar a vítima de cabeça para baixo, pelos tornozelos, com pequenos furos em seu crânio: isso permitia que o óleo pingasse vagarosamente em uma panela.

Tal foi o crédito acumulado por esses boatos que, ao se avistar Calcutá, finalmente, uma enorme onda de tristeza abateu-se pelo porão: olhando para trás, agora, parecia como se a jornada Ganga abaixo houvesse proporcionado aos migrantes seu último gosto de liberdade, antes do início de uma morte lenta e dolorosa.

Na manhã do tumasher, Paulette se levantou para descobrir que suas unhas ansiosas haviam cultivado uma alarmante safra de vergões em seu rosto, durante a noite. A visão trouxe lágrimas de aflição aos seus olhos, e ficou tentada a enviar um bilhete para a senhora Burnham, alegando que estava doente e não podia levantar da cama — mas em vez disso, logo em seguida, instruiu os ab-dars a encher a banheira no goozle-connah. Ao menos uma vez, ficou feliz em se servir das chushy--girls da senhora Burnham, permitindo-lhes depilar seus braços e esfregar xampu em seu cabelo. Mas restava ainda a questão do que vestir, e ao se ocupar dela, Paulette viu-se novamente à beira das lágrimas: era um problema com o qual nunca se preocupara antes e ficava perdida ao tentar entender por que se preocupar agora. Que diferença fazia que Mister Reid também viesse? Ao que lhe constava, ele mal notaria sua presença. E contudo, quando experimentou um dos vestidos herdados da senhora Burnham, pegou-se examinando a peça rica mas de aparência austera com olhos incomumente críticos: não conseguia encarar a ideia de descer ao tumasher vestida como uma marmota de luto. Mas o que mais podia fazer? Comprar um vestido novo estava além de seu alcance, não só porque não tinha dinheiro, mas também porque não confiava em seu próprio gosto para a moda mem-sahib.

Sem outro recurso, Paulette buscou a ajuda de Annabel, cuja sabedoria excedia sua idade em algumas coisas. E de fato a garota se revelou uma grande fonte de apoio, recorrendo ao expediente de usar pedaços de um de seus próprios dooputties trabalhados em chikan para avivar o colarinho de pelerine do vestido de seda preto de Paulette. Mas a ajuda de Annabel não veio sem um preço. "Ora, olhe só pra você, Puggly — está agitada como um titler!", ela disse. "Nunca a vi preocupada com sua jumma antes. Não é por causa de um chuckeroo, é?"

"Ora, não", disse Paulette rapidamente. "Claro que não! É só que acho que não devo decepcionar sua família num événement tão importante."

Annabel não se deixou enganar. "Está tentando bundo alguém, não é?", disse com seu sorriso enviesado. "Quem é? Eu conheço?"

"Ai, Annabel! Não é nada disso", exclamou Paulette.

Mas Annabel não era fácil de silenciar, e mais tarde nesse dia, quando viu Paulette descendo a escada, toda arrumada, emitiu um gritinho de admiração: "Tip-top, Paulette — shahbash! Eles vão cobrir você de choomers antes que a noite termine."

"Sério, Annabel, como você exagera!" Arrepanhando a saia, Paulette disparou para longe, feliz de ver que não havia ninguém por perto para ouvir, a não ser um chobdar que passava, dois farrashes apressados, três bestas carregadas de mussack, dois artesãos segurando o cinzel e uma equipe de malis carregando flores. Ela teria ficado mortificada se a senhora Burnham a houvesse escutado, mas felizmente a BeeBee continuava ocupada com sua toalete.

Diante da casa dos Burnham, junto ao pórtico, havia uma sala de recepções à qual a senhora Burnham, rindo, se referia como sua shishmull, devido a sua grande quantidade de espelhos venezianos de moldura dourada pendurados na parede: era ali que as visitas geralmente eram recebidas e se sentavam antes que o jantar fosse servido. Embora bastante amplo, o ambiente não era de forma alguma o maior da casa, e quando todos os candelabros e arandelas estavam acesos, o shishmull proporcionava muito poucos cantos escuros ou silenciosos — o que era algo como uma fonte de aborrecimento para Paulette, cujo principal expediente, ao lidar com os burra-khanas dos Burnham, era se fazer tão inconspícua quanto possível. No shishmull, à força de experimentação, ela descobrira que seus propósitos podiam ser mais bem atingidos retirando-se para um canto onde uma cadeira solitária de espaldar reto ficava isolada, encostada em um pedaço da parede sem espelhos: ali ela conseguira aguentar as fases preliminares de inúmeras noites sem chamar a atenção de ninguém a não ser dos khidmutgars que serviam simkin gelado e sorbet. Logo, foi para esse cantinho que ela se dirigiu, mas nessa noite seu refúgio de costume não serviu de proteção por muito tempo: ela acabara de aceitar um gelado tumlet de sorbet de tamarindo com torta quando escutou a senhora Burnham chamando seu nome. "Oh, Paulette! Onde foi que andou se chupowando? Procurei você por toda parte: o capitão Chillingworth quer lhe fazer uma pergunta."

"Por mim, madame?", disse Paulette, alarmada, ficando de pé.

"É, você mesma — e aqui está ele." A senhora Burnham deu um passinho para o lado, deixando Paulette frente a frente com o capitão.

"Capitão Chillingworth, permita-me lhe apresentar Mademoiselle Paulette Lambert."

A senhora Burnham sumiu de vista quase tão rapidamente quanto pronunciou essas palavras, e Paulette agora se via a sós com o capitão, que respirava um tanto quanto ruidosamente quando se curvou.

"... Encantado, Miss Lambert."

Sua voz era baixa, observou ela, e tinha o som triturado de conkers sendo esmagados sob as rodas de uma carruagem. Mesmo que não estivesse tão visivelmente sem fôlego, teria ficado óbvio ao primeiro olhar que não se achava no melhor da saúde: a cor de seu rosto era de um vermelho sarapintado, e sua figura parecia estranhamente inchada. Como seu corpo, seu rosto exibia o resquício alquebrado de uma constituição que outrora fora ampla, bem estruturada e confiante em sua força; seus traços murchavam de aparente exaustão — as papadas carnudas, os olhos aquosos e as bolsas profundas e escuras sob eles. Quando ergueu o chapéu, sua cabeça revelou uma superfície quase completamente calva, a não ser por um ralo anel de cabelos pendendo das beiradas, como uma franja de cortiça descascando.

Enxugando o suor do rosto, o capitão disse: "Notei uma fileira de lataniers lá fora. Disseram-me que foi obra da senhorita, Miss Lambert."

"Isso é verdade, senhor", respondeu Paulette, "fui eu de fato que plantei. Mas ainda estão tão pequenas! Fico surpresa que tenha notado".

"Lindas plantas, essas latanias", ele disse. "Não se veem normalmente por aqui."

"Tenho enorme gosto por elas", disse Paulette, "sobretudo a *Latania commersonii*".

"Oh?", disse o capitão. "Posso perguntar por quê?"

Paulette ficou envergonhada, agora, e baixou os olhos para os sapatos. "A planta foi identificada, sabe, por Philippe e Jeanne Commerson."

"Mas diga-me: quem seriam eles?"

"Meu tio-avô e minha tia-avó. Eram botânicos, os dois, e viveram por muitos anos em Maurício."

"Ah!" Seu rosto ficou ainda mais franzido, e começou a fazer outra pergunta — mas a questão passou batida por Paulette, que acabara de avistar Zachary, entrando pela porta. Como os outros homens, estava em mangas de camisa, tendo entregue seu casaco para um khidmutgar antes de passar ao shishmull. Tinha o cabelo amarrado apertado com uma fita preta, e sua camisa Dosootie e calça de nainsook eram as mais simples da noite — e contudo, parecia impossivelmente elegante, ainda mais porque era o único homem presente que não suava em bicas.

Após a chegada de Zachary, Paulette foi incapaz de articular mais do que uma ou duas respostas monossilábicas para as perguntas do capitão, e mal notou quando o juiz Kendalbushe franziu o rosto de modo desaprovador para seus trajes elegantes e murmurou: "O inferno está nu, e a destruição nada tem a cobri-la."

Para piorar sua situação aflitiva, quando chegou a hora de jantar, Mister Doughty começou a cumprimentá-la efusivamente por sua aparência. "Por minha honra, Miss Lambert! A senhorita está ou não está a perfeita dandyzette, hoje? Capaz de virar oolter-poolter um sujeito na ponta da viga!" Então, felizmente, seus olhos pousaram sobre a mesa do jantar e ele esqueceu Paulette.

A mesa para a noite era de tamanho modesto, tendo sido montada com apenas duas de suas seis folhas, mas o que lhe faltava em comprimento, ela mais do que compensava com a altura e o peso de seu banquete, servido num único arranjo espetacular, com bandejas e pratos dispostos em um zigurate espiralado de iguarias. Havia sopa de tartaruga verde, lindamente servida nas carapaças do animal, uma torta de Bobotie, um dumbpoke de gosht de carneiro, uma terrina de refogado de Burdwaun, preparado com galinhas cozidas e ostras em conserva, um foogath de veado, uma travessa de bramas, marinados em vinagre com petersilly, um Vinhaleaux de carne, com todos os acompanhamentos, além de bandejas de minúsculos sombrias e pombos assados, com os pássaros arrumados na formação em "V" de bandos em voo. O prato no centro da mesa era um dos prediletos do bobachee-connah de Bethel: faisão recheado e assado, montado num suporte de prata, com a cauda estendida como que para o acasalamento iminente.

O espetáculo privou brevemente Mister Doughty de todo ar: "Sim senhor", murmurou, finalmente, enxugando a testa, desde já gotejando de ansiedade com o festim, "eis aí uma obra de arte digna da pintura china!"

"Exatamente, senhor", disse Paulette, embora não houvesse escutado uma palavra do que ele dissera — pois sua atenção, quando não seu olhar, estava focada no lugar a sua esquerda, onde Zachary agora aparecia. Contudo, ela não ousara se virar na direção oposta ao piloto, pois mais de uma vez fora admoestada pela senhora Burnham sobre a falta de etiqueta que era conversar com o vizinho da esquerda fora de hora.

 Mister Doughty ainda emitia exclamações para o banquete quando Mister Burnham limpou a garganta e se preparou para dar graças: "Agradecemos ao Senhor..." Copiando o exemplo dos demais, Paulette entrelaçou os dedos junto ao queixo e fechou os olhos — mas não pôde resistir a lançar um olhar furtivo para seu vizinho, e ficou completamente desconcertada quando seus olhos cruzaram com os de Zachary, que também espiava para o lado, por cima dos dedos. Os dois coraram e desviaram o rosto rapidamente, bem a tempo de fazer eco ao sonoro "Amém" de Mister Burnham.

 Mister Doughty não perdeu tempo em espetar um sombria. "Sem delongas, Miss Lambert!", soprou para Paulette, servindo o pássaro no prato dela. "Vá por este macaco velho: nada de jildee com os sombrias. Sempre são os primeiros a acabar."

 "Ora, obrigada." As palavras de Paulette entraram por um ouvido do piloto e saíram pelo outro, cuja atenção agora se concentrava no dumbpoke. Com o companheiro de jantar mais velho desse modo entretido, Paulette ficou livre finalmente para virar na direção de Zachary.

 "Fico feliz, Mister Reid", disse formalmente, "que o senhor pode separar uma noite para ficar em nossa companhia".

 "Não tão feliz quanto eu próprio, Miss Lambert", disse Zachary. "Não é sempre que sou convidado para um banquete como este."

 "Mas Mister Reid", disse Paulette, "um passarinho me contou que o senhor anda sortindo um bocado, ultimamente"!

 "Sort... sortindo?", disse Zachary, surpreso. "O que a senhorita quer dizer com isso, Miss Lambert?"

 "Desculpe-me", ela disse. "Eu quis dizer jantando fora — tem feito tal um bocado, não, ultimamente?"

 "Mister Doughty e sua esposa têm sido muito gentis", disse Zachary. "Eles me levaram consigo para alguns lugares."

 "O senhor tem sorte", disse Paulette, com um sorriso conspiratório. "Acredito que seu colega, Mister Crowle, não tem a mesma fortuna?"

 "Eu não saberia dizer, senhorita."

 Paulette baixou a voz: "Sabe, o senhor deve tomar cuidado com Mister Crowle. Madame Burnham diz que é um tugue bárbaro."

 Zachary retesou o corpo. "Não tenho medo de Mister Crowle."

"Mas tenha uma precaução, Mister Reid: madame Burnham diz que não o admite nesta casa. Não deve contar a ele que esteve aqui esta noite."

"Não se preocupe, senhorita", disse Zachary, sorrindo. "Mister Crowle não é o tipo de homem com quem eu trocaria confidências."

"Ele não está no navio, então?"

"Não", disse Zachary. "Nenhum de nós está. O *Ibis* entrou em doca seca, e recebemos todos passe livre, nesse meio-tempo. Instalei-me em uma pensão."

"Sério? Onde?"

"Em Kidderpore — travessa Watsongunge. Jodu achou para mim."

"Oh?" Paulette lançou um olhar por sobre o ombro para se certificar de que ninguém mais escutara o nome de Jodu, e virou-se de volta para Zachary mais tranquilizada.

Recentemente, Mister Burnham instalara um novo aparelho para refrescar a sala de jantar. Conhecido como Termantídoto, o aparelho consistia numa máquina de joeirar equipada com uma hélice e uma espessa esteira de fragrante khus-khus. Os homens que antes puxavam as cordas dos punkahs no alto eram agora encarregados de operar o Termantídoto: enquanto um umedecia a tela de junco da máquina, o outro girava a hélice por meio de uma manivela, levando uma constante corrente de ar a atravessar a esteira úmida. Assim, por meio da evaporação, a máquina deveria criar um brisa maravilhosamente refrescante. Pelo menos essa era a teoria — mas em um clima chuvoso o Termantídoto contribuía enormemente para a umidade, fazendo todo mundo suar ainda mais do que o normal, além de produzir um ruído alto de moedor que muitas vezes sufocava a conversa. Mister Burnham e Mister Doughty estavam entre os poucos que conseguiam se fazer ouvir sem esforço, acima do barulho da máquina — mas os de voz mais fraca geralmente tinham de gritar, o que só aumentava ainda mais o suor prevalecente. No passado, sentada ao lado de coronéis surdos e guarda-livros enfermiços, Paulette muitas vezes tivera ensejo de lamentar a implementação da nova máquina — mas hoje estava irrestritamente feliz com sua presença, uma vez que lhe permitia falar com Zachary sem medo de ser ouvida pelos outros.

"Se me permite perguntar, Mister Reid", disse, "onde está Jodu, agora? O que foi feito dele?"

"Está tentando ganhar algum dinheiro enquanto o *Ibis* é reaparelhado", disse Zachary. "Pediu-me um pequeno empréstimo, para que pudesse alugar uma balsa modesta. Voltará a bordo quando estivermos prontos para zarpar."

Paulette relembrou os dias ociosos em que ela e Jodu ficavam sentados nas árvores do jardim botânico, vendo os navios sobre o Hooghly. "Então terá desejo dele atendido? Vai tomar parte em sua tripulação?"

"Correto: como a senhorita queria. Partirá para Port Louis conosco quando zarparmos, em setembro."

"Oh? Ele vai para Maurício?"

"Sim", disse Zachary. "Conhece as ilhas?"

"Não", disse Paulette, "nunca estive lá, embora já tenha sido lar de minha família. Meu pai era botânico, sabe, e nas Maurício existe um jardim botânico muito famoso. Foi lá que meu pai e minha mãe se casaram. Por isso tenho grande inveja de ir lá...". Parou de falar: de repente, pareceu intoleravelmente injusto que Jodu pudesse ir para a ilha enquanto ela, Paulette, com todas suas prerrogativas, não.

"Algum problema?", disse Zachary, alarmado com sua palidez. "Está se sentindo bem, Miss Lambert?"

"Uma idée me veio à mente", disse Paulette, tentando aclarar a súbita mudança no curso de seus pensamentos. "Ocorreu-me que eu também adoraria ir para Maurício no *Ibis*. Assim como Jodu, trabalhando em um navio."

Zachary riu. "Acredite, Miss Lambert, uma escuna não é lugar para uma mulher — uma dama, quero dizer, perdoe-me. Especialmente não para alguém acostumada a viver assim..." Fez um gesto na direção da mesa coberta de comida.

"É assim de fato, Mister Reid?", disse Paulette, erguendo as sobrancelhas. "Então não é possível, segundo o senhor, que uma mulher venha a ser um marin?"

Não era incomum que, ao não conseguir encontrar uma palavra, Paulette buscasse um termo emprestado ao francês, confiante de que passaria por inglês se pronunciada exatamente como grafada. Essa estratégia funcionava bem o bastante para dar motivos para persistir, mas de vez em quando produzia resultados inesperados: pelo olhar no rosto de Zachary, Paulette soube que essa era exatamente uma dessas ocasiões.

"Um marine?",* ele disse, surpreso. "Não, Miss Lambert, decerto não existem mulheres marines, não que eu tenha ouvido falar."

---

* *Marine*, um fuzileiro naval. (N. do T.)

"Marujo", disse Paulette, triunfante. "Foi isso que quis dizer. O senhor pensa que não é possível uma mulher velejar ao pé de um mastro?"

"Como esposa do capitão, talvez", disse Zachary, balançando a cabeça. "Mas jamais como membro da tripulação: nenhum marinheiro digno do sal em sua pele aceitaria uma coisa dessas. Ora, se tantos marujos nem sequer pronunciam a palavra 'mulher' no mar, por medo de má sorte."

"Ah!", disse Paulette. "Mas então está claro, Mister Reid, que nunca ouviu falar da famosa Madame Commerson!"

"Não posso dizer que sim, Miss Lambert", disse Zachary, franzindo o rosto. "Que cores ela carrega?"

"Madame Commerson não foi uma embarcação, Mister Reid", disse Paulette. "Era uma cientista, para ser precisa, foi minha própria tia-avó. E rogo informar que não passava de uma jovem quando ingressou em um navio e deu a volta ao mundo."

"Isso é fato?", disse Zachary, ceticamente.

"É, sem dúvida", disse Paulette. "Sabe, antes de ser casada, o nome da minha tia-avó era Jeanne Baret. Mesmo quando garota, ela tinha paixão muito fogosa pela ciência. Ela leu sobre Lineu e as muitas espécies novas de plantas e animais que estavam sendo nomeadas e descobertas. Esses diversos fatos fizeram ela arder de volontée de ver por si mesma as riquezas da terra. O que acontece então, Mister Reid, a não ser que ela descobre uma grande expedição, sendo organizada por Monsieur de Bougainville, com intenção de fazer exatamente o que ela queria? Essa idée a inflamou, e ela decidiu que ela também, por todo hasard, ia ser uma expeditionnaire. Mas é claro que não dava para esperar que os homens permitiam uma mulher se juntar ao navio... então pode imaginar, Mister Reid, o que minha tia-avó fez?"

"Não."

"Ela fez a coisa mais simples, Mister Reid. Amarrou o cabelo como homem e se candidatou para embarcar com o nome de Jean Bart. E para completar, foi aceita — por nenhum outro que o grande Bougainville em pessoa! E não foi nada tão difícil, Mister Reid — isso o senhor deve saber: não foi mais que uma questão de usar uma faixa apertada no peito e aumentar o passo quando andava. Assim ela se fez ao mar, usando calça, como o senhor, e nenhum marinheiro ou cientista adivinhou o segredo dela. Dá para imaginar, Mister Reid, todos aqueles savants, tão conhecedores da anatomia de animais e plantas?

— nem unzinho sabia que tinha une fillie no meio deles, tão completamente ela estava masculina? Foi só depois de dois anos que foi revelada, e sabe como, Mister Reid?"

"Não me arrisco a conjecturar, senhorita", disse Zachary.

"Em Taiti, quando os expeditionnaires desceram em terra, as pessoas só deram uma olhada e sabiam! O segredo que nenhum francês tinha adivinhado durante dois anos de viver no mesmo navio, dia depois de dia, os taitianos sabiam tute-suíte. Mas, agora, que importar, porque é claro que Monsieur de Bougainville não podia abandonar ela, então deu permissão para vir junto. Dizem que foi ela, por gratidão, que batizou a flor em homenagem ao almirante: bougainvíllia. Foi assim que aconteceu que Jeanne Baret, minha tia-avó, virou a primeira mulher a navegar em volta do mundo. E foi assim também que ela encontrou seu marido, meu tio-avô, Philippe Commerson, que estava junto com os expeditionnaires e era um grande savant ele também."

Feliz por ter levado a melhor sobre Zachary, Paulette o agraciou com um luminoso sorriso. "Então está vendo, Mister Reid, às vezes acontece afinal de contas que uma mulher se junta de fato com uma tripulação."

Zachary tomou um longo gole de sua taça de vinho, mas o clarete não ajudou muito a digerir a história de Paulette: ele tentava imaginar uma mulher executando semelhante farsa no *Ibis* e tinha certeza de que seria identificada em questão de dias, se não de horas. Lembrou-se das redes, penduradas tão próximas que o balanço de um homem fazia todo o castelo de proa se agitar e sacudir; pensou no tédio da madrugada, e nas competições em que os homens nos quartos de vigia abriam as calças a sotavento para ver quem conseguia obter a maior fosforescência do oceano; pensou no ritual do banho semanal, no convés, nos embornais a sotavento, em que a chusma toda tinha de se despir até a cintura e muitos precisavam ficar completamente nus para lavar as roupas de baixo. Como poderia uma mulher tomar parte nisso? Talvez acontecesse de fato num navio cheio de crappos comedores de rã — quem saberia dizer que velhacarias não se dispunham a fazer? —, mas um clíper de Baltimore era domínio de homens e nenhum lobo do mar autêntico gostaria que fosse de outro modo, por maior apreço em que tivessem as mulheres.

Notando seu silêncio, Paulette perguntou: "Não acredita em mim, Mister Reid?"

"Bom, Miss Lambert, acredito que poderia acontecer em um navio francês", disse, meio a contragosto. Não pôde resistir a acrescentar: "De qualquer modo, não é coisa das mais fáceis diferenciar uma mamzelle de um monsoo."

"Mister Reid...!"

"Sem ofensa..."

Enquanto Zachary pedia suas desculpas, uma minúscula bolota de pão veio voando por cima da mesa e acertou Paulette no queixo. Ela olhou do outro lado e viu a senhora Doughty sorrindo e revirando os olhos, como que dando a entender que alguma coisa de grande significado acabara de acontecer. Paulette olhou em torno, confusa, e não conseguiu ver nada que chamasse sua atenção, exceto a própria senhora Doughty: a esposa do piloto era extremamente robusta, com um rosto redondo que pairava, como uma lua no horizonte, sob uma enorme nuvem de cabelos cor de henna; agora, fazendo caras e bocas, parecia sofrer alguma espécie de convulsão planetária. Paulette desviou o rosto rapidamente, pois tinha o maior receio de atrair a atenção da senhora Doughty, que tendia a falar, durante longos períodos e com excepcional rapidez, sobre assuntos que ela não conseguia compreender muito bem.

Felizmente, Mister Doughty poupou-a do aborrecimento de precisar responder à mulher: "Shahbash, querida!", exclamou. "Um tiro perfeito!" Então, virando-se para Paulette, falou: "Diga-me uma coisa, Miss Lambert, já lhe contei da vez em que a senhora Doughty me acertou com um sombria?"

"Não senhor", disse Paulette.

"Aconteceu na Casa do Governador", prosseguiu o piloto. "Bem diante dos olhos do Lat-Sahib. O pássaro me acertou direto no nariz. Devia estar a uns bons vinte passos. Eu soube na mesma hora que era a mulher pra mim — os olhos de shoe-goose."* Nesse ponto, tendo espetado o último sombria com seu garfo, gesticulou com ele na direção da esposa.

Paulette aproveitou a oportunidade para voltar sua atenção para Zachary: "Mas me diga, Mister Reid, como é isso de comunicar com seus lascares? Eles falam inglês?"

"As palavras de comando eles conhecem", disse Zachary. "E às vezes, quando é necessário, Serang Ali traduz."

---

* Literalmente, "sapato-ganso"; corruptela de *siya-gosh*, "orelha negra", nome persa do lince. (N. do T.)

"E como o senhor entretém converse com Serang Ali?", perguntou Paulette.

"Ele fala um pouco de inglês", disse Zachary. "A gente dá um jeito de se fazer entender. O mais esquisito é que não sabe sequer dizer meu nome."

"Como ele chama o senhor, então?"

"Malum Zikri."

"Zikri?", ela exclamou. "Mas que nome lindo! Sabe o que quer dizer?"

"Eu nem fazia ideia de que queria dizer alguma coisa", ele falou, surpreso.

"Mas sim", disse ela. "Significa 'aquele que se lembra'. Que bonito que é. O senhor se incomoda se eu chamar por esse nome?"

Agora, vendo o rubor se formar em seu rosto, ela rapidamente se arrependeu de seu atiramento: pareceu uma intervenção divina quando os khidmutgars distraíram todos trazendo uma enorme árvore de gelatina — uma estrutura de três andares com inúmeros braços ramificados, cada um carregado de cremes, gelatinas, pudins, trifles, fools, blancmanges, syllabubs e frutas cristalizadas.

Paulette estava prestes a recomendar um fool de manga para Zachary quando Mister Doughty requisitou sua atenção com uma melancólica história sobre como um ganso lançado em um jantar na Casa do Governador levara a um duelo e suscitara desaprovação oficial quanto ao costume de arremessar projéteis. Antes que houvesse terminado completamente, a senhora Burnham fixou os olhos em Paulette de um jeito especial que indicava que chegara a hora de as damas se retirarem para o gol-cumra. Os khidmutgars se adiantaram para puxar suas cadeiras, e as mulheres seguiram sua anfitriã quando deixou a sala de jantar.

A senhora Burnham conduziu o grupo caminhando com serena majestade, mas, assim que se viram do lado de fora, abandonou Paulette à companhia da senhora Doughty. "Preciso dar um pulinho no dubber", sussurrou disfarçadamente no ouvido de Paulette. "Boa sorte com a velha balofa."

Na sala de jantar, onde os homens haviam se reunido junto à ponta da mesa em que sentava o anfitrião, a oferta de um charuto feita por Mister Burnham foi educadamente declinada pelo capitão

Chillingworth. "Obrigado, Mister Burnham", disse o capitão, estendendo a mão na direção de um castiçal, "mas prefiro meus buncuses, se não se incomoda".

"Como achar melhor", disse Mister Burnham, servindo uma taça de porto. "Mas vamos lá, capitão: nos dê notícias de Cantão. Há indício de que os celestiais enxergarão a luz da razão antes que seja tarde demais?"

O capitão suspirou: "Nossos amigos nas fábricas inglesa e americana não pensam desse modo. Acredita-se, praticamente até o último homem, que uma guerra com a China é inevitável. Francamente, a maioria deles acolhe de bom grado a perspectiva."

"De modo que os chuntocks seguem determinados, pois não", disse Mister Burnham, "a interromper o comércio de ópio"?

"Receio que sim", disse o capitão. "Os mandarins de fato parecem seguir firmemente nesse rumo. Um dia desses, decapitaram uma meia dúzia de vendedores de ópio, bem às portas de Macau. Os corpos foram jogados em plena vista do público, para que todos vissem, inclusive os europeus. Isso teve um efeito, não resta dúvida. Em fevereiro, o preço do melhor ópio de Patna afundara para quatrocentos e cinquenta dólares a caixa."

"Bom Deus!", disse Mister Doughty. "Não estava duas vezes isso, no ano passado?"

"Sim, estava." Mister Burnham balançou a cabeça. "Perceba, está claro, agora — os caudas-longas não vão dar trégua enquanto não nos tirarem do negócio. E vão conseguir, não resta dúvida, a menos que sejamos capazes de convencer Londres a dar o troco."

O juiz Kendalbushe interveio, curvando-se sobre a mesa: "Mas me diga uma coisa, capitão Chillingworth: não é verdade que nosso representante em Cantão, o senhor Elliott, obteve algum sucesso em persuadir os mandarins a legalizar o ópio? Ouvi dizer que os mandarins começaram a considerar os benefícios do livre-comércio."

Mister Doughty riu. "O senhor está sendo otimista demais. Um maldito de um gudda cabeça-dura é o Johnny Chinaman. Não há a menor possibilidade de que mude de ideia."

"Mas o que o juiz diz não é sem fundamento", acrescentou o capitão, rapidamente. "Há um grupo em Pequim que, assim se diz, é a favor da legalização. Mas, segundo fiquei sabendo, o imperador deu um chega pra lá neles e decidiu destruir o comércio totalmente. Disseram-me que designou um novo governador para o serviço."

"Não deveríamos ficar surpresos", disse Mister Burnham, olhando em torno da mesa com ar satisfeito, os polegares fincados nas lapelas. "Eu certamente não fico. Sabia desde o início que as coisas chegariam a isso. Jardine e Matheson avisaram o tempo todo, e eu sou da mesma opinião. Ninguém despreza a guerra mais do que eu — na verdade, eu a abomino. Mas não se pode negar que há ocasiões em que a guerra é não só meramente justa e necessária, como também humana. Na China, o momento chegou: nada mais vai funcionar."

"Certíssimo, senhor!", disse Mister Doughty, enfaticamente. "Não existe outro recurso. De fato, nossa humanidade assim o exige. Temos de pensar apenas no pobre camponês indiano. O que será dele se seu ópio não puder ser vendido na China? Os malditos hurremzads mal têm o que comer, agora: morrerão aos crore."

"Receio que tenha razão", disse o juiz Kendalbushe gravemente. "Meus amigos nas Missões estão de acordo que a guerra é necessária se for para tornar a China receptiva à palavra de Deus. Uma pena, é claro, mas o melhor é dominá-la e acabar logo com isso."

Os olhos pestanejando, Mister Burnham olhou em torno da mesa iluminada por velas: "Uma vez que concordamos todos, cavalheiros, talvez seja o momento de partilhar algumas notícias que acabam de chegar até mim. Na mais estrita confiança, é claro."

"Claro."

"O senhor Jardine escreveu para contar que finalmente persuadiu o primeiro-ministro."

"Oh, é verdade, então?", exclamou o juiz Kendalbushe. "Lorde Palmerston concordou em enviar uma esquadra?"

"Sim", balançou a cabeça confirmando Mister Burnham. "Mas esquadra talvez seja uma palavra imponente demais. Mister Jardine entende que não se fará necessária nenhuma grande exibição de força para sobrepujar as antiquadas defesas chinesas. Umas poucas fragatas, talvez, e umas duas dúzias de navios mercantes."

"Shahbash!", exclamou Mister Doughty, batendo palmas. "Então é guerra?"

"Creio que podemos considerar como certa, agora", disse Mister Burnham. "Estou seguro de que haverá algum palaver* com os celestiais, puro teatro. Mas o resultado disso tudo será nulo; podemos

---

* Uma parlamentação entre exploradores europeus e representantes da população nativa em uma colônia. (N. do T.)

contar com os caudas-longas quanto a isso. E então a esquadra chega e resolve tudo, num piscar de olhos. Será o melhor tipo de guerra — rápida e barata, com um resultado de que não se pode duvidar. Não mais do que um punhado de tropas inglesas será necessário: uns dois batalhões de sipaios darão conta do recado."

Mister Doughty deu uma risada de sacudir a barriga. "Oh, isso com certeza! Nossos escurinhos vão pôr aqueles barrigamarelas para correr num piscar de olhos. Tudo estará terminado em cerca de duas semanas."

"E eu não vou me surpreender", disse Mister Burnham, estocando o ar com seu charuto, "se houver hurras de alegria pelas ruas de Cantão quando as tropas entrarem marchando".

"Eis uma pucka de uma certeza", disse Mister Doughty. "Os celestiais vão aparecer aos milhares, acendendo seus incensos. Por mais ooloo que possa ser em alguns aspectos, Johnny Chinaman sabe reconhecer uma coisa boa quando vê uma. Ele ficará deliciado de se livrar de seu tirano manchu."

Zachary não pôde mais se manter reservado com a animação que fervilhava em torno da mesa. Ele interrompeu para perguntar a Mister Burnham: "Quando acha que a esquadra estará pronta, senhor?"

"Creio que duas fragatas já estão a caminho", disse Mister Burnham. "Quanto aos navios mercantes, Jardine e Matheson preparam os seus para breve, assim como nós. Vocês voltarão bem a tempo de unir forças nessa empreitada."

"Um brinde!", disse Mister Doughty, erguendo o copo.

Somente o capitão Chillingworth parecia não se contagiar com o espírito elevado e a animação geral: tendo seu silêncio se tornado pronunciado demais para ser ignorado, o juiz Kendalbushe dirigiu-lhe um sorriso afável: "É mesmo uma pena, capitão Chillingworth, que sua saúde não lhe permita juntar-se à expedição. Não admira que esteja acabrunhado. Em seu lugar, eu também lamentaria."

De repente, o capitão Chillingworth se encrespou. "Lamentar?" Sua voz foi enfática o bastante para sobressaltar a todos. "De modo algum: não lamento minimamente. Vi o suficiente dessas coisas em minha vida; posso passar perfeitamente sem mais outra rodada de carnificina."

"Carnificina?" O juiz piscou seguidamente, surpreso. "Mas capitão Chillingworth, tenho certeza de que não haverá mais mortes do que o estritamente necessário. Sempre há um preço, não é, por praticar o bem?"

"'Bem', senhor?", disse o capitão Chillingworth, esforçando-se para se aprumar na cadeira. "Não estou certo sobre a que bem se refere, se o deles ou o nosso? Embora o motivo por que deva me incluir entre os seus, não sei dizer — o céu é testemunha do pouquíssimo bem que me adveio de minhas ações."

Duas manchas de viva coloração se formaram nas maçãs do juiz conforme assimilava isso. "Ora, capitão", disse, asperamente. "Mas o senhor mostra uma falta de reconhecimento tanto para com sua pessoa como para conosco. Está dando a entender que nenhum bem advirá dessa expedição?"

"Oh, virá sim, senhor; isso não se pode negar." As palavras do capitão Chillingworth saíram muito lentamente, como que extraídas de um profundo poço de amargura. "Tenho certeza de que trará um bocado de benefício para alguns de nós. Mas duvido que me encontrarei entre eles, assim como muitos chinas. A verdade, senhor, é que os homens fazem o que seu poder lhes permite fazer. Não somos diferentes dos faraós ou dos mongóis: a diferença é apenas que, quando matamos gente, somos compelidos a fingir que é por alguma causa elevada. É esse fingimento de virtude, garanto ao senhor, que jamais será esquecido pela história."

Nisso Mister Burnham interveio, pousando a taça com força sobre a mesa. "Bem, cavalheiros! Não podemos manter as mulheres esperando até resolvermos todos os problemas do mundo; devemos nos juntar a elas, agora."

Uma onda de risadas de alívio quebrou o constrangimento, e os homens se levantaram e começaram a sair em fila. Zachary foi o último a passar pela porta, e ao sair deu com o anfitrião a sua espera. "Vê, Reid", sussurrou Mister Burnham, pondo um braço em torno de seu ombro; "vê por que estou preocupado com o bom-senso do capitão? Muita coisa dependerá de você, Reid."

Zachary não pôde deixar de se sentir lisonjeado. "Obrigado, senhor", disse. "Pode confiar que farei meu melhor."

Os olhos da senhora Doughty piscavam conforme fitavam Paulette, por sobre a borda de sua taça. "Bem, minha querida!", disse. "Você certamente operou algum jadoo esta noite."

"Rogo seu pardonne, madame?"

"Ah, não pense que pode bancar a parva comigo!", exclamou a senhora Doughty, gesticulando com o dedo. "Tenho certeza de que notou, não foi?"

"Notou o que, madame? Não estou entendendo."

"Você não dekko? Com que então ele não tocou em seus sombrias e mal provou o foogath? Que desperdício! E fez tantas perguntas, também."

"Quem, madame?", disse Paulette. "De quem está falando?"

"Ora, do juiz Kendalbushe, claro: a senhorita sem dúvida assinalou um belo tento hoje! Ele não tirava os olhos da senhorita."

"O juiz Kendalbushe!", exclamou Paulette, alarmada. "Fiz alguma coisa errada, madame?"

"Não, sua bandar tolinha", disse a senhora Doughty, beliscando a orelha da moça. "De modo algum. Mas tenho certeza de que notou, não foi, como ele jawaubou o dumbpoke e apenas cheirou o faisão? É sempre um sinal, é o que digo, quando o homem não come. Estou lhe dizendo, querida, ele fervia por dentro toda vez que você se virava para conversar com Mister Reid!" Ela continuou a tagarelar, deixando Paulette ainda mais convencida de que o juiz a vira usando o garfo errado ou uma faca imprópria, e certamente denunciara o deslize de etiqueta para a senhora Burnham.

Para piorar as coisas, quando a porta se abriu para admitir os homens, o juiz foi direto para Paulette e a senhora Doughty e começou uma homilia sobre a questão da gulodice. Paulette fingiu escutar, embora todos os seus sentidos estivessem focados na presença invisível de Zachary, em algum lugar atrás dela. Mas entre a senhora Doughty e o capitão, não havia como escapar enquanto a noite não chegasse ao fim. Foi somente quando os convidados começaram a sair que Paulette pôde conversar com Zachary outra vez. A despeito de seus esforços por manter a compostura, pegou-se dizendo, com uma veemência muito maior do que pretendera: "Vai cuidar dele, não vai — meu Jodu?"

Para sua surpresa, ele respondeu com uma intensidade que pareceu se igualar à dela. "Pode ter certeza de que vou", disse. "E caso haja qualquer outra coisa que eu possa fazer, Miss Lambert, é só pedir."

"Melhor ter cuidado, Mister Reid", disse Paulette, com ar brincalhão. "Com um nome como Zikri, o senhor pode ser obrigado a manter a palavra."

"E o farei de bom grado, senhorita", disse Zachary. "Pode contar totalmente comigo."

Paulette ficou comovida com a sinceridade de seu tom. "Oh, Mister Reid!", gemeu. "O senhor já fez demais."

"O que eu fiz?", ele disse. "Não fiz nada, Miss Lambert."

"O senhor guardou meu segredo", sussurrou ela. "Talvez não consiga conceber o que isso significa neste mundo em que vivo? Olhe em torno, Mister Reid: vê alguém aqui capaz de acreditar por um minuto que uma memsahib poderia pensar em um nativo — um servo — como irmão? Não: as piores acusações possíveis seriam imputadas."

"Não por mim, Miss Lambert", disse Zachary. "Pode ter certeza disso."

"De verdade?", ela disse, olhando bem dentro de seus olhos. "Não parece uncroyable para o senhor que um laço tão íntimo e ainda tão inocente possa existir entre uma garota branca e um rapaz de outra raça?"

"De jeito nenhum, Miss Lambert; ora, eu mesmo..." Zachary de repente começou a tossir, com o punho na frente da boca, interrompendo o que dizia. "Asseguro-lhe, Miss Lambert, sei de muitas coisas bem mais estranhas."

Paulette sentiu que ele tinha alguma coisa a acrescentar, mas agora houve uma súbita interrupção, causada por um estampido estrondoso. No silêncio constrangedor que se seguiu, ninguém olhou na direção de Mister Doughty, que examinava o cabo de sua bengala com um ar de fingida indiferença. Coube à senhora Doughty fazer uma tentativa de reparar a situação. "Ah!", exclamou, batendo uma mão na outra com ar jovial. "O vento está soprando e devemos soltar as velas. Içar âncora! Vamos zarpar!"

Doze

Muitos dias se passaram sem que notícia alguma chegasse sobre quando exatamente Neel seria removido para a cadeia em Alipore, onde os condenados eram normalmente enviados para aguardar transporte. Enquanto isso, embora tivesse permissão de continuar em sua antiga residência em Lalbazar, a mudança de suas circunstâncias ficou evidente para ele em dezenas de diferentes maneiras. Não mais lhe foram permitidas visitas o tempo todo, e dias passavam sem que encontrasse quem quer que fosse; os policiais que montavam guarda a sua porta não mais se empenhavam em lhe prover alguma distração; seus modos, antes obsequiosos, eram agora secos e rudes; à noite, passaram a trancar as portas com correntes, e ele não mais tinha permissão de deixar seus aposentos sem algemas nos pulsos. Não mais era atendido por seus próprios criados, e, quando se queixou do acúmulo de poeira nos cômodos, o policial que montava guarda respondeu perguntando-lhe se gostaria que trouxesse uma jharu, de modo a se encarregar do trabalho ele mesmo. Não fosse o tom de zombaria na voz do homem, Neel talvez houvesse dito sim, mas em vez disso abanou a cabeça: apenas mais alguns dias, não é?

É, disse o guarda, com uma gargalhada. E depois disso, será despachado para o palácio de seus parentes, em Alipore. Terá todos os cuidados ao chegar lá — não tem com o que se preocupar.

Por algum tempo, ainda, a comida de Neel continuou a vir do palácio de Raskhali, mas depois, abruptamente, cessou. Em vez disso, ele recebia uma bacia de madeira, um tapori do tipo usado para servir os demais prisioneiros: olhando sob a tampa, viu que continha uma mistura parecida com mingau de dal e arroz ordinário. "O que é isso?", perguntou ao policial, e como resposta o homem deu de ombros, negligentemente.

Ele puxou a bacia para dentro, depositou-a no chão e se afastou, resolvido a ignorá-la. Mas em pouco tempo a fome o trouxe de volta; ele sentou de pernas cruzadas ao lado dela e removeu a tampa. O conteúdo se solidificara numa lavagem acinzentada, e o cheiro o deixou com ânsia, mas ele se forçou a apanhar alguns grãos com a ponta dos dedos. Quando levava a mão aos lábios, ocorreu-lhe que era a primeira vez em todos aqueles anos que comia alguma coisa preparada pelas mãos de uma casta ignorada. Talvez fosse esse pensamento, ou talvez simplesmente o cheiro da comida — o que aconteceu, em todo caso, é que foi acometido de uma náusea tão poderosa que não conseguiu levar os dedos à boca. A intensidade com que seu corpo resistia o deixou atônito: pois o fato era que não acreditava em casta, ou pelo menos assim afirmara inúmeras vezes a amigos e a quem quisesse escutar. Se, como resposta, acusavam-no de ter se tornado excessivamente *tãsh*, muito ocidentalizado, sua réplica era sempre dizer: não, sua devoção era para com o Buda, o Mahavira, Shri Chaitanya, Kabir e muitos outros assim — todos os quais haviam combatido as fronteiras de casta com tanta determinação quanto qualquer revolucionário europeu. Neel sempre se orgulhara de reivindicar sua linhagem de igualitarismo, e ainda mais por gozar do privilégio de sentar no guddee de um rajá: mas por que, então, nunca antes comera o que quer que fosse preparado pela mão de um desconhecido? Não lhe ocorria outra resposta além da força do hábito: porque sempre fizera o que dele era esperado; porque a legião de pessoas que controlava sua existência diária providenciava para que fosse dessa forma, e não de outra. Ele costumava pensar em suas rotinas do dia a dia como uma performance, um dever e nada mais; um dos inúmeros pequenos teatros que se faziam necessários pelas exigências de uma existência social, pelo samsara — nada daquilo queria dizer que fosse real; não passava de ilusão, nada além do desempenho de um papel na grande farsa de conduzir uma vida de chefe de família. E contudo nada havia de irreal quanto à náusea que dele se apossava agora; não era uma ilusão que seu corpo convulsionasse com uma sensação de *ghrina*, uma revulsão constritora do estômago que o fazia se encolher diante do recipiente de madeira.

Neel ficou de pé e recuou, tentando se acalmar: estava claro agora que não era questão apenas de uma simples refeição; era questão de vida ou morte, se seria capaz de sobreviver ou não. Voltando ao tapori, sentou ao seu lado, ergueu alguns bocados até os lábios e se forçou a engolir. Foi como se houvesse ingerido um punhado de carvões em brasa, pois podia sentir cada grão abrindo uma trilha de fogo por suas entranhas — mas não podia parar; comeu mais um pouco, e mais um pouco, até a própria pele parecer soltar de seu corpo. Nessa noite, seus sonhos foram invadidos por uma visão de si mesmo transformado em uma naja mudando a pele, uma serpente que lutava para se livrar de sua capa exterior.

    Na manhã seguinte, ele acordou e encontrou uma folha de papel sob a porta. Era uma notificação, impressa em inglês: "Burnham Bros. anuncia a venda de uma propriedade adjudicada por decisão da Suprema Corte, uma bela residência conhecida como Raskhali Rajbari..."

    Ele ficou olhando para aquilo, pasmo, correndo os olhos pela folha seguidamente. Aquela era uma possibilidade que não se permitira contemplar: o dilúvio de seus infortúnios era tal que, para se proteger de ser afogado por eles, decidira não investigar muito de perto as precisas implicações da decisão da Suprema Corte. Agora, suas mãos começaram a tremer com o pensamento do que a venda do Rajbari significaria para seus dependentes: o que seria dos criados e servos da família, de suas parentes enviuvadas?

    E o que seria de Malati e Raj? Para onde iriam? O lar familiar de sua esposa, onde os irmãos dela viviam agora, não era uma residência muito grande, como o Raskhali Rajbari, mas era certamente grande o bastante para acomodá-la. Mas agora que sua casta fora rebaixada de modo irreversível, junto com a do marido, não havia a menor possibilidade de que fosse acolhida ali; se os irmãos a admitissem, seus próprios filhos e filhas jamais sejam capazes de encontrar cônjuges de um mesmo status. Malati era orgulhosa demais, ele sabia, para pôr os irmãos em posição de serem obrigados a repudiá-la.

    Neel começou a bater na porta com as correntes. Continuou a fazê-lo até que fosse aberta por um guarda. Precisava enviar uma mensagem para sua família, disse ao policial; algum arranjo tinha de ser feito para a entrega de uma carta; seguiria insistindo nisso até que fosse feito.

    Insistir? zombou o guarda, balançando a cabeça com menosprezo, e quem ele pensava que era, algum tipo de rajá?

    Mas a notícia devia ter corrido, porque depois nesse mesmo dia ele ouviu uma chave girando no cadeado. Àquela hora da tarde, o som só podia ser prenúncio de uma visita, então se dirigiu ansiosamente para a porta, na esperança de encontrar Parimal à soleira — ou talvez um de seus gomustas ou daftardars. Mas quando as portas se abriram, foi para revelar sua esposa e seu filho, parados do lado de fora.

    Você? Mal conseguia falar.

Sim. Malati vestia um sari de algodão orlado de vermelho, e embora sua cabeça estivesse coberta, o traje não fora pregueado de um modo que velasse seu rosto.

Você aqui, desse jeito? Neel saiu rapidamente de lado, de modo que ela pudesse se afastar dos olhares de quem quer que fosse. Em um lugar onde qualquer um pode vê-la?

Malati jogou a cabeça para trás, de modo que o sari ficou pendurado no ombro, expondo seus cabelos. E o que isso importa agora? disse ela, calmamente. Não somos mais diferentes de ninguém na rua.

Ele começou a morder o lábio, de preocupação. Mas a vergonha, disse. Tem certeza de que vai conseguir suportar?

Eu? Ela disse isso com ar de pouco caso. O que isso representa para mim? Eu não observava o purdah por minha vontade — era porque você e sua família queriam. E não significa nada, agora: não temos nada a preservar e nada a perder.

Agora o braço de Raj veio serpenteando em torno da cintura de Neel, e o menino enterrou o rosto no corpo de seu pai. Baixando o olhar para sua cabeça, pareceu a Neel que seu filho de algum modo encolhera — ou seria apenas que não conseguia se lembrar de algum dia tê-lo visto em um colete de algodão grosseiro e dhoti na altura do joelho?

Nossos papagaios... eles...? Estivera tentando manter a leveza de tom, e sua voz o puniu morrendo em sua garganta.

Joguei todos no rio, disse o menino.

Nós demos a maioria de nossas coisas, acrescentou rapidamente Malati. Enrolando o sari, apanhou a jharu no canto em que o guarda a deixara e começou a varrer o chão. Só pegamos o que dava para levar junto.

Levar para onde? disse Neel. Aonde pretendem ir?

Está tudo arranjado, ela disse, varrendo com vigor. Não deve se preocupar.

Mas preciso saber, ele insistiu. Aonde estão indo? Precisam me contar.

Para a casa de Parimal.

Casa de Parimal? Neel repetiu as palavras depois dela, atônito; nunca pensara em Parimal como tendo uma casa que não fossem suas acomodações no Rajbari.

Mas onde fica a casa de Parimal?

Não é longe da cidade, ela disse. Eu também não sabia, até ele me dizer. Ele comprou alguma terra, há alguns anos, com o dinheiro que guardou do que ganhava. Vai dar um cantinho para nós.

Neel afundou desamparado em sua charpoy, segurando o filho pelos ombros. Podia sentir a umidade das lágrimas de Raj em sua pele, agora, atravessando sua túnica, e puxou o menino para mais perto, afundando seu queixo nos espessos cabelos negros. Então, seu próprio rosto começou a arder e ele percebeu que seus olhos haviam se enchido de uma substância tão corrosiva quanto ácida, tingida com o amargo fel de suas traições contra sua mulher e seu filho, e com a bile produzida por saber que passara todos esses anos como um sonâmbulo, atravessando seus dias como se sua vida não importasse mais que a de um ator coadjuvante numa peça escrita por alguma outra pessoa.

Malati deixou a jharu num canto e foi sentar a seu lado. Vamos ficar bem, disse, com firmeza. Não se preocupe conosco; vamos dar um jeito. É você quem precisa ser forte. Para o nosso bem, se não para o seu próprio, precisa continuar vivo: não suportarei me tornar uma viúva, não depois disso tudo.

À medida que as palavras dela penetravam em seus ouvidos, suas lágrimas secaram nas maçãs do rosto e ele abriu os braços para puxar a esposa e o filho junto ao peito. Escute o que vou dizer, disse: *vou* ficar vivo. Eu prometo: vou ficar. E quando esses sete anos passarem, venho buscar os dois para levar embora dessa terra amaldiçoada, e começaremos uma nova vida em algum outro lugar. Isso é tudo que peço: não duvide de que voltarei, pois voltarei.

O tumasher para o capitão Chillingworth, com todo o seu alarde e goll-maul, nem bem era terminado quando Paulette recebeu outra convocação para o aposento da Burra BeeBee. O chamado veio pouco depois da partida de Mister Burnham para seu Dufter, e as rodas de sua carruagem ainda esmigalhavam os conkers no passeio de Bethel quando um khidmutgar bateu na porta de Paulette para entregar o bilhete. Àquela hora do dia não era costume encontrar a senhora Burnham inteiramente desperta de sua dose noturna de láudano, de modo que pareceu bastante natural presumir que o chamado fosse de especial urgência, motivado por algum almoço paroquial imprevisto ou qualquer outro compromisso social inesperado. Mas, ao ser admitida no dormitório da BeeBee, ficou óbvio para Paulette que aquela era uma ocasião verdadeiramente sem precedentes — pois não só a senhora Burnham se encontrava inteiramente desperta, como também estava até de pé, saltitando alegre pelo quarto, abrindo animadamente as venezianas.

"Oh, Puggly!", exclamou, quando Paulette entrou. "Diga-me, por onde *andou*, querida?"

"Mas madame", disse Paulette. "Vim toda-suíte, assim que me chamaram."

"Sério, querida?", disse BeeBee. "Parece que estou esperando há uma década. Achei que certamente havia se retirado para assar uma brinjaul."

"Oh, mas madame!", protestou Paulette. "Não é a bonne heure."

"Não, querida", concordou a senhora Burnham. "Não dá mesmo para ficar sentada esquentando o coorsy quando há kubber como essa para transmitir."

"Novidades?", disse Paulette. "Tem alguma novidade?"

"Ora, sim, como não; mas vamos sentar na cama, Puggly querida", disse a senhora Burnham. "Não é o tipo de coisa que vai querer ficar guppando de pé." Tomando Paulette pela mão, BeeBee a conduziu pelo aposento e desocupou um lugar para as duas na beirada da cama.

"Mas o que foi isso que chegou, madame?", disse Paulette, com alarme crescente. "Nada ruim, espero!"

"Pelos céus, não!", disse a senhora Burnham. "As melhores notícias possíveis, querida."

A voz da senhora Burnham estava tão excitada e seus olhos azuis tão tomados por um sentimento de camaradagem que Paulette ficou um pouco apreensiva. Tinha alguma coisa errada, ela sabia: podia ser que a BeeBee, com seus misteriosos poderes de adivinhação, houvesse de algum modo descoberto o mais premente de seus segredos? "Oh, madame", deixou escapar, "não é sobre..."

"O juiz Kendalbushe?", sugeriu a senhora Burnham, deliciada. "Ora, como sabia?"

Privada do ar, tudo que Paulette pôde fazer foi repetir, estupefata: "juiz Kendalbushe?"

"Sua shaytan malandrinha!", disse a BeeBee, com um tapinha em seu pulso. "Você adivinhou ou alguém lhe contou?"

"Nem uma coisa nem outra, madame. Posso assegurar, não sei de..."

"Ou será que foi apenas o caso", continuou BeeBee, com ar brejeiro, "de dois corações repicando juntos, como gantas numa torre do relógio?"

"Oh, madame", gemeu Paulette, agoniada. "Não é nada disso."

"Bem, então não consigo imaginar como ficou sabendo", declarou BeeBee, abanando-se com sua touca de dormir. "Quanto a mim, um talipot sob um vendaval não teria sido derrubado tão facilmente quanto eu fui quando Mister Burnham me contou, hoje de manhã."

"Contou o que, madame?"

"Sobre o encontro dele com o juiz", disse a senhora Burnham. "Sabe, Puggly, eles jantaram no Bengal Club ontem, e, depois de conversar sobre isso e aquilo, o senhor Kendalbushe perguntou se poderia tocar em um assunto delicado. Ora, como bem sabe, querida, Mister Burnham tem o juiz Kendalbushe na mais elevada estima, então é claro que disse sim. E que tal arriscar um palpite, Puggly querida, sobre que assunto seria esse?"

"Alguma questão legal?"

"Não, querida", disse a senhora Burnham, "algo muito mais delicado que isso: o que ele queria perguntar era se você, querida Puggly, acaso veria com bons olhos sua proposta dos sagrados laços."

"Laços?", disse Paulette, confusa. "Mas madame, não sei dizer. Não tenho memória do que ele vestia."

"Não é nada disso, sua gudda", disse a senhora Burnham, com uma risada bem-humorada. "É dos laços do matrimônio que ele está falando. Você não samjo, Puggly? Ele planeja pedi-la em casamento."

"Eu?", exclamou Paulette, horrorizada. "Mas madame! Por quê?"

"Porque, minha querida", disse a senhora Burnham, rindo novamente, "ele ficou muito bem impressionado com seus modos simples e sua modéstia. Você conquistou inteiramente seu coração. Consegue imaginar, minha cara, que prodigioso golpe de kismet será para você fisgar o juiz Kendalbushe? Ele é um nababo pelos próprios méritos — amealhou uma montanha de mohurs no comércio com a China. Desde que perdeu a esposa, toda larkin da cidade está tentando bundo ele. Posso lhe garantir, querida, há um paltan de mems que daria sua última anna para estar em seus jooties."*

---

* A expressão equivalente ao nosso "estar na pele de alguém", em inglês, é "estar nos sapatos de alguém" (de onde *jooties*, ou "jutis", um tipo de calçado indiano). (N. do T.)

"Mas com tantas esplêndidas memsahibs disputando sua atenção, madame", disse Paulette, "por que ele escolheria uma criatura tão pobre como eu?"

"Ele evidentemente ficou muito impressionado com sua disposição para o autoaperfeiçoamento, querida", disse BeeBee. "Mister Burnham lhe disse que você é a aluna mais interessada que já teve. E, como sabe, querida, Mister Burnham e o juiz são inteiramente atentos a essas coisas."

"Mas madame", disse Paulette, incapaz de continuar a controlar o tremor em seu lábio, "seguramente existem muitas que conhecem as Escrituras muito melhor do que eu. Eu não passo da mais mera novice."

"Mas minha querida!", riu a senhora Burnham. "É exatamente por isso que você conquistou seu apreço — por ser uma tábula rasa tão disposta a aprender."

"Ai, madame", gemeu Paulette, torcendo as mãos, "a senhora sem dúvida está plaisantando. Não é gentil."

BeeBee ficou surpresa com a aflição de Paulette. "Oh, Puggly!", falou. "Não ficou feliz com o interesse do juiz? É uma grande vitória, eu lhe asseguro. Mister Burnham aprova de todo coração e prometeu ao senhor Kendalbushe que fará tudo em seu poder para convencê-la. Os dois chegaram até mesmo a concordar em dividir o fardo de sua instrução por algum tempo."

"O senhor Kendalbushe é bastante gentil", disse Paulette, limpando os olhos com a manga. "E Mister Burnham também. Sou grandemente honrada, madame — contudo, devo confessar que meus sentimentos não são iguais aos do juiz Kendalbushe."

Nisso, a senhora Burnham franziu o rosto e empertigou-se. "Sentimentos, minha querida Puggly", disse, muito séria, "são para dhobis e dashies. Nós mems não podemos permitir que esse tipo de coisa nos atrapalhe! Não, querida, deixe-me lhe dizer uma coisa: tem sorte de ter um juiz na mira e não deve permitir que seu bunduk vacile. Esse é talvez o melhor shikar a que uma garota em sua situação pode possivelmente almejar."

"Ai, madame", disse Paulette, as lágrimas correndo livremente, agora, "mas não são as coisas deste mundo mero refugo quando pesadas contra o amor?"

"Amor?", disse a senhora Burnham, cada vez mais atônita. "Por que cargas-d'água está teimando desse jeito? Minha querida Puggly, com suas perspectivas, não pode deixar que seus shokes tomem conta de sua cabeça. Sei que o juiz não é tão jovem como se poderia esperar, mas sem dúvida não passou da idade de agraciá-la com um ou dois butchas antes de mergulhar na caduquice. E depois disso, querida, ora, não há nada que uma mem precise que não possa ser curado com um longo banho e algumas cushy-girls. Acredite, Puggly, há muita coisa a favor de homens dessa idade. Nada de badmashee a noite inteira, para começar. Escute o que eu digo, minha querida, não tem nada mais irritante do que ser puckrow bem quando você está louca por umas gotas de láudano e uma boa noite de sono."

"Mas madame", disse Paulette, miseravelmente, "a senhora não acha que seria penible viver a vida desse jeito?"

"Essa é a melhor parte, querida", disse a senhora Burnham, com animação. "Não precisa. Ele não é nenhum chuckeroo, afinal, e duvido que continuará neste mundo por muito mais tempo. E apenas imagine — depois que nosso querido, santo homem houver partido, você estará livre para flanar em Paris com todo aquele cuzzanah dele e, antes que se dê conta, algum duque ou marquês empobrecido vai aparecer implorando por sua mão."

"Mas madame", disse Paulette, soluçando, "que proveito disso vai ser o meu, se minha juventude está perdida e gastei o amor que está no meu coração?"

"Mas Puggly, querida", protestou a BeeBee. "Você poderia aprender a amar o juiz, não poderia?"

"Mas não dá pra aprender a amar, madame", protestou Paulette. "Com certeza é mais como um coup de foudre — como se diz em inglês? —, o raio penetrando?"

"Raio penetrando!" A senhora Burnham tampou seus escandalizados ouvidos com as mãos. "Puggly! Precisa mesmo ter cuidado com o que diz."

"Mas não é verdade, madame?"

"Tenho certeza de que eu não saberia." Agora alerta e desconfiada, a senhora Burnham virou para descansar o queixo em sua mão e dirigiu um olhar longo e inquiridor para Paulette. "Mas diga-me, Puggly querida — por acaso há alguma outra pessoa?"

Paulette entrou em pânico, agora, percebendo que se entregara mais do que deveria. Mas negar era inútil, também, ela sabia, pois contar uma mentira direta para uma pessoa tão astuta quanto a senhora Burnham era meramente duplicar os riscos de ser desmascarada. Então ela apenas deixou pender a cabeça, em silêncio, e baixou os olhos marejados.

"Eu sabia!", disse a BeeBee, triunfante. "É aquele americano, não é — Hezekiah ou Zebediah ou sei lá o quê? Mas você ficou maluca, Puggly! Nunca vai dar certo. Você é pobre demais para se entregar a um marujo, por mais bonito e cortês que ele seja. Um jovem marinheiro — ora, é o pior kismet que qualquer mulher poderia desejar, pior até que um wordy-wallah! Eles somem quando você mais precisa deles, nunca têm um isto de prata que possam chamar de seu e estão mortos antes que os filhos tenham deixado seus langoots. Com um classy por marido, você precisa arrumar emprego de harry-maid só para sobreviver! Acho que você não ia ficar nem um pouco à vontade, querida, limpando os cabobs de outras pessoas e esvaziando seus dawk-dubbers. Não, querida, não se pode permitir, não quero nem ouvir..."

De repente, tendo aguçado suas desconfianças, a BeeBee interrompeu o que dizia e levou as mãos à boca. "Oh! querida, querida Puggly — diga-me — você não...? ... você não... Não! Diga-me que não!"

"Não o quê, madame?", perguntou Paulette, perplexa.

A voz da BeeBee diminuiu para um sussurro. "Você não comprometeu sua honra, Puggly querida, não foi? Não. Não posso acreditar."

"Comprometer, madame?" Paulette ergueu o queixo altivamente e endireitou os ombros. "Em questões do coração, madame, não acredito que meias medidas e comprometidos sejam possíveis. O amor não demanda que entreguemos nosso tudo?"

"Puggly...!" A senhora Burnham engasgou, abanando-se com um travesseiro. "Ai, minha querida! Ai, céus! Diga-me, Puggly querida: preciso saber o pior." Engoliu em seco fracamente e abraçou o próprio busto trêmulo: "... tem?... não, não pode ter!... nenhum... Bom Deus!..."

"Como, madame?", disse Paulette.

"Puggly, diga-me a verdade, eu imploro: não tem nenhum rootie aí em seu choola, tem?"

"Ora, madame..."

Paulette ficou um pouco surpresa de ver a senhora Burnham fazer tamanho alvoroço por causa de um assunto que normalmente abordava com tanta despreocupação — mas ficou feliz, também, de ver que a conversa assumia um novo rumo, já que isso representava uma boa oportunidade de escapar. Segurando a barriga, ela soltou um gemido: "Madame, tem toute razão: estou mesmo um pouco foireuse, hoje."*

"Ai, Puggly, querida, querida!" A BeeBee esfregou os olhos úmidos e deu um abraço penalizado em Paulette. "Claro que está furiosa! Esses marinheiros budzat! Com todo o udlee-budlee deles, você deveria imaginar que deixariam as larkins na mão! Meus lábios estão selados, é claro — ninguém nunca vai ficar sabendo, se depender de mim. Mas Puggly, querida, não percebe? Para o seu próprio bem, tem de se casar com o juiz Kendalbushe imediatamente! Não há tempo a perder!"

"Não, madame, de fato não!" Quando a senhora Burnham esticava o braço para apanhar seu láudano, Paulette ficou de pé rapidamente e foi para a porta. "Perdão, madame, preciso afastar. O coorsy não vai esperar."

A palavra "Calcutá" nem bem fora pronunciada e todas as vigias no pulwar dos girmitiyas foram abertas. Na seção masculina, mais apertada pelo número maior, houve muito acotovelamento e empurrões e nem todos foram capazes de conseguir um lugar ideal para olhar; as mulheres tiveram mais sorte — com duas vigias para dividir entre si, todas puderam observar a costa à medida que a cidade se aproximava.

Na jornada rio abaixo, o pulwar havia parado em tantas cidades grandes e populosas — Patna, Bhagalpur, Munger — que a paisagem urbana não era mais uma novidade. Contudo, até mesmo os mais vividos dos girmitiyas foram pegos de surpresa pelo espetáculo que se descortinava agora em torno deles: os ghats, prédios e estaleiros que margeavam o Hooghly eram tão numerosos, tão cheios e de tal tamanho que os migrantes mergulharam em um silêncio em igual medida de temor e desalento. Como era possível que as pessoas pudessem viver no meio de tal congestionamento e imundície, sem nenhum campo ou vegetação à vista em parte alguma? Decerto gente assim só poderia constituir seres de outra espécie.

À medida que se aproximavam das docas, o tráfego no rio se avolumava, e o pulwar logo se viu cercado por uma floresta de mastros, vergas e velas. Na presença deles, o pulwar parecia uma nau insignificante, mas Deeti subitamente se encheu de afeição por ele: no meio de

---

* Pronuncia-se "fuarréuse", fem. do francês *foireux*: "dor de barriga". (N. do T.)

tanta coisa estranha e intimidadora, o barco parecia uma grande arca de conforto. Como qualquer outra pessoa, ela também ficara muitas vezes impaciente para que aquele estágio da jornada terminasse — mas agora era com medo cada vez maior que escutava o duffadar e os sirdars conforme faziam os preparativos para o desembarque dos migrantes.

Em silêncio, as mulheres juntaram seus pertencces e deixaram seu espaço; Ratna, Champa e Dookhanee correram para ficar ao lado de seus maridos, mas Deeti, tendo assumido para si a proteção das mulheres solteiras, juntou Munia, Sarju e Heeru em torno dela e levou-as junto para aguardar com Kalua. Logo os sirdars desceram para informar os migrantes que dali seriam levados para seu acampamento em botes alugados, dez ou doze de cada vez. As mulheres foram as primeiras convocadas ao transporte; junto com seus esposos, emergiram no convés para encontrar um barco a remo esperando ao lado do pulwar.

Mas como vamos descer nele? disse Sarju, alarmada — pois o bote flutuava lá embaixo na água, muito longe do convés do pulwar.

É, como? gemeu Munia. Não consigo dar um pulo dessa altura!

Dessa altura! Uma explosão de risadas zombeteiras ecoou de volta vinda do bote. Ora, até um bebê conseguiria. Vamos, vamos — não há o que temer...

Era o barqueiro falando, em um hindustani elusivo, citadino, que Deeti mal pôde compreender. Não passava de um fedelho, vestido não com os usuais lungi e banyan, mas em *patloon* e um colete azul que sobrava em torno de sua cintura magrela. Seu cabelo negro e espesso estava acobreado devido à exposição prolongada ao sol e era preso no lugar por uma bandhna amarrada de um modo chamativo. Estava rindo, a cabeça jogada para trás, e seus olhos brilhantes e impudentes pareciam aguçados o suficiente para furar a parte de cima de seus véus.

Que sujeitinho mais metido! sussurrou Munia para Deeti, por sob a ghungta.

Nem olhe para ele, advertiu Deeti. É um desses assanhados da cidade, um perfeito bāka-bihari.

Mas o barqueiro continuava a dar risada, fazendo gestos para que descessem: O que estão esperando? Pulem, já! Será que vou ter que jogar minha rede e pegar vocês como peixes?

Munia dava risadinhas, e Deeti não conseguia deixar de rir, também; tinham de admitir que havia qualquer coisa de muito encantadora no rapaz: talvez fosse o brilho de seus olhos, ou o atrevimento brincalhão de sua expressão — ou então era a peculiar pequena cicatriz em sua testa que lhe dava uma aparência de ter três sobrancelhas, em vez de duas.

Ei! disse Munia, rindo. E se pularmos e você nos deixar cair? O que acontece?

Por que eu deixaria cair uma coisinha como você? disse o barqueiro, piscando um olho. Já peguei muito peixe maior: é só pular e ver...

Isso já havia durado o suficiente, decidiu Deeti; como a mulher casada mais velha do grupo, era seu dever zelar pelo decoro da situação. Virou para Kalua e começou a ralhar: Qual o problema com você? Por que não desce para o barco e nos ajuda a desembarcar? Vai querer que esse lucchha sem-vergonha ponha as mãos em nós?

Com a bronca, Kalua e os outros homens desceram até o bote e esticaram os braços para ajudar as mulheres a desembarcar, uma a uma. Munia ficou para trás e aguardou até que houvesse apenas um par de mãos desocupadas — as do barqueiro. Quando pulou, ele a segurou destramente, pela cintura, e a depositou com suavidade no fundo do barco: mas, ao fazer isso, de algum modo, a ghungta de Munia escapou — se por acidente ou intenção, Deeti não pôde dizer — e assim um longo instante se seguiu em que nenhuma barreira se interpôs entre o sorriso coquete dela e os olhos ávidos do rapaz.

Por quanto tempo a garota teria se permitido tal liberalidade? Deeti não sabia e não estava disposta a descobrir. Munia! exclamou, em um tom de severa admoestação. *Tu kahé aisan kaíl karala?* Por que age dessa forma? Não tem vergonha? Cubra-se agora mesmo!

Obediente, Munia prendeu o sari sobre a cabeça e foi sentar ao lado de Deeti. Mas, a despeito do recato fingido, Deeti sabia, pelo ângulo de sua cabeça, que os olhos da garota continuavam fixos nos do barqueiro.

Aisan mat kará! disse, asperamente, com uma cotovelada na costela da garota. Não se comporte dessa forma... o que as pessoas vão pensar?

Só estou escutando o que ele está dizendo, Munia protestou. Isso é crime?

Deeti tinha de admitir que era difícil ignorar o barqueiro, pois ele falava quase sem interrupção, tagarelando sem parar enquanto apontava a paisagem: ... ali a sua esquerda estão os godowns de ópio... bom lugar para ficar com a cabeça na lua, hein?... a felicidade sem fim está à espera de quem entra lá...

Mas mesmo enquanto falava, não parou de se virar, de modo que Deeti sabia perfeitamente que ele e Munia trocavam olhares. Indignada, apelou para os homens: Vejam só como fala esse launda! Vão deixar por isso mesmo todo esse loocher-giri dele? Não vão fazer nada? Mostrem que vocês têm um pouco de coragem, também — *josh dikháwat chalatbá!*

Mas de nada adiantou, pois os homens também escutavam aquilo boquiabertos: embora já tivessem ouvido falar dos haramzadas de fala rápida da cidade, nunca tinham visto um em pessoa, antes; estavam hipnotizados e, quanto a censurá-lo de algum modo, sabiam muito bem que serviria apenas para que o tratante zombasse de seu rústico linguajar.

O barco saiu do rio para um nullah, e dali a pouco o barqueiro apontou uma sombria série de muralhas que assomavam ao longe. A Cadeia de Alipore, anunciou, com ar sério; as masmorras mais temidas do mundo... ah, se vocês ao menos soubessem dos horrores e das torturas daquele lugar!... claro, não demora muito para descobrirem...

Atentos aos inúmeros rumores que haviam escutado, os migrantes trocaram olhares nervosos. Um deles perguntou: Por que estamos indo na direção da prisão?

Não lhes disseram? falou o barqueiro, casualmente. Foi para onde me ordenaram que os levasse. Vão fazer velas com a cera de seus cérebros...

Seguiram-se inúmeros engasgos audíveis de alarme, ao que o barqueiro respondeu com uma gargalhada astuta: ... Nada disso, brincadeira... não, não é para lá que estou levando vocês... estou levando vocês para o ghat crematório, ali... estão vendo as chamas e a fumaça?... vão cozinhar vocês todos — vivos...

Isso também foi recebido com engasgos, fazendo o barqueiro achar ainda mais graça. Provocado além do que podia aturar, o marido de Champa gritou: *Hasé ka ká bátbá ré?* Do que está rindo? *Hum kuchho na ho?* Acha que não somos nada? Quer levar uma surra, quer?

De um caipira idiota como você? disse o barqueiro, rindo ainda mais alto. Seu *deháti* — um golpe de meu remo e vai parar na água...

De repente, no momento em que uma briga estava prestes a começar, o barco encostou em um píer e foi amarrado: além dele, via-se uma faixa de costa recém-desmatada, ainda cheia dos tocos das árvores derrubadas. Três grandes abrigos com telhado de palha dispunham-se em um círculo no centro da clareira; a pouca distância dali, perto de um poço, havia um modesto santuário, com uma flâmula vermelha tremulando na ponta de um mastro.

... Chegamos, disse o barqueiro, é aqui que vocês desembarcam: o novo armazém dos girmitiyas, acabaram de construir, prontinho, bem a tempo da chegada das ovelhas...

Aqui? O que está dizendo? Tem certeza?

... É, isso mesmo...

Demorou algum tempo até que alguém se mexesse: o acampamento parecia tão pacífico que não conseguiam acreditar que de fato fosse destinado a eles.

... Vamos descendo, agora... acham que não tenho mais o que fazer?

Quando saíam do barco, Deeti tomou o cuidado de pastorear Munia a sua frente — mas sua presença protetora não inibiu em nada o barqueiro, que abriu um grande sorriso para elas e disse: ... Senhoras, por favor, perdoem alguma ofensa... não tive intenção de fazer mal... meu nome é Azad... Azad, o lascar...

Deeti percebeu que Munia morria de vontade de permanecer sobre o píer, então escoltou-a lestamente adiante, tentando chamar sua atenção para o acampamento: Olhe, Munia — é aqui! Nosso último lugar para descansar antes de nos lançarmos na Água Negra...

Em vez de entrar e se juntar aos demais, Deeti decidiu fazer uma visita ao santuário do lugar. Vamos, disse para Kalua, vamos ver o mandir primeiro; a chegada a salvo pede uma oração.

O templo era construído de bambu trançado, e havia qualquer coisa de reconfortante domesticidade acerca de seu caráter simples. Caminhando na direção dele, Deeti apertou o passo, ansiosa, mas então ela viu, um pouco para sua surpresa, que havia um homem corpulento de longos cabelos dançando diante da entrada, girando e girando, com os olhos fechados em êxtase e os braços cingindo o próprio torso, como se abraçasse uma amante invisível. Sentindo a presença deles, parou e abriu os olhos, arregalando-os de surpresa. *Kyâ?* O quê? ele disse, em um hindi de forte sotaque. Cules? Já estão aqui?

Era um homem de estranhas proporções, notou Deeti, com uma cabeça enorme, orelhas de abano e um par de olhos saltados que pareciam fitar o mundo de uma forma esbugalhada. Ela não conseguia perceber se estava com raiva ou meramente surpreso e tomou a precaução de se proteger atrás de Kalua.

O homem levou um minuto ou dois para digerir o tamanho impressionante de Kalua e assim que terminou de medi-lo de alto a baixo, seu tom de voz suavizou um pouco.

Vocês são girmitiyas? perguntou.

Ji, assentiu Kalua.

Quando chegaram aqui?

Acabamos de chegar, disse Kalua. Somos os primeiros.

Tão cedo? Só esperávamos vocês mais tarde...

Esquecidas as devoções, o homem subitamente mergulhou em um frenesi de atividade febril. Vamos, vamos! exclamava, com gestos exaltados. Precisam ir ao daftar primeiro, para serem registrados. Venham comigo — sou o gomusta, estou encarregado deste acampamento.

Não sem alguma apreensão, Deeti e Kalua o seguiram através do acampamento até um dos barracões. Mal se detendo para abrir a porta, o gomusta chamou alto: "Doughty-sahib — cules chegando; processo de registro deve começar imediatamente." Não houve resposta, então ele entrou apressado, com um gesto para que Deeti e Kalua o seguissem.

Ali dentro havia diversas escrivaninhas e uma enorme cadeira de fazenda, na qual um inglês corpulento com uma pesada papada podia ser visto recostado. Ele roncava levemente, a respiração entrecortada passando devagar por seus lábios. O gomusta teve de gritar seu nome duas vezes até ele se mexer: "Doughty-sahib! Senhor, gentileza acordar e ficar de pé."

Não fazia nem meia hora que Mister Doughty deixara a mesa de um magistrado do distrito, em que lhe fora servido um lauto almoço, regado copiosamente a inúmeras canecas de porter e ale. Agora, com o calor e a cerveja, seus olhos colavam de sono, de modo que uns bons minutos se seguiram entre o olho direito se abrindo e depois o esquerdo. Quando enfim ele se deu conta da presença do gomusta, não estava com disposição para cortesias: fora um tanto contra sua vontade que havia sido persuadido a ajudar no registro dos cules, e não estava lá muito inclinado a contribuir. "Maldito sejam esses seus olhos saltados, Baboon! Não vê que estou descansando um pouco?"

"O que fazer, senhor?", disse o gomusta. "Não desejo invadir suas partes privadas, mas, *hélas*, não pode evitar. Cules estão chegando como qualquer coisa. Como tal, processo de registro deve ser começado sem delonga."

Virando um pouco a cabeça, o piloto deu uma olhada em Kalua e a visão o levou a pôr-se de pé na mesma hora, com grande esforço. "Macacos me mordam se esse budzat não é mais alto que um burra."

"Sim, senhor. Sujeito grande colossal."

Murmurando algo entre dentes, o piloto gingou pesadamente até uma das mesas e abriu com estrondo um imenso livro de registros encadernado em couro. Mergulhando uma pena, disse para o gomusta: "Muito bem, então, Pander, vamos em frente. Conhece o bandobast."

"Certo, senhor. Vou abastecer informações todas necessárias." O gomusta inclinou a cabeça na direção de Deeti. A mulher? disse para Kalua. O nome dela.

O nome dela é Aditi, malik; é minha esposa.

"O que foi que ele disse?", bradou Mister Doughty, com a mão em concha na orelha. "Fale mais alto."

"A graça da senhora é declarada como Aditi, senhor."

"'Aditty?'" A ponta da pena de Mister Doughty desceu sobre o papel e começou a escrever. "Pois Aditty, então. Diabo de nome mais ooloo, se me perguntarem, mas se é assim que quer ser chamada, que seja."

Casta? disse o gomusta para Kalua.

Somos chamars, malik.

Distrito?

Ghazipur, malik.

"Seu maldito bandar de um Baboon", interrompeu Mister Doughty. "Esqueceu de perguntar o nome dele."

"Desculpa, senhor. Imediatamente vou retificar." Baboo Nob Kissin se virou para Kalua: E você: quem é?

Madhu.

"Como é isso, Pander? O que foi que disse esse monstro?"

Quando ia dizer o nome, a língua de Baboo Nob Kissin enroscou no ditongo final: "Ele é Madho, senhor."

"Maddow?"

O gomusta aproveitou a deixa. "É, senhor, por que não? Isso é extremamente apto."

"E o nome do pai dele?"

A pergunta desconcertou Kalua: tendo roubado o nome de seu pai para si, o único expediente em que pôde pensar foi fazer uma troca: O nome dele era Kalua, malik.

Isso satisfez o gomusta, mas não o piloto. "Mas como cargas-d'água vou escrever isso?"

O gomusta coçou a cabeça: "Se permite levantar uma proposta, senhor, por que não fazer como isso? Primeiro escrever C-o-l — igual "*coal*", carvão, não? — e depois v-e-r. Colver. Assim-assim pode ser."

A ponta rosada da língua do piloto apareceu no canto de sua boca conforme escrevia as letras em seu livro de registros. "Theek", disse o piloto. "Pois assim ficou, então — Maddow Colver."

"Maddow Colver."

Deeti, ao lado do marido, escutou-o murmurar o nome, não como se fosse o seu, mas como se pertencesse a alguma outra pessoa, não ele mesmo. Então ele o repetiu, em um tom de grande confiança, e quando o nome voltou a seus lábios uma terceira vez, o som já não era mais novo ou pouco familiar: era tão seu agora quanto sua pele, ou seus olhos, ou seu cabelo — Maddow Colver.

Mais tarde, dentro da dinastia que reivindicou sua ascendência, muitas histórias seriam inventadas sobre o sobrenome do ancestral fundador e os motivos pelos quais "Maddow" ocorria com tanta frequência entre seus descendentes. Embora muitos decidissem remodelar suas origens, inventando linhagens importantes e fantasiosas para si mesmos, sempre haveria uns poucos que se agarrariam com unhas e dentes à verdade: qual seja, a de que aqueles nomes sagrados eram resultado da língua atrapalhada de um gomusta aflito e da audição imperfeita de um piloto inglês que estava um pouquinho mais do que ressacado.

Embora as prisões em Lalbazar e Alipore fossem ambas consideradas cadeias, pareciam-se tanto uma com a outra quanto um bazar se parece com um cemitério: Lalbazar era cercada pelo ruído e pela azáfama das ruas mais agitadas de Calcutá, enquanto Alipore ficava no limite de uma área deserta na periferia da cidade e o silêncio pesava sobre ela como a tampa de um caixão. Era a maior prisão da Índia e suas muralhas semelhantes à de uma fortaleza projetavam-se elevadas acima do estreito canal do Tolly's Nullah, bem no campo de visão dos que viajavam por barco para o barracão dos migrantes. Mas poucos de fato eram os passantes que por vontade própria pousavam o olhar naqueles muros: tal era o temor inspirado pelo edifício sombrio que a maioria preferia desviar o rosto, chegando até a pagar um extra aos barqueiros para evitar a aproximação.

Era tarde da noite quando a carruagem veio buscar Neel para transferi-lo de Lalbazar para Alipore. Cobrir a distância levava em geral cerca de uma hora, mas nessa noite a carruagem tomou uma rota muito mais longa do que o normal, contornando Fort William e percorrendo as estradas tranquilas que flanqueavam o rio. Tal medida destinava-se a evitar problemas, pois houvera rumores sobre manifestações de solidariedade pública pelo rajá condenado: mas Neel não sabia nada a respeito disso e para ele a jornada parecia o prolongamento de um tipo especial de tormento, em que o desejo de se ver livre das incertezas de um passado recente conflitava com um anseio de permanecer para sempre nessa derradeira travessia da cidade.

Acompanhando Neel ia um grupo de cerca de meia dúzia de guardas que matava o tempo com pilhérias vulgares, suas piadas baseando-se em fingir que eram o séquito de um casamento, escoltando o noivo para a casa de seus futuros parentes — sua *sasurál* — na noite de sua boda. Pela natureza proficiente de seus apartes, Neel depreendeu que haviam encenado aquela farsa inúmeras vezes antes, quando transportavam prisioneiros. Ignorando seus gracejos, ele tentava aproveitar ao máximo a jornada — mas havia pouco para ver na escuridão da madrugada, e foi em larga medida com auxílio da memória que teve de mapear o progresso da carruagem, visualizando em sua mente a água melodiosa do rio e a região arborizada do Maidan da cidade.

A carruagem ganhou velocidade quando a cadeia surgiu à vista, e Neel se forçou a se concentrar em outras coisas: os uivos dos chacais próximos e o aroma suave das flores noturnas. Quando o som das rodas mudou, ele soube que a carruagem estava atravessando o fosso da cadeia, e seus dedos afundaram no couro rachado de seu assento. Com um rangido estridente, as rodas cessaram de girar e a porta foi aberta, permitindo que Neel pressentisse a presença de inúmeras pessoas, à espera no escuro. De um jeito muito parecido ao modo como as pernas de um cachorro relutante travam sob os puxões de uma guia, seus dedos agarraram o estofamento de crina de cavalo no banco: nem mesmo quando os guardas começaram a cutucar e puxar — Chalo! Chegamos! Seus novos parentes o aguardam! —, seus dedos não se entregaram. Neel tentou dizer que ainda não estava pronto e que necessitava de um ou dois minutos mais, mas os homens que o haviam acompanhado não estavam dispostos a mostrar indulgência. Um deles desferiu em Neel um tranco que dobrou sua pertinácia; tropeçando para fora da carruagem, Neel pisou na barra de seu próprio dhoti, fazendo com que se abrisse. Ruborizado de vergonha, repeliu os braços que o agarravam, a fim de recompor seus trajes: Esperem, esperem — meu dhoti, não estão vendo...?

Ao descer da carruagem, Neel passara à custódia de uma nova equipe de carcereiros, homens de uma casta totalmente diferente da dos policias de Lalbazar: veteranos curtidos das campanhas da Companhia das Índias Orientais, que usavam os coattees vermelhos do exército sipaio; recrutados no coração do subcontinente, tinham toda e qualquer pessoa da cidade em igual desprezo. Foi antes com surpresa do que com raiva que um deles desferiu uma joelhada na base das costas de Neel: Andando, b'henchod, já está atrasado...

O ineditismo do tratamento aturdiu Neel e o levou a pensar que algum tipo de equívoco fora cometido. Ainda lutando com seu dhoti, ele protestou: Parem! Não podem me tratar desse jeito; não sabem quem sou?

Houve uma imobilidade momentânea nas mãos que haviam pousado sobre ele; então alguém agarrou a ponta de seu dhoti e deu um forte puxão. A roupa o fez girar conforme era arrancada, e de algum ponto em volta dele uma voz disse:

... Ora, aí está uma perfeita Draupadi... agarrada ao sari...

Agora outra mão agarrava sua kurta e a rasgava de modo a expor sua roupa de baixo.

... Está mais para uma Shikandi, se querem saber...

O cabo de uma lança acertou-o na base das costas, fazendo-o tropeçar para o interior de um vestíbulo escuro, com as pontas de seu dhoti arrastando-se atrás dele como a cauda descolorida de um pavão morto. No fundo do vestíbulo via-se uma sala iluminada por uma tocha na qual um homem branco sentava-se atrás de uma mesa. Usava o uniforme de um sargento da cadeia, e não restava dúvida de que vinha esperando na sala por tempo considerável e que a espera o deixara cada vez mais impaciente.

Foi um alívio para Neel ver-se na presença de uma autoridade. "Senhor!", disse. "Devo protestar contra esse tratamento. Seus homens não têm o menor direito de me espancar ou de arrancar minhas roupas."

O sargento ergueu o rosto, e seus olhos azuis se endureceram com uma incredulidade que não teria sido maior nem se essas palavras houvessem sido proferidas por uma das correntes na parede — mas pelo que aconteceu a seguir, ficou claro que sua reação inicial foi motivada não pelo peso do que Neel dissera, mas antes pelo mero fato de ter sido dito em sua própria língua, por um condenado nativo: sem dirigir a palavra a Neel, ele virou para os sipaios que o escoltavam e disse, em um hindustani grosseiro: *Mooh khol...* abram a boca dele.

Nisso, os guardas de ambos os lados de Neel seguraram seu rosto e destramente forçaram sua boca a se abrir, enfiando uma cunha de madeira entre seus dentes para manter suas maxilas separadas. Então um ordenança vestindo um chapkan branco deu um passo adiante e começou a contar os dentes de Neel, batendo neles com a ponta dos dedos; sua mão, cujo cheiro encheu a cabeça de Neel, tresandava a dal e óleo de mostarda — era como se carregasse os restos de sua última refeição sob as unhas. Ao chegar a um espaço, o dedo cutucou com força a gengiva, como que verificando se o molar ausente não estava oculto em algum lugar ali dentro. O inesperado da dor transportou Neel subitamente ao momento em que perdera aquele dente: que idade tinha, foi incapaz de lembrar, mas, em sua mente, viu uma varanda iluminada, com sua mãe num extremo, balançando em um jhula; ele captou um relance dos próprios pés, carregando-o na direção da pronunciada ponta na beira do balanço... e foi como se pudesse escutar a voz dela outra vez, e sentir o contato de sua mão quando foi até sua boca para tirar o dente quebrado de entre seus lábios.

"Qual a necessidade disso, senhor?", começou a protestar Neel assim que a cunha foi removida. "Qual o propósito?"

O sargento não ergueu os olhos do livro de registros em que escrevia os resultados do exame, mas o ordenança se curvou para sussurrar alguma coisa sobre marcas de identificação e sinais de doença contagiosa. Isso não foi suficiente para Neel, que estava agora tomado pela determinação de não ser ignorado: "Por favor, senhor, há alguma razão pela qual eu não deva receber uma resposta para minha pergunta?"

Sem olhar em sua direção, o sargento deu outra ordem, em hindustani: *Kapra utaro...* tirem as roupas dele.

Os sipaios obedeceram, prendendo os braços de Neel lateralmente: a longa prática os tornara especialistas em tirar as roupas dos condenados, muitos dos quais teriam preferido de bom grado morrer — ou serem mortos — antes de se verem sujeitados à vergonha de ter seus corpos expostos. A resistência de Neel não representava qualquer desafio para eles, e rapidamente tiraram a roupa que lhe restara; então o seguraram ereto, prendendo seus membros de modo a expor inteiramente seu corpo despido para o escrutínio dos carcereiros. Inesperadamente, Neel sentiu o toque de uma mão, apalpando seus dedos do pé, e baixou o rosto para ver o ordenança esfregando seus pés com a ponta dos dedos, como que pedindo perdão pelo que estava prestes a fazer. O gesto, em toda sua imprevista humanidade, mal tivera tempo de penetrar em sua consciência quando os dedos do ordenança afundaram na virilha de Neel.

Piolhos? Chatos? Algum bicho?

Não, sahib.

Marcas de nascimento? Lesões?

Não.

O contato com os dedos do ordenança trouxeram uma sensação que Neel jamais imaginara ser possível existir entre dois seres humanos — não íntima nem raivosa, tampouco carinhosa ou lasciva —, era o contato desinteressado do profissionalismo, da aquisição ou da conquista; era como se seu corpo houvesse passado à propriedade de um novo dono, que o avaliava como um homem que inspecionasse uma casa recém-adquirida, à procura de sinais de mau estado ou negligência, enquanto mentalmente destinava cada cômodo para um novo uso.

"Sífilis? Gonorreia?"

Essas foram as primeiras palavras inglesas usadas pelo sargento, e, ao dizê-las, olhou para o prisioneiro com a levíssima insinuação de um sorriso.

Neel agora esperava com as pernas afastadas e os braços esticados acima da cabeça enquanto o ordenança examinava os lados de seu corpo à procura de marcas de nascimento e outros sinais de identificação inerradicáveis. Mas ele não deixou de notar o olhar zombeteiro de seu carcereiro e reagiu prontamente. "Senhor", disse, "não pode se dignar a me conceder uma resposta? Ou será que não deposita confiança em seu próprio inglês?"

Os olhos do homem o fuzilaram, e Neel percebeu que o deixara irritado, simplesmente em virtude de ter se dirigido a ele em sua própria língua — coisa que evidentemente contava como um ato de intolerável insolência para um condenado indiano, como um aviltamento do idioma. Tomar ciência disso — de que mesmo em seu presente estado, nu em pelo, impotente para se defender das mãos que faziam um inventário de seu corpo —, de que ainda possuía a capacidade de afrontar um homem cuja autoridade sobre sua pessoa era absoluta, essa consciência deixou Neel com vertigem, exultante, ávido em explorar esse novo domínio de poder; naquela prisão, ele decidiu, assim como pelo resto de sua vida como condenado, iria falar inglês sempre que possível, em todo lugar possível, a começar daquele instante, ali. Mas tal foi a urgência desse seu desejo que as palavras lhe faltaram e não pôde pensar em nada para dizer; nenhuma palavra sua lhe veio à mente — apenas passagens aleatórias de textos que havia memorizado:

"... eis a esplêndida presunção do mundo... culpar pelos nossos desastres o sol, a lua e as estrelas..."*

O sargento o interrompeu com uma ordem raivosa: *Gánd dekho...* dobrem ele, olhem dentro do rabo...

Com a cabeça curvada entre as pernas, Neel ainda assim continuou: "Homem orgulhoso, investido de ínfima autoridade, sua insípida essência como um macaco furioso..." Sua voz se ergueu até que as palavras ecoavam pelas paredes de pedra. O sargento se levantou de sua cadeira quando Neel endireitava o corpo. A um braço de distância, ele estacou, levou a mão para trás e estapeou Neel no rosto: "Fecha esse bico, quoddie."

Em alguma parte reflexiva de sua mente, Neel observou que o sargento o atingira com a mão esquerda, e que, estivesse ele em casa, precisaria ter tomado um banho e se trocado. Mas isso era em outra vida: aqui o que importava era que havia conseguido enfim fazer o homem falar com ele em inglês. "Tenha um excelente dia, senhor", murmurou, com uma mesura de cabeça.

"Tirem o cu desse imbecil da minha frente."

Em uma pequena sala contígua, Neel recebeu um fardo de roupa dobrada. Um sipaio enumerou os artigos conforme os passou a ele: uma gamchha, dois coletes, dois dhotis de tecido *dungri*, uma manta: Melhor cuidar bem disso, é tudo que vai ter pelos próximos seis meses.

A roupa de dungaree sem lavar estava grossa e áspera, a textura mais parecida com saco de juta do que com algodão. Quando aberto, o dhoti se revelou ser da metade do tamanho, em comprimento e em largura, da fazenda de seis jardas com a qual Neel estava acostumado. Preso na cintura, não descia abaixo de seus joelhos e claramente fora feito para ser usado como um langot — mas Neel nunca tivera oportunidade de usar uma tanga antes e suas mãos se atrapalharam tanto que um dos sipaios ralhou: O que está esperando? Cubra-se logo! — como se fosse por sua própria escolha que se vira privado de suas roupas. O sangue subiu à cabeça de Neel e ele projetou a pelve para a frente, apontando para si mesmo com o abandono de um lunático: Por quê? O que foi que ainda não viram? O que falta?

---

* Aqui e adiante, citações de Shakespeare. (N. do T.)

Uma expressão de piedade cruzou os olhos do sipaio: Perdeu toda vergonha? E Neel balançou a cabeça, como que dizendo sim, isso mesmo: pois era verdade que nesse momento não sentia vergonha alguma, nem tampouco qualquer tipo de responsabilidade por seu corpo; era como se houvesse renunciado ao próprio corpo no processo de cedê--lo ao arrendamento da prisão.

Andando, vamos! Perdendo a paciência, os sipaios tiraram o dhoti das mãos de Neel e lhe mostraram como amarrá-lo de modo que as pontas pudessem ser puxadas entre suas pernas e enroladas às costas. Depois, usando os cabos das lanças, como se tocassem gado, obrigaram-no a acelerar o passo por um corredor escuro até uma cela pequena, mas brilhantemente iluminada com velas e lamparinas a óleo. No centro do ambiente, um homem nu de barba branca aguardava sentado sobre uma esteira manchada de nanquim: seu tronco estava coberto por uma intrincada malha de tatuagens e em um retalho de tecido dobrado a sua frente via-se um jogo de agulhas reluzentes. O sujeito só podia ser um *godna-wala*, um tatuador: quando Neel se deu conta do fato, fez meia-volta, como que tentando alcançar a saída — mas a manobra era familiar para os sipaios, que o jogaram rapidamente no chão; segurando-o para que permanecesse imóvel, carregaram-no até a esteira e o posicionaram de modo que sua cabeça ficasse sobre o joelho do tatuador, de frente para o rosto venerando.

A bondade no olhar do velho permitiu a Neel encontrar sua voz: Por quê? disse, conforme a agulha se aproximava de sua testa. Por que está fazendo isso?

É a lei, disse o tatuador, pacificamente. Todos os transportees devem receber sua marca para que sejam reconhecidos caso tentem escapar.

Então a agulha sibilou contra sua pele, e não houve mais espaço na mente de Neel para outra coisa além dos espasmos de sensação que se irradiavam de sua cabeça: era como se o corpo ao qual acreditasse ter renunciado estivesse se vingando dele por ter acalentado essa ilusão, lembrando-o de que era seu único arrendatário, o único ser para quem podia anunciar a própria existência mediante sua capacidade para a dor.

O tatuador parou, como que compadecido, e sussurrou: Aqui, coma isso. Sua mão descreveu um círculo em torno do rosto de Neel e enfiou uma pequena bola de goma entre seus lábios. Vai ajudar; coma...

Quando o ópio começou a dissolver em sua boca, Neel percebeu que não era a intensidade da dor que era entorpecida pela droga, mas antes sua duração: de tal modo ela obnubilou sua consciência do tempo que a operação, que devia ter exigido horas de excruciante labor, pareceu durar apenas uns poucos momentos concentrados. Então, como que através de uma densa bruma hibernal, ele escutou a voz do tatuador sussurrando em seu ouvido: Raja-sah'b... Raja-sah'b...

Neel abriu os olhos para ver que sua cabeça continuava no colo do velho; os sipaios, nesse ínterim, haviam se afastado para os cantos da cela e cochilavam.

O que foi? ele disse, se mexendo.

Não se preocupe, Raja-sahib, sussurrou o tatuador. Misturei água ao nanquim; a marca não durará mais que alguns meses.

Neel estava confuso demais para captar o sentido de suas palavras: Por quê? Por que faria isso por mim?

Raja-sahib, não me conhece?

Não.

O tatuador aproximou os lábios ainda mais. Minha família é de Raskhali; seu avô nos deu terras para nos estabelecermos lá; durante três gerações nos alimentamos de seu sal.

Pondo um espelho nas mãos de Neel, ele curvou a cabeça: Perdoe-me, Raja-sahib, pelo que tive de fazer...

Erguendo o espelho para seu rosto, Neel viu que seu cabelo fora cortado curto e duas linhas de minúsculas letras latinas haviam sido inscritas um pouco tortas no lado direito de sua testa:

falsificador
alipore 1838

Treze

O quarto de Zachary, na pensão de Watsongunge, mal tinha largura suficiente para virar o corpo, e sobre a charpoy que havia ali dentro ele espalhara uma camada de suas roupas, a fim de proteger a pele da aspereza farpada das cordas de fibra de coco com que a enxerga era trançada. Ao pé do leito, tão próxima que ele quase podia descansar os dedos dos pés em sua beirada, havia uma janela — ou antes um buraco quadrado que num passado remoto perdera as venezianas. A abertura dava para a travessa Watsongunge — uma enfiada serpenteante de grag-ghars, poxparlours e pensões que se desenrolava até o estaleiro onde o *Ibis* era querenado, calafetado e reaparelhado como preparativo para a próxima viagem. Mister Burnham não ficara nem um pouco satisfeito com a escolha de Zachary para o local de hospedagem: "Watsongunge? Não existe lugar mais ímpio no mundo, a não ser o North End, em Boston. O que levaria um homem a pisar num labirinto daqueles quando pode usufruir das amenidades modestas da Mission House for Sailors do reverendo Johnson?"

Zachary de fato visitara a Mission House, como era de se esperar, mas para cair fora assim que avistou Mister Crowle, que já providenciara para si um quarto no lugar. Aconselhado por Jodu, decidira em vez disso se hospedar na pensão da travessa Watsongunge: o fato de ficar a poucos minutos de caminhada do estaleiro serviria de desculpa. Se o seu empregador estava ou não satisfeito com esse raciocínio, não ficou muito claro para Zachary, pois ultimamente ele suspeitava que Mister Burnham pusera alguém para espioná-lo. Certa vez, atendendo às batidas a uma hora suspeitamente avançada da noite, Zachary abriu a porta para dar com o gomusta de Mister Burnham do lado de fora. O homem torcera o corpo para cá e para lá, como que tentando ver se Zachary não escondia mais alguém no quarto. Quando interrogado sobre o motivo de sua visita, alegou que trazia um presente, que se revelou ser um pote de manteiga meio derretida: pressentindo uma armadilha de algum tipo, Zachary se recusara a aceitar. Mais tarde, o proprietário da pensão, um armênio, informara-o que o gomusta havia perguntado se Zachary fora visto na companhia de prostitutas — exceto que a palavra que usara, aparentemente, fora "cowgirls".* Cowgirls! Acontece que depois de ter conhecido Paulette o pensamento de pagar por uma mulher tornara-se algo repugnante para Zachary, de modo que a bisbilhotice do gomusta mostrou-se infrutífera. Mas isso não o deteve: poucas noites antes, Zachary o vira esgueirando-se pela rua, vestindo um disfarce bizarro — um manto laranja que o fazia parecer uma espécie de duppy destrambelhada.

Foi por esse motivo que, acordado certa noite por uma batida suave mas persistente, a primeira reação de Zachary foi vociferar: "É você, Pander?"

Não houve resposta, de modo que ele se levantou sonolento, apertando o lungi que costumava usar à noite. Havia comprado diversos deles de um vendedor: um ele pendurara na janela desprotegida, para manter do lado de fora os corvos e a poeira que vinha em lufadas da rua sem pavimentação. Mas a proteção do tecido em nada ajudava a diminuir o barulho que subia da rua à noite por causa dos marinheiros, lascares e estivadores em busca de prazer nas nautcherias dos arredores. Zachary notara que era capaz de quase dizer a hora certa pelo volume do som, que tendia a atingir um pico perto da meia-noite, reduzindo-se ao silêncio quando o dia amanhecia. Ele notou nesse instante que a rua não estava nem no auge do barulho, nem silenciosa demais — o que sugeria que o alvorecer ainda demoraria duas ou três horas.

"Juro, Pander", rosnou, conforme as batidas prosseguiam, "melhor ter um bom motivo para isso, ou o que você vai beijar vai ser minha maçaneta."** Destravando o fecho, abriu a porta, mas não havia luz no corredor e não foi capaz de identificar imediatamente quem estava ali fora. "Quem é?"

A resposta veio num sussurro: "Jodu-launder, senhor."

"Grease-us twice!"*** Atônito, Zachary permitiu ao visitante que entrasse em seu quarto. "Por que com mil demônios está me azucrinando

---

* Literalmente, vaqueiras, mas a intenção clara é dizer *call girls*, prostitutas. (N. do T.)
** *Or it's my knob you gon be kissin*: trocadilho com Nob Kissin; *knob*, "maçaneta", isto é, o punho. (N. do T.)
*** Literalmente, "Enseba-nos duas vezes", outro eufemismo puramente fonético para "Jesus Christ". (N. do T.)

a essa hora da noite?" Um brilho desconfiado perpassou seus olhos. "Espere um minuto — não foi Serang Ali que o enviou, foi?", ele disse. "Pode dizer àquele ponce-shicer que meu mastaréu não precisa de guinda."

"Avast, senhor!", disse Jodu. "Arvorar remos! Serang Ali não enviar."

"Então o que está fazendo aqui?"

"Trazer para mensageiro, senhor!" Jodu gesticulou, como que acenando que o seguisse. "Todos a bordo."

"Onde está querendo que eu vá?", disse Zachary, irritado. Como resposta, Jodu meramente pegou para ele seu banyan, que estava pendurado na parede. Quando Zachary esticou o braço para apanhar as calças, Jodu abanou a cabeça, como que indicando que um lungi era tudo de que necessitaria.

"Içar âncora, senhor! A todo pano."

Enfiando os pés nos calçados, Zachary seguiu Jodu ao sair da pensão. Caminharam rapidamente pela rua, na direção do rio, passando pelas barracas de áraque e knockingdens, a maioria das quais continuava aberta. Em poucos minutos haviam deixado a rua para trás, chegando a uma parte pouco frequentada da costa, onde diversos dinghies permaneciam atracados. Apontando um deles, Jodu esperou Zachary subir a bordo antes de soltar as amarras e empurrar o bote, afastando-se da terra.

"Espere aí um minuto!", disse Zachary quando Jodu começou a remar. "Para onde está me levando?"

"Atenção à popa!"

Como que em resposta, veio o som de alguém riscando uma pederneira. Girando o corpo, Zachary viu que as fagulhas vinham do outro lado do barco, que era coberto por um teto curvo de colmo. As fagulhas brilharam outra vez, revelando por um instante a figura encapuzada de uma mulher de sari.

Zachary virou-se furioso para Jodu, confirmando suas suspeitas. "Como eu pensei — procurando alcovitar alguma snatchpeddlin, hein? Então deixe-me lhe dizer uma coisa: se eu precisasse pudden minha âncora, eu encontrava meu próprio caminho para o jook. Não ia precisar de nenhum hairdick para me mostrar como..."

Foi interrompido pelo som do próprio nome, dito pela voz de uma mulher: "Mister Reid."

Ia virando para olhar mais de perto quando a mulher no sari falou outra vez: "É eu, Mister Reid." A pederneira faiscou outra vez e a luz durou o suficiente apenas para permitir que reconhecesse Paulette.

"Miss Lambert!" Zachary levou a palma da mão à boca. "Deve me perdoar", disse. "Eu não sabia... não reconheci..."

"É senhor que deve me perdoar, Mister Reid", disse Paulette, "por tão grande imposição".

Zachary tomou a pederneira de sua mão e acendeu uma vela. Quando tudo se ajeitou, e seus rostos ficaram iluminados pelo pequeno clarão de luz, disse: "Se não incomoda a pergunta, Miss Lambert — por que está vestida assim, com um... um..."

"Sari?", completou Paulette. "Talvez senhor pode dizer que estou disfarçada — embora parece menos travestissement para mim do que o que usei quando me viu última vez."

"E o que a traz aqui, Miss Lambert, se me perdoa a ousadia?"

Ela fez uma pausa, como que tentando encontrar o melhor meio de explicar. "Lembra-se, Mister Reid, que senhor disse que ficaria feliz em ajudar, se eu necessitasse?"

"Claro... mas" — a dúvida em sua voz era perceptível até para ele.

"Então não falou a sério?", ela disse.

"Certamente que sim", ele disse. "Mas se devo ajudar, preciso saber o que está acontecendo."

"Eu esperava que o senhor podia me ajudar a achar une passage, Mister Reid."

"Para onde?", disse ele, alarmado.

"Para as ilhas Maurice", ela disse. "Aonde senhor está indo."

"Para as Maurício?", ele disse. "Por que não pede a Mister Burnham? É ele quem pode ajudá-la."

Ela limpou a garganta. "Ai de mim, Mister Reid", disse. "Isso não é possível. Como pode ver, não estou mais sob proteção de Mister Burnham."

"E por que não, se me permite a pergunta?"

Com voz quase inaudível, ela murmurou: "É realmente necessário saber, para o senhor?"

"Se espera que eu seja de alguma ajuda, sem dúvida."

"Não é um assunto agradável, Mister Reid", disse ela.

"Não se preocupe comigo, Miss Lambert", disse Zachary. "Meu espírito não é desses que se agitam por nada."

"Vou contar — se senhor insiste." Fez uma pausa para se recompor. "Lembra-se, Mister Reid, da outra noite? Conversamos sobre penitência e castigo? Muito brevemente."

"Sim", disse ele. "Eu me lembro."

"Mister Reid", continuou Paulette, puxando o sari com cuidado sobre os ombros, "quando vim morar em Bethel, não fazia idée de tais coisas. Eu era ignorante de Escrituras e assuntos religiosos. Meu pai, sabe, tinha grande detestação de clérigos e muita repugnância deles — mas isso não era incomum em homens da época dele..."

Zachary sorriu. "Ah, continua a ser, Miss Lambert, essa aversão a vigários e devil-dodgers — na verdade, eu diria que ainda deve durar um bocado."

"Senhor ri, Mister Reid", disse Paulette. "Meu pai também teria ficado jubilado — seu desprezo de bondieuserie era muito grande. Mas para Mister Burnham, como senhor sabe, esses não são assuntos para divertimento. Quando ele descobriu profundeza de minha ignorância, ficou très bouleversado e disse-me que era do mais imperativo que tomasse o encargo pessoal de minha instrução, não obstante outras exigências mais urgentes de seu tempo. É possível imaginar, Mister Reid, a que ponto meu rosto ficou embaraçado? Como podia recusar oferta tão generosa de meu benfeitor e protetor? Mas também eu não queria ser hipócrita e fingir que acreditava no que não acreditava. Está ciente, Mister Reid, que existem religiões em que a pessoa pode ser condenada à morte por hipocrisia?"

"Verdade?", disse Zachary.

Paulette fez que sim. "É, de fato. De modo que pode imaginar, Mister Reid, como eu discuti comigo mesma, antes de decidir que não podia ter causa para reproche em prosseguir com essas aulas — de Penitência e Oração, como Mister Burnham se comprazia em descrever elas. Nossas aulas eram tidas no gabinete onde sua Bíblia fica guardada, e quase sempre eram tidas à noite, depois de jantar, quando a casa estava calma e madame Burnham tinha se retirado para seus aposentos com sua adorada solução de láudano. Nessa hora, os empregados também, do qual, como senhor deve ter visto, tem grande quantidade naquele casa, dava para contar que iam estar em seus próprios alojamentos, então nada de barulhos de seus pés por ali. Esse era o melhor momento possível para contemplação e penitência, dizia Mister Burnham, e sua descrição era mesmo juste, porque a atmosfera em gabinete era da mais profunda solenidade. A cortina já estava puxada quando entrei, e ele então foi fechar a porta — para impedir interrupções na obra da probidade, como ele mesmo disse. O gabinete ficava lançado na escuridão, porque não tinha nunca uma luz, só os ramos de velas que brilhavam acima do atril alto onde a Bíblia ficava aberta. Eu me aproximava e achava a passagem do dia já escolhida, a página separada com um marcador de seda, e sentava no meu lugar, que era um escabelo pequeno, embaixo do atril. Quando me coloquei sentada, ele tomou seu lugar e começou. Que tableau ele apresentou, Mister Reid! O fogo das velas brilhando nos olhos! A barba inflamada como se fosse acender, como uma sarça ardente! Ai, mas o senhor tinha que ter estado lá, Mister Reid: o senhor ia ficar maravilhado e admirado."

"Eu não apostaria grande coisa nisso, senhorita", disse Zachary, secamente. "Mas por favor, prossiga."

Paulette se virou para olhar por sobre o ombro, para a margem oposta do rio, agora visível sob o luar. "Mas como descrever, Mister Reid? A cena trazia diante de seus olhos um tableau dos antigos patriarcas da Terra Santa. Quando ele lia, a voz dele era como cachoeira poderosa, quebrando o silêncio de um grande vale. E as passagens que escolheu! Era como se o céu tivesse me paralisado com seu olhar, como um fariseu na planície. Se eu fechasse os olhos, as palavras queimavam minhas pálpebras: 'Assim como a erva daninha é arrancada para arder no fogo, igualmente será o fim dos tempos. O Filho do Homem enviará seus anjos e eles extirparão de seu reino tudo que causa o pecado e tudo que comete iniquidade.' Está familiarizado com essas palavras, Mister Reid?"

"Creio que já as escutei", disse Zachary, "mas não me venha pedir o capítulo e o versículo agora".

"A passagem impressionou-me demasiado", disse Paulette. "Como eu tremia, Mister Reid! Meu corpo todo sacudia como se eu estivesse com fièvre. Assim foi, Mister Reid, e não espanta que meu pai negligenciou minha educação nas Escrituras. Ele era um homem acanhado e me apavoro em pensar na aflição que essas passagens teriam causado a ele." Ela puxou a ghungta sobre a cabeça. "Assim prosseguimos, aula depois de aula, até que chegamos no capítulo dos Hebreus: 'Se suportardes o castigo, Deus vos tratará como filhos; pois que filho é esse que o pai não castiga? Mas se ficardes sem castigo, do qual todos compartilham, então sois bastardos, e não filhos.' Conhece esse trecho, Mister Reid?"

"Receio que não, Miss Lambert", disse Zachary, "não sou lá muito assíduo de igrejas".

"Tampouco eu conhecia essa passagem", continuou Paulette. "Mas para Mister Burnham ela continha demasiado significado — foi o que falou antes de começar a leitura. Quando parou, vi que estava muito emocionado, porque sua voz estava trêmula e tinha tremor nas mãos dele. Ele veio ajoelhar do meu lado e perguntou, com uma maneira mais séria do mundo, se eu estava sem castigo. Então fiquei numa profunda confusão, porque eu sabia, da passagem, que se admitisse estar sem castigo era mesma coisa que concordar com bastardia. Contudo, que devia eu dizer, Mister Reid, porque a veracidade é que nem sequer uma vez na minha vida meu pai me bateu? Cheia de vergonha confessei minha falta de castigo, e então ele me perguntou se eu não gostaria de aprender sobre isso, já que era uma lição muito necessária para penitência autêntica. Consegue imaginar, Mister Reid, a legião de meus medos com o pensamento de ser castigada por um homem tão grande e poderoso? Mas endureci o osso da minha coragem e disse, sim, estou pronta. Mas então veio a surpresa, Mister Reid, pois não era eu a escolhida para castigar..."

"Mas então quem?", interrompeu Zachary.

"Ele", disse Paulette. "Ele-sua-própria-pessoa."

"B'jilliber!", disse Zachary. "Não está me dizendo que Mister Burnham queria levar uma surra?"

"Sim", continuou Paulette. "Eu tinha entendido errado. Era ele que queria suportar castigo, enquanto eu era para ser nada senão instrumento de sua punição. Imagine minha nervosidade, Mister Reid. Se seu protetor pede para você ser instrumento de seu castigo, com que cara pode recusar? Então concordei e daí ele assumiu posição mais singular. Rogou para eu ficar sentada e então baixou o rosto para meus pés, segurando minhas pantufas nas mãos e agachando, como um cavalo ajoelha para beber numa poça. Então insistiu para erguer meu braço e bater com força no sua — sua fesse."

"Sua face? Ora, vamos, Miss Lambert! Está zombando de mim, sem dúvida."

"Não — não sua face. Como se diz, o aspecto posterior do torso... a de-riér?"

"A popa? O taffrail? O poop-deck?"

"Isso", disse Paulette, "sua popa, como senhor diz, estava agora erguida no ar, e era ali que ele queria que eu dirigisse meus castigos. Pode imaginar, Mister Reid, meu embaraço com o pensamento de atacar meu benfeitor desse jeito — mas ele não aceitar recusa. Disse que minha educação espiritual não ia progredir de outro jeito. 'Batei!', gritou ele, 'golpeai com vossa mão!' Então o que eu podia fazer, Mister

Reid? Fiz de conta que tinha mosquito ali e desci a mão. Mas não foi suficiente. Escutei um gemido vindo de perto dos meus pés — um negócio abafado, porque o dedão da minha pantufa estava dentro da boca dele, agora — e ele gemeu, 'Força, mais força, golpeai com toda vossa força'. E assim foi por um tempo, e por mais forte que eu batesse, ele implorava para bater com mais força ainda — mesmo que eu soubesse que estava sofrendo dor, porque dava para sentir ele mordendo e chupando minhas pantufas, que agora estavam encharcadas. Quando finalmente ele ficou de pé, eu tinha certeza de que ia levar reprimendas e queixas. Mas não! Ficou mais feliz do que nunca. Cutucou meu queixo e disse: 'Boa garota, aprendeu bem sua lição. Mas cuidado! Tudo terá sido por nada, se contar sobre isso. Nenhuma palavra — para ninguém!' O que era desnecessário — porque é claro que eu não ia ter sonhado em mencionar coisa dessas."

"Jee-whoop!" Zachary assobiou baixinho. "E voltou a acontecer?"

"Mas claro", disse Paulette. "Muitas vezes. Sempre essas aulas começavam com leituras e terminavam assim. Acredite, Mister Reid, sempre tentei administrar meus correctionments para o melhor de minha capacidade, mesmo que ele parecesse muitas vezes estar sofrendo dor, meu braço parecia nunca ter força suficiente. Dava para perceber que ficava cada vez mais desapontado. Um dia ele disse: 'Minha querida, lamento dizer que como instrumento de punição seu braço não é tudo isso que se poderia desejar. Talvez precise de alguma outra ferramenta. Conheço a coisa perfeita...'"

"O que ele tinha em mente?"

"Já viu um..." Paulette fez uma pausa, repensando a palavra que estava prestes a usar. "Aqui na Índia existe tipo de vassoura que empregados usam para limpar privada e lavatoires. Ela é feita de monte de pauzinhos finos, amarrados — a espinha da folha da palmeira. Vassoura são chamadas 'jhatas' ou 'jharus' e fazem som de coisa açoitando..."

"Ele queria apanhar com uma vassoura?", engasgou-se Zachary.

"Não vassoura qualquer, Mister Reid", gemeu Paulette. "Uma jharu de varredor. Eu disse: Mas está sabendo, senhor, que essas vassouras são usadas para limpeza de lavatoires e são encaradas como maior imundície? Ele não ficou detido. Disse: Pois então, é o instrumento perfeito para minha degradação; servirá para lembrar a natureza decaída do Homem e o pecado e a corrupção de nossos corpos."

"Hmm, só pode ser um jeito inédito de limpar o grumo do mastro."

"Não pode imaginar, Mister Reid, que trabalho foi encontrar esse instrumento. Essas coisas não dá para achar em bazar. Só quando procurei foi que descobri que são feitas em casa, por pessoas que usam, e não estão mais disponíveis para outros do que instrumentos dos médicos para os pacientes. Precisei mandar chamar um varredor e, acredite, não foi trabalho fácil conversar com ele, porque metade da criadagem da casa se juntou em volta para ouvir, e dava para ver que discutiam entre si querendo saber por que eu poderia querer procurar esse objeto. Era meu objetivo virar uma varredora? Roubar o serviço deles? Mas para ser breve, no fim consegui achar uma jharu, na semana passada. E algumas noites atrás levei para o gabinete pela primeira vez."

"Avante, Miss Lambert."

"Oh, Mister Reid, quem dera o senhor estivesse lá para ver mistura de alegria e ansiedade com que olhava o instrumento de sua iminente opressão. Foi, como eu disse, só uns dias atrás, então me lembro bem da passagem que ele escolheu para sua leitura. 'E eles destruíram completamente tudo que havia na cidade, homem e mulher, jovens e velhos, e bois, carneiros e burros, passando-os no fio da espada.' Então enfiou a jharu nas minhas mãos e disse: 'Eu sou a cidade e essa é tua espada. Me bate, me golpeia, me queima com teu fogo.' Ajoelhou, como sempre, com o rosto nos meus pés e a popa no ar. Como se contorceu e gritou quando açoitei vassoura no seu traseiro. Mister Reid, o senhor pensaria que estava na maior agonia: eu mesma tinha certeza de que fazia nele um ferimento muito grave, mas quando interrompi para perguntar se não queria que parasse, gemeu sem hesitação: 'Não, não, vamos! Mais força!' Então joguei o braço para trás e castiguei ele com a jhata, usando toda minha força — que, o senhor pode ter certeza, não é desprezível — até que finalmente ele gemeu e seu corpo caiu mole no chão. Que horror! Pensei, o pior ainda vem! Eu matei ele, sem dúvida. Então me curvei e sussurrei: 'Oh, pobre Mister Burnham — o senhor está bem?' Vasto foi meu alívio, pode ter certeza, quando ele se mexeu e moveu a mão. Mas ainda não conseguia ficar de pé, não, ficou caído no chão e foi se contorcendo pelo assoalho como uma criatura da terra, o caminho todo até a porta. 'Está ferido, Mister Burnham?', perguntei, indo atrás dele. 'Quebrou as costas? Por que está jogado assim no chão? Por que não se levanta?' Ele respondeu com um gemido: 'Tudo bem, não se preocupe, vá até o atril e leia a lição outra vez.' Eu ia obedecer, mas assim que me virei de costas ele ficou de pé como gato, destrancou a porta e sumiu pela escada. Eu refazia caminho até o atril quando vi no chão uma curiosa marca, uma mancha comprida e úmida, como se criatura fina e pegajosa houvesse se arrastado pelo assoalho. Agora eu tinha certeza de que em um momento de desatenção uma centopeia ou serpente tinha se introduzido no lugar — porque essas coisas acontecem sempre, Mister Reid, na Índia. Para minha vergonha, devo admitir, gritei..."

Ela interrompeu o que dizia, muito agitada, e torceu a barra do sari entre as mãos. "Sei que isso pode me fazer afundar em sua estima, Mister Reid — porque sei muito bem que uma serpente é nossa irmã na Natureza tanto quanto uma flor ou um gato, então por que eu devia ter medo? Meu pai tentava muitas vezes raciocinar comigo sobre esse assunto, mas eu lamento dizer que nunca fui capaz de me afeiçoar a essas criaturas. Confio que não vai me julgar com muita severidade!"

"Oh, compartilho de sua opinião, Miss Lambert", disse Zachary. "Não se deve mexer com uma cobra, seja cega ou não."

"Não vai ficar surpreso, então", disse Paulette, "em saber que gritei e gritei até que um dos velhos khidmutgars apareceu. Eu disse para ele: '*Sāp! Sāp!* Uma serpente da selva entrou na casa. Vai atrás dela, agora!' Ele se abaixou para examinar a mancha e na mesma hora que se endireitou disse a coisa mais estranha, Mister Reid, o senhor não vai acreditar..."

"Prossiga, senhorita: arpoe o grampus."

"Ele disse: 'Isso não foi feito por uma serpente da selva; isso é uma marca da serpente que vive no Homem.' Achei que fosse alusão bíblica, Mister Reid, então eu disse, 'Amém'. Na verdade estava pensando se não devia acrescentar um 'Aleluia!' — mas então o velho khidmutgar explodiu em gargalhada e foi embora. E mesmo assim, Mister Reid, não entendi o significado de nada disso. A noite toda, fiquei acordada, pensando nisso, mas, quando amanheceu, de repente entendi. E depois disso, claro, não posso mais ficar naquela casa, então mandei uma mensagem para Jodu, por outro barqueiro, e aqui estou. Mas esconder de Mister Burnham em Calcutá é muito difícil — seria só questão de tempo até que sou descoberta, e quem poderá dizer quais serão as consequências? Então preciso fugir do país, Mister Reid, e decidi para onde devo ir."

"E onde seria isso?"

"As ilhas Maurício, Mister Reid. É para onde devo ir."

* * *

Por todo esse tempo, até mesmo enquanto remava, Jodu escutara atentamente Paulette, de modo que Zachary foi levado a concluir que essa era a primeira vez que ouvia falar sobre o que acontecera entre ela e Mister Burnham. Agora, como que confirmando o fato, uma acalorada discussão tinha início, e o barco começou a flutuar sem rumo, com Jodu apoiando os braços nos remos conforme emitia uma torrente de lamúrias bengalis.

Relanceando na direção da margem, o olhar de Zachary foi atraído por uma cintilação da luz da lua sobre o teto de um pavilhão de telhado verde, e ele se deu conta de que haviam flutuado à deriva por suficiente distância rio abaixo para chegar à altura da propriedade Burnham. Bethel assomou distante como o casco de um navio envolto em trevas, e a visão do solar transportou Zachary subitamente para a noite em que Paulette sentara a seu lado ao jantar, alegremente virginal em seu austero vestido preto; ele se lembrou da brisa musical de sua voz e de como, durante o jantar, sua cabeça girava loucamente com o pensamento de que aquela garota, com sua estranha mistura de experiência de vida e inocência, era a mesma Paulette com quem topara na entrecoberta, abraçada àquele launder de um lascar que ela chamava de irmão. Mesmo então ele tivera um vislumbre da melancolia por trás de seu sorriso: agora, pensando no que poderia ter causado isso, uma lembrança lhe veio à mente, a de escutar sua mãe quando contava a história da primeira vez em que foi chamada pelo senhor da casa — seu pai — à cabana no bosque que ele mantinha para se deitar com suas escravas: tinha ela catorze anos, na época, contara, e permanecera trêmula à porta, os pés relutando em se mover, até mesmo quando o velho senhor Reid disse-lhe para deixar a choradeira de lado e se aproximar da cama.

A questão de saber se Mister Burnham era um ser humano melhor ou pior do que o homem que o engendrara parecia, para Zachary, sem significado ou propósito, pois não era nenhuma novidade para ele que o poder leva o homem a cometer atos inexplicáveis — seja um capitão, um chefe ou apenas um senhor, como seu pai. E uma vez admitido isso, seguia-se também que os caprichos dos senhores podiam ser, às vezes, tão bondosos quanto cruéis, pois não foi exatamente um desses impulsos que levou o velho senhor Reid a conceder a liberdade para sua mãe de modo que ele, Zachary, não nascesse como escravo? E não era verdade que o próprio Zachary igualmente se beneficiara bastante de Mister Burnham ao tornar impossível para ele formar um juízo apressado de sua pessoa? Contudo, ainda assim ele ficara sem saber o que pensar ao ouvir sua mãe contar sobre aquilo pela primeira vez na cabana do senhor Reid no bosque, e embora a experiência de Paulette com Mister Burnham em nada fosse similar, sua história também causara um aperto nos estais de seu coração — um agitar não apenas de empatia, mas também o despertar de um instinto protetor. "Miss Lambert", deixou escapar subitamente, interrompendo a altercação entre ela e Jodu, "Miss Lambert, creia-me, se eu tivesse os meios de fixar residência, nesse exato minuto me ofereceria para torná-la..."

Paulette o interrompeu antes que pudesse finalizar. "Mister Reid", disse, orgulhosa, "o senhor se trompe muito se imagina que eu esteja em busca de marido. Não sou um gatinho perdido, Mister Reid, para ser protegida com um menage. Na verdade, não consigo conceber união mais desprezível de uma em que o homem adota a esposa por piedade!"

Zachary mordeu o lábio. "Não quis ofender, Miss Lambert. Acredite: não foi piedade que me fez dizer o que disse."

Endireitando os ombros, Paulette tirou a ghungta de seu sari da cabeça. "O senhor se equivoca, Mister Reid, se imagina que pedi sua presença aqui para buscar proteção, pois se tem alguma coisa que Bethel me ensinou é que a bondade dos homens sempre está ligada a algum prix..."

Ao ouvir a palavra prick,* Zachary ficou atônito. "Avast, Miss Lambert! Não insinuei nada disso. Sei muito bem controlar minha língua perto de uma dama."

"Dama?", disse Paulette com desprezo. "É para uma dama que uma oferta como a sua é feita? Ou antes para uma mulher... que se debruça nas janelas?"

"A senhorita tomou um curso errado, Miss Lambert", disse Zachary. "Em nenhum momento quis dizer isso." Ele podia sentir seu rosto se ruborizando de mortificação, agora, e para se acalmar, tirou os remos das mãos de Jodu e começou a remar. "Então por que motivo queria me ver, Miss Lambert?"

"Pedi que viesse aqui, Mister Reid, porque queria descobrir se está à altura de carregar o nome que lhe deram: Zikri."

"Não compreendo onde quer chegar, senhorita."

"Talvez eu deva rappelar o senhor, Mister Reid", disse Paulette, "de que algumas noites atrás o senhor disse que se um dia precisasse de

---

* *Prix*: prêmio, recompensa, em francês; *prick*: caralho. (N. do T.)

alguma coisa, era só pedir. Pedi o senhor aqui essa noite porque desejo saber se promessa do senhor nada era além de bagatelle, dita sem pensar, ou se o senhor de fato é homem que honra sua parole."

Zachary não pôde deixar de sorrir. "A senhorita se equivoca aqui novamente, missy: barras já as vi em demasia, mas nunca as de uma prisão."*

"Palavra", disse Paulette, corrigindo-se. "Foi o que quis dizer. Quero saber se é um homem que cumpre sua palavra. Vamos: diga-me a verdade. O senhor é um homem de palavra ou não é?"

"Isso depende, Miss Lambert", disse Zachary, precavido, "de estar ou não ao meu alcance o que a senhorita precisa."

"Está", disse Paulette com firmeza. "Sem a menor dúvida está — ou então eu não pediria."

"O que é, então?", disse Zachary, ainda mais profundamente desconfiado.

Paulette o fitou nos olhos e sorriu. "Gostaria de me juntar à tripulação do *Ibis*, Mister Reid."

"Como?" Zachary não podia acreditar que havia escutado direito: nesse momento de desatenção, seus dedos afrouxaram e a correnteza arrancou os remos de suas mãos, e os teria levado dali não fosse a vigilância de Jodu, que resgatou um deles na água e o usou para pescar o outro para perto do bote. Curvando-se sobre a amurada para resgatar o remo, Zachary pegou-se trocando olhares com Jodu, que abanou a cabeça como que a indicar que sabia perfeitamente bem o que Paulette tinha em mente e que já concluíra que não podia ser permitido. Unidos por esse entendimento secreto, cada homem assumiu um remo, e começaram a remar juntos, sentados ombro contra ombro, com o rosto voltado para a moça: não eram mais um lascar e um malum, mas antes uma confederação da masculinidade, unindo forças para confrontar um adversário determinado e traiçoeiro.

"Sim, Mister Reid", repetiu Paulette, "esse é meu pedido para o senhor: ser permitido me juntar a sua tripulação. Vou ser um deles: meu cabelo ficará preso, minha roupa será como a deles... Sou forte... Posso trabalhar..."

Zachary curvou-se pesadamente sobre o remo, e o barco avançou contra a corrente, deixando a propriedade Burnham para trás: estava feliz de remar, agora, pois havia um quê de alívio na dureza do cabo

---

* *Parole*, em francês, "palavra", mas em inglês, "liberdade condicional". (N. do T.)

de madeira que raspava contra os calos de suas mãos; havia qualquer coisa de reconfortante, até, acerca da umidade em seu ombro, onde seu braço raspava no de Jodu: a proximidade, o toque, o odor de suor, tudo isso era um lembrete da intimidade incessante da vida a bordo, da rudeza e familiaridade que tornava marinheiros tão negligentes quanto animais, fazendo pouco caso de dizer em voz alta, ou até de executar sob os olhares de todos, coisas que em qualquer outra parte causariam agonias de vergonha. No castelo de proa residia todo o caráter sujo, vil e venéreo de ser homem, e era necessário que ali fosse contido para poupar o mundo do fedor dos porões.

Mas Paulette, nesse ínterim, não cessara de defender sua causa: "... Ninguém vai saber quem sou, Mister Reid, a não ser senhor e Jodu. Agora é apenas questão de saber se vai ou não honrar sua palavra."

Uma resposta não podia mais se fazer por esperar, então Zachary respondeu abanando a cabeça. "Precisa tirar isso da cabeça, Miss Lambert. Simplesmente não posso."

"Por quê?", disse ela, com ar desafiador. "Dê-me um motivo."

"Não é possível", disse Zachary. "Veja: não é apenas por ser uma mulher, mas também por ser branca. O *Ibis* navega com uma tripulação inteiramente lascar, o que significa que somente os oficiais são 'europeus', como dizem aqui. Existem apenas três deles: primeiro-imediato, segundo-imediato e capitão. O capitão a senhorita já conheceu; e o primeiro-imediato, vou lhe dizer uma coisa, é o hard-horse mais intratável em que já tive o desprazer de deitar os olhos. Não é o tipo de kippage que ia querer integrar, nem se fosse homem — e todas as cabines brancas estão ocupadas, de qualquer jeito. Não tem espaço para mais um buckra a bordo."

Paulette riu. "Oh, mas senhor não compreendeu, Mister Reid", disse. "Claro que não espero ser um oficial como o senhor. Desejo integrar a tripulação como um lascar, como Jodu."

"Shitten hell...!" Mais uma vez a preensão de Zachary afrouxou e dessa vez o remo foi rebatido pelo empuxo da água, aplicando-lhe um direto na barriga que o deixou sem ar e gaguejando.

Jodu tentou mantê-los num curso firme, mas quando Zachary conseguiu se recuperar, a corrente os arrastara para trás e estavam outra vez à vista da propriedade Burnham — Paulette porém permaneceu tão indiferente à visão de sua antiga casa quanto aos gemidos de dor provenientes do centro do barco. "Sim, Mister Reid", prosseguiu, "se o senhor concordar em me ajudar, isso pode facilmente ser feito. Qualquer coisa que Jodu faz eu também posso fazer — isso é verdade desde que nós dois somos crianças, ele mesmo pode dizer para senhor. Eu consigo subir em qualquer coisa tão bem quanto ele, sei nadar e correr melhor, e sei remar quase tão bem. Quanto a línguas, sei falar bengali e hindustani tão bem quanto ele. É verdade que ele é mais escuro, mas eu não sou tão branca que não possa ser passada por indiano. Asseguro ao senhor que nunca houve ocasião em nossas vidas que não fomos capazes de convencer um estrangeiro que eu e ele éramos dois irmãos — sempre foi só questão de trocar minha jardineira por um lungi e amarrar uma gamchha em volta da cabeça. Desse jeito a gente ia em todo lugar juntos, nos rios e nas ruas da cidade: pergunta para ele — ele não pode negar isso. Se ele pode ser lascar, então tenha certeza de que eu também posso. Com kajal nos meus olhos, um turbante na cabeça e um lungi em volta da cintura, ninguém vai me conhecer. Vou trabalhar no porão e nunca sou vista."

Uma imagem de Paulette, vestida com lungi e turbante, passou num relance pelos olhos de Zachary — foi tão desagradável, tão antinatural, que ele abanou a cabeça para se livrar da visão. Já era difícil o bastante conciliar a garota no sari com a Paulette que invadira seus sonhos: a delicada rosa que conhecera no convés do *Ibis*, com o rosto emoldurado por um bonnet e um laço etéreo como a espuma do mar pairando sob seu queixo. A visão da moça prendera mais do que seu olhar: que pudesse falar com ela, caminhar a seu lado — não teria desejado outra coisa. Mas pensar nessa garota metida em um sarongue e com um pano na cabeça, trepando descalça pelos enfrechates, devorando arroz em um tapori e percorrendo o convés com um bafo de alho na boca, isso era o mesmo que se imaginar apaixonado por um lascar; seria como um homem afeiçoado a um macaco.

"Miss Lambert", disse Zachary firmemente, "essa ideia sua não passa de uma smoke-sail:* nunca vai pegar o menor sopro de vento. Para começar, é nosso serang que faz o engajamento dos lascares, não somos nós. Ele obtém seus homens por intermédio de um ghaut-serang... e até onde sei não tem um dentre eles que não seja seu primo, tio ou coisa pior. Não exerço papel algum na escolha da tripulação: cabe a ele decidir."

"Mas o serang pegou Jodu, não foi?"

---

* *Smoke-sail*: pequena vela a sota-vento sobre a chaminé da cozinha, destinada a barrar a fumaça. (N. do T.)

"Certo, mas não foi por eu dizer o que quer que fosse — foi devido ao incidente."

"Mas se Jodu falasse por mim", disse Paulette, "ele me aceitaria, não é?"

"Pode ser." Olhando para o lado, Zachary viu o rosto de Jodu se contorcendo em uma careta furiosa: não havia dúvida nenhuma de que compartilhavam de uma mesma opinião quanto àquele assunto, de modo que não havia motivo para impedi-lo de falar por si mesmo. "Já perguntou a Jodu o que ele acha?"

Nisso, um som sibilante escapou da boca de Jodu e foi seguido por uma sucessão de palavras e exclamações que não deixavam dúvida sobre sua posição — "Avast! ...como ela viver beech-o-beech tantos homens? Não sabe diferença entre âncora e adriça... amura e arrebém..." Em um derradeiro floreado retórico, lançou a pergunta: "Lady lascar?..." — e respondeu cuspindo por cima da amurada, com desprezo: "Sondar braças!"

"Não dê atenção ao pequeno choute", disse Paulette, rapidamente. "Ele está blablablando porque tem ciúme e não quer admitir que posso ser um marujo tão bom quanto ele. Gosta de pensar que sou sua irmãzinha desamparada. De qualquer jeito não interessa o que ele pensa, Mister Reid, porque vai fazer o que eu mandar. Só depende de senhor, Mister Reid, não de Jodu."

"Miss Lambert", disse Zachary, delicadamente, "foi a senhorita quem me disse que ele é como um irmão. Não percebe que pode deixá-lo em perigo se prosseguir com isso? O que acha que os outros lascares fariam se descobrissem que os tapeara, levando uma mulher para o castelo de proa? Muito marujo já morreu por bem menos que isso. E pense, Miss Lambert, o que seria feito com *a senhorita* se fosse descoberta — e certamente será, não existe amuleto ou encanto que possa impedir. Quando chegar a hora, pode acreditar, senhorita, será algo em que nenhum de nós gostaria de pensar."

Durante todo esse tempo Paulette permanecera sentada ereta e orgulhosa, mas agora seus ombros começavam a vergar. "Então quer dizer que não vai me ajudar?", disse ela, numa voz lenta e hesitante. "Mesmo depois de dar sua palavra?"

"Se pudesse ajudar de qualquer outra maneira, ficaria muito feliz", disse Zachary. "Pois tenho algum dinheiro guardado, Miss Lambert — pode ser suficiente para comprar uma passagem em outro navio."

"Não é sua caridade que desejo, Mister Reid", disse Paulette. "Não vê que devo dar provas de mim mesma? Acha que alguns simples obstáculos teriam detido minha tia-avó de fazer a viagem dela?" Os lábios de Paulette tremiam e ficaram inchados, e ela teve de limpar uma lágrima de nervosismo de seu olho. "Achei que fosse um homem melhor, Mister Reid, um homem de palavra, mas estou vendo que não passa de um poltrom de um hommelette."

"Uma omelete?"

"Isso; sua palavra não vale drogue nenhuma."

"Sinto desapontá-la, Miss Lambert", disse Zachary, "mas acredito ser para o seu bem. Um clíper não é lugar para uma moça como a senhorita."

"Ah, então é isso? — uma moça não é capaz?" A cabeça de Paulette se retesou e seus olhos faiscaram. "Escutando o senhor a pessoa ia pensar que o senhor inventou a água quente, Mister Reid. Mas está errado: posso fazer tal coisa e vou fazer."

"Desejo-lhe boa sorte na empreitada, senhorita", disse Zachary.

"Não ouse zombar de mim, Mister Reid", exclamou Paulette. "Posso estar em dificuldades agora, mas vou para ilhas Maurício e quando conseguir, vou rir na sua cara. Vou chamá-lo de nomes que nunca ouviu antes."

"Sério?" Com o fim da batalha à vista, Zachary se permitiu um sorriso. "E que nomes seriam esses, senhorita?"

"Vou chamá-lo de..." Paulette emudeceu, vasculhando a memória atrás de uma imprecação que fosse insultuosa o bastante para expressar a raiva que havia em seu coração. De repente, uma palavra explodiu em seus lábios: "Cock-swain! É isso que o senhor é, Mister Reid, um horrível cock-swain!"

"Cockswain?", repetiu Zachary, perplexo, e Jodu, feliz de escutar uma palavra familiar, traduziu, como que por hábito: Coksen?

"É", disse Paulette, com a voz trêmula de indignação. "Madame Burnham diz que é a coisa mais indizível e que nunca deveria sair da boca de uma dama. O senhor talvez ache que é primo do rei, Mister Reid, mas deixe-me lhe dizer o que o senhor é realmente: um indescritível de um cock-swain."

Zachary ficou tão atônito com o absurdo da situação que explodiu numa gargalhada e sussurrou à parte para Jodu: "Será que é a 'dick-swain' que ela está se referindo?"

"Dix?" O comentário não escapou aos ouvidos de Paulette. "Uma bela dupla os dois, cockson e dixon, nem um nem outro homem suficiente para manter sua palavra. Mas esperem só para ver, não vão me deixar para trás."*

---

* Uma sequência de mal-entendidos difícil de acompanhar: *cockswain* ou *coxswain*, "patrão" ou "timoneiro"; a forma lascarizada *coksen*, de uso entre os marujos; *dick-swain*, de *dick*, chulo para "pênis", e *swain*, "rapaz"; que ela ouve como *dix*, "dez", em francês, emendando num curioso trocadilho antroponímico trilíngue, Cockson e Dixon. (N. do T.)

Catorze

Era apenas para o mundo exterior que a Cadeia de Alipore exibia a aparência de um reino unitário: para os internos, era antes um arquipélago de feudos, cada um com as próprias leis, monarcas e súditos. A transição de Neel da esfera externa da prisão, onde as autoridades britânicas eram soberanas, para o domínio interno da cadeia, levou mais de um dia para ser completada: ele passou a primeira noite em uma cela provisória e foi só na segunda noite que o designaram a uma ala. A essa altura, fora tomado por um estranho senso de dissociação, e ainda que soubesse muito pouco acerca dos procedimentos internos da prisão, ele não traiu a menor surpresa quando os guardas o entregaram à custódia de outro condenado, um homem também trajado com uma roupa branca de dungaree, exceto que seu dhoti era da altura do tornozelo e sua túnica estava limpa e bem lavada. O homem tinha a forte constituição de um lutador envelhecido, e Neel observou rapidamente os sinais de eminência que transmitia com sua pessoa: o volume bem alimentado da pança, a barba grisalha aparada e o grosso molho de chaves em sua cintura; quando passavam pelas celas, os prisioneiros invariavelmente o cumprimentavam com saudações respeitosas, dirigindo-se a ele como Bishu-ji. Estava claro que Bishu-ji era um dos jemadars da prisão — um condenado que, em função de mais idade, ou de força de caráter, ou de força bruta, fora designado a uma posição de autoridade pela direção da cadeia.

A ala em que Neel ora se encontrava distribuía-se em torno de um pátio quadrado com um poço de um lado e uma alta árvore nim do outro. Esse pátio era onde os internos da ala cozinhavam, comiam e se banhavam: à noite, eles dormiam em celas compartilhadas e as manhãs eram passadas revezando-se em grupos de trabalho — mas em tudo mais o pátio era o centro de suas vidas, o lar onde seus dias começavam e terminavam. Agora, a refeição da noite tendo sido servida e consumida, as fogueiras de cozinhar iam se apagando e os portões de barras de ferro que cercavam o pátio eram fechados estrepitosamente conforme cada grupo de condenados regressava a sua cela para passar a noite. Dos homens remanescentes, uma turma se juntava em torno do poço, onde esfregavam as panelas e outros utensílios; os outros eram os jemadars da ala e sentavam ociosamente sob a árvore nim, onde quatro charpoys haviam sido colocadas em um círculo. Os jemadars eram todos assistidos por alguns de seus seguidores leais, pois cada um deles liderava um bando que era em parte gangue, em parte família. Dentro desses grupos, os jemadars atuavam não só como chefes, mas também como senhores da família, e muito ao modo como um zemindar era servido pelos membros de sua zenana, eles também eram atendidos pelos favoritos dentre seus chokras e seguidores. Agora, ao final do dia, os capatazes ficavam à vontade entre seus iguais, enquanto seus assistentes se ocupavam de acender seus hookahs, preparar chillums de ganja e massagear os pés de seus mestres.

O que se seguia não era muito diferente de uma audiência em uma reunião de anciãos na aldeia, com as particularidades do caso de Neel sendo apresentadas para os outros por Bishu-ji. Falando com a firme convicção de um advogado, ele lhes contou sobre o zemindary Raskhali, a acusação de contrafação e o julgamento na Suprema Corte. Como chegara a ficar de posse de tais informações, isso era algo que Neel não podia imaginar, mas ele sentia que Bishu-ji não lhe desejava mal algum e ficou agradecido pela meticulosa elaboração dos fatos relativos a seu caso.

Pelas exclamações chocadas que acolheram o fim da exposição de Bishu-ji, Neel compreendeu que, até mesmo entre aqueles ocupantes de longa data da cadeia, a pena de deportação era encarada com inefável horror. Ele foi convocado para o centro da assembleia e fizeram-no exibir a fronte tatuada, que foi examinada com fascínio e repulsa, simpatia e temor. Neel participou da situação sem relutar, na esperança de que as marcas em sua pele o autorizassem a usufruir de determinados privilégios, reservando-o a um grupo separado dos condenados menores.

Logo um silêncio se estabeleceu, indicando que as deliberações do panchayat haviam terminado, e Bishu-ji sinalizou para Neel a fim de que o seguisse através do pátio.

Escute, disse, enquanto caminhavam, deixe-me explicar nossas regras para você: é o costume aqui, quando chega um novo prisioneiro, que ele seja designado a um dos jemadars, segundo suas origens e personalidade. Mas no seu caso, isso não se aplica, pois a sentença que lhe foi imputada o arrancará para sempre dos laços que unem outros. Quando pisar naquele navio, para atravessar a Água Negra, você e seus colegas deportados se tornarão uma irmandade pelos próprios méritos: você será sua própria aldeia, sua própria família, sua própria casta. É por isso que é o costume aqui que homens como você vivam separados, em suas próprias celas, longe do restante.

Neel balançou a cabeça: compreendo.

Nesse momento, continuou Bishu-ji, existe apenas um outro homem aqui que carrega a mesma sentença que a sua: ele também aguarda a deportação para Mareech, e ambos sem dúvida viajarão juntos. Desse modo nada mais justo que compartilhem da mesma cela.

Sua voz deixava transparecer um tom que parecia admonitório. Neel disse: Quem é esse homem?

O rosto de Bishu-ji se vincou em um sorriso: O nome dele é Aafat.

Aafat? disse Neel, surpreso: a palavra significava "calamidade", e ele não podia imaginar como alguém escolhia aquilo para nome. Quem é esse homem? De onde ele é?

Ele vem do outro lado do mar: da terra de Maha-chin.

Ele é chinês?

Assim pensamos, por sua aparência, disse Bishu-ji. Mas é difícil ter certeza, pois não sabemos quase nada a seu respeito, a não ser que é um afeemkhor.

Um viciado? disse Neel. Mas onde ele consegue seu ópio?

Aí é que está, disse o jemadar. Ele é um afeemkhor que não tem ópio.

Haviam chegado à cela agora e Bishu-ji manuseava suas chaves para encontrar a correta. Esse canto do pátio ficava na penumbra, e a cela estava tão silenciosa que, a um primeiro olhar, Neel teve a impressão de que não havia ninguém ali dentro. Perguntou onde estava o afeemkhor, e a resposta de Bishu-ji foi abrir a porta e empurrá-lo para dentro.

Está aí; você vai encontrá-lo.

Lá dentro viam-se duas charpoys, com suas estruturas de corda trançada, e no canto oposto havia um balde que servia de latrina, com uma tampa de madeira. Junto à parede estava um jarro de cerâmica com água de beber: à parte esses objetos, a cela parecia não conter mais nada.

Mas ele não está aqui, disse Neel.

Está sim, disse o jemadar. Apenas escute.

Gradualmente, Neel foi se dando conta de um som lamentoso, acompanhado por cliques suaves, como que de dentes batendo. O som estava tão perto que a fonte tinha de vir de algum lugar dentro da cela: ele ficou de joelhos e olhou sob as charpoys, descobrindo um volume imóvel sob uma delas. Encolheu-se todo, mais de medo do que de repulsa, como faria com um animal muito ferido ou sofrendo de alguma doença — a criatura emitia um som que estava mais para uma lamúria do que para um gemido, e tudo que dava para ver do rosto era um único olho cintilando. Então Bishu-ji enfiou um bastão através das barras e cutucou sob a charpoy: Aafat! Saia agora! Olhe, encontramos outro deportado para você.

Instigado pelo pau, um membro começou a se arrastar para fora do esconderijo, e Neel viu que era um braço de homem, com crostas de sujeira. Depois a cabeça apareceu, quase impossível de ver sob seu grosso capuz de cabelos emplastrados e uma barba escura desgrenhada enrolada em cordas torcidas. À medida que o corpo emergia vagarosamente, ele se revelava tão espessamente enlameado em imundície e terra que era impossível dizer se o homem estava nu ou vestido. Então, de repente, a cela se encheu com o cheiro de excremento e Neel percebeu que não era apenas lama que cobria o homem, mas também fezes e vômito.

Virando para o outro lado de puro nojo, Neel agarrou as barras da cela e chamou Bishu-ji: Não pode me deixar aqui, tenha piedade, deixe-me sair...

Bishu-ji fez meia-volta e se aproximou.

Escute, ele disse, sacudindo um dedo na direção de Neel: Escute, se acha que pode se esconder desse homem, está enganado. De agora em diante, você nunca mais conseguirá fugir desse Aafat. Ele estará em seu navio e você terá de viajar com ele para sua prisão do outro lado da Água Negra. Ele é tudo que você tem, sua casta, sua família, seu amigo; nunca houve irmão, esposa ou filho seu mais próximos do que ele será para você. Faça com ele o que puder; ele é seu destino, sua sorte. Olhe no espelho e você saberá: não pode fugir do que está escrito em sua testa.

Jodu não ficou surpreso de ver que Paulette se mostrava cada vez mais emburrada e ressentida após o encontro no meio da noite com Zachary: sem dúvida culpava a ele, Jodu, pelo fracasso do plano, e não era raro agora que uma inabitual rispidez se insinuasse em suas geralmente inofensivas altercações. Pois duas pessoas vivendo com rancor em um pequeno barco era algo para lá de desagradável, mas Jodu entendia que Paulette se encontrava em uma situação cruel, até desesperada, sem dinheiro ou amigos, e ele não podia lhe negar o refúgio de seu pansari. Mas o barco era apenas alugado de um proprietário do ghat, destinado a ser devolvido quando o *Ibis* estivesse pronto para zarpar. O que Paulette faria depois? Ela se recusava a discutir o assunto, e ele não podia culpá-la por isso, uma vez que ele mesmo mal tinha coragem de pensar a respeito.

Nesse meio-tempo, continuava a chover pesadamente, e certo dia Paulette foi surpreendida por um feroz aguaceiro de monção. Fosse por ter ficado encharcada, fosse pelo seu estado de espírito, ela adoeceu. Estava além do alcance de Jodu cuidar dela em seu barco, de modo que decidiu levá-la para uma família que fora muito próxima do pai dela: haviam sido malis durante muito tempo nos Botanical Gardens e se beneficiado enormemente da generosidade do senhor Lambert. Com eles ficaria a salvo e teria quem zelasse por sua saúde.

A família morava em um vilarejo ao norte de Calcutá, em Dakshineshwar, e quando se viu diante de sua porta, Paulette recebeu boas-vindas calorosas o bastante para dirimir quaisquer eventuais apreensões que Jodu ainda pudesse ter. Descanse e se recupere, disse-lhe ele quando ia embora. Volto em dois, três meses e então podemos decidir o que fazer em seguida. Ela respondeu acenando debilmente com a cabeça, e foi assim que se encerrou o assunto.

Jodu voltou remando para Calcutá, na esperança de conseguir rapidamente dinheiro com seu barco. Isso não aconteceu, pois as últimas chuvaradas das monções se mostraram as mais furiosas da estação, e ele teve de permanecer quase que o tempo todo atracado junto aos ghats. Mas quando as águas enfim cessaram de cair, o ar ficou mais limpo e nítido do que nunca, e os ventos trouxeram o aroma fresco e revigorante da renovação: após os meses de ociosidade provocados pelas monções, os rios e as estradas rapidamente se encheram de tráfego, com os fazendeiros apressados levando suas safras recém-colhidas para os mercados e os clientes enxameando pelos bazares para comprar roupas novas para as celebrações de Durga Puja, Dussehra e 'Id.

Foi em um desses azafamados fins de tarde, quando trasladava passageiros em seu barco, que Jodu olhou para o rio a jusante e avistou o *Ibis*, recém-liberado da doca seca: o navio estava ancorado entre duas boias, mas, mesmo com os mastros nus, parecia um símbolo da própria estação, limpo e restaurado, com um novo revestimento de cobre na linha-d'água, os mastros elevados e reluzindo de verniz. Fiapos de fumaça subiam pela chaminé do chuldan, de modo que Jodu soube que vários lascares já estavam a bordo, e na mesma hora parou de perder tempo pechinchando tarifas e discutindo com sovinas: desembarcou os passageiros o mais rápido que pôde e remou para a escuna a toda velocidade.

E lá estavam eles, zanzando pelo convés, todos os velhos rostos familiares, Cassem-meah, Simba Cader, Rajoo, Steward Pinto e os dois tindals, Babloo e Mamdoo. Até mesmo Serang Ali espairecia o suficiente para acenar com a cabeça e sorrir. Após ser saudado com tapas e socos na barriga, seu barco virou o foco de muitas risadas — Esse telhado é feito de jharus usadas? Isso é um remo ou um punkha? Ninguém, disseram-lhe, apostava que voltaria: pensavam que o haviam perdido para os homens-vara — afinal, todo mundo sabia que nenhum dandi-wala podia ser feliz sem levar uma vara na popa.

E os malums? O Kaptan? Onde estão?

Ninguém a bordo, disse Rajoo.

Isso deixou Jodu exultante, pois significava que os lascares comandavam a embarcação. Vamos, ele disse para Rajoo, vamos dar uma olhada no navio enquanto podemos.

Foram primeiro para o setor dos oficiais do navio, as peechil--kamre — ou as cabines de popa —, logo abaixo do tombadilho: sabiam que jamais voltariam a pôr os pés naquele lugar, a não ser na função de topas ou copeiro, e estavam decididos a aproveitar ao máximo. Para chegar às peechil-kamre tinham de atravessar uma das duas meia--laranjas apertadas sob o beiral do tombadilho: a entrada do lado dawa levava às cabines dos oficiais e a outra ao compartimento adjacente, que era conhecido como "beech-kamra", ou cabine a meia-nau. A meia-laranja da dawa dava para a cuddy, onde os oficiais faziam suas refeições. Olhando em volta, Jodu ficou boquiaberto de ver como tudo era feito cuidadosamente, planejado para qualquer eventualidade: a mesa no centro tinha até proteções nas laterais, com pequenos espaços cercados no meio, de modo que nada caísse ou deslizasse quando a escuna jogasse. As cabines dos imediatos ficavam de ambos os lados do refeitório e eram, em comparação, razoavelmente simples, quase do tamanho exato para apenas se virar ali dentro, e com beliches cujo comprimento não daria para um homem se esticar com todo o conforto.

Os aposentos do Kaptan eram mais à popa, e não havia nada acerca dessa kamra que fosse minimamente decepcionante: a cabine se estendia por toda a largura da popa, e a madeira e os detalhes de latão reluziam de tão polidos; parecia grande o bastante para pertencer a um palácio de rajá. Em um canto havia uma escrivaninha pequena e lindamente trabalhada, com prateleiras minúsculas e um tinteiro construído na madeira; na outra ponta ficava um beliche espaçoso com um castiçal polido afixado na lateral. Jodu se jogou sobre o colchão e seu corpo subiu e desceu: Ah, se pelo menos você fosse uma garota — uma Ranee em vez de um Rajoo! Consegue imaginar como seria, nisso aqui...?

Por um momento ambos se perderam em seus sonhos.

Um dia, suspirou Jodu, um dia, vou ter uma cama como essa para mim.

... E eu vou ser o Faghfoor de Maha-chin...

Adiante das cabines de popa ficava a cabine a meia-nau — a beech-kamra, onde os capatazes e guardas tinham suas acomodações. Essa parte da escuna também era relativamente confortável: estava equipada com beliches, não redes, e era razoavelmente bem-iluminada, com vigias para permitir a entrada de luz e diversas lâmpadas penduradas no teto. Como as cabines de popa, essa kamra era ligada ao convés principal por suas próprias meias-laranjas e escada. Mas a escada para a cabine a meia-nau tinha uma extensão que conduzia ainda mais profundamente às entranhas do navio, chegando até o porão, despensas e istur-khanas, onde as provisões e o equipamento reserva da embarcação ficavam armazenados.

Junto à beech-kamra ficava a seção dos migrantes: a entrecoberta, conhecida entre os lascares como a "caixa", ou dabusa. O lugar pouco mudara desde o dia em que Jodu ali pisou pela primeira vez: continuava tão escuro, sombrio e fedorento quanto se lembrava — nada mais que um assoalho protegido, com vigas arqueadas nas laterais —, mas as correntes e argolas com ferrolhos haviam sumido e algumas retretes e piss-dales foram instaladas. A dabusa inspirava um horror quase supersticioso na tripulação, e nem Jodu, nem Rajoo permaneceram ali por muito tempo. Subindo a escada com toda pressa, dirigiram-se afoitamente para sua própria kamra, o fana. Ali, conforme descobriam, era onde a mudança mais surpreendente ocorrera: os fundos do compartimento haviam sido cercados para a construção de uma cela, com uma sólida porta.

Se fizeram um chokey, disse Rajoo, isso só pode querer dizer que haverá condenados a bordo.

Quantos?

Vai saber.

A porta do chokey estava aberta, então subiram ali dentro. A cela era apertada como um galinheiro e abafada como uma toca de cobra: com exceção da janelinha com tampa na porta, tinha apenas mais uma abertura, que era um minúsculo ducto de ar na divisória que separava o espaço da dabusa dos cules. Jodu percebeu que se ficasse na ponta dos pés poderia alcançar o duto com o olho. Dois meses nesse buraco! disse para Rajoo. Sem nada para fazer a não ser espiar os cules...

Nada para fazer! escarneceu Rajoo. Vão ficar desfiando istup até seus dedos caírem: será tanto trabalho que vão esquecer até do próprio nome.

E falando em trabalho, disse Jodu, como fica nossa troca? Acha que vão deixar que eu assuma seu lugar no mastro?

Rajoo fez uma cara de quem duvidava: conversei com Mamdoo-tindal hoje, mas ele disse que precisava testar você primeiro.

Quando?

Não tiveram de esperar muito tempo por uma resposta. Ao voltar para o convés principal, Jodu escutou uma voz gritando para eles vinda do alto: Você aí! Homem-vara! Jodu olhou para cima e viu Mamdoo-tindal olhando para ele do kursi no mastro do traquete, sinalizando com um dedo: Suba aqui!

Isso era um teste, Jodu sabia, então ele cuspiu na palma das mãos e murmurou um bismillah antes de esticar os braços para subir pela iskat. Antes da metade do caminho percebeu que suas mãos estavam esfoladas e sangrando — era como se na corda de cânhamo brotassem espinhos —, mas a sorte não lhe faltou. Não só conseguiu chegar ao kursi, como também deu até um jeito de passar as mãos ensanguentadas no cabelo antes que o tindal pudesse ver suas feridas.

Chalega! disse Mamdoo-tindal, balançando a cabeça meio a contragosto. Deve dar — nada mal para um dandi-wala...

Por medo de falar mais do que devia, Jodu respondeu apenas com um sorriso recatado —, mas se fosse um rei sendo coroado, ele não teria ficado mais triunfante do que ficou conforme se ajeitava no kursi: que trono, afinal, era capaz de oferecer vista mais grandiosa do que o vau dos joanetes, com o sol mergulhando a oeste e um rio cheio de tráfego fluindo mais abaixo?

Ah, vai gostar daqui, disse Mamdoo-tindal. E se pedir com delicadeza, Ghaseeti pode até lhe ensinar como faz para ler o vento.

Ler o vento? Como?

Assim. Pisando no purwan, o tindal se deitou e virou as pernas para apontar para o horizonte, onde o sol se punha. Então, erguendo os pés, sacudiu o lungi, de modo a se abrir na forma de um funil. Quando o tubo de tecido se estufou com o vento, ele soltou um gemido de triunfo. Sim! Ghaseeti prevê que o vento vai aumentar. Ela sente isso! Está em seus tornozelos, em suas pernas, sua mão sobe avançando devagar, ela sente *ali*...

Nas pernas?

No faz-vento dela, seu faltu-choot, onde mais?

Jodu riu com tanto gosto que quase caiu do kursi. Só havia uma coisa, ele percebeu, com uma pontada de remorso, que teria tornado a piada ainda mais divertida, e seria se Paulette estivesse ali para compartilhá-la com ele: era o tipo de tolice que sempre deixara os dois deliciados.

Não levou muito tempo para Neel descobrir que os tormentos de seu colega de cela eram regulados por certos ritmos previsíveis. Seus paroxismos de tremedeira, por exemplo, começavam com um tremor leve, quase imperceptível, como o de um homem em um quarto apenas um pouco frio demais para que sinta conforto. Mas esses tremores suaves ganhavam intensidade, até ficarem tão violentos que o derrubavam de sua charpoy, jogando ao chão seu corpo convulso. As linhas de seus músculos transpareciam através da imundície em sua pele, alternadamente contraindo-se em nós e depois relaxando por um breve instante, apenas para sofrer novo acesso outra vez: era como observar um bando de ratos espremidos em um saco. Depois que a convulsão cessava, ele permanecia inconsciente por algum tempo, e então alguma coisa dentro dele voltava a se agitar; sua respiração gradativamente ganhava força e seus pulmões estertoravam, embora seus olhos permanecessem fechados; seus lábios começavam a se mover e a formar palavras, e ele se tornava presa de um delírio que de algum modo lhe permitia continuar adormecido, mesmo quando se jogava de um lado para outro, em um movimento frenético, enquanto gritava alto em sua própria língua. Então um fogo parecia arder sob sua pele e ele começava a se estapear de todos os lados, como que tentando impedir as chamas de se alastrar.

Quando isso se mostrava em vão, suas mãos assumiam a forma de garras, enterrando-se em sua carne como que para arrancar uma capa de pele esturricada. Só então seus olhos se abriam: era como se seu corpo exausto não lhe permitisse acordar enquanto não houvesse tentado se esfolar.

Por mais horríveis que fossem esses sintomas, nenhum deles afetava Neel tanto quanto a incontinência crônica do colega de cela. Assistir, ouvir e cheirar um homem crescido se aliviando desamparadamente no chão, em sua cama e sobre si mesmo, teria sido uma provação para qualquer um — mas, para um homem cheio de melindres como Neel, era coabitar com a corporificação encarnada de tudo que lhe causava mais aversão. Mais tarde, Neel descobriria que uma das propriedades mais marcantes do ópio é sua poderosa influência sobre o sistema digestivo: em doses apropriadas, era um remédio para diarreia e disenteria; tomado em grande quantidade, levava os intestinos à paralisia — sintoma comum de viciados. De modo oposto, quando retirado abruptamente de um corpo que se acostumara cada vez mais com o consumo excessivo, tinha o efeito de provocar na bexiga e no esfíncter espasmos incontroláveis, de modo que nem comida nem água eram retidos. Não era comum que o problema durasse mais que uns poucos dias — mas sabê-lo teria proporcionado pouco conforto a Neel, para quem cada minuto passado na proximidade daquele colega de cela que se molhava, se sujava, vomitava tinha uma duração além de qualquer medida. Logo, ele também começou a ter tremores e alucinações: por trás das pálpebras de seus olhos fechados, o excremento esparramado pelo chão adquiria vida e esticava tentáculos que penetravam em suas narinas, enfiavam-se em sua boca e sufocavam sua garganta. Quanto tempo duravam seus próprios ataques Neel não sabia dizer, mas de tempos em tempos ele abria os olhos e dava com o rosto dos demais condenados fitando-o com perplexidade; em um desses momentos de vigília, notou que alguém abrira as grades da cela e colocara dois objetos ali dentro: uma jharu e uma pá, como as que eram usadas pelos varredores para remover a sujeira noturna.

Se queria manter sua sanidade, Neel sabia que tinha de empunhar a jharu e a pá; não havia outro modo. Ficar de pé e percorrer os três ou quatro passos que o separavam da jharu exigiu o esforço mais intenso que já fizera, e quando finalmente se viu a uma distância que lhe permitia tocá-la, não conseguiu persuadir sua mão a fazer contato: o risco envolvido parecia inimaginavelmente grande, pois ele sabia que deixaria de ser o homem que fora poucos instantes antes. Fechando os olhos, projetou a mão cegamente adiante, e apenas quando sentiu o cabo sob seus dedos permitiu-se olhar outra vez: pareceu um milagre que o cenário em volta não houvesse se alterado, pois dentro de si ele podia captar a sugestão de uma irreversível mudança. De certo modo, não era ninguém senão o homem que sempre fora, Neel Rattan Halder, mas diferente, também, pois suas mãos se fixavam em um objeto aureolado por uma penumbra brilhante de aversão; contudo, agora que ela estava em sua mão, parecia nada mais, nada menos do que o que de fato era, uma ferramenta para ser usada segundo sua vontade. Abaixando-se sobre os calcanhares, ele se agachou como tantas vezes vira os varredores fazerem e começou a juntar as fezes de seu colega de cela com a pá.

Assim que começou, Neel se viu possuído de um furor pela tarefa. Apenas uma parte da cela permaneceu intocada — uma pequena ilha próxima ao balde de dejetos, para onde empurrara a charpoy de seu companheiro de cela, na esperança de mantê-lo confinado a um único canto. Quanto ao resto, ele esfregou tanto as paredes como o piso, lavando a sujeira para o esgoto da cela. Em pouco tempo muitos outros condenados paravam para vê-lo trabalhar; alguns até começaram a ajudar, sem serem solicitados, trazendo água do poço e jogando punhados de areia, de um tipo que era útil para esfregar pisos. Quando apareceu no pátio para se banhar e lavar suas roupas, recebeu acolhida vinda de diversas fogueiras em que a comida era preparada.

... Aqui, aqui... coma conosco...

Enquanto comia, alguém perguntou: É verdade que sabe ler e escrever?

É.

Em bengali?

Em inglês também. E também em persa e urdu.

Um homem se aproximou, de cócoras: Pode escrever uma carta para mim, então?

Para quem?

O zemindar de minha aldeia; ele quer tirar terras de minha família e quero enviar uma petição a ele...

Certa vez, os daftars do zemindary Raskhali haviam recebido dezenas de pedidos como esse: embora Neel raramente houvesse se dado ao trabalho de os ler ele mesmo, o fraseado não lhe era estranho. Posso fazer isso, disse, mas precisa me trazer papel, nanquim e pena.

De volta a sua cela, ficou desconsolado ao constatar quanto de seu trabalho havia sido desfeito, pois seu colega de cela, presa de um de seus paroxismos, saíra rolando pelo chão, deixando um rastro de sujeira atrás de si. Neel conseguiu cutucá-lo de volta a seu canto, mas estava exausto demais para qualquer coisa além disso.

A noite passou mais calmamente do que a anterior, e Neel percebeu uma mudança no ritmo dos acessos de seu companheiro de cela: eles pareciam diminuir de intensidade, permitindo-lhe intervalos de repouso mais longos; sua incontinência, também, pareceu de certo modo mais moderada, possivelmente porque não havia mais nada a ser expelido. Pela manhã, quando destrancava as grades, Bishu-ji disse: A próxima coisa a limpar é Aafat. Não adianta fugir: assim que ele sentir o contato com a água, vai começar a melhorar. Já vi acontecer antes.

Neel olhou para o corpo famélico e emaciado de seu companheiro de cela, com sua crosta de excremento e seu cabelo emplastrado: mesmo que lhe desse um banho, superando sua repulsa, o que conseguiria? Tudo que ele faria seria se sujar outra vez, e quanto a se vestir, a única roupa que possuía era um pijama de amarrar na cintura, empapado em sua própria imundície.

Quer que mande alguém ajudar você? perguntou Bishu-ji.

Não, disse Neel. Eu mesmo faço.

Tendo passado alguns dias no mesmo espaço, Neel já começara a se sentir de algum modo envolvido na situação deplorável do colega de cela: era como se o destino comum de ambos houvesse tornado suas degradações e reputações um fardo compartilhado. Para o bem ou para o mal, caberia a ele fazer fosse lá o que houvesse a ser feito.

Levou algum tempo para cuidar dos preparativos necessários: barganhando seus serviços como escritor de cartas, Neel obteve algumas lascas de sabão, uma pedra-pomes, um dhoti extra e um banyan. Persuadir Bishu-ji a deixar as portas da cela destrancadas provou-se inesperadamente fácil: como futuros deportados, nem Neel, nem seu companheiro de cela eram obrigados a participar de grupos de trabalho, de modo que ficaram com o pátio praticamente a sua disposição durante a maior parte do dia. Assim que os demais internos foram embora, Neel tirou diversos baldes de água do poço e então, meio erguendo, meio arrastando, levou o colega de cela através do pátio. O viciado ofereceu pouca resistência, e seu corpo devastado pelo ópio era surpreendentemente leve. Com a primeira ducha, ele agitou os membros debilmente, como que tentando afastar as mãos de Neel, mas estava tão enfraquecido que seus esforços foram como o debater de um passarinho exausto. Neel conseguiu segurá-lo no chão sem dificuldade, e em alguns minutos as contorções cessaram e ele mergulhou numa espécie de torpor. Depois de esfregar seu peito com a pedra-pomes, Neel embrulhou os fiapos de sabão em um trapo e começou a lavar os membros do homem: a constituição do viciado era esquelética, e sua pele estava coberta de crostas e ferimentos causados por bichos, embora logo se revelasse, pela elasticidade de seus tendões, que o homem não chegara ao fim da meia-idade, como Neel pensara: ele era bem mais novo do que aparentava e evidentemente gozava do pleno vigor da juventude quando a droga tomou o controle de seu corpo. Ao tentar tirar o nó no cordão de seu pijama, Neel percebeu que estava apertado demais para ser desfeito, então o cortou e rasgou o que restava do tecido. Sufocando com o fedor, Neel começou a entornar água entre as pernas do homem, parando ocasionalmente para respirar.

Tomar conta de outro ser humano — isso era algo que Neel jamais pensara em fazer antes, nem mesmo em relação a seu filho, que dizer então de um homem de sua própria idade, um estrangeiro. Tudo que sabia sobre cuidar de alguém vinha da ternura que lhe fora prodigalizada por suas governantas: que elas viessem a amá-lo era algo que presumia uma certeza indubitável — embora sabendo que seus próprios sentimentos por elas não eram de modo algum equivalentes, ele muitas vezes se perguntara como aquela ligação podia ter sido gerada. Ocorria-lhe agora se perguntar se era assim que isso se dava: seria possível que o mero fato de usar as mãos e investir a atenção em alguma outra pessoa que não em si mesmo gerasse um orgulho e uma ternura que não tinha absolutamente nada a ver com a reação do objeto de seus cuidados — assim como o amor de um artesão por sua obra não é de modo algum diminuído pelo fato de não ser correspondido?

Após enfaixar seu colega de cela em um dhoti, Neel o recostou contra a árvore nim e o forçou a engolir um punhado de arroz. Devolvê-lo à pestilenta charpoy seria jogar fora todo o trabalho de limpeza que fizera, de modo que preparou um ninho de cobertores para ele em um canto. Depois arrastou o catre imundo até o poço, esfregou-o com vontade e o deixou, de cabeça para baixo, ao ar livre, como vira outros homens fazendo, de modo que a luz do sol queimasse sua fervilhante carga pálida de insetos hematófagos. Somente depois de ter executado esse esforço Neel se deu conta de que erguera o sólido catre sozinho, sem qualquer ajuda — logo ele, que segundo rezava a lenda familiar era enfermiço desde o nascimento, sujeito a todo tipo de doença. Nesse mesmo teor, dizia-se a seu respeito, também, que engasgava com qualquer coisa que não fosse a mais delicada comida — mas já muitos dias haviam se passado desde que principiara a comer apenas o dal mais ordinário e o arroz mais impuro, de grãos curtos, rajado de vermelho e engrossado com enorme quantidade de sementes duras e grânulos arenosos que faziam os dentes trincar — contudo, seu apetite nunca fora mais robusto.

No dia seguinte, mediante uma complicada série de escambos, envolvendo a elaboração de cartas para chokras e jemadars em outras alas, Neel negociou com um barbeiro para que raspasse a barba e os cabelos de seu companheiro de cela.

Em todos os meus anos de barbeiro, disse o homem, nunca vi nada parecido.

Neel espiou por cima do ombro do barbeiro e viu o couro cabeludo do outro: mesmo enquanto a lâmina abria seu caminho, a pele nua germinava uma nova safra — uma película que se movia e tremeluzia como mercúrio. Era uma horda enxameante de piolhos e, à medida que as cordas de cabelos desabavam, os insetos podiam ser vistos caindo no chão como uma cachoeira. Neel se manteve ocupado tirando e despejando baldes de água para afogar os insetos antes que encontrassem novos hospedeiros para infestar.

O rosto que emergiu de sob a extinta esteira de pelos era pouco mais que uma caveira, com olhos encovados, um nariz fino e adunco e uma fronte em que os ossos quase abriam caminho através da pele. Que aquele homem fosse em parte chinês era sugerido pelo formato de seus olhos e a cor de sua pele — mas em seu nariz pronunciado e sua boca larga e grossa havia qualquer coisa indicando alguma outra proveniência. Olhando o rosto devastado, Neel pensou que podia enxergar o fantasma de alguma outra pessoa, ativa e anelante: embora temporariamente exorcizado pelo ópio, esse outro ser não desistira inteiramente de reivindicar o posto ocupado pela droga. Quem poderia dizer que capacidades e talentos esse outro eu havia possuído? Como teste, Neel disse, em inglês: "Qual é o seu nome?"

Alguma coisa tremeluziu nos olhos baços do afeemkhor, como que a indicar que sabia o significado das palavras, e quando sua cabeça se curvou, Neel preferiu interpretar o gesto não como uma recusa, mas como a postergação de uma resposta. Dali em diante, com a condição de seu companheiro de cela melhorando firmemente, Neel adotou o ritual de fazer a pergunta uma vez por dia, e ainda que suas tentativas de se comunicar não conhecessem sucesso algum, ele nunca duvidou de que em breve obteria uma resposta.

No dia em que Zachary subiu a bordo do *Ibis*, Mister Crowle estava no tombadilho, andando em círculos com um passo lento e contemplativo, quase como que ensaiando o dia em que seria capitão. Ele se deteve quando avistou Zachary, com suas bolsas de marujo penduradas no ombro. "Ora, vejam só!", disse ele, fingindo surpresa. "Quero ser um mico se não é o pequeno lorde Manequinho em pessoa, pronto de mala e cuia para o vasto mar profundo."

Zachary estava determinado a não se deixar provocar pelo primeiro-imediato. Sorriu jovialmente e deixou cair as ditty-bags. "Boa tarde, Mister Crowle", disse, esticando a mão. "O senhor vai bem? Assim espero."

"Ah, mas espera mesmo?", disse Mister Crowle, apertando sua mão de um modo brusco. "Verdade seja dita, não tinha certeza se contaríamos com o prazer de sua companhia, afinal de contas. Achei que fosse cortar as amarras a todo pano, para ser honesto. Um moçoilo bem-apanhado como sua pessoa, imaginei que preferiria achar um emprego mais proveitoso em terra."

"Isso nunca me passou pela cabeça, Mister Crowle", disse Zachary prontamente. "Nada me levaria a abrir mão de meu posto no *Ibis*."

"Cedo demais para dizer, Manequinho", disse o primeiro-imediato com um sorriso. "Muito cedo, ainda."

Zachary deixou isso de lado, e durante os dias que se seguiram, com o acondicionamento das provisões e a fiscalização do equipamento extra, não houve tempo para nada além dos diálogos mais perfunctórios com o primeiro-imediato. Então, certa tarde, Steward Pinto foi até a popa para informar Zachary de que o contingente de guardas e capatazes da escuna estava em pleno embarque. Curioso sobre os recém-chegados, Zachary desceu do tombadilho para espiar, e em poucos minutos Mister Crowle foi se juntar a ele perto do fife-rail.*

Os guardas eram na maior parte silahdars de turbante — antigos sipaios com bandoleiras cruzadas sobre o peito. Os capatazes

---

* Estrutura na base do mastro que serve como ponto de amarração dos cabos. (N. do T.)

eram conhecidos como maistries, homens de aparência próspera com chapkans escuros e dhotis brancos. O que chamava a atenção neles, tanto maistries como silahdars, era o andar pomposo com que subiam a bordo: pareciam um exército de conquistadores destacado para tomar posse de uma embarcação capturada. Eles não se rebaixavam a carregar a própria bagagem; dignavam-se apenas a carregar armas e armamentos — lathis, chicotes, lanças e espadas. Suas armas de fogo, que consistiam em uma impressionante provisão de mosquetes, pólvora e pistolas tamanchas, eram trazidas a bordo por carregadores uniformizados e depositadas no arsenal da escuna. Mas quanto ao restante da bagagem, coube aos lascares buscar, carregar e guardar seus pertences e víveres, acompanhados de não poucos pontapés, bofetadas e galis.

O líder do paltan, Subedar Bhyro Singh, foi o último a pisar no convés, e sua entrada foi a mais cerimoniosa de todas: os maistries e silahdars receberam-no como se fosse um pequeno potentado, cerrando fileiras e curvando-se para oferecer seus salaams. Um homem grande, de peito amplo e pescoço de touro, o subedar subiu a bordo vestindo um dhoti branco impecável, kurta longa e uma reluzente cinta de cetim: em sua cabeça ia enrolado um majestoso turbante e portava um robusto lathi enfiado sob o braço. Ele cofiava os bigodes brancos conforme examinava a escuna, parecendo não ver nada do seu agrado até que seus olhos pousaram em Mister Crowle. Ele saudou o primeiro-imediato sorrindo amplamente e juntando as mãos, e Mister Crowle também pareceu feliz em vê-lo, pois Zachary escutou-o murmurar, entre dentes, "Ora, se não é o velho Muffin-mug!". Então chamou em voz alta, no tom mais cordial que Zachary já o ouvira empregar: "Um ótimo dia para o senhor, subby-dar."

Essa inusual exibição de afabilidade levou Zachary a perguntar: "Camarada seu, Mister Crowle?"

"Navegamos juntos no passado, e é sempre o mesmo para nós, não é, velhos rough-knots? 'Colegas marujos antes de estranhos, estranhos antes de cães.'" O lábio do primeiro-imediato se curvou enquanto media Zachary de cima a baixo. "Não que pudesse saber disso, Manequinho, não nas companhias em que anda."

Isso pegou Zachary de surpresa: "Não sei o que quer dizer, Mister Crowle".

"Oh, então não sabe?" O rosto do primeiro-imediato se abriu num esgar. "Bom, talvez seja melhor assim."

Nisso, antes que pudesse ser interrogado com mais detalhes, o primeiro-imediato foi requisitado por Serang Ali para que supervisionasse as espichas do mastro do traquete, e Zachary ficou para trás, matutando sobre o significado do que acabara de ouvir. Mas quis o destino que o capitão se encontrasse em terra nessa noite, de modo que os dois imediatos jantariam sozinhos, com Steward Pinto a servi-los. Entre ambos mal se trocou uma palavra até Steward Pinto aparecer com alguns rescaldeiros e depositá-los sobre a mesa. Pelo cheiro, Zachary pôde perceber que iam ser servidos de algo pelo qual certa vez expressara desejo, camarão no curry com arroz, e então sorriu e acenou com a cabeça para o despenseiro. Mas Mister Crowle, nesse meio-tempo, começara a farejar o ar, desconfiado, e quando o despenseiro removeu as tampas dos pratos, uma expressão de repulsa se formou em seus lábios retorcidos: "O que é isso?" Deu uma olhada ali dentro e bateu a tampa de volta sobre o curry. "Leve tudo embora, rapaz, e diga ao cozinheiro para fritar umas costeletas de cordeiro. Não me apareça com essa gororoba asquerosa de quim-slime na frente nunca mais."

O despenseiro se adiantou rapidamente, murmurando desculpas, e já ia retirando os recipientes quando Zachary o deteve. "Espere um minuto, despenseiro", disse. "Pode deixar isso aí mesmo. Faça o favor de trazer a Mister Crowle o que ele deseja, mas isso aqui está perfeitamente bom para mim."

Mister Crowle não abriu a boca enquanto o despenseiro não desapareceu pela meia-laranja. Então, estreitando o olho na direção de Zachary, disse: "Você parece em termos tremendamente familiares com esses lascares, não é assim?"

"Navegamos juntos desde a Cidade do Cabo", disse Zachary, encolhendo os ombros. "Acho que me conhecem e eu a eles. Nada mais que isso." Esticando o braço para se servir de arroz, Zachary ergueu uma sobrancelha: "Se me dá licença."

O primeiro-imediato balançou a cabeça, mas seus lábios começaram a se torcer de nojo conforme observava Zachary se servindo. "Então foram os lascares que educaram sua pança pra esse rancho de negroides?"

"É apenas karibat, Mister Crowle. Todo mundo come isso por aqui."

"Comem, de fato?" Houve uma pausa, e então Mister Crowle disse: "Então foi isso que lhe serviram quando esteve por lá entre aqueles nobres, nabos e nababos?"

De repente Zachary compreendeu a alusão daquela tarde; ergueu os olhos do prato e deu com a visão de Mister Crowle a observá-lo com um sorriso que expunha as pontas de seus dentes.

"Pensou que eu não ia descobrir, não foi, Manequinho?"

"Sobre o quê?"

"Sobre a pândega com os Burnham e tudo mais."

Zachary respirou fundo e respondeu calmamente, "Eles me convidaram, Mister Crowle, de modo que fui. Pensava que o senhor tivesse sido convidado, também."

"Mas claro! E são pretos os brancos dos meus olhos!"

"É a verdade. Pensei mesmo que o senhor havia sido convidado", disse Zachary.

"Jack Crowle? Lá em Bethel?" As palavras saíram-lhe muito vagarosamente, como que arrancadas do fundo de um poço de amargura. "Não bom o bastante pra passar por aquela porta de entrada, esse é Jack Crowle — nem sua cara, nem sua língua, nem suas mãos, tampouco. A madame não ia querer sujar as toalhas de linho. Se você nasceu no colo da desgraça, Manequinho, não interessa se mamou vento no alto do joanete. Sempre vai ter um Lorde Manequinho, um Belo Marujo e um Come-Papinha pra engambelar os comandantes e alcatroar o casco d'um armador. Diabos levem todos eles, que não sabem diferenciar um tufo d'uma cavilha, uma bolina d'um cabrestante, mas lá estão — navegando a barlavento em cima do tombadilho, com Jack Crowle mamando o vento em seu lugar."

"Escute, Mister Crowle", disse Zachary, lentamente, "se acha que nasci em berço de ouro, vou dizer uma coisa: está oito quartas fora do curso."

"Ah, conheço bem a sua laia, Manequinho", rosnou o primeiro-imediato. "Você é gato de esnobe, cheio de zangas e amuos. Já vi muitos iguais a você, com essa carinha bonita e sorrisinho de intendente. Sei que só vai trazer problemas, pra si mesmo e pra mim. O melhor a fazer é pular desse barkey enquanto pode: poupe-me de futuro tormento poupando-se de futuro sofrimento."

"Estou aqui apenas para executar meu trabalho, Mister Crowle", disse Zachary, imperturbável. "E nada vai me impedir de fazer isso."

O primeiro-imediato abanou a cabeça: "Cedo demais pra dizer, Maneco. Ainda temos um bom par de dias antes de levantar ferro. Tempo suficiente pra que algo aconteça e o ajude a mudar de ideia."

Pela preservação da harmonia, Zachary mordeu a tréplica que estava na ponta de sua língua e engoliu o resto do jantar em silêncio. Mas o esforço de se manter sob controle fez suas mãos ficarem tremendo, deixou sua boca seca, e, após o ocorrido, para se acalmar, saiu para dar umas voltas pelo convés principal. Ondas de animada conversa vinham do castelo de proa e da cozinha, onde os lascares faziam a refeição da noite. Ele subiu no convés do castelo, apoiou os cotovelos no pau da bujarrona e baixou os olhos para a água: inúmeras luzes cintilavam no rio, algumas penduradas na popa e na bitácula de navios ancorados, e outras iluminando o caminho para a flotilha de barcos e dinghies que passavam trançando entre os cabos da frota de navios oceânicos. Um desses botes remava na direção do *Ibis* ecoando com certa quantidade de vozes ébrias. Zachary reconheceu o barco como sendo o de Jodu, e uma pontada de remorso percorreu sua espinha quando se lembrou da noite em que estivera a bordo, discutindo com Paulette.

Virando-se, Zachary espreitou a escuridão que assomava rio acima: sabia que Paulette estava em uma aldeia em algum lugar ao norte de Calcutá — ele ficara alarmado ao saber por Jodu que ela havia adoecido e estava entregue aos cuidados de amigos. Quando o bote acostou ao lado da escuna, ficou fortemente tentado a pular ali dentro e sair remando para ir atrás dela. O impulso foi tão poderoso que ele teria obedecido, não fosse um detalhe: ficaria atravessado em sua garganta o pensamento de Mister Crowle imaginando que havia conseguido pô-lo para correr do *Ibis*.

Quinze

Com o fim das chuvas, a luz do sol ganhou tons vívidos e dourados. O clima seco acelerou a recuperação de Paulette e ela decidiu partir para Calcutá, a fim de pôr em andamento o plano que gestara em sua mente durante a convalescença.

O primeiro passo exigia um encontro particular com Nob Kissin Baboo e ela refletiu longamente sobre a questão antes de partir. Os escritórios centrais da Burnham Bros. ficavam na elegante Strand Road, em Calcutá, mas as instalações portuárias eram em um sórdido cantinho de Kidderpore, a meia hora de barco dali: Baboo Nob Kissin Pander era obrigado a cruzar essa distância quase diariamente, no desempenho de seus deveres, e por ser dono de um modo de pensar mais para frugal, optava normalmente por viajar nos abarrotados kheya-boats que transportavam gente rio acima e rio abaixo.

O complexo Burnham em Kidderpore era muito grande, consistindo em diversos godowns e bankshalls. O barracão que servia de daftar privativo do gomusta ficava em um canto do complexo, contíguo a uma rua. Quando possíveis clientes desejavam se valer privadamente dos serviços de Baboo Nob Kissin como prestamista pessoal, era ali, Paulette sabia, que se reuniam com ele. Isso, por exemplo, era o que seu pai havia feito — mas quanto a ela mesma, na presente situação, os riscos oferecidos por se aventurar em uma propriedade de seu antigo protetor eram grandes demais para fazer dessa uma opção confortável; ela decidiu em vez disso emboscar o gomusta ao desembarcar da balsa, no ghat próximo.

O ghat em questão — conhecido como Bhutghat — mostrou-se ideal para seus propósitos: era estreito o bastante para ser mantido facilmente sob vigilância e suficientemente cheio para que uma mulher sozinha pudesse permanecer ali sem atrair a atenção. Melhor ainda, ficava à sombra de uma antiga figueira, crescida em um outeiro: a árvore era uma banyan, e suas raízes pendentes formavam uma cortina tão densa que ofereciam ótimo esconderijo. Entrando por esse emaranhado espesso, Paulette deu com uma raiz cuja curvatura serpenteava de modo a formar um perfeito balanço. Ali ela ficou sentada, embalando-se suavemente e observando o ghat através de uma abertura nas pregas cuidadosamente dobradas do tecido que cobria seu rosto.

Sua espreita por pouco não deu em nada, pois o gomusta estava tão mudado, com o cabelo longo na altura dos ombros, que quase passou direto antes que ela o reconhecesse: até mesmo o modo como andava parecia diferente, com passinhos mais curtos e um gingado de quadril, de modo que tomou a precaução de segui-lo por um ou dois minutos antes de abordá-lo com um sussurro sibilante: Gomusta-babu... *shunun*... escute...

Ele girou alarmado, o olhar indo da beira do rio até a estradinha próxima. Embora Paulette estivesse plenamente dentro de seu raio de visão, os olhos dele, delineados com um suave toque de kajal, passaram sem se deter em seu rosto encoberto pelo sari.

Paulette sibilou novamente, mas em inglês, dessa vez: "Baboo Nob Kissin... sou eu..."

Isso o surpreendeu ainda mais, mas não o deixou em melhores condições de reconhecê-la; pelo contrário, começou a murmurar orações, como que para espantar um fantasma: *Hé Radhé, hé Shyam...*

"Nob Kissin Baboo! Sou eu, Paulette Lambert", sussurrou ela. "Estou aqui, olhe!" Quando seus olhos esbugalhados se voltaram nessa direção, ela removeu o sari momentaneamente de seu rosto. "Está vendo? Sou eu!"

A visão da moça o fez dar um pulo para trás, em choque, de modo que aterrissou pesadamente nos pés de diversos transeuntes — mas a chuva de impropérios que caiu sobre ele passou em brancas nuvens, pois sua atenção estava fixa no rosto envolto no sari de Paulette. "Miss Lambert? Ora, não posso crer! Você aparecendo no meu traseiro? E usando traje nativo, ainda por cima. Tão lindamente escondeu o rosto que não podia dizer..."

"Shh!", implorou Paulette. "Eu suplico, Baboo Nob Kissin, por favor, abaixe a voz."

O gomusta mudou para um sussurro penetrante. "Mas senhorita, o que fazer aqui nesse recanto-inexplorado, pode gentilmente informar? Todos nós procurando senhorita à esquerda e à direita, sem sucesso. Mas deixa para lá — mestre vai ficar jubiloso como qualquer coisa. Vamos voltar nesse próprio-segundo."

"Não, Baboo Nob Kissin", disse Paulette. "Não é intenção minha ir para Bethel. Procurei-o por que é a pessoa com quem mais urgentemente necessito falar. Posso rogar que me conceda algum tempo de sentar aqui comigo? Se isso não vai perturbá-lo em demasia?"

"Sentar?" O gomusta lançou uma expressão desaprovadora para os degraus cobertos de lama e a imundície do ghat. "Mas essa localidade é assazmente pobre em mobília. Como sentar? Nossos saris, quer dizer, nossos trajes podem se sujar."

"Nada tema, Baboo Nob Kissin", disse Paulette, apontando para o outeiro. "Ali naquele montículo podemos nos colocar ao abrigo da árvore. Personne nos vai ver, posso lhe assegurar."

O gomusta espiou a árvore com certa preocupação: ultimamente, desenvolvera uma aversão um tanto feminina por qualquer criatura que rastejasse ou andasse próxima ao solo e se empenhava ao máximo em ficar longe de qualquer coisa que pudesse abrigar essas formas de vida. Mas nesse dia sua curiosidade levou a melhor sobre a desconfiança em relação ao verde cenário: "Muito bem", disse, relutante. "Aquiescerei às suas solicitações. Vamos pisar com nosso pé ali."

Com Paulette na frente, subiram o pequeno aclive e penetraram no espesso emaranhado de raízes; embora o passo de Baboo Nob Kissin fosse vagaroso, ele não se queixou em nenhum momento até Paulette conduzi-lo na direção da raiz suspensa que lhe servira de balanço. Após inspecionar a retorcida ramificação, ele fez um gesto de recusa. "Esse lugar não é apto para se sentar", anunciou. "Insetos se entregam a todo tipo de atividades. Lagartas ferozes também podem andar por aí."

"Mas lagartas não habitam raízes de árvores assim", disse Paulette. "É seguro para sentar, asseguro."

"Gentil não insistir", disse Baboo Nob Kissin. "Prefiro tomar opção por estar-de-pé." Tendo dito isso, cruzou os braços sobre o peito e se posicionou de maneira que nenhuma parte de sua roupa ou de sua pessoa entrasse em contato com algum tipo de folhagem.

"Como quiser, Baboo Nob Kissin", disse Paulette. "Não desejo impor..."

Ela foi interrompida pelo gomusta, que não pôde mais se conter de curiosidade. "Mas tal contar, não? Onde senhorita andou arranjando alojações esse tempo todo? Que lado foi?"

"Isso não é importante, Baboo Nob Kissin."

"Entendo", disse o gomusta, estreitando os olhos. "Então deve ser verdade o que todo mundo anda dizendo."

"E o que é?"

"Não gosto de lavar roupa suja, Miss Lambert", disse o gomusta, "mas verdade é que todos andam dizendo que senhorita se entregou em comportamentos impróprios e agora está esperando. E por isso se evadiu."

"Esperando?", disse Paulette. "Esperando o quê?"

"Fruto infrutuoso. Apenas disse a senhora Burnham, não, que pão-nativo está assando no forno-carvão?"

Paulette ficou vermelha e levou as mãos ao rosto. "Baboo Nob Kissin!", disse. "Não me entreguei a nada e não estou esperando nada. Precisa acreditar em mim: deixei Bethel por minha vontade própria; foi decisão minha escapar."

O gomusta se curvou e se aproximou. "Pode admitir livremente, comigo, formalidades nem precisam estar aí. Castidade é altamente esgotante, não? Capítulo-donzela também foi perfurado, não é?"

"De forma alguma, Nob Kissin Baboo", disse Paulette, com indignação. "Não sei como pode imaginar tais coisas."

O gomusta ruminou a respeito disso por um momento e então curvou-se furtivamente à frente, como que dando voz a um pensamento que mal tinha coragem de articular: "Então conte: é por causa do mestre que está evadindo?"

Paulette puxou levemente a ghungta para baixo, de modo a expor os olhos, e o fitou direto no rosto. "Talvez."

"Ah, ora, ora!", disse o gomusta, passando a língua sobre os lábios. "Deve ser então que hanky-pankies andam tendo lugar?"

Ficou claro para Paulette que um desejo de saber sobre as compulsões privadas de seu empregador ardia vivamente na cabeça do gomusta: que uso faria desse conhecimento ela era incapaz de dizer, mas compreendeu que sua curiosidade poderia muito bem ser revertida em vantagem própria. "Mais não posso dizer, Nob Kissin Baboo. Não, a menos..."

"Sim. Gentileza prosseguir."

"Não a menos que seja capaz de providenciar um pequeno morceau de ajuda."

Sempre vivo para a sugestão de um negócio proveitoso, o Baboo ficou subitamente alerta. "E que pedido de assistência é exigido? Favor falar."

Paulette lançou-lhe um olhar longo e firme. "Baboo Nob Kissin", disse. "Lembra por que meu pai procurou você? E quando?"

"Logo antes de partida para morada celeste, não?", disse o gomusta. "Como poderia esquecer, Miss Lambert? Acha que sou um belarmino? O que é dito com últimos suspiros não pode ser facilmente mandado às facas."

"Lembra que ele queria obter para mim passagem para as Maurício?"

"Naturalmente", disse Baboo Nob Kissin. "Essa informação apenas eu transmiti, não?"

O punho direito de Paulette deslizou vagarosamente de seu sari. "E você disse, não foi, que poderia fazer isso em troca disto aqui?" Abrindo a palma da mão ela esticou na direção dele o medalhão que ele lhe dera poucas semanas antes.

Baboo Nob Kissin relanceou aquilo brevemente. "O que está insinuando é correto. Mas a relevância disso não entendo."

Paulette emitiu um longo suspiro. "Baboo Nob Kissin, proponho que cumpra palavra. Em troca desse medalhão espero obtenção de uma passagem no *Ibis*."

"*Ibis!*" O queixo de Baboo Nob Kissin caiu. "Está louca ou coisa semelhante? Como vai no *Ibis*? Apenas cules e quoddies podem ser acomodados em referida embarcação. Tráfego de passageiros é não existente."

"Essas questões não importam para mim", disse Paulette. "Se puder me juntar aos trabalhadores, fico feliz. É você quem está encarregado deles, não é? Ninguém vai ficar advertido disso se acrescentar outro nome."

"Miss Lambert", disse o gomusta, gelidamente. "Imagino que está tentando me ultrapassar a perna. Como pode adiantar uma proposta que eu não posso realizar? Nessa mesma hora deve jogar isso fora da cabeça."

"Mas Baboo Nob Kissin", suplicou Paulette, "diga-me: que diferença arrive para você se acrescentar mais um nome na lista? É o gomusta e existem tantos trabalhadores. Um mais não será observado. E como pode ver, nem sua própria pessoa não teria me reconhecido com este sari. Ninguém vai saber de minha identidade: precisa ter nenhum medo, asseguro-lhe, e em troca terá o medalhão."

"Não, por Júpiter!" Baboo Nob Kissin abanou a cabeça tão violentamente que suas orelhas enormes bateram como samambaias sopradas pelo vento. "Sabe o que mestre fará se plano for exposto e eu vislumbrado como culpado? Ele parte minha cabeça. E Capitão

Chillingworth é muito consciente-de-cor. Se descobre que despachei uma memsahib como cule, vai estrangular e fazer tiffin para tubarões. Baba-re... não, não, não..."

Girando nos calcanhares, o gomusta partiu estrepitosamente por entre a cortina de raízes pendentes. Sua voz chegava a Paulette conforme seus passos sumiam: "... Não, não, esse estrata-gema levará apenas a infortúnio descomunal. Precisa ser imediatamente encerrado..."

"Ai, por favor, Baboo Nob Kissin..."

Paulette investira todas as suas esperanças nesse encontro, e seus lábios começaram a tremer agora que contemplava o fracasso do plano. Bem no momento em que as lágrimas começavam a brotar de seus olhos, escutou o pesado passo de Baboo Nob Kissin voltando por entre o emaranhado. Lá estava ele outra vez, parado diante dela, encabuladamente torcendo a barra de seu dhoti.

"Mas ouça, uma coisa", ele disse. "Senhorita omitiu informar sobre escapada com mestre..."

Da proteção de sua ghungta, o olhar de Paulette rapidamente faiscou e sua voz endureceu. "Não vai descobrir nada de mim, Baboo Nob Kissin", disse ela. "Já que não ofereceu nenhuma assistência nem qualquer recurso."

Ela o escutou engolir em seco e observou o pomo de Adão subir e descer pensativamente em sua garganta. "Talvez seja, um recurso aí está", murmurou ele, finalmente. "Mas é dotado de muitas armadilhas e evasões. Implementação será extremamente difícil."

"Não importa, Nob Kissin Baboo", disse Paulette, ansiosamente. "Diga-me, qual sua idée? Como pode ser feito?"

Na temporada de festividades, a cidade ressoava com as comemorações, o que tornava o silêncio no acampamento ainda mais difícil de suportar. Quando chegou o Diwali, os migrantes o celebraram acendendo algumas lamparinas, mas pouca alegria podia ser observada no armazém. Ainda não se tinha notícia de quando partiriam, e cada novo dia trazia uma chuva renovada de boatos por todo o lugar. Havia momentos em que parecia que Deeti e Kalua eram os únicos ali a acreditar que um navio realmente chegaria para levá-los; houve muita gente que começou a dizer que não, que tudo não passava de mentira, o armazém era apenas uma espécie de prisão aonde haviam sido enviados para morrer; que seus cadáveres virariam crânios e esqueletos, de modo a serem cortados e usados como alimento para os cães dos sahibs, ou como isca de pesca. Muitas vezes os rumores eram iniciados pelos espectadores e curiosos que espiavam incessantemente do lado de lá da cerca — vendedores, desocupados, moleques e outros em quem a visão dos girmitiyas atiçava uma curiosidade inexaurível: eles ficavam ali por horas, observando, apontando, olhando, como se fossem animais enjaulados. Às vezes, jogavam uma isca para os migrantes: Por que não tentam escapar? Vamos, nós ajudamos vocês a fugir; não percebem que só estão à espera de que morram para vender seus corpos?

Mas quando um deles fugiu de fato, foram esses mesmos espectadores que o trouxeram de volta. O primeiro a tentar foi um sujeito grisalho de meia-idade de Ara, um pouco fraco da cabeça, e nem bem ultrapassou a cerca foi preso, teve as mãos amarradas e viu-se arrastado de volta para o duffadar: eles receberam uma pequena recompensa por sua diligência. O fugitivo malogrado foi espancado e passou dois dias sem receber comida.

O clima da cidade — quente, úmido, sufocante — tornava as coisas piores, pois muita gente caiu doente. Alguns se recuperaram, mas outros pareciam querer adoecer e sumir, tão desacorçoados estavam pela espera, os boatos e a sensação inquietante de serem mantidos cativos. Certa noite, um menino começou a delirar: embora muito novo, tinha madeixas longas e emplastradas de pó, como um mendigo; as pessoas diziam que havia sido sequestrado e vendido por um sadhu. Uma febre escaldante tomou conta de seu corpo e sons e imprecações horríveis começaram a brotar de sua boca. Kalua e alguns dos outros homens tentaram buscar ajuda, mas os sirdars e maistries estavam bebendo vinho de palma e não deram a menor atenção. Antes do raiar do dia houve uma explosão final de gritos e pragas e então o corpo do menino ficou frio. Sua morte pareceu despertar muito mais interesse entre os capatazes do que a enfermidade o fizera: foram inabitualmente ágeis em levar o corpo — para cremação, disseram, em um dos ghats crematórios das proximidades —, mas quem poderia dizer com certeza? Nenhum girmitiya tinha permissão de deixar o armazém para ver o que estava acontecendo, de modo que ninguém podia dizer nada em contrário quando um ambulante sussurrou através da cerca que o menino não fora cremado coisa nenhuma: um furo havia sido feito em seu crânio e seu corpo fora pendurado pelos calcanhares, para a extração do óleo — o *mimiái-ka-tel* — de seu cérebro.

Para rechaçar os boatos e mau agouros, os migrantes falavam com frequência das devoções que realizariam um dia antes de partir: conversavam sobre pujas e namazes, recitações do Alcorão, do Ramcharitmanas e do Alha-Khand. Quando falavam desses rituais, era com um tom de voz impaciente, como se a ocasião fosse algo pela qual valesse a pena ansiar — mas isso era apenas porque o temor inspirado pela perspectiva de partir era tão profundo que chegava a ponto de ser inexprimível, o tipo de sentimento que os levava a desejar ficar agachados em um canto, abraçados aos joelhos e murmurando alto, de modo que seus ouvidos não fossem capazes de escutar as vozes em sua cabeça. Era mais fácil conversar a respeito dos detalhes de rituais e planejá-los em minúcias, comparando-os o tempo todo com os pujas, namazes e recitações do passado.

Quando o dia finalmente chegou, não foi nada do que haviam projetado: o único augúrio de sua partida consistiu na súbita chegada ao acampamento do gomusta, Nob Kissin Baboo. Ele se dirigiu apressadamente ao barracão dos capatazes e se fechou ali com eles por algum tempo; depois, os sirdars e maistries se reuniram todos e então Ramsaran-ji, o duffadar, anunciou que era chegado o momento de se despedir deles: dali em diante, até chegarem a Mareech e serem designados para alguma fazenda, ficariam sob a custódia de diferentes grupos de guardas, capatazes e supervisores. Essa equipe já estava a bordo e tomara as medidas necessárias para que o navio ficasse pronto para acolhê-los: o embarque seria no dia seguinte. Ele encerrou desejando-lhes *sukh-shánti*, paz e felicidade, em seu novo lar e disse que rezaria ao Senhor das Travessias para mantê-los sãos e salvos: *Jai Hanumán gyán gun ságar...*

Na Cadeia de Alipore, a temporada de festividades fora celebrada com pouca ostentação: o Diwali, em particular, era uma ocasião para os jemadars e seus grupos competirem numa feroz exibição, e muitos dos pátios internos da cadeia haviam sido iluminados com lamparinas e estrelinhas improvisadas. O barulho, a comida e as comemorações haviam tido um efeito perverso sobre Neel, levando a um súbito colapso na determinação que o mantivera de pé até então. Na noite do Diwali, quando o pátio cintilava com as luzes, ele tivera dificuldade de se levantar de sua charpoy e não teve forças para se locomover além das barras: seus pensamentos estavam unicamente em seu filho, nos fogos de artifício de anos passados e na penumbra, no silêncio e na negação que estariam reservados ao menino nessa temporada.

Durante os dias que se seguiram, o estado de espírito de Neel afundou cada vez mais; assim, quando Bishu-ji apareceu para anunciar que a data da partida deles fora fixada, ele reagiu com perplexidade. Aonde vão nos levar?

Para Mareech. Esqueceu?

Neel esfregou os olhos com a palma da mão. E quando será isso?

Amanhã. O barco está pronto.

Amanhã?

É. Virão buscá-lo cedo. Esteja pronto. E avise Aafat, também.

Isso foi tudo: tendo dito o que tinha a dizer, Bishu-ji girou nos calcanhares e se afastou. Neel estava prestes a afundar de volta em sua charpoy quando observou os olhos do companheiro de cela pousados sobre ele, como que querendo fazer uma pergunta. Muitos dias haviam se passado desde a última vez em que Neel seguira o ritual de perguntar o nome de seu companheiro de cela, mas agora ele se obrigava a dizer, em um inglês resmungado: "Vamos partir amanhã. O navio está pronto. Virão nos buscar pela manhã." À parte um ligeiro arregalar de olhos, não houve reação, de modo que Neel encolheu os ombros e se virou em sua charpoy.

Com a partida em vista, as imagens e lembranças que Neel tentara barrar de sua mente afluíram profusamente de volta: de Elokeshi, de sua casa, da esposa sem marido e da criança sem pai. Quando pegou no sono, foi apenas para ser visitado por um pesadelo, em que via a si mesmo como um náufrago no vazio escuro do oceano, completamente só, separado de toda amarra humana. Sentindo que se afogava, começou a agitar os braços, tentando alcançar a luz.

Acordou e deu consigo mesmo sentado no escuro. Gradualmente, tomou consciência de que havia um braço em torno de seu ombro, segurando-o com firmeza, como que a consolá-lo: nesse abraço havia mais intimidade do que jamais conhecera antes, nem mesmo com Elokeshi, e quando uma voz soou em seu ouvido, foi como se viesse de dentro dele próprio: "Meu nome Lei Leong Fatt", disse. "Pessoas chamam Ah Fatt. Ah Fatt seu amigo." Essas palavras vacilantes, pueris, ofereceram mais conforto do que existia em toda a poesia que Neel já havia lido, e mais novidade, também, porque nunca antes as ouvira sendo ditas — e se houvesse, teriam ficado perdidas no passado, porque ele não teria sido capaz de lhes dar o devido valor.

Não foi nenhuma intervenção humana, mas antes uma peculiaridade das marés a responsável por fixar a data de partida do *Ibis*. Nesse ano, assim como em muitos outros, o Diwali caiu perto do equinócio de outono. Isso teria tido pouca relação com a viagem do *Ibis* não fosse uma das mais perigosas excentricidades das águas de Bengala: a saber, o *bán*, ou macaréu — um fenômeno da maré em que muralhas de água vindas do litoral carregam a destruição rio acima. Os macaréus nunca são mais perigosos do que nos períodos próximos ao Holi e ao Diwali, quando as estações giram em um gonzo equinocial: em momentos como esse, erguendo-se a formidáveis alturas e deslocando-se em grande velocidade, as ondas podem constituir séria ameaça ao tráfego no rio. Foi uma dessas ondas que determinou quando o *Ibis* içaria âncora: o anúncio do fenômeno tendo sido feito com bastante antecedência, ficou decidido que a escuna cavalgaria o macaréu em seu atracadouro. Os passageiros deveriam subir a bordo no dia seguinte.

No rio, o dia começou com um aviso do prático de que o macaréu era esperado para o pôr do sol. A partir de então, o entorno fervilhou com preparativos: pescadores ajudavam-se uns aos outros para tirar os dinghies, pansaris e até os leves paunchways da água e arrastá-los sobre as margens, afastando-os das garras do rio. Patelis, budgerows, batelos e outras embarcações pesadas demais para serem removidas da água ficavam espaçadas a intervalos seguros, enquanto brigues, bergantins, escunas e outros navios oceânicos baixaram as vergas reais e do joanete e desenvergaram as velas.

Durante sua estada em Calcutá, Zachary se juntara em duas ocasiões à multidão que se espremia nas margens do rio para assistir à passagem do macaréu: ele aprendera a escutar o distante murmúrio que anunciava a aproximação da onda; observara a água elevando-se subitamente em uma crista enorme e estrondosa encimada pela crina branca espumante; assistira à passagem da vaga, em suas ancas espiraladas e fulvas, galopando a montante como que ao encalço de alguma caça veloz. Também ele, como os pivetes ao longo da margem, assobiara e gritara, sem saber muito bem por quê e, depois, como todos os demais, sentiu uma ponta de vergonha com toda aquela animação — pois não levava mais que alguns minutos para que as águas retomassem seu fluxo normal e para que o dia regressasse ao curso uniforme de sua habitualidade.

Embora o fenômeno não constituísse para ele nenhuma novidade, Zachary jamais vivenciara a onda a bordo de um navio, tendo apenas o observado da margem. Mister Crowle, por outro lado, possuía larga experiência em lidar com macareos, tendo cavalgado vários deles, tanto no Irrawaddy como no Hooghly. O capitão o deixou encarregado dos preparativos e se retirou, informando que não voltaria ao convés senão ao fim do dia. Mas aconteceu de, uma hora antes do momento aguardado, chegar uma mensagem de Mister Burnham chamando o capitão à cidade para algum assunto de última hora.

Normalmente, quando o capitão tinha de ser transportado para a margem, cabia a um tindal ou seacunny empunhar os remos do escaler — um bote pequeno, mas cômodo, que era mantido permanentemente amarrado à popa quando a escuna estava aportada. Mas hoje o *Ibis* carecia de braços, porque inúmeros lascares continuavam em terra firme, fosse se recobrando de seus excessos pré-partida, fosse cuidando dos preparativos para a longa ausência que se seguiria. Com toda a tripulação disponível ocupada em preparar o navio para enfrentar o macaréu, Zachary se aproximou de Mister Crowle e se ofereceu para remar ele mesmo o bote do capitão.

O oferecimento foi feito em um impulso, sem pensar, e Zachary se arrependeu no momento em que as palavras deixaram seus lábios — pois Mister Crowle levou alguns segundos ruminando o que disse, e seu rosto se anuviou quando sentiu o gosto de suas conclusões.

"Então, o que acha, Mister Crowle?"

"O que eu acho? Vou lhe dizer, Manequinho: não creio que o comandante precise de você pra arribar no porto errado. Se tem alguém que vai levá-lo em terra firme, esse alguém sou eu."

Zachary trocou o peso do corpo, pouco à vontade. "Claro. Como quiser, Mister Crowle. Só estava tentando ajudar."

"Ajudar? Não é de serventia pra ninguém o senhor tecendo loas para o comandante. Você vai ficar bem aí onde é o seu lugar e cuidar direito do que tem a fazer."

O diálogo começava a atrair a atenção dos lascares, então Zachary pôs um ponto final no assunto: "Certo, Mister Crowle. O que achar melhor."

O primeiro-imediato saiu para o escaler com o capitão, enquanto Zachary permaneceu a bordo, supervisionando os lascares que desenvergavam as vergas de joanete e as reais. No momento em que o imediato voltou, o céu começava a mudar de cor e os espectadores se agrupavam ao longo das margens, à espera do macaréu.

"Ajeite-se aí pela popa, Reid", resmungou o primeiro-imediato quando subiu a bordo. "Não preciso de você se esbarrondando pela amurada."

Zachary acatou o conselho e foi para a casa do leme. O sol se pusera a essa altura, e os pescadores em terra se apressavam para prender os barcos emborcados. Zachary olhava o rio a jusante, à espera dos primeiros sinais da onda, quando Steward Pinto veio correndo até onde estava. "Burra Malum chamando Chhota Malum."

"Para quê?"

"Problema com langar-boya."

Zachary correu para a proa e encontrou o primeiro-imediato de pé entre as curvas do beque, os olhos estreitados para a água a sua frente. "Algo errado, Mister Crowle?"

"Diga-me você, Reid", falou o primeiro-imediato. "O que vê ali?"

Com a mão em pala sobre os olhos, Zachary viu que Mister Crowle apontava para um cabo ligando a proa do navio à parte inferior de uma boia, cerca de quinze metros adiante. Tendo estado a bordo durante o fundeamento inicial do *Ibis*, Zachary sabia que o macaréu do Hooghly exigia procedimentos especiais para a ancoragem de navios oceânicos: em geral eram fundeados nas correntezas mais afastadas, onde, em vez de lançar ferro, eram amarrados entre boias ancoradas no profundo leito lamacento do rio. Os grampos aos quais os cabos do navio eram presos ficavam na parte de baixo das boias, sob a superfície, e só quem tinha acesso a eles eram mergulhadores acostumados às condições de quase nenhuma visibilidade das águas turvas. Foi exatamente um desses cabos de amarração que chamou a atenção de Mister Crowle — mas Zachary parecia perdido quanto ao motivo, pois não se via grande coisa da corda, que desaparecia sob a água a meio caminho da boia.

"Não estou vendo nada errado, Mister Crowle."

"Ora, pois sim?"

Havia luz suficiente apenas para dar mais uma olhada: "Não mesmo."

O dedo indicador de Mister Crowle ergueu-se para tirar um fiapo dos dentes. "Seus conhecimentos não são grande coisa, Manequinho. E se eu lhe dissesse que o cabo se desprendeu da corrente de âncora da boia?" Ergueu uma sobrancelha ao examinar a unha. "Isso não tinha lhe ocorrido, pois sim?"

Zachary teve de concordar com a verdade disso. "Não, Mister Crowle. Não ocorreu."

"Incomoda-se de passar ao escaler e dar uma olhada?"

Zachary parou, tentando calcular se haveria tempo suficiente para alcançar a boia e voltar antes que a onda chegasse. Era difícil avaliar com a correnteza, que fluía muito rapidamente e esculpia profundos sulcos na superfície do rio.

"Você não é nenhum poltrão, é, Reid?"

"Não, Mister Crowle", disse Zachary prontamente. "Irei se o senhor achar necessário."

"Então chega de conversa mole, mexa-se."

Se tinha de fazer aquilo, Zachary sabia que precisava ser rápido. Foi correndo até a popa, onde o escaler continuava amarrado — tirá-lo da água era para ser a última tarefa nos preparativos para o macaréu. Olhando agora para ele, Zachary chegava à conclusão de que tomaria tempo demais puxar o bote até a escada lateral: o melhor, embora mais difícil, seria pular sobre a amurada. Ele puxava o proiz do barco quando Serang Ali saiu da casa do leme e sussurrou: "Malum s'bi: 'scaler-bot quebrado."

"O qu...?

A pergunta de Zachary foi interrompida pelo primeiro-imediato, que o seguira até a popa: "O que foi, agora? Com medo de molhar os pés, Maneco?"

Sem mais uma palavra, Zachary entregou o proiz do escaler para Serang Ali, que o enrolou em torno de uma escora e retesou o cabo. Trepando na amurada, Zachary agarrou a corda e desceu até o escaler, sinalizando para que Serang Ali soltasse o barco. Quase imediatamente a correnteza colheu a pequena embarcação e a arrastou longitudinalmente ao longo da escuna, impulsionando-a na direção do meio do rio.

Os remos do escaler estavam no fundo do barco e ao pegá-los Zachary ficou surpreso em constatar que havia quase um palmo d'água acumulado ali. Isso não o preocupou, pois as laterais do bote eram tão baixas que as ondas muitas vezes entravam, mesmo com o barco parado. Assim que começou a remar, o escaler respondeu bastante bem, até ele ter ultrapassado em cerca de seis metros a proa da escuna. Ele então observou que a água nas tábuas do fundo agora subia acima de seus tornozelos e lhe chegava às panturrilhas. Até ali, sua atenção permanecera concentrada na boia, de modo que ficou atônito quando olhou pela lateral do escaler, pois restava apenas cerca de meio palmo entre a amurada e as velozes águas do rio. Era como se alguém houvesse aberto furos no casco, com grande cuidado, de modo que não vazassem totalmente até o bote ser remado.

Jogou todo o peso dos ombros com força contra os remos, tentando fazer meia-volta, mas a popa do escaler já afundava tanto na água que o vante não respondia. A boia estava apenas a cerca de seis metros à frente, claramente visível até mesmo sob o rápido lusco-fusco que chegava, mas a correnteza arrastava o barco para fora de seu alcance, na direção do meio do rio. O cabo da escuna estava tentadoramente próximo, e Zachary sabia que, se ao menos pudesse alcançá-lo, ele conseguiria se içar para a segurança do navio. Mas a distância aumentava rápido e ainda que fosse um ótimo nadador, Zachary percebia que não seria fácil alcançar o cabo antes que a vaga chegasse, não com a correnteza fluindo contra ele. Claramente, sua maior esperança residia em ser apanhado por algum outro barco — mas o Hooghly, em geral tão abarrotado de embarcações, estava ominosamente deserto. Ele olhou para o *Ibis* e viu que Serang Ali percebera seus apuros. Os lascares corriam para baixar o escaler de boreste — mas nada se podia esperar desse esforço, pois o processo levaria pelo menos uns quinze minutos. Olhando na direção da margem, ele viu que era observado por grande número de pessoas — pescadores, barqueiros e outros —, todos assistindo, preocupados e impotentes. O som da onda se aproximando era claramente audível, agora, alto o bastante para não deixar dúvida de que qualquer um que se aventurasse naquelas águas o fazia com o risco da própria vida.

Uma coisa era certa: de nada adiantaria permanecer no bote fazendo água. Usando os dedos dos pés e os calcanhares, Zachary descalçou os sapatos encharcados e rasgou a camisa de algodão. Quando estava prestes a pular, viu um barco deslizando a ribanceira: a embarcação longa e delgada atingiu a água com tamanha força que o impulso a levou a meio caminho de onde Zachary estava.

A visão do barco trouxe novo vigor aos braços de Zachary, e ele não parou para respirar enquanto não ouviu uma voz gritando: "Zikri Malum!" Erguendo a cabeça da água, olhou para cima e viu a mão que se esticava em sua direção; atrás dela estava o rosto indistinto de Jodu;

um dedo apontava rio abaixo, onde o som da onda crescera com um estrondo. Zachary não parou para escutar; agarrando a mão de Jodu, jogou-se como pôde dentro do barco. Puxando-o para que se endireitasse, Jodu enfiou um remo nas mãos dele e apontou a boia à frente: a onda estava próxima demais agora para pensarem em remar de volta até a margem.

Quando enfiou o remo na água, Zachary lançou um olhar por sobre o ombro: a onda vinha velozmente na direção dos dois, e a crista espumante era um borrão esbranquiçado. Ele se virou, remando furiosamente, e não voltou a olhar para trás enquanto não se viram lado a lado com a boia. Atrás deles, o macaréu se projetava da água em um ângulo impossível, como que preparando um salto.

"Zikri Malum!" Jodu já pulara para a boia e amarrava a corda do barco no anel que havia no topo. Fez um gesto para que Zachary também pulasse, esticando a mão para ajudá-lo a se firmar ao pôr o pé na superfície escorregadia e coberta de algas.

Agora, com a onda quase em cima deles, Zachary se jogou de comprido ao lado de Jodu. Houve tempo suficiente apenas para passar uma corda em torno de seus corpos e enlaçá-la na argola. Cruzando um braço com o de Jodu, Zachary enganchou o outro na argola de ferro e puxou uma imensa lufada de ar nos pulmões.

De repente, tudo foi silêncio e o som ensurdecedor da onda foi transformado em um peso imenso, esmagador, achatando-os contra sua boia salva-vidas, segurando-os embaixo com tamanha força que Zachary podia sentir as cracas da superfície cortando seu peito. A pesada boia retesou o cabo, girando e girando conforme a onda passava. Então, subitamente, como um papagaio varrido pelo vento, mudou de direção e disparou para o alto, com um impulso que a expeliu da água, fazendo-a saltar e rebater. Zachary fechou os olhos e deixou que sua cabeça pendesse contra o metal.

Quando o ar lhe voltou, estendeu a mão para Jodu. "Obrigado, meu amigo."

Jodu abriu um sorriso e agarrou sua mão com um som espalmado: as sobrancelhas dançando vivamente em seu rosto, disse, "Alegremente eu ali! Alzbel!"

"Sem dúvida", disse Zachary com uma risada. "Alzbel that's end's well."*

---

* Tudo está bem (*alzbel*, o quarto da manhã) quando acaba bem. (N. do T.)

Milagrosamente, o barco de Jodu sobrevivera ileso e ele pôde transportar Zachary de novo ao *Ibis* antes de voltar para restituí-lo ao dono.

Zachary se içou a bordo da escuna para topar com o primeiro--imediato à espera, de braços cruzados sobre o peito. "Foi o bastante, Reid? Já mudou de ideia? Ainda dá tempo de dar meia-volta e ficar em terra firme."

Zachary baixou os olhos para suas roupas pingando. "Olhe para mim, Mister Crowle", disse. "Estou aqui. Não vou a lugar algum aonde o *Ibis* não estiver indo."

Parte III
Oceano

Dezesseis

Aconteceu de Deeti ir cedo para o nullah na manhã seguinte, de modo que estava entre as primeiras a se aproximar dos barcos a remo ancorados junto ao molhe do acampamento: o grito que escapou de seus lábios — *nayyá á gail bá!* — foi desses de acordar os mortos e, no momento em que seus ecos sumiram, não havia mais uma única alma no lugar que continuasse a dormir. Em duplas e trios, todos saíam lentamente de suas cabanas para se certificar de que os barcos eram de verdade e de que aquele de fato era o dia em que se despediriam do acampamento. Agora que a descrença não era mais possível, um grande alarido surgiu e as pessoas começaram a correr de um lado para o outro, juntando pertences, fazendo suas abluções e saindo à cata de seus jarros, lotas e outros utensílios necessários. Os longamente planejados rituais de partida foram esquecidos na confusão, mas, estranhamente, aquela grande irrupção de atividade se tornou em si mesma uma espécie de culto, não tanto destinado a atingir um fim — seus fardos e bojhas eram tão pequenos e haviam por tantas vezes sido embrulhados e desembrulhados que não restava muito a ser feito com eles —, mas antes uma expressão de reverência, do tipo que poderia acolher uma revelação divina: pois quando é chegado um momento que é muito temido e tão longamente aguardado, ele perfura o véu da expectativa cotidiana de modo a revelar a prodigiosa escuridão do desconhecido.

Em alguns minutos os maistries iam de cabana em cabana, agitando seus lathis, desentocando os que se encolhiam com medo nos cantos e dispersando aos pontapés os grupos de homens aos sussurros que bloqueavam os caminhos e as entradas no acampamento. Na cabana das mulheres, a perspectiva da partida provocou tal comoção que Deeti teve de pôr seus medos de lado a fim de organizar a evacuação: Ratna e Champa pouco podiam fazer além de se agarrar uma à outra; Heeru se jogara prostrada no chão e rolava de um lado para o outro; Sarju, a parteira, enterrara o rosto em seus preciosos fardos e bojhas; Munia não conseguia pensar em outra coisa senão trançar borlas em seu cabelo. Felizmente, a própria trouxa com os pertences de Deeti estava embrulhada e pronta, de modo que ela podia se entregar inteiramente à tarefa de organizar as demais, cutucando, estapeando e gritando quando necessário. Com tal eficiência ela se empenhou que no momento em que Kalua apareceu na porta, até o último pertence, a menor panela e o mais ínfimo pedaço de roupa haviam sido separados e guardados.

Uma pilha de bagagem fora formada perto da entrada: apanhando a sua, Deeti liderou as mulheres ao sair da cabana com os saris envoltos cuidadosamente em torno de suas cabeças e de seus rostos. As mulheres se mantiveram nas proximidades da figura gigante de Kalua conforme abriam caminho entre a confusão de migrantes. Ao se aproximar do molhe, Deeti avistou Baboo Nob Kissin: estava em um dos barcos, com os cabelos soltos, que caíam sobre seu ombro em reluzentes cachos. Ele cumprimentou as mulheres quase como se fosse uma irmã mais velha, ordenando aos maistries que as deixassem embarcar primeiro.

Após Deeti ter atravessado a rangente prancha de embarque, o gomusta lhe indicou uma área colmada no fundo que fora separada com um biombo para as mulheres: alguém já estava sentada ali, mas Deeti não a notou — ela só tinha olhos nesse momento para o templo com a flâmula no topo, no canto do acampamento, cuja visão a enchia de remorso pelas devoções não realizadas. Nenhum bem poderia advir, sem dúvida, de uma jornada para a qual se embarcava sem um puja, não é assim? Ela uniu as mãos, fechou os olhos e logo se perdeu em orações.

O barco está andando! exclamou Munia, e seu grito agudo foi rapidamente acompanhado por outra voz, com a qual não estava familiarizada: *Hã, chal rahe hãi!* Sim, estamos a caminho!

Foi somente então que Deeti se deu conta de que havia uma estranha em meio a elas. Abrindo os olhos, ela viu, sentada a sua frente, uma mulher de sari verde. A pele de Deeti começou a formigar, como que a lhe dizer que ali estava alguém que ela já vira antes, talvez em um sonho. Dominada pela curiosidade, puxou a própria ghungta da cabeça, expondo seu rosto. Somos todas mulheres, aqui, disse; *ham sabhan merharu.* Não precisamos nos cobrir.

Agora também a estranha puxava seu sari, revelando um rosto comprido e delicadamente desenhado, com uma expressão em que a inocência se combinava à inteligência, a doçura à determinação. Sua tez exibia um suave brilho dourado, como a mimada filha de um pandit da aldeia, uma criança que nunca trabalhara um dia nas plantações e jamais tivera de se sujeitar ao calor do sol.

Para onde está viajando? disse Deeti, e tal era sua sensação de familiaridade com a estranha que ela não hesitou em se dirigir à outra usando seu bhojpuri nativo.

A garota respondeu no hindustani abastardado da cidade: Estou indo para onde vocês estão indo — *jahã áp játa...*

Mas não é uma de nós, disse Deeti.

Agora sou, disse a garota, sorrindo.

Deeti não era tão ousada a ponto de perguntar diretamente sobre sua identidade, de modo que optou assim pelo curso mais tortuoso de revelar seu próprio nome e os das demais: Munia, Heeru, Sarju, Champa, Ratna e Dookhanee.

Eu me chamo Putleshwari, disse a garota em resposta, e bem na hora em que todas começavam a se perguntar como iriam conseguir pronunciar aquele confuso trava-língua bengali, ela acorreu em seu socorro acrescentando: Mas meu apelido é Pugli, e é assim que sou chamada.

"Pugli?" Por quê?, disse Deeti, sorrindo. Você não parece nem um pouco louca.

Isso é porque você ainda não me conhece, disse a garota, com um sorriso doce.

E como foi que veio parar aqui conosco? perguntou Deeti.

Baboo Nob Kissin, o gomusta, é meu tio.

Ah! Eu sabia, disse Deeti. Você é uma *bamni*, a filha de um brâmane. Mas para onde está viajando?

Para a ilha de Mareech, disse a garota, como vocês.

Mas você não é uma girmitiya, disse Deeti. Por que está indo para um lugar desses?

Meu tio arranjou um casamento para mim, disse a garota. Com um maistry que está trabalhando em uma fazenda.

Um casamento? Deeti ficou espantada de ouvi-la falando em cruzar o oceano para um casamento, como se não fosse diferente de ir para outra aldeia perto do rio. Mas não tem receio, disse, de se rebaixar de casta? De atravessar a Água Negra e estar em um navio com tanto tipo de gente?

De modo algum, replicou a garota, em um tom de certeza genuína. Em um navio de peregrinos, ninguém pode ser rebaixado de casta e todos são iguais: é como pegar um barco para o templo de

Jagannath, em Puri. De agora em diante, e para sempre depois disso, seremos todos uma irmandade-navio — jaház-bhai e jaház-bahen — uns para os outros. Não haverá diferença entre nós.

Essa resposta foi tão corajosa, tão engenhosa, que quase deixou as mulheres sem fôlego. Nem que passasse toda uma vida pensando, Deeti sabia, ela teria chegado a uma resposta tão completa, tão satisfatória e tão prenhe de possibilidades empolgantes. No calor do momento, fez algo que de outro modo nunca teria feito: esticou o braço e tomou a mão da estranha na sua. Instantaneamente, copiando seu gesto, todas as mulheres também fizeram o mesmo, numa comunhão pelo toque. Sim, disse Deeti, daqui por diante, não há diferenças entre nós; somos todos jahaz-bhai e jahaz-bahen entre nós; todo mundo é filho do navio.

Em algum lugar lá fora, uma voz de homem gritava. Lá está! O navio — nosso jahaz...

E lá estava, distante, com seus dois mastros e o grande bico do gurupés. Foi nesse momento que Deeti compreendeu por que a imagem do navio lhe fora revelada naquele dia, quando estava imersa nas águas do Ganga: era porque seu novo eu, sua nova vida, estivera em gestação durante todo esse tempo na barriga dessa criatura, essa embarcação que era Mãe-Pai de sua nova família, uma grande *mái-báp* de madeira, uma progenitora e ancestral adotiva de dinastias ainda por vir: ali estava ele, o *Ibis*.

De seu elevado poleiro no mastro do traquete, aboletado no kursi sobre os vaus dos joanetes, Jodu desfrutava da vista mais bela que se poderia desejar: os píeres, o rio e a escuna se espraiavam sob seus olhos como um tesouro no balcão de um prestamista, à espera de ser pesado e avaliado. No convés, o subedar e seus homens ocupavam-se com os preparativos para o embarque dos condenados e dos migrantes. Por toda parte, em torno deles, os lascares enxameavam, enrolando hansis, rolando bimbas, enjaulando animais e arrumando engradados, tentando liberar o convés do tumulto de última hora.

Os condenados chegaram primeiro, precedendo os migrantes em cerca de quinze minutos: eles apareceram em um jel-bot, um barco largo do tipo do budgerow, a não ser pelo fato de que todas as suas janelas eram fortemente protegidas por barras. A impressão que dava era de que podia conter um pequeno exército de criminosos, então foi uma surpresa quando de lá saíram apenas dois homens, nenhum dos dois parecendo particularmente ameaçador, a despeito das correntes em seus tornozelos e pulsos. Vestiam pijamas de dungaree e coletes de manga curta e cada um carregava um lota sob um braço e um pequeno fardo de roupas no outro. Foram entregues a Bhyro Singh sem grande cerimônia, e o barco-prisão partiu quase que imediatamente depois disso. Então, como que mostrando aos condenados para que haviam sido trazidos, o subedar agarrou suas correntes e os tocou como se fossem bois, cutucando seus traseiros e ocasionalmente chicoteando a ponta de suas orelhas com seu lathi.

A caminho do chokey, antes de entrar na fana, um dos condenados girou a cabeça, talvez para dar uma última olhada na cidade. Isso levou o lathi de Bhyro Singh a golpear seu ombro com um som tão violento que fez todo o trikat-wale estremecer do alto de seus poleiros.

Haramzadas, esses guardas e maistries, disse Mamdoo-tindal. Espremem suas bolas sempre que têm uma chance.

Um deles deu um tapa em Cassem-meah ontem, disse Sunker. Só por encostar na comida dele.

Eu teria devolvido o tapa, disse Jodu.

Não ia estar aqui se tivesse feito isso, disse o tindal. Não vê? Eles estão armados.

Nesse meio-tempo, Sunker se aprumara e ficara de pé na tralha de esteira. De repente ele gritou: Estão aqui!

Quem?

Os cules. Olhem. Devem ser eles naqueles barcos.

Todos se puseram de pé, agora, e se curvaram sobre o purwan para olhar lá embaixo. Uma pequena flotilha de cerca de meia dúzia de dinghies rumava para a escuna, da direção do Tolly's Nullah; os barcos vinham carregados com grupos de homens, uniformemente trajados em roupas brancas e dhotis da altura do joelho. O dinghy à testa era um pouco diferente do restante por ter um pequeno abrigo na popa: quando encostou longitudinalmente na escada lateral da escuna, uma explosão solar de cores pareceu explodir ali de dentro, com oito figuras trajadas em sari deixando o abrigo.

Mulheres! disse Jodu, em uma voz contida.

Mamdoo-tindal não ficou impressionado: até onde lhe dizia respeito, poucas mulheres podiam de fato competir com o fascínio exercido por seu alter ego. Bruacas, a maioria, disse soturnamente. Nenhuma é páreo para Ghaseeti.

— Como pode saber, disse Jodu, com os rostos ocultos?
— Posso ver o bastante para saber que trazem problemas.
— Por quê?
— É só contar quantas são, disse o tindal. Oito mulheres a bordo — sem mencionar Ghaseeti — e mais de duzentos homens, se incluir os cules, silahdars, maistries, lascares e malums. Que bem poderá advir de tal coisa?

Jodu contou e viu que o tindal tinha razão: eram oito figuras embrulhadas em saris que avançavam na direção do *Ibis*. Foi esse número que o levou a suspeitar que podiam ser as mesmas pessoas que ele havia transportado para o acampamento: teriam sido sete mulheres no grupo naquele dia, ou oito? Não conseguiu se lembrar, pois sua atenção recaiu inteiramente sobre a garota no sari cor-de-rosa.

De repente, levou um susto. Arrancando a bandhna da cabeça, começou a acenar, com um pé no tanni e um cotovelo enganchado no labran.

— O que está fazendo, seu launder maluco? ralhou Mamdoo-tindal.
— Acho que conheço uma das garotas, disse Jodu.
— Como pode saber? disse Mamdoo-tindal. Os rostos delas estão cobertos.
— Por causa do sari, disse Jodu. Está vendo a do cor-de-rosa? Tenho certeza de que a conheço.
— Feche sua choot e sente aí! disse o tindal, dando um puxão em suas calças. Você vai ser loondboond se não tomar cuidado. O Burra Malum já está querendo sua pele por ter resgatado o Zikri Malum ontem. Se ele perceber que está se engraçando para uma dessas cules, você vai virar um launder desmastreado.

Lá no barco, a visão de Jodu erguendo-se na ponta dos pés para acenar deixou Paulette com tanto medo que ela quase caiu na água. Embora a ghungta fosse certamente seu principal meio de ocultamento, não era de modo algum o único; ela também disfarçara a aparência de diversos outros modos: havia laqueado os pés com *alta* vermelho brilhante; cobrira as mãos e os braços com intricados padrões de henna que deixavam muito pouca pele visível; e sob a cobertura de seu véu, a linha de seu maxilar era disfarçada por enormes brincos de argola borlados. Além do mais, equilibrava os pertences embrulhados em panos na cintura, de um tal modo que emprestava a seu andar um gingado de mulher anciã, arrastando-se sob o peso de um fardo esmagador. Com essas inúmeras camadas de disfarce, sentia-se razoavelmente confiante de que nem mesmo Jodu, que a conhecia como nenhuma outra pessoa no mundo, acalentaria qualquer suspeita sobre sua verdadeira identidade. Contudo, evidentemente, todos os seus esforços haviam sido em vão, pois nem bem deitou os olhos sobre ela, ele começou a acenar, e de muito longe, ainda por cima. O que deveria ela fazer, agora?

Paulette estava convencida de que Jodu, fosse por querer exercer uma equivocada proteção fraternal, fosse devido à competitividade que sempre marcara a relação de quase-irmãos, não se deixaria deter por nada para impedi-la de viajar a bordo do *Ibis*: se já a tivesse reconhecido, então ela poderia perfeitamente fazer meia-volta e ir embora. Estava considerando exatamente isso quando Munia tomou sua mão. Sendo de idades próximas, as garotas haviam gravitado uma em torno da outra no barco; agora, dirigindo-se à escada lateral, Munia sussurrava no ouvido de Paulette: Está vendo ele, Pugli? Acenando para mim de lá de cima?

Quem? De quem está falando?

Aquele lascar ali em cima — ele é louco por mim. Está vendo? Ele reconheceu meu sari.

Você o conhece, então? disse Paulette.

Sim, disse Munia. Ele nos transportou para o acampamento quando chegamos a Calcutá. Seu nome é Azad Lascar.

Ah, é mesmo? Azad Lascar, é?

Paulette sorriu: estava na metade da escada, agora, e como supremo teste para seu disfarce, virou o rosto para o alto e olhou diretamente para Jodu, da proteção de sua ghungta. Ele se pendurava nos ovéns em uma atitude que ela conhecia bem demais: exatamente como quando brincavam juntos nas árvores altas do jardim botânico do outro lado do rio. Ela se deu conta de que sentia uma pontada de inveja: como teria adorado estar ali em cima, balançando nos cabos com ele; mas em vez disso estava aqui, subindo a escada, coberta dos pés à cabeça, enquanto ele ficava livre e à vontade ao ar livre — o pior de tudo é que sempre fora a melhor escaladora. Instigada a prosseguir pelos maistries, pisou no convés e fez uma pausa para olhar outra vez, com ousadia, desafiando-o a desmascará-la, mas ele não tinha olhos a não ser para sua colega, que dava risadinhas agarrada ao braço de Paulette: Viu? Não falei? Ele é louco por mim. Posso fazê-lo dançar de ponta--cabeça, se eu quiser.

Por que não faz? disse Paulette, rudemente. Ele bem que parece precisar de uma ou duas lições.

Munia riu e olhou para cima outra vez: Quem sabe eu faça?

Tome cuidado, Munia, sibilou Paulette. Todo mundo está olhando.

E estavam mesmo: não só os lascares, imediatos e maistries, mas também o capitão Chillingworth, parado a barlavento no tombadilho, com os braços cruzados sobre o peito. Quando Paulette e Munia se aproximaram, os lábios do capitão se torceram numa expressão de nojo.

"Vou dizer uma coisa, Doughty", declarou, com a voz confiante de um homem que sabe que suas palavras só serão compreendidas pela pessoa a quem se destinam: "A visão dessas criaturas miseráveis me faz suspirar pelos velhos tempos na costa da Guiné. Olhe para essas diabas, caminhando de cinco em cinco para Rotten Row."

"Theek", veio a voz trovejante do piloto, ao lado da casa de leme. "O carregamento de pootlies mais deprimente em que já tive oportunidade de deitar os olhos."

"Essa medusa velha aqui, por exemplo", disse o capitão, olhando diretamente para o rosto coberto de Paulette. "Uma pullet-virgem, se é que já vi uma, gasta sem nunca ter sido usada! Que propósito concebível pode haver em transportá-la pelo mar? De que servirá do outro lado — um saco d'ossos incapaz de carregar um fardo nem esquentar uma cama."

"Uma desgraça dos infernos", concordou Mister Doughty. "Provavelmente infestada, ainda por cima. Não vai ser surpresa se espalhar suas doenças por esse bando."

"Se me perguntasse, Doughty, diria que é um ato de misericórdia fazê-la ao mar; pelo menos seria poupada do sofrimento da jornada — de que serve rebocar uma fragata em chamas?"

"E pouparia provisões, também: aposto que come como um luckerbaug. Essas pele e osso sempre comem."

E nesse preciso momento quem aparecia diante de Paulette senão Zachary? E ele também olhava diretamente para sua ghungta, de modo que ela podia ver seus olhos se enchendo de piedade enquanto assumia a forma recurvada de uma velha encarquilhada diante dele. "Um navio não é lugar para uma mulher", ela se lembrava de ouvi-lo dizer: quanta presunção exibira então, assim como o fazia agora, aquinhoando-a com sua simpatia como se fosse superior; era como se tivesse esquecido que devia seu beliche de imediato a nenhuma outra coisa além da cor de sua pele e alguns músculos bastardos. Os dedos de Paulette tremeram de indignação, fraquejando em segurar seu fardo. De repente, o pacote escorregou de suas mãos e caiu pesadamente no convés, tão perto dos pés de Zachary que ele se curvou instintivamente para ajudá-la a pegar.

O gesto suscitou um brado vindo do tombadilho. "Deixe que se vire, Reid!", exclamou Mister Doughty. "Não receberá um obrigado por sua bawhawdery."

Mas a advertência chegou tarde demais: a mão de Zachary já pousava quase sobre o fardo quando Paulette a afastou lepidamente com um tapa: o manuscrito de seu pai estava escondido ali, junto com dois de seus romances mais adorados — e ela não queria correr o risco de deixá-lo sentir as encadernações através dos tecidos.

Uma expressão de surpresa ofendida surgiu no rosto de Zachary conforme recolheu a mão admoestada. Quanto a Paulette, seu único pensamento foi fugir para a entrecoberta. Apanhando seu fardo, ela se apressou para a escotilha e começou a descer a escada.

No meio do caminho, lembrou-se de sua última visita à dabusa: com que rapidez transpusera aquela escada, na ocasião — mas agora, com o sari enrolado em torno dos quadris e o fardo na cabeça, a situação era totalmente outra. E tampouco a entrecoberta foi imediatamente reconhecível como a mesma dabusa que ela vira antes: o interior escuro e sem fontes de iluminação estava agora clareado por inúmeras lamparinas e velas, e ela viu, com a luz, que dezenas de esteiras haviam sido colocadas em círculos concêntricos, cobrindo a maior parte do piso. Estranhamente, a dabusa parecia ter encolhido, neste ínterim, e ela descobriu o motivo quando olhou à frente: a parte dianteira havia sido encurtada com uma nova proteção de madeira.

Um maistry estava ali dentro, coordenando as atividades, e indicou Munia e Paulette para a seção recém-construída. As mulheres ficam ali, disse, logo junto ao chokey.

Está dizendo que há um chokey atrás daquela parede? gemeu Munia, assustada. Mas por que precisa nos pôr tão perto disso?

Não há com que se preocupar, disse o maistry. A entrada é do outro lado. Não tem como os qaidis chegarem até vocês. Vão estar em segurança ali, e não haverá homens indo e vindo da retrete.

Não dava para discutir quanto a isso: quando se dirigia para o espaço das mulheres, Paulette notou um pequeno ducto de ar, na divisória do chokey; se ficasse na ponta dos pés, aquilo estaria na altura de seu olhar. Ela não pôde resistir a dar uma espiada quando passou, e após olhar de relance, voltou rapidamente para outra olhada: viu que havia dois homens dentro do chokey, a dupla mais curiosa sobre a qual seus olhos já haviam pousado. Um tinha a cabeça raspada, o rosto esquelético, e dava a impressão de ser nepali; o outro ostentava uma tatuagem sinistra na testa e parecia ter sido dragado da beira d'água em Calcutá. Ainda mais estranho, o homem escuro chorava enquanto o outro tinha o braço em torno de seu ombro, como que o consolando: a despeito dos grilhões e das cordas que os prendiam, havia uma ternura em sua atitude que parecia dificilmente concebível em uma dupla de criminosos deportados. Após mais uma espiada furtiva, ela viu que os dois agora conversavam entre si, e isso instigou ainda mais sua curiosidade: o que poderiam estar dizendo — e de tal modo absorvidos a ponto de não notar a comoção tomando conta do compartimento anexo? Que língua poderiam falar em comum, o oriental esquelético e aquele criminoso tatuado? Paulette mudou sua esteira de lugar, de modo a ficar bem junto à divisória: quando colava o ouvido a uma emenda na madeira, descobriu, para seu espanto, que podia não só escutar o que estava sendo dito, mas compreender, também — pois, surpreendentemente, os dois condenados conversavam em inglês.

Momentos após Zachary ter levado aquele tapa na mão, Baboo Nob Kissin Pander apareceu a seu lado. Embora o gomusta estivesse vestindo o dhoti e a kurta que usava normalmente, seu talhe, Zachary notou, adquirira uma curiosa rotundidade matronal, e quando tirou do rosto os cabelos que lhe batiam nos ombros, foi com o gesto desembaraçado de uma aristocrática e encorpada viúva. A expressão de seu rosto era ao mesmo tempo indulgente e admonitória conforme abanava o dedo no rosto de Zachary: "Tsch! Tsch! Despeito de lufa-lufa senhor ainda assim não consegue suspender travessuras?"

"Lá vem você outra vez, Pander", disse Zachary. "Do que diabos está falando?"

O gomusta baixou o tom de voz: "Tudo bem. Sem formalidades. Tudo é sabido de mim."

"O que isso quer dizer?"

"Aqui", disse Baboo Nob Kissin, solícito. "Vou mostrar o que está escondido em busto."

O gomusta enfiou a mão pelo colarinho de sua kurta, indo tão lá no fundo que Zachary não teria ficado surpreso em ver um seio farto sendo exposto. Mas em vez disso a mão emergiu segurando um medalhão cilíndrico de cobre. "Vê como escondi tão lindamente? Desse jeito seguranças máximas podem ser mantidas. Entretanto, aviso devo dar."

"O quê?"

"Lamento informar que este lugar não é apto."

"Apto para quê?"

Curvando-se na direção do ouvido de Zachary, o gomusta sibilou: "Para travessuras com cowgirls."

"Do que diabos está falando, Pander?", exclamou Zachary exasperado. "Só estava ajudando a mulher a pegar suas coisas."

"Melhor deixar damas em paz", disse o gomusta. "Flauta melhor também não mostrar. Elas podem ficar demais excitadas."

"Mostrar minha flauta?" Não era a primeira vez que Zachary ficava imaginando se o gomusta, mais do que meramente excêntrico, não seria louco, na verdade. "Ah, suma daqui, Pander; me deixe em paz!"

Zachary girou nos calcanhares e se retirou na direção da amurada. O dorso de sua mão ainda estava vermelho do tapa; ele franziu o rosto ao olhar para aquilo — incomodava-o de um modo que não conseguia compreender inteiramente. Zachary havia notado a mulher de sari vermelho bem antes que deixasse cair a bagagem: ela fora a primeira a subir pela prancha de embarque, e alguma coisa no modo como inclinava a cabeça o deixou com a impressão de que o observava, protegida pelo tecido que cobria sua cabeça. Seu passo parecera ter ficado mais lento e pesado conforme subia no convés. Mesmo com seu pequeno fardo deprimente fazendo-a passar por maus bocados, ela não se permitiu usar mais do que uma das mãos curtidas e raiadas de henna para se virar com sua carga; a outra mão, igualmente desfigurada, fora usada apenas para manter o pano no lugar. Havia um tal zelo em seu ocultamento que parecia sugerir que o olhar de um homem era tão temível quanto uma língua de fogo — o pensamento o fez sorrir, e subitamente lhe veio à lembrança a carranca inflamada de Paulette no fim de seu último encontro. Essa ideia, por sua vez, o fez olhar para a praia, perguntando-

-se se talvez não estaria por perto em algum lugar, de olho no *Ibis*. Ele ficara sabendo, por Jodu, que ela se recobrara de sua doença: decerto não permitiria que o navio zarpasse sem se despedir — se não dele, ao menos de Jodu. Decerto perceberia talvez que tanto ele como Jodu haviam agido em seu melhor interesse?

De repente, como que conjurado por algum rito divinatório, Serang Ali surgiu junto a seu ombro. "Não ter escutado?", sussurrou. "Lambert-missy ter corrido para casar com algum fulano-outro. Mais melhor Malum Zikri esquecer. Todo jeito ela demais magra. Lado--China consegue boa esposa-zinha. Popa, proa, tudo-mesmo. Faz Malum Zikri muito feliz demais ali dentro."

Zachary desferiu um soco desesperado no balaústre da amurada: "*Oh, by all the hoaky*, Serang Ali! Será que dá pra parar com isso? Você com suas malditas esposa-zinhas e o Pander com suas cowgirls! Quem vê os dois tão incomodados pensa que eu sou algum caça-fendas à espreita..."

Foi interrompido por Serang Ali, que o empurrou de repente para o lado, com um grito: "Ca-d'tch! C'dado! C'dado!" Zachary olhou por sobre o ombro bem a tempo de ver Crabbie, o gato do navio, correndo sobre a amurada como se fugisse de um predador invisível. Projetando-se num pulo voador, o gato tocou a escada lateral e foi aterrissar em um bote que estava ancorado junto à escuna. Então, sem nem sequer dar uma olhada no navio que o transportara por meio mundo, o bichano desapareceu.

No convés os lascares e migrantes observaram consternados o animal desaparecer e até Zachary sentiu um quê de apreensão: ele ouvira antigos marinheiros supersticiosos falando de pressentimentos que "pregavam botões na barriga", mas nunca acontecera antes de sentir na própria pele um tremor desse tipo.

Lá no alto, os nós dos dedos de Mamdoo-tindal ficaram brancos agarrando a verga.

Viu isso? ele disse para Jodu. Você viu?

O quê?

O gato pulou do navio: se isso não é um sinal, então nunca vi um.

A última mulher a entrar a bordo foi Deeti, e estava subindo pela escada lateral quando o gato cruzou seu caminho. Ela teria de bom grado preferido cair na água a ser a primeira a cruzar a rota de sua fuga, mas

Kalua vinha logo atrás, apoiando-a com firmeza. Às suas costas havia tanta gente mais, amontoando-se em torno da escada, que não houve como resistir ao seu peso coletivo. Impelidos à frente pelos maistries, os migrantes a empurraram e Deeti foi levada a ultrapassar a marca invisível, para ser depositada no convés da escuna.

Pelo véu de seu sari, Deeti ergueu os olhos para os elevados mastros acima. A visão a deixou um pouco tonta, então manteve a cabeça curvada e baixou os olhos. Um grupo de maistries e silahdars estava posicionado pelo convés, conduzindo os migrantes com seus lathis, cutucando-os na direção da escotilha da entrecoberta. *Chal! Chal!* A despeito de seus gritos, o progresso era lento, com todo aquele ajuntamento no convés; por onde quer que se olhasse havia cabos, barris, pipas, bimbas, e até uma ou outra galinha correndo ou cabra balindo.

Deeti estava quase junto ao mastro do traquete quando se deu conta de uma voz estranhamente familiar soando em seus ouvidos: a voz gritava obscenidades em Bhojpuri: *Toré mái ké bur chodo!*

Olhando à frente, pelo emaranhado de cordames e vergas, avistou um homem corpulento com pescoço de touro e espessos bigodes brancos; seus pés ficaram paralisados e uma mão fria se apoderou de seu coração. Mesmo sabendo quem era, havia uma voz em seu ouvido dizendo-lhe que aquele não era nenhum homem mortal, mas Saturno em pessoa: É ele, é Shani, ele a vem caçando por toda a vida e agora você está sob seu poder. Seus joelhos fraquejaram sob seu corpo, fazendo-a desabar sobre as tábuas, aos pés do marido.

A essa altura, uma grande multidão fora despejada no convés, e eram conduzidos com firmeza rumo à popa pelos guardas e capatazes, com seus lathis sibilantes. Fosse a pessoa atrás de Deeti de tamanho e força menores que Kalua, teria sido muito provavelmente atropelada ali mesmo. Mas ao vê-la caída, Kalua fez uma proteção com o próprio corpo e conseguiu deter subitamente o fluxo de gente.

O que está acontecendo ali?

A perturbação chamara a atenção de Bhyro Singh e ele começou a avançar na direção de Kalua, o lathi na mão. Deeti ficou onde estava e puxou o sari sobre o rosto: mas de que adiantava se esconder se Kalua podia ser visto bem ali acima dela, exposto às vistas de todos e facilmente reconhecível? Ela fechou os olhos e começou a murmurar orações: *Hé Rám, hé Rám...*

Mas o que ouviu em seguida foi a voz de Bhyro Singh, dizendo para Kalua: Qual o seu nome?

Como era possível que o subedar não reconhecesse Kalua? Mas é claro: ele havia ficado longe da aldeia todos esses anos e provavelmente só o vira quando criança — e que interesse teria demonstrado pelo filho de um curtidor de couro, de qualquer maneira? Mas o nome, Kalua — isso sem dúvida saberia, devido ao escândalo da fuga de Deeti em plena pira funerária do marido. Oh, afortunado o kismat que a levou a ter cuidado com seus verdadeiros nomes; que ao menos Kalua não o pronunciasse agora. Para adverti-lo, ela enfiou a unha em seu dedão: Cuidado! Cuidado!

Qual o seu nome? perguntou o subedar outra vez.

Sua súplica foi atendida. Após hesitar um momento, Kalua disse: Malik, meu nome é Madhu.

E esta aí caída é sua esposa?

Sim, malik.

Pegue-a, disse Bhyro Singh, e carregue-a para a dabusa. Não quero ver nenhum dos dois arranjando problemas outra vez.

Sim, malik.

Kalua jogou Deeti sobre seu ombro e desceu com ela pela escada, deixando seus fardos sobre o convés. Depois de depositá-la em uma esteira, ia voltar para pegar a bagagem, mas Deeti o impediu: Não, me escute primeiro: sabe quem é aquele homem? É Bhyro Singh, tio de meu marido; foi ele quem arrumou meu casamento, e foi ele quem mandou gente à nossa procura. Se descobrir que estamos aqui...

"Are you ready, ho?" — prontos? O chamado do piloto foi respondido prontamente por Serang Ali: *Sab taiyár, sáhib.*

O sol estava em seu zênite agora, e a essa altura a escotilha que levava à dabusa já havia sido trancada com sarrafos fazia um bom tempo. Junto com todos os demais lascares, Jodu recebera ordens de limpar o convés principal — arrumando as pipas de água potável, tirkaondo hamars e içando zanjirs pelos buracos de hansil. Agora, com as galinhas e cabras guardadas nos botes, não restava mais nada para pôr no lugar e Jodu estava impaciente em subir na trikat-verga outra vez, pois era ali de cima que pensava em dar uma última olhada em sua cidade nativa: as suas foram as primeiras mãos a agarrar a iskat quando a ordem de *"Foretopmen aloft!"*, gajeiros para cima, finalmente foi dada — *Trikatwalé úpar chal!*

De Calcutá a Diamond Harbour, cerca de trinta quilômetros para o sul, o *Ibis* seria puxado pelo *Forbes*, um dos inúmeros rebocadores recentemente designados para o Hooghly. Jodu vira esses barcos pequenos de longe, pomposamente soprando baforadas pelo rio, rebocando poderosas barcas e bergantins, como se não pesassem muito mais que seu próprio dinghy frágil: grande dose de sua ansiedade em se pôr a caminho residia na perspectiva de ser rebocado por uma dessas impressionantes embarcações. Com o olhar a montante, viu que o rebocador de proa arredondada já se aproximava, tocando o sino para limpar o caminho através do tráfego fluvial.

Na margem oposta viam-se os Botanical Gardens, e o poleiro de Jodu era alto o suficiente para enxergar as árvores e trilhas familiares. A visão o levou a imaginar, por um saudoso e fugidio instante, como seria ter Putli balançando na trikat-verga a seu lado: teria sido divertido, não havia como negar, e ela poderia tê-lo feito, também, caso estivesse ao seu alcance. Claro que um negócio desses não teria sido permitido sob nenhuma circunstância — mas, ainda assim, ele não podia deixar de desejar ter se despedido dela em melhores termos, menos contenciosos: não havia como saber quando, se é que algum dia, voltaria a vê-la outra vez.

Sua atenção vagara para tão longe que levou um susto quando Sunker disse: Olhe, ali...

As cabeças de uma dupla de mergulhadores podiam ser vistas subindo e descendo em torno das boias da âncora conforme soltavam os cabos da escuna. Já estava quase na hora: em questão de minutos seriam puxados dali. Mamdoo-tindal jogou o cabelo para trás e fechou os olhos de longos cílios. Então seus lábios começaram a se mover em oração, murmurando as primeiras palavras da Fatiha. Jodu e Sunker rapidamente se juntaram a ele: *B'ism'illáh ar-rahmán ar-rahím, hamdul'l'illáh al-rabb al-'alamín*... Em nome de Deus, o Compassivo, o Misericordioso, Graças sejam dadas ao Senhor de toda Criação...

"All hands to quarters, ahoy!" — todos aos seus postos. O grito do piloto se fez acompanhar do chamado do serang: *Sab ádmi apna jagah!*

À medida que o rebocador ia se aproximando, o martelar do motor se tornava cada vez mais audível, e nas trevas abafadas e opressivas da dabusa o som se assemelhava a um demônio enraivecido tentando arrancar as tábuas do casco a fim de devorar as pessoas encolhidas ali dentro. A escuridão reinava, pois os maistries haviam apagado as velas e lamparinas quando saíram: não havia necessidade delas, disseram, agora que os migrantes estavam apropriadamente instalados — deixá-las queimando só aumentaria o risco de um incêndio. Ninguém discutira isso, mas todos sabiam que os capatazes meramente poupavam um gasto extra. Sem chama acesa e com a escotilha lacrada, toda luz digna do nome vinha de fendas no madeirame e das aberturas dos piss-dales. O ambiente de breu, combinado ao calor do meio-dia e ao cheiro fétido de centenas de corpos acumulados, emprestava ao ar parado uma pesada atmosfera de esgoto: até respirar exigia esforço extra.

A essa altura, os girmitiyas já haviam ajeitado suas esteiras cada um a seu gosto: todos sabiam, desde o princípio, que os maistries se importavam muito pouco com o que acontecia de fato ali embaixo: sua principal preocupação era fugir do calor e do cheiro da dabusa e se acomodar em seus beliches, na cabine a meia-nau. Nem bem os capatazes se foram, cerrando a escotilha atrás de si, os migrantes começaram a desmanchar o cuidadoso círculo de suas esteiras, agitando-se e gritando uns com os outros na luta por espaço.

Conforme o ruído do rebocador aumentava, Munia começou a tremer, e Paulette, adivinhando que estava à beira da histeria, puxou-a para mais perto. A despeito de aparentar autocontrole, até mesmo Paulette começava a sentir uma ponta de pânico quando escutou uma voz que sabia ser de Zachary: ele estava bem acima, no convés principal, tão perto que quase podia ouvir o arrastar de seus pés.

"Soltar o cabo!" — *Hamár tirkao!*

"Todos puxando!" — *Lag sab barábar!*

As espias que ligavam o *Ibis* ao rebocador se retesaram e um tremor percorreu a escuna, como se ela subitamente despertasse para a vida, qual pássaro sobressaltado após uma longa noite de sono. Sob a linha-d'água, os espasmos vinham subindo, atravessando a dabusa e chegando à cabine de convés, onde Steward Pinto fez o sinal da cruz e caiu de joelhos. Quando seus lábios começaram a se mover, os copeiros, em todas as suas inúmeras crenças, ajoelharam-se a seu lado e curvaram as cabeças: *Ave Maria, gratia plena, Dominus tecum...* Ave Maria, cheia de graça, o Senhor é convosco...

No convés principal, as mãos de Mister Doughty seguravam o timão conforme ele gritava: "Icem, seus cães, icem!"

Habés — habés kutté, habés! habés!

A escuna adernou para o lado da jamna, e lá embaixo na dabusa escura as pessoas perdiam equilíbrio, escorregavam e caíam umas sobre as outras como farelos numa bandeja inclinada. Neel olhou pelo ducto de ar e viu que um tumulto tinha início na dabusa adjacente, com dezenas de migrantes aterrorizados arremetendo na direção da escada, golpeando a escotilha lacrada, numa tentativa tardia de fuga: *Chhoro, chhoro* — deixem-nos sair, deixem-nos sair...

Nenhuma resposta veio de cima, a não ser pela série de hookums ressoando através do convés: "Puxem, seus filhos da puta! Puxem!" — *Sab barábar! Habés salé, habés!*

Exasperado com o empurra-empurra inútil dos girmitiyas, Neel gritou pelo ducto de ar: Silêncio, seus tolos! Não existe saída; não há como voltar...

Vagarosamente, à medida que o movimento da embarcação se fazia sentir na boca do estômago de cada um, o tumulto dava lugar a uma quietude prenhe de temores. Agora os migrantes começavam a absorver o caráter definitivo do que estava a caminho: sim, estavam se movendo, estavam flutuando, rumando para o vazio da Água Negra; nem a morte, nem o nascimento eram travessias tão apavorantes como aquela, e tampouco vivenciadas com tamanha consciência. Vagarosamente, os agitadores recuaram da escada e voltaram para suas esteiras. Em algum lugar no escuro uma voz, trêmula de fervor religioso, pronunciou as primeiras sílabas do Gayatri Mantra — e Neel, que fora criado para aprender as palavras quase tão logo fosse capaz de falar, agora se pegava dizendo-as, como que pela primeira vez: *Om, bhur bhuvah swah, tat savitur varenyam...* Ó, doador da vida, eliminador da dor e do sofrimento...

"Prontos aí!" — *Taiyár jagáh jagáh!*

Lá no alto do mastro do traquete, conforme o estremecimento de despertar do *Ibis* corria da quilha à gávea, Jodu sentiu uma vibração na trikat-verga e soube que chegara o momento para o qual sua vida o vinha preparando havia pelo menos um ano; agora, finalmente, deixava aquelas margens lamacentas para ir ao encontro das águas que conduziam a Basra e Chin-kalan, Martaban e Zinjibar. Quando o mastro começou a oscilar, seu peito inflou com o orgulho de ver a linda figura que o *Ibis* fazia entre as embarcações que abarrotavam o rio — caramoussals, perikoes, budgerows. De seu elevado posto, parecia que a escuna lhe agraciara com um par de asas a fim de que pairasse acima do passado. Com vertigens de alegria, enganchou um braço em torno do ovém e arrancou o pano que cobria sua cabeça.

Meus salaams a todos vocês, gritou, acenando para a praia que o ignorava: Jodu está a caminho... oh, prostitutas de Watgunge... embaucadores de Bhtughat... Jodu agora é um lascar e está partindo... Adeus!

Dezessete

O crepúsculo trouxe o *Ibis* de volta ao estreito, em Hooghly Point, e ali, na ampla curva do rio, a embarcação lançou âncora para aguardar a chegada da noite. Não foi senão quando a escuridão engolfou as margens circundantes que os girmitiyas receberam permissão de pisar no convés; até então, as barras sobre a escotilha foram mantidas firmemente fechadas. O subedar e os capatazes estavam de acordo que o primeiro contato com as condições a bordo havia aumentado a probabilidade de tentativas de fuga: sob a luz do dia, as margens talvez representassem uma tentação irresistível. Mesmo após a caída da noite, quando os atrativos da terra firme eram diminuídos pelos uivos das matilhas de chacais, os maistries não relaxavam a vigilância: a experiência lhes ensinara que em todo grupo de migrantes contratados para a servidão sempre havia aqueles desesperados o bastante — ou suicidas o bastante — para se atirar na água. Quando chegou a hora de preparar a refeição noturna, ficaram de olho em todo mundo. Até mesmo os que haviam sido designados para servir de bhandaris eram mantidos sob vigilância enquanto mexiam as chattas no chuldan da cabine de convés. Quanto ao resto, tinham permissão apenas de formar pequenos grupos e eram conduzidos de volta à dabusa assim que terminavam de comer seu arroz com dal e picles de limão.

Enquanto os bhandaris e maistries cuidavam da alimentação dos migrantes, Steward Pinto e seus copeiros serviam cordeiro assado, molho de hortelã e batatas cozidas no refeitório dos oficiais. As porções eram generosas, pois o despenseiro trouxera a bordo duas metades completas de carneiro fresco antes de partir de Calcutá, e a carne dificilmente duraria muito tempo no calor inoportuno. Mas, a despeito da abundância de comida e bebida, havia menos alegria no refeitório dos oficiais do que em torno do chuldan, onde, de tempos em tempos, podiam-se ouvir os migrantes cantando alguns trechos de canção.

Májha dhára mé hai bera merá
Kripá kará ásrai hai tera

Minha balsa está à deriva na correnteza
Sua misericórdia é meu único refúgio...

"Cules do inferno", resmungou o capitão, a boca cheia de carne. "Nem o maldito Dia do Juízo daria um fim a essa cantoria de gatos no cio."

Um navio podia levar até três dias, dependendo do tempo e dos ventos, para descer o rio de Calcutá à baía de Bengala. Entre o estuário e o mar aberto ficava a ilha de Ganga-Sagar, a última das inúmeras peregrinações daquelas águas sagradas. Um dos ancestrais de Neel doara um templo à ilha, e ele mesmo visitara o lugar diversas vezes. O antigo zemindary Halder ficava mais ou menos a meio caminho entre Calcutá e Ganga-Sagar, e Neel sabia que o *Ibis* passaria pela propriedade próximo ao fim do segundo dia. Essa era uma jornada que havia feito com tanta frequência que podia sentir a aproximação do zemindary a cada curva e desvio do rio. Conforme chegava mais perto, sua cabeça se enchia de fragmentos de memória, algumas delas tão brilhantes e nítidas quanto pedaços de vidro partido. Quando a hora chegou, como que para zombar dele, quase, escutou o vigia gritando lá em cima: Raskhali, estamos passando por Raskhali!

Podia vê-lo agora: não teria ficado mais claro nem que o casco da escuna tivesse se transformado em vidro. Lá estava: o lugar e suas varandas colunadas; o terraço onde ensinara Raj Rattan a empinar papagaios; a avenida de árvores palash plantadas por seu pai; a janela do quarto para onde levara Elokeshi.

"O que é isso, hein?", disse Ah Fatt. "Por que você batendo em cabeça, hein?" Quando Neel não respondeu, Ah Fatt o sacudiu pelos ombros até seus dentes se chocarem.

"Lugar que passar agora — você conhece ele, conhece não?"
"Conheço."
"Sua aldeia, né?"
"Isso."
"Casa? Família? Contar tudo."
Neel abanou a cabeça: "Não. Outra hora, talvez."
"Achha. Outra hora."

Raskhali estava tão perto que Neel quase podia escutar os sinos do templo. O que ele precisava agora era estar em outro lugar, em alguma parte onde pudesse se livrar das lembranças. "Onde é *sua* casa, Ah Fatt? Fale-me a respeito. É em uma aldeia?"

"Não aldeia." Ah Fatt coçou o queixo. "Minha casa muito grande lugar: Guangzhou. Inglês chama Canton."

"Me conta. Quero saber de tudo."

Hou-hou...

E assim aconteceu de, enquanto o *Ibis* ainda estava no Hooghly, Neel ser transportado através do continente para Cantão — e foi essa outra jornada, mais vívida do que a sua própria, que manteve sua sanidade intacta durante a primeira parte do trajeto: ninguém senão Ah Fatt, nenhuma outra pessoa que já conhecera, poderia ter lhe proporcionado a fuga de que tanto necessitava, para um reino que era completamente estranho, inteiramente diferente do seu.

Não foi graças à fluência de Ah Fatt que a visão de Cantão obtida por Neel ganhou vivacidade a ponto de se tornar real: na verdade, o que se deu foi antes o oposto, pois a genialidade da descrição de Ah Fatt residia em suas elisões, de modo que escutá-lo correspondia a empreender uma colaboração, em que as coisas sobre as quais falava gradualmente iam se transformando em produtos de uma imaginação compartilhada. De modo que Neel passou a aceitar que Cantão era para a cidade dele o que Calcutá era para os vilarejos adjacentes — um lugar de terrível esplendor e insuportável sordidez, tão pródiga em prazeres como implacável na imposição de privações. Enquanto ouvia e o incitava a falar, Neel começou a sentir que quase podia ver com os olhos de Ah Fatt: lá estava ela, a cidade que concebera e cultivara essa nova metade dele mesmo — uma cidade portuária recuada continente adentro, nos profundos recessos de um recortado litoral, separada do mar por um intrincado emaranhado de pântanos, dunas, riachos, charcos e baías. Tinha a forma de um navio, esse porto fluvial, seu casco delineado por um baluarte contínuo de muros cinzentos elevados. Entre a água e os muros da cidade estendia-se um trecho de terra turbulento como a esteira deixada por uma embarcação: embora fora dos limites da cidade, a faixa litorânea era tão densamente povoada que ninguém podia dizer onde a terra terminava e a água começava. Sampanas, juncos, lorchas e smug-boats* atracavam

---

* Um barco de contrabando, especialmente com um carregamento de ópio ao largo da costa chinesa. (N. do T.)

ali em tal quantidade que formavam uma plataforma ampla e flutuante, alcançando quase a metade da amplitude do rio: tudo era confusão, água e lama, barcos e godowns — mas o caos era ilusório, pois mesmo naquela fervilhante e agitada extensão de lodo e água havia pequenas comunidades e vizinhanças distintas. E dessas, a mais estranha, sem dúvida, era o pequeno enclave reservado aos estrangeiros que vinham comerciar com a China: os extracelestiais, conhecidos pelos cantoneses como fanquis — forasteiros.

Foi nessa península, pouco além dos portões sudoestes da cidade murada, que os forasteiros receberam permissão de construir uma série de assim chamadas fábricas, que nada mais eram que edifícios estreitos de telhas vermelhas, parte depósito, parte residência, parte escritório de contabilidade para os shroffs cambiarem dinheiro. Durante os poucos meses do ano em que tinham permissão de residir em Cantão, os forasteiros deviam obrigatoriamente confinar suas hostes demoníacas a esse único enclave estreito. O interior da cidade murada era proibido para eles, assim como para todo e qualquer estrangeiro — ou pelo menos era o que as autoridades diziam, alegando que tal fora o caso por quase cem anos. Entretanto, qualquer um que estivera no lado de dentro podia dizer que, no que respeitava a determinados tipos de forasteiro, falta deles é que não havia além dos muros da cidade: ora, bastava passar pelo templo Hao-Lin, na rua Chang-shou, para ver monges de lugares misteriosos, a oeste; e se você entrasse no prédio, podia ver até uma estátua do sacerdote budista fundador do templo: ninguém podia discutir que esse prosélito era tão estrangeiro quanto o Sakyamuni em pessoa. Ou, então, se você se aventurasse ainda mais para dentro da cidade, descendo a rua Guang-li até o templo Huai-shang, perceberia na mesma hora, pelo formato do minarete, que aquilo não era, apesar da aparência externa, nenhum templo, mas uma mesquita; e veria também que as pessoas que viviam dentro e em torno do edifício não eram todos uighurs, dos confins mais ocidentais do Império, mas incluíam, além deles, um rico mosaico de demônios fanquis — javaneses, malaios, malayalis e árabes chapéus-pretos.

Ora, então alguns forasteiros tinham permissão de entrar e outros eram mantidos de fora? Seria esse o caso ou apenas um determinado tipo de forasteiro era verdadeiramente um ser extracelestial, a ser mantido em cuidadoso confinamento, no enclave das fábricas? Tal era o caso, pois os forasteiros das fábricas eram inegavelmente de um certo molde de rosto e personalidade: havia forasteiros "caras-vermelhas" da

Inglaterra, forasteiros "bandeiras-floridas" da América e um bom punhado de outros, de França, Holanda, Dinamarca e assim por diante. Mas dentre esses vários tipos de criatura, a mais facilmente reconhecível, sem sombra de dúvida, era a tribo pequena mas florescente de forasteiros chapéus-brancos — parsis de Bombaim. Como aconteceu de os chapéus-brancos passarem a contar como fanquis, da mesma estirpe dos caras-vermelhas e bandeiras-floridas? Ninguém sabia, já que por uma questão de aparência certamente não podia ser, pois, embora fosse verdade que alguns dos rostos chapéus-brancos não eram menos cor-de-rosa do que os dos bandeiras-floridas, era verdade também que havia inúmeros dentre eles tão escuros quanto qualquer um dos lascares que ficavam sentados como pequenos diabretes nos calcês acima do rio das Pérolas. Quanto as suas roupas, os trajes dos chapéus-brancos não tinham absolutamente nada a ver com os dos fanquis: eles vestiam robes e turbantes, não diferentes dos árabes chapéus-pretos, exibindo um aspecto completamente diferente dos demais ocupantes das fábricas, cuja moda era andar de um lado a outro pavoneando-se em leggings e jerkins absurdamente apertados, os bolsos protuberantes com os lenços nos quais costumavam assoar seu muco. Tampouco era menos óbvio para quem quisesse ver que os outros fanquis olhavam meio torto para os chapéus-brancos, pois estes eram muitas vezes excluídos dos conselhos e das folias dos demais, assim como a fábrica deles era a menor e mais apertada. Mas eles também eram comerciantes, afinal, e o lucro era seu negócio, em nome do qual pareciam perfeitamente inclinados a viver a vida fanqui, migrando como pássaros entre suas residências em Bombaim, suas chummeries de veraneio em Macau e seus alojamentos para a época do frio em Cantão, onde as vistas da cidade murada não constituíam o menor dos prazeres que lhes eram vedados, pois enquanto estivessem na China tinham de viver, assim como os outros fanquis, não apenas sem mulheres, como também no mais estrito celibato. Não havia medida em que as autoridades municipais insistiam com mais firmeza do que no chop, decretado anualmente, que proibia o povo de Guangzhou de fornecer "mulheres ou meninos" para os forasteiros. Mas será que um édito como esse podia de fato ser observado? Como em tantas coisas, o que era dito e o que ocorria de modo algum consistiam na mesma coisa. Era impossível, sem dúvida, que essas mesmíssimas autoridades não tivessem consciência das mulheres nos flower-boats que passavam cantarolando pelo rio das Pérolas, importunando lascares, mercadores, linkisters, shroffs e fosse lá quem mais quisesse se dispor a alguma diversão; impossível, igualmente, não saberem que bem no centro do enclave fanqui existia uma enfiada de valhacoutos coberta de imundície chamada travessa Hog, que se vangloriava por um sem-número de shebeens oferecendo não apenas shamshoo, hocksaw e outras bebidas para soltar o espírito, mas também todo tipo de inebriação, dentre as quais os abraços das mulheres não estavam entre as menores. As autoridades certamente tinham conhecimento de que o povo barqueiro dan, que tripulava inúmeras sampanas, lanteas e chop-boats no rio das Pérolas, também realizava diversos serviços pequenos mas essenciais para os fanquis, incluindo a lavanderia — o que sempre significava um bocado de trabalho, não apenas com o vestuário, mas também com a roupa de cama e de mesa (em especial esta última, uma vez que a comida e a bebida não entravam na proibição de luxos negados aos pobres-diabos). Tal sendo o caso, o negócio da lavanderia não podia ser tocado sem frequentes idas e vindas entre clientes e funcionários, que foi como sucedeu de um jovem chapéu-branco de endiabrado charme, Bahramji Naurozji Moddie, acabar cruzando o caminho de uma moça dan de louçã fisionomia, Lei Chi Mei.

 Tudo começou com a prosaica tarefa de entregar toalhas de mesa sujas do dhansak dominical e guardanapos molhados com kid-nu-gosht, peças que o jovem Barry — como era conhecido entre os fanquis — tinha de registrar em um livro de lavanderia, a tarefa cabendo-lhe por direito segundo seu status de mais jovem integrante da tribo dos chapéus-brancos. E foi justamente um "chapéu" branco que conduziu à primeira união do casal — ou, antes, foi um desses longos carretéis para tecido que mantinham o pano de turbantes enrolado no lugar: pois aconteceu de um dos grandes seths da fábrica, Jamshedji Sohrabji Nusserwanji Batliwala, descobrir um rasgo em seu turbante certo dia e submeter o jovem Barry a uma tal dumbcow que, quando chegou o momento de mostrar o item rasgado a Chi Mei, o jovem se debulhou em lágrimas e se lamuriou com tal artimanha que o adereço de cabeça foi se enrolando cada vez mais em torno dos dois, até se verem encerrados em um aconchegante casulo.

 Alguns anos de libidinagem e lavanderia ainda estavam por vir antes que Chi Mei desse à luz uma criança, mas, quando finalmente o menino veio ao mundo, o evento inspirou um grande fervor de otimismo em seu pai, que o agraciou com o imponente nome de Framjee Pestonjee Moddie, na esperança de que isso facilitasse sua admissão no meio dos chapéus-brancos. Mas Chi Mei, que não se iludia quanto ao destino mais provável de uma criança que não era nem dan, nem fanqui, tomou a precaução de chamar o menino de Leong Fatt.

Os maistries rapidamente comunicaram que era obrigação das migrantes mulheres realizar determinadas tarefas de criadagem para os oficiais, guardas e capatazes. Lavar suas roupas era uma delas; pregar botões, consertar costuras abertas e coisas assim, outra. Ansiosa em fazer o que quer que fosse, Paulette escolheu lavar roupa com Heeru e Ratna, enquanto Deeti, Champa e Sarju ficaram com a costura. Munia, por sua vez, conseguiu agarrar a única função a bordo que podia ser considerada remotamente glamourosa: era a tarefa de cuidar dos animais, que ficavam abrigados nos barcos do navio e estavam destinados ao consumo quase que exclusivo de oficiais, guardas e capatazes.

O *Ibis* era equipado com seis escaleres: dois pequenos jollyboats construídos em casco trincado, dois cúteres de tamanho médio e dois longboats em casco liso, cada um com pelo menos vinte pés de comprimento. Os jollyboats e cúteres ficavam estivados no teto da cabine de convés, um de cada tipo alojado dentro do outro, com o conjunto todo preso no lugar em picadeiros. Os longboats, por sua vez, ficavam a meia-nau, içados nos turcos. Os turcos curvos como grous dos longboats eram conhecidos entre os lascares como "devis", e não sem motivo, pois seus cabos e suas cordas entremeavam-se às enxárcias de tal maneira que criavam pequenos nichos de semiocultamento, como se poderia encontrar no colo protetor de uma deusa: nesses recessos não era impossível para um ou dois fugir à agitação incessante do convés principal por vários minutos de uma vez. Os embornais, onde a roupa era lavada, ficavam sob os devis, e Paulette rapidamente aprendeu a tirar uma folga da tarefa, de modo a descansar ao ar livre. O *Ibis* agora se embrenhara pelo labirinto dos Sundarbans, e ela ficava feliz de aproveitar toda oportunidade possível para contemplar as praias ribeirinhas sufocadas pelo mangue. O caminho aqui era pontilhado de margens lodosas e outros perigos, de modo que o canal navegável seguia um curso tortuoso, cheio de volteios, ocasionalmente aproximando-se da beira o suficiente para propiciar uma visão clara da selva. Alguns dos momentos mais felizes de Paulette haviam se dado quando ajudava seu pai a catalogar a flora daquela floresta, durante excursões de semanas para coletar espécimes no barco de Jodu: agora, observando as margens através da cortina de sua ghungta, seus olhos passeavam pela vegetação como que por hábito: ali, sob as projetadas raízes angulosas do manguezal, havia um pequeno arbusto de manjericão silvestre, *Ocimun adscendens*; fora o senhor Voight, curador dinamarquês do jardim botânico em Serampore — e melhor amigo de seu pai — quem confirmara que a planta de fato podia ser encontrada naquelas matas. E acolá, crescendo espessa ao longo das margens, estava a *Ceriops roxburgiana*, identificada pelo horrível senhor Roxburgh, que fora tão rude com seu pai que o mero som de seu nome fazia com que ele empalidecesse; e mais além, na orla relvada, mal visível acima do mangue, crescia um arbusto de folhas espinhentas que ela conhecia muito bem: *Acanthus lambertii*. Foi por insistência sua que seu pai lhe dera esse nome — porque ela literalmente topara com a planta, após ser espetada na perna por uma de suas folhas com espinhos. Agora, observando a vegetação familiar passar ao largo, os olhos de Paulette se encheram de lágrimas: aquelas eram mais do que plantas para ela, eram as companheiras da mais tenra infância, e seus brotos pareciam quase que filhos seus, profundamente enraizados naquele solo; não interessava aonde fosse ou por quanto tempo, ela sabia que nada jamais a prenderia a um lugar como o faziam essas raízes da infância.

Para Munia, por outro lado, a floresta era um lugar apavorante. Certa tarde, quando Paulette contemplava o mangue, fingindo esfregar umas roupas, Munia surgiu a seu lado e soltou uma exclamação de horror. Agarrando o braço de Paulette, ela apontou uma forma sinuosa pendurada em um galho retorcido. Aquilo é uma cobra? sussurrou.

Paulette riu. Não, sua ullu; é só uma planta rastejante que cresce na casca da árvore. As flores são muito bonitas...

Era, de fato, uma orquídea epífita; ela conhecera a espécie três anos antes, quando Jodu trouxera uma para casa. Seu pai a tomara por uma *Dendrobium pierardii*, no início, mas depois de examiná-la chegou à conclusão de que não era. Como você gostaria de chamá-la? perguntara sorrindo a Jodu, e Jodu relanceara Paulette antes de responder, com um sorrisinho enviezado: Chame de Putli-phool. Ela sabia que era uma provocação, que era seu jeito de caçoar dela por ser tão magra, de peito achatado e espigada. Mas seu pai gostou bastante da ideia, e sem pestanejar o epíteto ficou sendo *Dendrobium pauletii*.

Munia estremeceu: Fico feliz por não estar aqui embaixo. É muito mais gostoso onde eu trabalho, no teto da cabine de convés. Os lascares passam bem perto quando estão subindo para arrumar as velas.

Eles disseram alguma coisa? perguntou Paulette.

Só ele. Munia relanceou por sobre o ombro para a trikat-verga, onde Jodu podia ser visto de pé sobre a tralha de esteira, o corpo todo esticado, rizando o velacho. Olhe para ele! Sempre se exibindo. Mas é um rapaz doce, não tem como negar, e bem-apanhado, também.

Os termos de sua relação de irmanação sendo o que eram, Paulette prestara pouca atenção à aparência de Jodu: agora, erguendo o rosto para observar seu dançante rosto de menino, os lábios recurvados para cima e a cintilação acobreada em seu cabelo cor de corvo, ela percebia por que Munia devia ter se sentido atraída. Vagamente desconfortável com isso, disse: Sobre o que conversaram?

Munia deu risadinhas: É como uma raposa, aquele lá: inventou uma história de como um hakim em Basra o ensinou a ler a sorte das pessoas. Como? eu disse, e sabe o que ele me respondeu?

O quê?

Ele disse: deixe-me pôr meu ouvido em seu coração, e vou dizer o que o futuro lhe reserva. Melhor ainda se eu puder usar meus lábios.

Que Jodu pudesse ter uma forte veia galante jamais ocorrera a Paulette: ela ficou chocada de saber de sua ousadia. Mas Munia! não havia gente por perto?

Não, estava escuro; ninguém podia ver a gente.

E você deixou? disse Paulette. Escutar seu coração?

O que você acha?

Paulette enfiou a cabeça por sob a ghungta de Munia, assim podia fitá-la nos olhos. Não! Munia, você não fez isso!

Oh, Pugli! Munia deu uma risada provocadora e puxou sua ghungta. Você pode ser uma devi, mas eu sou uma shaitan.

De repente, por sobre o ombro de Munia, Paulette viu Zachary descendo do tombadilho. Ele parecia rumar para a frente, numa direção que o levaria a passar bem ao lado dos devis. Quando se aproximou, os membros de Paulette ficaram involuntariamente tensos e ela se afastou de Munia para se esconder junto à amurada. Por acaso era uma das camisas dele que segurava em suas mãos e rapidamente procurou sumir de vista com ela.

Surpresa com o modo como Paulette bulia com aquilo, Munia disse: Qual o problema?

Embora o rosto de Paulette estivesse enterrado entre seus joelhos, e sua ghungta puxada quase até os tornozelos, Munia não teve dificuldade em seguir a direção de seu olhar. Assim que Zachary passou por elas, deixou escapar um soluço de risada.

Munia, quieta, sibilou Paulette. Isso não é jeito de se comportar.

Para quem? disse Munia, sufocando o riso, deliciada. Olhe só para você, bancando a devi. Mas você não é diferente de mim. Eu vi em quem você está de olho. Ele tem dois braços e uma flauta, como qualquer outro homem.

Desde o início, ficou bem claro para os condenados que seus dias seriam passados em grande parte desfiando e enrolando istup — ou oakum, como Neel insistia em dizer, chamando a fibra por seu nome inglês. No começo de cada dia, uma grande cesta do material era trazida até eles, e esperava-se que houvessem transformado aquilo em um resíduo aproveitável ao cair da noite. Haviam sido informados de que, ao contrário dos migrantes, não seriam admitidos no convés à hora das refeições: sua comida seria levada até eles ali embaixo, em taporis. Mas pelo menos uma vez por dia seriam liberados do chokey e teriam tempo de esvaziar o balde de necessidades compartilhado pelos dois e lavar seus corpos com algumas canecas de água. Depois disso, seriam levados para cima a fim de se exercitar por alguns minutos, exercício que consistia, em geral, em uma ou duas voltas pelo convés principal.

Dessa última parte da rotina dos condenados, Bhyro Singh tomou conta rapidamente: a simulação de que eram um par de bois de arado e ele um fazendeiro lavrando a terra parecia-lhe motivo de um deleite sem fim; enrolava as correntes em torno de seus pescoços de tal modo que eram forçados a se curvar conforme andavam; depois, sacudindo seus grilhões como rédeas, fazia um barulho estalante com a língua enrolada conforme os conduzia, ocasionalmente vergastando suas pernas com o lathi. Não era apenas porque infligir dor ocasionava--lhe prazer (embora isso não deixasse de ser um componente considerável disso): os socos e insultos também se destinavam a mostrar que ele, Bhyro Singh, não se deixava contaminar pelas criaturas degradadas que haviam caído em seu poder. Tudo que Neel tinha a fazer era olhar em seus olhos para saber que a repulsa que ele e Ah Fatt inspiravam no subedar ultrapassava de longe qualquer coisa que pudesse ter sentido por criminosos mais comuns. Tugues e dacoits, ele os teria provavelmente encarado como espíritos afins e tratado com algum respeito, mas Neel e Ah Fatt não se encaixavam nesse gênero de homens: para ele eram criaturas bastardas, asquerosas — um por ser um estrangeiro imundo e o outro por ser um sem-casta decaído. E, pior ainda, se possível, era o fato de os dois condenados parecerem ser amigos e nenhum querer exercer domínio sobre o outro: para Bhyro Singh, isso era um sinal de que não eram homens de forma alguma, mas castrados, criaturas impotentes — bois, em outras palavras. Enquanto os tocava pelo convés, gritava, para diversão dos maistries e silahdars: ... *Ahó*, continuem se movendo... não chorem por seus colhões agora... lágrimas não vão trazê-los de volta.

Ou então desferia uma pancada em seus genitais e ria quando se dobravam no meio: Qual o problema? Não são hijras, vocês dois? Não existe prazer ou dor no meio das suas pernas.

A fim de voltar um condenado contra o outro, o subedar às vezes dava a um deles uma porção extra de comida, ou obrigava o outro a fazer turno dobrado na limpeza dos baldes-latrinas: Vamos lá, vamos ver se aprecia o excremento de sua queridinha.

No fracasso desses estratagemas ele evidentemente percebia uma sutil sabotagem de sua própria posição, pois, caso visse Neel e Ah Fatt acorrendo em auxílio um do outro no convés, dava vazão a sua raiva com furiosas chicotas de seu lathi. Pois que, com o balanço da escuna, a fraqueza de suas pernas e o peso dos grilhões, era difícil para Ah Fatt e Neel dar mais que uns poucos passos de cada vez sem cair ou tropeçar. Toda tentativa de ajuda mútua resultava em pontapés e chibatadas do lathi.

Foi em meio a uma sanha dessas que Neel escutou o subedar dizer: Sala, de pé. O Chhota Malum vai passar: de pé, agora; não suje os sapatos dele.

Neel lutava para ficar ereto quando se pegou olhando para um rosto de que se lembrava bem. Antes que pudesse deter a própria língua, disse em voz alta: "Boa tarde, Mister Reid."

Que um condenado tivesse o desplante de se dirigir a um oficial era tão inacreditável para Bhyro Singh que ele golpeou o ombro de Neel com o lathi, fazendo-o vergar-se sobre os joelhos: B'henchod! Como ousa olhar nos olhos do sahib?

"Espere!" Zachary se adiantou para segurar a mão do subedar. "Espere um minuto aí."

A intervenção do imediato inflamou o subedar a tal ponto que por um momento ele arregalou os olhos como se fosse bater em Zachary. Mas então, pensando duas vezes, deu um passo para trás.

Nesse meio-tempo, Neel ficara de pé e limpava as mãos. "Obrigado, Mister Reid", disse. Depois, incapaz de pensar em qualquer outra coisa, acrescentou: "Como tem passado?"

Zachary ficou observando seu rosto, o próprio rosto franzido. "Quem é você?", ele disse. "Conheço sua voz, mas confesso que não consigo situar..."

"Meu nome é Neel Rattan Halder. Deve se lembrar, Mister Reid, que jantou comigo há cerca de seis meses, em meu — pelo menos, na época — budgerow." Era a primeira vez em meses que Neel conversava com quem quer que fosse do lado de fora, e a experiência foi tão estranhamente prazerosa que quase conseguiu se imaginar de volta a seu sheeshmahal. "O senhor foi servido, se não me falha a memória, de sopa de pato e assado de Morte-Súbita. Perdoe-me por mencionar esses detalhes. Tem sido difícil tirar a comida da cabeça, ultimamente."

"Gollation!", exclamou Zachary subitamente, reconhecendo-o, atônito. "Você é o Roger, não é? O rajá de...?"

"Sua memória não o engana, senhor", disse Neel, curvando a cabeça. "Sim, fui de fato outrora o rajá de Raskhali. Minhas circunstâncias são bem diferentes agora, como pode ver."

"Não fazia ideia de que estava a bordo desse navio."

"Não mais do que eu fazia ideia de sua presença a bordo", disse Neel, com um sorriso irônico. "Ou certamente teria tentado lhe enviar meu cartão. Eu havia imaginado de algum modo que o senhor já regressara as suas propriedades."

"Minhas propriedades?"

"Isso. Não mencionou que era aparentado com lorde Baltimore? Ou será que imaginei isso?" Neel ficou admirado em quão fácil, e quão estranhamente agradável, era entregar-se outra vez às frivolidades e amenidades de sua vida passada. Tais prazeres costumavam parecer insignificantes quando livremente à disposição, mas agora era como se constituíssem a essência mesma da vida.

Zachary sorriu. "Creio que sua memória o tapeou. Não possuo fidalguia nem propriedades."

"Nisso, pelo menos", disse Neel, "nosso destino é compartilhado. Meu presente zemindary não consiste em outra coisa além de um balde de dejetos e algumas correntes enferrujadas."

Zachary exibia uma expressão de perplexidade olhando para Neel, indo de sua cabeça tatuada a seus pés descalços: "Mas o que aconteceu com o senhor?"

"Essa é uma história que não pode ser relatada com brevidade, Mister Reid", disse Neel. "Suficiente é dizer que minha propriedade entrou em posse de seu patrão, Mister Burnham: foi-lhe concedida por decisão da Suprema Corte de Justiça."

Zachary assobiou de surpresa: "Lamento..."

"Não passo de mais um desses joguetes da Fortuna, Mister Reid." Então, com um sobressalto culpado, Neel se lembrou de Ah Fatt, de pé e emudecido a seu lado. "Perdoe-me, Mister Reid. Esqueci de apresentar meu amigo e colega, o senhor Framjee Pestonjee Moddie."

"Como vai?" Zachary estava prestes a esticar a mão quando o subedar, provocado além do que podia aturar, pespegou seu lathi na base das costas de Ah Fatt: *Chal! Hatt!* Andando, os dois.

"Foi um prazer revê-lo, Mister Reid", disse Neel, encolhendo-se sob os ataques do subedar.

"O prazer foi meu..."

Como se revelou, o encontro não produziu nenhuma consequência ditosa, fosse para Zachary, fosse para os condenados. Para Neel, rendeu uma bofetada na cara desferida pelo subedar: Acha que pode me impressionar com algumas palavras de angrezi? Vou lhe mostrar como esse seu ingui-lis é falado...

Para Zachary, rendeu uma intimação de Mister Crowle: "Que história é essa que fiquei sabendo, do senhor tagarelando com os quoddies?"

"Conheci um deles no passado", disse Zachary. "O que eu deveria fazer? Fingir que ele não existe?"

"Exatamente", disse Mister Crowle. "Fingir que não existe. Não é de sua alçada papear com quoddies e cules. O subby-dar não gosta. Tampouco gosta do senhor, pra ser honesto. Se tentar isso de novo, vai haver problemas. Estou avisando, Manequinho."

O encontro entre Zachary e os condenados teve outra testemunha — uma na qual aquilo exerceu um efeito mais marcante do que sobre qualquer outra. Esse era Baboo Nob Kissin Pander, que acordara nessa manhã sentindo um ronco poderoso e profético em suas entranhas. Como era de seu feitio, prestara a maior atenção a esses sintomas e fora levado a concluir que os espasmos eram fortes demais para serem atribuídos inteiramente ao movimento da escuna: eles pareciam mais ligados aos tremores que prenunciam a chegada de um grande terremoto ou cataclismo.

Com o avançar do dia, essa sensação de presságio e expectativa fora se intensificando mais e mais, obrigando o gomusta finalmente a se dirigir à agil, ao castelo de proa, onde se posicionou entre as curvas do beque, deixando que o vento inflasse seus folgados mantos. Contemplando diante de si as águas prateadas do rio cada vez mais amplo, a ansiedade crescente provocou palpitações em seu estômago e ele foi forçado a cruzar as pernas, a fim de conter a temida erupção. Foi em meio a esse processo de se espremer e se contorcer que deparou com a visão dos dois condenados sendo levados a marchar em torno do convés por Subedar Bhyro Singh.

O semblante do antigo rajá não era desconhecido de Baboo Nob Kissin: ele o relanceara diversas vezes, em Calcutá, pela janela do faetonte Raskhali. Certa vez, quando a carruagem passava estrepitosamente por ele, o gomusta pisara em falso e caíra para trás, assustado: ele se lembrava muito bem do sorriso divertido e desdenhoso com que Neel o fitara, enquanto chafurdava miseravelmente em uma poça de lama. Mas o semblante pálido e refinado de sua memória, com a boca de botão de rosa e o olhar enfastiado, não guardava qualquer semelhança com o rosto descarnado, escuro, que tinha diante de seus olhos, agora. Se Baboo Nob Kissin não soubesse que o desafortunado rajá era um dos dois condenados do *Ibis*, não teria imaginado que se tratava do mesmo homem, tão notável a mudança, não só na aparência como também na postura, que se mostrava tão alerta e vigilante agora como fora entediada e lânguida antes. Era de certa forma emocionante imaginar que ele, Baboo Nob Kissin Pander, tivera uma participação em humilhar aquele aristocrata orgulhoso e arrogante, em sujeitar o sensualista efeminado e hedonista a privações que jamais teria imaginado nem nos piores pesadelos. De certa forma, era como parir uma nova existência; e nem bem esse pensamento cruzou sua mente, o gomusta sentiu crescer dentro de si uma sensação tão intensa e tão pouco familiar que ele sabia que Taramony tinha de estar em sua origem. Que outra proveniência podia ser apontada para o tumulto de piedade e instinto protetor que tomou conta dele à visão do rosto imundo e dos membros agrilhoados de Neel? Quem mais poderia ser responsável pelo afloramento de ternura maternal em seu ventre, conforme observava o condenado sendo conduzido pelo convés como uma besta de carga? Ele sempre acalentara a suspeita de que o maior desgosto da vida de Taramony fora nunca ter tido uma criança. Isso se confirmava agora na confusão de emoções emanando da presença dentro dele, o instinto que o fizera desejar ardentemente envolver seus braços em torno do condenado para protegê-lo da dor: era como se Taramony houvesse reconhecido, em Neel, o filho, agora crescido, que ela havia sido incapaz de gerar para o marido, tio de Baboo Nob Kissin.

Tão poderosas de fato eram as comoções maternais do gomusta que, não houvesse o temor de um acidente embaraçoso o compelido a manter as pernas presas no lugar, ele poderia perfeitamente ter saído correndo pelo convés para se interpor entre Neel e o lathi cruel do subedar. E como podia ser coincidência que foi exatamente então que Zachary apareceu para deter a mão do subedar e ungir o condenado com seu reconhecimento? Era como se dois aspectos da capacidade de Taramony para o amor feminino houvessem sido invocados em conjunção: o da mãe, ansiando em criar um filho caprichoso, e o da devota, anelando por transcender as coisas deste mundo.

A visão do encontro entre esses dois seres, ambos ocultando verdades interiores conhecidas apenas dele, foi comovente a ponto de efetivamente pôr em movimento o terremoto tão longamente temido: o gorgolejo no interior do gomusta era agora como lava derretida, e nem mesmo o medo da situação vexaminosa pôde impedi-lo de sair correndo rumo à popa, à procura das retretes.

Durante o dia, quando o movimento da escuna podia ser sentido na boca do estômago de todos, o calor e o mau cheiro da dabusa tornavam-se suportáveis apenas com o conhecimento de que cada momento daqueles deixava o fim da viagem um pouco mais próximo. Mas não havia esse consolo quando a escuna ancorava à noite nas curvas do rio entre a jângal: com tigres rugindo e leopardos bufando nas imediações, até o menos excitável dos migrantes tornava-se presa de selvagens fantasias. Tampouco faltava gente para semear boatos e pôr as pessoas umas contra as outras. O pior de todos era Jhugroo, que fora enxotado de sua própria aldeia devido à sua propensão a causar problemas: seu rosto era tão feio quanto seu temperamento, com um queixo saliente e torto e olhos minúsculos e injetados, embora sua língua e sua sagacidade fossem rápidas o bastante para lhe granjear certo tipo de autoridade entre os girmitiyas mais jovens e crédulos.

Na primeira noite, quando ninguém conseguia dormir, Jhugroo começou a contar uma história sobre as selvas de Mareech e de como os migrantes mais jovens e fracos estavam destinados a servir de isca para os animais selvagens que viviam naquelas matas. Sua voz podia ser ouvida por toda a dabusa e deixou as mulheres aterrorizadas, especialmente Munia, que explodiu em lágrimas.

No calor sufocante, seu medo teve a virulência de uma febre e logo contaminou as outras em torno dela: conforme as mulheres se entregavam à prostração, uma após outra, Paulette se deu conta de que teria de agir rapidamente se quisesse estancar o pânico. *Khamosh!* Silêncio! exclamou. Escutem, escutem: o que esse homem está lhes contando é tudo *bakwás* e bobagens. Não acreditem em suas histórias — elas não são verdadeiras. Não existem animais selvagens em Mareech, a não ser pássaros, rás e algumas cabras, e porcos e veados, a maioria levada até lá pelos seres humanos. Quanto a cobras, não há uma só em toda a ilha.

Sem cobras!

Essa afirmação foi tão extraordinária que as lamúrias cessaram e muitas cabeças, incluindo a de Jhugroo, viraram-se para fitar Paulette. Coube a Deeti fazer a pergunta que ocupava a precedência no espírito de todos: Sem cobras? Pode mesmo haver tal selva?

Sim, selvas assim existem, disse Paulette. Principalmente em ilhas.

Jhugroo não ia deixar isso passar sem questionamento. Como pode saber? perguntou. Não passa de uma mulher: quem vai confiar em sua palavra nessa questão?

Paulette respondeu calmamente: eu sei porque eu li em um livro. Foi escrito por um homem que sabia a respeito de tais coisas e vivera por um longo tempo em Mareech.

Um livro? Jhugroo deu uma risada sarcástica. A cadela está mentindo. Como uma mulher ia saber o que está escrito em um livro?

Isso espicaçou Deeti, que retrucou: Por que ela não seria capaz de ler um livro? É filha de um pandit, aprendeu as letras com seu pai.

Rundees mentirosas, exclamou Jhugroo. Deviam limpar a boca com esterco.

O quê? Kalua ficou de pé vagarosamente, curvando-se bem para não bater a cabeça no teto. O que disse de minha esposa?

Confrontado com a maciça compleição de Kalua, Jhugroo recolheu-se em um silêncio amuado e rancoroso, enquanto os seguidores dele se afastavam para juntar-se à roda formada em torno de Paulette: É verdade? Não existem cobras lá? Que árvores eles têm? Tem arroz lá? Sério?

Do outro lado da divisória, Neel também escutava atentamente o que Paulette dizia. Embora houvesse passado uma boa dose de tempo espiando os migrantes pelo ducto de ar, não prestara muita atenção até então: como as demais mulheres, ela permanecia ghungtada o tempo todo, e ele não pudera ver seu rosto, nem tampouco qualquer outra parte de seu corpo, à parte as mãos cobertas de henna e os pés avermelhados de alta. Pela entonação de sua voz, presumira que era diferente dos demais migrantes, uma vez que sua língua estava mais para bengali do que bhojpuri, e a certa altura lhe ocorrera que de vez em quando a cabeça dela se inclinava de modo a escutar suas conversas com Ah Fatt — mas isso parecia absurdo. Decerto era impossível que uma cule pudesse entender inglês?

Foi Deeti quem levou Neel a prestar atenção em Paulette mais uma vez: se o que ela dizia era verdade — que aquela mulher recebera educação —, então Neel acreditava ser grande a probabilidade de conhecer seus pais ou parentes: era muito reduzido de fato o número de famílias bengalis que encorajavam suas filhas a ler, e poucas dentre elas não guardavam algum parentesco com a sua própria família. Os nomes de um punhado de mulheres em Calcutá que podiam reivindicar algum tipo de erudição pundit eram bem conhecidos em seu meio, e não havia, até onde soubesse, uma única dentre elas que admitiria publicamente saber inglês — esse era um limiar que nem as mais liberais famílias haviam cruzado. E ali estava outro enigma: as mulheres instruídas da cidade eram quase todas de famílias abastadas; era inconcebível que qualquer uma delas permitisse a uma filha zarpar com um carregamento de mão de obra e condenados. Entretanto, aparentemente, ali estava um caso, talvez?

Apenas quando o interesse geral na garota desapareceu, Neel levou os lábios ao ducto de ar. Então, dirigindo-se a sua cabeça envolta na ghungta, disse, em bengali: alguém que mostrou tamanha cortesia em tratar seus interlocutores não fará objeção, sem dúvida, a responder mais uma pergunta?

O fraseado melífluo e o sotaque refinado puseram Paulette instantaneamente em guarda: embora suas costas estivessem voltadas para o chokey, ela sabia exatamente quem havia falado e entendeu na mesma hora que estava sendo submetida a algum tipo de teste. Paulette tinha plena consciência de que seu bengali tendia a exibir uma aspereza vulgar e ribeirinha, tendo sido adquirido em grande parte de Jodu; ela foi cuidadosa então em escolher as palavras. Equiparando seu tom ao do condenado, disse: Perguntar não causa mal algum; caso a resposta esteja ao meu alcance, certamente a concederei.

O sotaque foi neutro o bastante para ocultar de Neel qualquer indício adicional sobre as origens de sua enunciadora.

Seria possível nesse caso, continuou ele, indagar a respeito do título do livro ao qual se referia há pouco: esse tomo que diz conter tal tesouro de informação quanto à ilha de Mareech?

Paulette, tentando ganhar tempo, disse: O nome me escapa — não tem importância.

Mas ora se tem, disse Neel. Busquei em minha memória por um livro em nossa língua que pudesse conter tais fatos e não consegui pensar em nenhum.

Há muitos livros no mundo, esquivou-se Paulette, e decerto ninguém pode conhecê-los todos.

Todos os livros do mundo decerto não, concedeu Neel, isso sem dúvida é verdade. Mas em bengali o número de livros impressos ainda está por exceder algumas poucas centenas, e outrora pude me vangloriar de possuir cada um deles. Daí, meu interesse; será possível que deixei escapar algum volume?

Pensando rápido, Paulette disse: Mas o livro de que falei ainda está por ser impresso. É uma tradução do francês.

Do francês! De fato? E não seria demais querer saber o nome do tradutor, seria?

Paulette, completamente desconcertada, disse o primeiro nome que lhe veio à cabeça, que era o do munshi que lhe ensinara sânscrito e ajudara seu pai a catalogar sua coleção: Seu nome era Collynaut-baboo.

Neel reconheceu o nome na mesma hora: Sério? Refere-se a Munshi Collynaut Burrell?

Sim, isso mesmo.

Mas eu o conheço bem, disse Neel. Foi munshi de meu tio por muitos anos. Posso lhe assegurar que não fala uma sílaba de francês.

Claro que não, disse Paulette, esquivando-se rapidamente. Ele colaborou com um francês — Lambert-sahib, dos Botanical Gardens. Como fui pupila de Collynaut-baboo, ele às vezes me passava as páginas para transcrever. Foi como as aprendi.

Nem uma única palavra disso convenceu Neel, mas ele não conseguiu pensar em nenhum jeito de desacreditar a história. Posso me atrever a perguntar, disse, enfim, qual seria o bom nome de sua família, cara dama?

Paulette tinha a réplica pronta. Não seria intoleravelmente insolente, perguntou com polidez, referir-se a uma questão tão íntima com uma pessoa que conhece há tão pouco tempo?

Como queira, disse Neel. Nada mais direi, a não ser que está perdendo seu tempo em tentar educar esse bando de parvos e matutos. Melhor será deixar que apodreçam na ignorância, pois que apodrecer é certamente seu destino.

Durante esse tempo todo, Paulette permanecera sentada, de modo a não ter de olhar para o condenado. Mas agora, espicaçada pela arrogância de seu tom, virou o rosto coberto pela ghungta em sua direção e deixou que seu olhar viajasse vagarosamente pelo ducto de ar. Tudo que pôde ver, na penumbra da dabusa, foi um par de olhos brilhando selvagemente em um rosto encovado e com barba por fazer. Sua raiva se transmudou numa espécie de piedade e ela disse, suavemente: Se é tão inteligente, então o que faz aqui conosco? Se houver uma situação de pânico ou tumulto aqui acha que seu conhecimento lhe será de alguma valia? Nunca ouviu falar do ditado: estamos todos no mesmo barco? — *amra shob-i ek naukoye bháshchhi?*

Neel explodiu numa gargalhada. Sim, disse, triunfante: *claro* que já ouvi, mas nunca em bengali. É um ditado inglês esse que acaba de traduzir — muito graciosamente, se me permite —, mas isso suscita a questão de saber onde e como aprendeu a língua inglesa.

Paulette virou sem responder, mas ele insistiu: Quem é você, boa dama? Não se acanhe em me dizer. Tenha certeza de que acabarei por descobrir.

Não sou seu tipo, disse Paulette. Isso é tudo que precisa saber.

Sim, de fato é, disse ele, em tom de zombaria, pois ao enunciar sua réplica final, a língua de Paulette traíra apenas o suficiente da sibilação ribeirinha para que o mistério fosse resolvido. Neel soubera por Elokeshi que havia uma nova classe de prostitutas que aprendera inglês com seus clientes brancos; sem dúvida essa era uma delas, a caminho de integrar algum bordel insular.

O espaço que Deeti e Kalua haviam escolhido para si ficava sob uma das maciças vigas em arco no alto da entrecoberta. A esteira de Deeti estava empurrada até a lateral, de modo que o casco provia um apoio para as costas quando sentava. Mas quando se deitava, a aresta de madeira não ficava a mais que à distância de um braço de seu cocuruto, de modo que um instante de desatenção podia significar uma severa pancada na cabeça. Após rachar a testa na quina algumas vezes, ela aprendeu a deslizar para fora dali sem se machucar e depois disso rapidamente ficou grata pela proteção da viga: era como um braço paternal a segurá-la no lugar quando tudo mais se tornava cada vez mais instável.

Deeti nunca ficou mais agradecida pela proximidade da viga do que nos primeiros dias da viagem, quando ainda não se acostumara ao movimento da embarcação: ali era um lugar para se segurar, e ela descobriu que podia minimizar a sensação de vertigem na cabeça focando os olhos na madeira. Desse modo, a despeito da meia-luz da dabusa, tornou-se intimamente familiarizada com o comprimento da trave, aprendendo a reconhecer seus veios e nós e até os pequenos sulcos entalhados em sua superfície pelas unhas de outros que haviam se deitado naquele mesmo lugar. Quando Kalua lhe disse que o melhor remédio para náusea era erguer os olhos para o céu aberto, ela lhe disse amargamente que olhasse onde bem lhe aprouvesse, mas que, quanto a ela, tinha todo o céu de que podia dispor na madeira sobre sua cabeça.

Para Deeti, as estrelas e constelações do céu noturno sempre haviam trazido a sua mente os rostos e semblantes das pessoas de quem se recordava, por amor ou veneração. Era isso, ou era o abrigo proporcionado pela viga arqueada que a lembrava o santuário deixado para trás? Mas o que aconteceu afinal foi que na manhã do terceiro dia ela enfiou a ponta do dedo indicador na risca carregada de vermelhão de seu cabelo e o levou à madeira para esboçar um minúsculo rosto com duas trancinhas.

Kalua compreendeu na hora: É Kabutri, não é? sussurrou, e Deeti teve de socá-lo nas costelas, para lembrá-lo que a existência de sua filha era um segredo.

Mais tarde, ao meio-dia, quando os migrantes iam saindo da dabusa, uma estranha aflição se apossava de todos que subiam a escada: ao pisar no último degrau, eles ficavam imobilizados e tinham de ser empurrados em conjunto pelos outros que vinham sob seus calcanhares. Por mais altas ou impacientes que fossem as vozes abaixo, todos paralisavam ao chegar sua vez de subir no convés principal, mesmo aqueles que um momento antes haviam praguejado contra os broncos desajeitados que esmagavam a fila com seu peso. Quando chegou sua vez de emergir pela escotilha, Deeti também foi presa daquela maladia: pois ali estava, esparramando-se mortiço adiante da proa da escuna, a Água Negra.

O vento amainara, de modo que não se via um pontinho de espuma na superfície, e com o fulgor baixo do sol da tarde, a água estava escura e serena como o manto de trevas que cobre a boca de um abismo. Como os outros em volta dela, Deeti arregalava os olhos de estupefação: era impossível pensar naquilo como água, pois água sem dúvida necessitava de uma fronteira, uma borda, uma margem, para lhe dar forma e contê-la no lugar, ou não? Aquilo era um firmamento, como o céu noturno, mantendo o navio suspenso como se fosse um planeta ou uma estrela. Quando voltou a sua esteira, a mão de Deeti se ergueu e desenhou a figura que desenhara para Kabutri, muitos meses antes, de uma embarcação alada voando acima da água. Assim aconteceu de o *Ibis* se tornar a segunda figura a ingressar no santuário oceânico de Deeti.

Dezoito

Ao pôr do sol, o *Ibis* lançou âncora no último lugar de onde os migrantes seriam capazes de avistar sua praia nativa: o atracadouro de Saugor, um agitado ponto de parada ao abrigo do vento junto a Ganga-Sagar, a ilha que se interpõe entre o mar e o rio santo. A não ser por algumas margens enlameadas e as flâmulas de alguns templos, pouca coisa da ilha era visível do *Ibis*, e coisa nenhuma da penumbra sem luz da dabusa: contudo, o mero nome Ganga-Sagar, unindo, como o fazia, rio e mar, claro e escuro, conhecido e oculto, servia para lembrar os migrantes do fosso abismal diante deles; era como se estivessem se equilibrando na beira de um precipício, e a ilha fosse um membro estendido da sagrada Jambudvipa, sua terra natal, esticando-se para impedi-los de despencar no vazio.

Os maistries também estavam nervosamente conscientes da proximidade desse derradeiro fiapo de terra, e nessa noite ficaram mais vigilantes do que de costume quando os migrantes subiram ao convés para fazer a refeição; lathis na mão, posicionavam-se cautelosamente ao longo das amuradas, e qualquer migrante que olhasse muito detidamente para as luzes distantes era tocado incontinente para a entrecoberta: Está olhando o quê, sala? Volte lá pra baixo, onde é seu lugar...

Mas mesmo depois de sumir de vista, a ilha não saía da mente: embora nenhum deles houvesse deitado os olhos nela antes, ela ainda assim era intimamente familiar para a maioria — acaso não era, afinal de contas, o ponto onde Ganga descansava os pés? Como muitas outras partes de Jambudvipa, era um lugar que haviam visitado e revisitado inúmeras vezes por intermédio dos épicos e Puranas, dos mitos, canções e lendas. A certeza de que aquilo era a última coisa que veriam de sua terra natal gerou uma atmosfera de truculência e incerteza em que nenhuma provocação parecia pequena demais para começar uma altercação. Assim que as brigas tiveram início, aumentaram em um ritmo que foi desnorteante para todo mundo, incluindo os que delas participavam: em suas aldeias teriam seus parentes, amigos e vizinhos para se interpor entre eles, mas ali não havia nenhum ancião para apartar as disputas, e nenhuma tribo de parentes para impedir um homem de voar sobre a garganta de outro. Ao invés disso, havia os encrenqueiros como Jhugroo, sempre ávido em jogar um homem contra outro, amigo contra amigo, casta contra casta.

Entre as mulheres, a conversa era sobre o passado, e as pequenas coisas que jamais iriam ver, escutar ou cheirar outra vez: a cor das papoulas, sangrando pelos campos como *ábír* em um Holi encharcado pelas chuvas; o indelével aroma de comida das fogueiras pairando através do rio, com notícias de algum casamento em uma aldeia distante; os sons de sinos ao pôr do sol nos templos e do azan crepuscular; avançadas horas noite adentro no pátio escutando histórias dos mais velhos. Por mais difíceis que tivessem sido suas vidas na terra natal, entre as cinzas de cada passado, alguns carvões de memória ainda brilhavam com calor — e agora essas brasas de memória ganhavam uma nova vida, à luz da qual a presença deles ali, nas entranhas de um navio prestes a se lançar no abismo, parecia incompreensível, algo que não podia ser explicado a não ser por um lapso de sanidade.

Deeti ficou em silêncio enquanto as outras mulheres falavam, pois as lembranças das outras serviam apenas para lembrá-la de Kabutri e das recordações das quais ela seria para sempre excluída: os anos de crescimento que não veria; os segredos de que não compartilharia; o noivo que não receberia. Como seria possível não estar presente ao casamento de sua criança para entoar os lamentos que aquelas mães cantavam quando os palanquins apareciam para levar suas filhas embora?

Talwa jharáilé
   Kãwal kumhláile
Hansé royé
   Birahá biyog

A lagoa está seca
   O lótus feneceu
O cisne chora
   Por seu amor ausente

No burburinho cada vez maior, a canção de Deeti mal foi audível, de início, mas à medida que as demais mulheres a percebiam, juntavam suas vozes à dela, uma a uma, todas exceto Paulette, que se retraía timidamente, até Deeti sussurrar: Não importa se não conhece as palavras. Cante, de qualquer maneira — ou a noite vai ser insuportável.

Lentamente, conforme as vozes femininas ganhavam força e confiança, os homens esqueciam suas brigas: em casa também, nos casamentos das aldeias, eram sempre as mulheres que cantavam quando a noiva era levada dos braços de seus pais — era como se estivessem concordando, mediante seu silêncio, que eles, enquanto homens, não tinham palavras para descrever a dor da criança que é exilada do lar.

Kaisé katé ab
Birahá ki ratiyā?

Como irá passar
Essa noite de separação?

Pela abertura do ducto de ar, Neel também escutava as canções das mulheres, e nem então, nem depois ele foi capaz de explicar por que aquela língua na qual se vira mergulhado durante os dois últimos dias agora fluía subitamente em sua cabeça, como uma inundação jorrando por um bund rachado. Era a voz de Deeti, ou algum fragmento de suas canções, que o fez lembrar que aquela era a língua, o bhojpuri, em que Parimal costumava conversar com ele por toda sua infância — até o dia em que seu pai deu um basta àquilo. O destino dos Halder estava construído, dissera o velho rajá, em sua capacidade de se comunicar com aqueles que seguravam as rédeas do poder; a rústica língua de Parimal era a fala dos que suportavam a canga, e Neel jamais deveria voltar a usá-la, ou seu sotaque estaria arruinado quando chegasse a hora de aprender hindustani e persa, como se fazia necessário ao herdeiro de um zemindary.

Neel, sempre o filho obediente, deixara que a língua sumisse em sua cabeça, embora, sem que o soubesse, ela houvesse se mantido viva; e era somente agora, escutando as canções de Deeti, que ele reconhecia que a fonte secreta que a alimentava era a música: ele sempre tivera enorme apreço por dadras, chaitis, barahmasas, horis, kajris — canções como a que Deeti estava cantando. Escutando-a agora, ele sabia por que o bhojpuri era a língua da música: porque de todas as línguas faladas entre o Ganges e o Indo, não havia nenhuma que se igualasse a ela na expressão das nuanças do amor, do desejo e da separação — dos dissabores dos que partiam e dos que permaneciam em casa.

Como acontecera de, ao escolher os homens e as mulheres que eram arrancados daquela planície subjugada, a mão do destino se desviar tão adentro do continente, longe do agitado contorno do litoral, para pousar sobre duas pessoas que estavam, mais do que tantas outras, firmemente enraizadas nos sedimentos do Ganga, em um solo que tinha de ser semeado com sofrimento para proporcionar sua colheita de histórias e canções? Era como se o destino houvesse cravado as garras na carne pulsante da terra a fim de arrancar um pedaço de seu coração aflito.

O desejo de usar essas palavras rememoradas foi forte em Neel nessa noite e ele não pôde dormir. Muito mais tarde, depois que as mulheres perderam a voz de tanto cantar, e um silêncio hesitante desceu sobre a dabusa, ele escutou alguns migrantes tentando recordar a história da ilha de Ganga-Sagar. Ele não conseguiu se conter e então a narrou: falando pelo ducto de ar, lembrou os ouvintes de que, não fosse pela ilha, nem o Ganga nem o mar existiriam; pois, segundo os mitos, era ali que lorde Vishnu, em seu avatar como o sábio Kapila, estava sentado em meditação quando foi perturbado pelos sessenta mil filhos do rei Sagar, que marchavam pela terra para reivindicá-la para a dinastia Ikshvaku. Foi naquele lugar também, exatamente onde estava agora, que esses sessenta mil príncipes foram punidos por sua audácia, sendo incinerados com um único vislumbre de um dos olhos ardentes do sábio; era ali que suas cinzas profanas haviam permanecido até que outro descendente de sua dinastia, o bom rei Bhagiratha, fosse capaz de persuadir o Ganga a verter dos céus e encher os oceanos: foi assim que as cinzas dos sessenta mil príncipes Ikshvaku foram resgatadas do submundo.

Os ouvintes ficaram estupefatos — não tanto com a narrativa como com o próprio Neel. Quem teria imaginado que aquele qaidi imundo poderia se revelar de posse de tanta história e eloquência? Pensar que podia até mesmo falar uma aproximação de seu bhojpuri! Ora, se um corvo houvesse começado a cantar um kajri, não teriam ficado mais impressionados.

Deeti também ficou acordada e escutando, mas encontrou pouco conforto na narrativa. Ficarei feliz quando sairmos desse lugar, sussurrou para Kalua. Não tem nada pior do que continuar aqui sentados e sentindo que a terra nos puxa de volta.

Ao alvorecer, com uma tristeza muito maior do que previra, Zachary se despediu de Mister Doughty, que agora voltava para a costa com seu grupo. Assim que o piloto partiu, restava apenas se reabastecer de alguns suprimentos antes de içar âncora e zarpar rumo ao oceano. O novo aprovisionamento foi rapidamente feito, pois a escuna logo se viu assediada por uma flotilha de bumboats: coracles carregados de repolhos, dhonies cheios de frutas e machhwas transportando cabras, galinhas e patos. Nesse bazar flutuante havia tudo que um navio ou um lascar poderia necessitar: velames aos gudge, jugboolaks e zambooras reservas, rolos de istingis e rup-yan, pilhas de esteiras seetulpatty, tabaco aos batti, rolos de ramos de nim para os dentes, martabans de isabgol para constipação e jarras de raiz de columbo para disenteria: um desajeitado gordower tinha até mesmo um choola a bordo com um halwai fritando jalebis frescos. Com tantos barcos de vendedores encostados uns nos outros, Steward Pinto e os copeiros levaram pouquíssimo tempo para comprar todo o necessário para seus suprimentos.

Ao meio-dia as âncoras da escuna estavam recolhidas e o trikat-wale pronto para fixar o curso em seus hanjes — mas o vento, que oscilara por toda a manhã, escolheu bem aquele momento, ou assim disseram os tindals, para aprisionar a embarcação em uma kalmariya. Com todo o cordame tensionado, e a tripulação a postos para zarpar, o *Ibis* permaneceu anhoto em um mar de espelho. A cada mudança do quarto, um homem era mandado subir com instruções de soar o alerta caso sentisse o menor sopro de vento. Mas hora após hora se passou e os berros do serang — *Hawá?* — só foram respondidos com negativas: *Kuchho nahi.*

Imóvel sob o sol a pino, sem uma brisa para refrescá-lo, o casco da escuna aprisionava o calor de modo que ali embaixo, na dabusa, era como se a carne dos migrantes estivesse cozinhando sobre seus ossos. Para permitir a entrada de algum ar, os maistries abriram a escotilha de madeira, deixando apenas a grade no lugar. Mas o ar estava tão parado ali em cima que mal penetrava o menor sopro de brisa: em vez disso, as aberturas da grade de ferro permitiam que o fedor do porão subisse vagarosamente para o céu, juntando milhafres, abutres e gaivotas. Alguns circulavam preguiçosos acima, como que à espera da carniça, enquanto outros empoleiravam-se nas vergas e velas, guinchando como bruxas e bombardeando o convés com seus excrementos.

As regras para racionamento de água potável ainda eram coisa nova e pouco familiar para os girmitiyas: o sistema não fora testado de forma alguma antes e agora; começando a sucumbir, o arranjo da ordem que havia imperado sobre a dabusa começou a ruir junto. No início da tarde, a cota de água potável diária minguara a um ponto que os homens lutavam para se apoderar dos poucos gharas que ainda continham alguns goles. Instados por Jhugroo, cerca de meia dúzia de migrantes galgaram a escada e começaram a bater na grade da escotilha: Água! Escutem aí em cima! Nossos gharas precisam ser enchidos.

Quando os maistries chegaram para remover a grade, um quase motim tivera início: dezenas de homens se atropelavam pela escada numa tentativa desesperada de abrir caminho até o convés. Mas a escotilha era ampla o suficiente apenas para que um único homem passasse de cada vez, e toda cabeça que se projetava ali representava um alvo fácil para os maistries. Seus lathis desciam violentamente sobre os crânios e ombros dos girmitiyas, derrubando-os de volta, um após o outro. Em minutos tanto a grade como a escotilha voltaram a ser fechadas.

Haramzadas! — a voz pertencia a Bhyro Singh —, juro que vou endireitá-los; são o pior bando de cules que já vi na vida...

O tumulto, entretanto, não foi de todo inesperado, pois era coisa rara que um contingente de girmitiyas se adaptasse ao regime a bordo sem alguma resistência. Os capatazes já haviam lidado com esse tipo de problema antes e sabiam exatamente como agir: gritaram através da grade para informar aos girmitiyas as ordens do Kaptan de que deveriam se reunir no convés principal; era para subirem a escada de maneira ordenada, um por um.

Os maistries determinaram que as mulheres seriam as primeiras a deixar o porão, mas algumas estavam em condições tão ruins que não conseguiam subir a escada e tiveram de ser carregadas. Paulette foi a última a sair do compartimento de carga e só se deu conta de como estava fraca quando pisou no convés. Seus joelhos tremeram, como que prestes a se dobrar, e teve de se apoiar na amurada para manter o equilíbrio.

Uma pipa de água fresca fora colocada à sombra da cabine de convés, e um copeiro mergulhava a concha ali para encher o lota de cada mulher. O longboat de jamna pendia a poucos passos na direção da popa, e Paulette viu que várias mulheres haviam se abrigado sob o escaler, algumas de cócoras e outras deitadas, prostradas: ela se arrastou até lá com o apoio da amurada e agachou ao lado delas, no último retalho de sombra remanescente. Como as demais, Paulette bebeu quase todo o conteúdo do vaso antes de derramar as últimas gotas de líquido sobre a cabeça, deixando que escorresse lentamente pela ghungta encharcada de suor presa sobre seu rosto. Com a água penetrando suas entranhas ressecadas, ela começou a sentir os primeiros tremores da vida regressando, não só a seu corpo como também a sua mente, que parecia voltar à consciência após ficar longamente adormecida sob sua sede.

Até esse momento, a rebeldia e a determinação haviam deixado Paulette obstinadamente cega às possíveis privações da viagem: ela dissera a si mesma que era mais jovem e mais forte do que a maioria delas e que nada tinha a temer. Mas estava claro agora que as semanas por vir seriam mais duras do que qualquer coisa que houvesse imaginado; era possível até que não vivesse para conhecer o fim da jornada. Quando esse pensamento se apossou dela, virou para olhar por sobre o ombro, para a ilha de Ganga-Sagar, e viu-se quase inconscientemente tentando avaliar a distância.

Então a voz de Bhyro Singh soou, indicando que o chamamento estava completo: *Sab házir hai!* Todos presentes!

Virando para a popa, Paulette viu que o capitão Chillingworth aparecera no tombadilho e se postava como uma estátua atrás da balaustrada de fife-rails. No convés principal, um círculo de lascares, maistries e silahdars se posicionara ao longo das amuradas da escuna para vigiar os girmitiyas reunidos.

Olhando o grupo, lathi na mão, Bhyro Singh berrou: *Khamosh!* Silêncio! O Kaptan vai falar e vocês escutam; o primeiro que der um pio vai sentir meu lathi na cabeça.

Sobre o tombadilho, o capitão continuou imóvel, com as mãos cruzadas às costas, calmamente observando a multidão no convés. Embora uma leve brisa houvesse começado a soprar agora, não servia grande coisa para refrescar, pois o ar parecia apenas ficar mais quente com o olhar do capitão: quando finalmente ele falou, sua voz viajou até as curvas do beque, crepitando como línguas de fogo: "Escutem cuidadosamente o que vou dizer, pois nada será repetido outra vez."

O capitão fez uma pausa para permitir a Baboo Nob Kissin traduzir, e então, pela primeira vez desde que aparecera no tombadilho, sua mão direita surgiu e foi vista segurando um chicote cuidadosamente enrolado. Sem virar a cabeça, ele fez um gesto na direção da ilha de Ganga-Sagar, indicando-a com a ponta de seu látego.

... Naquela direção fica o litoral de onde vocês vieram. Na outra, está o oceano, conhecido entre vocês como Água Negra. Talvez pensem que a diferença entre um e outro possa ser claramente visível a olho nu. Mas não é assim. A maior e mais importante diferença entre a terra e o mar não é visível para o olho. É essa — e observem bem...

Agora, conforme Baboo Nob Kissin traduzia, o capitão se curvou para a frente e apoiou o chicote e as mãos com os brancos nós dos dedos nos fife-rails.

... A diferença é que as leis da terra não vigoram na água. No mar, impera uma outra lei, e vocês devem entender que neste navio eu sou o único que as faz. Enquanto estiverem no *Ibis* e enquanto estiverem no mar, serei seu destino, sua providência, seu legislador. Este chabuk que veem na minha mão é apenas um dos guardiões da minha lei. Mas não é o único — eis o outro...

Dizendo isso, o capitão ergueu o chicote e curvou o açoite em torno do punho, formando um laço...

Este é o outro guardião da lei, e não duvidem sequer por um momento que o utilizarei sem hesitar se se mostrar necessário. Mas lembrem-se, sempre, de que não há melhor guardião da lei do que a submissão e a obediência. A esse respeito, este navio é diferente de seus lares e aldeias. Enquanto estiverem aqui, devem obedecer Subedar Bhyro Singh como se fosse seu próprio zemindar, assim como ele obedece a mim. É ele quem conhece seus costumes e suas tradições, e enquanto estivermos no mar ele será seu *mái-báp*, assim como sou o dele. Vocês devem saber que é mediante sua intercessão que ninguém será punido hoje; ele suplicou por clemência em favor de vocês, uma vez que são novos no navio e não conhecem as regras. Mas devem saber também que, da próxima vez em que houver tumulto a bordo, as consequências serão severas, e recairão sobre todos que dele tomarem parte; qualquer um pensando em criar problemas deve ter em mente que é isto que o aguarda...

Agora o laço do chicote se desenrolou para produzir um estalo que rachou o ar superaquecido como um raio caindo do céu.

A despeito do calor do sol, as palavras do capitão haviam gelado Paulette até a medula. Olhando em torno de si, viu que vários girmitiyas mergulhavam em um transe de medo: era como se tivessem acabado de despertar para o pensamento de que não estavam apenas partindo de casa e arrostando a Água Negra — estavam ingressando em um estado de existência em que suas horas despertas seriam governadas pela forca e pelo chicote. Ela pôde ver seus olhos vagando para a ilha próxima; estava tão perto que exercia uma atração quase irresistível. Quando um homem grisalho de meia-idade começou a balbuciar, percebeu instintivamente que ele perdia sua luta contra a atração da terra firme. Apesar da admoestação, foi uma das primeiras a gritar quando o homem deu meia-volta subitamente, empurrou um lascar e se projetou pela amurada.

Os silahdars deram o alarme gritando — *Admi girah!* Homem ao mar! — e os girmitiyas — a maioria dos quais sem fazer a menor ideia do que estava acontecendo — começaram a se atropelar em pânico. Acobertados pela comoção, dois outros migrantes abriram caminho e pularam, jogando-se por sobre a amurada.

Isso levou os guardas a um frenesi, e eles passaram a desferir seus lathis num esforço de tocar os homens de volta à dabusa. Para piorar a confusão, os lascares se atrapalharam ao tentar tirar a cobertura do longboat de jamna; quando o viraram de lado, um bando de galos e galinhas invadiu o convés aos cacarejos. Os malums também haviam corrido na direção do escaler; berravam hookums e puxavam os devis, levantando nuvens da imundície dos animais que os deixou emplastrados em penas, excremento e ração.

Temporariamente esquecidas, as mulheres permaneceram encolhidas junto aos devis do jamna. Curvando-se sobre a amurada, Paulette viu que um dos nadadores já desaparecera sob a água; os outros dois lutavam contra uma corrente que os carregava na direção do mar aberto. Então um grande bando de pássaros surgiu acima dos nadadores, com voos rasantes de tempos em tempos, como que verificando se continuavam com vida. Em poucos minutos a cabeça dos homens sumiu de vista, mas os pássaros continuaram por lá, circulando pacientemente no alto e aguardando que os corpos voltassem à superfície. Embora não fossem mais vistos, ficou claro, pelo modo como os pássaros circulavam no céu, que os cadáveres haviam sido capturados pela maré vazante e eram levados rumo ao horizonte.

Foi por esse motivo que, quando o tão aguardado vento começou a soprar, a tripulação demorou uma eternidade para se preparar para zarpar: porque, depois de tudo que havia acontecido, a perspectiva de cruzar caminho com os três corpos mutilados encheu os lascares de um pavor inominável.

Dezenove

Na manhã seguinte, sob um céu inteiramente encoberto, o *Ibis* cruzou vagas e rajadas que o lançaram numa arfagem galhofeira. Muitos dos girmitiyas haviam começado a experimentar agitações de desconforto enquanto o *Ibis* ainda estava no Hooghly, pois mesmo no máximo da placidez a escuna era muito mais agitada que os vagarosos barcos de rio com os quais estavam acostumados. Agora, com o *Ibis* jogando em um mar encrespado, muitos se viam reduzidos a um estado de desamparo infantil.

Cerca de meia dúzia de baldes e tinas de madeira haviam sido distribuídos pela entrecoberta, num preparativo para os acessos de náuseas. Por algum tempo, eles foram utilizados, com os migrantes mais firmes ajudando os outros a chegar aos balties antes de pôr tudo para fora. Mas logo os recipientes passaram a transbordar e o conteúdo começou a escorrer pelas laterais. Conforme a embarcação mergulhava e subia, mais e mais migrantes sentiam as pernas lhes faltar, esvaziando os estômagos onde quer que estivessem. O cheiro de vômito se somou aos odores insalubres do espaço fechado, multiplicando os efeitos do movimento do barco. Logo era como se o porão estivesse sendo engolfado por uma maré crescente de náusea. Certa noite, um homem se afogou numa poça do próprio vômito e tais eram as condições que sua morte passou despercebida quase que durante a maior parte de um dia. Quando enfim foi notada, tão poucos migrantes conseguiam se pôr de pé que o momento em que jogaram seu corpo na água não foi testemunhado por nenhum deles.

Deeti, como tantos mais, não se dera conta da fatalidade ocorrida bem ali: e mesmo que houvesse percebido, não teria tido forças de olhar na direção do morto. Por vários dias permaneceu incapaz de ficar em pé, quanto mais de deixar a dabusa; era um esforço intolerável até mesmo rolar para fora da esteira quando Kalua queria limpá-la. Quanto à comida e água, o mero pensamento de uma ou outra bastava para fazer o conteúdo de seu estômago lhe subir até os lábios: *Ham nahin tál sakelan* — não posso aguentar, não posso...

Você pode sim; vai conseguir.

Enquanto Deeti começava a se recuperar, Sarju foi ficando cada vez pior. Certa noite, seu gemido tornou-se tão lamentável que Deeti, que não se sentia lá muito cheia de vigor, tomou sua cabeça no colo e cobriu sua testa com um pano úmido. De repente, sentiu o corpo de Sarju ficando tenso sob seus dedos. Sarju? exclamou: Está tudo bem?

Está, sussurrou Sarju. Fique quieta por um momento...

Alarmadas com o gemido de Deeti, outras se viraram para perguntar: O que aconteceu com ela? Qual é o problema?

Sarju ergueu um dedo trêmulo para silenciá-las e então baixou o ouvido até a barriga de Deeti. As mulheres seguraram o fôlego até Sarju abrir os olhos.

O que foi? disse Deeti. O que aconteceu?

Deus encheu seu colo, sussurrou Sarju. Você carrega uma criança!

O único momento em que o capitão Chillingworth estava infalivelmente presente ao convés era no meridiano do dia, quando se juntava aos dois imediatos para medir a altura do sol. Era a parte do dia pela qual Zachary mais ansiava e nem mesmo a presença de Mister Crowle podia diminuir seu prazer com o ritual. Não era apenas por gostar de usar seu sextante, embora isso não fosse pequena parcela desse prazer; para ele, o momento era um prêmio pelo tédio incessante de precisar cumprir quarto após quarto, com o permanente agravante de estar confinado à proximidade do primeiro-imediato: ver a escuna mudando de posição nos mapas era um lembrete de que aquela viagem não duraria para sempre. Todo dia, quando o capitão Chillingworth aparecia com o cronômetro da escuna, Zachary fazia todo o possível para sincronizar seu relógio com o instrumento: o movimento do ponteiro dos minutos era uma evidência, também, de que, a despeito do horizonte imutável adiante, a escuna alterava constantemente seu lugar no universo do tempo e do espaço.

Mister Crowle não possuía relógio e ficava irritado em ver que Zachary tinha um. Todo dia, nessa mesma hora, surgia uma nova provocação: "Aí vai ele outra vez, como um macaco com uma noz..." O capitão Chillingworth, por outro lado, ficava impressionado com a precisão de Zachary: "É sempre bom ter ideia de sua posição no mundo: não faz mal nenhum o homem saber onde está."

Certo dia, quando Zachary acertava seu relógio, o capitão disse: "É um belo brinquedinho este que tem aí, Reid: importa se eu der uma olhada?"

"Não, senhor, de modo algum." Zachary fechou a tampa com um estalo e lhe estendeu o relógio.

As sobrancelhas do capitão se elevaram conforme examinava os padrões das filigranas. "Um lindo instrumento, Reid; artesanato chinês, se não me engano: provavelmente feito em Macau."

"Eles fazem relógios por lá?"

"Ah, sim", disse o capitão. "E muito bons, por sinal." Abriu a tampa, e seu olhar recaiu imediatamente sobre as letras gravadas do lado interno. "Mas o que é isso?" Leu o nome em voz alta — Adam T. Danby — e o repetiu, como que descrente: "Adam Danby?" Virou para Zachary com o sobrolho franzido. "Permite que lhe pergunte como isso veio parar em sua posse, Reid?"

"Bem, senhor..."

Se estivessem a sós, Zachary não teria hesitado em contar ao capitão que Serang Ali lhe dera o relógio: mas com Mister Crowle por perto ouvindo, Zachary não teve coragem de fornecer uma nova carga de munição para o arsenal de provocações do primeiro-imediato. "Bem, senhor", disse, dando de ombros, "obtive-o em uma casa de penhores na Cidade do Cabo."

"Mas foi mesmo?", disse o capitão. "Ora, isso é muito interessante. Muito interessante, de fato."

"Sério, senhor. Por quê?"

O capitão olhou para o sol e esfregou o rosto. "A história é um pouco breezo e exige algum tempo para ser contada", disse. "Vamos lá para baixo, onde poderemos nos sentar."

Deixando o primeiro-imediato no convés, Zachary e o capitão desceram para o refeitório dos oficiais e sentaram-se à mesa.

"Conheceu esse Adam Danby, senhor?", disse Zachary.

"Não", disse o capitão. "Nunca o vi pessoalmente. Mas houve um tempo em que ele era muito conhecido por essas plagas. Muito antes de sua época, claro."

"Quem foi ele, senhor, se me permite a pergunta?"

"Danby?", o capitão deu um meio sorriso para Zachary. "Ora, ninguém mais, ninguém menos que 'o White Ladrone'."

"Ladrone, senhor...?"

"Os ladrones são piratas do mar do Sul da China, Reid; assim chamados por causa de um arquipélago ao largo de Bocca Tigris. Não sobrou muita coisa deles hoje em dia, mas houve um tempo em que foram a mais temível malta de assassinos do alto-mar. Quando eu não passava de um mancebo, eram capitaneados por um sujeito chamado Cheng-I — um bruto impiedoso, também. Percorreu a costa de alto a baixo e chegou até a Cochin-China, saqueando aldeias, fazendo cativos e passando o povo no fio da espada. Tinha a esposa dele, também — uma boa bisca saída de uma casa de tolerância cantonesa. Madame Cheng, era como costumávamos chamá-la. Mas a mulher não chegava para o senhor Cheng-I. Ele capturou um jovem pescador numa de suas pilhagens e fez do rapaz seu companheiro, também! Isso azedou o caldo de Madame Cheng, é o que você acharia? Nada disso. Quando o velho Cheng-I morreu, ela na verdade se casou com o rival! Os dois se entronaram como o rei e a rainha dos ladrones!"

O capitão abanou a cabeça lentamente, como que recordando uma antiga e duradoura estupefação. "Você pensaria que a dupla seria pendurada pelo pescoço pela própria tripulação, não é? Mas está enganado: na China, nada nunca é como se espera; quando você acha que entendeu o que se passa em suas cabeças, eles fazem o zigue-zague de Tom Cox."

"Como assim, senhor?"

"Ora, mas veja bem: Madame Cheng e o rival-feito-marido não foram só aceitos como líderes daqueles sicários — eles também começaram a construir um império pirata. Dez mil juncos sob seu comando de uma vez, cada um com mais de cem homens! Isso trouxe tantos problemas para o imperador que ele enviou um exército contra a mulher. A frota foi desbaratada e ela se rendeu, junto com o marido."

"E o que aconteceu com os dois?", quis saber Zachary.

O capitão deu uma gargalhada resfolegante. "Você imaginaria que ganharam o habeas do cânhamo, não é mesmo?* Nada disso — isso seria um curso de ação direto demais para os celestiais. Enfiaram um chapéu de mandarim na cabeça do rapaz e, quanto a Madame Cheng, ela se safou com uma conversa ao pé d'ouvido e uma multa. Continua levando a vida em Cantão. Mora numa casa confortável, até onde sei."

"E Danby, senhor?", disse Zachary. "Tomou parte na tripulação de Madame Cheng?"

---

* Corda de cânhamo, isto é, a forca. (N. do T.)

"Não", disse o capitão. "Ela já havia soçobrado quando ele surgiu por essas águas. Os asseclas dela, ou o que sobrou deles, se dividiram em pequenos bandos. Você não saberia diferenciar seus juncos de qualquer outro barco do país — uns kampungs flutuantes, é o que eram, com porcos e galinhas, árvores frutíferas e hortas. Levavam as mulheres e crianças com eles, também. Alguns de seus juncos na verdade não eram nem um pouco melhores que o costumeiro flower-boat de Cantão, parte antro de jogatina, parte lupanar. Eles se escondiam em grutas e baías, pilhando embarcações costeiras e saqueando barcos naufragados. Foi assim que Danby caiu nas mãos deles."

"Ele naufragou, senhor?"

"Isso mesmo", disse o capitão, coçando o queixo. "Deixe-me ver: quando foi que o *Lady Duncannon* encalhou? Deve ter sido por volta de 1812 ou 1813 — uns vinte e cinco anos atrás, eu diria. Foi a pique ao largo da ilha Hainan. A maior parte da tripulação conseguiu voltar para Macau. Mas um dos escaleres do navio se perdeu, com cerca de dez ou quinze almas, Danby entre eles. O que aconteceu aos demais não sei dizer, mas uma coisa é certa: Danby acabou indo parar em um bando de ladrones."

"Ele foi capturado?"

"Ou isso, ou o mar o trouxe até a praia. Provavelmente o segundo, se você pensar no rumo que tomou depois."

"E que foi...?"

"Virou catspaw dos ladrones."

"Um catspaw, senhor?"

"Sim", disse o capitão. "Se naturalizou, o Danby. Casou com uma das mulheres deles. Trajou-se em lençóis e panos de prato. Aprendeu o dialeto. Comia cobras com pauzinhos. A coisa toda. Não dá pra culpá-lo, de qualquer jeito. Era só um papalvo de um grumete, saído de Shoreditch ou de algum outro cortiço londrino. Feito ao mar assim que aprendeu a andar. Não é fácil ser o burro de carga, não senhor. Na ponta dos cabos o dia todo e rechaçando vagabundos a noite inteira. Sem muito o que comer além de lobscouse e cavalo velho; a única mulher à vista a Filha do Canhoneiro.* Entre velhos bargantes e a comida, um

---

* *Lobscouse*: guisado de marujo com carne, legumes, biscoito. Filha do Canhoneiro: trocadilho com a expressão naval *kissing the gunner's daughter*, "beijar a filha do canhoneiro", isto é, debruçar o marujo sobre o canhão para aplicação de castigo. (N. do T.)

junco de ladrones devia parecer um pedacinho do paraíso. Acho que não precisaram pensar muito para recrutá-lo na mesma hora — provavelmente, promoveram-no a trepa-mastros mal teve força suficiente para ficar de pé. Mas não era nenhum pawk, o Danby, tinha uma boa cabeça entre os ombros. Inventou um embuste danado de esperto. Ele se enfiava nos melhores trajes de terra firme e se mandava para algum porto, como Manila ou Anjer. Os ladrones seguiam atrás dele e escolhiam alguma embarcação carente de braços. Danby assinava como imediato e os ladrones como lascares. Ninguém suspeitava de coisa alguma, claro. Homem branco bancando o lobo em pele de cordeiro para uma kippage de caudas-longas? A última coisa que passaria pela cabeça do capitão. E Danby era um diabo de fala macia, também. Comprava para si as melhores roupas e quinquilharias que se poderia encontrar no Oriente. Só mostrava seu jogo quando chegava na segurança do alto-mar — e de repente lá estavam eles, hasteando suas cores, abordando o navio num piscar de olhos. Danby desarmava os oficiais, e os ladrones se encarregavam do resto. Enfiavam os cativos nos escaleres e os abandonavam à deriva. E lá se iam, ao sabor do vento com seu prêmio. O ardil mais demoníaco e astuto que alguém já viu. A sorte deles acabou em algum lugar perto do promontório de Java, se não me falha a memória. Interceptados por um navio de linha quando tentavam zarpar com uma de suas presas. Danby foi morto, junto com a maior parte do bando. Mas alguns ladrones conseguiram escapar. Imagino que tenha sido um deles que pôs no prego esse seu relógio."

"Acha mesmo que foi isso, senhor?"

"Ora, sim, é claro", disse o capitão. "Acredita ser capaz de se lembrar onde o conseguiu?"

Zachary começou a gaguejar. "Acho... Acho que talvez, senhor."

"Bem", disse o capitão, "quando chegarmos a Port Louis, não deve deixar de relatar o ocorrido às autoridades."

"Sério, senhor? Por quê?"

"Ah, creio que ficarão muito interessados em rastrear seu relógio até o último dono."

Mordendo o lábio, Zachary olhou o relógio outra vez, lembrando-se do momento em que o serang o presenteara com ele. "E se pegarem o último dono, senhor?", disse. "O que acha que farão?"

"Ah, devem ter um monte de perguntas para lhe fazer, sem dúvida", disse o capitão. "E se houvesse o menor indício de ligação com Danby, estou certo de que seria pendurado pelo pescoço. Não resta a menor dúvida a respeito: existe um cadafalso aguardando qualquer membro da gangue de Danby que ainda estiver espreitando por aí."

Após alguns dias a maioria dos migrantes começou a se recobrar da náusea. Entretanto, ainda que quase todos se recuperassem, alguns não davam o menor sinal de melhora, enquanto outros ainda ficavam cada vez mais fracos e desamparados, de modo que seus corpos definhavam a olhos vistos. Embora o número desses não fosse grande, eles exerciam um efeito desproporcional sobre os demais: na sequência de todos os outros percalços da jornada, sua condição deteriorada criava uma atmosfera de desânimo e desalento em que muitos que já haviam se restabelecido voltavam a se sentir indispostos.

Com intervalos de poucos dias, os maistries aspergiam vinagre ou pó de cal pelos cantos do porão, e alguns pacientes recebiam poções malcheirosas e viscosas para beber. Muitos cuspiam o líquido assim que os guardas lhes davam as costas, pois corria um rumor de que o assim chamado remédio fora preparado com cascos e chifres de porcos, vacas e cavalos. Em todo caso, os remédios não pareciam exercer qualquer efeito nos migrantes em piores condições, dos quais havia cerca de uma dúzia.

O próximo a morrer foi um caldeireiro de trinta anos de Ballia, um homem cujo corpo outrora robusto emaciara quase ao ponto de se tornar um esqueleto. Ele não possuía nenhum parente a bordo, e apenas um amigo, que estava ele próprio doente demais para subir ao convés quando o corpo do morto foi lançado no mar.

Àquela altura, Deeti continuava fraca demais para se sentar ou prestar atenção, mas quando a morte seguinte ocorreu, sua recuperação já ia bem encaminhada: dessa vez, o falecido era um jovem julaha muçulmano de Pirpainti, que viajava com dois primos. Os companheiros do tecelão morto eram mais jovens do que ele, e nenhum se achava em condições de protestar quando um grupo de silahdars desceu à dabusa e lhes ordenou que carregassem o corpo até lá em cima para jogá-lo por sobre a amurada.

Deeti não estava particularmente inclinada a intervir, mas quando ficou claro que ninguém mais diria coisa alguma, o que lhe restava fazer a não ser falar? Esperem! disse aos dois rapazes. Isso não está certo, o que estão mandando vocês fazerem.

Os três silahdars a cercaram, furiosos: Fique fora disso; não é da sua conta.

Mas claro que é, retorquiu. Ele pode estar morto, mas ainda é um de nós: vocês não podem simplesmente jogá-lo fora como se fosse uma casca de cebola.

Então o que você esperava? disseram os silahdars. Quer que paremos e realizemos uma grande tamasha toda vez que um cule morre?

Só um pouco de *izzat*; um pouco de respeito... não está certo nos tratar dessa forma.

E quem vai nos impedir? foi a resposta em tom de zombaria. Você?

Eu não, talvez, disse Deeti. Mas existem outros aqui...

A essa altura, muitos girmitiyas haviam ficado de pé, não com a intenção de confrontar os silahdars, mas na maior parte por curiosidade. Os guardas, contudo, haviam observado a agitação e os movimentos com muita apreensão. Os três silahdars começaram a se afastar nervosamente na direção da escada, onde um deles parou para perguntar, com uma voz subitamente conciliatória: O que deve ser feito, então?

Deem aos parentes dele algum tempo para conversar, disse Deeti. Eles podem decidir o que é necessário.

Vamos ver o que diz o subedar.

Com isso, os guardas voltaram ao convés, e depois de meia hora ou algo assim, um deles gritou através da escotilha para informar os migrantes que o subedar concordara em deixar os parentes do morto cuidarem dos arranjos necessários a seu modo. Essa concessão foi recebida com júbilo ali embaixo, e mais de uma dúzia de homens ofereceu ajuda para carregar o corpo para o convés.

Mais tarde, os parentes do falecido procuraram Deeti para lhe comunicar que o corpo fora limpo como prescrito, antes de ser consignado ao oceano. Todos concordaram que aquela era uma vitória marcante, e nem mesmo os homens mais encrenqueiros ou invejosos podiam negar que se devera em grande parte a Deeti.

Apenas Kalua estava menos do que completamente feliz com o desenlace. Bhyro Singh pode ter dado o braço a torcer dessa vez, sussurrou no ouvido de Deeti, mas não gostou nem um pouco. Ele anda perguntando quem está por trás do tumulto e se era a mesma mulher de antes.

Deeti, jubilosa pelo sucesso, deu de ombros. O que ele pode fazer, agora? disse. Estamos no mar — não pode nos mandar de volta, pode?

* * *

"Recolher a giba!" — *Tán fulána-jíb!*

Durante a maior parte da manhã, a escuna permanecera de bolina cochada sob o vento cada vez mais forte, e os mastros haviam permanecido cheios thesam-thes, com uma grande urgência de velejar. Mas agora, tendo o sol acima de suas cabeças, as vagas no oceano encrespado ascendiam a uma altura em que a escuna continuamente quebrava de popa contra as ondas indóceis. Zachary, exultando com a força da embarcação, teria se mantido a todo pano, mas foi desautorizado pelo capitão, que lhe ordenou a redução do velame.

"A postos!" — *Sab taiyár!*

Recolher a giba exigia apenas um homem no alto do mastro, em geral o mais ágil e leve dentre o trikat-wale. Subindo quase até a borla do mastro do traquete, o lascar soltava o hinch que prendia o topo do velame, enquanto os outros aguardavam embaixo, entre as curvas do beque, a fim de fazer descer a vela com grande esforço e largá-la em seu botaló. Por direito, teria cabido a Jodu subir ali sozinho, mas Mamdoo-tindal odiava trabalhar no pau da bujarrona, sobretudo quando aquele poste de trinta pés charruava as águas, encharcando todos que iam agarrados a ele. Sob o pretexto de verificar que o trabalho fosse feito corretamente, o tindal seguiu Jodu ao subir no mastro e se instalou confortavelmente a baopar na sabar-purwan, acomodando-se na verga enquanto Jodu se alçava ainda mais alto, para se virar sozinho com o hinch.

"Puxar escota à proa!" — *Dáman tán chikár!*

Esperem! A advertência de Mamdoo-tindal veio bem no momento em que o nó era solto.

De repente, como que tomada de pânico, a vela estalou e voou contra o corpo de Jodu: era como se um cisne em fuga estivesse tentando se livrar do perseguidor com um bater frenético de asas. Bem a tempo, Jodu enchilhou os dois braços em torno do mastro e permaneceu agarrado, enquanto os homens lá embaixo começaram a jogar toda a força sobre os hanjes, tentando puxar o pano de volta no lugar. Mas, com as correntes ascendentes soprando forte, a vela não se deixava domar e continuava escoiceando, como que tentando morder os calcanhares de Jodu.

Está vendo?, disse Mamdoo-tindal, com muita satisfação. Não é tão fácil quanto vocês launders costumam pensar.

Fácil? Quem achou que fosse?

Deslizando do calcês, Jodu sentou a cavalo na verga sabar, de modo a ficar com as costas voltadas para o tindal, o mastro entre eles.

De ambos os lados da escuna, o mar apresentava largas faixas de sombra escura, marcando os vales entre as ondas. Lá no alto, na verga, onde os movimentos da embarcação eram exagerados pela altura do mastro, era como se estivessem sentados em uma palmeira castigada pela ventania. Jodu se segurou com mais força, entrelaçando os braços no sawais, sabendo perfeitamente bem que com as águas assim agitadas, uma queda seria a morte certa. Com as rajadas soprando daquele jeito, levaria pelo menos uma hora para a escuna se aproximar, e as chances de sobrevivência eram tão pequenas que provavelmente os afsars nem sequer mudariam o curso: contudo, não havia como negar que o perigo adicionava uma pitada de mirch ao masala dos mastros.

Mamdoo-tindal era de mesma opinião. Ele indicou a ponta do pau da bujarrona, conhecida entre os lascares como *Shaitán-jíb* — língua do diabo —, porque muitos marinheiros haviam perdido a vida ali. Temos sorte de estar aqui, disse. Dê só uma olhada naqueles pobres coitados ali embaixo — os gandus estão tomando um banho como nunca viram. *Chhi!* Como isso faria o kajal de Ghaseeti escorrer!

Relanceando a proa da escuna, Jodu viu que a língua do diabo mergulhava e emergia das ondas; dava caldos nos lascares que iam nela e projetava rajadas de espuma sobre o convés, encharcando os migrantes que saíam pela escotilha para fazer a refeição do meio-dia. Sob os pés de Jodu, abaixo da tralha da esteira, havia uma abertura elíptica entre o trikat coberto pelos vagalhões e o bara: esse vão permitia uma visão do poço da escuna, e olhando por ali, Jodu viu duas figuras trajadas em sari encolhidas sob os devis de jamna. Ele sabia, pela cor do sari, que uma delas era Munia e sabia, também, pela inclinação de sua cabeça velada, que estava olhando para ele.

Essa troca de olhares não escapou a Mamdoo-tindal, que enganchou o cotovelo no mastro para acertar um cutucão em suas costelas. Está encarando aquela garota outra vez, seu launder miolo-mole?

Surpreso com a severidade de seu tom, Jodu disse: Qual o problema em olhar, Mamdoo-ji?

Escute aqui, rapaz, disse Mamdoo-tindal. Não está vendo? Você é um lascar e ela é uma cule; você é um muçulmano e ela não. Não há nada para o seu bico ali: nada a não ser umas chibatadas. Está entendendo?

Jodu explodiu numa gargalhada. Arre, Mamdoo-ji, disse, você leva as coisas a sério demais, às vezes. Qual o problema em algumas piadas e um pouco de risada? Não ajuda o tempo a passar? E não foi você que disse que quando Ghaseeti tinha minha idade ela sempre ia onde queria — nenhum jhula ou beliche estava a salvo dela?

Tchhi! Virando para o lado do vento, o tindal soltou uma cusparada que viajou por toda a extensão da verga, aterrissando no mar do outro lado da escuna. Escute, rapaz, murmurou ele entre dentes, sombriamente. Se você não sabe por que isso é diferente, então um desmastreamento pode muito bem ser o que está precisando.

Até mesmo com grilhões nos pulsos, Ah Fatt era dotado de uma firmeza de mãos que deixava Neel perplexo. Que fosse capaz de apanhar moscas em pleno ar — não matar, mas pegar, aprisionando os insetos entre a ponta do indicador e o polegar — era algo bastante admirável, mas que conseguisse fazer isso no escuro parecia difícil de crer. Muitas vezes, à noite, quando Neel agitava as mãos sem nenhum resultado contra alguma mosca ou mosquito, Ah Fatt segurava seu braço e lhe dizia para ficar quieto: "Shh! Deixa escutar."

Esperar silêncio no chokey era pedir demais: pois com o rangido do madeiramento do navio, a água lambendo o casco, os pés dos marinheiros acima e as vozes dos migrantes no outro lado da divisória, nunca havia quietude ali dentro. Mas Ah Fatt parecia capaz de usar os sentidos de modo a bloquear alguns ruídos enquanto se concentrava em outros: quando o inseto se fazia ouvir novamente, sua mão se projetava em meio às trevas para pôr um fim ao zumbido. Não fazia diferença nem se o inseto estivesse pousado no corpo de Neel: Ah Fatt o agarrava em plena escuridão de um modo que Neel nada sentia, além de uma ligeira beliscada na pele.

Mas nessa noite não foi nem o zumbido de um inseto, nem os braços agitados de Neel que fizeram Ah Fatt dizer: "Shh! Escuta."

"O que foi?"

"Escuta."

De repente, os ferros de Ah Fatt se moveram, e o ruído foi seguido de um guincho frenético e agudo. Então seguiu-se um som de estalo, como de um osso sendo quebrado.

"O que foi isso?", disse Neel.

"Rato." Um odor de excremento encheu o chokey quando Ah Fatt removeu a tampa do balde-latrina para jogar a criatura morta ali dentro.

Neel disse: "Não entendo como você consegue pegar isso com as mãos nuas."

"Aprendido."

"A pegar moscas e camundongos?"

Ah Fatt riu. "Não. Aprendido a escutar."

"Com quem?"

"Professor."

Neel, com todo o seu conhecimento de professores e tutores, não conseguia pensar em nenhum que ensinasse essa habilidade em particular. "Que tipo de professor ensinaria isso a você?"

"Professor que ensinar boxe."

Neel ficou ainda mais perplexo. "Um professor de boxe?"

Ah Fatt riu outra vez. "Estranho não? Pai fez aprender."

"Mas por quê?"

"Ele queria ser como o English Man", disse Ah Fatt. "Querer me ensinar coisas que o English Man devia saber: remar, caçar, críquete. Mas em Guangzhou, não existe caça e não existe jardim para críquete. E remar é feito por criado. Então faz aprender boxe."

"Seu pai? Você morava com seu pai, então?"

"Não. Morar com avó. Em junco."

A embarcação era na verdade um barco-cozinha, com uma proa ampla e achatada, na qual os pratos podiam ser lavados e porcos, abatidos. Um pouco afastada da proa ficava a galley, com um fogão de quatro bocas, protegido por um telhado de bambu; a seção do meio ficava sob a linha-d'água, e à sombra de um toldo, com uma mesa baixa e bancos para os fregueses; a popa era quadrada e alta, com uma casa de dois andares em cima: era ali que a família morava — Ah Fatt, sua mãe, sua avó e quaisquer primos ou outros parentes que acaso estivessem de passagem.

O barco-cozinha fora um presente do pai de Ah Fatt e significara um avanço na vida da família: antes de o menino nascer, haviam morado em um snail-boat que tinha a metade do tamanho. Barry teria apreciado fazer ainda mais pelo filho, tal o peso da culpa que sentia por sua ilegitimidade: de bom grado teria comprado para Chi Mei e sua família uma casa na cidade ou em algum dos vilarejos próximos — Chuen-pi, por exemplo, ou Whampoa. Mas aquela era uma família dan, feita para o rio e pouco à vontade em terra. Barry sabia disso e não fez objeção, embora houvesse deixado claro que gostaria que adquirissem uma embarcação que lhe desse algum crédito: uma grande e colorida pleasure-barge, por exemplo, do tipo que poderia usar para se vangloriar com seu comprador,* Chunqua. Mas Chi Mei e sua mãe eram de criação frugal e uma moradia que não proporcionasse nenhum rendimento era, para elas, algo tão inútil quanto uma porca estéril. Elas não só insistiram em comprar um barco-cozinha, como ainda por cima o fundeavam sob as vistas da fanqui-town e, desse modo, quando Ah Fatt era posto para trabalhar, ajudando com os fregueses, o que começou a acontecer assim que aprendeu a ficar de pé em um convés inclinado, ele podia claramente ser visto das janelas da fábrica chapéu-branco.

Kyá-rê? riam os outros parsis; que belo sujeito é você, Barry — deixando que seu bastardo seja criado como barqueiro. Para suas filhas você constrói mansões em Queensway e para esse camarada, nada? Está certo que não é um de nós, mas existe algo ali, não? Não pode simplesmente lhe dar as costas...

Isso era injusto, pois estava patente para que todos vissem, tanto parsis como os outros, que Barry era um pai indulgente e ambicioso, dotado de toda intenção de prover seu filho único dos recursos necessários para se estabelecer como um cavalheiro de boa posição: o menino estava destinado a ser erudito, ativo e urbano, tão destro no manejo da vara e da arma quanto no do livro e da pena; um Homem que exalaria Hombridade como uma baleia espirra água. Se as escolas se recusassem a aceitar o filho ilegítimo de uma barqueira, então ele contrataria tutores especiais para instruí-lo na arte da leitura e da escrita, em chinês e inglês — desse modo, sempre poderia fazer uma carreira para si como linkister, traduzindo entre os fanquis e seus anfitriões. Havia muitos assim em Cantão, mas a maioria era completamente incompetente; o menino poderia facilmente suplantá-los em conhecimento e quem sabe até fazer um nome para si.

Conseguir tutores predispostos a ensinar em um barco-cozinha dan não era tarefa das mais fáceis, mas, por meio dos contatos de Chunqua, alguns foram encontrados. Ah Fatt devotou-se prontamente as suas lições, e todo ano, quando seu pai regressava a Cantão para passar um tempo, os relatórios de seus progressos ficavam cada vez maiores, sua caligrafia, cada vez mais elegante. Todo ano, Barry trazia

---

* *Pleasure-barge*: barco lento, de fundo chato, destinado ao lazer. *Comprador* (em português, no original): agente natural da China e de outros países asiáticos contratado por empreendedor estrangeiro para servir de colaborador ou intermediário em transações comerciais. (N. do T.)

presentes extravagantes de Bombaim, para agradecer seu comprador por ficar de olho nos avanços da educação do menino; todo ano, por sua vez, Chunqua retribuía com um presente seu, em geral um livro para o menino.

Quando Ah Fatt fez treze anos, o presente foi uma linda edição daquela história famosa e tão querida, *A jornada ao oeste*.

Barry ficou muito entusiasmando quando o nome foi traduzido para ele: "Vai lhe fazer bem ler sobre a Europa e a América. Algum dia vou mandá-lo a esses lugares, para conhecer."

Não sem algum constrangimento, Chunqua explicou que o oeste em questão era de certo modo um bem mais à mão; na verdade, referia-se a nenhum outro lugar senão à terra natal do próprio senhor Moddie — o Hindustão, ou Jambudvipa, como chamada nos livros antigos.

"Oh?" Embora já não tão entusiasmado, Barry deu o presente ao menino, de qualquer maneira, sem nem imaginar que logo lamentaria essa decisão irrefletida. Posteriormente, ficou convencido de que foi esse livro o responsável pelas fantasias que entraram na cabeça de Ah Fatt: "Quero viajar para o oeste..."

Toda vez que o menino o via, suplicava para conhecer a terra natal de seu pai. Mas essa era a única indulgência com que Barry não podia condescender: pensar em permitir que o menino velejasse para Bombaim em um dos navios de seu sogro; imaginá-lo descendo a prancha de desembarque e indo ao encontro do bando de parentes à espera; conceber a ideia de apresentá-lo à sogra, à esposa, às filhas, uma evidência carnal de sua outra vida, em Cantão, que eles conheciam apenas como sendo o local de origem de sedas ricamente bordadas, leques finos e prata aos borbotões — nenhum desses pensamentos era suportável por mais do que um instante; ora, seria como soltar um exército de cupins no assoalho de parquete de sua mansão Churchgate. Os outros parsis de Cantão talvez soubessem do garoto, mas ele sabia que podia confiar em sua discrição: afinal, ele, Barry, não era o único a negligenciar o celibato durante esses longos meses de exílio. E mesmo que um ou outro rumor chegasse a sua cidade natal, ele sabia que as pessoas iriam ignorá-lo, contanto que a prova permanecesse em segurança oculta do escrutínio geral. Se, por outro lado, ele aparecesse com o menino para que as pessoas o vissem com os próprios olhos, então a grande chama do escândalo explodiria pelas portas do templo-fogo, para acender uma conflagração que ao fim e ao cabo terminaria consumindo seu lucrativo modo de vida.

Não, Freddy, me escute, ele disse para Ah Fatt. Esse "oeste" que você enfiou na cabeça é só uma coisa inventada em um velho livro tolo. Futuramente, quando estiver maior, vou mandá-lo para o Ocidente de verdade — para a França, a América ou a Inglaterra, algum lugar onde as pessoas sejam civilizadas. Quando estiver por lá, você conseguirá se estabelecer como alguém de destaque ou caçador de raposas. Mas tire o Hindustão da cabeça; esqueça-o. É o único lugar que não é bom para você.

"E ele tinha razão", disse Ah Fatt. "Não foi bom para mim."

"Por quê? O que você fez?"

"Roubo. Fiz roubo."

"Quando? Onde?"

Ah Fatt se afastou, enterrando o rosto. "Outra hora", disse, a voz abafada. "Não agora."

A turbulência do mar aberto exerceu um efeito calamitoso nos processos digestivos de Baboo Nob Kissin, e vários dias se passaram antes que fosse capaz de deixar a cabine a meia-nau e sair para o convés principal. Mas quando finalmente conseguiu estar ao ar livre e sentir a maresia em seu rosto, compreendeu que todos aqueles dias de enjoo, diarreia e vômito foram o necessário período de sofrimento que precede um momento de iluminação: pois bastava-lhe olhar para a névoa de espuma erguida pela proa da escuna para saber que o *Ibis* era um navio diferente de qualquer outro; em sua realidade interior, era um veículo de transformação, viajando através das brumas da ilusão rumo a sua terra de destino elusiva e fugidia que era a Verdade.

Em nenhum outro lugar essa transformação ficava mais evidente do que em si próprio, pois a presença de Taramony era tão palpável dentro dele agora que seu corpo exterior se parecia cada vez mais com as bandagens gastas de um casulo, destinado muito em breve a se separar do novo ser que era gestado ali dentro. Cada novo dia oferecia um indício renovado da crescente plenitude da presença feminina em seu interior — por exemplo, a repulsa cada vez maior com a rudeza dos maistries e silahdars com quem tinha de forçosamente conviver: quando os ouvia falar de peitos e nádegas, era como se seu próprio corpo estivesse sendo comentado e ridicularizado; às vezes, sua necessidade de velar o rosto era tão intensa que cobria a cabeça com um lençol. As agitações maternais também agora haviam se tornado tão prementes que não conseguia mais caminhar pelo convés principal sem permanecer por algum tempo sobre o pedaço que ficava acima da cela dos condenados.

Essa propensão lhe granjeou uma profusão de galis dos lascares e várias diatribes raivosas de Serang Ali: "Para o que você ficando aqui como barata-tonta? Sujeito muito demais bobagi — nunca atinge utilidade."

Mister Crowle era ainda mais direto: "Pander, seu chupa-batoques devorador de caralhos! Com toda a vasta abóbada celeste em cima de nós, por que tinha que vir balançar esses melões bem aqui? Estou dizendo, Pander, se eu o vir de novo por aqui, mando coser uma adriça no rego desse seu traseiro."

Ante esses ataques a sua dignidade, o gomusta tentava sempre responder com matriarcal presença de espírito. "Senhor, é dever deplorar seus grosseiros reparos. Não tem necessidade de passar comentários sujos-sujos. Por que tempo todo dando olhar de fuzil e criticando? Somente eu sair para pegar ar e refrescar. Se senhor está ocupado, não precisa conceder atenção demasiada."

Mas a proximidade parcial de sua presença duradoura no convés era motivo de exasperação não apenas para os marinheiros, mas também para Taramony, cuja voz agora não saía da cabeça de Baboo Nob Kissin, instando-o a entrar no próprio chokey, para deixá-la mais perto de seu filho adotivo. Essas exortações precipitaram um conflito feroz entre a emergente mãe, buscando o conforto de sua criança, e aquela parte de Baboo Nob Kissin que continuava a ser um gomusta mundano, coibido pelos costumes todos das convenções cotidianas.

Mas não posso descer lá! protestava ele. O que as pessoas vão pensar?

Em que isso importa? ela respondia. Pode fazer o que quiser: não é o comissário do navio?

Não havia como negar que Baboo Nob Kissin era um dos poucos a bordo do *Ibis* a ter o direito de acesso a qualquer parte do navio. Na função de comissário, frequentemente tinha negócios a tratar com o capitão e era visto com regularidade entrando na área reservada aos oficiais, onde às vezes parava espreitando à porta de Zachary, na esperança de escutar sua flauta outra vez. Na qualidade de oficial, também havia sido autorizado, por Mister Burnham, a inspecionar as demais áreas da embarcação, e até mesmo tinha em sua posse um molho de chaves reserva para o chokey.

Nada disso era segredo para Taramony, e conforme se passavam os dias, ia ficando claro para Baboo Nob Kissin que se em algum momento ela fosse se manifestar nele, então ele teria de abarcar cada aspecto de seu ser, incluindo a capacidade dela para o amor maternal. Não havia escapatória: ele tinha de encontrar um jeito de entrar no chokey.

Como um animal regressando a seu elemento natural, o *Ibis* parecia ficar mais e mais exuberante à medida que singrava o mar aberto. A escuna flutuava na baía de Bengala havia exatamente uma semana quando Paulette ergueu os olhos de sua roupa lavada certa tarde e notou que o céu acima era de um azul luminoso, radiante, sua cor intensificada pelos farrapos de nuvens que espelhavam as cristas espumosas na água abaixo. O vento soprava com força implacável, e as ondas e nuvens pareciam disputar uma corrida entre si diante de um único e vasto firmamento, com a escuna a todo pano em seu encalço, o vigamento gemendo pelo esforço da perseguição. Era como se a alquimia do alto-mar houvesse dotado a embarcação de vontade própria, de vida própria.

Curvando-se sobre a amurada, Paulette baixou cuidadosamente seu balty para apanhar um pouco d'água. Quando o puxava de volta, um peixe-voador saiu do recipiente para pular de volta nas ondas. O movimento de suas nadadeiras provocou um gritinho alegre em Paulette e o susto a fez entornar o balty, espirrando o conteúdo parte em si mesma, parte no convés. Alarmada com a bagunça, ela se ajoelhou e começou apressadamente a empurrar a água pelos embornais quando escutou um brado peremptório: "Você aí — é, você!"

Era Mister Crowle, e para grande alívio de Paulette, não se dirigia a ela, mas a alguma outra pessoa: como sua voz se erguia em um tom que normalmente empregava com os mais inferiores dos lascares, Paulette presumiu que gritava com algum launder ou topas desafortunado. Mas não era o caso; olhando na direção da popa, viu que era com Zachary que falava daquele jeito. Ele estava no tombadilho, voltando para sua cabine ao final de seu quarto. Tinha o rosto vermelho ao se aproximar dos fife-rails. "Estava falando comigo, Mister Crowle?"

"Isso mesmo."

"O que foi?"

"Que negócio mais descabelado é esse aqui? Andou tirando uma droga de cochilo no seu plantão?"

"Onde, Mister Crowle?"

"Venha ver com seus malditos olhos."

Sendo aquela hora da refeição, o convés se encontrava quase tão ruidoso como sempre estivera, com dezenas de girmitiyas, capatazes, lascares e bhandaris conversando, se empurrando e discutindo enquanto comiam. O diálogo entre os imediatos fez o burburinho cessar de repente: que o rancor imperava entre os malums não era segredo para ninguém, e todos os olhos se viraram para observar quando Zachary tomou o rumo do beque.

"Qual o problema, Mister Crowle?", disse Zachary, subindo ao convés do castelo de proa.

"Diga-me você." O primeiro-imediato apontou alguma coisa na frente, e Zachary se curvou sobre as curvas do beque para dar uma olhada. "Tem olhos para ver, Manequinho, ou precisa que alguém explique?"

"Vejo o problema, Mister Crowle", disse Zachary, se endireitando. "O estribo soltou do anel e a bujarrona e a gamarra enroscaram no pica-peixe. Como isso foi acontecer não consigo imaginar, mas vou arrumar."

Zachary já ia arregaçando as mangas quando Mister Crowle o deteve. "Não é seu trabalho, Reid. Nem é seu papel também me dizer como deve ser arrumado. Tampouco quem vai fazer."

Virando-se na direção da popa, o primeiro-imediato perscrutou o convés com a mão em pala, estreitando os olhos com força, como que à procura de alguém em particular. A busca terminou quando avistou Jodu, descansando no kursi do mastro de traquete: "Você aí, Sammy!" Com o dedo em curva ordenou que Jodu viesse até a proa.

"Senhor?" Pego de surpresa, Jodu apontou para si mesmo, como que pedindo confirmação.

"Isso, você mesmo! Mexa-se, Sammy."

"Senhor!"

Enquanto Jodu descia pelo mastro, Zachary protestava com o primeiro-imediato: "Ele só vai conseguir se machucar, Mister Crowle. O marujo é muito verde..."

"Não tão verde que não pudesse resgatá-lo na água", disse o primeiro-imediato. "Vamos vê-lo tentando a sorte no pau da bujarrona."

Alarmada agora, Paulette abriu caminho a custo até a amurada de vante, onde vários migrantes se acotovelavam, e conseguiu um lugar de onde podia ver Jodu se pendurando pelo gurupés da escuna, acima do mar revolto. Até então, Paulette prestara pouca atenção na arquitetura do navio, tratando seus mastros, velas e cordames como uma cama de gato amalucada de cabos, polias e pinos. Ela notava agora que o gurupés, por mais que parecesse uma mera extensão da figura de proa ornamental da escuna, era na verdade um terceiro mastro, lateral, que se projetava acima da água. Como os outros dois mastros, o gurupés era aparelhado com uma extensão, o pau da bujarrona, de modo que o conjunto completo, quando considerado num todo, estendia-se pelo menos uns dez metros além do talha-mar da escuna. Retesadas ao longo do botaló, havia três velas latinas triangulares: era a anteavante delas que de algum modo se enroscara num emaranhado e para onde Jodu se dirigia, na extremidade do pau da bujarrona — a língua do diabo.

O *Ibis* subia por uma vaga quando Jodu começou seu avanço, e a primeira parte do trajeto foi uma ascensão, em que puxava seu corpo ao longo de um poste projetado rumo ao céu. Mas quando a crista da onda passou, a escalada se transformou numa descida, com a língua do diabo apontando para as profundezas. Ele atingiu a giba bem no momento em que o *Ibis* arremetia de nariz no vale entre dois vagalhões. O ímpeto do movimento da escuna fez com que mergulhasse na água, com Jodu agarrado ao navio, como uma craca no focinho de uma baleia sondando o mar. E lá foi ele cada vez mais fundo, o branco de seu banyan tornando-se primeiro um borrão, e depois desaparecendo inteiramente de vista conforme o oceano engolfava o gurupés e subia varrendo as amuradas. Paulette prendeu a respiração quando mergulhou, mas ele demorou tanto que foi forçada a puxar o ar novamente — e novamente — antes que a proa do *Ibis* começasse a emergir para cavalgar a próxima vaga ascendente. Agora, com o gurupés fora da água, Jodu podia ser visto deitado de comprido, os braços e pernas cingindo com força a língua de madeira. Quando chegou ao final de sua trajetória, a giba chicoteou para o alto, como que tentando catapultar seu cavaleiro para as nuvens de velas mais acima. Um jorro d'água veio na direção contrária ao longo do gurupés, encharcando vários espectadores aglomerados junto às curvas do beque. Paulette mal notou a água: tudo que queria era saber se Jodu continuava vivo e capaz ainda de se segurar — depois de um caldo como aquele, sem dúvida precisaria de toda força que lhe restara para a escalada de volta ao convés.

Zachary, nesse ínterim, ia tirando a camisa: "O senhor pode ir para o inferno, Mister Crowle; não vou ficar aqui parado assistindo enquanto perdemos um homem."

A escuna escalava uma onda quando Zachary pulou no gurupés, e a língua do diabo continuava acima da água quando passou pelo pau de pica-peixe. Ao longo dos segundos seguintes, com a proa da escuna livre das ondas, Jodu e Zachary trabalharam rápido, cortando cordas e cabos, enfiando moitões e cadernais em seus encaixes. Então a escuna iniciou sua arremetida descendente e os dois homens achataram o corpo contra o botaló, mas suas mãos agora estavam tão atrapalhadas com pontas soltas de cabos e velas que parecia impossível conseguirem achar um ponto de firmeza apropriado.

Hé Rám! Um grito coletivo subiu do grupo de migrantes quando a língua do diabo afundou na água, mergulhando os marujos sob a superfície. De repente, com o choque de uma epifania, ocorreu a Paulette que o mar agora tinha em seu poder as duas pessoas que mais importavam para ela no mundo. Ela não suportou a visão, e seu olhar vagou para Mister Crowle. Ele, também, tinha os olhos fixos no gurupés, e ela viu, para seu espanto, que o rosto dele, em geral duro e carrancudo, tornara-se fluido como o mar, com turbilhões de emoções sobrepostas agitando-se na superfície. Então, um urro animado — *Jai Siyá-Rám!* — atraiu seu olhar de novo ao gurupés, que emergira da água com os dois homens ainda agarrados a ele.

Lágrimas de alívio brotaram em seus olhos quando Zachary e Jodu deslizaram de volta do gurupés, para cair a salvo outra vez no convés. Por um capricho do destino, Jodu aterrissou a alguns palmos de onde ela estava. Mesmo que quisesse tê-lo feito, não teria conseguido se impedir de dizer alguma coisa: seus lábios murmuraram o nome dele como que dotados de vontade própria: Jodu!

Os olhos dele se arregalaram quando virou para fitar a cabeça sob a ghungta, e ela fez um movimento quase imperceptível para adverti-lo — como na infância, isso bastou; ele não ia trair um segredo. Curvando a cabeça, ela se afastou e voltou a seus afazeres da lavanderia.

Foi somente quando deixava os embornais, a fim de pendurar a roupa lavada na enxárcia de ré, que voltou a ver Jodu. Ele assobiava despreocupadamente, carregando um pino de leme em suas mãos. Quando passou, o pino caiu e ele se ajoelhou, engatinhando em torno como se o procurasse pelo convés inclinado.

Putli? sibilou ao passar por ela. É você mesmo?

O que acha? Não disse que eu ia estar a bordo?

Ele deu uma risada abafada: Eu devia saber.

Nem um pio com ninguém, Jodu.
Feito. Mas só se você mandar minhas lembranças.
Para quem?
Munia, sussurrou ele, ficando de pé.
Munia! Fique longe dela, Jodu; você só vai conseguir se meter em encrenca...
Mas sua advertência foi em vão, pois ele já sumira.

Vinte

Seria devido ao rubor de grávida de Deeti? Ou era por causa de seu sucesso em lidar com os maistries? Fosse por uma coisa ou outra, aconteceu de cada vez mais pessoas darem para chamá-la de Bhauji: era como se tivesse sido designada a matriarca da dabusa por consentimento geral. Deeti não dedicou à questão qualquer reflexão: nada havia a fazer, afinal, se todos queriam tratá-la como se fosse a esposa do irmão mais velho deles. Talvez não se mostrasse tão confiante se houvesse considerado as responsabilidades implicadas em ser uma Bhauji para o mundo em geral, mas não o tendo feito, foi pega desprevenida quando Kalua lhe contou que fora procurado por alguém buscando seu aconselhamento em um assunto de grave importância.

Por que eu? disse ela, alarmada.

Quem mais senão a Bhauji? disse Kalua, sorrindo.

Tudo bem, ela disse. Diga-me: *Ká? Káwan? Kethié?* O quê? Quem? Por quê?

O homem em questão, contou-lhe Kalua, era Ecka Nack, o líder do grupo de montanheses que haviam se juntado aos migrantes em Sahibganj. Deeti o conhecia de vista: um sujeito musculoso e de andar cambaio, dotado do semblante grisalho e conduta reflexiva de um ancião de aldeia, embora provavelmente não tivesse mais que trinta e cinco anos.

O que ele quer? disse Deeti.

Ele quer saber, disse Kalua, se Heeru não gostaria de fixar moradia com ele quando chegarmos a Mareech.

Heeru? Isso deixou Deeti tão perplexa que não conseguiu abrir a boca por vários minutos. Ela notara, é claro — e quem não notaria? —, os olhares famintos que eram dirigidos a todas as mulheres no navio. Contudo, jamais teria pensado que Heeru — a pobre e simplória Heeru, que se tornara girmitiya quase por acidente, após ter sido abandonada pelo marido em um mela — seria a primeira a evocar um oferecimento sério.

E aqui estava outro enigma: se essa era de fato uma proposta séria, então proposta de quê? Decerto não podia ser de casamento? Heeru era, segundo ela mesmo contara, uma mulher casada, cujo marido continuava vivo; e sem dúvida o próprio Ecka Nack tinha uma ou duas esposas, lá em suas colinas de Chhota Nagpur. Deeti tentou pensar em como poderia ser a aldeia dele, mas tal era seu horror de mulher de planície que só pôde estremecer. Estivessem em sua terra, o arranjo teria sido inconcebível, mas ali, na ilha, que diferença fazia se você era oriundo das planícies ou das montanhas? Para Heeru, estabelecer um lar com um montanhês não diferia em nada do que ela própria, Deeti, fizera. Decerto todos os antigos laços eram irrelevantes agora que o oceano varrera o passado com suas águas?

Quem dera fosse assim!

Se a Água Negra realmente podia submergir o passado, então por que ela, Deeti, continuava a ouvir vozes nos recessos de sua cabeça, condenando-a por fugir com Kalua? Por que deveria ela saber que, por mais fortemente que tentasse, jamais seria capaz de silenciar os sussurros que lhe diziam que ela iria pagar pelo que fizera? Não apenas nesse momento ou no amanhã, mas por kalpas e yugas, durante uma vida inteira após uma vida inteira, pela eternidade. Ela era capaz de ouvir esses murmúrios bem agora, perguntando: Quer que Heeru compartilhe desse mesmo destino?

Esse pensamento a fez resmungar de irritação: que direito tinha alguém de envolvê-la nessa enrascada? O que Heeru era dela, afinal? Nem tia, nem prima, nem sobrinha. Por que ela, Deeti, deveria ser obrigada a suportar o fardo do destino da outra?

Contudo, a despeito de seu ressentimento quanto à imposição, Deeti não podia deixar de reconhecer que Ecka Nack estava, dentro de seu próprio entendimento, tentando fazer o que era certo e honrado. Agora que estavam todos afastados do lar, não havia nada para impedir homens e mulheres de formar pares em segredo, como animais, demônios e pishaches supostamente faziam: não havia qualquer razão premente para que buscassem a sanção de outra coisa senão de seus próprios desejos. Sem nenhum pai, mãe ou ancião para decidir sobre essas questões, quem sabia qual a forma correta de realizar um casamento? E acaso ela mesma não dissera, no início, que eram todos aparentados agora; que seu renascimento no útero da embarcação os tornara uma só família? Mas por mais verdadeiro que isso fosse, era verdade também que não eram tanto assim uma família a ponto de tomar decisões uns pelos outros: Heeru teria de decidir por si mesma.

Nos últimos dias, a cabeça de Zachary voltara recorrentemente para o relato do capitão Chillingworth sobre o White Ladrone. Tentando encaixar as partes soltas da história, Zachary concedera a Serang Ali o benefício de toda dúvida possível, mas por mais que tentasse olhar aquilo com bons olhos, não conseguia se livrar da suspeita de que o serang o viera preparando, a ele, Zachary, para vestir a pele de Danby. O pensamento não lhe deu trégua, e ele ansiava por discutir o assunto com alguém. Mas quem? Seu relacionamento com o primeiro-imediato sendo o que era, abrir-se com ele estava fora de questão. Zachary decidiu em vez disso que tomaria o capitão por confidente.

Era o décimo dia do *Ibis* no mar aberto e, quando o sol começou seu declínio, o firmamento se encheu de cirros-cúmulos e fiapos pisciformes: logo a escuna navegava a barlavento sob um céu inegavelmente úmido. Ao pôr do sol, o vento mudou, também, com a escuna sendo açoitada por rajadas de chuva e de vento que insistiam em colar as velas contra os mastros em trovejantes detonações de lona.

Mister Crowle fazia a primeira vigília da noite e Zachary sabia que o tempo agitado serviria para mantê-lo ocupado no convés. Mas só para ter certeza de que ficaria fora de seu caminho, aguardou o segundo toque do quarto antes de atravessar o refeitório dos oficiais até a cabine do capitão. Teve de bater duas vezes antes de obter resposta: "Jack?"

"Não, senhor. Sou eu, Reid. Queria saber se posso ter uma palavrinha com o senhor. Em particular."

"Não pode esperar?"

"Bem..."

Houve uma pausa, seguida de uma bufada aborrecida. "Ah, muito bem, então. Mas precisa arvorar os remos por um ou dois minutos."

Dois minutos se passaram, e então um pouco mais: embora a porta permanecesse fechada, Zachary podia escutar o capitão andando de um lado a outro e mexendo na água em uma bacia. Ele sentou à mesa do refeitório, e depois de uns bons dez minutos a porta se abriu e o capitão Chillingworth surgiu no vão. Um clarão vindo da lanterna do refeitório revelou que usava um traje inesperadamente suntuoso, um antiquado banyan de cavalheiro — não a camisa listrada de marinheiro do tipo que a palavra costumava designar, em tempos recentes, mas um vasto manto talar, com intrincados bordados, do tipo que nababos ingleses haviam popularizado uma geração antes.

"Entre, Reid!" Embora o capitão tomasse o cuidado de manter o rosto protegido da luz, Zachary podia perceber que despertara não sem algum esforço, pois gotas d'água cintilavam nas pregas de sua papada e em suas espessas sobrancelhas grisalhas. "E feche a porta, por favor."

Zachary nunca estivera na cabine do capitão antes: passando pela porta agora, percebia os sinais de uma arrumação feita às pressas, com a colcha puxada de qualquer maneira sobre o beliche e uma jarra de cabeça para baixo dentro da bacia. O camarote tinha duas vigias, ambas abertas, mas a despeito da refrescante brisa que penetrava por elas, um cheiro de fumaça pairava no ar.

O capitão estava de pé ao lado de uma das vigias, respirando fundo como que para limpar os pulmões. "Veio aqui para uma conversinha ao pé d'ouvido sobre Crowle, não foi, Reid?"

"Bom, na verdade, senhor..."

O capitão não pareceu escutá-lo, pois prosseguiu sem se interromper: "Ouvi dizer do ocorrido no pau da bujarrona, Reid. Não faria muito caso disso, se fosse você. Crowle é um demônio calejado, não tenha dúvida, mas não se deixe intimidar por suas provocações. Acredite em mim, ele tem mais medo de você do que você dele. E não sem motivo, decerto: pode ser que nos sentemos à mesma mesa aqui a bordo, mas Crowle sabe perfeitamente bem que um homem como ele não serviria para limpar suas botas se estivéssemos em terra firme. Esse tipo de coisa pode corroer um homem por dentro, você sabe. Temer e ser temido é tudo que já conheceu; então como acha que é para ele ver que você consegue evocar lealdade tão facilmente, mesmo entre os lascares? Se estivesse no lugar dele, não acharia igualmente injusto? E não se sentiria tentado a infligir seu ressentimento em cima de alguém?"

Nisso a escuna tombou para sota-vento, e o capitão teve de apoiar a mão no costado para se firmar. Aproveitando a pausa, Zachary disse rapidamente: "Bom, na verdade, senhor, não estou aqui por causa de Mister Crowle. Trata-se de outro assunto."

"Oh!" Isso pareceu desconcertar o capitão Chillingworth, pois começou a coçar a cabeça calva. "Tem certeza de que não pode esperar?"

"Já que estou aqui, senhor, talvez seja melhor tratarmos da questão de uma vez, não?"

"Muito bem", disse o capitão. "Presumo que o melhor a fazer seja sentar, então. Está encapelado demais para ficarmos de pé."

A única fonte de luz no camarote vinha de um lampião com a chaminé enegrecida. Por mais fraca que fosse, a chama parecia brilhante demais para o capitão, e ele protegeu os olhos com a mão conforme cruzava a cabine para sentar em sua escrivaninha.

"Prossiga, Reid", disse, acenando com o queixo para a poltrona do outro lado da mesa. "Sente-se."

"Pois não, senhor."

Zachary estava prestes a se acomodar quando bateu os olhos em um objeto comprido e laqueado pousado sobre o estofamento. Apanhou-o e viu que estava quente ao toque: era um cachimbo, com um bulbo do tamanho de um polegar humano na ponta de uma haste fina como um dedo e longa como um braço. Uma linda obra de artesanato, com veios esculpidos lembrando os nós de um caule de bambu.

O capitão também notara o objeto: soerguendo o corpo na cadeira, bateu com o punho em sua coxa, como que a se censurar por sua distração. Mas quando Zachary lhe estendeu o cachimbo, ele o apanhou com um gesto inabitualmente gracioso, esticando ambas as mãos e curvando-se, de uma maneira que parecia mais chinesa do que europeia. Então, depositando o utensílio sobre a mesa, aninhou a papada na palma da mão e fixou os olhos nele em silêncio, como se estivesse tentando pensar em algum modo de justificar a presença daquilo em sua cabine.

Finalmente, ele se mexeu e limpou a garganta. "Você não é nenhum simplório, Reid", disse. "Tenho certeza de que sabe do que se trata e qual o seu uso. Eu seria um fariseu se pedisse qualquer tipo de desculpa por isso, então, por favor, não espere por nenhuma."

"Não esperava, senhor", disse Zachary.

"Você provavelmente iria descobrir mais cedo ou mais tarde, então deve ter sido melhor assim. Dificilmente se pode considerar um segredo."

"Não é da minha conta, senhor."

"Pelo contrário", disse o capitão, com um sorriso irônico, "nessas águas é da conta de todo mundo, e será da sua, também, se pretende seguir na vida de marujo; é algo que você vai estivar, embalar, vender... e não conheço um marujo que não tenha experimentado sua carga de vez em quando, sobretudo quando é do tipo que pode ajudar a esquecer as borrascas e calmarias que governam seu desgoverno."

O queixo do capitão afundara dentro de sua papada, agora, mas sua voz ganhara em vigor e firmeza. "Um homem não é um marinheiro, Reid, se não sabe o que é ficar paralisado numa bonança, e uma coisa deve ser dita do ópio, que ele opera uma estranha mágica com o tempo. Passar um dia depois do outro, ou mesmo uma semana após a outra, torna-se tão fácil quanto mudar de convés. Você pode não dar o devido crédito — eu mesmo não dava, até sofrer o infortúnio de estar em uma embarcação que permaneceu presa vários meses em um pequeno porto deplorável. Foi em algum lugar no Mar de Sula — a cidade mais horrorosa que já tive oportunidade de ver; o tipo do lugar onde toda gigolete é uma boneca burlesca, e você não pode pisar em terra por medo de ser estralheirado pela frontaria. Nunca me senti tão acachapado contra um vento ponteiro como nesses meses, e quando o despenseiro, um sujeito de Manila, me ofereceu umas cachimbadas, confesso que aceitei com entusiasmo. Sem dúvida você espera que eu me culpe por minha fraqueza, mas não senhor, não me arrependo do que fiz. Foi uma dádiva como jamais conheci uma. E como todas as dádivas que a natureza nos dá — o fogo, a água e todo o resto —, exige ser utilizado com o maior cuidado e cautela."

O capitão ergueu o rosto para fixar os olhos brilhantes brevemente em Zachary. "Houve muitos anos, acredite em mim, em que não fumei mais que um único cachimbo por mês, e se você viesse a pensar que tal moderação não é possível, então eu o faria saber que não só é possível como também é de lei. Há esses tolos, senhor, que imaginam que qualquer um que encoste em um cachimbo está instantaneamente condenado a definhar num antro enfumaçado. A grande maioria dos que caçam o dragão, sou capaz de apostar, só o fazem uma ou duas vezes por mês, não por sovinice ou qualquer motivo assim, mas porque é exatamente essa parcimônia que gera o prazer mais apurado, mais requintado. Há aqueles, é claro, que logo da primeira vez que experimentam já sabem que nunca mais deixarão esse paraíso fumacento — são os genuínos viciados e eles nascem desse jeito, não se tornam. Mas para a comum estirpe dos homens — e eu me incluo nesse número — deixar-se deslastrar pela lama negra exige alguma outra coisa, uma reviravolta do destino, uma vulnerabilidade da sorte... ou talvez, como foi o caso comigo, reveses de uma natureza pessoal, que por acaso coincidiram com uma enfermidade debilitante. Certamente, na época em que aconteceu, eu não poderia ter tido um melhor remédio para meus males..."

O capitão parou de falar para fitar Zachary. "Diga-me, Reid: sabe me informar qual a propriedade mais milagrosa dessa substância?"

"Não, senhor."

"Então vou lhe dizer: ela aniquila o desejo de um homem. Isso é que faz dela um maná para o marinheiro, bálsamo da pior dentre suas aflições. Ela acalma o incessante tormento da carne que o persegue através dos mares e o leva a pecar contra a Natureza..."

O capitão baixou os olhos para suas mãos, que haviam começado a tremer. "Vamos, Reid", disse, de repente. "Já desperdiçamos fôlego demais. Uma vez que seguimos por este curso, deixe-me lhe perguntar: não gostaria de experimentar uma baforada? Não lhe será possível evitar essa experiência permanentemente, asseguro-lhe — a curiosidade bastará para conduzi-lo a isso. Você ficaria espantado..." — interrompeu-se com uma risada — "oh, você ficaria espantado com os passageiros que já conheci que quiseram içar a smoke-sail: ralha-demônios brandindo sua Bíblia; graves edificadores do Império; matronas espartilhadas de afetação inexpugnável. Se pretende singrar a rota do ópio, chegará o dia em que você, também, sangrará o macaco. Então por que não agora? Não é um momento tão bom quanto qualquer outro?"

Zachary olhava, como que hipnotizado, para o cachimbo e sua haste delicada e polida. "Ora, decerto, senhor", ele disse. "Eu gostaria."

"Ótimo."

Puxando uma gaveta, o capitão tirou uma caixa que era, no brilho laqueado de seu polimento, o par perfeito para seu cachimbo. Quando ele abriu a tampa, revelaram-se diversos objetos ali dentro, sobre um forro de seda vermelha, engenhosamente aninhados. Um por um, como um boticário ao balcão, o capitão retirou os objetos de seus nichos e os colocou na mesa diante de si: uma agulha com ponta metálica e uma haste de bambu; uma colher de cabo comprido de manufatura similar; uma minúscula faca de prata; um pequeno recipiente redondo, feito de marfim e dotado de entalhes tão ornamentados que Zachary não teria ficado surpreso de ver um rubi ou diamante alojado ali dentro. Mas em lugar disso o que havia era uma bolota de ópio, baça em aparência, lodosa em cor e textura. Armando-se da faca, o capitão Chillingworth cortou um pedaço minúsculo e o depositou no côncavo da colher de cabo longo. Então, removendo o vidro do lampião, manteve a colher diretamente sobre a chama, segurando-a até a goma mudar de consistência e se liquefazer. Agora, com o ar cerimonioso de um padre executando um ritual de comunhão, estendeu o cachimbo a Zachary: "Não deixe de pôr os pulmões para trabalhar quando eu derramar a gota: uma insuflada ou duas é tudo que terá antes que termine." Agora, movendo-se com o maior cuidado, o capitão mergulhou a ponta da agulha no ópio e a segurou acima da chama. Assim que a gota começou a ferver, ele a entornou dentro do bulbo do cachimbo. "Certo! Agora! Não perca nem um fiapo!"

Zachary levou a haste aos lábios e aspirou uma lufada da fumaça rica e oleosa.

"Força nas bombas! Prenda o ar!"

Após Zachary ter sugado a haste duas vezes mais, o cachimbo foi esvaziado de sua fumaça.

"Recoste na cadeira", disse o capitão Chillingworth. "Está sentindo? A terra ainda não perdeu o domínio sobre seu corpo?"

Zachary fez que sim: era verdade que de certo modo a força da gravidade parecia ter diminuído; seu corpo se tornara leve como uma nuvem; todo vestígio de tensão fora drenado de seus músculos; estes ficaram tão relaxados, tão entregues que ele não conseguia dizer com certeza se seus membros ainda existiam. Sentar em uma cadeira agora era a última coisa que queria fazer; queria se debruçar, deitar. Esticou a mão para se firmar, e assistiu a seus dedos viajando como lesmas até a beirada da mesa. Então se forçou a se erguer, meio que esperando que seus pés estivessem imprestáveis, mas estavam perfeitamente firmes e capazes de aguentar seu peso.

Escutou o capitão falando, como que de uma grande distância: "Está demasiado estuporado para caminhar? Sinta-se à vontade para usar meu catre."

"Minha cabine fica apenas a um passo daqui, senhor."

"Como preferir, como preferir. Os efeitos passarão dentro de uma ou duas horas, e vai acordar revigorado."

"Obrigado, senhor." Zachary sentiu que flutuava conforme se dirigia à porta.

Estava quase lá quando o capitão disse: "Espere um minuto, Reid: qual foi o motivo pelo qual veio à minha procura?"

Zachary ficou imóvel com a mão na porta; para sua surpresa, descobriu que o afrouxamento de seus músculos e o enevoamento de seus sentidos não acarretara qualquer perda de memória. Sua cabeça estava, se em alguma coisa mudada, anormalmente lúcida: não só ele se lembrava de que viera conversar com o capitão sobre Serang Ali, como também compreendia que o ópio o salvara de adotar o curso de um covarde. Pois estava claro para ele agora que, fosse lá o que houvesse ocorrido entre ele e o serang, era assunto a ser resolvido entre os dois e mais ninguém. Seria isso porque os fumos lhe haviam granjeado uma visão mais clara do mundo? Ou seria porque lhe haviam permitido enxergar partes de si mesmo que nunca havia ousado olhar antes? Fosse qual fosse o caso, ele via agora que era uma coisa rara, difícil e improvável duas pessoas de mundos separados encontrarem-se ligadas por um liame de pura simpatia, um sentimento que nada devesse às regras e expectativas alheias. Compreendeu também que, quando um tal laço vem a existir, suas verdades e falsidades, suas obrigações e seus privilégios existem apenas para as pessoas que por ele estão ligadas, e assim de uma forma tal que apenas elas podem julgar a honradez e a desonra do modo como devem se conduzir em referência uma à outra. Cabia a ele, Zachary, encontrar uma resolução honrada em suas relações com Serang Ali; nisso residiria sua manumissão para a idade adulta, seu conhecimento da firmeza de seu leme.

"Então, Reid? Sobre o que queria conversar?"

"Sobre nossa posição, senhor", disse Zachary. "Quando olhei os mapas hoje, fiquei com a sensação de que havíamos nos desviado demasiadamente para o leste."

O capitão abanou a cabeça. "Não, Reid, estamos exatamente onde era para estar. Nessa época do ano há uma corrente sul ao largo das Andaman e pensei em tirar proveito disso; vamos manter essa rota por mais algum tempo, ainda."

"Entendo, senhor, desculpe. Se me dá licença..."

"Claro, toda, toda."

Atravessando o refeitório, Zachary não sentiu nem um pouco da falta de firmeza que acompanha a embriaguez; seus movimentos eram lentos, mas de modo algum irregulares. Uma vez dentro da cabine, tirou o banyan e a calça e se esticou no beliche em roupas de baixo. Ao fechar os olhos, caiu em um estado de repouso que era muito mais profundo que o sono, e ao mesmo tempo também mais desperto, pois sua mente se encheu de formas e cores: embora essas visões fossem extraordinariamente vívidas, eram absolutamente tranquilas, sem a agitação da sensualidade ou do desejo. Por quanto tempo durou esse estado ele não sabia dizer, mas a consciência de que enfraquecia começou quando rostos e figuras voltaram a entrar em suas visões. Ele mergulhou em um estado onírico, em que uma mulher se aproximava e recuava, mantendo o rosto oculto, evadindo-se ainda que ele soubesse estar a uma proximidade tantalizante. Bem no momento em que ficava consciente de uma badalada distante, o véu caiu de seu rosto e ele viu que era Paulette; ela vinha em sua direção, caminhando rumo a seus braços, oferecendo-lhe os lábios. Ele acordou e viu que estava empapado em suor, vagamente ciente de que o último dobre do oitavo sino acabara de soar e que era a hora de seu quarto, agora.

Sendo uma proposta de casamento uma questão delicada, Deeti tinha de ser cuidadosa em escolher uma hora e lugar em que pudesse discutir o assunto com Heeru sem que ninguém escutasse. Nenhuma oportunidade surgiu até bem cedo na manhã seguinte, quando as duas mulheres calharam de se ver sozinhas no convés principal. Aproveitando o momento, Deeti segurou o cotovelo de Heeru e conduziu-a aos devis de jamna.

    O que foi, Bhauji?

    Não era comum que alguém prestasse grande atenção em Heeru, e ela começou a gaguejar de apreensão, pensando que fizera alguma coisa errada e ia receber uma bronca: *Ká horahelba?* Algo errado?

    Sob a proteção de sua ghungta, Deeti sorriu: Não tem nada errado, Heeru; para dizer a verdade, estou feliz hoje — *áj bara khusbáni*. Tenho uma novidade para você.

    Novidade? Que novidade? *Ká khabarbá?* Heeru cravou os nós dos dedos em suas maçãs e choramingou: Boa ou má?

    Isso cabe a você decidir. Escute...

    Nem bem começou a dar sua explicação, Deeti já desejava ter escolhido outro local para aquela conversa, algum lugar onde pudessem retirar suas ghungtas: com o rosto coberto, era impossível saber o que Heeru estava pensando. Mas era tarde demais agora, teria de ir até o fim daquele jeito.

    Quando a notícia da proposta foi inteiramente transmitida, ela disse: *Ká ré*, Heeru? O que acha? Diga-me.

    Ká kahatbá bhauji? O que posso dizer?

    Pelo som de sua voz, Deeti percebeu que chorava, então enlaçou o braço em torno dela, puxando-a para confortá-la: Heeru, não tenha medo; pode dizer o que quiser.

    Vários minutos se passaram antes que Heeru conseguisse falar, e mesmo então foi numa precipitação soluçante e desconexa: Bhauji... não pensei, não esperava... tem certeza? Bhauji, dizem que em Mareech uma mulher sozinha será rasgada em mil pedaços... devorada... tantos homens e tão poucas mulheres... consegue pensar em como seria, Bhauji, ficar sozinha lá... Oh Bhauji... nunca pensei...

 Deeti não conseguia imaginar exatamente para onde isso ia levar. *Ágé ke bát kal hoilé*, disse, bruscamente. Pode falar sobre o futuro amanhã. Qual a sua resposta agora?

 O que mais, Bhauji? Sim, estou pronta...

 Deeti riu. Arre, Heeru! Você é valente!

 Por que diz isso, Bhauji? disse Heeru, aflita. Acha que é um erro?

 Não, disse Deeti com firmeza. Agora que decidiu, posso dizer: não acho que seja um erro. Acho que ele é um bom homem. Além do mais, tem todos aqueles seguidores e parentes — eles vão cuidar de você. Será invejada por todos, Heeru, uma verdadeira rainha!

Não era incomum que Paulette, ao lavar a roupa, topasse com uma camisa, um banyan ou um par de calças que reconhecia como pertencendo a Zachary. Quase inconscientemente, enfiava essas peças no fundo da pilha, guardando para o fim. Quando chegava a hora delas, dependendo de seu estado de espírito, às vezes as submetia a uma furiosa esfregação, chegando até a batê-las contra as tábuas do convés, com todo o vigor de uma lavadeira em um dhobi-ghat. Mas havia ocasiões também em que se deixava demorar em suas golas, punhos e costuras, despendendo o tempo que fosse para deixá-los limpos. Era dessa maneira que limpava uma camisa um dia quando Baboo Nob Kissin Pander surgiu a seu lado. Arregalando os olhos para a peça em suas mãos, disse, num sussurro furtivo: "Não desejo invadir reduto, senhorita, mas gentilmente posso inquirir se camisa pertence a Mister Reid?"

 Paulette respondeu com um aceno de cabeça, ao que ele disse, ainda mais furtivamente: "Só por um minuto posso sentir?"

 "A camisa?", ela perguntou, perplexa, e sem mais uma palavra, o gomusta arrancou o pano retorcido e úmido de sua mão e o puxou daqui e dali antes de entregá-lo de volta. "Parece que usa desde tempos-imemoriais", disse, franzindo o rosto, desconcertado. "Roupa tem sensação extremamente antiga. Esquisito, não?"

 Embora a essa altura Paulette já estivesse bem acostumada às excentricidades do gomusta, ficou confusa com a enigmática afirmação. "Mas por que é esquisito que o senhor Reid deva ter roupas velhas?"

"Tsch!" O gomusta estalou a língua, como que levemente irritado com sua ignorância. "Se avatar é novo, como roupas podem ser velhas? Altura, peso, partes privadas, tudo precisa mudança, não?, quando há alteração em externalidades. Eu mesmo tenho tido de comprar muitas roupas novas. Pesado desembolso financeiro foi requerido."

"Não compreendo, Nob Kissin Baboo", disse Paulette. "Por que isso era necessário?"

"Não consegue ver?" Os olhos do gomusta ficaram ainda mais redondos e protuberantes. "É cega ou o quê? Seios estão florescendo, cabelo aumentando. Novas modalidades estão definitivamente vindo à tona. Como velhas roupas vão acomodar?"

Paulette sorriu consigo mesma e baixou a cabeça. "Mas Baboo Nob Kissin", disse, "Mister Reid não sofreu tal mudança; suas velhas roupas sem dúvida serão suficientes por mais algum tempo."

Para a perplexidade de Paulette, o gomusta respondeu com inusitada veemência: seu rosto pareceu inchar ofendido e, quando falou novamente, era como se estivesse defendendo uma crença profundamente acalentada. "Como pode fazer tais abarcantes-declarações? De imediato vou aclarar este ponto." Enfiando a mão pelo decote de sua túnica esvoaçante, puxou um amuleto e desenrolou um pedaço de papel amarelecido. "Vir aqui e ver."

Ficando de pé, Paulette tomou a lista de sua mão e começou a examiná-la sob a penumbra brilhante e iluminada pelo sol de sua ghungta.

"É uma lista-de-tripulação para *Ibis* de dois anos atrás. Veja bom-nome de Mister Reid e vai ver. Cento-por-cento mudança está aí."

Como que hipnotizada, Paulette correu os olhos seguidamente pela extensão da linha até chegar à palavra "Negro" escrita ao lado do nome de Zachary. De repente, tanta coisa que parecera estranha ou inexplicável fazia perfeito sentido: a simpatia aparentemente intuitiva pelas circunstâncias dela, a aceitação inquestionável de seu relacionamento fraternal com Jodu...

"É um milagre, não? Ninguém afirmar contrário."

"De fato, Baboo Nob Kissin. Tem razão."

Ela percebia agora quão milagrosamente errada estivera em alguns dos juízos que fizera dele: se havia alguém no *Ibis* capaz de se equiparar a ela na multiplicidade de seus eus, então esse alguém não era outro senão Zachary. Era como se alguma autoridade divina houvesse enviado um mensageiro para informá-la de que a alma dela estava entrelaçada na dele.

Não havia nada agora que a impedisse de se revelar a ele; contudo, o mero pensamento a fazia se encolher de medo. E se presumisse que o perseguira até o *Ibis*? O que mais de fato *poderia* ele presumir? O que faria se risse dela por se humilhar? O pensamento disso era insuportável.

Ergueu a cabeça para olhar o mar, passando velozmento ao lado, e uma cintilação de lembrança relampejou em sua mente: ela se recordou de um dia, muitos anos antes, em que Jodu a encontrou chorando com um romance. Tirando o livro de suas mãos, ele o folheou cheio de perplexidade, até mesmo sacudindo-o pela lombada, quase como se esperasse desalojar uma agulha ou um espinho — algum objeto pontiagudo que pudesse explicar suas lágrimas. Não encontrando nada, disse finalmente: Foi a história, não foi, que começou a enxurrada?, e com sua confirmação, pedira-lhe a plena narração do conto. Assim ela lhe contou a história de Paul e Virginie, crescendo exilados numa ilha, onde uma inocente ligação de infância crescera para se transformar numa paixão duradoura, mas apenas para ser interrompida quando Virginie foi mandada de volta à França. A última parte do livro era a favorita de Paulette, e ela havia descrito demoradamente a trágica conclusão do romance, em que Virginie morre em um naufrágio, justo quando estava prestes a se reencontrar com seu amado. Para sua afronta, Jodu recebeu a melancólica narrativa com uma explosão de gargalhada, dizendo-lhe que somente uma tola choraria com aquele mistifório de disparates lacrimosos. Ela gritou com ele, dizendo-lhe que o tolo era ele, e um cabeça oca, também, porque nunca teria a coragem de seguir os ditames de seu coração.

Como foi que ninguém nunca lhe contara que não era o amor em si, mas os traiçoeiros guardiães de suas portas que faziam as maiores exigências de coragem: o pânico de admiti-lo; o terror de declará-lo; o medo da rejeição? Por que ninguém nunca lhe contara que a imagem espelhada do amor não era o ódio, mas a covardia? Se houvesse descoberto isso antes, teria percebido verdadeiramente por que se dera tamanho trabalho de permanecer escondida de Zachary. E ainda assim, mesmo sabendo disso, não foi capaz de reunir coragem para fazer o que sabia que devia — pelo menos, não ainda.

* * *

Era tarde da noite, pouco após o quinto sino do quarto de meia-noite, quando Zachary avistou Serang Ali no convés do castelo de proa: estava sozinho e parecia profundamente perdido em pensamentos, os olhos voltados a leste, para o horizonte banhado pela lua. Ao longo de todo o dia, Zachary ficara com a impressão de que o serang o evitava, de modo que não perdeu tempo agora em subir para ficar a seu lado junto à amurada.

Serang Ali sobressaltou-se claramente ao vê-lo: "Malum Zikri!"
"Pode me conceder um minuto, Serang Ali?"
"Pode, pode. Malum, o-que-coisa querer?"
Zachary tirou o relógio que Serang Ali lhe dera e o segurou na palma da mão. "Escute, Serang Ali, está na hora de me contar a verdade sobre esse timmyknocky aqui."

Serang Ali aplicou às pontas de seu bigode recurvo um puxão de perplexidade. "O que Malum Zikri quer dizer? Não sabbi."

Zachary abriu a tampa do relógio. "Hora de parar de bancar o bobo, Serang Ali. Sei que andou me tapeando sobre Adam Danby. Sei quem ele foi."

Os olhos de Serang Ali foram do relógio para o rosto de Zachary e ele deu de ombros, como que a indicar que se cansara de fingimento e dissimulação. "Como? Quem contar?"

"Isso não tem nenhuma importância: o que interessa é que sei. O que eu *não* sei é o que você tinha em mente para mim. Estava planejando me ensinar as tramoias de Danby?"

Serang Ali abanou a cabeça e deu uma cusparada de bétele por cima da amurada. "Não verdade, Malum Zikri", disse numa voz baixa e insistente. "Não pode acreditar tudo que sujeitos diz. Malum Aadam, ele blongi como filho por Serang Ali — ele marido minha filha. Agora ele haver ter morrido. Também filha e todos seus chilo. Serang Ali sozinho agora. Quando olha-vê Malum Zikri, meus olhos tiveram vista de Malum Aadam. Os dois igual-igual para mim. Zikri Malum como filho também."

"Filho?", disse Zachary. "Isso é o que você faria por um filho? Levá-lo à vida de crime? À pirataria?"

"Crime, Malum Zikri?" Os olhos de Serang Ali brilharam. "Contrabando ópio não blongi crime? Conduzir navio-escravo não blongi melhor q'pira-taria?"

"Então admite, não é?", disse Zachary. "Era isso que tinha em mente para mim — que fosse um Danby para você?"

"Não!", disse Serang Ali, com um tapa na balaustrada. "Quer apenas Zikri Malum fazer bem para-si. V'rar oficial. Talvez cap'tan. Tudo coisas que Malum Aadam não poder cons'gu'r."

O corpo de Serang Ali como que murchou conforme falava, de modo que pareceu subitamente mais velho, e de certo modo estranhamente desamparado. Contra sua própria vontade, a voz de Zachary se suavizou. "Olhe, Serang Ali", ele disse. "Você tem sido muito generoso comigo, não posso negar. A última coisa que eu gostaria de fazer é entregá-lo. Então isso morre comigo. Vamos deixar combinado que, quando chegarmos a Port Louis, você foge. Desse jeito podemos esquecer que tudo isso aconteceu."

Os ombros de Serang Ali afundaram quando respondeu. "Pode fazer — Serang Ali assim pode fazer."

Zachary deu uma última olhada no relógio antes de devolvê-lo. "Aqui — o lugar disso é na sua bolsa, não na minha. Melhor ficar com ele."

Serang Ali esboçou um salaam conforme prendia o relógio na cintura de seu lungi.

Zachary começou a se afastar para voltar logo em seguida. "Olhe, Serang Ali", disse. "Acredite-me, fico desolado por isso terminar assim entre nós. Às vezes, tudo que eu queria era que tivesse me deixado em paz e nunca tivesse se aproximado. Talvez as coisas fossem diferentes, então. Mas foi você quem me mostrou que o que eu faço conta mais do que o lugar onde nasci. E se é para me preocupar com meu trabalho, então eu preciso viver segundo as regras dele. Caso contrário, não valeria a pena. Entende o sentido disso tudo?"

"Entende." Serang Ali balançou a cabeça. "Consegue entender."

Zachary ia partindo quando Serang Ali o deteve. "Malum Zikri, uma coisa."

"O quê?" Zachary se virou e viu Serang Ali apontando na direção sudoeste.

"Olhe-veja. Lá."

Zachary não conseguia enxergar nada na escuridão. "O que quer que eu veja?"

"Por lá blongi canal de Sumatra. Daqui, talvez quarenta e cinco milhas. De Sing'pore, muito perto. Seis-sete dias navegando."

"Onde quer chegar, Serang Ali?"

"Malum Zikri quer Serang Ali vai, não? Poder fazer. Poder ir muitu breve, desse jeito."

"Como?", disse Zachary, perplexo.

Serang Ali virou para indicar um dos longboats. "Naquele bote pode ir. Pouca comida, pouca água. Pode ir Sing'pore sete dias. Depois China."

Agora Zachary compreendia. Descrente, disse: "Está falando em desertar do navio?"

"Por que não?", disse Serang Ali. "Malum Zikri quer eu ir, não? Melhor ir agora, muito melhor. Só por causa de Malum Zikri, Serang Ali veio em *Ibis*. Ou então não vinha." Serang Ali interrompeu-se para dar uma cusparada de paan no mar. "Burra Malum, ele sujeito não-bom. Ver o que problema que criou com Shaitan-jib? Sujeito arrumar bocado de joss ruim."

"Mas e o *Ibis*?" Zachary bateu na amurada da escuna. "E quanto ao navio? E quanto aos passageiros? Não tem nenhum dever para com eles? Quem vai levá-los ao lugar aonde estão indo?"

"Bocado de lascar haver-tem. Pode levar *Ibis* até Por'Lwee. Sem problema."

Zachary começou a abanar a cabeça mesmo antes de o serang terminar. "Não. Não posso permitir."

"Malum Zikri não haver-de fazer nada. Só pega em sono em plantão dele uma noite. Só vintes minutos."

"Não posso permitir isso, Serang Ali." Zachary estava absolutamente seguro de si, agora, confiante de que era aí que tinha de delimitar as fronteiras de sua própria soberania. "Não posso deixá-lo partir com um dos longboats. E se algo der errado depois e tivermos de abandonar o navio? Não podemos correr o risco de ter um escaler a menos, com tanta gente a bordo."

"Outros barcos haver-ter. Será suficiente."

"Desculpe, Serang Ali", disse Zachary. "Simplesmente não posso deixar isso acontecer, não no meu quarto. Fiz uma oferta razoável, de que espere chegarmos até Port Louis antes de escapar. É só até onde posso ir; nada além disso."

O serang estava prestes a dizer alguma coisa, mas Zachary o interrompeu. "E não me pressione, caso contrário, não me restará outra escolha a não ser procurar o capitão. Compreendeu?"

Serang Ali deu um profundo suspiro e fez que sim. "Sim, Zikri Malum."

"Ótimo."

Ao deixar o castelo de proa, Zachary se virou para uma última palavra. "E não pense em bancar o esperto, Serang Ali. Porque vou estar de olho em você."

Serang Ali sorriu e esfregou o bigode. "Malum Zikri muito demais sujeito esperto, não? O que Serang Ali pode fazer?"

A notícia do casamento de Heeru se espalhou pela dabusa como uma onda, criando redemoinhos e turbilhões de animação: depois de todas as coisas desafortunadas que haviam ocorrido, ali enfim estava algo, como disse Deeti, para fazer todos rirem na tristeza — *dukhwá me sabke hasáweli.*

No papel de Bhauji de todo mundo, recaiu sobre Deeti, como que por direito, pensar em toda a organização e bandobast diante dela. Deveria haver uma cerimônia tilak? Deeti deixou que sua voz subisse para o tom queixoso que era apropriado a alguém encarregado, outra vez, do cansativo fardo de fazer todos os preparativos para um evento familiar: E quanto a um haldi, com apropriada aplicação da cúrcuma?

Essas eram exatamente as questões que surgiram quando as outras mulheres souberam das novidades: Era para haver um kohbar? Um casamento poderia ser legítimo sem uma câmara matrimonial? Sem dúvida não seria nada demais fazer os arranjos com uns lençóis e algumas esteiras. Seria suficiente ter uma vela, ou talvez uma lâmpada?

Estamos todas falando demais, ralhou Deeti. Não podemos decidir isso por nossa própria conta! Nem mesmo sabemos quais são os costumes pelo lado do rapaz.

Rapaz? *Larika?* — isso provocou uma explosão de gargalhadas — ele não é nenhum rapaz, é um homem feito!

Em um casamento, qualquer um é rapaz: o que o impede de voltar a ser um?

E quanto ao dote? Presentes?

Diga-lhe que vamos dar um bode a ele quando chegarmos a Mareech.

... Falando sério... *hasé ka ká bátba ré...?* Estão rindo do quê?

A única coisa em que todos concordavam era que não ia ajudar em nada protelar os preparativos: o melhor a fazer era deixar tudo pronto com a maior presteza. Os dois lados decidiram que o dia seguinte seria devotado inteiramente ao casamento.

Entre as mulheres, a única que não estava tão assim entusiasmada era Munia. Consegue imaginar viver sua vida com um desses homens? disse para Paulette. Por nada desse mundo eu aceitaria.

Então o que você procura?

Preciso de alguém que me mostre um pouco do mundo.

Oh? disse Paulette, provocadora. Um lascar, por exemplo?

Munia riu. Por que não?

Entre as mulheres, Sarju, a parteira, era a única que ainda não mostrava sinais de recuperação da náusea: incapaz de segurar qualquer alimento ou líquido, definhara a um ponto em que parecia que as últimas centelhas de vida em seu corpo haviam se retirado para seus olhos escuros e faiscantes. Como era incapaz de subir ao convés principal e fazer as refeições, as mulheres se revezavam para descer com um pouco de comida e água à dabusa, na esperança de levar alguma nutrição a seus lábios.

Nesse dia, ao anoitecer, foi a vez de Deeti levar comida para Sarju. Ela desceu a escada enquanto a maioria dos girmitiyas continuava no convés, fazendo sua refeição: a dabusa era iluminada apenas por algumas lâmpadas, e no ambiente penumbroso e quase vazio a figura murcha e macilenta de Sarju parecia ainda mais desamparada do que o normal.

Deeti tentou parecer animada quando sentou a seu lado. Como vai, Sarju-didi? Sentindo-se melhor hoje?

Sarju não respondeu; em vez disso, ergueu a cabeça e olhou rapidamente em torno da dabusa. Quando constatou não haver ninguém para ouvi-las, agarrou o pulso de Deeti e puxou-a para perto. Escute, disse, me escute; há algo que tenho de contar.

O que foi, didi?

Hamra sé chalal nã jálé, sussurrou Sarju. Não posso suportar mais isso; não consigo prosseguir...

Por que está falando dessa forma? protestou Deeti. Vai estar bem assim que começar a comer direito.

Sarju fez um gesto impaciente de recusa. Escute-me, disse, não há tempo a perder. Estou lhe dizendo a verdade; não viverei para ver o fim desta jornada.

Como pode saber? disse Deeti. Talvez você melhore.

Tarde demais para isso. Sarju fixou os brilhantes olhos febris em Deeti e sussurrou: lidei com essas coisas minha vida toda. Eu sei, e antes de ir quero lhe mostrar uma coisa.

Tirando a cabeça da pilha de panos que usava como travesseiro, Sarju a empurrou para Deeti: Aqui. Tome; abra.

Abrir? Deeti ficou perplexa, pois ao que todos sabiam Sarju jamais abrira sua bojha diante de alguém: de fato, seu comportamento furtivo em relação à bagagem era tão extremo que as outras muitas vezes haviam caçado e especulado sobre o conteúdo. Deeti nunca se juntara às zombarias, porque o zelo de Sarju lhe parecia meramente a fixação de uma mulher de meia-idade com algumas poucas posses preciosas de que se vangloriar. Mas ela sabia também que tais manias não eram facilmente superadas, de modo que foi com alguma cautela que perguntou a Sarju: Tem certeza de querer que eu olhe aí dentro?

Sim, disse Sarju. Rápido. Antes que as outras cheguem.

Deeti presumira que o fardo não continha muita coisa além de algumas roupas velhas, talvez um pouco de masalas, e quem sabe um ou dois utensílios de cobre. Quando abriu as primeiras dobras do tecido, descobriu mais ou menos o que havia esperado: roupas velhas e algumas colheres de madeira.

Aqui. Dê para mim. Sarju estendeu a mão fina como galho na direção do fardo e puxou uma pequena bolsa, não muito maior do que seu punho. Levou a bolsinha ao nariz, aspirou profundamente e a estendeu a Deeti: Sabe o que é isto?

Tateando a bolsa, Deeti sabia que estava cheia de minúsculas sementes. Quando a ergueu para o nariz, reconheceu o aroma na mesma hora: Ganja, disse. São sementes de ganja.

Sarju fez que sim com a cabeça e lhe estendeu outra bolsa. E isso?

Dessa vez Deeti precisou cheirar várias vezes antes de reconhecer o que era: Datura.

Sabe o que a datura pode fazer? sussurrou Sarju.

Sim, disse Deeti.

Sarju sorriu levemente. Eu sabia que você, só você, entenderia o valor dessas coisas. Desta mais do que tudo...

Sarju depositou mais uma bolsinha nas mãos de Deeti. Nesta, sussurrou, há riqueza além da imaginação; guarde-a como se sua vida dependesse disso: contém sementes da melhor papoula de Benares.

Deeti enfiou a mão dentro do saquinho e esfregou as minúsculas sementes nas pontas dos dedos. A familiar textura granulada transportou-a de volta aos arredores de Ghazipur; repentinamente, foi como se estivesse em seu pátio, com Kabutri a seu lado, preparando posth com um punhado de sementes de papoula. Como era possível que, após passar a maior parte da vida com aquelas sementes, ela não tivesse tido a precaução ou o bom-senso de trazer algumas consigo, mesmo que fosse como recordação?

Deeti estendeu a mão para Sarju, como que para devolver a bolsa, mas a parteira a empurrou de volta. É seu; pegue, guarde. Esta, a ganja, a datura: use da melhor forma possível. Não deixe as outras saberem. Não deixe que ninguém veja essas sementes. Elas vão durar muitos anos. Mantenha-as escondidas até poder usá-las; elas valem mais do que qualquer tesouro. Dentro da minha bojha, há algumas especiarias, temperos comuns. Quando eu me for, você pode distribuir entre as outras. Mas essas sementes — elas são só para você.

Por quê? Por que eu?

Sarju ergueu uma mão trêmula para indicar as imagens na viga acima da cabeça de Deeti. Porque quero estar lá também, disse. Quero ser lembrada em seu santuário.

Você vai ser, Sarju-didi, disse Deeti, esfregando sua mão. Você vai ser.

Agora guarde logo essas sementes, antes que as outras cheguem.

Claro, didi, claro...

Depois disso, quando Deeti levou a comida intocada de Sarju de volta ao convés principal, encontrou Kalua agachado sob os devis e sentou a seu lado. Escutando o vento a suspirar contra as velas, ela se deu conta de que havia um grão alojado na unha de seu polegar. Era uma única semente de papoula: soltando-a, ela a rolou entre os dedos e ergueu os olhos, além das velas enfunadas, para a abóbada coalhada de estrelas acima. Em qualquer outra noite, teria esquadrinhado o céu em busca do planeta que sempre acreditara ser o árbitro de seu destino, mas nessa noite, em vez disso, seus olhos baixaram para a minúscula esfera que segurava entre o polegar e o indicador. Ela olhou para a semente como se nunca houvesse visto uma antes e, de repente, percebeu que não era o planeta acima que governava sua vida: era o minúsculo orbe — a um só tempo pródigo e voraz, misericordioso e destrutivo, provedor e vingativo. Aquilo era seu Shani, seu Saturno.

Quando Kalua lhe perguntou o que estava olhando, ela levou os dedos aos lábios dele e inseriu a semente em sua boca.

Aqui, disse, prove. É a estrela que nos tirou de nossas casas e nos trouxe a esse navio. É o planeta que governa nosso destino.

O primeiro-imediato era um desses homens que gostam de ampliar a percepção de seu próprio valor cunhando apelidos para os outros. Como sempre acontece com quem tem esse hábito, ele tomava o cuidado de lançar seus epítetos apenas sobre aqueles que eram incapazes de rejeitar a alcunha. Assim, o cognome do capitão Chillingworth — "comandante Nabbs" — era usado apenas as suas costas, enquanto o de Zachary — "Manequinho" — era dito em sua cara, mas geralmente longe de ouvidos alheios (essa sendo uma concessão ao prestígio coletivo dos sahibs, e portanto malums). Quanto aos demais, apenas uns poucos eram notáveis o suficiente para merecer nomes. Serang Ali — "Cata-Piolhos" — era um desses, mas os migrantes eram indiscriminadamente "sukies" e "slavies"; os silahdars e maistries eram "Achhas" ou "Rum-Johnnies"; e os lascares eram "Bub-dool" ou "Rammer-Sammy" — ou apenas "Sammy", para abreviar.

Dentre todos que iam a bordo da escuna, havia apenas um cujo apelido denotava algum grau de camaradagem de parte do primeiro-imediato: esse era Subedar Bhyro Singh, que ele chamava de "Muffin-mug". Sem que o imediato soubesse, o subedar também tinha um nome para ele, que usava apenas em sua ausência: Malum na-Malum (Oficial Não-Sei). Essa simetria não era acidental, pois entre os dois homens havia uma afinidade natural que se estendia até a aparência: embora o subedar fosse bem mais velho e escuro — de cintura mais avantajada e cabelos mais brancos —, ambos eram sujeitos altos e de compleição muito forte. Sua reciprocidade de disposição, também, era tal que transcendia as barreiras de língua e circunstâncias, permitindo-lhes se comunicar quase sem o auxílio das palavras, de modo que entre os dois se podia afirmar existir, senão uma amizade, exatamente, então certamente uma confluência de interesses, e uma franqueza recíproca que tornava possível certas familiaridades que, de outro modo, teriam sido impensáveis entre homens de suas respectivas posições — por exemplo, o ocasional trago de grogue na companhia mútua.

Um dos muitos assuntos em que o subedar e o primeiro-imediato estavam perfeitamente de acordo era a atitude em relação a Neel e Ah Fatt — ou os "Dois Jacks", como Mister Crowle gostava de chamá-los (Neel sendo Jack-gagger e Ah Fatt, Jackin-ape). Muitas vezes, à tarde, quando Bhyro Singh conduzia os dois condenados pelo convés em sua Rogues' March diária,* o primeiro-imediato ia participar do entretenimento, instando Bhyro Singh a prosseguir, tocando os condenados com seu lathi: "Mais energia nisso, Muffin-mug! Desça o braço com vontade, agora! Dê no lombo deles!"

Ocasionalmente, o imediato até se oferecia para tomar o lugar do subedar. Estalando um pedaço de corda numa chicotada, ele açoitava os tornozelos dos condenados, fazendo-os dançar e pular, ao som de:

> *Handy-spandy, Jack o'dandy*
> *Loved plum cake and sugar candy*
> *Bought some at a grocer's shop*
> *And off he went with a hop-hop-hop*

Esses encontros invariavelmente ocorriam durante o dia, quando os condenados estavam no convés: desse modo, tanto Neel como Ah Fatt foram pegos desprevenidos certa vez quando uma dupla de guardas apareceu no chokey, tarde da noite, para dizer-lhes que o Burra Malum ordenara que fossem levados para cima.

Para quê? disse Neel.

Vai saber? disse um dos silahdars, com um grunhido. Os dois estão lá em cima, bebendo grag.

O bandobast para conduzir os condenados ao convés exigia que seus pulsos e tornozelos fossem presos e agrilhoados, o que requeria algum trabalho, e logo ficou claro que os silahdars não estavam nem um pouco felizes de serem chamados para tais procedimentos àquela hora da noite.

Mas o que eles querem conosco? disse Neel.

Estão tortos de sharab, disse o guarda. A fim de maza.

Diversão? disse Neel. Que tipo de diversão podemos fornecer?

Como vou saber? Mantenha as mãos firmes, b'henchod.

Era a hora da noite em que a fana estava abarrotada de lascares, dormindo em seus jhulis, e caminhar no meio daquilo era como tentar atravessar uma touça de colmeias baixas. Devido ao longo confinamen-

---

* A "Marcha dos Tratantes" é uma marcha militar que acompanhava a cerimônia de execração pública de soldados expulsos do regimento, bem como dos membros indesejáveis de um acampamento. (N. do T.)

to, Neel e Ah Fatt já não tinham muita firmeza nos pés, e seu andar desajeitado agora era reforçado pelo movimento do navio e pelas correntes. Cada balanço os fazia trombar com as redes; colidiam traseiros e batiam cabeças, provocando chutes, empurrões e explosões de galis furiosos.

... Qaidis precitos b'henchods...
... Suas bolas não foram feitas para andar...
... Tentem usar os pés...

Entre o tilintar e arrastar de correntes, os dois condenados foram conduzidos pela fana e levados até o convés do castelo de proa, onde encontraram Mister Crowle entronado no cabrestante. O subedar estava ali a postos, entre as curvas do beque.

"Onde pensam que vão, quoddies? Está muito tarde pra uns tipos como vocês."

Neel via agora que tanto o primeiro-imediato como o subedar tinham canecas de estanho nas mãos e ficou claro, pelo som pastoso da voz de Mister Crowle, que aquela não era a primeira rodada da noite: mesmo sóbrios, os dois homens já eram causa suficiente de problemas, então era difícil imaginar o que podiam, ou não, fazer agora. Contudo, a despeito do aperto em suas entranhas, Neel não deixou de notar o singular espetáculo do oceano enluarado.

A escuna seguia o curso de boreste, e o convés estava inclinado, afundando e subindo conforme as velas se enfunavam com o vento. De tempos em tempos, quando a inclinação diminuía, as ondas estouravam contra o costado a bombordo e varriam o convés, escorrendo pelos embornais de boreste quando a escuna se inclinava lateralmente outra vez com o vento. O brilho fosforescente desses riachos rodopiantes parecia uma ribalta sob os mastros, iluminando as elevadas asas de lona sobre suas cabeças.

"Está olhando o quê, Jack-gagger?"

A dor aguda de uma ponta de corda mordendo suas panturrilhas trouxe Neel subitamente de volta ao momento. "Perdão, Mister Crowle."

"É senhor pra você, celenterado."

"Sim, senhor." Neel pronunciou as palavras devagar, precavendo-se para não dizer o que não devia.

Esvaziando a caneca, o imediato a estendeu para o subedar, que pegou a garrafa e a encheu. O imediato deu outro gole, observando os condenados por sobre a beirada da caneca. "Jack-gagger, você que sempre tem a resposta na ponta do trapo vermelho. Vamos ver: sabe por que chamamos os dois aqui no convés?"

"Não, senhor", disse Neel.

"Eis o busílis, então", disse Mister Crowle. "Eu e meu bom amigo Subby-dar Muffin-mug aqui estávamos molhando a garganta com uns tragos do velho veneno e ele vira e diz: Jackin-ape e Jack-gagger são os dois camaradas mais chegados que já vi. Então eu digo pra ele, eu digo, nunca vi um par de passarinhos engaiolados que não acabassem trocando umas bicadas. E ele diz: não esses dois. Então eu digo: Muffin-mug, quer apostar que eu consigo fazer um deles bombear a água da sentina no outro? E macacos me mordam se ele não me aparece com um quartereen! Então o negócio é o seguinte, Jack: vocês estão aqui para acertar a parada."

"Qual foi a aposta, senhor?", disse Neel.

"Que um dos dois entornava o Jordão no outro."

"Jordão, senhor?"

"Jordão é piss-dale em grego, Jack", disse o imediato, com impaciência. "Apostei que um dos dois espremia as batatinhas no phizz do outro. Então é isso. Nada de surra ou bofetada: nada além de conversa. Fazem por vontade própria ou não fazem."

"Compreendo, senhor."

"Então, como avalia minhas chances, Jack-gagger?"

Neel tentou se imaginar urinando em Ah Fatt para diversão daqueles dois e seu estômago se revirou. Mas ele sabia que teria de escolher as palavras com muito cuidado se não quisesse provocar o imediato. Emitiu um murmúrio inofensivo: "Receio que não sejam grandes, senhor."

"Cantando de galo, hein?" O imediato virou para lançar um sorriso para o subedar. "Não vai fazer isso, Jack?"

"Não quero, senhor."

"Certeza absoluta, então, quoddie?"

"Sim, senhor", disse Neel.

"Que tal se você for primeiro?", disse o imediato. "Borrifa o mostrador dele com seu ponteiro e esvazia os joelhos. Que tal esse trato, hein? Dá um banho no seu colega e pronto. O que me diz, Jack-gagger? Rola os dados?"

A menos que tivesse uma faca em sua garganta, Neel sabia que não seria capaz de fazê-lo. "Eu não, senhor, não."

"Não vai fazer?"

"Não por minha vontade, senhor, não."

"E seu parceiro aqui?", disse o imediato. "Que tal ele?"

De repente o convés se inclinou e Ah Fatt, sempre o mais firme dos dois, agarrou o cotovelo de Neel para impedi-lo de cair. Em outros dias, isso poderia muito bem ter merecido vergastadas do lathi de Bhyro Singh, mas agora, como que em deferência a algum desígnio maior, o subedar deixou passar.

"Certeza que seu camarada também não?", disse o imediato.

Neel relanceou Ah Fatt, que fitava estoicamente os próprios pés: era estranho pensar que, conhecendo um ao outro havia apenas umas poucas semanas, os dois — por mais lamentável que fosse essa dupla de condenados e degredados — já possuíssem algo capaz de suscitar a inveja de homens cujo poder sobre eles era absoluto. Podia ser que houvesse algo genuinamente raro em uma ligação como aquela, algo que pudesse incitar outros a fazer de tudo ao seu alcance para testar seus limites? Se assim era, então ele, Neel, não tinha menos curiosidade quanto aos motivos disso do que eles.

"Se não vai jogar, Jack-gagger, vou ter que tentar a sorte com seu camarada."

"Certo, senhor. Vá em frente."

Mister Crowle riu, e bem nessa hora uma névoa espumante de maresia varreu o convés do castelo, de modo que por um instante seus dentes luziram com o brilho fosforescente. "Diga uma coisa, Jack-gagger, sabe por que seu colega aqui foi quoddado?"

"Roubo, senhor, até onde sei."

"Isso foi tudo que ele contou?"

"Foi, senhor."

"Ele não contou que era um gull-choker, não foi?"

"Não compreendo, senhor."

"Roubou um ninho dos ralha-demônios, foi o que fez." O primeiro-imediato lançou um olhar para Ah Fatt. "Não é verdade, Jackin-apes? Rapou a Mission House que o acolheu e alimentou?"

Agora, conforme Neel virava para fitá-lo, Ah Fatt murmurou: "Senhor. É verdade que entrei Mission House em Cantão. Mas não por arroz. É porque queria viajar Oeste."

"Oeste?"

"Para Índia, senhor", disse Ah Fatt, mudando o peso de um pé para o outro. "Quero viajar e escuto Mission House manda clérigo chinês para escola, em Bengala. Então entrar e eles mandar para Mission College em Serampore. Mas eu não gosta. Não pode ver nada, não pode sair. Só estudo e reza. Como prisão."

O imediato gargalhou: "É verdade, então? Roubou os tipos das máquinas deles? Espancou quase uma dúzia dos passa-amém quase até a morte? Enquanto eles imprimiam Bíblias, ainda por cima? E tudo por uma miséria de elevação?"

Ah Fatt ficou de cabeça baixa e não respondeu, então Mister Crowle voltou à carga: "Prossiga — vamos ouvir. É verdade ou não que fez isso por causa do seu yinyan pela lama negra?"

"Por ópio, senhor", disse Ah Fatt roucamente, "homem pode fazer qualquer coisa".

"Qualquer coisa?" O imediato levou a mão à camisa e apareceu com uma bola de goma escura embrulhada em papel, não maior que um polegar. "Então o que faria por isso, Jackin-ape?"

Ah Fatt estava tão perto que Neel pôde sentir o corpo do amigo enrijecendo subitamente. Virou para olhar e observou que os músculos de seu maxilar se retesavam e que seus olhos adquiriam um brilho febril.

"Vamos ouvir, então, Jackin-ape", disse o imediato, girando a bola na ponta dos dedos. "O que me daria por isso?"

As correntes de Ah Fatt começaram a fazer barulho, suavemente, como que reagindo ao tremor de seu corpo. "O que quer, senhor? Eu nada tenho."

"Ah, você tem alguma coisa bem aí", disse o imediato, cheio de animação. "Tem uma barriga cheia de cerveja clara. É só questão de saber onde quer despejar."

Neel cutucou Ah Fatt com o cotovelo: "Não escute, é apenas um truque..."

"Fecha essa matraca, Jack-gagger."

Com um movimento de suas botas, o imediato passou uma rasteira em Neel, de modo que ele desabou pesadamente no convés inclinado, rolando de frente para a amurada. Com as mãos e os pés atados, não podia fazer muito mais que se debater como um besouro de cabeça para baixo. Com grande esforço, conseguiu voltar a se virar na direção de Ah Fatt, e foi bem a tempo de ver o amigo se atrapalhando com o cordão de seu pijama.

"Ah Fatt, não!"

"Não ligue pra ele, Jackin-ape", disse o imediato. "Prossiga aí na sua tarefa, com os diabos, não tem pressa nenhuma. Ele é seu camarada, não é mesmo? Mal pode esperar para sentir o sabor da sua cevada."

Ah Fatt engolia saliva convulsivamente agora e seus dedos tremiam tanto que não conseguia desatar o nó dos cordões. Num furor impaciente, encolheu a barriga e empurrou o pijama abaixo dos joelhos. Então, com mãos vacilantes e trêmulas, segurou seu pênis e apontou para Neel, encolhido a seus pés.

"Vamos lá agora!", insistiu o imediato. "Vamos, Jackin-ape. Nunca permita que seu caralho ou seu saco o deixem na mão, como dizem os cockqueans."*

Fechando os olhos, Ah Fatt virou o rosto para o céu e despejou um fino gotejamento de urina em cima de Neel.

"Isso é que é procela, Jackin-ape!", gritou o imediato, com um tapa triunfante na coxa. "Ganhou a aposta pra mim, foi mesmo." Ele esticou a mão para o subedar, que depositou ali a moeda combinada, murmurando suas congratulações: "Mubarak malum-sahib!"

Nesse meio-tempo, com o pijama ainda arriado, Ah Fatt caiu de joelhos e ficou a um palmo do imediato, as mãos em concha como a tigela de um pedinte: "Senhor? Para mim?"

O imediato balançou afirmativamente a cabeça. "Fez por merecer sua recompensa, Jackin-ape, não resta dúvida, e vai tê-la. Essa lama aqui é ak-barry da boa: precisa manducar inteira. Abre a goela que eu dou pra você."

Inclinando-se adiante, Ah Fatt abriu a boca, tremendo de antecipação, e o imediato desdobrou a folha de papel de modo que a bola rolou direto para sua língua. A boca de Ah Fatt se fechou e ele mastigou uma vez. Então, de repente, começou a cuspir e tossir, balançando a cabeça como que para se livrar de algo indescritivelmente repulsivo.

A cena suscitou uma explosão de gargalhadas do imediato e do subedar.

"Foi um belo trabalho, Jackin-ape! Taí uma aula sobre como usar uma espadilha pra fisgar uma cavalinha. Deu um gostinho do mijo pro colega e ainda ganhou uma bosta de bode, de quebra!"

---

* *Cockquean*: um homossexual efeminado. (N. do T.)

Vinte e um

O casamento começou pela manhã, após a primeira refeição do dia. O porão se dividiu em dois, uma parte designada ao noivo e a outra destinada à noiva. Todos escolheram um lado e Kalua foi chamado para chefiar a família da noiva: foi ele quem conduziu o grupo que se dirigiu à metade do noivo na dabusa para a cerimônia tilak, onde o compromisso foi solenemente selado com tintura vermelha nas testas.
As mulheres haviam imaginado que sobrepujariam facilmente os homens na questão da música, mas um duro choque as aguardava: descobriu-se que a equipe do noivo incluía um grupo de cantores Ahir e, quando começaram sua apresentação, ficou claro que as mulheres teriam uma competição difícil pela frente.

...uthlé há chháti ke jobanwá
piyá ké khélawna ré hoi...
...seus seios em botão estão prontos
para serem os brinquedos de seu amante...

Pior ainda, revelou-se que um dos Ahirs era também um dançarino, e que sabia executar as partes femininas, tendo recebido treinamento em uma dança launda, em sua terra. A despeito da ausência de trajes, maquiagem e acompanhamento apropriados, ele foi convencido a se levantar. Um pequeno espaço foi aberto para ele, no centro do piso, e ainda que mal pudesse ficar ereto sem bater a cabeça, dançou tão bem que as mulheres viram que teriam de se sair com algo especial se não quisessem passar vergonha.
Deeti, no papel de Bhauji que organizara o casamento, não poderia se permitir ser superada. Quando chegou a hora da refeição do meio-dia, ela reuniu as mulheres e fez com que esperassem na dabusa. Vamos lá, disse. O que podemos fazer? Temos de pensar em alguma coisa, ou Heeru não conseguirá andar de cabeça erguida.

* * *

Foi um pedaço murcho de cúrcuma, tirado da trouxa de Sarju, que salvou o dia para a equipe feminina: essa raiz, tão comum em terra firme, parecia tão preciosa quanto âmbar-gris, agora que estavam no mar. Felizmente, havia o suficiente dela para produzir a quantidade necessária de pasta para unção tanto da noiva como do noivo. Mas como moer a cúrcuma, se não havia almofariz nem pedra disponível? Um modo foi encontrado finalmente, usando as pontas de duas lotas. O esforço e a engenhosidade envolvidos na moagem forneceram um toque extra de brilhantismo à cerimônia de ungir com o pigmento amarelo, arrancando sorrisos até dos girmitiyas mais melancólicos.

Com a alegria e a cantoria, o tempo passou tão rápido que todos ficaram surpresos quando a escotilha foi aberta outra vez, para a refeição da noite: era difícil de acreditar que já escurecera. A visão da lua cheia, pairando acima do horizonte com um grande halo vermelho, produziu uma exclamação admirada entre os migrantes quando subiram ao convés. Nenhum deles jamais vira uma lua tão grande ou com uma cor tão estranha: era como se aquilo fosse um corpo lunar diferente do que banhava as planícies de Bihar. Até o vento, que soprara forte durante o dia, parecia revigorado pelo brilho da luz, pois acelerou mais um ou dois nós, intensificando as vagas que avançavam na direção da escuna vindas do horizonte leste. Com a luz e as ondas vindo da mesma direção, o oceano assumiu um aspecto sulcado que lembrou Deeti dos campos em torno de Ghazipur naquela época do ano em que a colheita de inverno começava a florir: lá, também, se a pessoa observasse, à noite, dava para ver canais profundos e escuros nos campos, separando as fileiras infindáveis de flores brilhantes, iluminadas pelo luar — exatamente como as linhas avermelhadas de espuma que fulguravam na escuridão através das ondas.

Os mastros da escuna estavam thesam-thes e o navio dava guinadas abruptas, com súbitas sacadas de suas velas, caindo para sota-vento ao escalar as ondas e depois relaxando quando mergulhava nas depressões: era como se estivesse dançando a música do vento, que subia de tom quando a nau caía para sota-vento e baixava quando endireitava sua quilha.

Ainda que Deeti estivesse mais acostumada ao movimento do navio, nesse dia ela não conseguia ficar de pé. Com medo de despencar pela amurada, puxava Kalua para que se agachasse nas tábuas do deque e se ajeitava firmemente entre ele e a sólida amurada sob a balaustrada do convés. Se era devido à excitação do casamento, à luz da lua ou ao movimento do barco, isso ela nunca saberia, mas foi apenas então que sentiu, pela primeira vez, um movimento inconfundível em seu útero. Aqui! Acobertada pela sombra da amurada, segurou a mão de Kalua e a colocou sobre seu ventre: Está sentindo?

Ela viu o brilho de seus dentes na escuridão e percebeu que estava sorrindo. Estou, estou, é o bebê, chutando.

Não, ela disse, chutando não, rolando, como o navio.

Como era estranho sentir a presença de um corpo dentro dela, balançando no compasso de seus próprios movimentos: era como se o seu ventre fosse o oceano e a criança uma embarcação viajando rumo a seu próprio destino.

Deeti virou para Kalua e sussurrou: Esta noite é como se nós dois também estivéssemos nos casando outra vez.

Por quê? disse Kalua. A primeira vez não foi boa o bastante? Quando você colheu as flores para a grinalda e as prendeu em seu cabelo?

Mas não fizemos os sete círculos, respondeu ela. Não havia madeira nem fogo.

Nenhum fogo? ele disse. Mas não acendemos nosso próprio fogo?

Deeti corou e o puxou para que ficasse de pé: Chall, na. Hora de voltar ao casamento de Heeru.

Os dois condenados estavam sentados na penumbra do chokey, desfiando oakum em silêncio, quando a porta abriu para admitir o rosto largo e iluminado pela lâmpada de Baboo Nob Kissin.

A visita tão longamente contemplada não fora fácil de organizar: apenas com a maior relutância Subedar Bhyro Singh concordara com a "ronda de inspeção" proposta por Baboo Nob Kissin e, ao dar seu consentimento, impusera como condição que dois de seus silahdars acompanhassem o gomusta ao chokey e estivessem presentes na entrada por todo o tempo de sua permanência ali dentro. Tendo concordado com o arranjo, Baboo Nob Kissin se preparara exaustivamente para a ocasião. Como traje, escolhera uma alkhala cor de açafrão, um manto grande o bastante para servir em devotos tanto do sexo masculino como feminino. Oculto sob as dobras esvoaçantes de seu hábito talar, em uma cinta de pano amarrada em volta de seu peito, estava o pequeno pacote de comestíveis que juntara nos últimos dias: duas romãs, quatro ovos cozidos, alguns parathas crocantes e um punhado de jagra.

O artifício serviu a seu propósito bastante bem no início, e Baboo Nob Kissin conseguiu atravessar o convés principal a um passo imponente, caminhando de uma maneira não destituída de dignidade, embora talvez um pouco desajeitada. Mas quando chegou à entrada do chokey, a questão tomou rumo inesperado: não era fácil para um homem de sua envergadura passar através de uma abertura baixa e estreita e, no processo de se curvar e contorcer, algumas de suas dádivas pareceram adquirir vida própria, com o resultado de que o gomusta teve de usar as duas mãos para manter o busto erguido no lugar. Como os dois silahdars aguardavam junto à entrada, ele não podia se livrar de seu fardo nem mesmo depois de entrar: sentando de pernas cruzadas na cela minúscula, foi forçado a adquirir a postura de uma ama segurando nas mãos em taça um par de seios intumescidos e dolorosamente pesados de leite.

Neel e Ah Fatt assistiram à corpulenta aparição em um silêncio perplexo. Os condenados ainda não haviam se recuperado do episódio com Mister Crowle: embora os acontecimentos no convés do castelo de proa não houvessem durado mais que uns poucos minutos, haviam-nos atingido com a força de uma inundação repentina, carregando consigo os frágeis andaimes de sua amizade e deixando em sua esteira não apenas vergonha e humilhação, mas também um profundo abatimento. Mais uma vez, como no período da Cadeia de Alipore, haviam caído em um silêncio incomunicável. O hábito se instalou tão rapidamente que Neel agora não conseguia pensar em uma única palavra para dizer enquanto fitava Baboo Nob Kissin por sobre a pilha de oakum não desfiado.

"Para checar instalações, eu vim."

Baboo Nob Kissin fez o anúncio em voz bem alta, e em inglês, de modo a lançar sobre sua presença ali a devida luz oficial. "Como tal, todas as irregularidades serão eliminadas."

Os condenados emudecidos não responderam, então o gomusta aproveitou a oportunidade para submeter o ambiente malcheiroso a um detido escrutínio sob a luz bruxuleante de sua lâmpada. Sua atenção foi imediatamente atraída para o balty-banheiro e por alguns instantes ele teve a busca espiritual interrompida por uma de natureza mais mundana.

"Em este utensílio passam urina e fazem latrina?"

Pela primeira vez em muito tempo, Neel e Ah Fatt trocaram olhares. "Sim", disse Neel. "Isso mesmo."

Os olhos protuberantes do gomusta ficaram ainda maiores quando contemplou as implicações daquilo. "Estão ambos presentes durante purgação?"

"Ai de nós", disse Neel, "não temos escolha na questão".

O gomusta estremeceu em pensar no que isso faria com intestinos sensíveis como os dele. "Então obstruções devem ser extremamente rigorosas e frequentes?"

Neel deu de ombros. "Aguentamos nosso fardo o melhor que podemos."

O gomusta franziu o rosto conforme olhava pelo chokey. "Por Júpiter!", disse. "Espaços tão insuficientes aqui, não sei como conseguem abster de colidir mundos e fundos."

Isso não suscitou nenhuma resposta, mas tampouco o gomusta esperava alguma. Ele percebia agora, farejando o ar, que a presença de Ma Taramony lutava para se reafirmar, pois apenas o nariz de uma mãe, sem dúvida, podia transformar o odor das fezes de seu filho em uma fragrância quase aprazível. Como que a confirmar a urgência por atenção de seu ser interior, uma romã pulou de seu esconderijo e foi pousar em cima da pilha de oakum. O gomusta espiou ali fora, alarmado, e foi com alívio que viu que os dois silahdars conversavam entre si e não haviam notado o súbito salto da fruta.

"Aqui, rápido, pegue", disse o gomusta, desmanchando com pressa sua carga de frutas, ovos, parathas e jagra nas mãos de Neel. "Tudo para vocês; extremamente gostoso e benéfico para saúde. Evacuação também deve melhorar."

Pego de surpresa, Neel passou ao bengali: É muita generosidade de sua parte...

O gomusta interrompeu-o abruptamente. Fazendo um gesto conspiratório na direção dos silahdars, disse: "Gentileza evitar vernaculares nativos. Guardas são grandes pau-mandado-pra-toda-obra-ruim — sempre querendo prejudicar. Melhor eles não escutarem. Inglês castiço vai bastar."

"Como quiser."

"É aconselhável também que ocultamento de comestíveis seja acelerado."

"Sim, claro."

Neel escondeu rapidamente a comida atrás de seu corpo — e bem a tempo, pois mal dissimulara o estoque, um dos silahdars enfiou a cabeça pela porta, instando o gomusta a encerrar fosse lá o que estivesse fazendo.

Vendo que não lhe restava muito tempo, Neel disse, rápido: "Sou imensamente grato por essas dádivas. Mas se me permite perguntar, qual o motivo dessa generosidade?"

"Não consegue estabelecer conexão?", exclamou o gomusta, com evidente decepção.

"Como?"

"Que Ma Taramony enviou? Reconhecimento não existe?"

"Ma Taramony!" Neel estava perfeitamente familiarizado com o nome, tendo-o escutado com frequência dos lábios de Elokeshi, mas a menção dele agora o tomou de surpresa. "Mas ela não faleceu?"

Nisso, após sacudir vigorosamente a cabeça negando, Baboo Nob Kissin abriu a boca para fornecer uma explicação. Mas então, confrontado com a tarefa de encontrar palavras adequadas para a enorme complexidade da questão, mudou de ideia e optou em vez disso por fazer um meneio de mãos, um gesto amplo e gracioso que terminou com seu dedo indicador pressionado contra o peito, indicando a presença que florescia ali dentro.

Nunca ficou claro se foi devido à eloquência de seu sinal, ou meramente por gratidão pelo alimento que o gomusta trouxera, mas de um modo ou de outro aconteceu de o gesto obter êxito em revelar para Neel que ali havia algo que ultrapassava a importância trivial. Ele ficou com a impressão de ter compreendido um pouco o que Baboo Nob Kissin estava tentando transmitir; e compreendeu também que havia alguma coisa operando dentro daquele homem estranho que de algum modo ia além do plano das coisas ordinárias. O que era exatamente, ele não sabia dizer, e o momento tampouco era propício para pensar a respeito, pois os silahdars haviam agora começado a socar a porta, apressando a partida do gomusta.

"Posteriores discussões devem aguardar dia chuvoso", disse Baboo Nob Kissin. "Vou tentar procrastinar para primeira oportunidade. Até lá, favor notar que Ma Taramony pediu para conceder transmissão de bênçãos." Com isso, o gomusta bateu levemente na testa dos dois condenados e saiu, enfiando primeiro a cabeça pela abertura do chokey.

Depois que se foi, o chokey pareceu ainda mais escuro do que o normal. Sem ter muita ideia do que estava fazendo, Neel dividiu a comida na metade e entregou uma parte para o colega de cela: "Tome."

A mão de Ah Fatt surgiu da escuridão para receber sua cota. Então, pela primeira vez desde o encontro com o primeiro-imediato, ele falou: "Neel..."

"O que foi?"
"Ruim, o que acontecer..."
"Não diga isso para mim. Deve dizer a si mesmo."
Houve um breve silêncio antes que Ah Fatt falasse outra vez.
"Eu matar aquele bastardo."
"Quem?"
"Crowle."
"Com quê?" Neel sentiu vontade de rir. "As mãos?"
"Espera. E ver."

O problema do fogo sacramental não saía da cabeça de Deeti. Uma fogueira apropriada, mesmo pequena, era impensável, dados todos os riscos. Em vez disso, alguma coisa segura teria de ser providenciada. Mas o quê? O casamento sendo uma ocasião especial, os migrantes haviam juntado esforços e reunido algumas lamparinas e velas para iluminar a dabusa para a última parte das núpcias. Mas uma lâmpada ou lanterna com proteção, como as que eram comumente utilizadas a bordo do navio, privariam a cerimônia de todo significado: quem levaria a sério um casamento em que os noivos realizassem seus "sete círculos" em torno de uma chama fuliginosa e solitária? Velas teriam de servir a esse propósito, decidiu Deeti, tantas quantas pudessem ser enfiadas em segurança num único thali. As velas foram encontradas e devidamente acesas, mas quando carregadas para o centro da dabusa, o thali inflamado revelou-se dotado de vontade própria: com o barco jogando e arfando, o disco saiu deslizando pelas tábuas da entrecoberta, ameaçando atear fogo em toda a dabusa. Ficou claro que alguém teria de permanecer ao lado, para segurar o arranjo no lugar, mas quem? Havia tantos voluntários que meia dúzia de homens tiveram de ser designados para a tarefa, de modo a não dar motivo a ninguém para se sentir ofendido. Então, quando o casal de noivos tentou ficar de pé, foi o que bastou para enfatizar, mais uma vez, que aquele ritual não fora concebido com a Água Negra em mente: pois nem bem eles se ergueram, o balanço do navio tirou o chão de sob seus pés. Os dois aterrissaram de barriga nas tábuas do convés e deslizaram como em um tobogã na direção do casco para o lado jamna. Bem quando uma colisão capaz de rachar a cabeça parecia inevitável, a escuna jogou outra vez, fazendo com que disparassem na outra direção, os pés na dianteira. A hilaridade criada pelo espetáculo só terminou quando os jovens mais ágeis se adiantaram para amparar a noiva e o noivo numa rede de ombros e braços, mantendo-os de pé. Mas logo os rapazes começaram a escorregar e a deslizar também, de modo que muitos outros tiveram de se juntar a eles: em sua ânsia de circundar as chamas, Deeti fez com que ela e Kalua estivessem entre os primeiros a se ver na confusão. Logo, era como se toda a dabusa estivesse unida em um círculo sacramental de matrimônio: tal era o entusiasmo que, quando chegou a hora de os recém-casados entrarem na improvisada câmara nupcial, não foi sem dificuldade que os demais participantes foram impedidos de entrar junto.

Com a noiva e o noivo fechados no kohbar, a pândega e a cantoria seguiram num crescendo. O ruído era tamanho que ninguém na dabusa teve a mais leve ideia de que eventos de uma ordem inteiramente diferente aconteciam em outra parte. Sua primeira suspeita a esse respeito veio quando alguma coisa caiu no convés, acima de suas cabeças, com um baque sonoro, sacudindo a embarcação. O som produziu um momento de calma alarmada, e foi então que escutaram um grito, na voz de uma mulher, ecoando até lá embaixo vindo de cima: *Bacháo!* Estão matando ele! Derrubaram ele...

Quem é essa? disse Deeti.

Paulette foi a primeira a pensar em Munia: onde ela foi? Está aqui? Munia, onde está você?

Não houve resposta e Deeti gritou: Onde ela pode estar?

Bhauji, acho que na confusão do casamento, ela deve ter dado um jeito de fugir, para encontrar...

Um lascar?

É. Acho que se escondeu no convés e ficou lá depois que nós descemos. Eles devem ter sido pegos.

Do telhado da cabine de convés até o convés principal era uma queda de um metro e meio. Jodu efetuara esse salto muitas vezes por sua própria iniciativa, sem nunca se machucar. Mas ser jogado dali por um silahdar era bem diferente: ele caíra de ponta-cabeça e tivera sorte de bater de ombro no deque, não com o cocuruto. Agora, tentando se pôr de pé, tomava consciência de uma dor lancinante no braço e, quando se apoiou para se levantar, descobriu que o ombro não suportava seu peso. Quando tentava achar um ponto de equilíbrio no convés liso e escorregadio, uma mão agarrou seu banyan e com um puxão o fez ficar ereto.

Sala! Kutta! Seu cachorro lascar...

Jodu tentou girar a cabeça para olhar o subedar no rosto. Não fiz nada, conseguiu dizer. Só estávamos conversando, foram só algumas palavras, nada mais.

Você se atreve a me olhar nos olhos, seu filho de um porco?

Erguendo-o por um braço, o subedar içou o corpo de Jodu acima das tábuas, segurando-o suspenso no ar, suas pernas e braços balançando de impotência. Então ele recuou a outra mão e soltou o punho fechado contra o lado do rosto de Jodu. Jodu sentiu um jorro de sangue escorrendo por sua língua de um corte recém-aberto entre seus dentes. Sua visão subitamente ficou borrada, de modo que Munia, agora agachada sob um longboat, parecia uma pilha de trapos de lona.

Ele começou outra vez — Eu não fiz nada! —, mas o sinal agudo em sua cabeça estava tão alto que mal conseguiu escutar a própria voz. Então o dorso da mão do subedar atingiu o outro lado de seu rosto, tirando o ar de seus pulmões e estufando sua bochecha como um cutelo enfunado por um golpe de vento. A força da bofetada o arrancou das garras do subedar e o lançou esparramado sobre o convés.

Seu lascar descastrado, como tem colhões de mexer com nossas garotas?

Os olhos de Jodu estavam parcialmente fechados agora, e a campainha em sua cabeça deixou-o insensível à dor em seu ombro. Cambaleando, conseguiu ficar de pé, balançando como um bêbado conforme tentava se equilibrar no convés adernado. Pela luz da lanterna na bitácula viu que o fana-wale se reunira em torno para olhar: estavam todos lá, Mamdoo-tindal, Sunker, Rajoo, olhando por cima dos ombros dos silahdars, à espera de ver o que ele, Jodu, faria a seguir. Ao tomar conhecimento da presença dos colegas de bordo, ficou duplamente consciente de sua posição conquistada a duras penas entre eles e, num arroubo de bravata, cuspiu o sangue de sua boca e rosnou para o subedar: B'henchod — quem você pensa que é? Acha que somos seus escravos?

Kyá? A pura perplexidade com essa amostra de desaforo retardou as reações do subedar por um instante. Nesse momento, Mister Crowle se adiantou para tomar seu lugar, diante de Jodu.

"Ora, mas se não é o miserável tracambista de Reid outra vez?"

O primeiro-imediato tinha um pedaço de corda em suas mãos, que segurava pela laçada. Agora, jogando o braço para trás, desferiu a ponta em nó da corda contra os ombros de Jodu, prostrando-o de quatro sobre o convés: "No chão, seu verme lambe-cu."

A corda vibrou outra vez, atingindo Jodu com tanta força que foi impelido adiante, apoiado nas mãos e nos joelhos. "Isso mesmo. Rasteje, cão, rasteje, quero vê-lo se arrastando como um animal antes de acabar com a sua raça."

Quando a corda desceu outra vez, os braços de Jodu cederam sob seu corpo e ele caiu de bruços contra as tábuas do convés. O imediato agarrou o banyan de Osnaburg de Jodu e o puxou de novo para que ficasse de quatro, rasgando o tecido pela metade. "Não me ouviu dizer para rastejar? Não fique aí parado esfregando a bandoga no convés, rasteje, como o cão que você é."

Um pontapé fez Jodu cambalear para a frente sobre as mãos e os joelhos, mas seu ombro não pôde aguentar mais seu peso e após alguns passos mais ele voltou a desabar sobre a barriga. Seu banyan rasgado no meio agora pendia em farrapos sob suas axilas. Não havia ponto onde agarrar naquela roupa feita em trapos; então o imediato levou a mão as suas calças. Segurando-o pela cintura, deu um tranco que abriu as costuras no pano de lona. Era a pele nua das nádegas de Jodu que a corda açoitava agora e a dor forçou um gemido em seus lábios.

Allah! Bacháo!

"Não gaste seu fôlego", disse o imediato, inflexível. "É Jack Crowle o único a ser invocado, aqui; ninguém mais pode salvar esse seu lombo agora."

Outra vez a corda desceu na base das costas de Jodu, e a dor foi tão intensa, tão entorpecedora, que ele não teve forças nem para cair de frente outra vez. Avançou mais alguns passos de quatro e então, com a cabeça pendente, viu, emoldurados no vão triangular entre suas coxas nuas, os rostos do trikat-wale, observando-o cobertos de pena e vergonha.

"Rasteje, cão churdo!"

Ele cambaleou mais uns dois passos, e depois mais dois, enquanto em sua cabeça uma voz dizia — sim, você é um animal, agora, um cão, eles o transformaram numa besta: rasteje, rasteje...

Ele havia rastejado o suficiente para satisfazer o primeiro-imediato. Mister Crowle largou a corda e fez um gesto para os silahdars: "Levem esse berdamerda para o chokey e tranquem lá dentro."

Haviam terminado com ele, agora; não passava de uma carcaça a ser jogada fora. Quando os guardas o arrastavam na direção da fana, Jodu escutou a voz do subedar, em algum lugar à proa:

E agora, sua prostituta cule, é a sua vez; chegou sua hora de aprender uma lição, também.

A dabusa agora mergulhara no mais completo caos: todo mundo ia de um lado para o outro, querendo descobrir o que estava acontecendo acima deles. Pareciam formigas aprisionadas em um tambor, tentando entender o que se passa do outro lado do couro: Seria aquele pesado som de algo raspando, em direção à agil, um sinal de que Jodu era arrastado para a fana? Seria aquele tamborilar ruidoso acima deles, em direção à peechil, o som de Munia batendo os calcanhares conforme era puxada?

Então escutaram a voz de Munia: *Bacháo!* Socorro, vocês aí, estão me levando para a kamra deles...

As palavras de Munia silenciaram de repente, como se uma mão houvesse tapado seus lábios.

Paulette agarrou o cotovelo de Deeti. Bhauji! Temos de fazer alguma coisa! Bhauji! Não sabemos o que vão fazer com ela.

O que podemos fazer, Pugli?

Passou pela cabeça de Deeti dizer que não, aquela não era sua responsabilidade, ela não era a Bhauji deles todos e não podiam esperar que travasse todas as batalhas. Mas então pensou em Munia, sozinha no meio dos silahdars e maistries, e seu corpo se levantou como que por vontade própria. Vamos: para a escada.

Com Kalua abrindo caminho, chegou à escada e começou a bater na escotilha: Ahó! Quem está aí? Onde estão vocês — oh, grandes paltans de maistries e silahdars?

Sem receber resposta, virou para confrontar a dabusa: E vocês? disse para os migrantes. Por que estão todos tão quietos, agora? Estavam fazendo bastante barulho poucos minutos atrás. Vamos! Vamos ver se não somos capazes de abalar os mastros deste navio; vamos ver por quanto tempo podem nos ignorar.

Começou vagarosamente, o alvoroço, com os montanheses ficando de pé para pisotear nas tábuas da entrecoberta. Então alguém começou a bater os braceletes em um thali e outros se juntaram ao barulho, batendo gharas e panelas, ou apenas gritando e cantando, e em poucos minutos foi como se uma força incontida houvesse sido liberada dentro da dabusa, uma energia capaz de sacudir o oakum das costuras da escuna.

De repente, a tampa da escotilha se abriu e a voz de um silahdar invisível ecoou através da abertura. A grade continuou no lugar e Deeti não conseguia ver quem falava, tampouco entender suas palavras. Ela mandou que Kalua e Paulette silenciassem os demais e ergueu o rosto sob a ghungta para a escotilha: Quem é você, aí em cima?

Qual o problema com vocês, cules? foi a resposta. O que significa esse barulho?

Sabe muito bem o que está acontecendo, disse Deeti. Vocês levaram uma de nossas garotas embora. Estamos preocupadas com ela.

Preocupadas, é? — O tom de escárnio era visível. — Por que não estavam preocupadas quando ela foi se prostituir para um lascar? Um muçulmano, ainda por cima?

Malik, disse Deeti. Deixe que volte para nós, e resolveremos o assunto por aqui. Será melhor que cuidemos de nossa própria gente.

Tarde demais para isso; o subedar-ji diz que ela será mantida em lugar seguro, daqui por diante.

Seguro? disse Deeti. No meio de vocês? Não me diga uma coisa dessas: já vi tudo — *sab dekhchukalbáni*. Vá: diga a seu subedar que queremos ver nossa garota e não vamos dar trégua enquanto não conseguirmos. Vá. Agora mesmo.

Houve um breve silêncio, durante o qual puderam escutar os maistries e silahdars consultando uns aos outros. Dali a um instante, um deles disse: Fiquem quietos por enquanto e vamos ver o que o subedar diz.

Tudo bem.

Um burburinho excitado irrompeu na entrecoberta quando a tampa da escotilha foi violentamente fechada:

... Você conseguiu outra vez, Bhauji...

... Eles têm medo de você...

... Sua palavra é uma ordem, Bhauji...

Esses comentários prematuros encheram Deeti de temor. Nada aconteceu, ainda, ela retrucou; vamos esperar para ver...

Um bom quarto de hora passou antes que a tampa da escotilha abrisse outra vez. Então um dedo atravessou a grade para apontar Deeti. Você aí, disse a mesma voz. O subedar diz que pode ver a garota; ninguém mais.

Sozinha? disse Deeti. Por que sozinha?

Porque não queremos mais tumulto. Lembra-se do que aconteceu em Ganga-Sagar?

Deeti sentiu a mão de Kalua segurando a sua e ergueu a voz: não vou sem meu *jora*, meu marido.

Isso levou a outra consulta sussurrada e outra concessão: Tudo bem, então, ele também pode subir.

A grade foi aberta com um rangido e Deeti saiu lentamente da dabusa, com Kalua seguindo atrás dela. Havia três silahdars no convés, armados com longos bastões, os rostos ensombrecidos pelos turbantes. Assim que Deeti e Kalua pisaram do lado de fora, a grade e a tampa da escotilha foram ruidosamente fechadas, com tal determinação que Deeti começou a se perguntar se os guardas não estariam aguardando esse tempo todo para separar ambos dos demais migrantes: será que haviam caminhado para uma armadilha?

Suas apreensões aumentaram quando os sirdars apareceram com um pedaço de corda e ordenaram a Kalua que esticasse as mãos.

Por que estão amarrando os pulsos dele? exclamou Deeti.

Só para mantê-lo quieto enquanto você vai lá.

Não vou sem ele, disse Deeti.

Quer ser arrastada, então? Como a outra?

Kalua tocou em seu cotovelo: Vá, sussurrou. Se houver problema, é só erguer a voz. Estou aqui; vou escutar e encontro um jeito — *ham sahára khojat...*

Deeti encompridou sua ghungta ao seguir o silahdar pela escada que descia para a beech-kamra. Em comparação com a dabusa, aquela parte da embarcação era brilhantemente iluminada, com diversas lâmpadas suspensas no teto. As luzes balançavam em amplos arcos, devido ao vaivém do navio, e seus movimentos pendulares multiplicavam as sombras dos homens ali dentro, de modo que a cabine parecia cheia com uma multidão de figuras e formas se chocando. Descendo do último degrau, Deeti desviou os olhos e se segurou na escada para se firmar. Ela podia perceber, pelo cheiro mesclado de fumaça e suor, que havia muitos homens naquele recinto; mesmo com a cabeça baixa, conseguia sentir seus olhos penetrando a proteção de sua ghungta.

... É essa aí...

... *Jobhan sabhanké hamré kiláf bhatkáwat rahlé*...

... É ela quem sempre joga os outros contra a gente...

A coragem de Deeti quase lhe faltava, agora, e seus pés teriam parado de se mexer se o silahdar não houvesse murmurado: Por que parou? Continue se mexendo.

Aonde está me levando? disse Deeti.

Para junto da garota, disse o silahdar. Não é isso que queria?

Vela na mão, o silahdar a conduziu por mais um trecho da escada, saindo dela quando chegaram a um recinto abarrotado de despensas. O odor de porão era tão forte agora que Deeti teve de apertar o nariz entre o polegar e o indicador.

O silahdar parou diante de uma porta trancada por um fecho. É aqui que ela está, disse. Vai encontrá-la aí dentro.

Deeti relanceou a porta com medo. Aí dentro? disse. Que lugar é esse?

Um bhandar, disse o silahdar ao abrir a porta.

O cheiro pungente da despensa lembrava fortemente um bazar, com o aroma pastoso e oleoso de heeng suplantando até o fedor da sentina da escuna. Estava muito escuro, e Deeti não conseguia ver coisa alguma, mas escutou um soluço e chamou: Munia?

Bhauji? A voz de Munia se ergueu, aliviada. É você mesmo?

É, Munia, onde você está? Não consigo ver nada.

A garota correu para seus braços: Bhauji! Bhauji! Eu sabia que você viria.

Deeti a segurou com os braços estendidos. Sua tola, Munia, sua tola! exclamou. O que andou aprontando lá em cima?

Nada, Bhauji, disse Munia. Nada, acredite em mim, ele só estava me ajudando com as galinhas. Eles caíram em cima de nós e começaram a bater nele. Então o derrubaram no chão.

E você? disse Deeti. Não fizeram nada com você?

Só alguns tapas e chutes, Bhauji, só isso. Mas era você que eles estavam esperando...

De repente, Deeti percebeu que havia uma outra pessoa às suas costas, com uma vela na mão. Então escutou uma voz profunda, gutural, dizendo ao silahdar: Leve a garota embora; é a outra que eu quero. Vou falar com ela a sós.

À luz bruxuleante, Deeti podia ver sacos de grão e dal, em elevadas pilhas no chão da despensa. As prateleiras laterais estavam lotadas de potes de especiarias, réstias de cebola e alho e imensos martabans com limão, pimenta e manga em conserva. O ar estava enevoado por um pó branco, do tipo que é exalado pelas sacas de grão; quando a porta da despensa foi fechada, um floco de pimenta vermelha entrou no olho de Deeti.

Então?

Calmamente, Bhyro Singh passou a tranca na porta da despensa e firmou a vela de pé numa saca de arroz. Deeti mantivera seu olhar desviado do rosto dele esse tempo todo, mas agora ela se virava, segurando a ghungta no lugar com uma mão e esfregando o olho com a outra.

O que é tudo isso? ela disse, numa atitude desafiadora. Por que queria me ver sozinha?

Bhyro Singh usava um langot e um banyan, e agora, com Deeti virada em sua direção, sua barriga volumosa se projetava como uma montanha no confinamento das duas ínfimas peças de roupa. O subedar não fez qualquer tentativa de esticar o traje para se cobrir: em vez disso, segurou a pança com as mãos em concha e a moveu carinhosamente para cima e para baixo, como se a estivesse pesando. Depois, extraiu um pedaço de fibra da boca escancarada que era seu umbigo e o examinou detidamente.

Então? disse outra vez. Quanto tempo achou que podia se esconder de mim, Kabutri-ki-ma?

Deeti sentiu-se sufocar e enfiou um pedaço da ghungta na boca, para se impedir de gritar.

Por que tão quieta? Não tem nada a me dizer? Bhyro Singh levou a mão à ghungta: Não precisa continuar se cobrindo. Somos só você e eu aqui. Só nós.

Puxando o véu dela para baixo, ele empurrou sua cabeça para trás com um dedo e sorriu com satisfação: Os olhos cinzentos; eu me lembro deles, cheios de bruxaria. Os olhos de uma chudail, alguns achavam, mas eu sempre disse, não, esses são os olhos de uma prostituta.

Deeti tentou afastar a mão dele de seu pescoço, mas sem nenhum efeito. Se sabia quem eu era, falou, ainda desafiadora, por que não disse alguma coisa antes?

Os lábios dele se curvaram em zombaria: E lançar vergonha sobre mim mesmo? Admitir a ligação com uma mulher como você? Uma prostituta que fugiu com um varredor de imundície? Uma cadela no cio que cobriu de vergonha sua família, sua aldeia, seus parentes? Você me toma por um tolo? Não sabe que tenho minhas próprias filhas para casar?

Deeti estreitou os olhos e retrucou: Cuidado. Meu *jora* está esperando lá em cima.

Seu *jora*? disse Bhyro Singh. Pode esquecer aquele rebotalho de imundície. Vai estar morto antes que o ano termine.

I ká káhat ho? engasgou ela. O que está dizendo?

Ele correu o dedo por seu pescoço e beliscou seu lóbulo: Não sabe, disse, que sou eu o encarregado de escolher seus destinos? Não sabe que sou eu quem vai decidir quem será seu mestre em Mareech? Já indiquei o nome de seu *jora* para uma fazenda do norte. Nunca vai sair de lá com vida. Pode acreditar em minha palavra: o recolhedor de merda que você chama de marido está com os dias contados.

E eu? disse Deeti.

Você? Ele sorriu e esfregou seu pescoço mais uma vez. Para você tenho outros planos.

O quê?

Ele passou a ponta da língua pelos lábios e sua voz estava rouca quando falou: O que alguém pode querer de uma prostituta? A mão dele deslizou pela gola de seu choli e começou a procurar um ponto de apoio.

Tenha vergonha, disse Deeti, empurrando sua mão. Tenha vergonha...

Não há nada aí que seja novidade para mim, ele disse, sorrindo. Já vi o saco de grãos e sei que está cheio — *dekhlé tobra, janlé bharalba.*

Áp pe thuki! gritou Deeti. Cuspo em você e em sua imundície.

Ele se curvou para a frente, raspando a barriga em seus seios. Sorriu outra vez: Quem você acha que segurou suas pernas abertas na noite de núpcias? Acha que aquele caniço verde de um *launda*, seu cunhado, teria conseguido sozinho?

Não tem vergonha? disse Deeti, sufocando. Existe alguma coisa que não tenha coragem de dizer? Não sabe que carrego uma criança?

Criança? Bhyro Singh riu. Uma criança daquele limpador? Quando eu terminar com você, a semente dele vai escorrer para fora como uma gema de ovo.

Apertando ainda mais seu pescoço, ele esticou a outra mão na direção de uma prateleira. Quando a mão voltou, brandia um *belan* de fazer roti de trinta centímetros sob seu nariz.

Então o que diz, Kabutri-ki-ma? disse. É prostituta o bastante pra isto?

* * *

Não foi o grito de socorro de Deeti, mas Munia ecoando seu apelo, que se fez ouvir no convés principal, onde Kalua se agachava entre dois silahdars com as mãos atadas por um pedaço de corda. Ele permanecera em silêncio no lugar desde que Deeti fora levada, refletindo cuidadosamente sobre o que faria se o pior acontecesse. Os silahdars estavam armados levemente, com facas e lathis, e não seria nenhuma dificuldade, Kalua sabia, libertar-se deles. Mas e depois? Se invadisse a kamra dos guardas, toparia com muito mais homens, e muito mais armas, também: iriam matá-lo antes que pudesse ajudar Deeti no que quer que fosse. Muito melhor soar um alarme para ser ouvido em todos os cantos do navio, e o instrumento perfeito para isso não estava a mais que poucos passos de distância, o ghanta da cabine de convés. Se pudesse fazer soar o sino, os migrantes seriam alertados e os oficiais e lascares viriam obrigatoriamente ao convés.

Em casa, no seu carro de bois, havia sido um hábito de Kalua contar os gemidos das rodas para manter uma medida precisa do tempo e da distância. Agora, ele descobria que podia fazer a mesma coisa usando as ondas que avançavam na direção do navio, erguendo a proa e voltando a baixá-la à medida que passavam. Depois de contar dez medidas dessas, ele se deu conta de que alguma coisa devia estar errada, e foi nesse preciso momento que captou o som da voz de Munia, gritando: Bhauji? O que eles estão fazendo...?

A escuna nesse instante jogou de lado acentuadamente, de modo que Kalua pôde sentir a amurada oblíqua contra as solas de seus pés. A sua frente, o deque era como uma encosta de colina, inclinando-se para cima. Usando a amurada como trampolim, ele saltou como um sapo, cobrindo metade da distância até o sino num pulo só. Seu gesto foi tão súbito que os silahdars mal começaram a reagir quando ele alcançou o riz preso ao badalo do sino. Mas o cabo precisava ser desamarrado de seu olhal antes que pudesse puxá-lo, e a demora propiciou aos guardas o tempo necessário para cair sobre ele; um deles desferiu o lathi em suas mãos, enquanto o outro trepou em suas costas, tentando derrubá-lo no convés.

Kalua armou um punho duplo com as mãos atadas e girou na direção do silahdar que brandia o lathi, dando um soco que o levantou do chão. Virando com o impulso do giro, agarrou o braço do outro e o tirou de suas costas, jogando-o de cabeça no convés. Então pegou o riz do sino, soltou-o e começou a sacudir o badalo.

Quando os primeiros dobres furiosos soavam, uma nova onda atingiu a embarcação, inclinando abruptamente seu costado. Um dos guardas foi derrubado quando tentava ficar de pé, e o outro, que viera tentando alcançar Kalua, escorregou para o lado, de modo que a amurada o atingiu na barriga. Ele permaneceu equilibrado sobre a beirada por um instante, metade de seu corpo pendurado para fora, agarrando-se freneticamente nos espeques escorregadios. Então, como que se sacudindo para se livrar de algo, o *Ibis* afundou o flanco ainda mais, e uma crista voraz de turbulência se ergueu e reclamou o homem para as profundezas.

Mais uma vez, o soar do sino transformou a dabusa em um tambor. Os migrantes se juntaram em pequenos bandos desnorteados, conforme o som de pés acima deles aumentava num crescendo. Em meio ao batuque percussivo um som ainda mais desconcertante se fazia ouvir — o coro de alarmes e hookums: *Admi giráh! Homem ao mar! Atenção à popa! Peechil dekho! Dekho peechil!* Contudo, a despeito dos gritos e do barulho, não houve mudança no movimento da escuna: ela seguiu em frente rasgando as águas como antes.

De repente, a escotilha da dabusa se abriu e Deeti e Munia entraram cambaleantes. Paulette não perdeu tempo em abrir caminho através da confusão de gente que se formara em torno delas: O que aconteceu? O que aconteceu? Vocês estão bem?

Deeti tremia tanto que mal conseguia falar: Sim, estamos bem, Munia e eu. Foi o ghanta quem nos salvou.

Quem tocou?

Meu marido... aconteceu uma briga e um dos silahdars caiu... foi um acidente, mas estão dizendo que foi assassinato... amarraram ele no mastro, meu *jora*...

O que vão fazer, Bhauji?

Não sei, soluçou Deeti, torcendo as mãos. Não sei, Pugli: o subedar foi falar com os afsars. Depende do Kaptan, agora. Talvez ele mostre misericórdia... precisamos ter esperança...

Na escuridão, Munia se aproximou de Paulette e segurou seu braço: Pugli, diga-me: Azad? Como ele está?

Paulette fulminou-a com o olhar: Munia, depois de todo o problema que você causou, ainda se atreve a perguntar?

Munia começou a soluçar: A gente não estava fazendo nada, Pugli, acredite em mim, só conversando. É tão mau assim?

Mau ou não, Munia, ele é quem está pagando o preço. Ficou tão ferido que está quase inconsciente. A melhor coisa agora, Munia, é você ficar bem longe dele.

Para Zachary, o aspecto mais desorientador da vida no mar era o peculiar ciclo de sono que resultava do ritmo invariável de quarto após quarto. Com quatro horas de vigília e quatro de repouso — excetuando os meios-quartos do alvorecer e do crepúsculo —, ele percebeu que normalmente tinha de se levantar bem na hora em que dormia mais pesado. O resultado disso era que dormia do modo como o glutão come, empanturrando-se avidamente quando possível e ressentindo-se de cada minuto subtraído de seu festim. Quando repousava, sua audição bloqueava qualquer ruído que pudesse perturbá-lo ou distraí-lo — berros e hookums, o mar e o vento. Contudo, seus ouvidos continuavam a contar os toques do sino do navio, de modo que até mesmo no sono mais profundo, nunca ficava sem saber quanto tempo faltava para seu próximo turno ao convés.

Nessa noite, não sendo a hora de seu plantão até a meia-noite, Zachary se recolhera a seu beliche logo após o jantar e pegara no sono quase imediatamente, dormindo como um tijolo até o sino da cabine de convés começar a soar. Pulou da cama, enfiou as calças e correu para a popa, procurando sinais do homem que caíra pela amurada. A busca foi curta, pois todos sabiam que as chances de sobrevivência do silahdar naquele mar encrespado eram exíguas demais para valer a pena recolher as velas ou mudar o curso do navio: na altura em que uma coisa ou outra fosse feita, ele já teria perecido havia muito tempo. Mas dar as costas a um homem afogado não era algo fácil, e Zachary continuou na popa por muito tempo depois de haver qualquer propósito em continuar vigiando.

No momento em que voltava a descer para sua cabine, o agressor fora amarrado ao mastro principal, e o capitão estava em seu camarote, reunido com Bhyro Singh e seu tradutor, Baboo Nob Kissin. Uma hora mais tarde, quando Zachary se preparava para subir ao convés para seu plantão, Steward Pinto bateu em sua porta e disse que o capitão o mandara chamar. Zachary deixou a cabine e encontrou o capitão e Mister Crowle já sentados em torno da mesa, com o despenseiro esperando mais ao fundo com uma bandeja de brande.

Assim que foram todos servidos, o capitão dispensou Steward Pinto com um aceno de cabeça: "Pode ir, agora. E não quero ver você espionando por aí no tombadilho."

"Sahib."

O capitão aguardou até que o despenseiro se fosse antes de voltar a falar. "É um mau negócio, cavalheiros", disse com ar sombrio, girando seu copo. "Um mau negócio, pior do que pensei."

"É um encrenqueiro, o negro filho da puta", disse Mister Crowle. "Vou dormir melhor depois de escutá-lo grasnando na ponta do cânhamo."

"Ah, ele vai ser pendurado pelo pescoço, não tenha dúvida", disse o capitão. "Mas acontece que não cabe a mim sentenciá-lo. O caso precisa ser levado a um juiz em Port Louis. E o subedar, nesse meio-tempo, terá de se contentar com umas chibatadas."

"O açoite *e* a forca, senhor?", disse Zachary, incrédulo. "Pela mesma ofensa?"

"Aos olhos do subedar", disse o capitão, "o assassinato é o menor de seus crimes. Ele diz que se estivessem em sua terra, esse homem seria esquartejado e dado de alimento aos cães pelo que fez."

"O que ele fez, senhor?", disse Zachary.

"Esse homem" — o capitão baixou os olhos para uma folha de papel, a fim de lembrar do nome — "esse Maddow Colver; é um pária que fugiu com uma mulher de casta elevada, uma parente do subedar, por acaso. Foi por isso que esse Colver subiu a bordo, para que pudesse fugir com a mulher para um lugar onde nunca seria encontrado".

"Mas senhor", disse Zachary, "decerto o modo como arranjou a esposa não é problema nosso, é? E será que devemos permitir que seja açoitado enquanto estiver sob nossa custódia?"

"Fala sério?", disse o capitão, erguendo as sobrancelhas. "Estou admirado, Reid, que logo você, dentre todos — um americano! —, venha me fazer essas perguntas. Ora, o que acha que aconteceria em Maryland se uma branca fosse violentada por um negro? O que você, ou eu, ou qualquer um de nós faria com um pretinho que se metesse com nossas esposas ou irmãs? Como poderíamos esperar que o subedar e seus homens se sentissem menos gravemente ofendidos do que qualquer um de nós? E que direito temos nós de negar a eles a vingança que certamente clamaríamos como sendo nosso dever? Não senhor..."

O capitão se ergueu de sua cadeira e começou a andar de um lado para outro da cabine, continuando: "... não senhor, não vou negar a esses homens, que têm nos servido fielmente, a justiça que procuram. Pois isso é algo que devem saber, cavalheiros, que existe um acordo tácito entre o homem branco e os nativos que sustentam seu poder no Hindustão: o de que em assuntos de casamento e procriação, os iguais devem ficar entre iguais, e a cada um o que lhe é de direito. O dia em que os nativos perderem a fé em nós como garantidores do sistema de castas, será nesse dia, cavalheiros, que nossa supremacia estará condenada. Esse é o princípio inviolável sobre o qual se baseia nossa autoridade, é o que torna nosso domínio diferente do de povos degenerados e decadentes, como espanhóis e portugueses. Ora, pois, se o senhor tem o desejo de ver o que resulta da miscigenação e da mestiçagem, tudo que tem a fazer é visitar suas colônias..."

Nisso o capitão se interrompeu abruptamente e foi postar-se atrás de uma cadeira: "...E já que estou no assunto, deixem-me falar francamente com os dois: cavalheiros, o que fazem no porto é problema seu; não tenho jurisdição alguma sobre os senhores em terra firme; que passem seu tempo em tascas de gim ou em alcoceifas, não me diz respeito. Mesmo se quiserem frequentar um serralho qualquer no buraco mais negro da costa, isso não é da minha conta. Mas, enquanto estiverem no mar e sob meu comando, devem saber que se qualquer evidência de intercurso de alguma espécie com nativas, sejam do tipo que for, vier a ser apresentada contra um de meus oficiais... bom, cavalheiros, deixem-me dizer-lhes apenas que esse homem não deve esperar nenhuma misericórdia de minha parte."

Nenhum dos imediatos reagiu de modo algum a isso e ambos desviaram o olhar.

"Quanto a esse Maddow Colver", continuou o capitão, "será açoitado amanhã. Sessenta chibatadas, a serem aplicadas pelo subedar ao meio-dia."

"Disse sessenta, senhor?", falou Zachary, atônito de descrença.

"Foi o que o subedar pediu", disse o capitão, "e eu lhe concedi".

"Mas será que não vai sangrar até a morte, senhor, esse cule?"

"Isso é o que veremos, Reid", disse o capitão Chillingworth. "Certamente, não será nenhuma tristeza para o subedar se tal coisa acontecer."

Pouco após o raiar do dia, Paulette escutou seu nome sendo sussurrado pelo ducto de ar: Putli? Putli?

Jodu? Ficando na ponta dos pés, Paulette levou o olho ao ducto. Quero dar uma boa olhada em você, Jodu; recue.

Ele se afastou e ela deixou escapar uma exclamação. Na luz escassa que filtrava pelas fendas das paredes, viu que seu braço esquerdo fora pendurado no pescoço com uma tipoia improvisada; seus olhos estavam inchados e enegrecidos, o branco mal visível; de suas feridas ainda escorria sangue e o tecido de seu banyan emprestado estava listrado de manchas.

Oh, Jodu, Jodu! sussurrou. O que fizeram com você?

Só meu ombro dói, agora, ele disse, tentando sorrir. O resto parece ruim, mas não dói tanto.

Subitamente furiosa, Paulette disse: Tudo por causa de Munia; aquela...

Não! interrompeu Jodu. Não pode pôr a culpa nela; fui eu o responsável.

Paulette não pôde protestar contra a verdade disso. Oh, Jodu, disse. Como você é tolo: por que foi fazer algo tão estúpido?

Não foi nada disso, Putli, ele replicou rapidamente. Foi apenas uma coisinha inofensiva, casual. Só isso.

Eu não avisei, Jodu?

É, avisou, Putli, foi a resposta. E outros também avisaram. Mas me deixe perguntar: eu não avisei você sobre vir a bordo deste navio? E você escutou? Não, claro que não. Você e eu, a gente sempre foi assim, nós dois. A gente sempre deu um jeito de se safar das coisas. Mas acho que um dia isso acaba, não é? Então a pessoa precisa começar tudo de novo.

Isso deixou Paulette alarmada, entre outras coisas porque a introspecção sempre fora algo completamente alheio a Jodu; nunca antes ela o ouvira falar nesses termos.

E agora, Jodu? disse. O que vai acontecer com você agora?

Não sei, ele disse. Alguns dos meus camaradas disseram que toda essa tamasha vai ser esquecida em um dia ou dois. Mas outros acham que vou servir de saco de pancadas dos silahdars até chegarmos ao porto.

E você? O que acha?

Ele levou algum tempo para responder, e quando o fez, sua voz saiu com esforço. De minha parte, Putli, disse, chega de *Ibis* para mim. Depois de apanhar como um cão na frente de todo mundo, prefiro morrer afogado do que continuar flutuando nesse navio amaldiçoado.

Havia qualquer coisa de implacável e pouco familiar em sua voz e isso fez com que ela olhasse outra vez, como que para se tranquilizar de que verdadeiramente fora Jodu quem falara. A visão que foi de encontro a seus olhos não ofereceu nenhum tipo de conforto: com os ferimentos, o rosto inchado e as roupas ensanguentadas, ele parecia a crisálida de um novo e desconhecido ser. Ela se lembrou de uma semente de tamarindo que certa vez embrulhara em camadas de pano úmido: após quinze dias regando, quando um minúsculo broto começou a se insinuar, ela desfez o embrulho para procurar a semente, mas em vão, pois nada restara a não ser minúsculos fragmentos de casca.

O que vai fazer então, Jodu? disse ela.

Ele se aproximou e encostou os lábios no ducto. Olhe, Putli, sussurrou, eu não deveria estar contando isso para você, mas é possível que alguns de nós consigam sair deste navio.

Quem? Como?

Em um dos escaleres — eu, os qaidis, mais outros. Nada certo, ainda, mas, se acontecer, vai ser hoje à noite. E tem algo que você pode fazer por nós — ainda não sei muito bem, mas vou contar quando souber. Enquanto isso, bico fechado, nem uma palavra com ninguém.

Habés-pál!

O hookum para pôr a embarcação à capa foi proferido na metade da manhã. Embaixo, na dabusa, todos sabiam que o navio recolheria as velas quando chegasse a hora do castigo de Kalua, e foi a mudança no som das lonas, bem como a diminuição de velocidade do barco, que os informou que o momento era iminente: com os mastros praticamente nus, o vento começou a silvar ao passar através do cordame. O vento permanecera firme por toda a noite, e o *Ibis* continuava a jogar com as vagas poderosas e pontilhadas de espuma. O céu nesse meio-tempo escurecera, com massas de nuvens acinzentadas acumulando-se umas sobre as outras.

Assim que o navio diminuiu de velocidade, os maistries e silahdars começaram a reunir os migrantes com um prazer selvagem, quase lúbrico: as mulheres receberam ordem de permanecer na dabusa, mas quanto aos homens, excetuando alguns adoentados demais para se levantar, foram todos levados para cima. Chegaram ao convés esperando encontrar Kalua preso ao mastro, acorrentado, mas não o viram em parte alguma: ele fora retirado para a fana e seria trazido apenas mais tarde, quando sua entrada causaria o efeito mais impressionante possível.

A escuna arfava tão acentuadamente que os migrantes não conseguiam se manter em pé, assim como fora da última vez em que haviam sido reunidos, no atracadouro de Saugor. Os guardas fizeram com que sentassem em fileiras, de frente para o tombadilho, as costas voltadas para a popa. Como que para enfatizar a natureza exemplar do que estavam prestes a testemunhar, os guardas e capatazes foram meticulosos em assegurar que cada homem tivesse uma visão clara e desobstruída do aparato semelhante a uma moldura que fora preparado para o açoite de Kalua — uma armação retangular de barras de ferro montada no centro dos fife-rails, com cordas presas em cada canto para segurar seus tornozelos e seus pulsos.

Bhyro Singh se achava à frente dessa assembleia e vestia seu antigo uniforme de regimento: um dhoti recém-lavado e um coattee de cor castanha, com as listras de um subedar nas mangas. Enquanto os guardas organizavam os migrantes, ele permanecia de pernas cruzadas em uma pilha de cordas, trançando as fibras de um chabuk de couro e parando, de tempos em tempos, para fazer o chicote estalar ruidosamente no ar. Não prestava a menor atenção nos migrantes, mas estes, por sua vez, não conseguiam tirar os olhos das chibatadas relampejantes de seu azorrague.

Em seguida, após testar uma última vez o chabuk, o subedar ficou de pé e fez um sinal para que Steward Pinto convocasse os oficiais ao tombadilho. Os sahibs levaram alguns minutos para aparecer, o Kaptan na frente e depois os dois malums. Todos os três podiam ser vistos portando armas, pois usavam os casacos abertos de tal modo que o cabo das pistolas em suas cinturas fosse claramente visível. Segundo o costume, o Kaptan assumiu seu lugar não no centro do tombadilho, mas a barlavento, que calhava de ser o lado dawa da escuna. Os dois malums montavam guarda perto do centro, cada um de um lado da armação.

Tudo isso transcorrera a um ritmo lento, cerimonial, para permitir que os migrantes absorvessem cada elemento daquilo: era como se estivessem sendo instruídos, não meramente para observar o castigo, mas na verdade para compartilhar a experiência da dor. O andamento e o gradual acúmulo de detalhes criou uma espécie de estupor, não tanto de medo, mas de expectativa coletiva, de modo que, quando Kalua foi conduzido em meio a eles, era como se estivessem todos, separadamente, sendo amarrados à moldura para receber as chicotadas.

Mas em um aspecto nenhum deles podia se imaginar como sendo Kalua, ou de seu enorme tamanho. Ele fora trazido ao convés usando apenas um langot, que fora amarrado bem apertado entre suas pernas, de modo a oferecer à vergasta a maior extensão possível de carne e pele. A faixa branca do langot parecia intensificar sua estatura, de forma que, até mesmo antes de subir ao fife-rail, ficou claro que seu corpo não caberia na estrutura montada: sua cabeça pairava bem acima dela, estendendo-se ao topo da balaustrada e chegando no mesmo nível dos joelhos dos malums. Como resultado, as amarras que haviam sido preparadas para ele tiveram de ser arrumadas de outro jeito: enquanto seus tornozelos permaneceram nos dois cantos inferiores da moldura, seus pulsos tiveram de ser atados aos fife-rails, onde ficaram na mesma linha de seu rosto.

Quando as cordas foram fixadas e testadas, o subedar saudou o Kaptan e anunciou que estava tudo pronto: *Sab taiyár sah'b!*

O Kaptan respondeu com um aceno e deu o sinal para começar: "Chullo!"

O silêncio no convés era agora tão profundo que a voz do Kaptan se fazia claramente audível na dabusa, assim como o som dos pés do subedar, quando media os passos para se ajustar à nova distância. Deeti engasgou — *Hé Rám, hamré bacháo!* Paulette e as outras se enrodilharam em torno dela, tapando os ouvidos com as mãos, num esforço para abafar o estalo do chicote — em vão, como se veria, pois não puderam se poupar de nada daquilo, nem do sibilo do couro quando se contorcia através do ar, nem do esmagamento nauseante com que atingia a pele de Kalua.

Ali em cima do tombadilho, Zachary era o mais próximo de Kalua e podia sentir o impacto do chicote através das solas de seus pés. Um instante depois alguma coisa respingou em seu rosto; ele levou o dorso da mão ao lugar e viu que era sangue. Sentiu alguma coisa subir em sua garganta e deu um passo para trás.

A seu lado, Mister Crowle, que viera observando com um sorriso, deu uma pequena risada: "Ganso não desce sem molho, hein, Manequinho?"

* * *

Os movimentos de seu braço levaram Bhyro Singh a se aproximar o bastante para que fosse capaz de observar os vergões se formando na pele de Kalua. Com satisfação selvagem, ele murmurou em sua orelha: *Kuttá!* Seu cachorro imundo, está vendo o que arrumou para si mesmo? Vai estar morto antes que eu termine com você.

Kalua o escutava claramente, em meio ao zumbido de sua cabeça, e perguntou, em um sussurro: Malik, o que foi que fiz contra o senhor?

A pergunta, assim como o tom de perplexidade em que foi feita, deixou Bhyro Singh ainda mais furioso. Fez? disse. Não basta ser o que você é?

Essas palavras ecoaram pela cabeça de Kalua quando o subedar se afastou, a fim de começar a próxima sessão: Sim, o que sou é suficiente... durante esta vida e a seguinte, será o suficiente... será isso que vou viver, outra vez, depois mais outra e outra...

Contudo, mesmo enquanto escutava o eco da voz de Bhyro Singh, em alguma outra parte de sua cabeça, ele contava os passos do subedar, enumerando os segundos para a próxima chicotada. Quando o couro comeu sua pele, a dor foi tão feroz, tão cegante, que sua cabeça virou de lado, na direção de seu pulso, de modo que podia sentir a aspereza da corda roçando seus lábios. Tentando evitar morder a própria língua, ele cravou os dentes na amarra, e quando o chicote desceu outra vez, a dor fez suas mandíbulas se fecharem com tal força que ele rompeu uma das quatro voltas da corda com que seu pulso fora amarrado.

Mais uma vez a voz do subedar estava em sua orelha, sussurrando em tom de escárnio: *Kāptí ke marlá kuchhwó dokh nahin* — Matar um impostor não é pecado...

Essas palavras, também, ecoaram na cabeça de Kalua — *kāptí... ke... marlá... kuchhwó... dokh... nahin* —, cada sílaba assinalando um passo do subedar, afastando-se e então virando para trovejar de volta, até que o chicote queimasse suas costas, e mais uma vez ele morderia uma volta da corda: então começou outra vez, a enumeração de sílabas, o estalo do chicote, os dentes travados — outra vez, e depois mais outra, até que as amarras que prendiam seu pulso haviam sido praticamente desfeitas, a não ser por umas poucas fibras.

A essa altura, o ritmo de tambor na cabeça de Kalua se ajustara tão precisamente aos passos do subedar que ele sabia exatamente quando o chicote se desenrolava através do ar e sabia também exatamente quando deveria libertar sua mão. Quando o subedar se projetou adiante, ele girou o torso no fulcro de sua cintura e agarrou o chicote em pleno ar no instante em que serpenteava em sua direção. Com uma torção de pulso, fez com que o chicote se contorcesse de volta, de modo a se enlaçar no pescoço taurino de Bhyro Singh. Então, com um único movimento fluido do braço, retesou a peia, desferindo um tranco com tal força que, antes que qualquer um pudesse dar um passo ou emitir um som, o subedar jazia morto no convés, com o pescoço partido.

Vinte e dois

Embaixo, na dabusa, as mulheres prendiam o fôlego: até então, o som onipresente de uma nova investida de Bhyro Singh fora seguido sempre pelo estalo do chicote rasgando a carne nas costas de Kalua. Mas dessa vez o ritmo foi interrompido antes de atingir seu clímax: era como se uma mão invisível houvesse extinguido o estrépito de trovão que se segue a um raio. E, quando o silêncio se rompeu, não foi por nenhum ruído do tipo que esperavam, mas por um bramido combinado, como se uma onda houvesse se abatido sobre o navio, mergulhando-o no caos: gritos, chamados e o som de passos fundiram-se e foram aumentando de volume até os elementos individuais não poderem mais ser separados. A dabusa se tornou mais uma vez um tambor gigante, rufado por pés em pânico acima e ondas furiosas abaixo. Para as mulheres, era como se a embarcação estivesse naufragando e os homens lutassem para fugir nos escaleres, abandonando-as para que se afogassem. Correndo até a escada, as mulheres se atropelaram na direção da saída trancada, mas foi apenas quando a primeira delas chegou ali em cima que a escotilha se abriu. Esperando que uma onda descesse varrendo tudo, as mulheres pularam da escada, mas em vez de uma torrente de água, os migrantes começaram a entrar, primeiro um, depois o outro, e então mais outro, o seguinte trombando com o anterior para escapar dos chicotes furiosos dos silahdars. As mulheres se lançaram sobre eles, sacudindo-os para tirá-los do torpor do choque, querendo saber o que acontecera e o que era tudo aquilo.

... Kalua matou Bhyro Singh...
... com o chabuk dele...
... quebrou seu pescoço...
... e agora os silahdars querem vingança...

O borbotão de testemunhos tornava difícil saber o que era verdade e o que não era: um homem disse que os silahdars já haviam matado Kalua, mas outro negou, dizendo que estava vivo, embora seriamente ferido. Agora, conforme mais homens vinham se atropelando pela escada abaixo, todos tinham algo novo a acrescentar, de modo que foi como se Deeti estivesse em pessoa no convés, assistindo ao desenrolar dos acontecimentos: Kalua, libertado da armação à qual estivera preso, estava sendo arrastado através do convés pelos guardas enfurecidos. O Kaptan se achava no tombadilho, com os dois malums a seu lado, tentando argumentar com os silahdars, dizendo-lhes que era seu direito exigir justiça, e que a teriam, também, mas somente mediante uma execução dentro da lei, realizada apropriadamente, não um linchamento.

Mas isso não satisfez a turba enlouquecida no convés principal, que começou a vociferar: Agora! Agora! Enforquem-no agora!

Os gritos suscitaram uma súbita agitação dentro da barriga de Deeti: era como se a criança por nascer estivesse apavorada e tentasse silenciar as vozes que clamavam pela morte de seu pai. Tapando os ouvidos com as mãos, Deeti cambaleou nos braços das outras mulheres, que, meio arrastando, meio carregando, levaram-na para um canto da dabusa e a deixaram prostrada sobre as tábuas.

"Para trás, seus bastardos!"

Um instante depois que o rugido deixou os lábios de Mister Crowle, o ar foi fendido pela detonação de sua pistola. Instruído pelo capitão, ele havia mirado o tiro um pouco à esquerda dos turcos de boreste, aonde os silahdars haviam arrastado o corpo quase desfalecido de Kalua com a intenção de pendurá-lo numa forca improvisada. O som da arma os fez parar abruptamente e deram meia-volta para se ver frente a frente não com um, mas com três pares de pistolas. O capitão e os dois imediatos estavam ombro a ombro no tombadilho, com as armas sacadas e engatilhadas.

"Pra trás! Pra trás, eu disse."

Nenhum mosquete fora distribuído entre os guardas nessa manhã e suas armas consistiam apenas em lanças e espadas. Por um minuto ou dois, o som de metal raspando contra metal pôde ser claramente ouvido, conforme se movimentavam pelo convés em confusão, levando as mãos a punhos e bainhas, tentando decidir o que fariam a seguir.

Mais tarde, Zachary se lembraria de ter pensado que, se os silahdars tivessem realizado uma investida combinada contra o tombadilho, havia pouca coisa que eles, os três oficiais, teriam podido fazer para contê-los: eles teriam ficado indefesos após o disparo da primeira saraivada. O capitão Chillingworth e Mister Crowle sabiam disso tão bem quanto ele, mas também sabiam que não havia como recuar, agora, pois se os silahdars pudessem se safar após um linchamento, ninguém poderia dizer do que seriam capazes em seguida. Que Kalua seria enforcado pela morte de Bhyro Singh não restava a menor dúvida, mas estava claro ainda que a execução não poderia ser obra de uma turba descontrolada. Todos os três oficiais estavam tacitamente de acordo quanto a isso: se os silahdars tinham o motim em mente, então aquele era o momento de serem confrontados.

Foi Mister Crowle quem levou a melhor. Aprumando os ombros, curvou-se sobre o fife-rail e gesticulou com as armas, convidando. "Vamos lá, seus salafrários; não fiquem aí parados arreganhando os dentes. Vamos ver quem tem um par de colhões no meio dessas pernas."

Zachary, tanto quanto todos os demais, não podia negar que Mister Crowle fazia uma figura imponente ali em cima no tombadilho, uma pistola em cada mão e uma torrente de obscenidades fluindo por seus lábios — "... bando de uranistas blenorrágicos, vamos ver quem vai ser o primeiro a levar uma bala no meio do rabo..." Em seu olhar cintilava tal avidez pelo derramamento de sangue que ninguém podia duvidar que atiraria sem a menor hesitação. Os silahdars pareceram compreender isso, pois após um ou dois minutos começaram a olhar para o chão, e todo ardor contencioso pareceu se esvair deles.

Mister Crowle não perdeu tempo em fazer-lhes ver sua vantagem. "Pra trás; pra trás, estou dizendo, afastem-se do cule."

Não sem alguns murmúrios, os silahdars lentamente se afastaram do corpo prostrado de Kalua e foram se reunir no centro do convés. Estavam derrotados, agora, e sabiam disso, de modo que, quando Mister Crowle lhes disse para largar as armas, demonstraram sua obediência com uma exibição apropriada a um campo de batalha, depositando espadas e lanças numa pilha ordenada sob os fife-rails.

O capitão assumiu o comando, então, murmurando uma ordem para Zachary. "Reid, leve essas armas para a popa e cuide para que sejam corretamente guardadas. Chame alguns lascares para ajudá-lo."

"Sim, senhor."

Auxiliado por três lascares, Zachary recolheu as armas, carregou-as para baixo e as trancou em segurança no arsenal. Cerca de vinte minutos se passaram antes que estivesse de volta, e a essa altura uma quietude nervosa se instalara no tombadilho. Ao sair da escotilha de ré, Zachary viu os silahdars escutando em silêncio submisso mais um dos sermões do capitão.

"Sei que a morte do subedar foi um grande choque..." Aqui, enquanto o gomusta traduzia suas palavras, o capitão fez uma pausa para enxugar o rosto encharcado de suor. "... Acreditem em mim, compartilho inteiramente de sua dor. O subedar era um bom homem e estou tão determinado quanto qualquer um de vocês a que a justiça seja feita." Agora que um motim fora evitado, estava claro que o capitão se dispunha a ser o mais generoso possível: "Têm minha palavra de que o assassino será pendurado pelo pescoço, mas terão de esperar até amanhã, pois não seria decoroso que um enforcamento se seguisse tão próximo a um funeral. Até lá, devem ter paciência. Hoje precisam dedicar toda sua atenção ao subedar, e depois que houverem terminado, devem se retirar para seus alojamentos."

Os oficiais observaram em silêncio os silahdars realizando os ritos fúnebres no subedar. Ao fim da cerimônia, juntaram-se para acompanhar os guardas e capatazes de volta à cabine a meia-nau. Quando o último deles entrou, o capitão soltou um suspiro de alívio. "Melhor mantê-los aí embaixo até amanhã. Dar tempo para esfriarem a cabeça."

As forças do capitão vinham lhe faltando visivelmente ao longo do dia, e foi com considerável esforço que enxugou o rosto, agora. "Devo admitir que não me sinto lá muito disposto", disse. "O convés é todo seu, Mister Crowle."

"Vá em frente e descanse quanto precisar", disse o primeiro-imediato. "Tudo sob controle, senhor."

Deeti foi uma das últimas a ser informada sobre o adiamento da execução de Kalua, e saber disso — que perdera tempo precioso dando vazão às emoções — deixou-a furiosa, e com ninguém mais senão consigo mesma. Ela sabia muito bem que, se pretendia ser de alguma ajuda para o marido, teria de tentar pensar como ele e tinha consciência também de que o recurso mais valioso dele em momentos de crise não era a força de seu braço, mas antes a frieza de sua cabeça. Como que por instinto, virou para a única pessoa com quem sabia que podia contar: Pugli, venha aqui, sente ao meu lado.

Bhauji?

Deeti passou um braço pelos ombros de Paulette e se curvou na direção de sua orelha: Pugli, o que fazer, diga-me? A menos que aconteça um milagre, amanhã serei uma viúva.

Paulette segurou os dedos da outra e os apertou: Bhauji, não perca as esperanças. Amanhã ainda está por vir. Muita coisa pode acontecer até lá.

Oh? A garota andara rondando o ducto de ar a manhã toda, Deeti notara: ela pressentia que sabia mais do que estava inclinada a dizer. O que é, Pugli? Tem alguma coisa acontecendo?

Paulette hesitou antes de balançar rapidamente a cabeça. Tem, Bhauji, mas não me pergunte sobre isso. Não posso falar.

Deeti lançou-lhe um olhar astuto e apreciativo. Tudo bem, Pugli: não vou perguntar o que está acontecendo. Mas diga-me uma coisa: acha que é possível que meu *jora* possa sair com vida? Antes de amanhã?

Quem pode dizer, Bhauji? falou Paulette. Tudo que posso dizer é que existe uma chance.

Hé Ram! Deeti segurou as bochechas de Paulette e as sacudiu, agradecida. Oh, Pugli, eu sabia que podia confiar em você.

Não diga isso, Bhauji!, gemeu Paulette. Não diga nada ainda. Muita coisa pode dar errado. Não vamos condenar tudo logo de saída.

Havia mais coisas nesse protesto, adivinhou Deeti, do que a mera superstição: ela podia sentir o nervosismo da garota na tensão de suas maçãs. Trouxe a cabeça dela para mais perto de sua orelha.

Conte pra mim, Pugli, disse, você também tomará parte nisso, seja lá o que for que vai acontecer?

Mais uma vez, Paulette hesitou antes de começar a falar num sussurro: Uma parte muito pequena, Bhauji. Mas essencial, ou assim me foi dito. E estou preocupada de que as coisas saiam errado.

Deeti esfregou suas bochechas para esquentá-las. Estarei rezando por você, Pugli...

Pouco depois das quatro, logo após o início do primeiro meio-quarto da tarde, o capitão Chillingworth apareceu no convés outra vez, com aspecto pálido e febril, segurando fechado um antiquado manto de oficial junto ao peito. Assim que emergiu da meia-laranja, seus olhos foram direto para a silhueta curvada e desfalecida presa ao mastro principal. Ele lançou um olhar inquiridor para o primeiro-imediato, que respondeu com uma risada malévola: "O tição está vivo, pode apostar; podíamos matar o tresvariado dez vezes seguida que ele não estaria morto."

O capitão acenou e seguiu num passo arrastado para o lado de barlavento do tombadilho, com a cabeça baixa e os ombros pesados. O vento soprava forte e firme vindo do leste, jogando vagalhões de crista branca contra o costado da escuna. Em deferência ao tempo, o capitão se dirigiu não para seu lugar de costume, na junção da amurada com o fife-rail, mas para o abrigo protetor da enxárcia de ré. Ao chegar à enxárcia, virou-se para olhar a leste, onde massas escuras de nuvens haviam se acumulado em uma forma densa, cinza-metálica. "Portadoras de tempestade, se já vi alguma", murmurou o capitão. "Acha que vai ser muito feio, Mister Crowle?"

"Nada que nos tire o sono, senhor", disse o primeiro-imediato. "Só alguns perdigotos e espirros. Ao alvorecer, já terão sido sopradas para longe."

O capitão se curvou para trás e ergueu o rosto para os mastros, que estavam agora sem vela alguma, a não ser pelas estais e o traquete. "Não obstante, cavalheiros", falou, "teremos de capear, recolher as velas e firmar a carga; melhor enfrentar o tempo com o navio à capa. Não há necessidade de correr riscos".

Nenhum dos dois imediatos queria ser o primeiro a mostrar sua anuência com um tal excesso de cautela. "Não vejo essa necessidade, senhor", disse mister Crowle finalmente, relutante.

"Mas deve obedecer assim mesmo", disse o capitão. "Ou será que devo permanecer no convés para ver se vai ser feito?"

"Não se preocupe, senhor", disse Mister Crowle, rapidamente. "Cuidarei disso."

"Ótimo", disse o capitão. "Deixo a seu encargo, então. E quanto a mim, estou mais do que um pouco indisposto, devo confessar. Ficarei grato se puderem me poupar de qualquer interrupção essa noite."

Nesse dia os girmitiyas não tiveram permissão de subir ao convés para fazer sua refeição. O tempo estando ruim daquele jeito, foram-lhes passados balties de ração seca pela escotilha — roti velho e duro como pedra e grãos secos. Poucos dentre eles se importavam com o que lhes era servido, pois apenas um punhado tinha estômago para comer. Para a maioria, os eventos da manhã já haviam sumido da memória: à medida que as condições do tempo se tornavam cada vez piores, sua atenção era absorvida inteiramente pelos elementos em fúria. Como qualquer chama ou luz estava proibida, tinham de permanecer envoltos em trevas, escutando as ondas que arrebentavam contra o casco e o vento guinchando através dos mastros nus. O rumor era suficiente para confirmar tudo que qualquer um já pensara sobre a Água Negra: era como se todos os demônios do inferno estivessem lutando para entrar na dabusa.

"Senhorita Lambert, senhorita Lambert..."

O sussurro, mal audível acima da bulha, foi tão débil que os ouvidos de Paulette não o teriam captado se o nome não fosse o seu próprio. Ela se pôs de pé, equilibrou-se contra uma viga e virou para o ducto de ar: tudo que dava para ver era um olho, brilhando do outro lado da abertura, mas ela soube na mesma hora a quem pertencia. "Senhor Halder?"

"Isso, senhorita Lambert."

Paulette se aproximou mais do ducto. "Há alguma coisa que deseja dizer?"

"Só que lhe desejo todo sucesso esta noite: para o bem de seu irmão e o meu, e na verdade de todos nós."

"Farei o que puder, senhor Halder."

"Não duvido nem por um segundo, senhorita Lambert. Se há alguém capaz de triunfar nessa missão delicada, não é outra pessoa senão você. Seu irmão nos relatou parte de sua impostura e confesso que fiquei admirado. É uma mulher de talento extraordinário, senhorita Lambert, um gênio, a seu modo. Sua performance até agora tem sido tão benfeita, tão real, que chega ao ponto de nem ser um fingimento, em absoluto. Jamais imaginei que meu olho, ou meu ouvido, poderia ser enganado de tal forma, e ainda mais por uma firangin, uma francesa."

"Mas não sou nenhuma dessas coisas, senhor Halder", protestou Paulette. "Não há nada de mentiroso nessa pessoa que fica de pé aqui. É proibido um ser humano se manifestar em muitos aspectos diferentes?"

"É evidente que não. Tenho grandes esperanças, senhorita Lambert, de que voltaremos a nos encontrar em algum lugar, e em circunstâncias mais ditosas."

"Também espero assim, senhor Halder. E quando acontecer, confio que me chamará de Paulette, ou Putli, como Jodu. Mas caso prefira me chamar de Pugli, essa também não é uma identidade que costumo rejeitar."

"E eu, senhorita Paulette, quero lhe pedir que me chame de Neel, exceto pelo fato de que, caso nos encontremos de novo, suspeito que terei de mudar de nome. Mas até lá, em todo caso, desejo-lhe felicidades. E *bon courage*."

E para o senhor também. *Bhalo thakben*.

Nem bem sentara, Paulette foi chamada no ducto de ar por Jodu: Putli, está na hora; precisa trocar de roupa e se aprontar. Mamdoo-tindal vai deixá-la sair em alguns minutos.

À meia-noite, quando seu quarto chegou ao fim, Zachary trocou as roupas molhadas por secas e caiu no beliche inteiramente vestido; numa ventania daquelas, não havia como saber quando sua presença seria requisitada no convés. À parte a solitária vela de capa, não havia pedaço de lona algum nos mastros da escuna, mas o vento soprava com tal fúria que o som daquele único retalho de pano parecia todo um coro maciço de velame. Pela violência com que seu beliche afundava sob o corpo, Zachary sabia, também, que o *Ibis* estava sendo açoitado por ondas de uns bons seis metros ou mais. As ondas não mais estouravam por cima da amurada, mas golpeavam de cima para baixo, como a rebentação nos rochedos de uma praia, e quando a água escorria dos conveses, era com um som de sucção, como o da maré recuando por uma rampa de areia.

Por duas vezes, deitado em seu beliche, Zachary escutara um rangido ominoso, como o de um botaló ou mastro prestes a ceder, e a despeito de suas intenções de usufruir de um bom descanso, seus sentidos permaneceram aguçadamente alertas, à espera de quaisquer indícios adicionais de avarias. Foi por esse motivo que o primeiro sinal de batida na porta fez com que sentasse na cama. A cabine estava escura, pois Zachary pusera a lâmpada do lado de fora antes de se deitar; quando rolava para sair do beliche, a escuna jogou para bombordo, lançando-o de encontro à porta: ele teria se estatelado ali de cara, não fosse sua presença de espírito de virar de lado e usar o ombro para suavizar o impacto.

Quando a escuna voltava a se endireitar, ele chamou: "Quem está aí?" Sem receber resposta, abriu a porta.

Steward Pinto deixara uma única lâmpada acesa no refeitório, e à luz da chama fraca e oscilante ele viu um lascar parado na porta, com seus oleados encharcados pingando acima dos braços. Era um sujeito esguio, de aspecto efebo, com uma bandana em torno da cabeça. Zachary não o reconheceu, pois seu rosto estava nas sombras.

"Quem é você?", ele disse. "O que está fazendo aqui?"

Antes que Zachary pudesse terminar, a escuna adernou para boreste, fazendo ambos tropeçar cabine adentro. Enquanto lutavam para recuperar o equilíbrio, a porta bateu e o convés inclinou-se novamente. De uma hora para outra, Zachary se viu caído sobre o beliche, com o lascar a seu lado. Então, no meio das trevas, um sussurro se fez ouvir que quase gelou seu sangue nas veias. "Mister Reid... Mister Reid... por favor."

A voz era remotamente familiar, mas de um modo profundamente perturbador, à maneira de algo tão separado de seu contexto apropriado que podia ser uma versão não natural da coisa em si. A voz de Zachary morreu em sua garganta, e sua pele começou a formigar quando o sussurro continuou. "Mister Reid, é eu, Paulette Lambert..."

"O que foi isso?" Zachary não teria ficado minimamente surpreso se a presença a seu lado houvesse desaparecido ou se desmaterializado — pois o que mais poderia ser aquilo senão uma conjuração de suas próprias fantasias? —, mas essa possibilidade foi rapidamente descartada, porque a voz agora repetia sua assertiva anterior: "Por favor, Mister Reid... acredite-me, é eu, Paulette Lambert."

"Impossível!"

"Acredite-me, Mister Reid", continuou a voz mergulhada em trevas. "É verdade. Rogo que não ficará furioso, mas deve saber que estou a bordo desde o commencement da viagem, na entrecoberta, com as mulheres."

"Não!" Zachary foi mais para o lado, movendo-se para o mais longe dela que o beliche o permitia. "Eu estava lá quando os cules subiram a bordo. Eu saberia."

"Mas é a verdade, Mister Reid. Vim a bordo com os migrantes. Foi por causa do meu sari que senhor não teve reconnaissance."

Ele percebia agora, pela voz, que era de fato Paulette, e lhe ocorreu que decerto deveria ficar feliz de tê-la ali, a seu lado. Mas, tanto quanto qualquer outro marujo, achava preocupante se perder sob a fumaça dos canhões: não gostava nem um pouco de ser pego de surpresa e foi ficando cada vez mais constrangido conforme considerava quanto devia estar parecendo ridículo um ou dois minutos antes.

"Bem, Miss Lambert", disse, muito formal. "Se é mesmo a senhorita, certamente foi muito bem-sucedida em me fazer passar por um completo tolo."

"Essa não era minha intenção, Mister Reid. Asseguro."

"Permita-me perguntar", disse ele, tentando recuperar a compostura perdida, "qual delas era a senhorita, qual das mulheres, quero dizer?"

"Pois não, sem dúvida, Mister Reid", disse ela, ansiosamente. "O senhor viu eu diversas vezes, mas talvez sem notar: muitas vezes eu estava no convés, fazendo lavagem." As palavras nem bem deixaram seus lábios quando se deu conta de que já falara demais, mas um nervosismo crescente tornava-lhe impossível se calar. "Essa mesma camisa que está usando agora, Mister Reid, eu lavei, esta e toda sua..."

"...roupa suja? É isso que a senhorita vai dizer?" Zachary estava mortificado, agora, e suas bochechas começaram a pegar fogo. "Faça o favor de me dizer, Miss Lambert", ele falou, "qual o propósito disso, de todo esse embuste e enganação? Apenas para me fazer passar por um tolo?"

Paulette ficou ferida com a aspereza de seu tom. "Está muito enganado, Mister Reid", disse, "se imagina que o senhor é o motivo de minha presença a bordo. Acredite-me, foi unicamente por mim mesma que fiz o que fiz. Era imperativo para mim deixar Calcutá — sabe muito bem as razões. Esse foi meu único meio de escapada e o que fiz não foi diferente do que minha tia-avó, Madame Commerson, teria feito."

"Sua tia-avó, Miss Lambert?", disse Zachary, acremente. "Ora, a senhorita a suplantou de longe! Na verdade, mostrou-se à altura de um autêntico camaleão. De tal modo aperfeiçoou as artes do fingimento que estas se tornaram a própria essência de sua alma, não resta dúvida."

Paulette não conseguia entender como aquele encontro, em que investira tanta esperança e emoção, se transformara numa disputa tão feia. Mas tampouco era mulher de recuar em face de um desafio. Sua resposta saiu de sua boca antes que pudesse morder a língua: "Oh, Mister Reid! O senhor me concede mais crédito do que é devido. Se já tive um igual em fingimento, certamente não é outro além da sua pessoa."

A despeito da ululação do vento e dos estouros das ondas do lado de fora, pairou uma estranha quietude na cabine, agora. Zachary engoliu em seco, depois limpou a garganta: "Então a senhorita sabe?" Se sua impostura houvesse sido anunciada do topo do mastro principal, ele não poderia ter se sentido mais exposto, um charlatão mais completo do que se sentia agora.

"Oh, perdão!" — ele pôde escutá-la engasgando com as palavras. — "Oh, perdão, não quis..."

"Tampouco foi minha intenção, Miss Lambert, tapeá-la na questão de minha raça. Nas poucas ocasiões em que fomos capazes de conversar um com o outro, tentei dar a entender; não, tentei contar-lhe, pode acreditar em mim."

"Que diferença faz, Mister Reid?" Numa tentativa tardia de pôr panos quentes, Paulette suavizou a voz. "Não são todas as aparências enganadoras, no fim das contas? Qualquer coisa que existir dentro de nós — seja bom, ou mau, ou nem uma coisa nem outra —, a existência dela continuará incessantemente, não é, independente da prega em nossas roupas, ou da cor de nossa pele? E se o mundo for uma falsification, Mister Reid, e nós as exceções para as mentiras dele?"

Zachary sacudiu a cabeça em desprezo diante do que parecia meramente uma tentativa débil de atenuar a situação. "Receio, Miss Lambert, ser um homem demasiadamente simples para compreender tais sutilezas. Devo lhe pedir para ser mais direta. Por favor, diga-me, o que a levou a decidir revelar sua identidade nesse momento? Por que bem agora? Sem dúvida, não foi com vistas a anunciar nossa cumplicidade na fraude que veio à minha procura?"

"Não, Mister Reid", disse Paulette. "Foi por propósito inteiramente outro. E deve saber que vim em nome de outros, nossos amigos comuns..."

"Quem, se me permite perguntar?"

"Serang Ali, um deles."

Ao ouvir o som desse nome, Zachary cobriu os olhos com as mãos: se havia alguma coisa naquele momento que poderia tê-lo feito se sentir ainda mais humilhado do que já estava, era a menção do homem que outrora acreditara ser seu mentor. "Está tudo claro para mim agora, Miss Lambert", disse. "Percebo onde obteve suas informações quanto as minhas origens. Mas diga-me, Miss Lambert, foi ideia de Serang Ali ou sua usar esse conhecimento para me chantagear?"

"Chantagear? Oh, tenha vergonha, Mister Reid! Tenha vergonha!"

O vento soprava tão forte que Baboo Nob Kissin não ousou ficar de pé no convés castigado pela chuva: fora na verdade uma felicidade que houvesse mudado seus alojamentos da cabine a meia-nau para a cabine de convés — ou de outro modo a convocação à fana teria exigido dele atravessar uma extensão de deque muito maior. Mesmo aquele curto trajeto pareceu impossivelmente longo, extenso demais até para ser vencido sobre os pés: em vez disso, ele cobriu o trajeto todo de quatro, encolhendo-se ao abrigo da amurada conforme rastejava vagarosamente na direção da fana.

A escotilha que dava para o interior fora fechada firmemente para impedir a entrada da água, mas mesmo assim abriu-se à primeira batida dos nós de seus dedos. Uma lâmpada balançava ali embaixo, iluminando os rostos de Serang Ali e dos lascares, deitados em seus jhulis, indo de um lado a outro ao sabor do navio, observando-o conforme se dirigia ao chokey.

O gomusta não tinha olhos para mais ninguém além do homem que estava buscando, nenhum pensamento senão a conclusão de sua incumbência. Agachando ao lado das barras, estendeu as chaves para Neel: aqui estão, pegue, pegue; que elas o ajudem a encontrar sua libertação, sua *mukti*...

Mas assim que depositou as chaves na palma da mão de Neel, ele não mais a soltou. Está vendo ela agora? Em meus olhos? Ma Taramony? Ela está aqui? Dentro de mim?

Quando a cabeça de Neel se moveu, e Baboo Nob Kissin viu que acenava afirmativamente, sua alegria foi além do contentamento. Tem certeza?, disse. Ela está mesmo aí agora? É o momento?

Sim, disse Neel, olhando dentro de seus olhos, balançando a cabeça em confirmação. Isso mesmo, ela está aí. Eu a vejo — uma mãe encarnada: a hora dela é chegada...

O gomusta liberou a mão de Neel e envolveu os braços em torno de si mesmo: agora que os derradeiros fragmentos de seu antigo ser iam ser descartados, ele se deu conta de uma estranha afeição, uma ternura pelo corpo que por tanto tempo fora seu. Não havia motivo para permanecer ali por mais tempo: voltando ao convés principal, tomou o rumo da cabine de convés. Seus olhos pousaram em Kalua, e mais uma vez se abaixou de quatro e rastejou ao longo da amurada. Nivelando-se com a figura curvada, passou um braço em torno do outro e segurou firme quando uma onda cobriu o convés, quase fazendo com que seus pés perdessem o apoio.

Espere, sussurrou para Kalua. Espere só mais um pouco, e você também encontrará a liberdade; a *moksha* está perto também para você...

Agora que a presença de Taramony se manifestara plenamente nele, era como se houvesse se tornado a chave capaz de abrir as jaulas que aprisionavam todos, todos esses seres que se achavam presos na armadilha das diferenças ilusórias deste mundo. Era a plenitude dessa visão que o fazia seguir adiante, encharcado e exausto, mas em êxtase com a posse de seu novo eu, na direção das cabines de ré. Na porta de Zachary, fez uma pausa, como tantas vezes fizera, para escutar o som de uma flauta, e captou em vez disso o som de vozes sussurrando.

Era ali, lembrou, naquele preciso lugar, que o início de sua transfiguração havia sido sinalizado, pelo som de uma flauta: o círculo se completava, agora, tudo como fora vaticinado. Levou a mão ao amuleto e retirou o pedaço de papel alojado dentro. Segurando-o junto ao peito, começou a girar e a girar; o navio também dançava com ele, o convés arfando ao ritmo de seus pés rodopiantes. Tomado pela alegria transcendente, jubilosa da pura ananda, ele fechou os olhos.

E foi assim que Mister Crowle o encontrou: girando e girando, os braços erguidos no ar. "Pander, seu proxeneta de marafonas...!" Ele interrompeu a dança do gomusta com uma bofetada em seu rosto. Então seus olhos pousaram sobre a folha de papel que o gomusta, agora encolhido e tremendo, agarrava em suas mãos. "Mas o que é isso? Vamos dar uma olhada."

Passando a mão pelos olhos, Paulette limpou as lágrimas. Ela nunca teria imaginado que o encontro com Zachary fosse tomar aquele rumo tão hostil, mas, agora que acontecera, o melhor era não deixar as coisas piores do que já estavam. "Não adianta, Mister Reid", disse, ficando de pé. "Foi sem dúvida une grande méprise essa conversa entre nós dois. Vim até aqui dizer que seus amigos estão em terrível necessidade do senhor; vim para falar de mim mesma... mas de nada adianta. Tudo que digo parece apenas aprofundar nossas divergências. Melhor partir, agora."

"Espere! Miss Lambert!"

O pensamento de perdê-la fez Zachary entrar em pânico. Ficando de pé num pulo, estendeu o braço cegamente na direção de sua voz, esquecendo, com a escuridão, como sua cabine era pequena. Quase na mesma hora em que esticou a mão, seus dedos roçaram no braço dela; fez menção de recolhê-la, mas a palma de sua mão não se moveu; em vez disso, seu polegar começou a puxar o tecido de sua camisa. Ela estava perto o bastante para que escutasse sua respiração; ele podia sentir até o calor de seu hálito bafejando em seu rosto. Sua mão deslizou ao longo do ombro dela até a nuca, parando entre a gola da camisa e a bandana, e explorou a área de pele nua que permanecera exposta pelo cabelo preso em cima. Era estranho como outrora a ideia de vê-la como um lascar o deixara apavorado; estranho que quisesse para sempre tê-la mantido envolta em belbute. Pois ainda que não pudesse efetivamente vê-la agora, o mero pensamento de seu disfarce a tornava mais desejável do que nunca, uma criatura tão mutável e elusiva a ponto de ser impossível resistir: sua boca subitamente colou-se à dela e os lábios dela se pressionaram contra os seus.

Mesmo não podendo ver nada na escuridão da cabine sem luz, absorveram-se de tal maneira que ambos fecharam lentamente os olhos. Quando uma batida soou na porta, nenhum dos dois notou. Foi apenas quando Mister Crowle gritou "Está aí dentro, Manequinho?" — que se separaram, assustados.

Paulette espremeu-se contra o costado enquanto Zachary limpava a garganta. "Pois não, Mister Crowle, o que foi?"

"Será que pode sair um pouco?"

Abrindo a porta um ou dois palmos, Zachary deu com mister Crowle à espera. Tremendo a seu lado, estava Baboo Nob Kissin, com o pescoço firmemente preso na garra do primeiro-imediato.

"O que está acontecendo, Mister Crowle?"

"Tenho uma coisa que precisa ver, Manequinho", disse o primeiro-imediato, com um sorriso sinistro. "Uma coisa que consegui com nosso amigo Baboon aqui."

Zachary saiu rapidamente, fechando a porta atrás de si.

"Vou mostrar, mas não aqui. E não enquanto estiver com este babuíno nas minhas mãos. Melhor deixá-lo de molho aí na sua cabine." Antes que Zachary pudesse dizer qualquer coisa, Mister Crowle abriu a porta e empurrou o gomusta com uma joelhada nas costas, diante de Zachary, para dentro da cabine. Sem olhar ali dentro, o primeiro-imediato fechou a porta. Então tirou um remo do suporte na parede e o enfiou entre os puxadores de argola. "Isso vai mantê-lo preso enquanto esclarecemos esse negócio."

"E onde iremos fazer isso?"

"Minha cabine é um lugar tão bom quanto qualquer outro."

Como um urso em sua toca, a segurança de estar no próprio ambiente acrescentou um peso extra à compleição já formidável do primeiro-imediato: assim que ele e Zachary se viram ali dentro, com a porta fechada às suas costas, ele pareceu inchar e se expandir, deixando para

Zachary bem pouco espaço de sobra. O navio jogava furiosamente e tiveram de esticar os braços para se firmar nas laterais da cabine. Mas mesmo assim, os dois com as pernas afastadas e peito contra peito, chocando-se um no outro a cada movimento do navio, Mister Crowle parecia determinado a usar sua altura e seu tamanho para espremer Zachary e forçá-lo a sentar em seu beliche. Mas isso era algo que Zachary não iria fazer: havia qualquer coisa no comportamento do primeiro-imediato que indicava uma emoção acima do normal e que era ainda mais perturbadora do que a agressividade declarada do passado. De modo a não ceder terreno para o outro maior do que ele, Zachary se forçou a continuar de pé.

"Bem, então, Mister Crowle? Por que motivo queria me ver?"

"É algo pelo qual vai me agradecer, Reid." O primeiro-imediato levou a mão ao colete e puxou uma folha amarelecida de papel. "Achei isso com aquele beócio — Pander, não é? Ele estava levando para o comandante. Sua sorte é que pus as mãos nisso, Reid. Um negócio desses pode causar um bocado de prejuízo pro sujeito. Pode até acontecer de nunca mais trabalhar num navio outra vez."

"O que é?"

"A lista da tripulação do *Ibis*, quando saiu de Baltimore."

"E o que tem ela?", disse Zachary, franzindo o rosto.

"Dê uma dekko, Reid." Erguendo a lâmpada, o imediato lhe passou o frágil pedaço de papel. "Vamos lá, veja por si mesmo."

No passado, quando entrou para o *Ibis* pela primeira vez, Zachary nada sabia sobre documentos de navio ou manifestos de tripulação, nem como o preenchimento podia variar de uma embarcação para outra. Subira a bordo do *Ibis* com sua bolsa de pertences, declarando seu nome, idade e lugar de nascimento para o segundo-imediato, e foi só. Mas via agora que, assim como ocorrera com outros membros da tripulação, havia uma anotação extra ao lado de seu nome: ele estreitou os olhos para ler e de repente ficou paralisado.

"Viu, Reid?", disse Mister Crowle. "Viu o que quero dizer?"

Zachary respondeu assentindo mecanicamente, sem erguer os olhos, e o primeiro-imediato continuou. "Olha'qui, Reid", disse, com voz rouca, "isso não significa nada pra mim. Não dou a mínima se é um mulatter ou não".

A resposta de Zachary pareceu igualmente automática: "Não sou um mulatto, Mister Crowle. Minha mãe era quadrarona e meu pai era branco. Isso faz de mim um metif."

"Não muda nada, Reid." Mister Crowle ergueu a mão e esfregou o nó do dedo no rosto por barbear de Zachary. "Metif ou mulatter, nada muda a cor disso..."

Zachary, ainda hipnotizado pelo papel, não esboçou nenhum gesto, e a mão ergueu-se ainda mais alto, desenrolando um cacho de cabelo com a ponta dos dedos. "... E não muda isto, também. Você é o que é, Reid, e pra mim não faz diferença. Se quer saber, faz da gente farinha do mesmo saco."

Zachary ergueu o rosto, agora, e seus olhos se estreitaram, de surpresa. "Não sei onde quer chegar, Mister Crowle."

A voz do primeiro-imediato baixou para um rosnado grave. "Olhe aqui, Reid, não começamos com o pé direito, isso não se pode negar. Você me fez de bobo, com suas galdinas de pimpão e sua língua de nefelibata: achei que estivesse muito acima do meu jaez. Mas esse papel aqui, isso muda tudo; eu nunca imaginei que pudesse ter me afastado tanto do curso."

"O que quer dizer, Mister Crowle?"

"Não está vendo, Manequinho?" O primeiro-imediato pôs a mão no ombro de Zachary. "A gente podia formar um time, nós dois." Bateu no papel e o tirou da mão de Zachary. "Esse negócio, ninguém precisa meter o bedelho nisso. Nem o capitão, nem ninguém mais. Vai ficar aqui." Dobrando o manifesto, guardou-o sob o colete. "Pense só, Reid, eu de comandante e você de imediato. Sócios de papel passado; sem mentiras de um lado ou de outro: um guardando o djim do outro, nós dois. O que mais dois camaradas como a gente podiam querer? Sem nenhuma falcatrua, sem embuste: pão, pão, queijo, queijo. Eu ia pegar leve com você também, Manequinho; sou o tipo do sujeito que sabe pra que lado anda o relógio e em que direção o vento sopra. Quando a gente estivesse no porto, seria cada macaco no seu galho, livre pra fazer o que desse na veneta: não faz diferença pra mim, não em terra firme."

"E no mar?"

"Tudo que você ia ter que fazer era atravessar a cuddy de vez em quando. Não é lá uma caminhada assim tão grande, é? E se isso não for muito do seu agrado, pode fechar os olhos e imaginar que está em Jericó, que pra mim tanto se me dá. Chega um dia, Manequinho, que todo marujo precisa aprender a navegar com vento contrário e mau tempo. Acha que a vida deve menos pra você só porque é um mulatter?"

A despeito da brutal crueza no tom do primeiro-imediato, Zachary sentia que estava prestes a se desmanchar por dentro e se deu conta de uma inesperada sensação de simpatia. Seus olhos procuraram o pedaço de papel que o outro segurava entre os dedos, e ficou admirado de pensar que algo tão insignificante, tão inócuo, podia se investir de tamanha autoridade: que aquilo pudesse dissolver o medo, a aparente invulnerabilidade que ele, Zachary, possuíra em seu disfarce de "gentleman"; que pudesse mudar seu aspecto a ponto de inspirar afeição em um homem capaz de desejar, evidentemente, apenas aquilo que ele detinha em seu poder; que a essência dessa transformação fosse inerente a uma única palavra — tudo isso evidenciava mais o delírio do mundo do que a perversidade daqueles que tinham de seguir vivendo sobre ele.

Podia sentir a impaciência cada vez maior do primeiro-imediato por uma resposta, e quando falou, não o fez de modo rude, mas com tranquila firmeza. "Olhe, Mister Crowle", disse. "Sinto muito, mas esse trato do senhor não serve pra mim. Pode até parecer que esse pedaço de papel me virou do avesso, mas na verdade não mudou nada. Eu nasci com minha liberdade e não pretendo abrir mão dela nem um pouco."

Zachary deu um passo na direção da porta, mas o primeiro-imediato se interpôs, bloqueando a passagem. "Arvore os remos, Manequinho", disse, em tom de advertência. "Não vai lhe fazer bem nenhum desertar dessa cabine agora."

"Escute, Mister Crowle", disse Zachary, calmamente. "Nenhum de nós dois precisa se lembrar dessa conversa. Assim que eu passar por essa porta, estamos resolvidos, não aconteceu nada."

"Tarde demais pra sacudir a camisa de vela agora, Manequinho", disse o primeiro-imediato. "O que está dito está dito e não pode ser esquecido."

Zachary o mediu de alto a baixo e endireitou os ombros. "O que planeja fazer então, Mister Crowle? Me segurar aqui dentro até eu derrubar a porta?"

"Não está esquecendo uma coisa, Manequinho?" O primeiro-imediato bateu o dedo no papel enfiado em seu colete. "Não ia levar mais que dois minutos pra eu mostrar isso aqui pro comandante."

Havia um certo desespero, quase patético, nessa ameaça de chantagem, e isso levou Zachary a sorrir. "Vá em frente, Mister Crowle", ele disse. "Seja lá o que for esse papel, não é nenhum documento passado em cartório. Pode levar pro capitão; acredite, eu ficaria feliz com isso. E aposto que, quando ele ouvir dizer do acordo que estava me propondo, não vai ser por minha causa que vai perder as estribeiras."

"Morda essa língua, Reid!" A mão do primeiro-imediato surgiu voando do meio das trevas para tocar Zachary no rosto. Então uma lâmina cintilou à luz da lâmpada e sua ponta foi repousar no lábio superior de Zachary. "Eu cumpri minha pena, Manequinho, e você também vai cumprir a sua. Não passa de um frangote: vou mostrar onde é seu lugar agora mesmo."

"Com essa faca, Mister Crowle?" Agora a lâmina começou a descer, deslocando-se para baixo em linha reta, do nariz de Zachary, passando por seu queixo até a base de sua garganta.

"Estou dizendo, Manequinho, você não é pretinho o bastante pra pôr Jack Crowle pendurado na serviola; não quando ele fixou o gato do lambareiro. Vou fazer você virar comida de peixe antes que possa até pensar em fugir daqui."

"Melhor fazer isso então, Mister Crowle. Melhor fazer isso agora mesmo."

"Ah, eu passo você no fio da lâmina sem nem piscar, Manequinho", disse Mister Crowle, entre dentes. "Não tenha dúvida. Já executei o serviço antes e executo de novo. Isso não faz a mínima diferença pra mim."

Agora Zachary podia sentir o metal frio pressionando sua garganta. "Vá em frente, Mister Crowle", disse ele, retesando o corpo. "Ande logo. Estou pronto."

Com a ponta da faca beliscando sua pele, Zachary manteve o olhar fixo nos olhos do primeiro-imediato, mesmo quando se preparava para o golpe. Mas foram os olhos de Mister Crowle os primeiros a desviar, e então a faca tremeu de hesitação e ele a baixou.

"Maldito seja, Reid!"

Atirando a cabeça para trás, o primeiro-imediato emitiu um gemido que subiu do fundo de suas entranhas. "Diabos o carreguem, Reid; maldito seja..."

Nesse exato momento, com o primeiro-imediato parado diante de Zachary, fitando descrente a faca que fora incapaz de usar, a porta da cabine abriu com um rangido. Emoldurada no batente, surgiu a figura esguia e ensombrecida do condenado meio-chinês: ele segurava uma escora de ponta afiada na mão, Zachary viu, e não o fazia do modo como um marinheiro faria, mas como um espadachim, com a ponta estendida.

Percebendo a presença, o primeiro-imediato girou o corpo, a faca de prontidão. Quando viu quem era, escarneceu, sem acreditar: "Jackin-ape?"

A presença de Ah Fatt pareceu exercer um efeito tonificante no primeiro-imediato, restaurando imediatamente seu eu usual: como que em júbilo com a perspectiva da violência liberadora, deu uma estocada com a faca. Ah Fatt gingou e escapou do golpe com grande facilidade, parecendo mal ter se movido e equilibrando o peso nas almofadas dos pés. Seus olhos estavam quase fechados, como que em oração, e a escora não estava mais estendida, mas recolhida junto ao peito, a ponta enfiada sob seu queixo.

"Vai cortar a própria língua fora, Jackin-ape", disse Mister Crowle, numa voz carregada de ameaça. "Depois vou fazer com que a engula, também."

O imediato desferiu nova estocada, visando à barriga, mas Ah Fatt girou de lado, escapando da ponta da lâmina. Dessa vez o ímpeto do golpe impeliu o imediato adiante, expondo seu flanco. Girando no calcanhar, como um toureiro, Ah Fatt cravou a escora em suas costelas e enterrou-a quase até o punho. Ele continuou segurando a arma conforme o imediato tombava no convés, e quando a estaca saiu de seu corpo, virou a ponta ensanguentada na direção de Zachary: "Ficar onde está. Ou também você..."

Então, quase tão rapidamente quanto aparecera, sumiu: batendo a porta atrás de si, enfiou a escora pelos puxadores de argola e trancou Zachary na cabine.

Zachary caiu de joelhos ao lado da poça de sangue que jorrava do corpo do imediato: "Mister Crowle?"

Ele captou o som de um sussurro sufocado: "Reid? Reid..."

Zachary baixou a cabeça, para escutar a voz vacilante.

"Era você, Reid, você é quem eu procurava. Era você..."

Suas palavras foram sufocadas por um fluxo de sangue, esguichando por sua boca e suas narinas. Então sua cabeça pendeu para trás e seu corpo se enrijeceu; quando Zachary pôs a mão sob seu nariz, não viu sinal de alento. A escuna jogou, e o corpo sem vida do primeiro-imediato rolou ao sabor do movimento. A ponta da velha lista de tripulação podia ser vista sob seu colete: Zachary a puxou e enfiou em seu bolso. Então ficou de pé e fez carga com o ombro contra a porta. Esta cedeu um pouco, e ele a sacudiu suavemente até a escora escorregar e sair, caindo no convés com um baque.

* * *

Escapando da cabine do primeiro-imediato, Zachary viu que sua própria porta estava aberta. Sem parar para olhar ali dentro, seguiu correndo até o tombadilho. A chuva caía furiosamente do céu em espessos panejamentos; era como se as velas da escuna houvessem se desprendido e estivessem se rasgando contra o casco. Instantaneamente encharcado, Zachary ergueu a mão para proteger os olhos das aguilhoadas das gotas. Uma onda de relâmpagos varreu o céu e se propagou à medida que avançava na direção oeste, inundando a água abaixo com uma maré ondulante de radiância. Naquela luz sobrenatural, um longboat pareceu saltar diante de Zachary na crista de uma onda: embora estivesse já a cerca de vinte jardas da lateral da escuna, os rostos dos cinco homens a bordo puderam claramente ser vistos. Serang Ali ia no leme, e os outros quatro se encolhiam no meio — Jodu, Neel, Ah Fatt e Kalua. Serang Ali também avistara Zachary e erguia a mão para acenar quando o escaler despencou atrás de uma aresta de água e desapareceu.

À medida que os relâmpagos arrefeciam no céu, Zachary se deu conta de que não era o único observando o barco: mais três pessoas encontravam-se no convés principal, abaixo, com os braços entrelaçados. Duas delas ele reconheceu na mesma hora, Paulette e Baboo Nob Kissin, mas a terceira era uma mulher em um sari encharcado, que nunca antes descobrira o rosto em sua presença. Agora, sob o refulgir evanescente das nuvens, ela se virou para encará-lo e ele notou seus penetrantes olhos cinza. Embora fosse a primeira vez que via seu rosto, sabia que já pusera os olhos sobre ela em algum lugar, exatamente como estava agora, em um sari molhado, o cabelo pingando, fitando-o com assustados olhos cinzentos.

Agradecimentos

Mar de papoulas tem uma grande dívida para com inúmeros estudiosos, dicionaristas, linguistas e cronistas do século XIX: mais notadamente, sir George Grierson, por seu *Report on Colonial Emigration from the Bengal Presidency*, 1883, por sua gramática da língua bhojpuri e por seus artigos de 1884 e 1886 sobre canções populares bhojpuri; J. W. S. MacArthur, antigo superintendente da Ghazipur Opium Factory, por suas *Notes on an Opium Factory* (Thacker, Spink, Calcutá, 1865); tenente Thomas Roebuck, por seu léxico náutico, publicado pela primeira vez em Calcutá, *An English and Hindostanee Naval Dictionary of Tehcnical Terms and Sea Phrases as Also the Various Words of Command Given in Working a Ship, etc. With Many Sentences of Great Use at Sea; To Which Is Prefixed a Short Grammar of the Hindostanee Language* (reimpresso em Londres em 1813 por Black, Parry & Co., livreiros para a Hon. East India Company; posteriormente revisado por George Small, e reeditado por W. H. Allen & Co., sob o título de *A Laskari Dictionary or Anglo-Indian Vocabulary of Nautical Terms and Phrases in English and Hindustani*, Londres, 1882); Sir Henry Yule & A. C. Burnell, autores de *Hobson-Jobson: A Glossary of Colloquial Anglo-Indian Words and Phrases, and of Kindred Terms, Etymological, Historical, Geographical and Discursive*; e o presidente da Supreme Court of Judicature de Calcutá por seu veredicto no julgamento por contrafação em 1829 de Prawnkissen Holdar (reimpresso em Anil Chandra das Gupta, ed., *The Days of John Company: Selections from Calcutta Gazette 1824-1832*, West Bengal Govt. Press, Calcutá, 1959, p. 366-368).

Esse romance foi enormemente enriquecido pela obra de inúmeros estudiosos e historiadores contemporâneos e quase contemporâneos. A lista completa de livros, artigos e ensaios que contribuíram para minha compreensão do período é longa demais para reproduzir aqui, mas seria uma negligência não reconhecer minha gratidão e meu débito para com o trabalho das seguintes pessoas: Clare Anderson, Robert Antony, David Arnold, Jack Beeching, Kingsley Bolton, Sarita Boodhoo, Anne Bulley, B. R. Burg, Marina Carter, Hsin-Pao Chang, Weng Eang Cheong, Tan Chung, Maurice Collis, Saloni Deerpalsingh, Guo Deyan, Jacques M. Downs, Amar Farooqui, Peter Ward Fay, Michael Fisher, Basil Greenhill, Richard H. Grove, Amalendu Guha, Edward O. Henry, Engseng Ho, Hunt Janin, Isaac Land, C. P. Liang, Brian Lubbock, Dian H. Murray, Helen Myers, Marcus Rediker, John F. Richards, Dingxu Shi, Asiya Siddiqi, Radhika Singha, Michael Sokolow, Vijaya Teelock, Madhavi Thampi e Rozina Visram.

Por seu apoio e assistência em vários pontos na feitura deste romance, devo muitos agradecimentos a: Kanti & Champa Banymandhab, Girindre Beeharry, ao falecido sir Satcam Boolell e sua família, Sanjay Buckory, Pushpa Burrenchobay, May Bo Ching, Careem Curreemjee, Saloni Deerpalsingh, Parmeshwar K. Dhawan, Greg Gibson, Marc Foo Kune, Surendra Ramgoolam, Vishwamitra Ramphul, Achintyarup Ray, Debashree Roy, Anthony J. Simmonds, Vijaya Teelock, Boodhun Teelock e Zhou Xiang. Tenho imensa dívida de gratidão também com as seguintes instituições: National Maritime Museum, Greenwich, Inglaterra; Mahatma Gandhi Institute, Maurício; e Mauritius National Archives.

Os versos citados no capítulo dois (*Ág mor lágal ba*...) são de uma canção registrada por Edward O. Henry (*Chant the Names of God: Music and Culture in Bhojpuri-Speaking India*, San Diego State Univ. Press, San Diego, 1988, p. 288). Os versos citados no capítulo três (*Majha dhára me hai bera merá*...) são de uma canção registrada em Helen Myers, *Music of Hindu Trinidad: Songs from the Indian Diaspora*, Univ. of Chicago Press, Chicago, 1998, p. 307. Os versos citados no capítulo cinco (*Sājh bhailé*...) são do livro de Sarita Boodhoo, *Bhojpuri Traditions in Mauritius*, Mauritius Bhojpuri Inst., Port Louis, 1999, p. 63. Os versos citados no capítulo dezenove (*Talwa jharailé*...) e os versos citados no capítulo vinte e um (*...uthlé há chhati ke jobanwá*...) são de canções registradas por sir George Grierson para seu artigo "Some Bhojpuri Folksongs", *Journal of the Royal Asiatic Society* 18, p. 207, 1886. Em todos esses casos as traduções para o inglês foram minhas.

Sem o apoio de Barney Karpfinger e Roland Philipps, o *Ibis* não poderia ter atravessado a baía de Bengala; em momentos críticos de sua jornada, quando a escuna se viu presa em kalmariyas, James

Simpson e Chris Clark sopraram vento em suas velas; minhas filhas, Lila e Nayan, zelaram por ela em mais de uma tempestade e ela não poderia ter encontrado malum melhor do que minha esposa, Deborah Baker: eu, não menos do que essa frágil nau, sou-lhes devedor de toda minha gratidão.

Amitav Ghosh
Calcutá
2008

A CRESTOMATIA DO *IBIS*

Palavras! Neel era da opinião de que as palavras, não menos que as pessoas, são agraciadas com vidas e destinos próprios. Por que então não havia astrólogos para calcular seu kismet e fazer prognósticos sobre seu destino? O pensamento de que talvez coubesse a ele se incumbir dessa tarefa provavelmente lhe ocorreu mais ou menos na época em que começou a ganhar a vida como linkister — ou seja, durante os anos passados na China meridional. Desse período em diante, por anos a fio, ele se entregou à prática regular de rascunhar seus vaticínios do destino de certas palavras. A *Crestomatia*, assim, é menos uma chave da língua que um mapa astral, concebido por um homem que era obcecado pelo destino das palavras. Nem toda palavra poderia ser de igual interesse, claro, e a *Crestomatia*, é importante notar, trata apenas de suas favoritas: ela se devota a um número seleto entre as inúmeras migrantes que zarparam de águas orientais rumo às geladas costas da língua inglesa. É, em outras palavras, um mapa da sina de um carregamento de girmitiyas: esse talvez tenha sido o motivo pelo qual Neel a nomeou em homenagem ao *Ibis*.

Mas que ninguém se engane: a *Crestomatia* lida apenas com palavras que aspiram justificadamente a uma naturalização na língua inglesa. Na verdade, a epifania da qual ela nasceu foi a descoberta de Neel, no fim da década de 1880, de que um léxico da língua inglesa completo e abalizado estava em curso: era ele, é claro, o ***Oxford English Dictionary*** (ou **Oráculo**, como é invariavelmente denominado na *Crestomatia*). Neel percebeu na mesma hora que o **Oráculo** o proveria de um almanaque abalizado no qual verificar a acurácia de suas predições. Embora fosse já nessa época um homem idoso, sua empolgação foi tal que imediatamente começou a reunir seus papéis como preparativo para a publicação do **Oráculo**. A decepção o aguardava, pois décadas se passariam antes que o ***Oxford English Dictionary*** finalmente viesse à luz: tudo que viu dele foram uns poucos fascículos que surgiram nesse meio-tempo. Mas os anos de espera não foram de modo algum desperdiçados: Neel os passou cotejando suas anotações com outros glossários, léxicos e vocabulários. Dizia-se que nos últimos anos de sua vida suas leituras não consistiam em outra coisa que não dicionários. Quando sua vista começou a se deteriorar, seus netos e bisnetos eram convocados para realizar esse trabalho para ele (daí a expressão cunhada na família "*to read the dicky*", definida por Neel como "*a gubbrowing of last resort*").

Em seu leito de morte, ou assim reza a lenda familiar, Neel disse a seus filhos e netos que enquanto o conhecimento de suas palavras fosse mantido vivo no seio da família, elas os manteriam conectados a seu passado e, desse modo, uns aos outros. Era inevitável que seus avisos fossem ignorados e seus papéis trancados e esquecidos; eles seriam recuperados apenas cerca de vinte anos mais tarde. A família se achava então numa turbulência, com os inúmeros ramos às turras uns com os outros, e seus negócios coletivos rumavam para a ruína. Foi nessa época que uma das netas de Neel (a avó do presente escritor) recordou suas palavras e desencavou a velha caixa oval contendo os apontamentos de Neel. Coincidentemente, foi nesse mesmo ano que o **Oráculo** foi finalmente publicado — 1928 — e ela se viu capaz de juntar o dinheiro, por uma contribuição conjunta da família, para comprar todos os volumes. Assim teve início o processo de desenterrar os horóscopos de Neel e verificá-los contra a autoridade do **Oráculo** — e, milagrosamente, nem bem o trabalho começou, houve uma mudança na maré familiar, que desse modo conseguiu atravessar a Depressão mundial da década de 1930 com suas fortunas quase intocadas. Depois disso, nunca mais se permitiu que a *Crestomatia* sofresse negligência prolongada. Por algum estranho milagre da hereditariedade, sempre existiu, a cada década, pelo menos um membro da família com tempo e interesse para servir de wordy-wallah, assim mantendo viva essa revigorante conversa com o fundador da linhagem.

A *Crestomatia* é uma obra que não se pode, a princípio, jamais considerar como finalizada. Um dos motivos para isso é que novos e previamente desconhecidos rebentos de palavras na mão de Neel continuam a aparecer em lugares onde ele outrora residiu. Essas descobertas têm sido regulares o bastante, e frequentes o bastante, para desestimular a ideia de que algum dia o trabalho atinja sua completude. Mas a *Crestomatia* é também, por sua própria natureza, um diálogo contínuo, e a ideia de levá-la a se consumar é algo que evoca horror supersticioso em todos os descendentes de Neel. Que fique claramente compreendido então que não foi com tal intenção que essa compilação foi montada: foi antes a gradual deterioração dos papéis de Neel que deu origem à proposta de que a *Crestomatia* (ou o que houvesse dela) fosse posta em uma forma capaz de admitir circulação mais ampla.

Resta apenas esclarecer que, uma vez que a *Crestomatia* lida exclusivamente com a língua inglesa, Neel incluiu, com raríssimas exceções, apenas aquelas palavras que já encontraram seu lugar em um dicionário, léxico ou vocabulário inglês. É por isso que seus verbetes são quase sempre precedidos pelo símbolo do **Oráculo** (um +) ou pelos nomes de outros glossários, dicionários ou léxicos; essas são, assim como eram, suas credenciais para serem admitidos no navio de migrantes que era a *Crestomatia*. Contudo, o poder de conceder plena cidadania residia, na opinião de Neel, unicamente com o **Oráculo** (daí a impaciência pelo escrutínio de seus arrolamentos). Uma vez que a palavra fora admitida na caverna do **Oráculo**, ela perdia os nomes de seus patronos e ficava marcada para sempre com um certificado de residência: o símbolo +. "Depois que o **Oráculo** proferiu o nome de uma palavra, o assunto está decidido; a partir daí, a expressão em questão não é mais (ou não é mais apenas) bengali, árabe, chinesa, hind.,ᶲ lascar ou seja lá o que

---

ᶲ Se essa abreviatura se refere a uma língua específica (hindi?/urdu?/hindustani?) ou meramente a tudo que é indiano, é antigo tema de controvérsia dentro da família. Bastará dizer que a questão nunca virá a ser satisfatoriamente resolvida, uma vez que Neel só usava essa forma contraída.

for — em sua encarnação inglesa, ela deve ser considerada uma nova cunhagem, com nova personalidade e destino renovado."

Essas portanto são as convenções simples às quais os descendentes de Neel aderiram, marcando um + em toda girmitiya que encontrasse um lugar nas tábuas do **Oráculo**. Quem exatamente fez essas marcas, e em que data, hoje é impossível de determinar, tal a densidade com que crescem as marcações e anotações às margens dos apontamentos de Neel. Tentativas prévias de desemaranhar essas anotações levaram a tamanha confusão que o presente escritor foi instruído a meramente atualizar as marcações, e de tal modo que qualquer pessoa interessada fosse capaz de averiguar a ocorrência na edição mais recente do **Oráculo**. E isso foi o que tentou fazer valendo-se de toda sua capacidade, embora inúmeros erros, sem dúvida, tenham escapado a seu escrutínio.

Quando o sagrado manto das palavras foi colocado sobre os ombros do presente escritor, isso se fez acompanhar de uma advertência vinda de seus antepassados: sua tarefa, disseram, não era tentar recriar a *Crestomatia* do modo como Neel talvez a houvesse escrito quando vivo; era meramente fornecer um sumário do contínuo intercâmbio de palavras entre as gerações. Foi com essas instruções em mente que ele laborou para preservar o tom das reflexões etimológicas de Neel: nas páginas que se seguem, sempre que as aspas forem usadas sem a devida atribuição, deve-se presumir que Neel é o autor da referida passagem.*

* * *

abihowa/abhowa (*O Glossário[a]): "Uma palavra mais bela para 'clima' ainda está por ser cunhada", escreve Neel, "agregando como faz vento e água, em persa, árabe e bengali. Caso houvesse, em matéria de língua, algo como uma indulgência papal, então eu certamente usaria a minha a fim de assegurar um lugar a essa linda criação".

abrawan (*O Glossário): "O nome desta que é a mais fina das musselinas deriva, como observa sir Henry, do persa para 'água corrente'."

+**achar**: "Haverá aqueles que glosarão esta palavra como 'picles', escreve Neel, "embora a palavra [*pickle*: uma enrascada] se aplique mais propriamente à definição do que à coisa definida."

---

* Assim como o leitor desta edição deve ter em mente que os colchetes são ora do autor (nas interpolações de "Neel"), ora da tradução. (N. do T.)

[a] Mister se faz explicar aqui que a palavra **Glossário**, sempre que aparece na *Crestomatia*, é uma referência a uma autoridade que foi, para os propósitos de Neel, um dos poucos dotados da autoridade para outorgar certificados de migração para o inglês: a saber, a obra de sir Henry Yule e A. C. Burnell, *Glossary of Colloquial Anglo-Indian Words and Phrases, and of Kindred Terms, Etymological, Historical, Geographical and Discursive*. Ao que tudo indica, Neel obteve um exemplar desse famoso dicionário quando ele começou a circular entre uns poucos privilegiados, na década de 1880, antes de vir a ser conhecido pelo nome de **Hobson-Jobson**. Embora seu exemplar pessoal jamais tenha sido encontrado, não resta dúvida de que as frequentes referências a "sir Henry" na *Crestomatia* são dirigidas sempre a sir Henry Yule — assim como "**o Glossário**", nesse uso, refere-se sempre ao dicionário pelo qual o grande lexicógrafo foi o principal responsável.

agil (*Roebuck^β^): "Muitos vão arquear as sobrancelhas ao descobrir que esse é o equivalente lascar para o 'fore' ou 'for'ard' [*forward*: proa] dos marujos ingleses, assim como **peechil** era seu equivalente para 'aft'. Por que não, alguém poderia perguntar, *agey* e *peechhey*, como pareceria natural para a maioria dos falantes de hind.? Pode ser que esses termos náuticos essenciais foram tomados de empréstimo de línguas de Cutch ou Sind? Muitas vezes me perguntei isso, sem encontrar resposta satisfatória. Mas disso posso dar testemunho, corroborando a definição do bom tenente, que é indiscutivelmente verdade que os termos lascares eram sempre **agil** e **peechil**, nunca *agey-peechhey*."

alliballie muslin (*O Glossário): "Sempre haverá aqueles que, incluindo sir Henry, considerarão esta uma musselina de fina qualidade, mas no guarda-roupa Raskhali ela sempre esteve relegada às prateleiras inferiores."

+almadia: Um barco árabe de rio de um tipo raramente visto na Índia: Neel teria achado difícil contar com sua presença no **Oráculo**.

alzbel (*Roebuck): "Desse modo traduziu a sempre musical língua laskari o grito do vigia de 'All's well' ['Tudo está bem']: como me lembro bem disso..."

arkati (*O Barney-Book^χ^): Essa palavra, amplamente utilizada pelos marinheiros para se referir ao "ship's pilot", é supostamente oriunda do antigo principado de Arcot, perto de Madras, cujo nababo era famoso por manter a seu serviço todos os pilotos na baía de Bengala. Os estudiosos sem dúvida contestarão o modo incondicional com que Neel aceitou a derivação de Barrère e Leland, mas

---

^β^ O nome **Roebuck**, quando ocorre na *Crestomatia*, é sempre uma referência à obra de lexicografia pioneira do tenente Thomas Roebuck: *An English and Hindostanee Naval Dictionary of Technical Terms and Sea Phrases and also the Various Words of Command Given in Working a Ship, & C. with Many Sentences of Great Use at Sea; to which Is Prefixed a Short Grammar of the Hindostanee Language*. Publicado pela primeira vez em Calcutá, esse léxico foi reimpresso em Londres em 1813 pelos livreiros da Hon. East India Company: Black, Parry & Co. of Leadenhall Street. Neel certa vez o descreveu como o mais importante glossário do século XIX — porque, como explicou, "se não existisse, a era das velas teria ficado paralisada numa kalmariya, com sahibs e lascares proferindo incompreensíveis nadas uns para os outros". É decerto verdade que esse modesto vocabulário estava destinado a exercer uma influência que provavelmente excederia de longe as expectativas do tenente Roebuck. Sete décadas após sua publicação, ele foi revisado pelo reverendo George Small, e reimpresso por W. H. Allen & Co. sob o título de: *A Laskari Dictionary or Anglo-Indian Vocabulary of Nautical Terms and Phrases in English and Hindustani* (em 1882): esta última edição ainda podia ser encontrada por boa parte do século XX. O *Laskari Dictionary* era o léxico favorito de Neel e ele o usava com tanta frequência que pareceu ter desenvolvido um senso de familiaridade pessoal com o autor.

^χ^ A expressão **Barney-Book**, quando ocorre na *Crestomatia*, é sempre uma referência à obra de Albert Barrère e Charles Leland, *Dictionary of Slang, Jargon & Cant*, mais uma das fontes autorizadas de girmit para Neel. Ele possuía um exemplar surrado da edição publicada pela Ballantyne Press em 1889. Sua escolha de abreviatura da obra ao que parece é uma referência ao texto do verbete **barney** que Barrère e Leland ligam à palavra cigana para "turba" ou "multidão". A qual, por sua vez, aduziram eles num desses loucos saltos especulativos pelos quais eram justificadamente famosos, deriva do hind. **bharna** — "preencher" ou "aumentar".

o verbete é um bom exemplo de como, quando forçado a optar entre uma etimologia pitoresca e outra confiável, Neel sempre ficava com a primeira.

+atta/otta/otter: Essas são as muitas pronúncias inglesas para a palavra comum indiana para "farinha de trigo". A primeira dessas variantes é a consagrada pelo **Oráculo**. Mas a última, que conta com a aprovação de Barrère e Leland, caíra na predileção de Neel, e sob seu próprio teto ele não permitia o uso de nenhuma outra. A lembrança disso foi passada ao longo da família até chegar a minha geração. Desse modo, em ocasião recente, tive oportunidade de contradizer um erudito pretensioso que tentava persuadir um público extraordinariamente crédulo de que a expressão "kneading the otter" ["socando o trigo"] foi outrora um eufemismo da mesma espécie que "flaying the ferret" ["esfolando o furão"] e "skinning the eel" ["descascando a enguia"].

awari (*Roebuck): "Esta, afirma o tenente Roebuck, é a palavra laskari para esteira de navio. Mas como tão frequentemente ocorria com os usos dos lascares, carregando a estranha conotação poética de ser lançado à deriva sobre as ondas." Reza a lenda que alguns membros da família foram ao cinema assistir *Awara* esperando uma história de naufrágio.

+ayah: Neel desdenhava aqueles que identificavam essa palavra com pajens e amas-secas indianas. Em sua casa, insistia com o uso das progenitoras dela, a francesa "aide" e a portuguesa "aia".

bachaw/bachao: Essa palavra deveria por direito ter significado "socorro!", sendo um empréstimo direto do termo hind. comum. Mas Neel insistia que em inglês a palavra era usada apenas com um sentido irônico, como uma expressão de descrença. Por exemplo: "**Puckrow** um **cockup** de dois metros? Ah, **bachaw!**"

backsee (*Roebuck): Esse era o substituto laskari para o inglês "aback" [vento ponteiro]: "Outra das muitas palavras no léxico de bordo indiano, onde um termo português era preferido ao inglês."

+baksheesh/buckshish/buxees etc.: "É de fato curioso que para essa prova de generosidade sir Henry foi incapaz de encontrar um equivalente inglês ('tip' [gratificação, esmola, gorjeta] tendo sido desconsiderada por ser gíria) e só pôde providenciar sinônimos em francês, alemão e italiano." O otimismo de Neel acerca do futuro dessa palavra estava baseado no fato de haver para ela poucas competidoras na língua inglesa. Ele teria ficado surpreso em descobrir que tanto **baksheesh** como seu sinônimo do sul da China, **cumshaw**, foram acolhidas pelo **Oráculo**.

+balty/balti: Quanto a esse que é o mais comum dos objetos domésticos indianos — o balde, em inglês bucket —, Neel redigiu inúmeras anotações de fôlego. Já em sua época o uso desses recipientes havia se disseminado de tal forma que a memória de sua procedência estrangeira (a palavra sendo um empréstimo direto do português "balde") se perdera. "Quanto a isso não resta dúvida que o balde, como tantas coisas mais, foi introduzido em nossas vidas pelos lascares. Entretanto, o objeto para o qual usavam o termo era 'ship's bucket', um recipiente de couro que não guardava qualquer semelhança com as vasilhas de metal atualmente referidas por este nome. Mas o balde não poderia ter se tornado ubíquo se não estivesse substituindo algum objeto mais velho já de uso comum. Qual então era o nome do recipiente que as pessoas usavam para seu banho diário antes de os lascares contribuírem com seus baldes? O que usavam eles para a limpeza de pisos, para tirar água de poços, para molhar seus jardins? Qual era o objeto, hoje esquecido, que outrora executava essas funções?" Mais tarde, em sua primeira viagem a Londres, Neel foi visitar uma pensão lascar no East End. Ele escreveu posteriormente: "Habitando vinte em cada quarto, nas mais sórdidas condições, os pobres **budmashes** não têm outro expediente senão cozinhar sua comida em enormes baldes. Sendo, como tantos lascares, sujeitos de bom coração, hospitaleiros, convidaram-me a partilhar de sua ceia simples, e não hesitei em aceitar. A refeição consistia de nada mais que **rooties** servidos com um cozido que vinha há um bom tempo fervendo no balde: era um caldo de ossos de galinha com tomates, e foi servido em um único **tapori** gigante. Aquilo não se assemelhava a nada que eu houvesse comido em terras hind. Contudo, não era destituído de sabor e não pude me abster de perguntar onde haviam aprendido seu preparo. Explicaram-me que era um prato de bordo dos navios portugueses, comumente chamado de *galinha balde*, que em seguida traduziram como 'balti chicken'. Isso muito contribuiu, devo admitir, para fazer crescer em minha estima a cozinha de Portugal." A história justificou a avaliação otimista de Neel quanto ao futuro dessa palavra, mas permanece verdadeiro que ele de modo algum prevera que a cidadania da palavra na língua inglesa seria baseada em seu valor culinário; tampouco teria ele imaginado que ao conquistar seu ingresso no **Oráculo** esse humílimo objeto português seria definido como um "estilo de cozinha do norte do Paquistão".

balwar (*Roebuck): "Próximo demais em sonoridade de seu sinônimo, 'barber' [barbeiro], para ter alguma chance real de sobrevivência."

bamba (*Roebuck): "Por que alguém continuaria a usar esse termo derivado do português para um objeto que já contava com um nome simples e econômico em inglês: 'pump' [bomba]?"

banchoot/barnshoot/bahenchod/ b'henchod etc. (*O Glossário): Ao tratar dessa expressão, Neel decididamente toma caminho diverso do de seu guru, sir Henry, que dá a esse punhado de palavras um tratamento sumário, definindo-as meramente como "expressões ofensivas que hesitaríamos em pôr em letra de fôrma se seu odioso significado não fosse obscuro 'para o público em geral'. Caso fosse conhecida entre os ingleses que às vezes usam as palavras, acreditamos haver poucos que não se encolheriam ante tal brutalidade". Mas raro de fato era o europeu que se encolhia ao pronunciar essa palavra: tamanha era sua popularidade que Neel ficou convencido de que "é um desses inúmeros termos deliciosamente compostos que se formaram pela combinação de elementos hind. e ingleses. Para comprová-lo, tudo que temos a fazer é quebrar a palavra em suas partes constituintes: a primeira sílaba, 'ban'/'barn' etc., é claramente uma contração do hind. *bahin*, ou irmã. A segunda, pronunciada ora de um jeito, ora de outro, é, em minha opinião, um cognato do inglês **chute** [tubo ou canal inclinado], com o qual compartilha ao menos um aspecto de seu variado significado. Como tantas palavras nesse sentido, ela deriva, sem dúvida, de alguma antiga raiz indo-europeia. É curioso notar que a palavra **chute** não mais figura como verbo em inglês, como é o caso de seus cognatos em inúmeras línguas indianas. Mas há alguma evidência a sugerir que no passado conheceu tal uso também em inglês: exemplo disso é a palavra **chowder** [caldeirada], claramente derivada do hind. *chodo/chodna* etc. Diz-se que a palavra ainda é amplamente utilizada na América, sendo empregada sobretudo como substantivo, para se referir a um tipo de sopa ou guisado. Embora eu não tenha desfrutado a boa fortuna de haver provado desse prato, foi-me testemunhado que ele é preparado com grande dose de moagem e trituração, coisa que certamente estaria consoante com determinados aspectos do antigo significado ainda preservado no uso dessa raiz em hind."

+bandanna: O status **coolin** dessa palavra teria deixado Neel admirado, ele que lhe dava pouca chance de sobrevivência. Que "bandanna" encontrasse um lugar no **Oráculo** não é, obviamente, questão que admita alguma dúvida — mas é verdade, entretanto, que não era esse o destino que Neel havia pressagiado para ela. Seu prognóstico era de que a palavra hind. *bandhna* chegaria à língua inglesa em sua forma seiscentista arcaica, **bandannoe**. Contudo, também é verdade que Neel jamais duvidou do destino dessa palavra, crença que estava fundamentada em parte na resiliência e persistência da antiga raiz indo-europeia da qual ela é derivada — uma palavra que já em seu tempo de vida fora anglicizada para **bando/bundo** (amarrar ou prender). Essa palavra tão bela e útil é, ai de nós, usada hoje apenas na medida em que faz referência a embankments [aterro, barragem], embora no passado tenha sido usada amplamente por falantes do inglês, sobretudo em sua forma imperativa: **bando!** (Neel chegou até a copiar a citação que sir Henry utilizou em seu apontamento sobre esse termo: "Essa e provavelmente outras palavras indianas têm sido naturalizadas nas docas do Tâmisa frequentadas por tripulações lascares. Certa vez escutei um condutor de barcaça londrino, nas Victoria Docks, jogar uma corda em terra para outro londrino, gritando, "**Bando!**" [m.-gen. Keatinge]).''

A fé que Neel depositava em **bando/bundo** foi sem dúvida influenciada pela incomum fecundidade da raiz, pois ele previu que ela daria origem a toda uma descendência de + derivadas consagradas — **bund** ("aterro", "barragem" ou "dique", cujo melhor exemplo encontra-se hoje em Xangai, amplamente considerada como o pedaço isolado de terra mais valioso do mundo); **cummerbund** (cujo destino Neel também fracassou em prever apropriadamente, pois jamais substituiu "belt" [cinto], como ele imaginou que o faria); e finalmente **bundobast** (literalmente, "amarrar", no sentido de "pôr em ordem" ou "fazer uma arrumação"). O falecimento desta última para o limbo dos quase mortos é algo que Neel jamais poderia ter previsto e que teria lamentado mais, talvez, do que qualquer outro verbete na **Crestomatia**. (A respeito disso também seu anônimo descendente podia muito bem ter escrito: "Por quê? Por quê? Por que esse morticínio sem sentido, esse desperdício clamoroso, esse logocídio infinito. Quem vai pôr um ponto final nisso? A quem apelar? Acaso não se impõe como um imperativo a toda consciência erguer-se em protesto?") Pois é certamente verdade que essa é uma palavra, uma ideia, da qual o inglês é tristemente carente. Tampouco as contribuições de **bando/bandh** param por aí. Neel estava persuadido de que **band** no sentido de "head-band" [faixa de cabeça] ou "rubber-band" [elástico] era também filha do termo hind. Isso significaria que **bando/ bundo** atingiram de fato a distinção de ascender a Pariato do Verbo, mediante certos usos como "to band together" [unir-se, coligar-se].

Mas voltando a **bandanna**, o uso feito por Neel desse termo nunca esteve em conformidade com a definição do dicionário, pois ele continuou, enquanto viveu, a aplicá-lo a lenços variados e gamchhas, e especialmente aos **cummerbunds** e lenços de cabeça com que os lascares e outros trabalhadores comumente prendiam o cabelo e suas **kameezes**. Seus descendentes, segundo o costume entre eles, eram ainda mais conservadores, e competiam entre si a fim de encontrar usos para as formas originais. Recordo-me bem da reação de um tio mais velho, que, ao ser convidado para engrossar a família num passeio para assistir a um famoso filme de caubóis, exclamou: "Arre! Acham que ia gastar meu rico dinheirinho pra assistir a um bando de **budmashes** correndo por aí em **dungris** e **bandhnas**?"

+**bandar**: Neel se equivocou completamente em seu prognóstico de como a palavra hind. comum para macaco iria se sair em inglês. Uma de suas teorias prediletas era de que palavras migrantes devem sempre tomar cuidado de ficar separadas umas das outras, em som e aparência: homônimos e sinônimos desarraigados, achava, tinham pouca chance de sobreviver em duplas — em todo par, uma sucumbiria. Nesse aspecto o sentido bestial de **bandar** era, em sua opinião, incomodamente próximo em sonoridade de um termo náutico não relacionado de derivação persa: **bander/ bunder** ("porto" ou "ancoradouro"). Ele estava convencido de que das duas era esta última que sobreviveria em inglês — em parte porque o uso de **bunder** no sentido náutico tinha um pedigree muito longo na língua, remontando ao século XVII, e em parte porque a raiz era extraordinariamente fecunda em derivações inglesas. Eram essas derivações, achava ele, que se mostravam mais vulneráveis às possibilidades de confusão oferecidas pelo sentido zoológico de **bandar**. É bem verdade que o termo frequentemente utilizado **bander-/ bunder-boat** ("barco portuário") corria pouco risco de ser tomado por um meio de transporte simiesco, mas ainda assim havia outra palavra que podia muito bem ser motivo de mal-entendidos e confusões. Era a venerável **sabander/shabander** (um "harbour-master", ou capataz de zona portuária), expressão cuja história é tão antiga que quase a credencia a ser considerada inglês médio, e era desse modo investida de uma poderosa prerrogativa de proteção contra o tipo de abuso que podia resultar de combinações como **shah-bandar**. Quanto ao animal, havia mais uma palavra que lhe serviria igualmente bem, achava ele, e essa era **wanderoo** (de *wanderu*, o cognato sinhala do hind. *bandar*), que também gozava de ampla circulação na época, embora seu uso mais geral fosse com o significado de *langur*. Era em **wanderoo** que Neel depositava suas esperanças, enquanto vaticinava a desgraça para sua sinônima. Mal fazia ele ideia que tanto **bandar** como seu coletivo +**log** receberiam uma indefinida prorrogação de vida por intermédio de um livro infantil, ao passo que a bela **wanderoo** logo desapareceria na vala comum. (Ver também **gadda/gadha**.)

bando/bundo (*O Glossário*): Ver **bandanna**.

+**bankshall:** Neel teria ficado entristecido com a morte dessa linda palavra, outrora muito usada: "Como me lembro bem do grande Bankshall de Calcutá, que servia de molhe para o desembarque de passageiros, e aonde íamos à tarde para admirar boquiabertos todos os **griffins** e recém-chegados. Nunca nos ocorreu que esse edifício devia ter sido, por sua definição oracular, meramente um 'armazém' ou 'barracão'. Contudo, não duvido que sir Henry esteja com a razão em derivá-la do bengali *bākashala*." Teria-lhe sido motivo de surpresa descobrir que um tipo mais modesto de armazém, o **godown**, sobrevivera no uso geral, em detrimento do hoje raro **bankshall**.

+**banyan/banian:** "Essa não é uma mera palavra, mas um clã, uma seita, uma casta — desde muito tempo estabelecida na língua inglesa." A chave de sua compreensão reside na glosa fornecida pel'**o Almirante**[b]: "O termo deriva de uma seita religiosa no Oriente, que, acreditando na metempsicose, não se alimenta de criatura alguma dotada de vida. Deriva, em outras palavras, do nome de casta 'Bania' ou, particularmente, 'Vania', cuja última sílaba é por vezes nasalada. Essa casta, por muito tempo associada com o ramo bancário, o comércio, prestamistas e coisas assim, era obviamente famosa por ser vegetariana e foi por isso que a palavra serviu durante séculos como parte essencial do vocabulário náutico inglês, sendo aplicada ao único dia da semana em que os marinheiros não recebem carne: **banyan-day**."

Mas, aceitando-se tudo isso, como foi acontecer de essa palavra assumir seu presente avatar, com o qual representa a humilde e ubíqua roupa de baixo usada pelos homens do subcontinente indiano? Neel encontrava-se é claro em uma posição excepcionalmente privilegiada para observar essa mutação, que aconteceu em grande parte durante sua vida. Seu rastreamento da genealogia dessa série de encarnações inclui-se entre suas mais importantes contribuições à arte da etimologia e merece ser citada na íntegra. "A jornada da palavra **banyan** até o guarda-roupa começa sem dúvida com o estabelecimento de seu sentido original em inglês, no qual servia meramente para evocar uma associação com a Índia (foi assim, imagino, que acabou também se ligando a uma árvore que se tornou símbolo da terra — nossa reverenciada *ficus religiosa*, hoje reencarnada como a **banyan-tree**). Foi devido a essa associação geral que ela veio também a ser aplicada a um certo tipo de traje indiano. Não serve a nenhum propósito, provavelmente, se perguntar no que consistia esse traje, originalmente. Para qualquer um que tenha vivido por tanto tempo quanto eu, é evidente que o traje em questão é menos um artigo de vestuário que um indicador do status do hind. no mundo. Assim, nos séculos XVII e XVIII, quando nosso país ainda era uma terra de riqueza e opulência fabulosas, a palavra **banyan/banian** referia-se a um tipo de roupão ricamente bordado que descia quase até o chão: talhado talvez nos moldes da **choga** ou do

---

[b] A referência aqui é à obra do almirante W. H. Smyth, ***Sailor's Word-Book***. Neel possuía diversos exemplares da edição que foi impressa em Londres em 1876 por Blackie. Ele tinha o livro em um respeito que beirava a reverência, e quando as palavras "**o Almirante**" aparecem na ***Crestomatia***, a referência é sempre ao almirante Smyth e seu famoso léxico.

caftan/qaftan. [Aqui o presente escritor não pode deixar de assinalar que embora essa espécie de robe esteja extinta na Índia atual, diversos exemplares notáveis encontram-se expostos em exibição permanente no Victoria and Albert Museum, em Londres.] Mesmo em minha própria infância, a palavra **banyan** se referia sempre a esses robes suntuosos. Mas naquela época, é claro, ninguém a não ser o mais anglicizado dos indianos usava a palavra neste sentido, o potencial para ofensa sendo muito grande. Como me lembro bem do destino do desafortunado rajá de Mukhpora, que tinha por hábito temperar seu bengali com palavras do inglês. Em um passeio ao bazar para compra de roupas, ouviram-no jactar-se, em alto e bom som, que pretendia mandar bater e lavar seus **banyans** antes de guardá-los no armário para o verão. Isso alarmou sobremaneira os prestamistas, que não perderam tempo em cobrar suas dívidas: o resultado foi desastroso para o pobre rajá, que teve de viver o resto de seus dias em um ashram em Brindavan, com nada além de um par de **chogas** cor de açafrão em seu guarda-roupa. Desse modo aprendeu ele por que o melhor é não entrar em uma **banyan-fight**.

"Desse pináculo de magnificência, este artigo de vestuário acompanhou infalivelmente os passos da fortuna da Índia: à medida que os moradores da terra se tornavam cada vez mais pobres e enfraquecidos sob o jugo britânico, o traje ao qual a palavra se aplicava ficava cada vez mais inferior e humilde. Em sua encarnação seguinte, desse modo, o **banyan** renasceu como artigo de uso padrão entre os mais baixos dos trabalhadores: desse modo o descreve **o Almirante** como 'uma túnica colorida de marinheiro'. Nessa forma, também, o traje continuava um estranho para a Índia: foi o lascar, inquestionavelmente, o responsável por sua introdução na terra nativa. Foi ele também o responsável por cortar fora as mangas que possuía em seu avatar europeu. No vestir, assim como na língua e na comida, o lascar desse modo se revela como o pioneiro em tudo que respeita ao 'indiano'. Não passa uma manhã em que eu não pense nisso conforme enfio meus braços pelas familiares cavas; tampouco deixa a ideia de trazer a minhas narinas um tênue aroma do oceano."

+**banyan-/banian-day:** Ver **banyan**.

+**banyan-fight (*O Glossário):** "Um tumulto de línguas", assim registrou sir Henry, "que 'nunca envereda para socos ou derramamento de sangue' (Ocington, 1690)."

+**banyan-tree:** Ver **banyan**.

+**barbican:** "Esgoto ou cano d'água", como observa corretamente sir Henry, "que conduz ao Bab-Khana de Kanpur".

bargeer (*O Glossário): "Tenho a convicção de que esse derivado da palavra marathi para 'soldado' encontrou seu lugar no **Glossário** não por meio do campo de batalha, mas da creche, sendo empregado, como o era em bengali, para infundir terror nos corações de **budzat butchas**."

bas! (*Roebuck): O tenente glosa isso como o equivalente laskari do inglês "avast", mas Neel acreditava que fosse uma palavra irmã, mais do que um sinônimo, ambas derivadas, em seu entender, do árabe **bass**, "basta".

+**bawhawder/bahaudur/bahadur:** "Esse outrora cobiçado título mongol, significando literalmente 'corajoso', assumiu uma nuança derrisória em inglês. Sir Henry tem razão em observar que veio a 'denotar um personagem altivo ou pomposo, exercendo sua breve autoridade com um forte senso da própria importância'. Curiosamente, nenhuma mancha de derrisão se ligava a esse termo onde isso teria se mostrado mais apropriado — ou seja, em sua aplicação à Companhia das Índias Orientais, que era conhecida em hind. como Company **Bawhawder**."

+**bayadère**: "Aqueles que acreditam que o português era uma língua dos conveses e pouco tinha a contribuir para a alcova bem fariam em notar que **bayadère** não é de derivação francesa, mas portuguesa (de *bailadera*)." Esse era o eufemismo usado pelas **BeeBees** para falar das mulheres a quem seus maridos se referiam como **buy-em-dears** — uma mistura heterogênea de **cunchunees, debbies, dashies, pootlies, rawnees, Rum-johnnies** e nautch-girls. Curiosamente, a palavra "mistress", que possui um cognato hind. próximo (via o português *mestre*), nunca foi usada em seu sentido do inglês, sendo considerado muito incomum que um homem dividisse a cama com sua **mistri**.

+**BeeBee/bibi**: "Por que essa palavra levou a melhor sobre sua gêmea, **begum**, em ser aplicada às mais proeminentes esposas brancas de Calcutá, permanece sem explicação. Em tempos recentes, ela caiu em desgraça e hoje é aplicada ironicamente a mulheres europeias de baixa extração: isso aconteceu porque chegou um momento em que as grandes **BeeBees** começaram a insistir em ser chamadas de **ma'am-sahibs**. Seus empregados encurtaram o prefixo para 'mem-' (e ocasionalmente, no caso do mais **bawhawder** da classe, para 'man-')."

begaree (*Roebuck): "Segundo o tenente Roebuck, assim os lascares costumavam se referir àqueles dentre eles que haviam sido xangaiados ou recrutados à força. Seria possível que a palavra fosse um curioso cruzamento do inglês 'beggar' [mendigo], do bengali *bhikari* (de igual significado) e o hind. *bekari*, 'desempregado'?"

+**begum**: Ver **BeeBee**.

beparee (*O Glossário): Neel acreditava que essa palavra hind. para "comerciante", como **seth**, havia chegado ao inglês porque a extraordinária proliferação dos significados de **banyan** havia deixado a palavra inutilizável em seu sentido original.

beteechoot (*O Glossário): Para a importação desse termo, ver **banchoot/barnshoot**, mas tendo em mente que ele substitui *betee*, filha, por *bahin*, irmã. "Sir Henry ilustra sua definição desse termo com algumas citações extremamente adequadas, entre elas a seguinte: '*1638: L'on nous monstra à une demy lieue de la ville un sepulchre, qu'ils apellent Bety-chuit, c'est à dire la vergogne de la fille decouverte*' [Mandelsle, Paris, 1659]."

bhandari (*Roebuck): "Este é o nome que os lascares usam para cozinheiros ou comissários, imagino que possa muito bem ser a palavra deles para 'intendente' também." Essa frase é tirada da mais incomum das anotações de Neel — uma série de apontamentos rabiscados no verso de cartas de baralho. Pela caligrafia minúscula, sem mencionar os pródigos respingos de água do mar, pareceria que essas anotações foram compiladas no decorrer de uma viagem em que papel não era de fácil obtenção. Dentro da família essas notas são conhecidas como os **Jack-Chits**,* devido à primeira carta que foi encontrada (um valete de paus). Falando de um modo geral, essas notas são a primeira tentativa de Neel de compreender o dialeto de bordo dos lascares: na época em que as escreveu, ao que parece ele não sabia da existência do **Laskari Dictionary**, mas quando adquiriu um exemplar do léxico de Roebuck, imediatamente reconheceu a superioridade do trabalho desse grande lexicógrafo e interrompeu suas próprias tentativas de decodificar o dialeto, que eram inegavelmente de natureza pouco científica e anedótica. As notas não são de todo destituídas de interesse, porém; por exemplo, este excerto do oito e do nove de espadas: "Fazer-se à vela é achar-se soçobrando não apenas em um novo elemento, mas também em um oceano desconhecido de palavras. Quando a pessoa escuta o linguajar dos marinheiros, estejam eles falando em inglês ou hind., está sempre no mar: não é sem motivo que o jargão do mar na língua inglesa é conhecido como 'sea-language', pois há muito já rompeu as amarras que o prendiam ao inglês que se aprende nos livros. O mesmo pode ser dito dos laços que ligam as línguas do hind. ao jargão dos lascares: ora, ainda outro dia, ouvimos os tindals de nosso navio correndo pelo convés, berrando na maior agitação — **hathee-soond!, hathee-soond!** Que uma 'tromba de elefante' houvesse sido avistada no mar pareceu prodigioso a todos os presentes e corremos a fim de testemunhar a extraordinária aparição — para logo em seguida conhecer o desapontamento, pois a empolgação de nossos colegas lascares era ocasionada por nada mais prodigioso que uma distante coluna de água, erguida por um tufão. Evidentemente esse fenômeno, conhecido em inglês como 'water-spout' [tromba-d'água], tinha a seus olhos a aparência de uma tromba de elefante. Tampouco foi essa a única vez nesse dia que me veria ludibriado pelo caráter pitoresco de seus usos. Mais tarde, quando tomava um ar junto à popa, escutei um lascar implorando a outro para **puckrow** seu *nar*. Confesso que levei um susto: pois embora não seja incomum ouvir um lascar comentando casualmente sobre o apêndice da masculinidade, é entretanto incomum ouvi-los se referindo a esse órgão numa linguagem tão do alto sânscrito. Minha surpresa deve ter me levado a trair minha presença, pois olharam para mim e começaram a rir. Sabe do que estamos falando?, disse-me um deles. Assim posto à prova, respondi de um modo que julguei capaz de demonstrar amplamente minha erudição náutica. Ora, mas como não sei do que estão falando, eu disse: é aquilo que em inglês conhecemos por 'jewel-block'. Com isso riram ainda mais e disseram não, uma jewel-block era uma *dastur-hanja* em laskari, enquanto o objeto de que falavam era um rudder-bolt conhecido para o Angrez como um "pintle" [pino de leme]. Fiquei tentado a informá-los que ninguém menos que o grande William Shakespeare usara essa palavra — *pintle* — exatamente no mesmo sentido de nosso hind. *nar*. Por consideração, contudo, achei melhor me abster de divulgar essa pequena informação. Meu **shoke** pelas palavras do maior dramaturgo de todos já havia merecido para mim a reputação de ser um incorrigível

---

* *Jack*, valete, *chit*, bilhete. (N. do T.)

'Spout-Billy', e por mais ofensiva que pudesse ser tal alcunha, não pude deixar de refletir que ficar conhecido como um 'Billy-Soond' seria ainda pior."

+bheesty/bheestie/beasty/bhishti: "Os **mysteries** do transporte de água, cujo instrumento dessa ocupação era o **mussuck**. No sul, segundo sir Henry, os termos são **tunny-catcher** ou **tunnyketchi**."

bichawna/bichana (*O Glossário): "Fazer a cama ou cama, de onde **bichawnadar**, ou 'bed-maker' [fazedor de cama], expressão que deve ser usada com cautela, devido às sugestivas possibilidades."

bichawnadar: Ver acima.

bilayuti (*O Glossário): "É estranho que tenhamos nos acostumado a usar a versão do turco/árabe *wilayat* para aludir à Inglaterra; ainda mais estranho é que o inglês deva adaptá-la ao seu próprio uso como **blatty**. Em sua forma **bilayutee**, está normalmente ligada, como observa corretamente sir Henry, a coisas exóticas e estrangeiras (**de onde bilayati-baingan** para 'tomate'). Sir Henry no entanto se equivocava gravemente quanto a outra palavra composta, a saber, **bilayutee-pawnee**. Embora ele corretamente a glose como 'água gasosa', engana-se em sua argumentação de que o povo hind. acreditava que isso podia conferir grande força ao corpo humano graças a suas bolhas. Até onde me recordo da questão, nosso espanto era ocasionado não pela força das bolhas quando sorvidas, mas antes pelas detonações explosivas com que eram expelidas."

biscobra (*O Glossário): Neel discordava da sugestão de sir Henry de que esse fosse o nome de um tipo de lagarto venenoso. "Eis outro exemplo de um lindo casamento dos léxicos oriental e ocidental. A palavra 'cobra' vem, é claro, do português, de uma contração de raiz latina significando 'serpente'. 'Bis', por outro lado, é certamente uma derivação da palavra bengali para veneno, que foi absorvida pelo inglês como **bish**, embora no sentido de 'asneira' ou 'engano'. É impossível que um termo desses pudesse ser aplicado a um lagarto, por mais vingativo que fosse. Em minha opinião, nada mais é que um coloquialismo inglês para a hamadríade ou Cobra Rei."

+bish: Ver acima.

b'longi/blongi (*O Linkister[ε]): "Frequentemente confundida com uma contração do inglês 'belong' [pertencer], esta palavra na verdade é um verbo de ligação econômico e elegante, a serviço do verbo 'to be' [ser, estar] em todas suas inúmeras formas. Imagine então o constrangimento do **griffin** que apontou para o cachorro de sua esposa e disse: 'Gudda **blongi** wife-o massa.'"

+bobachee: "Assim como uma barkentine [tipo de escuna] está para um barco rústico, um **Kaptan** para um **Nocoda**,

---

[ε] "O Linkister", quando aparece na *Crestomatia*, é sempre uma referência a Charles Leland e seu *Pidgin English Sing-Song: Or Songs and Stories in the China-English Dialect; with a Vocabulary*. Charles Leland foi, é claro, um dos mais prodigiosos lexicógrafos do século XIX e outra das fontes autorizadas de girmit de Neel. Mas sendo ele próprio um especialista no pídgin da China meridional, Neel aparentemente não o aprovava, ou discordava dele em alguns aspectos: de onde o nome em certa medida era pejorativo.

um vinthaleux para um **dumbpoke**, igualmente na cozinha um **bobachee** está para um **consummer**. Potentados a seu próprio modo, governam um vasto **lashkar**, consistindo de **masalchies** moedores de pimenta, **caleefas** moedores de **cabob** e outros cujos títulos misericordiosamente caíram em desuso. O **bobachee**, contudo, é o único **mystery** culinário a emprestar seu nome à cozinha."

bobachee-connah/bawarchee-khana (*O Glossário): "Sobre esse último termo estou em desacordo com toda autoridade que já dedicou alguma reflexão à questão: embora derivem do hind. *khana*, 'lugar' ou 'cômodo', minha intuição me diz que elas vêm do elemento bengali *kona/cona*, significando corner [canto]. Isso parece evidenciar-se por si só, para mim, pois se o significado de **bobachee-connah** fosse de fato 'lugar de cozinhar', então certamente a locução apropriada seria '**bobbachy-camra**'. Que essa variante realmente ocorra, às vezes, é para mim a exceção que prova a regra. Similarmente, **goozle-coonuh/goozul-khana** parece-me muitas vezes erroneamente tomado por 'sala de banho': quando aplicada a um local onde há uma banheira, deve certamente significar 'canto de banho'. Mas, no que tange a outras expressões compostas de **connah/khana**, concedo que sejam normalmente usadas no sentido de cômodo: por exemplo, **karkhana, jel-khana, bab-khana** e que tais."

+bobbery/bobbery-bob: "Esta palavra para 'tumulto', tão utilizada na China meridional, nada mais era que uma adaptação de nossa prosaica **baap-ré-baap**." A tradução que o **Oráculo** fornece dela como "oh, meu pai!" é certamente uma versão da igualmente comum **baap-ré**, pois a expressão completa seria antes: "pai, oh pai!" Uma derivada alternativa, do cantonês *pa-pi* — um barulho — é, como observa corretamente o **Barney-Book**, extremamente duvidosa.

bolia/bauleah/baulia (*O Glossário): "Barcaça fluvial comum em Bengala, normalmente equipada com uma pequena cabine."

bora (*O Glossário): "Embarcação larga de muitos remos, normalmente usada em Bengala para transporte de carga."

bowla (*O Glossário): "Esses eram, até onde me lembro, portmanteaux ou baús, feitos por encomenda por alguns de nossos **moochies** mais habilidosos."

bowry/bowly (*O Barney-Book): "Em hind. isso geralmente se referia aos step-wells [reservatórios em degraus] conhecidos como *baolis*. Mas após a mudança para o inglês normalmente passou a se aplicar a pavilhões dominando as margens de cursos d'água grandes e pequenos. Todo **nullah** e **nuddee** podia se vangloriar de ter alguns. Era às vezes usado de modo cambiável com **chabutra/chabutter**."

boya (*Roebuck): "Laskari para 'boia'."

+buck: "Bom exemplo das sutis variações de significado que ocorrem quando as palavras pulam de uma língua para outra. Pois em hind. essa expressão transmite mais uma ideia de conversa fiada do que a de jactância que carrega em inglês (sem dúvida, devido ao suposto comportamento do animal de cujo nome é homônima [veado macho]). A forma estendida, **buckwash** (do hind. *bakwás* — 'tagarelice', 'conversa mole' ou 'bobagem'), comporta um sentido similar à expressão de gíria 'hogwash'."

budgrook (*O Glossário): "Moeda portuguesa de baixo valor de face, cuja circulação supostamente é restrita a Goa."

+budmash/badmash: "Como **budzat and hurremzad**, termo que causa mais agravo a lexicógrafos do que a qualquer um a quem já tenha algum dia sido dirigida como expressão ofensiva. De que vale quebrá-la em seus elementos constituintes árabe e persa quando o todo forma um perfeito equivalente do inglês 'rascal' [facínora]?" Neel sem dúvida tinha razão em escolher **budmash** em lugar da hoje defunta **budzat** como favorita do destino.

budzat/badzat (*O Glossário): Ver **budmash**.

+buggalow/bagala: "Espécie de dhow árabe que foi outrora uma visão comum nas águas do Hooghly."

bulkat (*O Glossário): "Até onde me lembro, nome de um certo tipo de barco largo da terra de Telegu."

bullumteer (*O Glossário): "Adaptação do inglês 'volunteer' [voluntário], usado em geral por sepoys que serviam no além-mar."

buncus (*O Glossário): "Charutos malaios muito apreciados por alguns."

+bunder/bandar: Ver **+bandar**.

+bunder-boat: Ver **+bandar**.

+bundook/bunduk: Essa palavra comum derivada do árabe estava amplamente dicionarizada já na época de Neel, em geral sendo glosada como "mosquete" ou "rifle", e é nessa forma que assume seu lugar no **Oráculo**. Isso contradiz os prognósticos de Neel, pois esse era mais um exemplo em que ele aceitava uma derivação questionável de Barrère & Leland, que remontam o original árabe ao nome alemão de Veneza, "Venedig". A inferência é de que **bundook** foi introduzida no árabe pelos mercenários alemães da República de Veneza e foi usada pela primeira vez no sentido de "besta" (arma). Neel se equivocou em acreditar que a palavra reverteria a seu significado original, exceto que ela viria a ser aplicada a candelabros finos e outros artigos de manufatura veneziana que estavam muito em voga entre os bengalis abastados.

bungal (*Roebuck): "Essa palavra se refere à 'corneta-falante' náutica — instrumento de amplificação que permite aos navios no mar se comunicarem. Curiosamente, a pronúncia laskari comum para isso é **byugal** — que parece sugerir que enxergam nesse objeto algum misterioso parentesco com o clarim."

bunow/bunnow/banao (*O Glossário): "Esse é, observa corretamente sir Henry, um dos raros verbos hind. adaptados para o inglês. Mas mesmo depois de ter feito essa travessia [made the crossing] ele reteve alguma coisa do sentido original, que era mais de 'construir' [to build] do que de 'fazer' [to make] — pois a pessoa certamente nunca poderia dizer, como acima, '**bunow** a travessia'."

+burkmundauze/barkandaz: "Termo que foi útil sobretudo por sua imprecisão, pois podia, quando necessário, se aplicar a qualquer um desse grande **paltan** de **paiks, piyadas, latheeals, kassidars, silahdars** e outros guardas armados, servos e sentinelas que outrora povoavam as nossas ruas. Os guardiães de portões e vigias cujos deveres obrigavam-nos a permanecer estáticos compunham um tipo ligeiramente diferente de **paltan**, formado de **chowkidars, durwauns** e que tais."

+**burra/bara:** "Estou convencido de que essa é outra palavra que entrou no inglês por meio de uma rota náutica, **burra/bara** sendo o termo laskari comum para o mais elevado dos mastros do navio — o principal." Ver também **dol**.

Burrampooter (*O Glossário): "Esse é meramente o *anglice*, abençoadamente de vida curta, para 'Brahmaputra'."

+**bustee/basti:** "Em minha infância usávamos essa palavra apenas para nos referir a 'vizinhança' ou 'povoamento', sem nenhuma implicação pejorativa. O derivado inglês, por outro lado, foi usado para designar uma 'Black Town' [Cidade Negra] ou 'área nativa', sendo aplicado apenas às áreas onde viviam bengalis. É estranho pensar que foi nesse sentido depreciativo que passou de volta ao hind. e ao bengali, e é hoje comumente utilizada para se referir a 'slum' [cortiço, favela]."

butcha/bacha (*O Barney-Book): "Uma palavra para 'criança' que sem dúvida irá migrar pelas janelas abertas da creche." Neel se enganou quanto a isso.

buy-em-dear: Ver **bayadère**.

buzz: Ver **shoke**.

+**caftan/qaftan:** Ver **choga**.

caksen/coxen (*Roebuck): "É incompreensível que Roebuck liste isso como a palavra laskari para 'coxswain', uma vez que a pronúncia é indistinguível do inglês."

caleefa/khalifa (*O Glossário): Ver **bobbachy**.

+**calico:** "Alguns dicionários conferem a essa palavra uma linhagem malayali, uma vez que se dizia que esse tipo de tecido de algodão era um produto oriundo da Costa do Malabar. Isso é um completo **buckwash**, pois a palavra **calico** evidentemente vem de 'Calicute', que é um topônimo introduzido pelos europeus: fosse a palavra derivada do nome malayalam da cidade, o tecido seria conhecido, certamente, como 'kozhikodo'."

calputtee (*Roebuck): "O laskari para 'calafetagem', esse era um **mystery** que encontrava pouco emprego nas embarcações indianas, que em geral eram antes chanfradas que calafetadas."

carcanna/karcanna (*O Glossário): Já na época de Neel essa palavra inglesa de antigo pedigree (do hind. *kar-khana*, "local de trabalho" ou "oficina") cedia terreno vagarosamente ao termo "factory" [fábrica] — um escândalo léxico aos ouvidos de Neel, que ainda estava acostumado a escutar essa palavra usada para designar a residência de um "factor" [feitor] ou "agent" [agente, representante]. Mas não era por motivos nostálgicos apenas que ele lamentava o passamento de **carcanna/karcanna**: ele previa que seu naufrágio também arrastaria para o esquecimento muitos daqueles que haviam outrora trabalhado nesses lugares de manufatura — por exemplo, os funcionários de fábrica conhecidos como **carcoons**. Foi pranteando o destino desta palavra que o desconhecido wordy-wallah escreveu seus comentários sobre logocídio.

carcoon (*O Glossário e *O Barney--Book): Ver acima.

chabee (*O Glossário): Em uma incomum mostra de comedimento, Neel se recusou a entrar em controvérsia quanto à questão de saber se a palavra portuguesa "chave" zarpou para a Inglaterra vinda de terras portuguesas ou hind.

+chabutra/chabutter: Ver **bowly/bowry**.

+chaprasi/chuprassy: Ver **dufter/daftar**.

+charpoy: Como observado acima (ver **bandar**), Neel era da opinião que as palavras, ao contrário dos seres humanos, têm menos chances de sobreviver aos rigores da migração se viajam como casais: em qualquer par de sinônimos, um com certeza perecerá. Como, então, ele explicaria a jornada desses sinônimos eminentemente bem-sucedidos, **charpoy** e **cot** (ambos os quais, sem que ele soubesse, fadados a receber o imprimatur do **Oráculo**)? Neel ficava claramente incomodado com essa anomalia — ("Será que Blatty não tem nenhuma palavra para os confortos da cama, a ponto de tão deliberadamente ter de roubar de nós?") —, mas ele não deixou de reconhecer a ameaça representada a sua dileta teoria por essa dupla de palavras. "O inglês, não menos do que as línguas hind., tem diversos motivos para mostrar gratidão aos lascares, e a dádiva da palavra **cot** (do hind. *khât*) não é o menor deles. Haverá pouca dúvida de que essa palavra entrou na língua inglesa por uma rota náutica: é minha convicção de que *khat* foi a primeira palavra laskari para 'hammock' [rede de dormir] e de que *jhula/jhoola* só veio a ser usada quando a original foi confiscada por seus **malums** (veja a definição d'**o Almirante** para **cot**: 'armação de cama' [bed-frame] feita de madeira, suspensa das vigas de um navio para os oficiais, entre conveses'). Esses **cots** eram claramente mais confortáveis que as redes comuns, pois logo passaram às enfermarias dos navios, para o cuidado dos enfermos e feridos. Esse, por extensão, é o sentido em que a palavra foi tragada pela correnteza principal da língua inglesa, sendo adotada inicialmente como um nome para os berços de balançar da creche. Vemos então que, ao contrário das aparências, **cot** e **charpoy** não são mais sinônimas do que o são 'cradle' [berço] e 'bedstead' [armação de cama]. Tampouco, na verdade, são sinônimas até em hind., pois estou convencido de que *charpai* era originalmente aplicada a toda peça de mobília dotada de quatro pernas (no sentido preciso do hind. *char-pai*, 'de quatro pernas'), a fim de distingui-las de objetos com apenas três pernas (*tin-pai* ou *tipai* — de onde, como sir Henry corretamente observa, descendem aquelas mesinhas conhecidas como **teapoys** em inglês). O termo que causa confusão, **sea-poy**, contudo, é meramente uma grafia variante de **sepoy** [sipaio] e não tem absolutamente nada a ver com pernas ou seasickness [náusea]. O fantasma desse peculiar falso juízo ainda está por ser exorcizado, contudo, como se evidencia na anedota que me foi contada recentemente sobre um tenente que acidentalmente se separou de suas tropas quando abordava um navio. Diz-se que após gritar alarmado — 'I've lost my **sea-poys!**' [Perdi meus si-paios!] — ele ficou perplexo ao lhe estenderem um **balty** e alguns sais de cheiro."

charter: "Embora o **Oráculo** não faça menção a ele, estou convencido de que esse verbo era comumente usado no mesmo sentido do verbo hind. *chatna*, do qual o inglês recebeu o deslumbrante **chutney**, 'bom de lamber' (não confundir com **chatty/chatta**, que os lascares costumavam aplicar a vasilhames de cerâmica). O calão **charterhouse** [em inglês, um mosteiro] é frequentemente aplicado a casas de má reputação."

chatty/chatta (*o Almirante, *Roebuck): Ver **charter**.

+**chawbuck/chábuk:** "Essa palavra, tão mais expressiva que 'whip' [chicote], era quase uma arma, tanto quanto o objeto que designava. Que estivesse entre as poucas palavras hind. a encontrar um uso verbal no inglês dificilmente pode ser encarado como motivo de surpresa, considerando-se com que frequência deixava os lábios dos sahibs. Quando desse modo usada, a forma apropriada para o particípio passado é **chawbuck't**. A forma derivada **chawbuckswar**, 'whip-rider', era considerada um grande elogio entre os cavaleiros mais destemidos."

chawbuckswar (*O Glossário): Ver acima.

+**cheese:** Neel não foi nenhum visionário em prever a eventual incorporação desse derivativo do hind. *chiz*, "thing" [coisa], ao **Oráculo**, pois seu uso em sentenças como "este cheroot é a **cheese** real [*the real thing*, o que há de melhor]" era bastante comum em sua época. Contudo, seu papel em locuções como "the **Burra Cheese**" sem dúvida teria sido uma surpresa.

chicken/chikan (*O Barney-Book): "O intrincado bordado de Oudh; de onde o jargão 'chicken-worked', frequentemente usado para descrever aqueles obrigados a viver com uma **bawhawder ma'am-sahib**."

+**chin-chin** (*O Barney-Book): "Saudações (de onde **chin-chin-joss:** 'reverência')."

chin-chin-joss (*O Glossário): Ver **chin-chin**.

chingers (*O Barney-Book): "Curioso que Barrère & Leland imaginem que essa palavra entrou na língua inglesa pelo dialeto cigano. Ela era de uso amplamente comum em **bobachee-connahs**, pois **choolas** sempre tinham de ser acesos com **chingers** (do hind. *chingare*). Cheguei até a ouvi-la sendo usada na frase 'The **chingers** flew' [Os chingers voaram]."

Chin-kalan (*O Glossário): "Por mais estranho que hoje pareça, esse era de fato o nome pelo qual os lascares estavam acostumados a falar do porto de Cantão."

chints/chinti (*O Glossário, *O Barney-Book): "Essa palavra para formigas e insetos estava condenada por sua semelhança com a mais comum **chintz** (*kozhikodoes* pintados)."

+**chit/chitty:** "Palavra das mais curiosas, pois, a despeito do fato de vir do hind. *chitthi*, 'carta', ela nunca foi empregada para qualquer missiva confiada ao **dawk**. Sempre teve de ser entregue em mãos, nunca por via postal, e preferivelmente por um **chuprassy**, nunca por um **dawk-wallah** ou um **hurkaru**."

chitchky (*O Glossário): Neel estava convencido de que essa descendente da palavra bengali *chhechki* possuía um futuro brilhante como migrante, prognosticando que seria até enobrecida como verbo, uma vez que o inglês não era dotado de termo equivalente para essa técnica de cozinha. Procurando em vão por uma refeição palatável no Extremo Oriente, certa vez ele escreveu: "Por que nenhum desses lascares nunca pensou em criar hospedarias e estalagens em que possam servir **chitckied** cabbage [repolho] com iscas de *whiting* [*Merlangus merlangus*] para londrinos? Não lucrariam eles com o ótimo **goll-maul** desse modo criado?" Ele teria ficado tremendamente entristecido de ver essa palavra elegante substituída pela canhestra locução "stir-fried" [fritar rapidamente com pouco óleo e mexendo sempre].

+chittack: Medida de peso, equivalente a uma onça, dezessete pennyweights, doze grains troy.

+chobdar: "Ter um era grande sinal de prestígio, uma vez que um maceiro constituía raro luxo. Ainda me lembro de como o pobre rajá de Mukhpora, mesmo diante da ruína, foi incapaz de ficar sem seu **chobdar**."

+choga (ver **banyan**): Neel era pessimista quanto ao futuro dessa palavra, que ele acreditava que seria sobrepujada por sua rival turca, **caftan**.

+chokey/choker/choakee/choky/ chowki: "Se um intercâmbio de palavras é sinal de uma união de experiências, então ao que parece as prisões são a principal articulação entre os povos de Hind. e Blatty. Pois se o inglês nos deu sua 'jail' em suas hoje ubíquas formas, *jel, jel-khana, jel-bot* e outras, nós, de nossa parte, igualmente não fomos de modo algum mesquinhos em nossas dádivas. Assim, já no século XVI o hind. *chowki* empreendera sua travessia pelo mar, para terminar efetuando seu ingresso no inglês com essas palavras muito antigas, **chokey, choker, choky**, e até às vezes **chowki**. A progenitora dessas plavras é sem dúvida o hind. *chowk*, que se refere a uma praça ou área aberta no centro de uma cidadezinha ou aldeia: era aí que as celas e os outros lugares de confinamento frequentemente ficavam localizados, sendo supervisionados por um **kotwal** e guardados por um **paltan** de **darogas** e **chowkidars**. Mas **chokey** parece ter adquirido um cunho mais severo conforme viajou, pois seu avatar hind. não ombreia com seu equivalente inglês em conjurar temor: função que transfere antes a *qaid* e *qaidi* — duas palavras que começaram sua viagem quase ao mesmo tempo que **chokey** e foram em frente para serem admitidas disfarçadamente como **quod, quoddie** e **quodded**, esta última no sentido de 'jailed' [encarcerado]."

+chokra/chuckeroo: "Outro exemplo em que o uso hind. e inglês diverge ligeiramente, pois um *chhokra* no primeiro se refere a um jovem, a um rapaz, um adolescente, enquanto **chokra/chuckeroo** designa antes um degrau na escada da carreira, que, seja ela a serviço de uma família, em um acampamento militar ou numa tripulação de navio, era em geral detido pelos de categoria mais inferior, e assim normalmente (mas sem dúvida nem sempre) pelos mais jovens. No Raskhali Rajbari teria sido de fato considerado estranho referir-se a um

khidmatgar de meia-idade como um *chhokra*. Mas tal uso não pareceria inusual em inglês. É interessante quanto a esse aspecto comparar **chokra/chuckeroo** com seus sinônimos **launder/launda**, jamais utilizados quando em companhia mista, talvez pelo motivo de serem demasiado portadores de suas masculinidades." Ver também **lascar**.

+**choola/chula**: "Mais uma dessas palavras em que a experiência da migração forjou uma sutil mudança de personalidade. Em **sahiby bobachee-connahs** a palavra geralmente se referia a um stove [forno], ao passo que em hind. era usada para um fogão (de onde o laskari **chuldan** para 'galley' [a cozinha do navio]). Em geral esses fornos eram portáteis, sendo os materiais de combustão transportados em um balde de cerâmica ou metal. É isso talvez que tenha levado alguns **pundits** a pensar erroneamente que o prato laskari, 'galinha balde' ou 'balti chicken', recebeu esse nome por causa de um determinado tipo de forno. Não é preciso ter observado o preparo desse prato para perceber que isso não passa de puro **buckwash**, pois, se de fato o nome viesse daí, então certamente ele teria sido 'choola chicken'."

choomer (*O Barney-Book): "Em inglês, o uso do empréstimo vocabular hind. para 'kiss' [beijo], *chumma*, foi sempre usado no sentido de 'peck on the cheek' [bitoca na bochecha], e jamais aplicado a explorações amorosas mais profundas. O termo enganoso 'kissmiss' não se refere ao **mystery** do **choomer**. Como inúmeras **classy** furtivos já descobriram, o sussurro dessa palavra nas mal-afamadas sarjetas da cidade resultará não numa visita a uma **charterhouse**, mas num punhado de uvas-passas."

+**chop**: "Outra palavra de origem hind. (de *chhāp*, 'selo postal') que passou fluentemente do jargão inglês indiano ao patoá da China meridional. Não está, contudo, relacionada a +**chop-chop**, 'rápido, agorinha', que é de derivação cantonesa (de *k'wái-k'wái*); é esta última forma que se presta ao horrível vulgarismo **chopstick**, por cuja culpa o hind. não pode de modo algum ser responsabilizado."

+**chop-chop**: Ver acima.

+**chopstick**: Ver acima.

+**chota/chhota/choota**: Rabiscadas em dois **Jack-Chits** de paus de Neel estão estas palavras: "**Chhota** está para **burra** assim como *peg* [cavilha] está para *mast* [mastro]: de onde a comum locução laskari **chota-peg**, em geral usada como sinônimo de **faltu-dol**."

+**chota-hazri**: Ver acima. "Como Barrère & Leland conseguiram chegar à conclusão de que um **chota-hazri** corresponde ao 'auroral mint julep' [coquetel de hortelã] ou ao 'pre-prandial cocktail of Virginia' [coquetel aperitivo de Virginia] é algo que jamais compreenderei, pois em geral consiste em nada mais que um chá com torradas."

chownee (*O Glossário): "Uma grande pena que essa linda palavra hind. para 'acampamento militar' tenha sido substituída pelo insosso anglo-saxão 'cantonment'."

+**chuddar/chadar**: "Em nenhum domínio do significado o inglês se apoiou com mais firmeza nos migrantes do que ao fazer referência a vestimentas para cabeças, ombros e peitos das mulheres. Contudo, mesmo tendo absorvido **shawl**, **chuddar/chadar** e **dupatta/dooputty**, ele ainda não possui palavra para aquela parte do sari que desempenha a mesma função, pois tanto **ghungta** como *ăchal* permanecem estranhas ao **Oráculo**. A **cumbly/kambal** ('manta') dificilmente pode ser considerada uma alternativa."

chuldan (*Roebuck): Ver **choola/chula**.

chull (*O Barney-Book): "Barrère & Leland revelam sua ignorância glosando esta como 'make haste' [apressar], significado que cabe mais no imperativo **jaw! Chull** tem mais o sentido do francês *allez* ou do árabe *yalla*. Em vão se buscará no inglês um bom equivalente, 'come on', dificilmente podendo ser considerado tão expressivo quanto."

chup/choops (*O Barney-Book): "Mais uma palavra que migrou por via da creche, sendo uma das poucas exortações ao silêncio que podem ser consideradas de bom-tom."

chupow/chupao (*O Glossário): "A despeito da presente circulação, esta emigrante muito pouco provavelmente encontrará seu assento permanente na Casa dos Verbos, uma vez que não serve a função alguma que já não seja desempenhada pelo inglês 'to hide' [esconder]."

choot/chute: "A popularidade desta palavra se deve em larga medida à única vantagem notável que possui sobre outros termos anatômicos mais específicos: a saber, que pode ser aplicada a qualquer ser humano, independentemente do sexo, confiando de forma plena que a pessoa referida alguns/algumas [buracos ou cavidades] haverá de ter. Eis o motivo por que possivelmente goza de tão largo uso, tanto em hind. como em inglês, sendo que em inglês a diferença é raramente usada na ausência de algum outro elemento a lhe fazer composição (**ban-/betee-** etc.). Uma exceção é o jargão **chutier**, utilizado insultuosamente para dar a entender que se é excessivamente dotado quanto a esse aspecto da anatomia." Ver também **banchoot/barnshoot** etc.

cobbily-mash (*O Glossário): "Isso, é claro, nada tinha de mash [mingau ou papa], mas era antes um preparo de peixe seco (sendo uma corruptela do termo bengali *shutki-maach*.)"

+cockup: Essa foi é claro uma das inúmeras palavras que pereceram no abatedouro do puritanismo vitoriano. Sendo excepcionalmente apreciador do peixe ao qual ela se referia, *lates calcarifer* (**bhetki/beckty**), Neel se recusava a reconhecer que esse termo corria grande perigo: ele certamente carrega alguma responsabilidade por sua extinção.

+compound/kampung: Por muito tempo houve um sentimento dentro da família de que esta palavra não devia ser incluída na *Crestomatia*, dado o fato de que ter sido incluída no **Oráculo** em ambas as formas constituiria uma refutação convincente da teoria predileta de Neel (segundo a qual as palavras nunca poderiam migrar aos pares — ver **bandar**). Essas apreensões foram deixadas de lado quando um wordy-wallah observou que essas palavras não são nem homônimas nem sinônimas: são meramente grafias variadas da mesma palavra.

conker/kunkur (*O Glossário): "Essa palavra não tem absolutamente nada a ver com water- ou horse-chestnut [castanhas de *Aesculus*]. É uma corruptela do hind. *kankar*, 'cascalho', e usada no mesmo sentido."

+**consumah/consummer/khansama**: Ver **bobachee**.

+**coolin/kulin**: "De modo algum a ser confundida com 'cule' [coolie], esta era a palavra usada para se referir ao patamar mais elevado de determinadas castas." Uma forma contraída ganhou recentemente uso corrente em círculos **classy**: 'cool'."

cot: Ver **charpoy**.

cotia (*O Glossário): Embarcação da costa de Kerala que apenas raramente era avistada no Hooghly.

cow-chilo (*O Linkister): "Muitas vezes escutei esse componente do patoá do Sul da China sendo usado como termo depreciativo para os chineses e seu tratamento das mulheres. Contudo, a expressão é meramente uma infeliz composição de palavras, a primeira sendo uma corruptela do cantonês *kai*."

cranny/karani (*O Glossário): Ver **carcanna**.

+**cumbly/kambal**: Ver **chuddar**.

+**cumra/kamra/camera** (*O Glossário, *Roebuck): Neel deu o crédito pela introdução desse item de uso náutico português (*camara*), dentro das línguas hind., o inglês incluso. Em seu sentido náutico original, era usada obviamente para designar "cabine", mas em virtude de expressar convenientemente a ideia de espaço compartimentalizado, reverteu ao sentido de seu avatar latino, em que significava "room" [sala, cômodo] ou "chamber" [câmara]. "O curioso uso de **gol-kamra** (literalmente, 'round-room' [sala redonda]) para designar 'drawing-room' [sala de visitas] dificilmente sobreviverá."

+**cumshaw**: Ver **baksheesh**.

cunchunee/kanchani (*O Glossário): Ver **bayadère**.

cursy/coorsy/kursi (*O Barney-Book, *Roebuck, *O Glossário): Dos Jack-Chits. "Essa palavra laskari não é derivada da palavra hind. comum para 'cadeira' (*kursi*), como muitos supõem: é, em minha opinião, uma corruptela do termo náutico inglês 'cross-trees' [vau dos joanetes], pois também se refere ao poleiro formado pela junção de uma verga com um mastro. Mas a semelhança não é acidental, pois é nesse lugar que o lascar usufrui dos poucos momentos de ócio que cabem aos seus."

+**cushy/khush/khushi**: "Em laskari esse era o equivalente do uso náutico inglês 'cheerily'. Ao lascar, então, fica o crédito por inventar o significado inglês dessa palavra, que foi levada em terra pelos marinheiros."

dabusa (*Roebuck): "Roebuck assevera que qualquer cabine pode assim ser designada, mas é um truísmo que toda embarcação é um mundo em si mesmo, com suas próprias línguas e dialetos — e no *Ibis* esse termo era aplicado, sempre e exclusivamente, ao 'tween-deck' [entre-coberta], que poderia apropriadamente ter sido o 'beech-ka-tootuk'."

+**dacoit**: "Essa palavra", escreve Neel, "embora universalmente conhecida, é frequentemente mal utilizada, pois o termo se aplica, por lei, apenas aos infiéis que pertencem a um bando de *pelo menos* cinco pessoas."

dadu (*O Barney-Book): "É estranho que essa palavra cigana inglesa para pai seja a mesma que o bengali para 'avô'; não menos estranho é que o cigano inglês para mãe, **dai/dye**, seja o mesmo que o hind./urdu comum para parteira."

+**daftar/dufter**: Essa é mais uma palavra que já no tempo de Neel cedera o lugar para uma rival desgraciosa, "office". Junto com ela vieram um **lashkar** de belas palavras inglesas que eram utilizadas para o seu pessoal: os funcionários conhecidos como **crannies**, os **mootsuddies** que trabalhavam com a contabilidade, os **shroffs** responsáveis pelo câmbio de moedas, **khazana-dars** que cuidavam da tesouraria, os **hurkarus** e peons que entregavam mensagens e, é claro, os inumeráveis **moonshies**, **dubashes** e **druggermen** que trabalhavam na tradução de todos os documentos. Foi o fim desses três últimos, todos ligados ao trabalho da tradução, que mais preocupou Neel; eis as palavras que ele citava quando os ingleses se gabavam do poder de absorção de sua língua materna: "Cuidado, meus amigos: suas línguas eram flexíveis quando vocês ainda suplicavam pelas **khazanas** do mundo. Agora que detêm o mundo todo em seu poder opressor, suas línguas estão endurecendo, ficando mais rígidas. Vocês contam as palavras que perdem todo ano? Cuidado! A vitória não é senão a vanguarda da decadência e do declínio."

dai/dye (*O Barney-Book): Ver **dadu**.

+**dak/dawk**: Neel acreditava que essa palavra acabaria perdendo o lugar para o inglês "post" [correio] até na Índia, mas estava convencido também de que seria integrada ao **Oráculo**, não por mérito próprio, mas devido aos inúmeros compostos — **dawk-bungalow**, **dawk-dubba** ("post-box" [caixa de correio]) etc.

+**dam/daam** (*O Glossário): "É de fato uma tristeza que a moeda da Índia tire seu nome de *rupya* (sânscrito: 'prata') em lugar do hind. mais acurado *dam*, 'preço'. Lembro-me bem de uma época em que um **adhelah** era a metade, um **paulah** um quarto e um **damri** um oitavo de **dam**. Uma tragédia realmente que a palavra, como a moeda, tenha sido reduzida à penúria por uma falsificação — nesse caso, pela interpretação errônea do comentário depreciativo do duque de Wellington ('I don't give a **dam**'). O que o duque queria dizer, é claro, era algo da ordem de 'I don't care a tu'penny' (**dam**), mas em vez disso ele carrega a culpa de ter colocado em circulação a maldita 'damn'. Com esse deslocamento só podemos especular sobre quão diferente teria sido o destino da palavra houvesse ele dito, em vez disso, 'I don't give a **damri**'." Na margem dessa anotação, um descendente anônimo rabiscou: "Pelo menos tio Jeetu não teria arruinado a última cena de *E o vento levou*, gritando para Rhett Butler: 'A **dam** is what you don't give, you idiot – not a 'damn'...'"

+**daroga**: Ver **chokey**.

dashy (*O Barney-Book): Ver **bayadère**. "Diz-se que essa palavra deriva de *devadasi* (dançarina do templo), de onde a frequente combinação **debbies** e **dashies**."

+**dastoor/dastur**: Como Neel sempre dava precedência a usos náuticos, ele presumia que esta palavra entraria para o **Oráculo** devido ao uso laskari, onde era o equivalente de "stu'nsail/studdingsail" (ver também **dol**). Ele admitia que a longo prazo sua homônima, que designava um funcionário religioso pársi, também tinha grandes chances de inclusão. Equivocou-se tanto num caso como no outro: o **Oráculo** inexplicavelmente decidiu registrá-la como "custom" ou "commission", de cujo uso deriva **dastoori, destoory** etc. Esta última Neel descartou, porque seu significado era próximo demais de **bucksheesh**.

+**dawk**: Ver **chit**.

+**dekko, dikk, deck, dekho**: Neel objetava acremente a todas as tentativas de atribuir esta palavra à gíria cigana inglesa, insistindo que era um empréstimo direto e recente do hind. *dekho*, "ver".

+**devi, debi, debbie**: "No uso inglês, a palavra hind. para 'goddess' [deusa] adquiria uma conotação inteiramente diferente (quanto a isso, ver **bayadère**). O laskari **devi**, por outro lado, era uma corruptela do inglês 'davit' [turco dos escaleres]."

+**dhobi**: "O **mystery** da lavanderia."

digh (*Roebuck): Neel era da firme opinião que esse equivalente laskari do sentido náutico da palavra "point" [cada uma das trinta e duas subdivisões da rosa dos ventos], como em "points of sailing" [curso da embarcação em relação ao vento ou "headings in relation to the wind" [contra o vento], vinha da palavra bengali para "direction".

+**dinghy**: De tempos em tempos, Neel marcava pontos de interrogação em algumas palavras que haviam sido recompensadas, segundo sua opinião, com um destino além do merecido. O ponto de interrogação que Neel escreveu em **dinghy** foi feito com mão particularmente pesada, pois de todas as palavras do bengali para barco fluvial essa era a que parecia com menor probabilidade de alcançar a **coolinhood**, o *dingi* sendo a mais desprezível das embarcações.

doasta: "Esta é uma bebida alcoólica sobre a qual o bom **almirante** Smyth tem razão; ele a descreve como: 'Uma bebida de ordem inferior em geral batizada ou adulterada com drogas para marinheiros incautos nas espeluncas nocivas da imunda Calcutá e de outros portos pela Índia'."

dol (*Roebuck): Diversos **Jack-Chits** de Neel são devotados às palavras dos lascares para a arquitetura de uma nau. "**Dol** é o que chamam de mastro, e para vela tomam de empréstimo o inglês **serh** (embora às vezes eu os tenha ouvido empregar a boa palavra bengali *pâl*). A essas anexam muitos outros termos, de maior especificidade: assim **trikat** (muitas vezes pronunciado erroneamente 'tirkat') é 'fore-' [proa] quando ligado seja a **dol**, seja a **serh**; **bara** é 'main-' [principal]; **kilmi** é 'mizzen-' [mezena], e **sabar** é t'gallant [mastaréu]. Um jury-mast [guindola] é referido pelo apropriado nome de **phaltu-dol**. Quanto às demais velas: uma **sawai** é uma stay-sail [vela de estai]; uma **gavi** é uma topsail [joanete]; uma **tabar** é a royal [sobrejoanete]; uma **gabar** é uma sky-scraper [arranha-céu]; uma **dastur** é uma stu'nsail [*studding-sail* ou *studsail*: cutelo]; e uma spanker [mezena] é uma **drawal**. Combinando esses elementos, eles são capazes de designar os mais insignificantes retalhos de pano — em seu falar, a fore-t'gallant-stu'nsail é uma **trikat-sabar-dastur**, e sequer têm necessidade de anexar a palavra **serh** para se fazerem entender apropriadamente. As palavras mais curiosas, contudo, estão reservadas para a massa confusa de tackle [cabos e moitões] que se projetam **agil** da proa do navio: o jib [bujarrona], por exemplo, é um **jíb**, que os **malums** imaginam meramente ser uma pronúncia laskari errada para uma palavra do inglês, ignorando que significa 'língua' em hind.; a palavra deles para flying jib [giba], **fulana-jíb**, pode igualmente ser confundida por aqueles que não sabem que também pode significar 'língua de qualquer coisa'; mas a expressão mais curiosa de todas cabe à ponta do spar [botaló], que é chamada de shaitan-jíb. Seria talvez porque trabalhar ali é de fato sofrer o terror de estar sentado na língua do diabo?"

+**doll/dal**: Neel teria ficado contente, creio, de descobrir que a forma **Oracular** para esse que é o mais prosaico dos pratos indianos é **dal**, em vez tanto de **doll** (não confundir com **pootly**) como da misteriosa *dhal*, que sem dúvida vem da palavra hind./bengali para "escudo". Em um de seus apontamentos ele especula que assim é comumente grafada em inglês porque se refere a um prato popular nos campos de batalha, "lentilhas cozidas no escudo".

+**doolally/doolally-tap**: "Enfermidade outrora muito predominante entre sahibs e mems, sendo o equivalente inglês do malaio 'amok' [ou 'amuck', possuído de fúria homicida]. A palavra é oriunda de Deolali, onde havia um conhecido manicômio. Acredito que fosse um efeito colateral do láudano, o que explicaria seu presente desuso."

+**dosooti/dosootie** (*O Glossário): Literalmente, tecido rústico de algodão de "fio duplo"; "fiquei besta ao ouvir de Mister Reid que, na América, Dosootie é considerado um pano de camisas da maior qualidade".

druggerman (*O Glossário): "Como **moonshies**, **dubashes** e **linkisters**, um **mystery** de línguas — um intérprete cujo título deriva do árabe-persa *tarjuman*."

+**dubba/dubber**: Essa palavra deve sua presença na **Crestomatia** a lascares, que tornaram a palavra hind. para "caixa" ou "recipiente" um artigo comum de uso náutico.

dubbah/dubber (*O Almirante): Neel objetava à definição d'o **Almirante** para esse termo: "vaso rústico de couro para conter líquidos, na Índia". "Quase nunca em hind. esse termo comum para um recipiente é aplicado para vasos que contêm líquidos. Um tal uso é claramente excepcional, mesmo entre os que ocasionalmente o aplicam a determinados objetos que são necessários para o procedimento apropriado de **stool-pijjin**." Ver também **dawk**.

+**duffadar/dafadar**: Uma dessas muitas patentes de baixo oficialato que conheceram a vida após a morte no **Oráculo**. "A extensão do papel outrora desempenhado por esses homens em nossas vidas pode ser facilmente avaliada olhando qualquer certificado de emigração de um migrante kalkatiya, em cujo verso quase sempre está anotado o nome do **duffadar** responsável pelo recrutamento (e em geral na garatujada escrita bengali deixada por algum **cranny** apressado)."

dumbcow/dumcao (*O Glossário): "A popularidade dessa palavra e de seu firme avanço rumo ao Pariato do Verbo é devida, com certeza, a sua expressividade bilíngue, uma **dumbcowing** sendo a ação de proferir uma diatribe para intimidar [to cow] — ou, melhor ainda, **gubbrow** — a vítima e deixá-la emudecida [dumbness]."

+dumbpoke: Cozinhas que servem "casseroles" [ensopados] sempre provocaram a ira de Neel, pois ele julgava a palavra uma insuportável amostra de pretensão, sobretudo quando **dumbpoke** estava disponível e pronta para o uso. A recente ressurreição do original hind. *dumpukht* não o teria de modo algum consolado, uma vez que hoje ela é usada estritamente no sentido hind.

+dungaree/dungri: "O que um **dinghy** era para as embarcações o hind. *dungri* era para os panos — um rústico tecido de algodão indigno de sobreviver, muito menos **coolin-dom**."

+dupatta/dooputty: Ver **chuddar/ chadar**.

durwauza-bund (*O Glossário): "Essas eram as palavras que **khidmutgars** teriam usado para dispensar visitantes indesejáveis: na cabeça de uma **BeeBee** o uso do hind. para 'porta fechada' era mais aceitável do que uma mentira aberta. No **Oráculo** sem dúvida encontra acolhida, devido à pura engenhosidade de seu raciocínio."

+durzee: "O **mystery** da alfaitaria."

Faghfúr de Maha Chin (*O Glossário): "Tal era a expressão laskari para o 'Imperador da China' e se você perguntasse a quem se referia, a resposta seria, quase sempre, que o personagem em questão era o rajá de **Chin-kalan**, nada mais que o nome por eles usado para Cantão."

faltu- ou **phaltu-dol** (*Roebuck): "Esse é, estritamente falando, o termo laskari para 'jury-mast' [guindola], e é nesse sentido que normalmente é empregado na **girlery** de bordo, entendido como uma referência a um órgão de crescimento muito curto, não confiável ou deficiente."

faltu/phaltu-tanni (*Roebuck): Ver **turnee**.

+fanqui: "O *anglice* de *fan-kwei*, que *o **Linkister** define como 'foreign devil' [demônio estrangeiro]. O termo pode facilmente, e de forma menos ofensiva, ser traduzido como 'unfamiliar spirit' [espírito não familiar]."

+foozle/foozilow: "Quase certamente do hind. *phuslana*, 'fazer de bobo', que segundo se diz foi posteriormente transformado na América em **foozle** e até **comfoozle**."

+free: Neel era apaixonado por essa palavra e teria ficado feliz em saber que o **Oráculo** admitia plenamente que fosse uma derivação da comum raiz sânscrita e hind. *priya* ("querido/a, amado/a"). "Quanto à verdade para 'freedom' [liberdade], permanecerá eternamente elusiva até o momento em que ela se libertar dos grilhões do inglês; apenas então o pleno significado de *priya* ser-lhe-á restaurado."

fulana-jíb (*Roebuck): Flying-jib [giba]. Ver **dol**.

fuleeta-pup (*O Glossário): "Um 'fritter-puff' mal compreendido por um **consummer** que achou seu caminho até o léxico, contra todas as probabilidades."

gabar (*Roebuck): Skyscraper ou sky--sail. Ver **dol**.

gadda/gudda/gadha/gudder (*O Glossário): "Por que será que, quando o **sahib** toma emprestado um termo zoológico hind., é apenas para fins insultuosos? É sem dúvida impossível negar que *gadha* é normalmente usado em hind. para se referir a 'tolo', mas é verdade também que o asno é familiar do Senhor dos **Mysteries**, Vishwakarma. **Ooloo/ullu**, similarmente, pode muito bem ser usado para significar 'tolo', mas quem será capaz de esquecer que a coruja é também familiar da deusa Lakshmi? Quanto a **bandar**, não comporta nenhuma das implicações ofensivas de seu uso inglês, sendo empregado antes como termo de afeição ou carinho, no sentido de 'levado'."

galee/girley/gali (*O Glossário): "Imprecações, obscenidades; de onde **girlery**, o equivalente do bengali *gali-gola* — referente a insulto."

+ganta/ghanta: "Sino, de onde o hind. 'hora'. Mas 'ring your ganta' [tocar o/a ganta] é considerado **girlery**."

gavi (*Roebuck): Topsail [joanete]. Ver **dol**.

ghungta: Ver **dupatta/dooputty**.

girlery: Ver **galee**.

girmitiya: "O espírito da língua bhojpuri", escreve Neel, "deriva desse termo memorável da raiz **girmit**, que é uma corruptela do ing. 'agreement' [ou indenture]".*

+godown: Ver **bankshall**.

gol-cumra (*O Glossário): Ver **cumra**.

+gomusta/gomushta: "Para esse **mystery** do **daftar** não há definição simples, pois ele é visto se desincumbindo de tantas funções quanto é possível dizer que existam em um lugar assim: ele faz a contabilidade, ele **dumbcows**, ele **gubbrows**, ele serve como um **druggerman** quando necessário. Tudo que se pode dizer a seu respeito com alguma certeza é que o título não poderia ter lhe sido atribuído senão quando ganhou o ouvido do **Burra Sahib**."

goolmaul/gollmaul (*O Glossário): Neel discordava da definição de sir Henry dessa palavra como "mix-up" [confusão]: "É patentemente evidente que essa palavra foi no passado apenas uma gíria hind. para 'zero' (literalmente, 'coisa circular'). Nesse sentido, referia-se, por origem, a uma charada ou enigma. Foi só por extensão que passou a designar 'mix-up', mas ultimamente tem ficado tão sobrecarregada dessa conotação que é hoje usada em geral para significar tumulto, ou uma grande agitação."

goozle-coonuh/goozul-khana (*O Glossário): Ver **bobachee**.

---

* Isto é, "contrato" (*indentured labor*, mão de obra semiescrava). (N. do T.)

gordower (*O Glossário): "'Espécie de barco bengalês tão feio quanto seu nome."

grag (*Roebuck): Grogue, de onde o termo pelo qual as tavernas eram afetuosamente conhecidas: **grag-ghars**.

griblee (*Roebuck): Graplin [arpéu], der. ing.

+**griffin/griff**: Ver **pucka**.

gubber (*O Glossário): "Que essa cunhagem **bandooki** guarde uma semelhança com o hind. para 'cow-dung' [bosta de vaca] rendeu-lhe inúmeros usos adicionais no **dufter**, pois o cranny não podia ser **dumbcowed** por dizer a um **Burra Sahib**: 'Senhor, possam seus bolsos ficar pesados de **gubbers**'."

gubbrow/ghabrao (*O Glossário): Ver **dumbcow**.

+**gup**: "Conversa, fofoca; mas nunca em inglês, **gup-shup**, que é de longe a melhor expressão."

+**halalcor/halalcore**: "Em inglês, este, como **harry-maid** e **muttranee**, era um dos inúmeros títulos dos **mysteries** da higiene pessoal."

harry-maid (*O Glossário): Ver **halalcore**.

hathee-soond (*Roebuck): Ver **bhandari**.

hazree/hazri (*Roebuck): Passar em revista ("de onde", acrescenta Neel, "temos **chotee hazree**, que acorda o sahib a tempo da inspeção diária").

hoga (*O Barney-Book): "Essa palavra é uma bela ilustração das mudanças que ocorrem quando uma expressão passa do hind. para o inglês. O original hind. *ho-ga* é geralmente empregado para os tempos futuros 'will happen' [acontecerá, será] ou 'will do' [fará]. Em inglês, por outro lado, a palavra é quase sempre usada em conjunção com um particípio negativo, para significar forte reprimenda. Assim se ouviu uma **BeeBee** notoriamente pomposa exclamar, ao encontrar o marido abraçado a uma **Rum-johnny**: 'Em minha **bichawna**, não, meu querido; *just won't hoga*.'"

+**hong**: "Na China meridional, essa palavra era aplicada indiferentemente, em inglês, a um determinado tipo de estabelecimento comercial, uma companhia de comerciantes, um grupo de construções e até a certos barcos mantidos pelos comerciantes: **hong-boat**."

+**hookum**: "A palavra laskari para 'command' [ordem]."

hubes!/habes! (*Roebuck): Este era o equivalente laskari do inglês náutico **hookum**, 'heave' [içar], e Neel ficou tão impressionado com os apontamentos de Roebuck sobre esse termo que ele o copiou ipsis litteris: "[Quando dando essa ordem] às vezes um pouco de insulto se faz necessário, como por exemplo *'Habes sálá!' 'Bahin chod habes!'* ou *'Habes harámzuda!'*"

+**hurkaru/harcara**: Ver **dufter/daftar** e **chit/chitty**.

hurremzad/huramzuda/harámzáda etc. (*O Glossário): Ver **badmash**.

istoop/istup (*Roebuck): "Ainda posso sentir entre meus dedos esse detestável oakum, desfiando, desfiando, desfiando infinitamente..." Do português *estopa*.

+**jadoo/jadu**: Mágica, conjuração ("de onde o uso comum **jadoo-ghar** para uma Loja Maçônica").

jalebi/jellybee: Ver **laddu**.

+**jammah/jama**: "O único motivo pelo qual essa palavra pode deixar de obter o mesmo destaque da composta **pyjama** (literalmente, "pano para as pernas") é ser geral demais, sendo aplicada a qualquer roupa." Ver também **kameez**.

+**jasoos**: Neel ficava intrigado com as grafias inglesas de palavras relacionadas a esse termo hind. comum para "espião" — **jasoosy** (espionar) e **jasooses** (espiões).

jaw/jao (*O Barney-Book): Ver **chull**.

jawaub (*O Glossário, *O Barney Book): "Esse empréstimo do hind. para 'resposta' nunca foi um migrante persuasivo, sua função em inglês limitada a um único sentido, que Barrère & Leland assim descrevem: "Se um cavalheiro pede a mão de uma dama e é rejeitado, diz-se que foi **juwaubed**.""

+**jemadar**: "Em minha juventude, até onde me lembro, essa palavra designava a segunda patente mais elevada para um **sepoy**, seguindo-se a **subedar/soubadar**. Mas nos últimos tempos seu uso mudou um pouco e é normalmente aplicada a **bhistis**, assim como a alguns mysteries de higiene pessoal."

+**jildi/jeldy/jaldi**: O reconhecimento desta palavra pelo **Oráculo** parece ter sido motivo de grande júbilo, pois um de meus predecessores anotou a definição completa: "Pressa, como nas expressões *on the jildi*, rápido!, e *do* ou *move a jildi*."

jillmill (*O Glossário): "Veneziana **bandooki**."

+**joss**: "Foi em Macau que descobri a etimologia correta deste termo, que deriva não de uma raiz cantonesa, como imaginei, mas do português *Dios*. Daí seu uso em tudo que diz respeito à reverência: **joss-stick**, **joss-house**, **joss-candle** e, é claro, **joss-pijjin**, significando 'religião' (de onde deriva o uso **joss-pijjin-man** para se referir a um 'padre')."

kalmariya (*Roebuck): "Uma *sail-emptying calm*, a palavra sendo derivada, ou assim nos informa Roebuck, do português *calmaria*."

+**kameez/kameeze**: A entrada dessa palavra nas cavernas do **Oráculo** teria espantado Neel, que a acreditava condenada à vala comum. "Meu raciocínio se sustenta em dois pilares, o primeiro deles de que a túnica conhecida por esse nome pode perfeitamente ser indicada por um quase sinônimo, **kurta**. Há aqueles que observam que a **kameeze** é um traje mais longo e elaborado — mas então ele não deveria ser descrito por um termo mais eufônico, *angarkha*? O segundo motivo pelo qual a palavra **kameeze** tem pouca probabilidade de sobreviver é devido ao grave desafio oferecido por um quase cognato, o inglês *chemise*. Há aqueles que objetarão, sem dúvida, que **kameeze** deriva do árabe *qamís*, enquanto o inglês *chemise* (como o português *camiz*) descende do latim *camisia*. Nenhum crédito deve ser conferido a esse argumento, porém, pelo bom motivo de que o árabe *qamís* pode vir ele mesmo do latim. Em todo caso, não resta dúvida de que **kameez** e *chemise* são parentes próximos; tampouco se pode duvidar que esta última está tão rapidamente usurpando o território da primeira que a expressão 'pyjama--chemise' poderá em breve substituir o nome do conjunto que é conhecido como **sulwaur-kameeze**. Tal mudança é inteiramente bem-vinda: não será talvez que o notoriamente belicoso afegão, por exemplo, venha a conhecer uma mudança benéfica de temperamento se puder ser persuadido a abandonar sua pinicante **kameez** em prol da mais fresca e de bom caimento *chemise*?"

karibat: A descoberta dessa palavra no *Barney-Book proporcionou a Neel um enorme prazer, pois que se tornara, nos últimos anos de sua vida, tão obscurecida pelo desuso a ponto de ser quase arcaica. Fica claro a partir de suas anotações que ele recordava um tempo em que a palavra, que combina o tâmil *kari* com o bengali *bhat*, "arroz", era comumente usada em inglês para se referir a "uma refeição indiana". Nesse sentido, não designa apenas o "curry-rice" [arroz com curry], como alguém poderia pensar, mas antes um equivalente inglês de expressões como "have you had your rice?" [já comeu seu arroz?], cujo significado pode ser mais bem expressado como "have you eaten?" [já comeu?]. Embora incapaz de se lembrar com certeza absoluta, ele tinha uma vaga lembrança de ter escutado pessoas dizendo, nesse sentido: "have you **karibatted**?" [você já karibattou?].

+**kassidar/khasadar**: Ver **burkundaz**.

ket (*Roebuck): *Cat o'nine tails* [chicote de nove tiras] (mas Neel observa que muitas vezes ouviu fazerem referência a esse que é o mais temido dos **chawbucks** como um *koordum*, uso que Roebuck corrobora, acrescentando ser derivado do português *cordão*).

+**khalasi/classy**: Embora usualmente grafado como **classy**, essa palavra bengali para "barqueiro" era geralmente usada no sentido pejorativo, indicando "um tipo de pessoa inferior". Neel teria ficado perplexo de saber que conquistara seu ingresso nos recessos do **Oráculo**.

+**khidmutgar/kitmutgar/kistmutgar/ kistmatgar etc.**: "A variedade de grafias inglesas para essa palavra é verdadeiramente assombrosa e levou a inúmeros equívocos. Entre as diversas especulações acerca de sua origem, as mais exaltadas são as que a relacionam à variante **kismat+gar**. Alguns sugeriram que o termo originalmente se referia a astrólogos, um grande número dos quais outrora esteve a serviço de toda família. Foi-me até mesmo sugerido certa vez que o significado apropriado da palavra é 'aquele que segue seu mestre **kismat**' ('Sem dúvida, senhor', eu não poderia deixar de redarguir, 'tal pessoa sendo talvez um *budkismatgar*?'). Na verdade, o termo é o equivalente literal do inglês *servant*, no sentido de 'aquele que provê serviço'."

khubber/kubber/khabar (*O Glossary): "Somente um ingênuo tomaria esta palavra como significando 'news' [notícias], no sentido que esse termo adquire em inglês. Pois, se assim fosse, a derivação **kubberdaur/khabardar** significaria 'bearer of news' [portador de notícias] em vez de 'beware!' [cuidado!]."

+**khud**: "Certa vez, em uma discussão, um autoproclamado **pundit** citou essa palavra como exemplo de empréstimo que permaneceu com significado inalterado após viajar de uma língua a outra. 'Mas se tal fosse o caso', eu disse, 'então certamente **khud** em hind. possuiria as mesmas conotações do inglês 'chasm' ou 'gap' [lacuna, brecha, fenda, garganta etc.], não é?' 'Ora, mas assim é', ele disse. 'Então me explique, senhor', perguntei, 'quantas vezes já escutou alguém dizer em hind. que há uma grande **khud** entre si mesmo e seus semelhantes?'"

+**khus-khus**: Ver **tatty**.

khwancha (*****Roebuck**): Ver **tapori**.

kilmi (*****Roebuck**): 'mizzen-'; ver **dol**.

+**kismet/kismat**: "Resmas de **buckwash** já foram escritas sobre as implicações supersticiosas dessa palavra. Na verdade, ela deriva da raiz árabe *q-s-m*, 'dividir' ou 'repartir', de modo que não significa outra coisa além de 'porção' ou 'cota'."

+**kotwal**: Ver **chokey**.

kubberdaur/khabardar: Ver **khubber**.

kurta: Ver **kameez**.

kussab (*****Roebuck**): Ver **lascar**.

kuzzana/cuzzaner (*****O Glossário**): Neel achava que o uso administrativo dessa palavra, para se referir ao erário distrital, era indevidamente restritivo. "Ora, como mostrou sir Henry, viajantes ingleses usavam essa palavra já em 1683, de onde a famosa passagem do Hedges Diary, em que ele relata um pedido de oito mil rupias a serem pagas ao 'ye King's Cuzzana'."

+**laddu**: Muito se debateu na família se as expectativas de Neel quanto a essa palavra teriam ou não sido atingidas. Ele imaginava que ela chegaria ao **Oráculo** em seu sentido laskari, em que se referia ao topo (ou cap, "pega") do mastro. Mas em vez disso, essa palavra, como **jalebi/jellybee**, ficou consagrada apenas em sua encarnação como sweetmeat [tipo de doce]. Entretanto, é um fato que o sweetmeat, como o cap do mastro, extrai seu nome de sua forma arredondada, de modo que a intuição de Neel não estava inteiramente equivocada.

lall-shraub/loll-shrub/lál-sharáb (*****O Glossário**, *****O Barney-Book**): "Essa expressão era de uso tão comum que dizer 'vinho tinto' passou a se considerar pretensioso." Ver também **sharab/xarave** etc.

+**langooty/langoot/langot**: "Apropriadamente se dizia dessa muito abreviada versão do dhoti que substituía um 'lenço de bolso por uma folha de figueira'."

lantea (*****O Glossário**): "É curioso que o **Oráculo** tenha negligenciado esse comum barco chinês para consagrar o malaio mais raro **lanchara**."

larkin: "O que uma senhorita é para uma senhora, uma **larkin** era para uma **BeeBee**, nada mais sendo que uma corruptela do hind. *larki*, 'garota'."

larn-pijjin: Ver **pijjin**.

lás/purwan-ka-lás (*****Roebuck**): "Uma abreviatura preguiçosa", observa Neel, "para a palavra portuguesa para yardarm: *laiz*."

+**lascar**: "Praticamente qualquer lascar dirá que o nome deles vem do persa *lashkar*, significando 'milícia' ou 'membro de uma milícia', e assim, por extensão, 'mercenário' ou 'traballhador contratado'. Que existe uma ligação entre essas palavras não há dúvida, mas estou convencido de que o uso estritamente náutico do termo é uma introdução puramente europeia, que remonta talvez ao português. Em hind., é claro, o termo se aplica a soldados de infantaria, não marinheiros, e quase sempre denota pluralidade (assim, seria absurdo dizer em bengali, como poderia ser dito em inglês, 'a *lashkar* of lascars'). Mesmo hoje um lascar raramente usará essa expressão para descrever a si mesmo, preferindo em vez disso palavras como *jahazi* ou *khalasi* (cuja anglicização é o curioso **classy**); ou, por outra, usará ele um título de hierarquia, o mais elevado sendo um **serang**, seguido do **tindal** e do **seacunny**. Mas isso tampouco exaure todas as gradações de hierarquias lascares, pois existem outras como **kussab** e **topas**, cujas funções são em certa medida obscuras (embora este último ao que parece geralmente atuasse como varredor do navio). Não causa espécie talvez o fato de não haver palavra laskari especial para o degrau mais inferior das hierarquias: assim como o inglês 'ship's boy' [grumete], esse notório desventurado que é tantas vezes alvo de zombarias, provocações e pontapés e que está mais para *butt* [alvo] do que para *boy*, e cuja simples menção de posto é quase um insulto (e os termos com que em geral se lhe dirigem a palavra de fato prestam-se à ofensa: *launda* and *chhokra* — anglicizadas como **launder** e **chuckeroo**). Desse modo ocorre que o uso mais frequente que um lascar faz do termo **lascar** corresponde mais proximamente ao uso hind. ou persa do que inglês, pois ele em geral o emprega como nome coletivo, para significar 'tripulação' (**lashkar**). A parte mais estranha da curiosa odisseia da palavra **lascar** é que ela agora reentrou em algumas línguas hind. (notavelmente o bengali), em que é usada no sentido europeu, para se referir a 'marinheiro'! Estou convencido, contudo, de que, onde é esse o caso, a palavra é um invasor recente, introduzida por intermédio dos dialetos náuticos de portugueses ou ingleses."

+**lashkar** (*Roebuck): Ver acima.

latteal/lathial (*O Glossário): Ver **burkmundauze**.

+**lattee/lathee/lathi**: "Há quem alegue ser isso nada mais que um 'pau'. Para estes eu digo: Ora, por que então não experimenta a vibração de fiddle--lattees e vê como caem bem? A palavra é na verdade parcialmente sinônima de 'baton' [bastão], uma vez que é aplicada apenas para essa encarnação do pau em que é tanto um instrumento de punição como símbolo de autoridade imperial. De modo similar, é a versão inglesa do hind. *danda*, que deriva é claro de *dand*, significando 'governo' ou 'autoridade'." Por outro lado, Neel observa que um **lathi** jamais podia ser confundido com o tipo de pau de bengala que respondia pelo nome **penang-lawyer**, "com o qual", como tão adequadamente nota o **Almirante**, "a justiça era habitualmente administrada em Pulo Penang".

launder/launda: Ver **lascar**.

+**linkister**: Neel teria implicado com a derivação que o **Oráculo** faz dessa palavra como uma corruptela de "linguister". Ele acreditava que fosse, antes, uma extensão coloquial da palavra "link" — que veio a ser aplicada aos tradutores por se adequar tão bem a sua função.

loocher (*O Glossário): "A facilidade com que esse derivativo do hind. *luchha* entrou no inglês tem muito a ver com sua semelhança com o sinônimo 'lecher' [libertino, devasso]: mas esse é mais um motivo para que ele, com toda probabilidade, caia em desuso em um futuro próximo."

loondboond/lundbund (*Roebuck): Esse cognato de **launder** era a curiosa palavra laskari para "dismasted" [desmastreado]. Especulando sobre suas origens, Roebuck escreve, "talvez de *nunga moonunga*, nu em pelo", que por sua vez levou Neel a observar: "Como é direto o inglês e como é vívido o laskari, que deveria ser traduzido, certamente, como 'dismembered' [desmembrado]? Será que Roebuck nada sabia nem de lunds, nem de bunds, nem tampouco, possivelmente, de como estavam relacionados uns aos outros?"

+loot: "Estou convencido de que essa é mais uma palavra que o inglês deve ao laskari, pois esse derivado do hind. *lút* provavelmente foi empregado pela primeira vez nos navios da Companhia **Bawhawder** quando empenhados em capturar embarcações francesas (no sentido de 'pilhar' ou 'saquear')."

+lorcha: "Se isso é uma embarcação de fabricação portuguesa ou a cópia chinesa de um design europeu constitui questão controversa; basta dizer que esses barcos podem normalmente ser vistos na costa da China meridional."

luckerbaug (*O Glossário): "Sobre essa palavra inglesa, falantes de hind. e bengali costumavam ir às vias de fato, os primeiros defendendo que deriva de seu *lakkarbagga*, 'hiena', e os segundos alegando que é uma corruptela de *nekrebagh*, 'lobo'. A questão é impossível de decidir, pois escutei-a sendo empregada para ambas as criaturas, bem como ao chacal, também."

lugow/lagao (*O Glossário): "Belo exemplo de uma palavra humilde que, tendo 'entrado pelos escovéns' [entered though the hawse-holes], como diz o ditado, hoje galgou a seu lugar no Pariato do Verbo. Em seu uso laskari correto, é a contrapartida náutica exata de 'to bind' [amarrar] ou 'to fasten' [prender]. Dado o entusiasmo geral do léxico inglês por termos relacionados a binding, tying, beating, pulling e assim por diante, aparentemente não haverá nada de notável acerca de sua firme ascensão na hierarquia. A passagem ao uso civil pode muito bem ter sido ocasionada pela expressão '**lugowing** a line' [line: corda] (isto é, 'fastening hawse' [prendendo escovém], 'binding a rope' [amarrando um cabo] etc.). A expressão ganhou uso tão disseminado que pode perfeitamente ser ancestral do verbo 'to **lug**' [puxar dando trancos]."

+maistry/mistri/mystery: Poucas palavras despertavam reações tão apaixonadas em Neel como essas. Uma descoberta recente entre seus apontamentos é o rascunho de uma carta a um conhecido jornal de Calcutá:
"Prezado Senhor: Como um dos mais destacados jornais ingleses do subcontinente indiano, os senhores gozam da merecida reputação de serem uma espécie de Oráculo na questão da língua. Desse modo, é com o maior pesar que tenho notado ultimamente um vil abuso da palavra **mistri** em suas páginas. Mais de uma vez foi sugerido que essa é uma palavra hindustani que se

refere indiferentemente a encanadores, consertadores de coisas quebradas, pedreiros e homens de manutenção. Ora, a verdade é, senhor, que a palavra **mistri**, junto com suas variantes, **maistry** e **mystery**, é, depois de **balti**, a mais comum palavra de derivação portuguesa das línguas indianas (tendo vindo de *mestre*). Como **balti**, elas devem ter seguido por uma rota náutica, pois o significado original de **maistry** era similar ao seu cognato inglês 'master' (ambas derivadas do latim *magister*), e provavelmente foi usada pela primeira vez no sentido de 'ship's master' [capitão]. É em sentido similar que o termo **maistry** ainda é empregado, sendo de uso sobretudo no além-mar, e preserva plenamente as conotações de autoridade que estão implícitas em seu primo inglês 'master'. É interessante notar que tanto na Índia como na Europa as conotações desse termo fecundo se desenvolveram ao longo de trilhas paralelas. Assim, do mesmo modo que o francês *maître* e o italiano *maestro* sugerem também a mestria de um comércio ou ofício, similarmente a palavra **mistri** é aplicada em hindustani a artesãos e seus mestres: é nessa última forma que hoje a vemos sendo aplicada a homens encarregados de reparos, trabalhadores e assim por diante. Nessa questão, senhor, permita-me sugerir ainda a adoção da grafia variante **mystery**, que é dotada da grande vantagem de tornar evidente o conúbio direto da palavra com o latim *ministerium* (de usos como 'The Mystery Plays' [mistérios religiosos], assim chamados porque foram produzidos por trabalhadores que praticavam um *mistery*, ou *ministerium*). Será que isso não aprofundaria nosso sentido de reverência quando nos referimos ao 'Fashioner of All Things' [Criador de Todas as Coisas] como o 'Divino **Mystery**'?"

Essa carta jamais foi enviada, mas, fiel a seus princípios, Neel sempre utilizou a variante **mystery**.

+**mali/malley/mauly/molley/mallee**: "Os **mysteries** do jardim."

+**malum**: "Alguns dicionários persistem em grafar erroneamente essa palavra como **malem**, ainda que sua forma correta seja parte da língua inglesa desde o século XVII. Essa palavra laskari para 'ship's officer' ou 'mate' [imediato] é, sem dúvida, derivada do árabe *mu'allim*, 'instruído'."

+**mandir**: Ver **sammy-house**.

masalchie (*O Glossário): Ver **bobachee**.

maski: "De modo algum essa curiosa expressão está ligada a 'musk' ou 'masks'. No **zubben** da costa meridional chinesa, ela aparece antes como algo que seria descrito em hind. como *takiya-kalám* — ou seja, uma expressão é usada não por seu significado (do qual não possui nenhum), mas meramente pelo hábito, de modo que se torna, pela constante repetição, tão familiar e prosaica quanto um travesseiro ou **tuckier**."

+**mochi/moochy**: "O **mystery** do couro."

+**mootsuddy/mutsaddi**: Ver **dufter**.

+**munshi/moonshee**: Ver **dufter**.

mura (*Roebuck): "Por muito tempo, fiquei sem fazer ideia do que os lascares queriam dizer quando se referiam a 'jamna mura' e 'dawa mura'. Apenas recentemente vim a saber que era sua palavra para 'tack' [cabo do punho de vela], um raro empréstimo do italiano."

+**mussuck**: "É de fato estranho esse nome para a bolsa d'água de couro portada por **bhistis**, pois não é outra coisa que o árabe para **puckrow**."

muttranee (*O Glossário): Ver **halalcore**.

+**nainsook/nayansukh**: "'Agradável à vista' era o nome desse tecido em hind. O mesmo não pode ser dito, contudo, da corruptela inglesa de nossa palavra."

nuddee (*o Almirante): "Isto era tanto um rio como um **nullah** é um fosso, então por que uma encontrou uso universal, e a outra não, é algo além da minha compreensão."

+**nullah**: Ver acima.

ooloo/ullu: Ver **gadda/gadha/gudder**.

oolta-poolta/oolter-poolter (*O Glossário): "Embora não seja de modo algum incorreto glosar essa expressão como tendo o sentido de 'cabeça para baixo', deve-se observar que em laskari era aplicada a uma embarcação 'na ponta da viga' [on the beam ends: adernada]."

paik (*O Glossário): Ver **burkundaz**.

+**pani/pawnee/parny**: Neel argumentava acaloradamente contra a ideia de que a palavra hind. para água entrara na língua inglesa por intermédio de compostos como **brandy-pawnee** e **blatty-pawnee**. Esse é mais um exemplo em que deu pleno crédito à afirmação de Barrière & Leland de que fosse derivada da palavra cigana para *água*. Ver também **bilayuti**.

+**parcheesi/parcheezi**: Para Neel, era uma afronta que o familiar passatempo de sua infância, *pachcheesi*, fosse embalado e vendido como Ludo, **Parcheesi** etc. "Quem dera pudéssemos patentear e cobrar os direitos de todas as coisas valiosas em nosso patrimônio antes que fossem reclamadas e roubadas por esses comerciantes gananciosos que não se importam em fazer nossas crianças pagar pelas inocentes diversões que lhes eram oferecidas, até mesmo à mais pobre dentre elas, como um gratuito legado do passado." Nenhuma versão comprada em loja desse jogo jamais foi admitida sob seu teto, e ele zelava sempre para que as crianças o jogassem como ele o fizera, em um quadrado de tecido bordado, com os mais brilhantes cauris das Seychelles.

peechil (*Roebuck): Ver **agil**.

+**penang-lawyer**: Ver **lathi**.

phaltu-tanni: Ver **turnee**.

+**pijjin/pidgin**: "Numerosas de fato são as especulações sobre as origens dessa expressão de tão largo uso, pois as pessoas odeiam admitir que é meramente uma forma de pronunciar a mais comum das palavras inglesas: 'business'. Mas na verdade, esse é o motivo por que um aprendiz ou **griffin** é comumente referido como um **learn-** ou **larn-pijjin**. Em tempos recentes fui informado de mais um composto interessante, **stool-pijjin**, que é usado, acredito, para descrever o business de atender ao chamado da Natureza."

poggle/porgly/poggly (*O Glossary, *O Barney-Book): Sobre essa palavra Neel cita desaprovadoramente o empréstimo que Barrère & Leland fez das observações de sir Henry: "Um louco, um idiota, um estulto. [Derivado do] hindu *págal* [...]. Um amigo meu costumava [...] aduzir um adágio macarrônico que receamos que os não indianos tenham dificuldade em apreciar: 'Pogal et pecunia jaldi separantur', *isto é,* um tolo e seu dinheiro logo são separados." A isso, Neel acrescenta: "Se realmente fosse o caso, então nenhum de nós seria mais merecedor da penúria do que esses **pundits**, pois um **poggle** pode ser louco, mas não é bobo."

+pollock-saug/palong-shák (*O Glossário): "Sir Henry nunca esteve mais equivocado do que em sua explicação dessa que é a mais gloriosa das verduras: 'Um legume pobre, também chamado de espinafre da terra.' "

pootly/putli (*O Glossário): "Sir Henry, sempre inocente, glosa **pootly-nautch** como se fosse meramente o hind. para 'doll-' [boneca] ou 'puppet-dance' [dança de marionete]! Mas dificilmente se pode duvidar que sabia perfeitamente o que as palavras significavam em inglês (para isso, ver **bayadère**)."

+pucka/pucca: Neel acreditava que o significado desta palavra vinha não do hind. "maduro", como muitas vezes se dizia, mas antes da denotação alternativa — "cozido" ou "assado" —, sendo nesse sentido aplicada a tijolos "cozidos" ou "queimados". "Uma **pucka sahib** é assim a mais rija e curtida de sua espécie. Curiosamente, a locução 'kutcha sahib' nunca é utilizada, e a palavra **griffin** serve como sua equivalente."

puckrow/puckerow/pakrao (*O Glossário): "É fácil ser levado a pensar que isso é meramente o hind. para 'hold' [segurar] ou 'grasp' [prender] e foi assim tomado de empréstimo pelo soldado inglês. Mas a palavra era muito comumente usada também para significar 'grapple' [agarrar]. Quando usada por **pootlies** e **dashties** nesse sentido, suas implicações não eram de modo algum soldadescas."

+pultan/paltan: "Um interessante exemplo de palavra que, após ter sido tomada de empréstimo junto ao hind. (por sua aplicação militar, 'platoon' [pelotão]) foi reabsorvida pelo inglês com o sentido levemente alterado de 'multitude'."

+punch: "É de fato estranho que a bebida desse nome tenha perdido toda reminiscência de sua parente: hind. *panj* ('cinco'). Em meu tempo, zombávamos dessa mistura como uma economia intragável."

+pundit: Neel não estava convencido sobre a validade da etimologia usual dessa palavra, a qual se supunha derivar de um termo hind. comum para "erudito" ou "estudioso". "Uma pista quanto à verdadeira origem dela pode ser encontrada em sua grafia francesa do século XVIII, *pandect.* Isso não indica claramente que a palavra é uma composição de 'pan' + 'edict' — ou seja, 'alguém articulado em todos os assuntos'? Não será esta decerto uma aproximação mais precisa de suas relativamente satíricas conotações inglesas do que nossa respeitosa hind. *pundit*?"

+punkah-wallah/-wala: "O **mystery** do leque."

purwan (*Roebuck): Verga (pau onde a vela é montada); aqui Neel sublinhou cuidadosamente a nota de rodapé de seu tutor: "*Purwan*, creio, é composta de *Pur*, asa, ou pluma, e *Wan*, navio, esta última palavra muito utilizada pelos lascares de Durat (apropriadamente Soorut) etc., de modo que *Purwan*, as vergas do navio, também pode ser traduzido como as asas com que voa a embarcação."

+pyjama/pajama: "Deve haver seguramente algum significado no fato de que o hind. para perna (*pao*) recebeu acolhida muito mais calorosa na língua inglesa do que a palavra para cabeça (*sir*). Enquanto variantes de *pao* figuram em inúmeras composições, incluindo **char+poy**, **tea+poy** e **py+jama**, *sir* pode ser creditada apenas a **turban** (*sirbandh*) e **seer-sucker** (*sirsukh*)."

+quod/qaid: Ver **chokey**.

+rankin/rinkin (*O Barney-Book): "Uma bela amostra de gíria cigana inglesa, de nossa *rangin* — colorida."

+rawnee/rani: "Embora essa palavra hind. signifique na verdade 'rainha', seu uso em inglês guarda outra conotação, para a qual ver **bayadère**."

+roti/rooty/rootie: "Suspeito que o **Oráculo** vá absorver esta como o hind. *roti*, que poderia também, como os **Barneymen** observam corretamente, empreender suas jornadas nas duas últimas formas, tiradas do bengali — essas são, afinal de contas, as palavras que os soldados ingleses comumente empregam para descrever o pão que é servido em seus **chownees**." Não é mistério algum que o soldado inglês não se dá ao trabalho de distinguir entre o pão com fermento e o ázimo, uma vez que este último é uma quantidade desconhecida em sua língua: desse modo, o que um **rootie** é para ele, para um **sepoy** seria um *pao-roti*. Foi-me dito que não é meramente a presença da levedura, mas também deste prefixo, *pao*, que impede muitos **sepoys** de comer o pão inglês: eles acreditam que o pão fermentado é sovado com os pés (*pao*), sendo portanto impuro. Se ao menos pudesse ser-lhes explicado que o *pao* de *pao-roti* é meramente uma adaptação hind. para a palavra *bread* em língua portuguesa, *pão*! Imaginem se em sua árdua marcha um soldado faminto fosse ignorar o auxílio devido a esse grave mal-entendido: uma simples explicação o pouparia dos gritos de **bachaw**! **bachaw**! Isso é uma ilustração perfeita, se é que ilustra alguma coisa, de por que a etimologia é essencial para a sobrevivência do homem."

+ruffugar/ruffoogar/rafugar (*O Glossário): "Em círculos filológicos conta-se a anedota admonitória de um **griffin** que, tendo sido atacado por um imundo **budmash**, repreendeu o agressor com a exclamação: 'Tire as mãos de mim, vil **ruffoogar**!' O homem pensou erroneamente ser isso o hind. para 'rufião', quando um **ruffoogar** é meramente alguém que conserta roupas."

Rum-Johnny (*O Barney-Book): "Tirada do hind. *Ramjani*, essa palavra tem uma conotação inteiramente diferente em inglês, para o que ver **bayadère**."

+rye/rai (*O Barney-Book): Neel tinha razão em prognosticar que essa palavra hind. comum para "gentleman" apareceria no **Oráculo** em sua variante inglesa cigana **rye**, não na usual forma indiana.

sabar (*Roebuck): topgallant [mastaréu] ou t'gallant; ver **dol**.

+sahib: Esta palavra era fonte de puro espanto para Neel: "Como foi acontecer de o árabe para 'amigo' se tornar, em hind. e inglês, uma palavra significando 'mestre'?" A pergunta foi respondida por um neto que havia visitado a União Soviética; na margem da anotação de Neel, ele rabiscou: "'Sahib' era para o Raj o que 'camarada' é para os comunistas — uma máscara de autoridade." Ver também **BeeBee**.

+**salwar/shalwar/shulwaur**: Ver **kameez**.

+**sammy** (*O Barney-Book): "O *anglice* do hind. *swami*, de onde **sammy-house** para se referir a 'mandir' [templo]: se é ou não preferível, a 'pagoda' permanece motivo de debate."

sammy-house: Ver acima.

sawai (*Roebuck): staysail [vela de estai]; ver **dol**.

+**seacunny/seaconny**: Sobre essa palavra, que significa "helmsman" [timoneiro], Neel rabiscou uma anotação que cobre o verso do quatro de copas: "Não é incomum ouvir dizer que o termo **seacunny/seaconny** deriva de uma antiga palavra inglesa significando 'rabbit' [coelho] — a saber: 'cony' ou 'coney' (**sea-cunny** sendo assim interpretado como significando 'sea-rabbit'). Cuidado com qualquer um que lhe diga isso, pois estará rindo sorrateiramente as suas custas: ele provavelmente sabe muito bem que 'coney' possui um uso secreto, mas muito mais comum (como quando uma **buy-em-dear** londrina diz a um cliente em potencial, '*No money, no coney*').* Esse é mais um motivo por que **pucka ma'amsahibs** não permitirão que a palavra **seacunny** saia de seus lábios, preferindo usar a absurda expressão **sea-bunny**. ('Bem, então, madame', fiquei tentado a dizer certa vez, 'se vamos assim descrever um timoneiro, não deveremos também falar do Grande **Sea-bunny** no Céu?') Se ao menos alguém pudesse encontrar as palavras para explicar a essas senhoras que nenhum coelho precisa temer a conning [pilotagem] de **seacunnies**: o termo é inteiramente inofensivo e deriva meramente do árabe *sukkán*, que significa 'leme', de onde temos *sukkáni* e assim **seacunny**." Ver também **lascar**.

+**seersucker**: Neel objetava veementemente à ideia de que o nome desse material feito de algodão fosse derivado (como o **Oráculo** mais tarde sustentaria) do persa *shir-o-shakkar*, ou "leite com açúcar". "Por meio de que esforços da imaginação poderia alguém imaginar que um xarope aleitado e doce seria aprazível de passar na pele?" Em vez disso, acompanhando sir Henry, ele derivava a palavra de *sir-sukh*, "alegria da/para a cabeça", na analogia de **turban** (que acreditava ser derivada do hind. *sir-bandh* — "head-band" [faixa de cabeça]). Ele era da opinião que os termos correspondiam convenientemente, uma vez que este último era às vezes feito com o primeiro. Como evidência suplementar, citou a máxima que alegava ser comum entre os lascares: *sirbandh me sirsukh* — "um turbante é felicidade para a cabeça".

+**sepoy/seapoy**: "A grafia variante, **sea-poy**, tem causado grande confusão ao longo das épocas (ver **charpoy**). Um mal-informado **pundit** verbal chegou

---

* Sem dinheiro, sem boceta (coney, cunny). (N. do T.)

mesmo a desposar a teoria de que esse termo é um erro de pronúncia de 'sea-boy' e era assim originalmente um sinônimo para **lascar**. Esse, sem dúvida, é um equívoco elementar e poderia ser facilmente corrigido se a grafia inglesa de **sepoy** fosse alterada para **sepohy**. Isso traria a dupla vantagem de assinalar a descendência dessa palavra do persa/turco *sipáhi*, ao mesmo tempo em que evidenciaria o parentesco com o francês *spahi*, que se refere similarmente a certo tipo de mercenário colonial."

+**serang**: Ver **lascar**.

serh (*Roebuck): Ver **dol**.

+**seth**: Ver **beparee**. Neel tinha conhecimento da furiosa controvérsia que cerca a questão de apurar se o termo **seth** está relacionado a palavras como *chetty*, *chettiar* e *shetty*. Mas sem ter qualquer intimidade com as línguas do sul da Índia, era incapaz de chegar a uma conclusão sobre o assunto.

+**shabash/shahbash**: "'Bravo!' para sir Henry."

+**shampoo**: "Não constitui um comentário sobre a relação entre Inglaterra e Índia que a maioria dos candidatos hind. ao Pariato do Verbo inglês refiram-se a agarrar, prender, segurar, amarrar e chicotear? Contudo, de todas as pretendentes que se iniciaram nesse domínio — **puckrow**, **bundo**, **lagow**, **chawbuck** etc. —, apenas uma galgou o patamar da verdadeira nobreza na Câmara dos Pares; apenas uma reclamou um ducado para si. Este é o caso, bastante estranho, daquele que é o mais humilde dos termos, *chāpo/chāpna*, em sua forma corrompida, **shampoo**. O motivo disso, sem dúvida, é que a noção de *chāpo*-ing [-ando] encarna alguns dos mais prazerosos aspectos de agarrar, segurar e assim por diante — isso equivale a dizer amassando, pressionando, tocando, massageando. Aqueles que pretendem reduzir essa palavra ao status de substantivo bem fariam em notar que ela não se deixará mansamente se desvestir de sua forma ativa, agarrando-se a suas animadas energias mesmo quando forçada a ingressar na Câmara dos Comuns (tal se dando com o francês *le shampooing*)."

+**shamshoo/samschoo**: "O Almirante, que ao que parece nunca provou nenhum **shrob** que não fosse feito na Europa, descreveu esse vinho chinês como 'ardente, fétido e muito prejudicial à saúde do europeu'. Mas isso é verdadeiro apenas para as variedades vendidas na Hog Lane; em outras partes, muitos produtos de grande refinamento eram engarrafados, não menos preciosos do que o mais refinado dos **sharaabs** franceses."

+**shikar**: Ver abaixo.

+**shikaree**: "O **mystery** da caça (**shikar**)."

shoe-goose (*O Barney-Book): "Não sendo em absoluto nenhuma ave [*goose*, "ganso], mas antes um tipo de gato [na verdade, um lince (N. do A.)], é pouco provável que essa palavra ingresse nos anais da ornitologia." Nas margens, uma anotação: "Do persa *syagosh*."

shoke/shauq (*O Glossário): "Em sua encarnação inglesa, essa palavra árabe veio a significar 'whim' [capricho], 'hobby' ou 'penchant' [inclinação]. Em hind., a existência de um **shoke** é em geral indicada pelo acréscimo do sufixo *báz* (às vezes anglicizado como **buzz**). A tradução inglesa apropriada do hind. *addá-báz* é assim **buck-buzz**. (O termo **launder-** ou **laund'ry-buzz** é um jargão de exceção e nem sempre se refere aos caprichos de **dhobis**). Quando mal utilizada, essa partícula pode provocar curiosos mal-entendidos. Assim, por exemplo, ouviu-se um autoproclamado **pundit** especular que **buzz,** quando acrescentado a **bawhawder,** era uma referência ao conhecido **shoke** de Alexandre, o Grande (às vezes descrito como seu pendor por jovens **bawhawdery**). Tão aferrado estava o **pundit** a essa opinião, que penei para persuadi-lo de que seu entendimento do caso estava completamente **oolter--poolter:** Buzz Bawhawder foi um rei medieval de Malwa, famoso por seu **shoke** pela bela **Rawnee,** Roopmuttee. Quanto ao assunto sobre o qual se referia, a expressão **zubben** correta é, sem dúvida, **udlee-budlee**."

+shrob/shrab/shrub/sorbet/sorbetto/ sherbert/syrup/sirop/xarave/sharaab: Neel adorava coletar derivados da raiz árabe para "beber", *sh-r-b*.

+shroff: "O **mystery** da atividade prestamista", de onde **shroffage,** que o **Oráculo** define como uma comissão cobrada por **shroffing,** ou o exame de moeda.

+sicca rupee: "Em minha infância, conforme me lembro, essa era uma antiga cunhagem." O **Oráculo** confirma isso, acrescentando que essas moedas entraram em circulação em 1793.

+silahdar/silladar: "Esta palavra, literalmente 'portador de armas', era uma das muitas aplicadas a mercenários e aventureiros." Ver **burkandaz**.

silboot (*O Glossário): "Como **sirdrar,** que nada mais é que a corruptela hind. da roupa íntima conhecida como 'short drawer', esta palavra para 'slipper' [pantufa] reentrou em uso no inglês de uma forma alterada."

silmagoor: Dos **Jack-Chits:** "Poderia esse ser um modo lascar de dizer 'sail--maker' [fabricante de vela]?" Uma anotação à margem, escrita muito depois, confirma o palpite com um triunfante "!": "Roebuck não deixa dúvida a respeito."

sirdrar (*O Glossário): Ver **silboot.**

soor (*O Barney-Book): "Porco, de onde **soor-ka-butcha,** filho de um porco."

tabar (*Roebuck): "Royal" quando aplicado ao cordame; ver **dol.**

+tael: "Outro nome para um liang ou onça chinesa", mas uma anotação na margem especifica: "Segundo o **Oráculo,** peso equivalente a 1 1/3 onça avoirdupois."

+talipot: Neel se equivocava em pensar que esta fosse a palavra inglesa para a "toddy-palm" [*Caryota urens*]. O **Oráculo** afirma ser uma "palmeira-leque do sul da Índia, *Corypha umbraculifera*".

taliyamar (*Roebuck): Neel interpretou erroneamente esta palavra como "bow-wave", mas ficou feliz em ser corrigido: "Roebuck explica que isto é o laskari para 'cut-water', derivado do português *talhamar*. Lembro-me de ter sempre escutado a palavra sendo dita por lascares que olhavam para baixo a partir do bow-sprit [gurupés]. Daí meu engano: eu tomava o efeito pelo objeto."

tamancha: "Roebuck confirma que essa era, conforme lembro, a palavra laskari comum para uma arma de fogo pequena."

tapori: Dos **Jack-Chits**: "Essa foi a palavra do lascar para a tigela de madeira em que comia — equivalente ao 'kid' do marujo inglês. Este objeto era feito da mais simples madeira oca e comprado em grandes quantidades dos bumboats. Fora isso havia também a **khwancha** de metal — uma grande bandeja na qual comiam todos juntos."

+tatty (*O Glossário): "Esse era o termo para um biombo feito de capim **khus-khus**. Embora a palavra seja perfeitamente respeitável, derivando do tâmil *vettiveru* (de onde **vetiver**), sua semelhança com uma palavra hind. comum para um determinado produto corporal tendia a gerar mal-entendidos. Conta-se a anedota de uma assustadora **BeeBee** que proferiu um **hookum** peremptório a um tímido **chuckeroo**: 'Boy! Drop a **tatty**! **Jildee**!' O desafortunado rapaz foi **gubbrowado** a ponto de quase morrer de medo e aquiesceu com tamanha celeridade que **BeeBee** fugiu horrorizada.
  Para complicar as coisas ainda mais, os responsáveis pela manutenção dos biombos eram conhecidos, em certas casas, como **tattygars**. Desafortunado de fato era o **kismet** dos **khidmatgars** assim designados, e não era tarefa das mais fáceis preencher essas posições. Foi por causa de mal-entendidos como esses, talvez, que a palavra gradualmente perdeu terreno para seu sinônimo hind. **khus-khus**."

+teapoy: Ver **charpoy**.

theek/teek (*O Barney-Book): "Segundo os **Barneymen**, o hind. *thik* tornou-se em seu avatar inglês 'exact, close, precise' [exatamente]."

+tical: Moeda de prata equivalente a uma rupia.

tickytaw boys/tickytock boys (*O Glossário): "Esses pavorosos arremedos de onomatopeia foram outrora os termos de referência para tocadores de tabla."

+tiff, to: "É de fato uma ironia que a Índia seja o último refúgio dessa bela palavra do North Country inglês, significando tomar refrescos (de onde **tiffin**, almoço etc.)."

tiffin: Ver acima.

+tindal: Ver **lascar**.

+topas/topass: Neel teria ficado perplexo com a glosa do **Oráculo** para essa palavra: "Pessoa de descendência mista preta e portuguesa; em geral aplicado a um soldado, ou a um catador de lixo do navio ou criado de banheiro, que seja dessa classe." Ver **lascar**.

trikat (*Roebuck): Ver **dol**.

tuckiah/tuckier (*O Glossário): "Sir Henry alega que essa palavra hind. comum para 'pillow' [travesseiro] ou 'bolster' [almofada] é muitas vezes usada no mesmo sentido de *ashram*. Isso me pôs atônito, devo confessar."

+tumasher/tamasha/tomashaw/tomascia: Sendo alguém do tipo que vai contra as tendências, Neel tinha particular apreço pelo uso seiscentista desta palavra, quando era grafada **tomashaw** ou mesmo **tomascia**, e tinha o sentido de "espetáculo" ou "show", sendo às vezes assim aplicada também a ritos. Ele deplorava a gradual adulteração da palavra, pela qual ela "hoje mal pode ser diferenciada de um mísero **goll-maul**".

tumlet (*O Glossário): "Será possível que essa corruptela hind. de 'tumbler' voltará a ingressar na língua inglesa para, como o notório cuco, ejetar a progenitora de seu ninho? Quem dera acontecesse!"

tuncaw (*O Glossário): "O mistério do inglês transformou esse hind. para 'salário', *tankha*, em um termo quase pejorativo, utilizado sobretudo para salários de empregados."

+turban: Ver **seersucker**.

turnee (*Roebuck): "Isto (como também **tarni** e **tanni**) era uma abreviatura dos lascares para a palavra 'attorney' [advogado], todas sempre aplicadas aos comissários ingleses. **Phaltu-tanni**, contudo, era a palavra deles para o *Flemish horse* [uma tralha de esteira extra na ponta da verga], um elemento deveras curioso da aparelhagem de um navio."

udlee-budlee: Ver **shoke**.

upper-roger (*O Glossário, *O Barney-Book): "Uma corruptela do sânscrito *yuva-raja*, 'jovem rei', afirma sir Henry, ao que os **Barneymen** acrescentam, a propósito de nada, que o Nawab Siraj--uddowlah era similarmente conhecido entre os wordy-wallahs como sir Roger Dowler."

+vakeel: Advogado, litigante. "Um dos mais antigos **mysteries** do tribunal, supostamente um frequentador da língua inglesa desde o início do século XVII."

+vetiver: Ver **tatty**.

+wanderoo: Ver **bandar**. Nas margens desta, um parente anônimo rabiscou: "Nas selvas do inglês, apenas um pouco menos antigo que **vakeel**, remontando à década de 1680, segundo o **Oráculo**."

woolock (*O Glossário): "Barcos com esse nome eram comumente vistos no Hooghly, mas não me recordo nem do tamanho, nem dos detalhes de sua construção."

wordy-wallah (*O Glossário): Essa expressão, do hind. *vardi-wala*, era usada em inglês para significar "a pessoa que veste um uniforme". Aqueles especialmente dotados quanto a esse respeito eram conhecidos como **wordy-majors** (ou **woordy-majors**). O uso que Neel faz desses termos não guarda qualquer semelhança com a definição deles próprios.

zubben/zubán: "Não consigo encontrar qualquer evidência dessa palavra em nenhum dos meus dicionários", escreve Neel. "Mas sei que a escutei sendo utilizada com frequência, e se ela de fato não existe, deveria pois, nenhuma outra expressão é capaz de descrever com tamanha precisão o tema da *Crestomatia*."

Este livro foi impresso
pela Lis Gráfica para a
Editora Objetiva em
abril de 2011.